NARRATORI MODERNI

Dello stesso autore in edizione Garzanti:

I fiumi di porpora
Il volo delle cicogne
Il concilio di pietra
L'impero dei lupi
La linea nera
Il giuramento
Miserere
L'istinto del sangue

JEAN-CHRISTOPHE GRANGÉ

AMNESIA

Garzanti

Prima edizione: marzo 2012

Per essere informato sulle novità del Gruppo editoriale Mauri Spagnol visita:
www.illibraio.it
www.infinitestorie.it

Traduzione dal francese di
Doriana Comerlati

Titolo originale dell'opera:
Le passager

ISBN 978-88-11-67047-6

Printed in Italy

www.garzantilibri.it

AMNESIA

A Michèle Roca-Phelippot

I

MATHIAS FREIRE

La suoneria penetrò la sua coscienza come un ago arroventato.

Stava sognando un muro inondato di sole. Camminava seguendo la propria ombra lungo la parete bianca. Il muro non aveva né inizio né fine. Il muro era l'universo. Liscio, abbagliante, indifferente...

La suoneria, di nuovo.

Aprì gli occhi. Intercettò i numeri luminescenti della sveglia al quarzo posata accanto a lui: 4.02. Si sollevò su un gomito. Cercò a tastoni il telefono. La sua mano incontrò solo il vuoto. Si ricordò di essere nella sala di riposo. Si palpò le tasche del camice e trovò il cellulare. Guardò lo schermo. Non conosceva quel numero. Premette il tasto di risposta.

Una voce s'insinuò nella stanza buia. «Dottor Freire?»

Lui non rispose.

«Parlo con Mathias Freire, lo psichiatra di guardia?»

La voce gli sembrò lontana. Ancora il sogno. Il muro, la luce bianca, l'ombra...

«Sì», disse infine.

«Sono il dottor Fillon, di guardia nel quartiere Saint-Jean Belcier.»

«Perché mi ha chiamato a questo numero?»

«È quello che mi hanno dato. Le spiace?»

Gli occhi si stavano abituando all'oscurità. Il diafanoscopio. La scrivania di metallo. L'armadio dei medicinali chiuso a doppia mandata. La sala di riposo non era che un ambulatorio con le luci spente. Lui dormiva sul lettino delle visite. «Che succede?» mugugnò tirandosi su.

«Un caso singolare alla stazione Saint-Jean. Verso mezzanotte i guardiani notturni si sono imbattuti in un uomo, un vagabondo nascosto in una cabina all'altezza del punto di ingrassaggio, sui binari.»

La voce del medico tradiva una certa tensione. Freire tornò a guardare la sveglia: 4.05.

«L'hanno accompagnato in infermeria e si sono messi subito in contatto con il commissariato dei Capucins. I poliziotti se lo sono portati via e mi hanno chiamato. L'ho visitato...»

«È ferito?»

«No, ma ha perso completamente la memoria. È impressionante.»

«Non simula?» chiese Freire soffocando uno sbadiglio.

«È lei lo specialista, comunque non credo. Ha l'aria di essere... altrove. O, piuttosto, da nessuna parte.»

«La polizia mi contatterà?»

«No. Una pattuglia dell'Anticrimine lo porterà da lei.»

«Grazie tante», ribatté Freire in tono ironico.

«Ascolti, è una faccenda seria. Lei può aiutarlo. Ne sono certo.»

«Ha scritto un certificato medico?»

«Le verrà recapitato insieme al tizio. Buona fortuna.»

L'uomo chiuse la comunicazione, impaziente di concludere la faccenda. Mathias Freire restò immobile. Il segnale di linea libera gli perforava il timpano. Decisamente non era la sua notte. Le danze erano iniziate alle nove di sera. Nel padiglione dei pazienti soggetti a ricovero coatto, un nuovo arrivato aveva defecato nella sua stanza e ingoiato i propri escrementi prima di fratturare il polso a un infermiere. Trenta minuti dopo, nell'unità ovest, una schizofrenica si era tagliata le vene con frammenti di linoleum. Freire aveva sovrinteso alle prime cure per poi trasferirla al centro ospedaliero universitario Pellegrin.

Si era coricato a mezzanotte. Nemmeno un'ora dopo un altro paziente si era messo a passeggiare nudo in cortile, armato di una tromba di plastica. C'erano volute tre fiale di sedativo per addormentarlo e per calmare tutti quelli che erano stati svegliati dal suo recital. In contemporanea, un ragazzo ricoverato nell'unità di tossicodipendenza aveva avuto una crisi epilettica. Quando Freire era arrivato, lui si era già morso la lingua e la bocca gli schiumava di sangue. Erano intervenuti in quattro per tenere sotto controllo le convulsioni. Nella mischia, l'uomo si era impossessato del cellulare di Freire. Lo psichiatra aveva dovuto aspettare che perdesse conoscenza per potergli sciogliere le dita contratte e recuperare l'apparecchio impiastricciato di sangue.

Finalmente, alle tre e mezzo, era tornato a dormire. La tregua era durata solo mezz'ora, interrotta da quella telefonata senza capo né coda. *Merda.*

Rimase immobile, seduto al buio. Il segnale continuava imperterrito, una sonda invisibile nella stanza dai contorni indistinti.

Si mise il cellulare in tasca e si alzò. In un flash riapparve il muro bianco del sogno. Una voce di donna mormorava: «*Feliz...*». La parola significava «felice» in spagnolo. Perché lo spagnolo? Perché una donna? Avvertì il familiare dolore lancinante retroculare a sinistra che accompagnava ogni suo risveglio. Si massaggiò le palpebre, poi bevve al rubinetto del lavandino.

Sempre a tentoni, fece scattare la serratura della porta servendosi del tesserino magnetico.

Si era chiuso dentro a chiave: l'armadio dei medicinali era il Graal del reparto.

Cinque minuti dopo camminava sul selciato lucente del cortile. Dal giorno prima Bordeaux era avvolta in una nebbia spessa, biancastra, inspiegabile. Tirò su il collo dell'impermeabile che si era infilato sopra il camice. L'odore della foschia, carica di effluvi marini, gli fece contrarre le narici.

Risalì il viale centrale. Non si vedeva più in là di tre metri, ma lui conosceva a memoria lo scenario. Padiglioni intonacati di grigio, tetti bombati, aiuole quadrate. Avrebbe potuto mandare un infermiere a prendere in consegna il nuovo arrivato, ma ci teneva ad accogliere di persona i suoi «clienti»...

Attraversò il porticato incorniciato da qualche palma. Di

solito la vista di quegli alberi, che lo facevano pensare alle Antille, era una ventata di ottimismo. Quella notte no. La cappa di freddo e umidità aveva il sopravvento. Giunse al cancello d'ingresso, abbozzò un gesto al guardiano e varcò la soglia del complesso. La polizia era arrivata in quel momento. Nel silenzio, il lampeggiatore girava lentamente, come un fanale ai confini del mondo.

Freire chiuse gli occhi. Ora sentiva la fitta pulsare sotto la palpebra. Non dava importanza a quel sintomo puramente psicosomatico. Curava tutto il giorno disturbi di natura mentale che si ripercuotevano sull'organismo. Perché lui avrebbe dovuto essere un'eccezione?

Quando riaprì gli occhi, un agente stava scendendo dalla vettura accompagnato da un uomo in borghese. Capì perché il medico al telefono gli era parso spaventato. L'uomo colpito da amnesia era un colosso. Doveva essere alto almeno due metri e pesare oltre centotrenta chili. Portava un cappello – un vero Stetson da texano – e stivali da cowboy di lucertola. La sua mole era fasciata da un cappotto grigio scuro. In mano aveva un sacchetto di plastica e una busta marrone contenente i documenti rilasciati dall'infermeria.

Il poliziotto si mosse nella sua direzione, ma Freire gli fece segno di restare dov'era. Si avvicinò al cowboy. A ogni passo, il dolore si acuiva, diventava più netto. Un muscolo all'angolo dell'occhio cominciava a contrarsi. «Buonasera», disse quando fu a pochi metri dall'uomo.

Nessuna risposta. La sagoma rimase immobile stagliandosi contro l'alone velato di un lampione.

«Va bene così. Può andare», disse Freire rivolto al poliziotto, che si teneva in disparte, con le mani sui fianchi, pronto a intervenire.

«Non vuole le informazioni del caso?»

«Mi invii il verbale in mattinata.»

L'agente chinò la testa, indietreggiò e scomparve nella vettura, che a sua volta si dileguò nella nebbia.

I due uomini restarono l'uno di fronte all'altro, separati soltanto da qualche lembo di vapore.

«Sono il dottor Mathias Freire, il responsabile del pronto soccorso dell'ospedale.»

«Lei si occuperà di me?» La voce era grave, spenta.

Freire non distingueva bene i lineamenti dell'uomo, nascosti dall'ombra dello Stetson. La testa faceva pensare a quella di un gigante dei cartoni animati. Naso all'insù, bocca da orco, mento pronunciato. «Come si sente?» domandò.

«Bisogna che qualcuno si occupi di me.»

«Vuole seguirmi?»

L'altro non si mosse.

«Venga», disse Freire tendendo un braccio. «L'aiuteremo.»

D'istinto il gigante si ritrasse. Un raggio di luce lo sfiorò e Freire ebbe la conferma di quanto aveva intravisto: un volto infantile e al contempo sproporzionato. Doveva essere sulla cinquantina. Da sotto il cappello spuntavano ciocche di capelli grigi.

«Venga. Andrà tutto bene», ribadì Freire nel suo tono più convincente. In alcune tipologie di malattie psichiatriche si riscontra una ipersensibiltà affettiva. I pazienti si accorgono subito se li si manipola. Inutile fare tanti giochetti con loro: meglio mettere le carte in tavola.

Il colosso si decise ad avanzare. Mani in tasca, aria distaccata, Freire girò i tacchi e si riavviò verso l'ospedale. Si sforzava di non guardarsi alle spalle, un modo per mostrare la sua fiducia.

Camminarono fino al cancello. Mathias respirava con la bocca inghiottendo l'aria fredda e satura di umidità. Era mortalmente stanco a causa della mancanza di sonno, della nebbia, ma soprattutto di quel ricorrente senso di impotenza di fronte alla malattia psichiatrica che ogni giorno assumeva nuovi volti...

Cosa gli riservava il nuovo arrivato? Cosa avrebbe potuto fare per lui? Immaginò che ci fossero poche chance di apprendere qualche dettaglio del suo passato. E ancora meno di guarirlo...

Essere psichiatra significava questo.

Aggottare l'acqua da una barca che affonda con un ditale.

Erano le nove del mattino quando montò in macchina, una Volvo station wagon scarcassata che aveva comprato d'occasione al suo arrivo a Bordeaux un mese e mezzo prima. Sarebbe potuto tornare a casa a piedi – abitava a meno di un chilometro di distanza –, ma aveva preso l'abitudine di lasciarsi trasportare dalla sua vecchia carretta.

Il centro ospedaliero specializzato Pierre-Janet era situato a sud-ovest della città, non lontano dal Pellegrin. Freire abitava nel quartiere Fleming, fra il Pellegrin e la città universitaria, al confine fra Bordeaux, Pessac e Talence. Era una zona anonima di case rosa dai tetti di tegole, tutte identiche, con siepi tagliate accuratamente e piccoli giardini. Una felicità a misura d'uomo che si ripeteva da un viale all'altro: parevano tanti giocattoli vecchio stile su una catena di montaggio.

Freire avanzava piano, fendendo la nebbia che ancora non accennava a dissolversi. Non vedeva granché, ma quel posto non gli interessava. Gli avevano detto: «Vedrà, Bordeaux è una piccola Parigi». Oppure: «È una città di prestigio». O ancora: «È l'Olimpo dei vini!». Gli avevano detto molte cose, ma lui non aveva visto niente. Percepiva vagamente Bordeaux come una città borghese, altera e mortifera. Un'agglomerazione piatta e fredda dove, a ogni angolo di strada, si respirava l'atmosfera compassata di un *hôtel particulier* di provincia.

Non aveva neppure avuto modo di vedere l'altra faccia di Bordeaux, la sua famosa borghesia. I colleghi psichiatri erano vecchi gauchisti in lotta contro quella tradizione; però, senza rendersene conto, offrivano una legittimazione a quella stessa classe che criticavano. Freire aveva limitato i rapporti con loro alle conversazioni durante la pausa pranzo: aneddoti di folli che inghiottono forchette, filippiche contro il sistema psichiatrico francese, progetti per le vacanze e calcolo dei contributi pensionistici.

Se anche avesse voluto frequentare la società bordolese, non sarebbe stato possibile. Freire aveva un grosso handicap: non beveva vino. Il che, in Aquitania, comportava l'esclusione dal consesso civile. Non gli erano mai stati rivolti rimproveri in quel senso, ma il silenzio che si creava intorno a lui quando disdegnava un bicchiere era eloquente. A Bordeaux, niente vino, niente amici. Questo era quanto. Non riceveva mai telefonate né e-mail né SMS. Nessuna comunicazione all'infuori di quelle professionali sull'Intranet dell'ospedale.

Era arrivato nel suo quartiere.

Lì ogni villetta aveva il nome di una pietra preziosa: Topazio, Diamante, Turchese... Era l'unico modo per distinguere una casa dall'altra. Freire abitava in quella battezzata «Opale». Al suo arrivo a Bordeaux aveva creduto di averla scelta per la sua vicinanza all'ospedale, ma s'ingannava. Si era orientato verso quel quartiere perché era neutro e impersonale. Un luogo ideale per nascondersi. Mimetizzarsi. Confondersi nella massa. Era andato lì per mettere una croce sul suo passato parigino. Una croce sull'uomo che un tempo era stato: medico affermato, conosciuto, corteggiato nell'ambiente.

Parcheggiò a pochi metri dalla sua abitazione. La nebbia era così fitta che la municipalità aveva lasciato i lampioni accesi.

Non utilizzava mai il garage annesso alla casa. Non appena uscì dall'auto ebbe l'impressione di immergersi in una pozza di acqua lattiginosa. Miliardi di goccioline sospese davano consistenza all'atmosfera, che pareva una tela puntinista.

Accelerò il passo affondando le mani nelle tasche dell'impermeabile. Si alzò di nuovo il colletto e sentì sulla nuca il pizzicore gelato della nebbia. Gli sembrò di essere uno di quegli investigatori privati di qualche vecchio film di Hollywood, un eroe solitario alla ricerca della luce.

Aprì il cancelletto del giardino, attraversò i pochi metri di prato luccicante di umidità e girò la chiave nella serratura.

All'interno, la villetta riproduceva la banalità dell'esterno. La stessa disposizione delle stanze riproposta per dieci, venti, cento volte nel quartiere: ingresso, soggiorno, cucina, camere da letto al primo piano... Anche i materiali erano gli stessi: parquet galleggiante, pareti intonacate di bianco e porte di compensato. Gli inquilini esprimevano la propria personalità con la scelta degli arredi.

Freire si tolse l'impermeabile e si avviò verso la cucina senza accendere la luce. In casa sua, la nota originale era che praticamente non c'erano mobili. Lungo le pareti erano parcheggiati, ancora intatti, gli scatoloni del trasloco.

Si preparò un tè alla luce dei lampioni della strada e valutò le possibilità di riuscire a dormire per qualche ora. Erano pari a zero. Il suo turno di guardia ricominciava alle tredici: tanto valeva impiegare il poco tempo a disposizione per riordinare le carte. La nuova giornata sarebbe finita alle ventidue. Allora sarebbe crollato, a stomaco vuoto, guardando distrattamente un programma di intrattenimento alla televisione. Poi l'indomani, domenica, avrebbe lavorato fino a sera. Infine, dopo una buona notte di sonno, si sarebbe rimesso in pista lunedì, con orari più o meno normali.

Mentre osservava le foglie in infusione nella teiera, si disse che doveva reagire: smetterla di collezionare turni di guardia, imporsi uno stile di vita più sano, praticare qualche sport, mangiare a orari regolari... Ma questo genere di riflessioni faceva anch'esso parte della sua quotidianità caotica, ripetitiva, senza scopo.

In piedi in cucina, sollevò il colino pieno di foglie di tè e contemplò il colore ambrato della bevanda che via via si faceva più scuro, un riflesso del suo cervello che sprofondava in pensieri cupi. Sì, ammise rituffando il colino nella teiera, aveva voluto nascondersi nella follia degli altri per dimenticare la propria.

Due anni prima il quarantatreenne Mathias Freire si era macchiato della colpa deontologica più grave: all'ospedale specializzato di Villejuif era andato a letto con una paziente. Anne-Marie Straub. Schizofrenica. Maniaco-depressiva. Una malata cronica destinata a vivere e a morire in un istituto. Quando pensava al suo errore, Freire stentava a crederci. Aveva infranto il tabù dei tabù.

Eppure non c'era stato niente di malsano o perverso nella vicenda. Se avesse conosciuto Anne-Marie fuori dalle mura dell'ospedale, se ne sarebbe innamorato istantaneamente. Avrebbe provato per lei lo stesso desiderio violento e incontrollato che l'aveva pervaso al primo sguardo, nel suo studio. Né le celle d'isolamento né i farmaci né le grida degli altri malati erano bastati a frenare la sua passione. Un colpo di fulmine, tutto qua.

A Villejuif, Freire viveva nel complesso ospedaliero, in un edificio decentrato. Ogni notte raggiungeva il padiglione di Anne-Marie. Rivide tutto: il corridoio tappezzato di linoleum, le porte con gli oblò, il mazzo di chiavi che gli garantiva l'accesso ovunque. Ombra nell'ombra, Mathias era guidato – o piuttosto trascinato – dal desiderio. Attraversava la sala di arteterapia tenendo gli occhi bassi per non vedere i quadri di Anne-Marie appesi alle pareti. Rappresentavano piaghe nere, contorte, oscene, su fondo rosso. A volte lei tagliava addirittura la tela con la spatola, come Lucio Fontana. Quando contemplava i suoi lavori alla luce del giorno, Mathias si diceva che Anne-Marie era una delle pazienti più pericolose dell'ospedale. La notte, però, distoglieva lo sguardo e filava verso la sua cella.

Quegli incontri l'avevano bruciato per sempre. Abbracci appassionati nella stanza chiusa a chiave. Carezze misteriose, ispirate, soggioganti. Parole deliranti sussurrate all'orecchio. «Non guardarli, amore... Non sono cattivi...» Anne-Marie parlava degli spiriti che, secondo lei, li circondavano nelle tenebre. Mathias, con gli occhi aperti nel buio, non rispondeva. "Dritto contro il muro", si ripeteva. "Vado a sbattere dritto contro il muro."

Quella volta dopo aver fatto l'amore si era addormentato. Aveva dormito un'ora, forse meno. Quando si era svegliato – dovevano essere le tre del mattino – il corpo nudo di Anne-Marie oscillava al di sopra del letto. Si era impiccata. Con la *sua* cintura.

Non aveva capito subito. Credeva ancora di sognare. Aveva persino ammirato quella figura dai seni pieni che di nuovo lo eccitava. Poi il panico l'aveva travolto. Si era reso conto che tutto era finito. Per lei. *Per lui.* Si era rivestito e aveva abbandonato il cadavere lasciando la cintura attaccata alla maniglia della finestra. Era fuggito attraverso i corridoi, evitando gli infermieri, e aveva raggiunto il suo padiglione come un ratto la sua tana.

Senza fiato, sconvolto, si era iniettato una dose di sedativo nella piega del gomito e si era rannicchiato nel letto, con la testa sotto le lenzuola. Quando si era svegliato, dodici ore dopo, la notizia si era diffusa. Nessuno era stupito: Anne-Marie aveva tentato più volte il suicidio. Era stata aperta un'inchiesta per scoprire a chi appartenesse la cintura da uomo, ma non era approdata a nulla. Mathias Freire non era stato interrogato. Nessuno aveva pensato a lui. Da oltre un anno Anne-Marie Straub non era più sua paziente. La suicida non aveva parenti prossimi. Non era stata sporta nessuna denuncia. Caso archiviato.

A partire da quel giorno, Freire aveva lavorato inserendo il pilota automatico, alternando antidepressivi e ansiolitici. Per una volta il suo mestiere gli tornava utile. Non aveva ricordi di quel periodo. Faceva le sue visite come un automa. Diagnosi confuse. Notti senza sogni. Finché si era presentata l'opportunità di Bordeaux. L'aveva colta al volo. Si era disintossicato, aveva fatto le valigie e preso il TGV senza voltarsi indietro.

Da quando aveva assunto l'incarico al centro ospedaliero aveva adottato un nuovo atteggiamento nella professione. Evitava ogni coinvolgimento: i suoi pazienti non erano più casi bensì caselle da riempire: schizofrenia, depressione, isteria, disturbo ossessivo-compulsivo, paranoia, autismo... Metteva una crocetta sulla casella, indicava la terapia adeguata e si teneva a distanza. Veniva definito freddo, fuori dal mondo, un robot. Meglio così. Non avrebbe mai più instaurato un rapporto di qualsiasi natura con un paziente. Mai più si sarebbe lasciato coinvolgere dal suo lavoro.

Lentamente tornò al presente. Era ancora davanti alla finestra della cucina, di fronte alla strada deserta completamente avvolta nella nebbia. Il tè era diventato nero come caffè. Finalmente la luce del giorno avanzava. Dietro le siepi, le stesse case. Dietro le finestre, le stesse esistenze, ancora immerse nel sonno. Il sabato mattina poltrire a letto fino a tardi era di rigore.

Un particolare però non quadrava.

A una cinquantina di metri di distanza, lungo il marciapiede, era parcheggiato un fuoristrada nero con i fari accesi.

Freire asciugò la condensa sul vetro. Proprio in quel momento due uomini in cappotto nero scesero dall'auto. Lui strizzò gli occhi. Non li scorgeva distintamente, ma le loro sagome facevano pensare agli agenti dell'FBI che si vedono nei film, o alla loro versione parodistica in *Men in Black*. Che diavolo ci facevano lì?

Forse erano guardie di qualche agenzia privata ingaggiate dagli abitanti del quartiere? No, né l'auto né l'eleganza dei due uomini corrispondevano a quel profilo. Ora si erano appoggiati al cofano del 4×4, incuranti della nebbia. Fissavano un punto preciso. Mathias sentì di nuovo il dolore in fondo all'occhio.

Ciò che i due tizi fissavano attraverso la foschia era la *sua* casa. E più precisamente la sua sagoma in controluce nella cucina.

Freire tornò in ospedale all'una, dopo aver sonnecchiato sul divano con un bel po' di fascicoli a fargli da coperta. Il pronto soccorso era deserto. Non c'erano malati bisognosi di aiuto né barboni ubriachi fradici né pazzi furiosi raccattati per strada. Una vera fortuna. Salutò le infermiere che gli consegnarono la posta e i documenti trascritti il giorno prima. Filò nel suo studio, che fungeva sia da ambulatorio sia da sala di riposo.

Esaminò per primo il verbale riguardante l'uomo che aveva perso la memoria ritrovato alla stazione Saint-Jean. Il documento era redatto da un certo tenente Nicolas Pailhas del commissariato dei Capucins. Il giorno prima Freire non aveva tentato di interrogare il cowboy né di capire qualcosa della faccenda. Dopo averlo auscultato lo aveva spedito a letto prescrivendogli un analgesico. Ci avrebbe pensato l'indomani.

Rimase affascinato dal caso fin dalle prime righe.

Lo sconosciuto era stato trovato verso mezzanotte da alcuni ferrovieri in una cabina del punto di ingrassaggio situato lungo il primo binario. L'uomo aveva forzato la serratura e si era rintanato nel gabbiotto. Quando gli avevano chiesto cosa ci facesse là, non era stato in grado di rispondere, non aveva nemmeno saputo dire qual era il suo nome. A parte lo Stetson e gli stivali di lucertola, l'intruso portava un cappotto di lana grigia, una giacca di velluto frusto, una felpa della Champion e un paio di jeans bucati. Non aveva addosso documenti né altro che permettessero di identificarlo. Sembrava in stato di shock. Aveva difficoltà a parlare. Talvolta faticava persino ad afferrare le domande che gli venivano rivolte.

Fatto più inquietante, aveva con sé due oggetti da cui non intendeva separarsi. Un'enorme chiave inglese da 450 mm e un elenco telefonico dell'Aquitania risalente al 1996, uno di quei tomi di migliaia e migliaia di pagine stampati su carta bibbia. L'attrezzo e la guida erano macchiati di sangue. Il texano non sapeva spiegare come ne fosse entrato in possesso né perché fossero insanguinati.

Pensando che fosse ferito, gli agenti delle ferrovie dello stato, l'SNCF, l'avevano condotto all'infermeria della stazione, ma l'esame non aveva rivelato nulla. Il sangue sulla chiave e sull'elenco telefonico doveva quindi appartenere a *qualcun altro*. Il capo dello scalo aveva avvertito le forze dell'ordine. Pailhas e i suoi uomini erano arrivati quindici minuti più tardi, si erano portati via lo sconosciuto e avevano chiamato il medico di guardia del quartiere, quello che aveva contattato Freire.

Dall'interrogatorio al posto di polizia non era emerso nulla. Gli avevano scattato qualche fotografia e preso le impronte. I tecnici della Scientifica avevano raccolto campioni di saliva e capelli per inserire il suo DNA nella banca dati del FNAEG, il database nazionale automatizzato delle impronte genetiche. Avevano anche rilevato granelli di polvere sulle mani e sotto le unghie. Si era in attesa del risultato delle analisi. Ovviamente la chiave inglese e l'elenco telefonico erano stati requisiti. *Corpi del reato*. Ma quale reato?

Il cercapersone di Freire suonò. Lui consultò l'orologio: le tre del pomeriggio. Cominciava la parata. Fra le visite ambulatoriali e i pazienti ricoverati non si correva mai il rischio di essere disoccupati. Lesse sul visore che c'era un problema nella cella d'isolamento del padiglione ovest. Si avviò con passo spedito, la borsa in mano, e risalì il viale centrale, ancora avvolto nella nebbia. L'ospedale raggruppava una decina di padiglioni, ciascuno dei quali era destinato a una zona dell'Aquitania o a una patologia particolare: tossicodipendenza, crimini sessuali, autismo...

Il padiglione ovest era il terzo sulla sinistra. Freire s'inoltrò nel corridoio principale. Muri bianchi, linoleum beige, tubature a vista: ogni edificio era uguale all'altro. Non c'era da stupirsi che i pazienti sbagliassero quando rientravano all'ovile.

«Che cosa succede?»

Il medico di guardia trasalì. «Porca puttana, non lo vede che cosa succede?»

Freire ignorò la risposta aggressiva e lanciò un'occhiata attraverso la finestrella della cella. Una donna nuda, con il corpo bianco impiastricciato di feci e urina, era per terra in un angolo della stanza. Accovacciata, con le dita insanguinate, era riuscita a strappare qualche crosta di intonaco che masticava con determinazione. «Le faccia un'iniezione», disse con voce neutra. «Tre unità di Loxapac.»

L'aveva riconosciuta, ma non ne ricordava più il nome. Un habitué. Probabilmente era stata ricoverata quella mattina. Aveva la pelle diafana, la faccia sconvolta dall'angoscia e il corpo scheletrico, tutto spigoli. Si ficcava in bocca le croste di intonaco a piene mani, come se fossero corn flakes. C'era sangue sulle dita. Sui frammenti di parete. Sulle labbra.

«Quattro unità», si corresse Freire. «Fatele quattro unità.» Da tempo aveva rinunciato ad arrovellarsi sull'impotenza degli psichiatri. Nel caso dei malati cronici, non c'è che una soluzione: stordirli a colpi di psicofarmaci aspettando che si placasse la tempesta. Era poco, ma già qualcosa.

Sulla strada del ritorno, passò dal suo reparto, l'Henri-Ey. Il padiglione ospitava ventotto pazienti, tutti provenienti dall'Est della regione. Schizofrenici, depressi, paranoici... e altri casi meno chiari. Fece un salto all'accettazione per ritirare il resoconto degli eventi del mattino. Una crisi di pianto. Un po' di trambusto in cucina. Un tossico che chissà come si era procurato un pezzo di spago e si era confezionato un laccio emostatico da legare attorno al pisello. Routine.

Freire attraversò il refettorio con il suo odore di tabacco stantio; ai pazzi era ancora permesso fumare. Fece scattare la serratura di un'altra porta. Gli effluvi di alcol a novanta gradi annunciavano l'infermeria. Passando, salutò le sue vecchie conoscenze. Un uomo grosso vestito di bianco che pensava di essere il direttore dell'istituto. Un altro, di origine africana, che a forza di andare avanti e indietro per il corridoio avrebbe finito per scavare un solco nel pavimento. Un terzo che oscillava sui piedi come un misirizzi e i cui occhi parevano incassati nella fronte.

In infermeria chiese notizie dell'uomo in stato di amnesia.

Il medico di guardia sfogliò il registro. Notte calma. Mattinata normale. Alle dieci il cowboy era stato trasferito al Pellegrin per un check-up neurologico completo, ma aveva rifiutato di sottoporsi ad accertamenti radiologici. Dai medici che lo avevano visitato non era stato riscontrato alcun segno di lesioni organiche. Propendevano quindi per un'amnesia dissociativa causata da un trauma emotivo. Il che significava che il texano aveva vissuto, o anche solo visto, qualcosa che gli aveva fatto perdere la memoria. *Cosa?*

«Dove si trova adesso? Nella sua stanza?» chiese Freire.

«No, nella sala Camille-Claudel.»

Una delle manie della psichiatria moderna è dare ai padiglioni, ai viali e ai vari servizi i nomi di malati celebri. Anche la demenza ha i suoi campioni. La sala Camille-Claudel era l'unità di arteterapia. Freire imboccò un altro corridoio, fece scorrere un chiavistello sulla destra e s'inoltrò nella stanza in cui i pazienti potevano dipingere, scolpire e confezionare oggetti di vimini o di carta.

Passò accanto ai tavoli delle sculture in creta e della pittura per raggiungere quello dove si intrecciavano i vimini. Con l'aria concentrata, gli ospiti mettevano insieme alla bell'e meglio cestini, portatovaglioli e tovagliette. Le fibre flessibili vibravano nell'aria, in contrasto con i volti contratti, pietrificati. Lì il vegetale viveva e l'umano si fossilizzava.

Il cowboy si trovava a un'estremità del tavolo. Anche da seduto, superava gli altri di venti centimetri buoni. Con la faccia segnata da una ragnatela di rughe, portava ancora il suo assurdo cappello. I grandi occhi azzurri rischiaravano il viso impenetrabile.

Freire si avvicinò. L'orco era intento a confezionare un

cestino a forma di barca. Aveva mani callose. "Un operaio, un contadino..." pensò lo psichiatra. «Buongiorno.»

L'altro alzò gli occhi. Sbatteva le palpebre in continuazione, ma con lentezza. Ogni volta che riapparivano, le sue iridi chiare rivelavano un che di liquido e madreperlaceo. «Salve», rispose spingendo in su la tesa del cappello con un colpo dell'indice, come avrebbe fatto il campione di un rodeo.

«Che cosa sta facendo? Una barca? Un guanto da pelota basca?»

«Ancora non lo so.»

«Conosce il Paese basco?»

«Non so.»

Freire prese una sedia e si sedette a cavalcioni.

Gli occhi chiari tornarono a posarsi su di lui. «Sei uno *spichiatra?*»

Freire notò l'inversione. "Forse è dislessico." E anche l'uso del «tu». "Buon segno", si disse. Decise di passare anche lui al «tu». «Sono Mathias Freire, il direttore di questo reparto. Sono stato io ad autorizzare il tuo ricovero ieri sera. Hai dormito bene?»

«Faccio sempre lo stesso sogno.» Lo sconosciuto continuava a intrecciare i suoi rami di salice. Un odore di palude, di canne bagnate aleggiava nella sala. A parte l'enorme cappello, il colosso indossava una maglietta e un paio di pantaloni di tela prestatigli dall'ospedale. Aveva braccia enormi e muscolose coperte di peli rosso-grigi.

«Quale sogno?»

«All'inizio c'è il caldo. Poi tutto quel bianco...»

«Che bianco?»

«Il sole... Il sole è tremendo, sai... Annienta tutto.»

«Dove è ambientato questo sogno?»

Il cowboy si strinse nelle spalle senza interrompere il lavoro. Sembrava che stesse sferruzzando. Era una scena piuttosto comica. «Cammino in un posto dai muri tutti bianchi. Un paesino spagnolo, o greco... che ne so. Vedo la mia ombra. Cammina davanti a me. Sui muri. Sul terreno. È a picco, quasi verticale. Dev'essere mezzogiorno.»

Freire si sentì a disagio. Aveva fatto lo stesso sogno appena prima di incontrare quell'uomo. Un segno premonitore? Non ci credeva, ma gli piaceva la teoria di Carl Jung sulla sincronicità, esemplificata dall'aneddoto dello scarabeo d'oro di cui una paziente gli aveva parlato proprio mentre una *Cetonia aurata* premeva contro il vetro dello studio. «E poi?» rilanciò. «Cosa succede dopo?»

«C'è un bagliore ancora più bianco. Un'esplosione, ma senza rumore. Non vedo più niente. Sono completamente abbagliato.»

Qualcuno ridacchiò alla loro destra. Freire sobbalzò. Un omino, un nano con una testa da gargolla, accovacciato vicino alla gamba di un tavolo, li osservava. Antoine, detto Toto. Inoffensivo.

«Cerca di ricordare.»

«Scappo. Corro per le strade bianche.»

«È tutto?»

«Sì. No. Quando me ne vado, la mia ombra non si muove. Resta stampata contro il muro. Come a Hiroshima.»

«Hiroshima?»

«Dopo la bomba le ombre delle vittime sono rimaste impresse sulla pietra. Lo sapevi?»

«Sì», disse Freire ricordandosi vagamente del fenomeno.

Calò il silenzio. Per un po' l'uomo rimase concentrato sul suo lavoro, poi, d'un tratto, alzò la testa. Le sue pupille luccicavano sotto lo Stetson.

«Che ne pensi, doc? Cosa vorrà dire?»

«Probabilmente è una versione simbolica del tuo incidente», improvvisò Freire. «Quel lampo bianco è una metafora della tua perdita di memoria. Lo shock subito ha steso sulla tua mente una grande pagina bianca.»

Pure stronzate da strizzacervelli: suonava bene ma non si basava su niente di concreto. Uno psicotico se ne infischia delle belle frasi e delle costruzioni logiche.

«C'è un problema», mormorò lo sconosciuto. «Questo sogno lo faccio da molto tempo.»

«È una tua impressione», replicò Freire. «Sarebbe sorprendente che ti ricordassi dei sogni precedenti l'incidente. Questi elementi appartengono alla tua memoria intima. Personale. Quella che è stata toccata, capisci?»

«Abbiamo più memorie?»

«Diciamo che possediamo una memoria culturale, di ordine generale... come i tuoi ricordi a proposito di Hiroshima... e una memoria autobiografica che riguarda il tuo vissuto specifico. Nome. Famiglia. Mestiere. E i sogni...»

Il gigante scosse lentamente il capo. «Non so che ne sarà di me», disse. «Ho la testa totalmente vuota.»

«Non preoccuparti. Tutto è ancora stampato dentro. Queste amnesie spesso sono di breve durata. Se però il problema non si risolve, abbiamo soluzioni per stimolare la memoria. Test, esercizi. Risveglieremo la tua mente.»

Lo sconosciuto lo fissò con i suoi grandi occhi che viravano al grigio.

«Perché stamattina all'ospedale non hai voluto che ti facessero delle radiografie?»

«Non mi va.»

«Ne hai già fatte?»

Nessuna risposta. Freire non insistette.

«Riguardo la notte scorsa», riprese, «oggi non ti è venuto in mente niente?»

«Vuoi dire perché mi trovassi nella cabina?»

«Per esempio.»

«No.»

«E la chiave inglese? L'elenco telefonico?»

L'uomo aggrottò le sopracciglia. «C'era sopra del sangue, no?»

«Sì, sangue. Da dove viene?»

Freire aveva parlato con autorità. Il gigante s'irrigidì, poi apparve sgomento. «Io... non ne so niente...»

«E il tuo cognome? Il tuo nome? La tua origine?» Freire si pentì di averlo bombardato con quelle domande a raffica. Era stato troppo secco. Troppo frettoloso. Il panico dell'uomo sembrò accentuarsi. Gli tremavano le labbra. «Daresti il tuo consenso a una seduta di ipnosi?» chiese più dolcemente.

«Adesso?»

«Domani. Prima devi riposarti.»

«Mi può aiutare?»

«Non c'è nessuna certezza. Ma la suggestione ci permetterà di...» Fu interrotto dal suono del cercapersone che portava alla cintura. Lanciò un'occhiata al visore e contemporaneamente si alzò. «Devo andare. Un'emergenza. Rifletti sulla mia proposta.»

Con lentezza, il cowboy si alzò e tese la mano aperta. Il gesto era amichevole ma lo spostamento d'aria terrificante. «Non occorre, doc. Sono d'accordo. Mi fido di te. A domani.»

Un tipo era chiuso da mezz'ora nella toilette accanto alla sala del pronto soccorso e non voleva saperne di uscire. Freire stava davanti alla porta insieme a un tecnico munito di cassetta degli attrezzi. Dopo aver provato più volte a convincere l'uomo ad aprire – dopo averglielo ordinato – fece forzare la serratura. Lui era seduto per terra, vicino alla tazza, con la testa fra le braccia strette attorno alle ginocchia. Il luogo era immerso nella penombra e vi aleggiava un fetore asfissiante.

«Sono uno psichiatra», disse Freire richiudendo la porta con la spalla. «Ha bisogno di aiuto?»

«Si tolga dai piedi.»

Freire mise un ginocchio sul pavimento, evitando le pozze di urina. «Come si chiama?»

Nessuna risposta. L'uomo teneva sempre la testa nascosta fra le braccia.

«Venga nel mio ufficio», aggiunse posandogli una mano sulla spalla.

«Ho detto di smammare!» Lo sconosciuto aveva un difetto di pronuncia. Dava l'impressione di succhiare le sillabe, salivando abbondantemente. Sorpreso dal contatto, aveva alzato la testa.

Nell'oscurità, Freire ne scorse il viso deforme. Scavato e tumefatto, asimmetrico, come lacerato in tanti pezzi. «Si metta in piedi», ordinò.

Il tipo tese il collo. La scena si fece più distinta. Un amalgama di carni grinzose, di pelle tirata, di striature lucenti. Una caricatura grottesca.

«Può fidarsi di me», disse Freire dominando la repulsione.

Più che bruciature, sembravano devastazioni provocate dalla lebbra. Un male divorante che distruggeva progressivamente quella faccia. Aguzzando gli occhi nella penombra, capì che la verità era un'altra: quelle cicatrici erano false. L'uomo si era incollato la pelle formando pieghe, ondulazioni e rigonfiamenti, probabilmente con della colla sintetica. Si era inflitto quelle deformazioni con l'idea di farsi passare per uno sfigurato e beneficiare dell'assistenza.

"Sindrome di Münchhausen", pensò lo psichiatra. «Venga», ripeté.

L'altro infine si alzò. Freire aprì la porta accogliendo con sollievo la luce e un'atmosfera respirabile. Emergendo da quel luogo, usciva dalla cloaca ma non dall'incubo. Trascorse un'ora con l'Uomo Colla e trovò conferma della sua diagnosi: il tizio era pronto a tutto pur di essere ricoverato e curato. Come prima misura, lo fece trasferire al Pellegrin, dove si sarebbero occupati della sua faccia: la colla cominciava a bruciare i tessuti.

Ore 17.30.

Freire si fece sostituire al pronto soccorso e tornò nel suo reparto, al centro visite, dove si trovavano il suo ufficio e la segreteria. Non c'era in giro nessuno. Mangiò un panino e lentamente si riprese da quell'ennesimo delirio. Quand'era studente lo avevano rassicurato: «Ci si abitua a tutto». Ma con lui non aveva funzionato. Anzi, andava di male in peggio. La sua sensibilità nei confronti della malattia psichiatrica era come una membrana scoperta, costantemente irritata, forse anche infetta...

Ore 18.00.

Tornò al pronto soccorso.

C'era più calma adesso. Solo qualcuno che si era presentato per un ricovero volontario. Li conosceva. In un mese e mezzo di attività aveva già avuto il tempo di individuare i malati che andavano e venivano dall'ospedale. Il ricoverato segue un trattamento, recupera la propria autonomia, torna a casa, smette di prendere i neurolettici e ha un'immediata ricaduta. Ergo, rieccolo a picchiare alla porta del pronto soccorso.

Ore 19.00.

Doveva resistere ancora poche ore. La stanchezza gli martellava gli occhi, le palpebre pesanti restavano aperte a fatica. Pensò all'uomo colpito da amnesia. Gli era venuto in mente diverse volte durante la giornata. Quel caso lo intrigava. Si isolò nel suo studio e cercò il numero del commissariato di polizia di place des Capucins. Chiese di parlare con Nicolas Pailhas, l'ufficiale che aveva steso il rapporto del sopralluogo. Quel sabato il poliziotto non era di servizio. Facendo valere la propria autorità, Freire ottenne il suo numero di cellulare.

Pailhas rispose al secondo squillo. Mathias si presentò.

«E allora?» fece l'altro in tono esasperato. Detestava essere disturbato nel weekend.

«Volevo sapere se ci sono sviluppi nell'inchiesta.»

«Adesso sono a casa mia, con i miei figli.»

«Ma ha seguito delle piste. Qualcuna avrà dato dei risultati, no?»

«Non vedo come ciò la riguardi.»

Freire si sforzò di restare calmo. «Questo paziente è sotto la mia responsabilità. Il mio lavoro è curarlo. Il che significa, fra l'altro, che devo identificarlo e aiutarlo a recuperare la memoria. Siamo soci in questo affare, capisce?»

«No.»

Freire cambiò musica. «Non è stata segnalata nessuna persona scomparsa nella regione?»

«No.»

«Ha contattato le associazioni che si occupano dei senzatetto?»

«Lo stanno facendo.»

«Ha pensato alle stazioni nelle vicinanze di Bordeaux? Non ci sono testimoni fra i passeggeri dei treni di quella notte?»

«Aspettiamo delle risposte.»

«Ha emesso un ordine di ricerca? Creato un sito Internet con un numero verde? Ha...»

«Quando saremo a corto d'idee, la chiameremo.»
Freire ignorò il sarcasmo e cambiò argomento. «E le analisi del sangue sulla chiave e sull'elenco?»
«Zero positivo. Come quello di oltre un terzo della popolazione francese.»
«Nessun atto di violenza segnalato nella notte?»
«No.»
«E l'elenco? Ha notato se c'è un segno su una pagina o su un nome?»
«Ho l'impressione che lei creda di essere un dannato sbirro.»
«Cerco solo di identificare quest'uomo», ribatté Mathias stringendo i denti. «Glielo ripeto: perseguiamo lo stesso obiettivo. Domani tenterò una seduta di ipnosi. Se ha il minimo indizio, qualsiasi informazione che possa orientare le mie domande, è il momento di dirmelo.»
«Non ho niente», grugnì il poliziotto. «Devo cantarglielo?»
«Ho chiamato il suo commissariato. Ho avuto l'impressione che oggi nessuno si stia occupando di questo caso.»
«Riprendo il lavoro domani», fece Pailhas di cattivo umore. «Questo caso ha la precedenza su tutto.»
«Che cosa ne ha fatto della chiave e dell'elenco?»
«Abbiamo intrapreso un procedimento giudiziario e proceduto alla relativa confisca.»
«Che tradotto significa?»
Il poliziotto ridacchiò. Dal cattivo umore era passato al sarcasmo. «È tutto nelle mani della Scientifica. Avremo i risultati lunedì. Va bene così?»
«Se avrà qualche notizia, posso contare sulla sua collaborazione?»
«D'accordo», replicò Pailhas in un tono piuttosto conciliante. «Ma funziona nei due sensi. Se con quella roba dell'ipnosi scopre qualcosa, mi deve informare.» Fece una breve pausa prima di aggiungere: «È nel suo interesse».
Mathias sorrise. Era scattata la minaccia. Sarebbe stato necessario psicoanalizzare ogni poliziotto per scoprire le ragioni che gli facevano scegliere quel mestiere. Freire promise e lasciò a Pailhas i suoi recapiti.

Né l'uno né l'altro credevano a quella collaborazione. Ciascuno per sé e che vinca il migliore.

Freire tornò al pronto soccorso. Doveva resistere ancora due ore. La cosa positiva era che se ne sarebbe andato prima che si scatenasse il caos del sabato sera. Si occupò di diversi casi, prescrivendo antidepressivi, ansiolitici e rispedendo ognuno a casa propria.

Ore 22.00.

Mathias salutò il collega di turno appena arrivato e andò nel proprio ufficio. La nebbia non mollava, sembrava anzi essersi fatta ancora più fitta con il calare della sera. Si rese conto che aveva contaminato tutta la sua giornata, come se, attraverso quei vapori, niente apparisse reale.

Si tolse il camice, raccolse le sue cose e s'infilò l'impermeabile. Prima di andarsene, decise di fare un'ultima visita all'uomo con lo Stetson. Raggiunse il reparto e salì al primo piano. Nel corridoio aleggiava ancora l'odore della cena, mischiato agli abituali sentori di urina, etere e medicinali. Si percepivano lo strascichio felpato delle pantofole sul linoleum, l'audio del televisore e il rumore caratteristico di qualcuno che rovistava in un posacenere a stelo a caccia di mozziconi di sigarette.

D'un tratto una donna gli balzò addosso. Freire trasalì suo malgrado, poi la riconobbe. Era Mistinguett. La chiamavano tutti così e lui non ricordava il suo vero nome. Aveva sessant'anni e ne aveva trascorsi quaranta nel padiglione ovest. Non era cattiva, ma il suo aspetto fisico non l'aiutava. Capelli bianchi scarmigliati. Un viso flaccido e grigio. Occhi come spilli, velati, luccicanti, crudeli. Si era aggrappata al suo trench.

«Si calmi, Mistinguett», disse liberandosi dalle mani adunche. «È ora di andare a letto.»

Una risata le sgorgò dalla bocca come sangue da una piaga. Il sogghigno si trasformò in un sibilo pieno d'odio, poi in un ansito disperato.

Freire la afferrò saldamente per le braccia: puzzava di pomata e di piscio. «Ha preso le pillole?»

Quante volte al giorno ripeteva queste parole? Non era

più una domanda. Era una preghiera, una litania, una supplica. Riuscì a ricondurre Mistinguett nella sua stanza. Prima che lei potesse fiatare, si richiuse la porta alle spalle.

Si accorse di avere afferrato meccanicamente il suo tesserino magnetico per dare l'allarme. Bastava che un'estremità sfiorasse un radiatore o una conduttura e gli infermieri sarebbero accorsi. Fremette e si ficcò il badge in tasca. Che differenza c'era fra il suo mestiere e quello di un secondino?

Arrivò alla stanza del cowboy. Bussò piano. Nessuna risposta. Girò la maniglia e s'introdusse nel locale in penombra. Il colosso era disteso sul letto, immobile, enorme. Lo Stetson e gli stivali erano appoggiati lì accanto, come cani fedeli.

Freire si avvicinò a passi silenziosi per non spaventare il gigante.

«Mi chiamo Mischell», mormorò l'uomo.

Freire sobbalzò.

«Mi chiamo Mischell», ripeté lui voltando la testa verso lo psichiatra. «Non ho dormito che un'ora o due ed ecco il risultato. Mica male, no?»

Mathias aprì la cartella e prese carta e penna. Gli occhi si stavano abituando alla poca luce nella stanza. «È il tuo nome?»

«No, il cognome.»

«Come si scrive?»

L'altro lo sillabò.

Freire prese nota senza molta convinzione. Il ricordo era riaffiorato troppo rapidamente. Probabilmente si trattava di una storpiatura o di un'invenzione bella e buona. «È emerso qualcos'altro mentre dormivi?»

«No.»

«Hai sognato?»

«Credo di sì.»

«Che cosa?»

«Sempre la stessa storia, doc. Il paese bianco. L'esplosione. La mia ombra che resta incollata al muro...»

Parlava lentamente, con voce impastata, come se fosse

tra la veglia e il sonno. Mathias continuava a scrivere: «Consultare i libri sui sogni. Effettuare ricerche sulle leggende riguardanti le ombre». Sapeva come avrebbe occupato la serata. Alzò la testa dal taccuino. La respirazione dell'uomo si era fatta regolare. Si era riaddormentato. Lui indietreggiò. Era un segnale incoraggiante. Forse la seduta d'ipnosi dell'indomani sarebbe stata produttiva.

Risalì il corridoio e raggiunse l'uscita. Le plafoniere erano spente. L'ora di andare a letto era suonata. Fuori, la nebbia avvolgeva le palme e i lampioni del cortile come le grandi vele di un vascello fantasma. Freire pensò all'artista Christo che aveva impacchettato il Pont Neuf e il Reichstag. Gli venne un'idea più strana: era la mente volatile dell'uomo colpito da amnesia, era la nebbia della sua memoria ad avviluppare l'ospedale e tutta la città... Bordeaux era in balia di quel passeggero delle nebbie...

Mentre si dirigeva verso il parcheggio, Freire cambiò idea.

Non aveva né fame né voglia di rientrare.

Tanto valeva verificare subito quella prima informazione.

Ritornò al centro visite, si chiuse nel suo studio e si sedette davanti al computer senza nemmeno togliersi l'impermeabile. Si collegò direttamente al PMSI, il Programma di medicalizzazione dei sistemi d'informazione, che conservava traccia di ogni ricovero o visita e di tutte le cure dispensate sull'intero territorio francese.

Nessun Mischell.

Freire non usava mai quel programma. Forse esistevano delle restrizioni e certi dati venivano considerati confidenziali. Dopotutto in Francia il reato di violazione della privacy era punito severamente.

Questo primo buco nell'acqua lo spronò a indagare. Quando lo avevano trovato, l'uomo con la chiave inglese non era in possesso di un documento d'identità. I suoi vestiti erano logori. Aveva la pelle cotta dal sole, segno che viveva all'aria aperta. Un senzatetto?

Mathias alzò il ricevitore e chiamò il CCAS, il Centro di assistenza sociale comunale, dov'era assicurato un servizio di accoglienza. Mischell non era fra i vagabondi registrati in Aquitania. Contattò allora l'ASAIS, un'associazione che si occupava dell'inserimento sociale, e poi il centro mobile di emergenza. Negli archivi di queste organizzazioni non c'era traccia di un Mischell.

Continuò le ricerche su Internet. Nessun abbonato telefonico con quel nome era presente nei dipartimenti dell'Aquitania o del Midi-Pirenei. Non ne era sorpreso. Come aveva immaginato, con ogni probabilità lo sconosciuto storpiava involontariamente il proprio cognome. Per ora i suoi ricordi non potevano essere che imperfetti.

Mathias ebbe un'altra idea. Secondo il rapporto della polizia, l'elenco telefonico in possesso dell'uomo risaliva al 1996. Continuando le ricerche, trovò un programma che permetteva di consultare vecchie guide. Scelse l'anno 1996 e digitò «Mischell». Nulla. Il nome non figurava in nessuno dei cinque dipartimenti della regione amministrativa dell'Aquitania.

Tornò su Google e inserì direttamente il cognome. Neanche qui trovò granché. Un profilo in Myspace.com conteneva un video montaggio di un tale Mischell che aveva come protagonisti Mulder e Scully di *X-Files*. Brani musicali di una cantante, Tommi Mischell. Un sito dedicato a Patricia Mischell, una veggente del Missouri. Il motore di ricerca gli suggeriva di provare con la grafia «Mitchell».

Mezzanotte. Adesso era proprio ora di tornare a casa. Mathias spense il computer e raccolse le sue cose. Mentre andava verso il cancello, si ripromise di presentarsi con una fotografia del cowboy presso i diversi istituti d'accoglienza per senzatetto di Bordeaux e dei dintorni, i centri di salute mentale, i centri di accoglienza terapeutica a tempo parziale. Li conosceva tutti. Era quasi sicuro che il suo sconosciuto avesse già sofferto di disturbi mentali.

A causa della nebbia, che lo costringeva a procedere molto lentamente, ci mise quasi un quarto d'ora per raggiungere il suo quartiere. Un gran numero di veicoli era posteggiato lungo i giardini: il sabato sera la gente riceveva gli amici. Non c'era un buco dove mettere la macchina. La lasciò a cento metri da casa e proseguì a piedi avvolto nella grande coltre bianca. La strada non aveva più contorni. I lampioni fluttuavano nell'aria. Tutto sembrava leggero, immateriale. Nell'attimo in cui ne prendeva coscienza, si accorse di essersi perso. Fiancheggiando le siepi costellate di goccioline e superando le berline parcheggiate, avanzò alla cieca, alzandosi in punta di piedi per leggere i nomi delle villette.

Finalmente scorse le lettere familiari: OPALE.

A tastoni aprì il cancelletto. Sei passi. Girò la chiave. Richiuse la porta e s'inoltrò nell'atrio, vagamente sollevato. Posò la borsa, lasciò cadere l'impermeabile su uno degli scatoloni dell'ingresso e si diresse verso la cucina, senza accendere la luce. I gesti standard della sua solitudine erano in armonia con la planimetria standard della casa.

Qualche minuto dopo era intento a prepararsi il tè davanti alla finestra. Nel silenzio della villetta udiva ancora il rumore dei pazienti. Tutti gli psichiatri conoscono questa sensazione. La chiamano «la musica dei pazzi». L'eloquio difettoso. I passi strascicati. I deliri. Quei brusii gli risuonavano nella testa come l'eco del mare dentro una conchiglia. I folli non lo lasciavano mai. O piuttosto era lui a non lasciare mai l'unità Henri-Ey.

I suoi pensieri si congelarono.

Dalla nebbia era appena emerso il 4×4 nero del giorno prima.

Molto lentamente il veicolo scivolò lungo la via per fermarsi davanti alla sua villetta. Freire ebbe un tuffo al cuore. I due uomini in nero uscirono contemporaneamente dall'auto e si piantarono davanti alle sue finestre.

Con un groppo in gola li osservò senza cercare di nascondersi. Erano alti almeno un metro e ottanta e, sotto i cappotti, portavano giacche scure abbottonate quasi fino al collo di un tessuto che riluceva sotto il lampione. Camicia bianca e cravatta nera. Parevano alti funzionari statali, i cosiddetti *énarques*, severi e ambiziosi; sennonché avevano qualcosa di violento, di clandestino.

Mathias era come pietrificato. Si aspettava che varcassero il cancelletto del giardino e suonassero alla porta. Invece no. Non si muovevano. Stavano sotto il lampione, senza curarsi di essere visti. I loro volti erano in sintonia con il resto. Il primo aveva la fronte alta, i capelli argentati pettinati all'indietro e un paio di occhiali in tartaruga. L'altro aveva un'aria più selvaggia, con i capelli castani lunghi e già radi, le sopracciglia cespugliose e un'espressione corrucciata.

Due facce dai lineamenti regolari.

Due playboy quarantenni a loro agio negli abiti italiani firmati.

Chi erano? Cosa volevano?

Il dolore in fondo all'occhio sinistro si rifece sentire. Freire abbassò le palpebre e se le massaggiò delicatamente. Quando riaprì gli occhi, i due fantasmi erano scomparsi.

Anaïs Chatelet stentava a credere a quell'incredibile colpo di fortuna. Un turno del sabato sera che s'inaugurava con un cadavere. Un vero omicidio, con tutti i crismi, completo di rituale e mutilazioni. Non appena ricevuta la chiamata, aveva preso la sua auto e si era diretta verso il luogo del ritrovamento: la stazione Saint-Jean. Strada facendo, ripeté fra sé le informazioni che le erano state date. Un giovane nudo, con diverse ferite. Una messinscena aberrante. Qualcosa che puzzava di follia e crudeltà lontano un miglio. Non una banale rissa finita male né un volgare furto di denaro. *Roba seria.*

Quando scorse i furgoni parcheggiati davanti alla stazione con i lampeggiatori che ruotavano nella nebbia e i poliziotti con le cerate che si muovevano come spettri luccicanti, capì che era tutto vero. Il suo primo omicidio da quando era stata promossa capitano. Avrebbe costituito una squadra d'indagine e approfittato del periodo di flagranza per risolvere il caso. Avrebbe snidato il colpevole e sarebbe finita sulle prime pagine dei giornali. A ventinove anni!

Uscì dall'auto e respirò l'aria umida. Da trentasei ore Bordeaux sguazzava in quell'intruglio biancastro. Si aveva l'impressione che la città fosse stata invasa da una palude, con le sue brume, i suoi rettili e i suoi umori acquosi. Un'atmosfera particolare che andava a sommarsi all'evento. "Un omicidio scaturito dalla nebbia", pensò Anaïs fremendo di eccitazione.

Un agente del commissariato di place des Capucins la scorse e le si avvicinò.

L'uomo che aveva scoperto il corpo era un jockey, un manovratore che guidava i treni fra la rimessa ferroviaria e la stazione vera e propria. Aveva preso servizio alle ventitré e lasciato l'auto nel parcheggio destinato agli agenti dell'SNCF a sud dell'atrio. Raggiunti i binari attraverso un passaggio laterale, aveva notato il cadavere in fondo a una fossa di manutenzione abbandonata, fra il primo binario e i vecchi laboratori di riparazione. Aveva informato il funzionario di turno che a sua volta aveva chiamato subito gli uomini della SUGE, la polizia ferroviaria, e le guardie dell'SPS, la società privata incaricata della sicurezza nella stazione. Poi era stato avvertito il commissariato più vicino, quello di place des Capucins.

Anaïs conosceva il seguito. Raggiunto all'una del mattino, il procuratore della Repubblica aveva a sua volta contattato la centrale di polizia di Bordeaux, in rue François-de-Sourdis, e incaricato del caso l'ufficiale di turno. Lei, appunto. Gli altri erano tutti fuori a occuparsi di banali problemi collegati alla nebbia. Incidenti automobilistici, saccheggi, scomparse... Perciò, volente o nolente, era lei, Anaïs Chatelet, con il suo grado di capitano nuovo di zecca e i suoi due anni di stanza a Bordeaux, ad aggiudicarsi il caso migliore della notte.

Attraversarono l'atrio della stazione e un agente dell'SNCF consegnò loro dei gilet protettivi di un arancione fluorescente. Mentre lo indossava, Anaïs indugiò per un secondo ad ammirare le strutture d'acciaio alte più di trenta metri che si perdevano nella nebbia. Risalirono il marciapiede fino ai binari esterni. L'uomo dell'SNCF non smetteva di parlare. Non si era mai visto nulla di simile. Su ordine del procuratore, il traffico ferroviario era bloccato per due ore. Il morto ritrovato nella fossa era qualcosa di mostruoso. Erano tutti in stato di shock...

Anaïs non ascoltava. Sentiva sulla pelle l'umidità appiccicaticcia e il freddo che le penetrava nelle ossa. Come sospesi fra i vapori, i semafori della stazione – tutti rossi – formavano una costellazione insanguinata. L'acqua grondava dai cavi sospesi. Ricoperti da una miriade di goccioline, i binari luccicavano per poi dissolversi.

Anaïs avanzò incespicando sulle traverse e sulla massicciata. «Può illuminare il terreno?»

Il ferroviere abbassò la torcia e proseguì il suo discorso. Lei colse al volo qualche informazione tecnica. I binari con numero pari salivano verso Parigi, quelli dispari scendevano verso il Sud. I cavi elettrici venivano chiamati «catenarie» e le strutture metalliche sul tetto dei treni «pantografi». Tutto ciò per il momento non le serviva a niente, ma le dava la confusa impressione di familiarizzarsi con l'omicidio.

«Ci siamo.»

Nella notte, i riflettori della Scientifica disegnavano lune fredde e lontane. I fasci di luce delle torce ritagliavano nastri di garza biancastra nell'oscurità. Più lontano si scorgeva la rimessa ferroviaria, con i TGV, i TER e le automotrici coperti di una patina argentata. C'erano anche vagoni merci e carrozze chiamate «Y», l'equivalente dei rimorchiatori nei porti, con la funzione di trainare i treni fino in stazione. Macchine potenti e nere che evocavano titani taciturni.

Passarono sotto i nastri di delimitazione. POLIZIA ZONA INTERDETTA. La scena del crimine si precisava. La fossa di manutenzione. Gli steli cromati dei riflettori. I tecnici in tuta bianca profilata di blu. Anaïs era stupita che fossero già lì: il laboratorio più vicino si trovava a Tolosa.

«Vuole vedere il corpo?» chiese un ufficiale dell'Anticrimine infagottato in una cerata sopra la quale si era infilato il gilet protettivo. Lei assunse un'espressione di circostanza e annuì. Lottava contro la nebbia e contro la propria impazienza ed eccitazione. Un giorno, all'università, un professore di diritto le aveva detto in un corridoio: «Lei è l'Alice di Lewis Carroll. L'impresa, per lei, sarà quella di trovare un mondo alla sua altezza!». Otto anni più tardi eccola lì a camminare fra i binari in cerca di un cadavere. *Un mondo alla sua altezza...*

In fondo alla fossa, lunga cinque metri e larga due, regnava l'agitazione abituale di una scena del crimine in versione compressa. I tecnici sgomitavano, si spintonavano, scattavano fotografie, scrutavano ogni millimetro del terreno illuminandolo con lampade speciali – luci monocromatiche, dall'infrarosso all'ultravioletto –, prelevavano frammenti che riponevano in sacchetti sigillati.

Nella mischia Anaïs riuscì a scorgere il cadavere. Un ragazzo di una ventina d'anni. Nudo. Magrissimo. Coperto di tatuaggi. Le ossa parevano sul punto di perforare la pelle. Il biancore dell'epidermide sembrava fosforescente. Le due rotaie al di sopra della fossa lo racchiudevano come la cornice di un quadro. Lei pensò a una tela del rinascimento nella penombra di una chiesa. Un martire dalle carni livide, inarcato in una posizione di sofferenza.

Ma la cosa più scioccante era la testa.

Non era quella di un uomo. Apparteneva a un toro.

Una possente testa nera di bovino, mozzata alla base del collo, che doveva pesare almeno cinquanta chili.

Anaïs prese infine coscienza di ciò che i suoi occhi vedevano. Era tutto *reale.* Si sentì cedere le ginocchia, tuttavia si chinò sulla fossa e si concentrò sulle prime constatazioni per non perdere il controllo. Le possibilità erano due. O l'assassino aveva decapitato la vittima posandole poi sulle spalle la testa dell'animale, oppure aveva infilato il suo trofeo direttamente sul cranio dell'uomo.

In entrambi i casi la simbologia era evidente: il Minotauro era stato ucciso. Un Minotauro dei tempi moderni, perduto in un dedalo di binari. *Il labirinto.*

«Posso scendere?» chiese Anaïs.

Dopo aver indossato le soprascarpe e una cuffia di carta, si avviò sulla scala di ferro che portava in fondo alla fossa. I tecnici della Scientifica si fecero da parte. Lei si accovacciò per esaminare ciò che le interessava: quella mostruosa testa di animale innestata su un corpo d'uomo.

La seconda opzione era corretta: la testa era stata infilata a forza su quella della vittima. Sotto, il cranio dell'uomo doveva essere ridotto in poltiglia.

«Secondo me ha svuotato la testa della bestia.»

Anaïs si voltò verso l'uomo che aveva parlato, Michel Longo, il medico legale. Non l'aveva riconosciuto, travestito com'era da fantasma incappucciato. «Da quanto è morto?» chiese rialzandosi.

«È troppo presto per dirlo con precisione. Almeno ventiquattr'ore. Ma il freddo e la nebbia complicano le cose.»

«È stato qui tutto questo tempo?»

Il medico allargò le mani guantate. Da sotto il cappuccio spuntavano un paio di occhiali Persol. «Magari l'assassino l'ha portato qui stasera. Impossibile saperlo.»

Anaïs pensò alla nebbia che avviluppava la città dal giorno prima. Protetto da quella spessa cortina, l'assassino avrebbe potuto agire in qualsiasi momento.

«Salve.»

Anaïs alzò il capo schermandosi gli occhi con la mano. In piedi sull'orlo della fossa, la figura di una donna si stagliava contro l'alone bianco dei riflettori. Anche controluce la riconobbe subito. Era Véronique Roy, sostituto procuratore. Una sorta di sosia di Anaïs. Di Bordeaux, figlia dell'alta borghesia, sulla trentina, aveva seguito lo stesso curriculum di studi, o quasi. Le due donne si erano incrociate nelle scuole private più esclusive, poi sui banchi dell'università Montesquieu e infine nella toilette dei locali più trendy della città. Non erano mai state amiche. Né nemiche. Ora continuavano a incrociarsi sul lavoro. Un impiccato. Una donna con il viso maciullato da un microonde scagliatole addosso dal marito. Un'adolescente sgozzata. Non c'era davvero spazio per instaurare un piacevole cameratismo.

«Salve», borbottò Anaïs.

La donna, inondata di luce, li dominava dal bordo della fossa. Portava un giubbotto di pelle Zadig & Voltaire su cui Anaïs aveva messo gli occhi da un po', da quando l'aveva visto in una vetrina dalle parti di cours Georges-Clemenceau. «È spaziale», mormorò tenendo lo sguardo fisso sul cadavere.

Anaïs le fu grata di quella frase cretina che ben riassumeva la situazione. Era sicura che Véronique provasse le sue stesse emozioni: terrore misto a eccitazione. Erano di fronte a ciò che entrambe avevano sempre aspettato, pur essendone al tempo stesso intimorite. Un'inchiesta per omicidio di portata sensazionale. Un assassino delirante. Tutte le donne della loro età che facevano quel mestiere erano cresciute con il *Silenzio degli innocenti*, sognando di diventare Clarice Starling.

«Hai un'idea della causa della morte?» chiese Anaïs al medico legale.

Longo fece un gesto vago. «Non ci sono ferite visibili», rispose. «Forse è stato soffocato dalla testa del toro. O sgozzato. O avvelenato. Bisogna aspettare l'autopsia e i risultati dei test tossicologici. Non escludo l'overdose.»

«Perché?»

L'uomo si abbassò e afferrò il braccio sinistro della vittima. Le vene nella piega del gomito sembravano dure come il legno, costellate di cicatrici, rigonfiamenti e edemi bluastri. «Strafatto. Il ragazzo era in pessime condizioni fisiche. Già da vivo, intendo. Lercio. Denutrito. Ha i segni di vecchie ferite non curate. Direi che abbiamo a che fare con un tossico di una ventina d'anni. Un senza fissa dimora. Un giovane sbandato delle periferie. Qualcosa del genere.»

«Hanno ritrovato i vestiti?» domandò Anaïs sollevando lo sguardo verso il poliziotto dell'Anticrimine, in piedi vicino a Véronique.

«Né vestiti né documenti d'identità.»

Il ragazzo era stato ucciso altrove e scaraventato lì dentro. Nascosto? O al contrario esposto? La certezza era che quella fossa svolgeva un ruolo nel rituale dell'assassino.

Anaïs risalì la scala lanciando un'ultima occhiata al corpo. Coperto di paillette di ghiaccio, assomigliava a una scultura d'acciaio. Con i suoi odori di grasso e di metallo, la fossa costituiva una sepoltura perfetta per quella creatura.

Tornata in superficie, si tolse cuffia e soprascarpe. Véronique Roy si lanciò nelle formule di rito: «Ti incarico ufficialmente del...».

«Mi manderai le scartoffie in ufficio», la interruppe lei.

Irritata, il sostituto procuratore interrogò Anaïs sulle piste che intendeva seguire. Lei rispose in tono meccanico enumerando le operazioni di routine. Nel frattempo tentava di immaginare il profilo dell'omicida. Doveva conoscere i luoghi e probabilmente gli orari in cui i treni facevano manovra. Forse era un dipendente dell'SNCF o comunque qualcuno che aveva pianificato accuratamente il crimine.

Di colpo, una visione le tolse il fiato. L'assassino trasportava sulla schiena il cadavere chiuso in un sacco di plastica scuro camminando curvo fra i vapori. Anaïs fece una riflessione di tipo tecnico: il peso del corpo sommato a quello della testa del toro costituiva un fardello di oltre cento chili. L'assassino quindi doveva essere un colosso. Oppure aveva infilato la testa sulla vittima una volta sul posto? Ciò avrebbe comportato due viaggi dalla sua auto alla fossa di manutenzione. Dove aveva lasciato la macchina? Nel parcheggio?

«Cosa?» chiese Anaïs.

«Ti ho domandato se hai già formato la squadra», ripeté Véronique Roy.

«Ecco la mia squadra...»

Le Coz avanzava con passo malfermo distorcendosi le caviglie sulla massicciata, bardato del gilet fluorescente regolamentare. Véronique mostrò un certo stupore. Aveva occhi chiari sotto le sopracciglia perfettamente disegnate.

Anaïs doveva ammetterlo: Véronique era piuttosto carina. «Straparlo», si scusò con un sorriso. «Ti presento il tenente Hervé Le Coz, il mio secondo. È l'unico di turno insieme a me stanotte. La squadra verrà formata entro un'ora.»

Sotto il gilet, Le Coz portava un cappotto di cachemire nero. Altrettanto neri, i suoi capelli pieni di gel luccicavano di umidità. Dalle labbra sensuali uscivano nuvolette di vapore. Di fronte al suo fascino raffinato Véronique Roy parve irrigidirsi, anche se in modo impercettibile; un riflesso di difesa.

Anaïs sorrise. Era probabile che il sostituto procuratore fosse nubile, come lei. Un malato sa riconoscere negli altri i segni del proprio disagio. Riassunse la situazione per Le Coz, poi, in tono di comando, e stavolta senza bluffare, disse: «Primo, bisogna identificare la vittima. Secondo, bisogna scavare nella sua rete di relazioni».

«Pensi che l'assassino e il ragazzo si conoscessero?» intervenne Véronique Roy.

«Io non penso niente. Innanzitutto scopriamo chi è il morto. Poi procederemo per gradi: dalle conoscenze più vicine a quelle più remote. Gli amici di sempre. Gli incontri di una sera.» Anaïs si rivolse di nuovo al tenente. «Chiama gli altri. Bisogna guardare tutte le videoregistrazioni della stazione. E non soltanto quelle delle ultime ventiquattr'ore.» Tese il braccio verso il parcheggio. «Il nostro uomo non è certamente passato per la biglietteria. Si è introdotto sui binari attraverso il parcheggio del personale. Concentrati su quei video. Rileva tutte le targhe delle auto che vi hanno stazionato in questi ultimi giorni. Trova i proprietari e interrogali. Convoca i funzionari, gli agenti e i tecnici della stazione. Che si spremano le meningi per farsi tornare in mente la minima cosa sospetta.»

«Quando si comincia?»
«Si è già cominciato.»
«Sono le tre del mattino.»
«Butta tutti giù dal letto. Perquisite i vecchi laboratori. Ci sono sempre dei barboni in quelle baracche. Possono aver visto qualcosa. Quanto al jockey...»
«Il jockey?»
«Il manovratore di treni che ha scoperto il corpo. Domattina voglio trovare il verbale del suo interrogatorio sulla mia scrivania. Nelle prossime ore bisogna radunare qui alla stazione il maggior numero possibile di uomini. Dobbiamo controllare l'intero perimetro e interrogare tutti gli utenti, tutti gli habitué.»
«È domenica...»
«Vuoi aspettare lunedì? Fatti aiutare dall'Anticrimine e dalla polizia municipale.»
Le Coz prese appunti senza fiatare. Il suo taccuino era bagnato a causa della nebbia.
«Voglio anche qualcuno che si occupi del versante "animale" dell'indagine.»
Il poliziotto alzò gli occhi. Non aveva capito.
«Questa testa di toro deve pur provenire da qualche parte. Contatta i gendarmi dell'Aquitania, delle Landes e del Paese basco.»
«Perché così lontano?»
«Perché si tratta di un toro da combattimento. Un *toro bravo.*»
«Come lo sai?»
«Lo so e basta. Gli allevamenti più vicini sono nei dintorni di Mont-de-Marsan. Poi scendi verso Dax.»
Le Coz continuava a scrivere imprecando contro l'umidità che faceva sbavare l'inchiostro sulla carta.
«È chiaro che non voglio l'ombra di un giornalista su questo caso.»
«Come pensi di riuscirci?» chiese Véronique. In quanto magistrato, aveva il dovere di tenere informati i media. Sicuramente aveva già programmato la sua conferenza stam-

pa e anche pensato a cosa avrebbe detto in quell'occasione. Anaïs le metteva i bastoni fra le ruote.

«Aspettiamo. Non lasciamo trapelare niente. Con un po' di fortuna, la vittima è davvero un senzatetto.»

«Non afferro.»

«Nessuno lo cercherà, perciò possiamo temporeggiare, annunciarne la morte fra ventiquattr'ore. Anche a quel punto non menzioneremo la testa di toro. Diremo che si tratta di un barbone, probabilmente morto di freddo. Fine del discorso.»

«E se non fosse così?»

«In ogni caso ci serve tempo per poter lavorare con tranquillità.»

Le Coz si congedò con un cenno del capo e si dileguò nella nebbia. In altri luoghi, in un altro momento, avrebbe sfoderato tutto il suo fascino con le due giovani donne, ma l'urgenza della situazione gli era più che chiara. Nelle ore successive non ci sarebbe stato spazio per il sonno, per i pasti, per la famiglia, per niente che non fosse l'indagine.

«Mi rintracci il supervisore della Scientifica», disse Anaïs all'uomo dell'Anticrimine, che restava in disparte ma non si perdeva una parola.

«Pensi sia il primo di una serie?» domandò il sostituto procuratore a bassa voce. Il suo timbro tradiva ancora lo stesso stato d'animo ambivalente, sospeso fra l'eccitazione e la repulsione.

Anaïs sorrise. «È troppo presto per dirlo, cara. Dobbiamo aspettare il rapporto del medico legale. Apprenderemo qualcosa di più dal modus operandi del soggetto ignoto. Devo anche verificare se qualche svitato non sia uscito di recente da Cadillac.»

Tutti nella regione conoscevano quel nome. L'istituto per malati difficili. L'antro dei folli violenti e criminali. Quasi una curiosità locale, come i grandi vigneti e la duna del Pilat.

«Consulterò lo schedario nazionale», proseguì, «per vedere se non ci sia già stato un delitto di questo genere in Aquitania o altrove.»

Anaïs stava dicendo tutto ciò che le veniva in mente per impressionare la rivale. Lo schedario nazionale dei criminali in Francia era sì un programma costantemente aggiornato, ma i poliziotti o i gendarmi che fornivano le informazioni attraverso i questionari non si impegnavano granché.

D'un tratto la nebbia si squarciò lasciando emergere un cosmonauta della Scientifica.

«Abdellatif Dimoun», disse l'apparizione abbassando il cappuccio. «Sono il supervisore della Scientifica di Tolosa per questa indagine.»

«E viene da Tolosa? Come ha fatto ad arrivare così in fretta?»

«Un colpo di fortuna, se così si può dire.» L'uomo fece un largo sorriso. I denti di un bianco smagliante facevano un bel contrasto con la pelle scura. Sulla trentina, aveva un'aria terribilmente sexy. «Siamo a Bordeaux per un'altra faccenda: la contaminazione del sito industriale di Lormont.»

Anaïs ne aveva sentito parlare. Si sospettava che un ex dipendente della ditta – una fabbrica di prodotti chimici – avesse sabotato per vendetta certi procedimenti tecnici. Il capitano e il sostituto procuratore si presentarono. Il tecnico si tolse i guanti e strinse loro la mano.

«La pesca è stata fruttuosa?» chiese Anaïs in un tono che voleva essere neutro.

«No. Qui è tutto fradicio. Il cadavere è in ammollo da almeno dieci ore. Impossibile rilevare il minimo segno papillare.»

«Il minimo che?»

«Le impronte digitali», spiegò Anaïs, contenta di far sfoggio delle proprie conoscenze davanti alla rivale.

«Non abbiamo trovato neanche frammenti organici né liquidi biologici», continuò Dimoun. «Né sangue né sperma, niente. Ma, ripeto, con questa umidità... C'è solo una certezza: questa non è la scena del crimine primaria. Il corpo è stato gettato qui, ma l'assassino ha ucciso *altrove*.»

«Ci faccia avere il rapporto e le analisi il prima possibile.»

«Certo. Lavoreremo sul posto, in un laboratorio privato.»

«Se avessi delle domande, la chiamerò.»

«Nessun problema.» L'uomo scrisse il numero del suo cellulare sul retro di un biglietto da visita.

«Le do anche il mio», disse Anaïs tracciando le cifre su una pagina del taccuino. «Può contattarmi a qualsiasi ora. Vivo da sola.»

Il tecnico inarcò le sopracciglia, sorpreso da quella confidenza inaspettata. Lei si sentì arrossire. Véronique Roy la osservava maliziosa.

Il poliziotto dell'Anticrimine la salvò dall'imbarazzo. «Può venire un secondo? Si tratta del capo scalo... Ha una cosa importante da dirle.»

«A che proposito?»

«Pare che qui ieri notte sia stato trovato un tipo bizzarro. Uno che ha perso la memoria. Io non c'ero.»

«Dov'è successo?»

«È stato rinvenuto sui binari, non lontano dalla fossa di manutenzione.»

Anaïs salutò la Roy e Dimoun, nella mano del quale infilò il biglietto con il suo numero. Mentre seguiva il poliziotto attraverso i binari, notò tre tizi in camice bianco che arrivavano dal parcheggio. Gli uomini incaricati del trasferimento all'obitorio. Un carrello elevatore li seguiva ronzando, sicuramente per sollevare il corpo e la sua testa smisurata.

Sempre alle costole della sua guida, gettò un'occhiata da sopra una spalla. Véronique e il tecnico della Scientifica chiacchieravano con aria complice, in disparte. Si erano persino accesi una sigaretta. La Roy chiocciava come una gallina. Anaïs strinse con rabbia la keffiyah palestinese che portava a mo' di sciarpa. Era una conferma di ciò che aveva sempre pensato. Con o senza cadavere, solidali o no, il ritornello era lo stesso: *che vinca la migliore.*

La nebbia s'infittiva nel centro città. Volute bianche si sprigionavano dall'asfalto, dai muri, dai tombini. Non si vedeva al di là di una distanza di cinque metri. Che problema c'era? Anaïs sarebbe potuta rientrare in ufficio a occhi chiusi. Dopo le spiegazioni piuttosto confuse dell'addetto alla sorveglianza – secondo le quali la notte precedente, sempre lungo i binari, era stato ritrovato un cowboy colpito da amnesia – aveva dato qualche altra consegna ed era salita in macchina.

Dai quais imboccò cours Victor-Hugo in direzione della cattedrale di Saint-André. Dopo la sferzata d'adrenalina, ecco il calo di tensione. Sarebbe stata all'altezza? Le avrebbero lasciato il caso? Entro poche ore la notizia si sarebbe diffusa nelle alte sfere della città. Il prefetto, il sindaco, i deputati avrebbero chiamato il commissario capo, Jean-Pierre Deversat. Nella città dei vini, un cadavere con la testa di un toro era inammissibile. Sarebbero stati tutti d'accordo: l'inchiesta doveva concludersi il più rapidamente possibile. Avrebbero valutato con attenzione l'ufficiale di polizia giudiziaria incaricato del caso. L'età, l'esperienza, il sesso. E soprattutto il nome. Lo scandalo legato a suo padre. Quella storia era diventata come un marchio indelebile.

Deversat l'avrebbe appoggiata? No. La conosceva appena. Sapeva su di lei quello che sapevano tutti: una poliziotta superqualificata, brillante, che metteva passione nel lavoro. Ma in un'indagine poliziesca quelle qualità non erano determinanti. Niente sostituiva l'esperienza di chi si era già cimentato sul campo. La confortava l'idea che il periodo di flagranza l'avrebbe protetta. Avevano incaricato lei e nessun altro.

Aveva otto giorni per agire, senza l'intervento del giudice né della commissione rogatoria. Per interrogare chi voleva, frugare ovunque, requisire il materiale di cui aveva bisogno. In realtà una simile prospettiva le metteva addosso una gran fifa. Avrebbe saputo usare un tale potere?

Scalò la marcia prima di svoltare a destra, in cours Pasteur. L'immagine del coordinatore della Scientifica di Tolosa s'insinuò nella sua mente a confonderle le idee. L'arabo dal sorriso seducente. Anaïs ripensò alla propria gaffe e a come si era intestardita a lasciargli il numero di cellulare. Che idiota. Era stata ridicola? In risposta, sentì la risatina di Véronique Roy mentre lei si allontanava.

Rallentò al semaforo rosso, che brillava come una palla di fuoco nella nebbia fitta, poi partì senza aspettare il verde. Aveva messo il lampeggiatore sul tetto della macchina, ma senza attivare la sirena. Una lanterna blu nel grigiore cupo.

Tentò invano di riannodare il filo dei pensieri sull'indagine. La collera le montava dentro. Una rabbia diretta contro sé stessa. Perché cercava di attirare l'attenzione di tutti i maschi che incrociava? Sempre in crisi di astinenza, sempre preoccupata di suscitare il desiderio... Come poteva essere così dipendente dall'amore? La sua solitudine era diventata una malattia. Un'ipersensibilità a tutto ciò che aveva a che fare con i sentimenti.

Quando incrociava una coppia per strada, le si chiudeva la gola. Se vedeva due amanti che si baciavano in un film, le salivano le lacrime agli occhi. Una sua conoscente si sposava e lei ingoiava un Lexomil. Non sopportava più di vedere persone che si amavano. Conosceva il nome di quella malattia: nevrosi. E lo specialista di cui aveva bisogno era uno psichiatra. Ma di strizzacervelli ne aveva già consultati una cifra da quando era adolescente, senza il minimo risultato.

Parcheggiò la Golf ai piedi della cattedrale e scoppiò in singhiozzi, con le braccia incrociate sul volante. Per diversi minuti lasciò scorrere le lacrime provando un doloroso sollievo. Poi si asciugò gli occhi, si soffiò il naso e riprese il controllo. Non era il caso di arrivare in ufficio in quello stato. Aspettavano un capo, non una piagnona.

Spense la radio e ingoiò un Lexomil. Prese l'iPod e s'infilò gli auricolari: un po' di musica in attesa che l'ansiolitico facesse effetto. *Rise* di Gabrielle. Una canzone malinconica, scritta in collaborazione con Bob Dylan. Si sentì invadere dai ricordi mentre la molecola vinceva la sua battaglia contro l'angoscia.

Lei non era stata sempre così. Nervosa. Instabile. Depressa. Una volta era una ragazza modello, attraente e determinata. Sicura di sé, della propria capacità di sedurre, del proprio avvenire. Un padre enologo, conteso dai più rinomati Châteaux. Una splendida casa nel Médoc. Una carriera scolastica impeccabile al liceo Tivoli. Diploma di maturità a diciassette anni. Iscritta alla facoltà di legge a diciotto. Il progetto: laurea in giurisprudenza con indirizzo in enologia, come il papà, per specializzarsi nel diritto patrimoniale e dei vini. Inevitabile.

Fino a vent'anni Anaïs non aveva mai infranto le regole, anche se qualche volta le aveva aggirate. Si sa, i ragazzi sono ragazzi. Alle compassate feste danzanti per i giovani delle grandi famiglie bordolesi si alternavano le serate più piccanti, nelle quali ci si sbronzava con i vini più prestigiosi: bastava scendere nella cantina di casa. Aveva anche passato non poche notti nei nightclub della regione, eventi per VIP naturalmente, al tavolo dei calciatori girondini.

La sua non era una generazione stimolante: chi non si ubriacava si faceva di coca. Nessuno di quei figli di papà aveva la minima ambizione di guadagnare, perché erano già pieni di soldi.

Talvolta Anaïs si diceva che avrebbe preferito essere una nullatenente, una stronza, una puttana, per strappare la grana a quei riccastri senza l'ombra di un rimorso. Per il momento, però, era come loro. E seguiva le regole, quelle di suo padre.

La madre di Anaïs, una cilena, aveva perso la ragione

qualche mese dopo il parto, a Santiago, mentre Jean-Claude Chatelet lavorava allo sviluppo del Carménère, un vitigno diventato raro in Francia ma fiorente ai piedi delle Ande. Per curare la moglie, l'enologo aveva deciso di rientrare in Gironda, la sua regione d'origine, dove avrebbe potuto facilmente trovare lavoro.

La madre fuori di testa rappresentava l'unica sbavatura in un quadro perfetto. Anaïs conservava solo un vago ricordo delle visite settimanali all'istituto di Tauriac presso il quale sua mamma veniva curata. Lei coglieva botton d'oro nel parco mentre il papà camminava con una donna silenziosa che non aveva mai riconosciuto la propria figlia. Sua madre era morta quando Anaïs aveva otto anni, senza avere mai ritrovato un solo sprazzo di lucidità.

Dopodiché l'armonia era stata perfetta. Oltre a svolgere la propria attività professionale, il padre si dedicava all'educazione della figlia adorata che, in cambio, s'impegnava a soddisfare tutte le sue attese. Vivevano in un certo senso come una coppia, ma lei non considerava quel rapporto frustrante, malsano o soffocante.

Il papà non voleva altro che il suo bene e Anaïs aspirava a una felicità dentro gli schemi: prima della classe e cavallerizza provetta.

Il 2002 era stato l'anno dello scandalo.

Quando Anaïs aveva ventun anni, a un tratto il mondo attorno a lei era cambiato. I giornali. I pettegolezzi. Gli sguardi. Tutti la osservavano, le ponevano domande alle quali non poteva rispondere. Le era fisicamente impossibile, perché aveva perso la voce. Per più di tre mesi non era stata in grado di pronunciare una parola. Un problema puramente psicosomatico, a parere dei medici.

La prima cosa che aveva fatto era stata andarsene di casa. Aveva bruciato tutti i vestiti e detto addio al suo cavallo, un regalo del papà: se fosse stato possibile avrebbe abbattuto l'animale con una fucilata. Aveva voltato le spalle agli amici, messo una croce sopra la sua giovinezza dorata e chiuso con il rispetto delle convenienze. E, soprattutto, aveva interrotto ogni rapporto con suo padre.

2003.

Si era laureata in legge e praticava sport da combattimento: krav maga e kickboxing. Si allenava nel tiro sportivo. Ormai aveva deciso: voleva fare il poliziotto. Dedicarsi alla verità. Lavare quegli anni di menzogna che avevano insozzato la sua vita, la sua anima, il suo sangue, fin dalla nascita.

2004.

ENSOP (Scuola nazionale superiore degli ufficiali di polizia), Cannes-Écluse. Diciotto mesi di formazione. Procedure. Metodi d'indagine. Sociologia... Come migliore studente del suo corso, Anaïs aveva potuto scegliere la destinazione. Aveva optato per un commissariato standard, a Orléans, con l'idea di tastare il terreno. Poi aveva chiesto Bordeaux, la città in cui era scoppiato lo scandalo. Dove il suo nome era stato trascinato nel fango. Nessuno aveva capito quella decisione.

Eppure era semplice.

Voleva mostrare a tutti che non temeva nessuno.

E mostrare *a lui*, suo padre, di essere ormai dalla parte della giustizia e della verità.

Fisicamente Anaïs non era più la stessa. Si era tagliata i capelli. Indossava solo jeans, pantaloni di cotone cachi, giubbotti di pelle e anfibi. Aveva un corpo atletico, minuto ma muscoloso e scattante. Il suo modo di esprimersi, le sue parole e il suo tono si erano induriti. Tuttavia, malgrado gli sforzi, il suo aspetto era ancora quello di una ragazza pura, con la pelle bianchissima e i grandi occhi stupiti; una che sembrava uscita da una favola.

Tanto meglio.

Chi avrebbe diffidato di un ufficiale di polizia con l'aria di una bambolina?

Sul versante uomini, da quando era tornata a Bordeaux si era lanciata in una ricerca senza via d'uscita. Malgrado le sue arie da dura, cercava una spalla solida su cui appoggiarsi, un corpo muscoloso che la scaldasse. Due anni dopo non aveva ancora trovato nessuno. Lei, che era stata una fredda seduttrice all'epoca delle serate chic, la *jewish princess* inaccessibile, ora non attirava neanche un maschio. E, se mai un candidato si avventurava nelle sue reti, non riusciva a tenerselo stretto.

Era a causa del suo aspetto? Delle nevrosi che trasudavano dal suo modo di parlare, dai gesti troppo sbrigativi, dalle brusche occhiate che lanciava? Del suo mestiere che spaventava tutti? Quando s'interrogava al riguardo, finiva sempre per scrollare le spalle. Era troppo tardi per cambiare, in ogni caso. Aveva perso la sua femminilità come si perde la verginità. Non c'era speranza di fare marcia indietro.

Attualmente era nel suo periodo Meetic.

Tre mesi di incontri insignificanti, di chiacchiere insulse, di emeriti imbecilli. Con risultati nulli e umilianti. Da ogni storia usciva un po' più logorata, un po' più annientata dalla crudeltà maschile. Cercava dei compagni e mieteva nemici. Mirava a *Le pagine della nostra vita* e le servivano *Quella sporca dozzina.*

Alzò gli occhi. Le lacrime si erano asciugate. Ora stava ascoltando *Right Where It Belongs* dei Nine Inch Nails. Attraverso la bruma, le gargolle della cattedrale la osservavano. I mostri di pietra le ricordavano tutti quegli uomini nascosti dietro i loro monitor, che la spiavano, la seducevano con le menzogne. Studenti di medicina che in realtà consegnavano pizze a domicilio. Imprenditori che riscuotevano il sussidio di disoccupazione. Celibi in cerca dell'anima gemella con una moglie incinta del terzo figlio.

Gargolle.

Diavoli.

Traditori...

Girò la chiave di accensione. Il Lexomil aveva fatto effetto. Ma, soprattutto, era tornata la collera, e con essa l'odio. Sentimenti che la stimolavano più di qualsiasi droga.

Mettendo in moto, ripensò all'evento della notte. Nella sua città un uomo aveva ucciso un innocente e gli aveva infilato sul cranio la testa di un toro. Si sentì ridicola, con le sue preoccupazioni da ragazzina frivola, e una pazza per aver perso tempo a pensare ai propri guai mentre un assassino scorrazzava libero per le strade di Bordeaux.

Stringendo i denti, prese la direzione di rue François-de-Sourdis. Per una volta, la notte era stata proficua.

Aveva un cadavere.

Sempre meglio di un imbecille vivo.

«Ieri mi hai detto di chiamarti Mischell.»
«È così. Pascal Mischell.»
Freire annotò il nome. Vero o falso, era un elemento nuovo. Non aveva avuto alcuna difficoltà a indurre lo stato di ipnosi. L'amnesia predisponeva il cowboy a sconnettersi dal mondo esterno. Un altro fattore positivo era la fiducia che l'uomo gli accordava. Senza fiducia, non ci si rilassa. Se non ci si rilassa, niente ipnosi.
«Sai dove abiti?»
«No.»
«Rifletti.»
Il colosso si teneva eretto sulla sedia, con le mani sulle cosce e l'immancabile cappello in testa. Freire aveva voluto condurre la seduta nel proprio studio, al centro visite. La domenica era il luogo ideale per non essere disturbati. Aveva abbassato le tapparelle e chiuso a chiave la porta. Penombra e tranquillità.
Erano le nove del mattino.
«Credo... Sì, il nome della città è Audenge.»
«Dove si trova?»
«Nel bacino di Arcachon.»
Freire prese nota. «Che mestiere fai?»
Mischell non rispose subito. Le pieghe che gli si erano disegnate sulla fronte, giusto sotto l'orlo dello Stetson, rivelavano che stava riflettendo. «Vedo dei mattoni.»
«Mattoni per costruire?»
«Sì. Li tengo in mano. Li poso.» L'uomo mimava i gesti con le palpebre abbassate, come un cieco.

Freire pensò alle particelle rilevate sulle sue mani e sotto le unghie. "Polvere di mattone." «Lavori nell'edilizia?»

«Faccio il muratore.»

«Dove?»

«Sono... Credo... In questo momento lavoro in un cantiere a Cap-Ferret.»

Freire continuava a scrivere. Non prendeva tutto per oro colato: la memoria di Mischell poteva distorcere la verità o creare elementi di pura invenzione. Quelle informazioni erano piuttosto degli indizi. Fornivano un orientamento alla ricerca. "Verificare tutto." Alzò la penna e aspettò. "Non fare troppe domande. Lasciare agire l'atmosfera dello studio." Lui stesso avvertiva una certa sonnolenza. Il gigante non parlava più.

«Ricordi il nome del tuo datore di lavoro?» chiese infine Mathias.

«Thibaudier.»

«Puoi sillabarlo?»

Mischell non ebbe esitazioni.

«Ricordi qualcos'altro?»

Silenzio, poi: «La duna. Dal cantiere si vede la duna del Pilat...».

Ogni risposta era come un tratto di matita che completava lo schizzo.

«Sei sposato?»

Altra pausa. «No, non sposato... Ho una ragazza.»

«Come si chiama?»

«Hélène. Hélène Auffert.»

Dopo avergli fatto sillabare anche quel nome, Freire ingranò la marcia successiva. «Cosa fa nella vita?»

«È impiegata in municipio.»

«Il municipio del suo paese? Il municipio di Audenge?»

Mischell si passò una mano tremante sul viso. «Non... Non so più...»

Freire preferì porre fine alla seduta. Ne avrebbe programmata un'altra per l'indomani. Bisognava rispettare il ritmo con cui la memoria si apriva un varco verso la luce.

Con poche parole fece emergere Mischell dal suo stato

di suggestione, poi tirò su le tapparelle. Il bagliore del sole lo accecò e risvegliò il dolore all'occhio. Niente più nebbia su Bordeaux. Un sole invernale regnava sulla città, bianco e freddo come una palla di neve. Freire lo considerò un buon presagio per il suo lavoro sull'uomo senza memoria. «Come ti senti?»

Il cowboy non si muoveva. Indossava una giacca di tela dello stesso colore dei pantaloni. Una via di mezzo fra un pigiama e una divisa da carcerato. Indumenti forniti dall'ospedale. Freire scosse il capo. Era contrario all'idea di far mettere un'uniforme ai pazienti.

«Bene», disse Mischell.

«Ti ricordi della nostra conversazione?»

«Vagamente. Ho detto roba importante?»

Lo psichiatra rispose con prudenza, ricorrendo alle formule di rito ma senza ripetere le informazioni ottenute. Prima doveva verificarle, l'una dopo l'altra. Si sedette dietro la scrivania e guardò Mischell dritto negli occhi. Dopo qualche parola tranquillizzante, lo interrogò sul suo sonno.

«Ho rifatto quel sogno.»

«Il sole?»

«Il sole, sì. E l'ombra.»

E lui che cosa aveva sognato? Dopo l'episodio degli uomini in nero era piombato nell'incoscienza come una pietra in un pozzo senza fondo. Aveva dormito completamente vestito sul divano della sala, come un barbone. Si alzò e girò intorno al gigante, sempre seduto. «Hai cercato di ricordarti della... notte alla stazione?»

«Naturale. Non mi torna in mente niente.»

Ora Freire camminava alle spalle del cowboy. Era consapevole del fatto che i propri passi avevano qualcosa di minaccioso, di opprimente: un poliziotto che interroga il suo prigioniero. «Neanche un particolare?» chiese avvicinandosi sulla destra.

«Niente.»

«La chiave inglese? L'elenco telefonico?»

Mischell sbatté più volte le palpebre. Soffriva di tic nervosi. «Niente. Non so niente.»

Lo psichiatra tornò dietro la scrivania. Stavolta aveva avvertito una resistenza: l'uomo aveva paura. *Paura di ricordare.* Freire gli rivolse un sorriso amichevole, un segno che la seduta era conclusa, ma anche un tentativo di distensione. Le precauzioni non erano mai sufficienti con questo genere di pazienti. La memoria del cowboy era come un foglio di carta appallottolato che rischiava di strapparsi quando si tentava di aprirlo. «Per oggi ci fermiamo qui.»

«No. Voglio parlarti di mio padre.»

La macchina della memoria si era messa in moto, con o senza ipnosi. Freire riprese il taccuino. «Dimmi.»

«È morto. Due anni fa. Era un muratore, come me. Ti ho detto che è il mio mestiere?»

«Sì.»

«Gli volevo molto bene.»

«Dove viveva?»

«A Marsac. Un paese nel bacino di Arcachon.»

«E tua madre?»

Il cowboy non rispose subito e girò la testa. I suoi occhi sembrarono cercare la risposta nella luce fredda che entrava dalla finestra. «Gestiva un bar tabacchi», disse infine, «sulla via principale di Marsac. È morta anche lei, l'anno scorso. Poco dopo mio padre.»

«Ti ricordi in quali circostanze?»

«No.»

«Hai fratelli e sorelle?»

«Io... Non so.»

Freire si alzò. Adesso era davvero giunto il momento di concludere la seduta. Chiamò un infermiere e prescrisse un sedativo a Mischell. Riposo, prima di tutto.

Una volta solo, guardò l'orologio. Erano quasi le dieci e il suo turno al pronto soccorso ricominciava all'una. Aveva il tempo di andare a casa, ma a che pro? Preferiva fare un giro nel suo reparto. Poi sarebbe tornato in studio e avrebbe verificato i nuovi dati su Pascal Mischell.

Uscendo nel corridoio ebbe un'intuizione.

Lui cercava di vivere lì, al centro ospedaliero. Al sicuro. Come i suoi pazienti.

«Ho fatto il possibile per confezionargli una testa passabile.»

«Lo vedo.»

Erano le dieci del mattino e Anaïs Chatelet aveva dormito solo due ore, sul divano dell'ufficio. Con il telefono ficcato nell'incavo della spalla, contemplava sullo schermo i resti del volto della vittima della stazione Saint-Jean. Ossa nasali fratturate. Arcate fracassate. Occhio destro infossato, dislocato di qualche centimetro rispetto al sinistro. Le labbra tumefatte lasciavano intravedere i denti spezzati. Una maschera martoriata, rabberciata, asimmetrica.

Longo, il medico legale, le aveva inviato la fotografia per l'identificazione e, senza por tempo in mezzo, l'aveva chiamata.

«A prima vista, tutte le fratture del viso sono state provocate dalla testa del toro. L'assassino ha scavato l'interno del collo dell'animale. Ha svuotato la testa fino al cervello, poi ha infilato questa roba immonda sul cranio della vittima, come un cappuccio. Le vertebre della bestia e i resti di muscoli e tessuti hanno spappolato la faccia del ragazzo.»

Il ragazzo. Era la parola giusta. Doveva avere una ventina d'anni. Capelli nerissimi tinti, dal taglio demenziale. Probabilmente un dark, o emo. Avevano inserito le sue impronte digitali nel database nazionale: nessun risultato. Il tipo non era mai stato in galera, non era nemmeno mai stato fermato dalla polizia. Quanto al FNAEG, la verifica richiedeva tempi più lunghi.

«È stato questo a ucciderlo?»

«No. Era già morto.»

«La causa?»

«La mia supposizione era giusta: overdose. Stamattina presto ho ricevuto i risultati del tossicologico. Il sangue conteneva circa due grammi di eroina.»

«Sei sicuro che sia stata la causa della morte?»

«Nessuno può incassare una dose simile. Ti parlo di un'eroina quasi pura. E non ci sono tracce di altre ferite.»

«Cosa intendi per "quasi pura"?» chiese Anaïs smettendo di scrivere.

«Diciamo all'ottanta per cento.»

Lei conosceva il mondo della droga: aveva imparato tutto a Orléans, il crocevia della roba per l'Île-de-France. Sapeva che un'eroina così pura non veniva venduta sul mercato. Soprattutto non a Bordeaux. «Le analisi tossicologiche non dicono nient'altro sulla droga?»

«Come per esempio il nome e l'indirizzo dello spacciatore?»

Anaïs ignorò la battuta.

«Una cosa è certa», riprese Longo. «La vittima era un tossico. Ti ho mostrato il braccio, no? Anche sulle mani ci sono tracce di punture. Non ho potuto verificare il setto nasale, visto lo stato delle ossa e delle cartilagini, ma non ho bisogno di conferme. Il ragazzo aveva familiarità con l'eroina. Non si sarebbe mai iniettato un prodotto del genere se ne avesse conosciuto la composizione.»

Le overdose sono sempre incidenti. I drogati si trovano molto spesso sulla linea di confine, ma l'istinto di sopravvivenza impedisce loro di oltrepassarla consapevolmente. Quindi qualcuno aveva venduto, o regalato, alla vittima un veleno senza precisarne i rischi.

«Il ragazzo è morto asfissiato», continuò il medico. «Ci sono tutti i segni. Un bell'EPA.»

«Un che?»

«Edema polmonare acuto. Con un restringimento delle pupille a causa dell'eroina e dell'anossia cerebrale. Ho trovato anche della schiuma rossastra nella bocca. È plasma che ha sputato quando stava per soffocare. Quanto al cuore, la vittima aveva una grave insufficienza cardiaca.»

«Sei riuscito a stabilire l'ora del decesso?»

«È morto due notti fa. Non posso pronunciarmi sull'ora precisa.»

«Perché di notte?»

«Hai un'altra idea?»

Anaïs pensò alla nebbia che aveva avvolto la città dal giovedì. L'assassino poteva aver agito in qualsiasi momento, ma trasportare un cadavere di notte era più prudente. "Notte e nebbia" pensò lei. "*Nacht und Nebel.*" Le venne in mente il film di Alain Resnais. Il documentario più terrificante mai realizzato sui campi di concentramento tedeschi, «quei portici destinati a essere attraversati una sola volta». Quando lo riguardava, e lo faceva spesso, le tornava in mente suo padre.

«C'è un'altra cosa curiosa», aggiunse Longo.

«Cioè?»

«Ho l'impressione che abbia perso molto sangue. Il corpo è di un pallore anomalo. Ho verificato altri dettagli. Palpebre, labbra e unghie: ovunque è presente lo stesso lividore.»

«Mi hai detto che non c'è traccia di ferite.»

«Appunto. Penso che l'assassino gli abbia prelevato uno o due litri di sangue. Fra le cicatrici recenti ce ne sono alcune che potrebbero indicare sia il punto in cui è stata praticata l'iniezione mortale sia quello di un prelievo di sangue in piena regola.»

«Effettuato mentre era vivo?»

«Ovvio. Dopo la morte è impossibile.»

Anaïs annotò il dettaglio. *Un vampiro?* «Nient'altro sul corpo?»

«Segni di vecchie ferite, la maggior parte mal cicatrizzate. Grazie alle radiografie ho anche rinvenuto tracce di fratture risalenti all'infanzia. Te l'ho già detto: per me questo individuo è un senza fissa dimora. Probabilmente uno che da ragazzino veniva picchiato dai genitori ed è finito sulla brutta strada.»

Anaïs rivide il corpo troppo magro coperto di tatuaggi.

Era d'accordo con il medico. Un altro fatto corroborava la sua ipotesi: non era stata presentata alcuna denuncia di scomparsa per una persona rispondente alle caratteristiche della vittima. O il ragazzo non era del posto, o nessuno ne sentiva la mancanza... «Hai trovato altri indizi in questo senso?»

«Parecchi. Innanzitutto il corpo era molto sporco.»

«Questo me lo avevi già detto.»

«Intendo sudicio. Per lavarlo si è dovuta usare la candeggina. Le mani erano tutte screpolate. La pelle del viso arrossata suggerisce che vivesse all'aria aperta. Ho notato anche tracce di morsi di pulci. Senza contare le piattole e i pidocchi. All'obitorio il cadavere si muoveva ancora.»

Anaïs non era sicura di apprezzare l'umorismo di Longo. Lo immaginava alle prese con l'autopsia, sotto le lampade scialitiche, mentre girava intorno al corpo con il dittafono in mano. Era un cinquantenne grigio, neutro, indecifrabile.

«Dentro», continuò, «era conciato ancora peggio. Il fegato era ai limiti della cirrosi. Deprimente per un individuo così giovane.»

«Era anche alcolizzato?»

«Direi piuttosto che soffriva di epatite C. Le analisi in corso lo confermeranno. In ogni caso si riscontreranno altre patologie. Quel ragazzo non avrebbe superato i quarant'anni.»

Anaïs traeva già conclusioni indirette sull'omicida. *Uno che ammazzava i barboni.* Un assassino che seguiva un rituale delirante, che se la prendeva con i derelitti. Avvertì un formicolio nelle membra. Forse lei correva troppo. Niente suggeriva che si trattasse di un pluriomicida. Eppure di una cosa era sicura: forse il Minotauro era la sua prima vittima, ma non sarebbe stata l'ultima. «Rapporti sessuali? È stato violentato?»

«Non ci sono tracce di sperma. Nessuna lesione anale.»

«Sulle ultime ore della sua esistenza, prima dell'assassinio, hai qualche dato?»

«Si sa cos'ha mangiato: bastoncini di surimi al sapore di granchio e involtini di pollo. Quella roba che servono da McDonald's. Insomma, di tutto un po'. Il ragazzo probabilmente rovistava nei bidoni delle immondizie. La cosa certa è che il suo ultimo pasto è stato ben annaffiato. Il tasso alcolemico è 2,4. Era completamente sbronzo prima di farsi la pera fatale.»

Anaïs tentò di raffigurarsi un pasto a due – vittima e assassino –, con parecchi bicchieri di birra, per poi passare alle cose serie: l'iniezione. *No.* Immaginò un altro scenario. L'assassino aveva incrociato il giovane *dopo* il pasto e l'aveva persuaso a farsi un viaggio spaziale con la «migliore eroina del mondo»... «Sull'assassino cosa puoi dirmi?» domandò.

«Niente di che. Non ha praticato mutilazioni. Si è accontentato di infilargli quell'enorme testa sul cranio. A mio avviso è un tipo di ghiaccio. Metodico. Si dedica con costanza e rigore al proprio delirio.»

«Perché metodico?»

«Ho notato un dettaglio: minuscoli fori non ancora cicatrizzati sulle ali del naso, agli angoli della bocca, sotto la clavicola destra e sull'ombelico.»

«Che significa?»

«Segni di piercing che l'assassino ha rimosso. Non so cosa voglia dire, ma non voleva metallo sulla sua preda. Ripeto: uno psicopatico freddo come un serpente.»

«A tuo parere come si è svolto il fatto?»

«Conosci la regola: il medico legale non ha diritto di avanzare ipotesi.»

Anaïs sospirò: sapeva che Longo scalpitava dalla voglia di dire la sua. «Non fare il prezioso.»

Il medico inspirò a fondo e attaccò: «Direi che tutto è accaduto due giorni fa. L'assassino ha avvicinato la preda in serata. Aveva già idea di dove trovarla oppure ha fatto la sua scelta sul momento: in una bettola, a una festa, in una casa occupata o semplicemente per strada. In ogni caso sapeva che era un tossico. Deve avergli promesso una pera da fargli esplodere il cervello. L'ha portato in un posto tranquillo e gli ha preparato l'iniezione letale, prima o dopo la quale gli ha prelevato del sangue. Riflettendoci, deve averlo fatto prima, in modo che l'emoglobina non fosse satura di droga. Ma finché non si saprà cosa ne ha fatto...».

“La vittima conosceva il suo assassino”, rifletté Anaïs. Neanche un drogato in astinenza si sarebbe lasciato offrire una dose da uno sconosciuto. Il Minotauro si fidava del suo carnefice. “Cercare fra i suoi pusher. O fra i suoi compagni degli ultimi giorni.” Inoltre, la roba doveva essergli stata regalata. Il ragazzo non aveva i mezzi per pagarsi una dose che costava più di centocinquanta euro al grammo. «Grazie, Michel. Il rapporto quando lo ricevo?»

«Domani mattina.»

«Cosa?»

«È domenica. Ho passato la notte su questo cadavere e, se non hai niente in contrario, mi piacerebbe portare dei croissant ai miei ragazzi.»

Anaïs contemplava il volto martoriato della vittima. Lei avrebbe passato la domenica con quella faccia da film dell'orrore davanti agli occhi, a interrogare barboni e spacciatori. Sentì che stava per mettersi a piangere. “Ricomponiti.” «Mandami almeno le foto del cadavere.»

«E cosa ne faccio della testa?»

«La testa?»

«Quella del toro. A chi la mando?»

«Stendi un primo rapporto, una nota sul modo in cui l'assassino l'ha mozzata e scavata.»

«Gli animali non sono di mia competenza», fece Longo con disprezzo. «Bisogna chiamare un veterinario. O la scuola professionale di macelleria a Parigi.»

«Allora trova un veterinario», ribatté lei. «Questa testa fa parte del tuo cadavere, ossia del tuo fascicolo.»

«Di domenica? Mi ci vorranno ore!»

Con un pizzico di crudeltà, immaginando la colazione familiare del medico che andava a farsi friggere, Anaïs rispose: «Sbrogliatela. Siamo tutti sulla stessa barca».

Anaïs convocò nel suo ufficio Le Coz e gli altri membri della squadra. Mentre li aspettava, lasciò vagare lo sguardo nella stanza. Il suo antro, relativamente spazioso, era situato al primo piano del commissariato. Una vetrata si apriva su rue François-de-Sourdis, un'altra sul corridoio. Quella interna era dotata di una veneziana per tenerla al riparo dagli sguardi indiscreti, ma Anaïs non l'abbassava mai. Voleva essere sempre partecipe dell'attività frenetica del posto di polizia.

Al momento regnava un silenzio insolito. Un silenzio da domenica mattina. Anaïs percepiva soltanto il vago brusio del pianterreno: quelli che avevano passato qualche ora in cella per smaltire la sbornia venivano rimandati a casa. La procura autorizzava la liberazione di chi era stato fermato nella notte: individui beccati al volante senza patente, ragazzi trovati in possesso di qualche grammo di hashish o di coca, gente che aveva fatto casino in discoteca. La mietitura del sabato sera.

Verificò la posta elettronica. Longo aveva già inviato le foto in formato PDF. Lanciò la stampa e uscì in corridoio a prendersi un caffè. Al ritorno, l'aspettava una macabra serie di fotografie.

Osservò con attenzione i tatuaggi della vittima. Una croce celtica, un motivo maori, un serpente circondato da una corona di rose: il ragazzo aveva gusti eclettici. Passò all'ultima immagine: la testa di toro posata sul tavolo dell'autopsia come la carne sul banco di un macellaio. Le mancava solo il prezzemolo infilato nelle narici. Non sapeva se Longo avesse voluto fare dell'ironia o se fosse una provocazione, ma era soddisfatta di vedere quell'immagine: il segno inequivocabile della demenza dell'assassino. Una sorta di incarnazione animale della sua follia, della sua violenza.

Narici larghe, ampia apertura delle corna, mantello nero. Gli occhi, grosse biglie di resina scura, brillavano ancora, nonostante la morte, il freddo e le ore passate in fondo alla fossa di manutenzione.

Sempre restando in piedi, posò le fotografie e bevve qualche sorso di caffè. Le brontolava lo stomaco. Erano ore che non mangiava qualcosa. Forse giorni. Aveva trascorso il resto della notte a telefonare alle carceri e agli istituti psichiatrici, nel caso in cui un fanatico di mitologia greca o uno schizzato che si interessava alle mutilazioni animali fosse stato messo in libertà di recente. Aveva parlato solo con guardiani assonnati. Si riservava di riprovare più tardi.

Aveva anche contattato il forte di Rosny, sede del Servizio tecnico di ricerche giudiziarie e di documentazione della gendarmeria che recensisce tutti i crimini commessi in Francia. Non aveva ottenuto risultati migliori. Di domenica, alle cinque del mattino, non c'era proprio nessuno con cui parlare.

Poi aveva cercato su Internet informazioni sul mito del Minotauro. Come chiunque, conosceva la vicenda a grandi linee, ma per i dettagli aveva avuto bisogno di rinfrescarsi la memoria.

Tutto aveva avuto inizio da Minosse. Figlio di Europa, un'umana, e di Zeus, il re degli dei, era stato adottato dal sovrano di Creta e in seguito ne aveva ereditato il trono. Per dimostrare i suoi legami privilegiati con l'Olimpo, aveva chiesto a Poseidone, dio del mare, di far sorgere dalle onde un magnifico toro. Poseidone aveva accettato a condizione che poi Minosse sacrificasse l'animale in suo onore. Ma lui non aveva mantenuto la promessa: colpito dalla bellezza del toro, lo aveva risparmiato tenendolo fra le sue mandrie. Per vendicarsi, Poseidone aveva ispirato alla sposa di Minosse, Pasifae, una folle passione per la bestia. Unitasi a lui, la donna aveva partorito un mostro con la testa di toro e il corpo di uomo: il Minotauro. Per nascondere il frutto illegittimo di quell'amore, Minosse aveva chiesto al suo architetto, Dedalo, di costruire un labirinto e vi aveva rinchiuso il mostro. Più tardi, vinta la guerra contro Atene, aveva costretto re Egeo a pagare ogni anno un tributo di sette fanciulli e sette fanciulle da dare in pasto al Minotauro. Ma un giorno Teseo, figlio di Egeo, aveva deciso di unirsi ai giovani per liberarsi del mostro. Grazie alla complicità di una figlia di Minosse, Arianna, era riuscito a uccidere il Minotauro e a ritrovare la via d'uscita dal labirinto.

Anaïs ebbe un'intuizione: la vittima evocava sia il mostro mitologico sia i giovani che gli erano stati sacrificati. Quel ragazzo con il volto maciullato dalla testa di toro era stato ucciso, simbolicamente, dal Minotauro.

Si sedette dietro la scrivania e accantonò la mitologia per tornare al concreto. Eroina pura all'ottanta per cento. Era una pista non da poco. I ricordi si fecero strada fra le riflessioni. Quando era entrata nel Servizio regionale di polizia giudiziaria di Orléans, sapendo che avrebbe dovuto occuparsi soprattutto di casi di droga, aveva deciso di seguire un piccolo stage. Si era presa una settimana di vacanza, aveva chiuso il distintivo e la pistola in un cassetto ed era partita per i Paesi Bassi.

Nella periferia di Amsterdam aveva incontrato alcuni spacciatori, individui che prendevano in affitto appartamenti il cui unico mobilio era costituito da un tavolino con il piano di vetro, più pratico per farsi una sniffata. Si era sparata qualche pista davanti ai loro occhi. Completamente stonata, aveva chiesto che le impacchettassero ben stretti, nella plastica, i cento grammi di eroina che aveva comprato. Poi era andata in bagno e si era infilata quella grossa supposta nell'ano. Come facevano tutti prima di prendere la via del ritorno.

Aveva viaggiato così, percependo il veleno dentro di sé. Provava la sensazione di dare anima e corpo per il proprio mestiere. Lei non s'infiltrava nell'ambiente, era l'ambiente che s'infiltrava in lei... Non aveva arrestato nessuno, non aveva alcuna autorità in quel territorio. Aveva semplicemente vissuto come loro e preso una decisione: da allora in poi avrebbe fatto il poliziotto in quel modo. Coinvolta fino all'osso. Senz'altra vita che quella.

Bussarono alla porta.

Un attimo dopo quattro individui invasero l'ufficio. Le Coz, tirato a lucido, con la cravatta, come se stesse per andare a messa, e il suo contrario, Amar, soprannominato Jaffar, non rasato, spettinato, con gli abiti stazzonati come un clochard. Conante, giaccone e calvizie incipiente, con un aspetto talmente insignificante da poterlo sfruttare a proprio vantaggio, e Zakraoui, detto «Zak», con il cappellino in testa che gli conferiva un'aria da clown triste e una cicatrice veramente spaventosa all'angolo della bocca: il famoso sorriso tunisino. I quattro moschettieri. *Uno per tutti, tutti per lei*...

Anaïs distribuì le copie della foto e aspettò che facessero effetto. Le Coz fece una smorfia. Jaffar sorrise. Conante scosse la testa con aria stupida. Zak cincischiò il bordo stretto del cappello, diffidente. Anaïs espose la sua strategia. Non potendo identificare l'omicida, avrebbero identificato il morto.

«Con questa?» chiese Jaffar brandendo la fotografia.

Lei riassunse la conversazione avuta con il medico legale. La dose assassina. La qualità eccezionale della droga. Il fatto che, a quanto sembrava, la vittima era un vagabondo. Tutto ciò restringeva significativamente il ventaglio delle piste da esplorare. «Jaffar, tu ti occupi dei barboni. Si sa quali sono i quartieri dove cercare, no?»

«Ce ne sono diversi.»

«Visto il taglio di capelli e l'età, la vittima era un ragazzo delle periferie più che un vagabondo. Uno che probabilmente frequentava i rave party e i concerti di musica techno.»

«Allora dovrò battere cours Victor-Hugo, rue Sainte-Catherine, place du Général Sarrail, place Gambetta e place Saint-Projet.»

«Non dimenticare la stazione. È la prima nella lista.»

Jaffar annuì.

«Quando avrai setacciato tutti questi luoghi, passa in rassegna le chiese e le case occupate. Mostra la foto a tutti gli accattoni, i punk e i barboni che ti capiteranno a tiro. Fai un giro anche nei centri d'accoglienza, negli ospedali e al Samu social. In tutte le associazioni.»

Jaffar si grattava la barba guardando il volto torturato della foto. Lui stesso viveva al limite della condizione di senzatetto. Quarantenne, divorziato, rifiutava ostinatamente di pagare gli alimenti alla ex moglie. Aveva alle calcagna un giudice per le questioni familiari e si spostava da un alberghetto all'altro. Beveva. Si faceva. Giocava alle corse e a poker. Correva addirittura voce che arrotondasse lo stipendio facendo il magnaccia di una ragazza di rue des Étables. Frequentava proprio delle buone compagnie, ma era preziosissimo per setacciare i bassifondi della città.

«Tu fai il giro degli spacciatori», disse Anaïs a Le Coz.

«Dove?»

«Domanda a Zak. Se sul mercato è comparsa dell'eroina bianca, la cosa non deve essere passata inosservata.»

«Ma l'eroina non è sempre bianca?» Le Coz, imbattibile in materia di procedura, mancava però di esperienza sul campo.

«Solamente se è pura. I drogati consumano una miscela, la brown, sotto forma di polvere o granuli. Questo tipo di prodotto contiene fra il dieci e il trenta per cento di eroina. La roba che ha ucciso il nostro cliente ne conteneva l'ottanta per cento. Non è esattamente una miscela standard.»

Le Coz prendeva appunti sul taccuino, come a scuola.

«Chiama anche i gendarmi del Gruppo interregionale di Bordeaux. Hanno dei fascicoli sull'argomento. Nomi e indirizzi.»

«Me la vedo brutta.»

«La guerra delle polizie è acqua passata. Tu gli spieghi la questione e loro ti aiutano. Contatta anche la prigione di Bordeaux. Interroga tutti i detenuti implicati nella droga.»

«Se quei tizi sono in galera...»

«Saranno al corrente, credimi. Mostra sempre il ritratto.»

Le Coz continuava a scrivere con la sua Montblanc scintillante. Carnagione scura, ciglia girate all'insù, collo molto sottile e capelli lucidi di gel. Con quell'aspetto, laccato come un attore del cinema muto, Anaïs si chiese se fosse una buona idea mandarlo allo sbaraglio.

«Controlla anche i farmacisti», suggerì. «I tossici sono i loro migliori clienti.»

«È domenica.»

«Comincia da quelli di guardia. Recupera gli indirizzi privati degli altri.» Anaïs si girò verso Conante: aveva gli occhi rossi per le ore passate a visionare i video della stazione. «Hai notato qualcosa?»

«Zero. Fra l'altro la fossa di manutenzione si trova in un angolo cieco.»

«Il parcheggio?»

«Niente di particolare. Ho tirato giù dal letto due stagisti per rilevare i numeri di targa e convocare oggi tutti i proprietari delle auto parcheggiate lì nelle ultime quarantott'ore.»

«E il personale della stazione? Gli abusivi degli edifici abbandonati?»

«Ci stiamo lavorando con i ragazzi dell'Anticrimine. Ora come ora nessuno ha visto niente.»

Anaïs non si aspettava miracoli. «Tornaci con il ritratto», disse, «e mostralo agli uomini della sicurezza, alla polizia ferroviaria e ai barboni della zona. Forse il nostro tipo girellava nei dintorni.»

Conante annuì.

Anaïs si voltò verso Zak. Un vero delinquente, ex eroinomane, ex ladro di auto, che era entrato in polizia come si entra nella Legione straniera. Si cancella tutto e si ricomincia da zero. Anaïs lo aveva incaricato di indagare sul toro mutilato.

Addossato alla parete, con le mani in tasca, raccontò in tono monocorde: «Ho incominciato a svegliare gli allevatori. Se ne contano una decina solo nella Grande Lande, nel Paese basco e in Guascogna. Se si includono la Camargue e le Alpilles, il numero sale a quaranta. Per ora non ho trovato niente».

«Hai chiamato i veterinari?»

Zakraoui le strizzò l'occhio, ma lei non fece caso a questa familiarità. «È stata la prima cosa che ho fatto stamattina, capo.»

«E i mattatoi e le macellerie industriali?»

«Me ne sto occupando», rispose Zak. Poi, staccandosi dalla parete, aggiunse: «Una domanda, capo. Semplice curiosità».

«Ti ascolto.»

«Come sai che questa testa appartiene a un toro da combattimento?»

«Mio padre era un appassionato di corrida. Ho trascorso l'infanzia nelle arene. Le corna dei *toros bravos* non hanno niente a che vedere con quelle delle bestie appartenenti ad altre razze. Ci sono anche ulteriori differenze, ma non ho intenzione di tenerti un corso.» Anaïs si sentì piuttosto soddisfatta di sé: aveva menzionato il padre senza tradire la minima emozione. La sua voce si era mantenuta ferma, non aveva tremato. Non si fece illusioni: erano l'adrenalina e l'eccitazione a renderla più forte quel mattino.

«Si è parlato della vittima», intervenne Jaffar. «E l'assassino? Chi cerchiamo esattamente?»

«Un essere freddo, crudele e manipolatore.»

«Spero che la mia ex abbia un alibi», commentò lui scuotendo la testa.

Gli altri sghignazzarono.

«Smettetela di fare gli idioti», tagliò corto Anaïs. «Basandosi sulla messinscena, si deve escludere un omicidio impulsivo, passionale e senza premeditazione. Il tipo ha preparato il colpo fin nei dettagli. Non vedo neppure elementi che lascino pensare a una vendetta. Rimane la follia pura. Una follia fredda, rigorosa, con una fissazione per la mitologia greca.» A indicare che la seduta era tolta, si alzò. Era un chiaro invito a mettersi al lavoro. I quattro si avviarono verso l'uscita.

Sulla soglia, Le Coz indugiò. «Stavo per dimenticarmene», disse da sopra la spalla. «Abbiamo rintracciato lo smemorato della stazione.»

«Dove si trova?»

«Non tanto lontano. All'istituto Pierre-Janet. Quello degli schizzati.»

A mezzogiorno, dopo essere stato in reparto e avere esaminato i casi urgenti, Mathias Freire era di nuovo al computer per verificare le informazioni ricevute da Pascal Mischell.

Come il giorno prima, fece una ricerca sull'elenco telefonico. Non c'era nessun Pascal Mischell a Audenge, nel bacino di Arcachon. Poi si collegò al PMSI: nessuna traccia di cure mediche prestate a un individuo con quel nome né in Aquitania né altrove in Francia. Chiamò l'ufficio amministrativo dell'ospedale e chiese all'impiegato di turno di fare una ricerca. Nessun Pascal Mischell iscritto alla previdenza sociale.

Freire riagganciò. Fuori, era in corso un appassionato torneo di bocce. Udiva gli schiocchi delle palle e le risate dei pazienti. Già dalle voci sapeva chi partecipava al gioco.

Compose il numero del municipio di Audenge, ma nessuno rispose. Era domenica. Contattò allora la stazione dei gendarmi. Spiegò il caso e non ebbe difficoltà a dimostrare la sua buonafede: la voce, la disinvoltura, i termini medici. Audenge era una piccola città. Si conoscevano tutti e nessuna Hélène Auffert lavorava in municipio.

Freire ringraziò i gendarmi. La sua intuizione era giusta: inconsciamente il cowboy deformava i propri ricordi, oppure li inventava di sana pianta. La sua diagnosi si faceva più precisa.

Andò su Internet e consultò il catasto di Cap-Ferret. Un servizio forniva informazioni aggiornate sui cantieri aperti in città e nella regione. Mathias prese nota dei nomi delle varie ditte, poi cercò quelli dei proprietari e dei capicantiere. Nessun Thibaudier.

Le bocce intanto continuavano a schioccare, tra un baccano di grida, lamentele e risate incontrollate. Per scrupolo, Freire verificò le ultime rivelazioni di Mischell. Il padre nato a Marsac, un paese nel bacino di Arcachon, la madre che gestiva un bar tabacchi nella via principale. Esaminò sullo schermo una carta dettagliata della regione. Non trovò nemmeno il paese.

Freire passò in rassegna i luoghi, i nomi: il mare interno del bacino, l'Île aux Oiseaux, la punta di Cap-Ferret, la duna del Pilat... Lo sconosciuto aveva mentito, ma era in quella zona che si trovava la chiave del mistero.

Squillò il telefono. L'infermiera del pronto soccorso.

«Scusi se la disturbo, dottore. L'hanno chiamata sul cellulare, ma...»

Freire lanciò un'occhiata all'orologio: le 12.15. «Il mio turno comincia alle tredici.»

«Sì, ma c'è una visita per lei.»

«Dove?»

«Qui al pronto soccorso.»

«Di chi si tratta?»

L'infermiera ebbe un attimo di esitazione prima di rispondere: «La polizia».

L'ufficiale di polizia giudiziaria camminava avanti e indietro nella sala del pronto soccorso. Minuta, con i capelli corti, portava un giubbotto di pelle, un paio di jeans e stivali da motociclista, come nella canzone *L'homme à la moto* di Jean Dréjac. Un maschio mancato. Ma aveva un bel viso e le ciocche di capelli neri le ricadevano sulle guance come alghe umide. A Mathias venne in mente una parola antiquata, «tirabaci». Si presentò.

La donna gli rispose in tono vivace: «Buongiorno. Sono il capitano Anaïs Chatelet».

Lui dissimulò a stento la sorpresa. Quella ragazza possedeva una specie di magnetismo irresistibile, una presenza di un'intensità molto particolare. Era lei a imporre la sua impronta al mondo e non viceversa. Il suo viso era quello di una bambola di un altro secolo: largo, rotondo, bianco come un foglio di carta, con i lineamenti disegnati in un solo gesto, senza la minima esitazione. La sua piccola bocca rossa evocava un frutto in una coppa di zucchero. Freire pensò ad altre due parole che non avevano alcun legame fra loro, «grido» e «latte».

«Andiamo nel mio ufficio», disse sfoderando il suo lato seduttivo. «Si trova nell'edificio adiacente. Lì staremo più tranquilli.»

Lei gli passò davanti senza replicare, accompagnata dal fruscio del giubbotto. Freire intravide il calcio dell'arma. Capì che aveva sbagliato atteggiamento. Le sue moine si rivolgevano alla giovane, ma era con il capitano di polizia che aveva a che fare.

Si diressero verso l'unità Henri-Ey. La donna lanciò un breve sguardo ai giocatori di bocce. Lo psichiatra intuì in lei un nervosismo, un malessere interiore. Eppure non era il tipo da lasciarsi intimorire dai malati di mente. Forse il luogo le risvegliava brutti ricordi...

Entrarono nell'edificio, oltrepassarono l'accettazione del centro visite e raggiunsero l'ufficio. Freire chiuse la porta alle loro spalle e propose: «Le va un caffè? Un tè?».

«Niente, sono a posto.»

«Posso scaldare dell'acqua.»

«Le ho detto che sono a posto.»

«Si sieda.»

«Si sieda lei. Io resto in piedi.»

Freire sorrise. Con le mani in tasca, lei aveva l'aria commovente di una ragazzina che si atteggia a maschio. Girò intorno alla scrivania e si sedette. La poliziotta rimase immobile. Un altro particolare sorprendente era la sua giovinezza: dimostrava una ventina d'anni. Certo doveva averne qualcuno di più, ma il suo aspetto faceva pensare a una studentessa appena uscita dall'università. Grido. Latte. Quelle parole continuavano a ronzargli in testa. «Cosa posso fare per lei?»

«Nella notte fra il 12 e il 13 febbraio, lei ha accolto nel suo reparto un uomo colpito da amnesia. Era stato trovato alla stazione Saint-Jean, lungo i binari.»

«Esatto.»

«Le ha detto qualcosa? Gli è tornata la memoria?»

«Non proprio.»

La donna mosse qualche passo. «Ieri», continuò, «lei ha contattato il tenente Pailhas sul cellulare. Gli ha parlato di una seduta di ipnosi... Ha tentato questa strada?»

«Sì, stamattina.»

«È emerso qualcosa?»

«Informazioni frammentarie, ma ho verificato: è tutto falso. Non...» S'interruppe e intrecciò le mani sulla scrivania, in segno di determinazione. «Non capisco, capitano. Perché queste domande? Il tenente Pailhas mi ha detto che avrebbe ripreso oggi l'indagine. Lavora con lui? Ci sono nuovi elementi?»

Lei ignorò la domanda e ne fece un'altra. «Secondo lei sta simulando? L'amnesia è reale?»

«Non si può mai essere certi al cento per cento, ma penso che sia sincero.»

«Ha subito una lesione? Ha una malattia?»

«Si rifiuta di sottoporsi ad accertamenti radiologici, ma tutto induce a credere che il suo problema sia stato causato da una forte emozione.»

«Che genere di emozione?»

«Non ne ho la più pallida idea.»

«Le informazioni che le ha dato su cosa vertono?»

«Glielo ripeto: è tutto falso.»

«Noi disponiamo di altri mezzi per verificare quelle informazioni.»

«Dice di chiamarsi Pascal Mischell.»

Lei tirò fuori un pennarello e un bloc-notes Moleskine. La riedizione del celebre taccuino di Hemingway e di Van Gogh. Forse un regalo del fidanzato... Scriveva con meticolosità, sporgendo discretamente una lingua da gatto all'angolo della bocca. Non portava la fede nuziale. «Cos'altro?»

«Sostiene di essere un muratore originario di Audenge e di lavorare attualmente in un cantiere di Cap-Ferret. Le ripeto, ho verificato e...»

«Continui.»

«Mi ha anche raccontato che i suoi genitori vivevano in un paese del bacino di Arcachon, ma il posto non esiste.»

«Come si chiama questo posto?»

«Marsac.»

«E sul suo trauma?»

«Neanche una parola. Non ricorda assolutamente nulla.»

«La notte alla stazione?»

«Niente. Tabula rasa.»

La donna teneva gli occhi chini sul taccuino, ma lui sentiva che lo stava osservando furtivamente attraverso le palpebre abbassate.

«Ci sono chance che all'improvviso gli torni in mente qualcosa al riguardo?»

«Probabilmente è il ricordo che si affaccerà per ultimo. Lo shock, qualunque esso sia, si ripercuote in prima istanza sulla memoria a breve termine. In ogni caso penso che si sia inventato tutto: il nome, l'origine, il mestiere. Lei cosa cerca di preciso?»

«Mi spiace. Non posso dirle niente.»

Mathias Freire incrociò le braccia, un po' scocciato. «Voi poliziotti», disse, «non siete propriamente collaborativi. Se avete nuove informazioni, potrebbero essermi utili per orientare le mie ricerche e...» S'interruppe. Anaïs Chatelet era scoppiata a ridere, in piedi davanti alla finestra. Si voltò verso di lui, sempre ridendo. Quel viso celava un altro segreto: lo smalto candido dei piccoli denti di animale selvatico.

«Cos'è che la diverte tanto?»

«I tizi che giocano alle bocce qui sotto. Quando tocca a uno tirare, tutti gli altri si nascondono dietro gli alberi.»

«Si tratta di Stan, uno schizofrenico. Confonde il gioco delle bocce con il bowling.»

«Non so come lei faccia», commentò Anaïs scuotendo il capo.

«A fare cosa?»

«A reggere con tutti questi... suonati.»

«Faccio come fa lei, probabilmente. Mi adatto.»

Anaïs aveva ripreso a camminare per la stanza picchiettando con il pennarello sulla copertina del taccuino. Tutto in lei tradiva lo sforzo di darsi l'aria di un uomo coriaceo, ma il risultato era l'esatto contrario: un'impressione di estrema femminilità.

«O lei mi dice cosa succede, o non rispondo più alle sue domande.»

La donna s'immobilizzò e il suo sguardo incrociò quello di Freire. Aveva grandi occhi scuri nei quali brillava un riflesso dorato. «La notte scorsa abbiamo rinvenuto un cadavere», spiegò con voce neutra. «Alla stazione Saint-Jean. A duecento metri dalla cabina di ingrassaggio dove i ferrovieri hanno trovato il suo sconosciuto senza memoria. Ciò fa di lui un sospettato ideale.»

Freire si alzò. Adesso doveva combattere ad armi pari. «La notte scorsa l'uomo dormiva tranquillamente nel mio reparto. Posso testimoniarlo.»

«La vittima è stata uccisa la notte precedente. Nessuno ha notato il corpo durante il giorno a causa della nebbia. In quelle ore il suo sconosciuto era ancora in circolazione. Era addirittura sul posto.»

«Dove si trovava esattamente il corpo? Sui binari?»

Lei fece un sorriso agrodolce. «In una fossa di manutenzione. Lungo le vecchie officine di riparazione.»

Calò il silenzio. Freire era stupito del proprio stato d'animo. Non era né scioccato né incuriosito dall'assassinio. Ammirava piuttosto l'incarnato della poliziotta. Ora pensava a uno schermo di carta di riso dietro il quale si muoveva una luce misteriosa; forse una giapponese che reggeva una lanterna e camminava senza fare rumore, a piccoli passi, in calzini bianchi. Si riscosse. In piedi davanti alla sua scrivania Anaïs Chatelet si lasciava osservare. Come una donna che approfitta della carezza del sole.

All'improvviso anche lei parve tornare alla realtà. «La vittima è morta per un'overdose di eroina», aggiunse.

«Ma non ha parlato di un omicidio?»

«È un omicidio con l'eroina. Ne tenete qui in ospedale?»

«Neanche per sogno. Abbiamo oppiacei, morfina, molte droghe chimiche, ma niente eroina. Non possiede alcuna proprietà terapeutica. Ed è illegale, no?»

Anaïs fece un gesto vago che poteva essere interpretato come una risposta.

«Avete identificato la vittima?» chiese Freire.

«No.»

«È una donna?»

«Un uomo giovane.»

«C'era qualche elemento... particolare sul posto? Voglio dire, nella fossa?»

«La vittima era nuda. L'assassino le ha infilato sul cranio una testa di toro.»

Stavolta Mathias reagì. D'un tratto vedeva tutto. I binari. I banchi di nebbia. Il corpo nudo in fondo alla fossa. E il muso nero del toro. Il Minotauro. Anaïs lo osservava incuriosita studiando probabilmente ogni sua minima reazione.

Per dissimulare il disagio che provava, lui assunse un tono deciso. «Cosa vuole da me di preciso?»

«Il suo parere sul suo... ospite.»

Freire ripensò al colosso senza memoria. Il cappello da cowboy. Gli stivali. L'aria da orco dei cartoni animati. «È assolutamente inoffensivo. Glielo posso garantire.»

«Quando l'hanno trovato aveva in mano degli oggetti insanguinati.»

«La vittima non è stata mutilata a colpi di chiave inglese o di elenco telefonico, no?»

«Il sangue sugli oggetti però corrisponde a quello del ragazzo.»

«Zero positivo. È un gruppo molto diffuso e...» Freire s'interruppe. Aveva intuito il gioco della donna. «Lei mi prende in giro. Sa che il mio paziente non è l'assassino. Cos'è che le interessa di lui?»

«Io non so niente di niente. Ma c'è un'altra possibilità. Lui era sul posto quando l'assassino ha deposto il cadavere nella fossa. Potrebbe aver visto qualcosa... Lo shock che ha provocato la sua amnesia potrebbe essere benissimo la conseguenza di avere assistito a quel terribile spettacolo.»

Mathias capì – in realtà l'aveva percepito fin dall'inizio – di avere a che fare con una poliziotta brillante, molto al di sopra della media.

«Potrei vederlo?» chiese Anaïs.

«Sarebbe prematuro. È ancora molto stanco.»

Lei gli strizzò l'occhio da sopra la spalla. Non si sapeva mai come prenderla, quella ragazza. Ora brutale, ora sbarazzina. «E se lei mi dicesse la verità?»

Freire aggrottò le sopracciglia. «Come sarebbe?» chiese.

«Ha fatto una diagnosi precisa su quest'uomo.»

«Come lo sa?»

«L'istinto del cacciatore.»

Lui scoppiò a ridere. «Benissimo. Venga con me.»

Il centro di documentazione era a sei edifici di distanza dall'unità Henri-Ey. Freire e la poliziotta attraversarono il complesso nell'aria soleggiata e gelida. I viali grigi. I padiglioni con i tetti bombati. Le palme. Era domenica, giorno di visita, e malgrado quel freddo glaciale c'erano famiglie che passeggiavano in compagnia di personaggi dal comportamento un po' bizzarro. Anaïs Chatelet osservava sfacciatamente visitatori e pazienti. C'erano anche dei malati non accompagnati che se ne stavano per conto loro: una vecchia che giocava alle bambole con una bottiglia di detersivo; un giovane dalle dita adunche che fumava parlando da solo; un vecchio che pregava ai piedi di un albero lisciandosi la barba con entrambe le mani.

«Avete una bella fauna qui...»

La donna non era molto delicata quando parlava dei pazienti e ciò gli piacque. In generale i visitatori assumono un'aria di circostanza per mascherare la paura, il disagio. Anche Anaïs aveva paura, ma il suo modo di reagire era l'attacco frontale.

«Nessun malato scappa?»

«Oggi li chiamano "utenti".»

«Come sull'autobus?»

«Esatto», replicò lui con un sorriso. «A parte il fatto che qui non si va da nessuna parte.»

«Avvengono evasioni o no?»

«Mai. Gli ospedali specializzati si basano sul principio inverso.»

«Non capisco.»

Imboccarono un altro viale. Il sole era alto e la luminosità abbagliante non lasciava spazio alle idee cupe.

«Da più di cinquant'anni la linea della psichiatria mondiale è "aprite le porte!". Grazie ai neurolettici, la prevalenza dei pazienti si comporta quasi come le persone normali. Possono tornare presso le loro famiglie o vivere in appartamenti terapeutici. Tuttavia molti di loro preferiscono restare qui, dove si sentono al sicuro. Hanno paura del mondo esterno.»

«Quelli che restano sono incurabili?»

«Malati cronici, piuttosto.»

«Non c'è modo di guarirli?»

«In psichiatria raramente si usa il termine "guarire". Diciamo che ci sono dei miglioramenti, negli schizofrenici, per esempio. Per gli altri bisogna fornire trattamenti, accompagnare, stabilizzare...»

«Drogare, insomma.»

Erano arrivati al centro di documentazione, un piccolo edificio di mattoni sormontato da un comignolo che avrebbe benissimo potuto essere scambiato per un locale caldaia o un capanno per gli attrezzi di giardinaggio. Freire cercò le chiavi. Quella conversazione lo divertiva.

«Tutti vedono di cattivo occhio questi trattamenti. La famosa "camicia chimica". Ma i pazienti ne ricavano un gran sollievo. Quando sei persuaso che i ratti ti divorino il cervello o sei tormentato da "voci" giorno e notte, mi creda, è meglio essere un po' amorfi.» Aprì la porta e fece scivolare la mano all'interno per accendere la luce. Si sentiva eccitato di trovarsi lì, di domenica, con quell'incantevole poliziotta. Un ragazzino che fa visitare la sua capanna in fondo al giardino.

Anaïs Chatelet si guardò attorno in silenzio. Da anni la responsabile del centro conduceva una lotta sotterranea contro il PVC, i neon e la moquette. Aveva recuperato dei mobili di legno dall'ospedale: armadi, scaffali, schedari a cassetti... Il risultato era un ambiente caldo e accogliente, con un'atmosfera propizia alla meditazione.

«Mi aspetti qui», disse lui.

Si trovavano nella sala di lettura, arredata con banchi di scuola e sedie in stile Jean Prouvé. Freire passò nella biblioteca vera e propria: file di scaffali che sostenevano un secolo di opere specializzate, monografie, tesi di laurea e riviste mediche. Lui sapeva dove scovare i libri che gli servivano per la sua dimostrazione.

Quando tornò nella sala di lettura, trovò Anaïs seduta dietro un banco. Si godette la scena: la tuta da motociclista, cuoio e jeans, in contrasto con il comfort bruno-dorato della stanza. Prese una sedia e si sedette di fronte a lei, posando la documentazione sul banco. «Penso che Mischell, o il sedicente tale, sia in piena fuga psicogena.»

Anaïs spalancò i suoi begli occhi scuri.

«In un primo momento ho creduto che soffrisse di amnesia retrograda. Una perdita di memoria classica, afferente alla sua memoria personale. Già il giorno dopo il suo ingresso qui, i ricordi hanno incominciato ad affiorare. Il suo passato tornava a galla. Ma in realtà si verificava esattamente l'opposto.»

«L'opposto?»

«Il nostro cowboy non ricorda, inventa. Si crea una nuova identità. È quella che viene chiamata "fuga psicogena", o "fuga dissociativa". Nel gergo psichiatrico si parla anche di sindrome del "viaggiatore senza bagaglio". Una patologia molto rara, conosciuta dal diciannovesimo secolo.»

«Si spieghi.»

Freire aprì un primo libro, in inglese, e cercò un capitolo. Poi girò il volume verso Anaïs, in modo che potesse dargli un'occhiata. *The Personality Labyrinth*, di un tale Mc Feld, dell'università di Charlotte, nel North Carolina. «Accade che un uomo, sotto la pressione di un forte stress o di uno shock, giri l'angolo della strada e perda la memoria. Più tardi, quando crede di ricordare, s'inventa in realtà una nuova identità, un nuovo passato, per sfuggire alla propria vita. È una sorta di fuga, ma dentro di sé.»

«E ha coscienza di quello che fa?»

«No. Mischell, per esempio, è convinto di ricordare sul serio. In realtà sta cambiando pelle.»

Anaïs sfogliava le pagine ma non leggeva, rifletteva. Mathias la osservava. Bocca contratta. Frequenti battiti di ciglia. Gli sembrò evidente che la ragazza aveva familiarità con i disturbi psicologici.

Lei alzò gli occhi di colpo, facendolo sobbalzare. «Da quanto tempo si studiano questi casi?»

«Le prime fughe psicogene sono state scoperte nel diciannovesimo secolo, negli Stati Uniti. In generale sono dovute a condizioni di vita insopportabili: debiti, crisi coniugali, un lavoro superstressante. Il soggetto esce a fare una commissione e non torna più a casa. Nel frattempo ha dimenticato tutto. Quando ricorda, è un'altra persona.» Freire prese un secondo libro, cercò la pagina e lo mise davanti alla poliziotta. «Il caso più famoso», spiegò, «è quello di Ansel Bourne, un predicatore evangelico che si è stabilito in Pennsylvania sotto il nome di A.J. Brown e ha aperto una cartoleria.»

«Bourne, come Jason Bourne?»

«Robert Ludlum ha scelto questo nome per il suo personaggio colpito da amnesia.»

«C'è una connessione con quella che viene chiamata "personalità multipla"?»

«No. In chi soffre di questo disturbo sono presenti simultaneamente diverse personalità. Nel caso di cui parlo, invece, la persona colpita da amnesia cancella la sua precedente identità e diventa qualcun altro. Non c'è coabitazione.»

Anaïs scorreva i libri, gli articoli dedicati al fenomeno, ma senza leggere. Voleva una spiegazione a voce. «E per lei Mischell è uno di questi casi?»

«Ne sono certo.»

«Perché?»

«Prima di tutto i suoi ricordi sono falsi. Lo verificherà lei stessa. In secondo luogo le informazioni tradiscono il "bricolage" inconscio.»

«Mi faccia un esempio.»

Mathias si alzò e passò dietro il bancone di rovere massiccio che serviva da postazione di comando alla responsabile del centro. Aprì un cassetto, trovò ciò che cercava e tornò a sedersi di fronte ad Anaïs con in mano la scatola di Scrabble. «Il nostro sconosciuto dice di chiamarsi Mischell.»

Compose MISCHELL con le lettere di plastica.

«Spesso, un nome inventato dall'inconscio è un anagramma.»

Mescolò le lettere e compose SCHLEMIL.

«Cosa vuol dire?»

«Non conosce Peter Schlemihl?»

«No», replicò lei indispettita.

«È il protagonista di un romanzo del diciannovesimo secolo scritto da Adalbert von Chamisso, in cui si narra la storia di un uomo che ha venduto la sua ombra. Il nostro sconosciuto, al momento di creare la sua nuova identità, si è ricordato di questo libro...»

«C'è un legame con la storia?»

«Forse la perdita dell'ombra significa la perdita della sua vecchia identità. Da quando è qui, Mischell fa lo stesso sogno. Cammina sotto il sole in un villaggio deserto. D'un tratto c'è un'esplosione, una luce bianca, senza alcun rumore. Lui fugge, ma la sua ombra resta incollata a un muro. Mischell ha lasciato il suo doppio dietro di sé.» Mentre la ripeteva davanti alla poliziotta, la sua analisi gli sembrò più giusta del giorno prima. Quel sogno era proprio la traduzione simbolica della fuga.

«Torniamo al caso che m'interessa», disse Anaïs alzandosi. «Questa crisi potrebbe essere stata provocata da uno shock, no? Da qualcosa che magari lui ha visto?»

«Diciamo un assassinio o un cadavere?» ribatté Freire sorridendo. «È possibile, sì.»

Anaïs si accostò al banco di scuola. Mathias era ancora seduto. Il rapporto fra loro era tornato al punto di partenza. «Quali sono le possibilità che Mischell recuperi la memoria?»

«Ora come ora sono molto esigue. Bisognerebbe che scoprissi chi è veramente per poterlo ricondurre, con delicatezza, a ritrovare sé stesso. Solo allora potrebbe ricordare.»

Lei indietreggiò e disse decisa: «Ci lavoreremo insieme. Le informazioni che le dà possono esserci utili?».

«Non proprio. Costruisce la sua nuova identità con frammenti di quella vecchia. Sono elementi deformati, ambigui, talvolta rovesciati.»

«Potrebbe passarmi i suoi appunti?»

«Non se ne parla.» Freire si alzò a sua volta e chinò la testa per attenuare la violenza della sua reazione. «Spiacente, è impossibile. Segreto professionale.»

«Si tratta di un assassinio», ribatté lei in tono autoritario. «Posso convocarla come testimone.»

Lui girò intorno al banco e si trovò faccia a faccia con la donna. La superava di tutta la testa, ma lei non pareva impressionata. «Mi convochi pure. Per interrogarmi, dovrà prima richiedere l'autorizzazione del consiglio dell'ordine. Che non gliela darà. Lo sa bene quanto me.»

«Sbaglia a reagire così», disse Anaïs prendendo a camminare avanti e indietro. «Avremmo potuto unire i nostri sforzi... È impossibile che le due faccende non siano collegate. Lei non è pronto a fare di tutto per scoprire la verità?»

«Fino a un certo punto. Voglio aiutare il mio paziente, non farlo arrestare.»

«Lei non potrà impedire un bel nulla. Non si scordi che quell'uomo resta il mio sospettato numero uno.»

«È una minaccia?»

La poliziotta si avvicinò, con le mani in tasca, senza rispondere. Aveva riassunto il suo atteggiamento iniziale, pronta ad affrontare il mondo.

Freire affondò a sua volta le mani nelle tasche. Giubbotto di pelle contro camice bianco.

Seguì un lungo silenzio.

D'un tratto lui si stancò di quel giochetto. «Abbiamo finito?»

«Non proprio.»

«Cioè?»

«Voglio vedere la bestia.»

Un'ora più tardi, al parcheggio del centro ospedaliero specializzato Pierre-Janet, Anaïs controllò i messaggi sul cellulare. Le Coz aveva telefonato tre volte. Lo richiamò subito.

«Abbiamo identificato la vittima.»

«Il suo nome?»

«Philippe Duruy. Ventiquattro anni. Disoccupato. Senza domicilio fisso. Un morto di fame.»

Lei afferrò il taccuino e annotò in fretta le informazioni. «Sono dati sicuri?»

«Accertati. Ho fatto fiasco con diversi spacciatori, ma ho interrogato quattro farmacisti fino a incappare in Sylvie Gentille, domiciliata al 74 di rue Camille-Pelletan a Talence. Gestisce la farmacia in place de la Victoire.»

«Ah, sì, la conosco. Continua.»

«Le ho inviato la foto sul cellulare. Ha formalmente identificato il tizio, nonostante le tumefazioni e le suture. Da tre mesi andava da lei a prendere la sua scorta mensile di Subutex.»

«Magnifico.»

«Non è tutto. Ho chiamato Jaffar. Anche i ragazzi di cours Victor-Hugo lo hanno riconosciuto. Lo chiamano Fifi, ma è sicuramente lui. Un dark che andava e veniva, che poteva sparire per intere settimane. Pare che negli ultimi tempi vivesse in una casa occupata non lontano da rue des Vignes.»

Anaïs aprì la portiera e s'infilò nell'abitacolo.«Quando l'hanno visto l'ultima volta?» chiese.

«La farmacista tre settimane fa. I suoi compagni qualche giorno fa. Nessuno sa cos'abbia combinato nei giorni precedenti la sua morte.»

«Non aveva amici? Un parente che potrebbe dirci qualcosa di più?»

«No. Duruy era un solitario. Quando spariva nessuno sapeva dove andava.»

«Magari aveva un cane?»

«Sì, un molosso. Introvabile. L'assassino deve averlo sistemato.»

«Controlla comunque i canili.» Anaïs pensò alle videocamere di sorveglianza. Bisognava ampliare il campo, visionare le registrazioni di tutta la città. Su una di esse avrebbero sicuramente trovato Philippe Duruy. Con l'assassino spacciatore? Si poteva sempre sognare. «E le sue cose?»

«Probabilmente sepolte insieme al cane.»

Ancora una volta Anaïs fece scorrere nella mente il film dell'omicidio, focalizzandolo. L'assassino non era un disadattato e nemmeno una conoscenza di Duruy. Aveva individuato la sua vittima diversi giorni prima di colpire. Aveva familiarizzato con lui, si era conquistato la sua fiducia. Sapeva che il dark era un tossico e un solitario: più facile da eliminare in tutta discrezione. Sapeva che possedeva un cane e aveva in mente un piano per sbarazzarsene.

I dettagli. Venerdì 12 febbraio, diciamo alle venti, su Bordeaux cala la notte. E con la notte la nebbia. Forse l'assassino sceglie quella sera proprio per questo. Oppure ha pianificato casualmente la sua aggressione per quella data e le condizioni atmosferiche giocano a suo favore. Sa dove trovare Philippe Duruy. Gli propone una dose esplosiva e lo porta in un luogo tranquillo, al riparo dagli sguardi, dove tutto è già stato predisposto. In particolare, la rapida distruzione di ogni traccia. Cane, fagotto, indumenti. Un assassino organizzato. Nervi d'acciaio. *Un professionista.*

«Hai chiesto il nome del medico che lo aveva in cura?» s'informò Anaïs.

«Merda. Me ne sono dimenticato. Ero troppo contento di aver...»

«Lascia perdere. Inviami per SMS il numero della farmacista. Ci penso io.»

«E io cosa devo fare?»

«Ora che sai chi era, ricostruisci la sua vita a Bordeaux. E altrove.»

«Mica è facile. Questi individui...»

Anaïs capiva la situazione. I senza fissa dimora sono gli ultimi uomini liberi della società moderna. Niente carta di credito. Niente libretto degli assegni. Niente auto. Niente cellulare... In un mondo in cui ogni connessione, ogni telefonata, ogni movimento vengono memorizzati, sono i soli a non lasciare tracce. «Se è un drogato, fai un tentativo con il FNAILS.»

Il FNAILS, la banca dati nazionale automatizzata delle persone segnalate per uso di stupefacenti, registra su scala nazionale tutti gli arresti legati alla droga.

«Nessun riscontro per quanto riguarda le impronte digitali», ribatté Le Coz.

«Ciò dimostra che la tecnologia non è una scienza esatta. Sono certa che Duruy era stato arrestato in passato. Fai un'altra verifica. Controlla anche sul versante dell'assistenza sanitaria. Dev'essere stato ricoverato almeno una volta, per la droga e il resto. Forse riceveva il sussidio di disoccupazione. Fammi un rapporto completo.»

«E gli spacciatori?»

Lei non credeva più in quella pista. I pusher non avrebbero detto niente e in ogni caso non erano stati loro a vendere l'eroina bianca all'assassino: lui aveva i suoi fornitori. «Lascia perdere. Concentrati sull'aspetto amministrativo. Voglio anche la storia della vita di Duruy. Chiama Jaffar e digli di passare al setaccio i centri di accoglienza e le associazioni connesse. Deve tornare nei quartieri frequentati dai barboni e nelle case occupate. Parla anche con Conante. Che continui a visionare i video delle telecamere. Bisogna trovare Duruy. Voglio ricostruire i suoi ultimi giorni secondo per secondo. Priorità assoluta.»

Anaïs riagganciò e mise in moto. Non vedeva l'ora di lasciare quel luogo di reclusione e malattia. Guidò per parecchi minuti fino alla città universitaria situata nei pressi di Talence. Parcheggiò e controllò di nuovo gli SMS. Le Coz le aveva inviato i dati della farmacista, Sylvie Gentille, che contattò immediatamente. La donna stava trascorrendo la domenica in famiglia e non aveva con sé il registro, ma si ricordava del medico curante di Philippe Duruy. Si chiamava David Thiaux, un dottore del quartiere.

Altra telefonata. Rispose la moglie di Thiaux. Come tutte le domeniche, lui stava facendo le sue diciotto buche al campo da golf di Laige, a Caychac.

Anaïs conosceva il posto. Riaccese il motore e si avviò in quella direzione.

Al volante rifletté sull'incontro con l'uomo colpito da amnesia. Non aveva potuto farsi un'idea: fisicamente era impressionante, ma per il resto aveva l'aria di un ritardato. A vederlo così, pareva incapace di fare del male a una mosca, ma lei era pagata per non fidarsi delle prime impressioni. La sua unica certezza era che il gigante non corrispondeva al profilo né di un omicida organizzato né di uno spacciatore di grosso calibro.

Ore 14.30. Anaïs filava sulla strada del Médoc. Ripensò all'incontro con lo psichiatra. *Dulcis in fundo.*

Mathias Freire rappresentava l'archetipo del bel tenebroso. Lineamenti regolari ma tormentati da un'agitazione interiore. Occhi scuri, intensi, che non lasciavano trasparire il loro segreto. Capelli ancora più neri, ondulati, terribilmente romantici. Gli abiti rivelavano che non si preoccupava dell'aspetto esteriore. Con il suo camice tutto spiegazzato, Freire assomigliava a un letto sfatto. E ciò lo rendeva ancora più sexy...

"Calmati, Anaïs." Le era già successo di mischiare lavoro e sentimenti, con conseguenze catastrofiche. Comunque l'atteggiamento dello strizzacervelli non le era sicuramente di aiuto. Lui avrebbe sempre privilegiato il suo paziente rispetto all'indagine e non si sarebbe gettato subito sul telefono se avesse scoperto qualcosa...

Vide il cartello del campo da golf di Laige. In fondo era contenta di essere in servizio di domenica. Almeno non avrebbe passato il pomeriggio a fantasticare sul divano ascoltando *Wild Horses* dei Rolling Stones o *Perfect Day* di Lou Reed Il lavoro era l'ultima boa di salvataggio dei naufraghi del cuore.

Lunghi edifici di legno chiaro, nello stile architettonico tipico delle Bahamas, ti accoglievano all'ingresso del campo da golf. Strutture di larice, rivestimenti e tetti in cedro rosso. Il tutto racchiuso in un paesaggio verdeggiante.

Anaïs lasciò la macchina al parcheggio, infilandola fra i 4×4 Porsche Cayenne e le Aston Martin. Emergendo dalla sua modesta Golf, ebbe voglia di sputare su quelle carrozzerie tirate a lucido o di fracassare uno o due retrovisori. Odiava il golf. Odiava la borghesia. Odiava Bordeaux. C'era da chiedersi perché fosse tornata. Sennonché fa sempre bene alimentare il proprio odio. Nutrirlo come una bestia feroce. Quell'energia negativa la teneva in piedi.

Camminò fino al circolo. Nel varcare la soglia, a un tratto immaginò di ritrovarsi faccia a faccia con suo padre. Era sempre in apprensione per quell'eventualità. Un'altra ragione che avrebbe dovuto spingerla ad andarsene da quella città.

Sbirciò nelle sale e nel negozio di attrezzature per il golf, senza notare alcun volto familiare. Aveva anche il timore, in quei luoghi per privilegiati, che qualcuno la riconoscesse come la figlia di Chatelet. Nelle alte sfere di Bordeaux nessuno aveva dimenticato lo scandalo associato a quel nome.

Raggiunse il bar. Era stupita che, vestita com'era, con i jeans e gli stivali dalla punta ferrata, nessuno l'avesse ancora sbattuta fuori. I giocatori di golf – in prevalenza uomini – erano seduti al bancone di legno lucido. Portavano tutti l'abbigliamento regolamentare: pantaloni a quadri, polo di cotone e scarpe chiodate. Le marche erano sbandierate in modo osceno. Ralph Lauren. Hermès. Louis Vuitton...

Si presentò al barman, mostrando discretamente il distintivo, e spiegò il motivo per cui era lì. L'uomo fece venire il responsabile dei caddie, Nicolas, come si leggeva sulla targhetta appuntata sul maglione verde. Il dottor David Thiaux era in pieno percorso. Anaïs uscì con il caddie. Si apprestava a salire su una minivettura quando le segnalarono che il medico era appena rientrato nello spogliatoio. Anaïs si fece accompagnare.

«È qui», disse Nicolas fermandosi davanti a una costruzione di legno ai piedi di una collinetta. «Ma è riservato agli uomini.»

«Venga con me.»

Entrarono nella tana dei maschi. Scrosci delle docce, voci gravi, effluvi di sudore e profumo. Uomini che si vestivano in piedi davanti ai loro armadietti. Uomini che uscivano dalla doccia, gocciolanti, col pisello moscio. Uomini che si pettinavano o si spalmavano di crema idratante.

Anaïs ebbe l'impressione di penetrare letteralmente nell'antro dell'onnipotenza maschile. In quel luogo si parlava senz'altro di soldi, potere, politica e vittorie sportive. E, beninteso, di sesso. Ognuno evocava le sue amanti, le sue prodezze e le sue soddisfazioni con la stessa disinvoltura con cui commentava i punteggi ottenuti sul green. Per il momento nessuno le prestava attenzione.

«Dov'è Thiaux?» chiese a Nicolas.

Il caddie additò un uomo che stava finendo di allacciarsi la cintura. Alto, massiccio, sulla cinquantina, con i capelli spruzzati d'argento. Lei si avvicinò ed ebbe un tuffo al cuore: il tipo somigliava a suo padre. Stesso viso largo, abbronzato, bellissimo. Stessa faccia da proprietario fondiario che ama sentire le sue terre sotto i piedi.

«Dottor Thiaux?»

L'uomo le sorrise facendola sentire ancora più a disagio. Gli stessi occhi d'iceberg, che ti ammaliano con la loro trasparenza solo per poterti far colare a picco più facilmente. «Sì?»

«Sono Anaïs Chatelet, capitano di polizia a Bordeaux. Vorrei parlarle di Philippe Duruy.»

«Philippe, sì, ce l'ho presente.» L'uomo poggiò un piede sulla panca per allacciarsi la scarpa. Sembrava indifferente al chiasso e all'agitazione intorno a lui.

Anaïs lasciò trascorrere qualche secondo.

«Il ragazzo ha dei problemi?» chiese Thiaux passando alla seconda scarpa.

«È morto.»

«Overdose?»

«Proprio così.»

Lui si rialzò e scosse lentamente la testa, con aria fatalista.

«La notizia non sembra sorprenderla.»

«Con quello che si cacciava nelle vene, c'è poco da stupirsi.»

«Lei gli prescriveva il Subutex. Cercava di smettere?»

«Ogni tanto ci provava. Quando è venuto da me l'ultima volta era arrivato a quattro milligrammi di Sub. Sembrava sulla buona strada, ma non nutrivo grandi speranze. La prova...» Il medico s'infilò il loden.

«Quando ha visto Philippe per l'ultima volta?» lo interruppe lei.

«Dovrei consultare l'agenda. Sarà stato due settimane fa.»

«Cosa sa di lui?»

«Non molto. Veniva al dispensario ogni mese per la ricetta. Lasciava fuori il cane e non parlava della sua vita.»

«Il dispensario? Non lo riceveva nel suo studio?»

Il medico si abbottonò il cappotto e chiuse la sacca da golf. «No. Il giovedì sono di turno in un CMP, un centro nel quartiere Saint-Michel.»

Anaïs faceva già fatica a immaginare quel borghese accogliere un sudicio miserabile come Philippe Duruy nel suo studio, figuriamoci a vederselo in una sala in PVC in attesa dei senzatetto del quartiere.

Lui parve leggerle nel pensiero. «La stupisce, vero, che un medico come me presti servizio in un dispensario. Probabilmente lo faccio per alleggerirmi la coscienza.»

L'aveva detto in tono ironico. Anaïs era sempre più irritata dal personaggio e il baccano la rendeva ancora più nervosa. Le voci di quei maschi all'apice del successo, contenti di essere insieme, fieri della loro forza e della loro ricchezza, le vibravano nelle orecchie come un ronzio insopportabile.

Thiaux rincarò la dose. «Per voi poliziotti di sinistra noi siamo la fonte di tutti i mali. Qualunque cosa facciamo, abbiamo torto. Agiamo sempre per interesse o per ipocrisia borghese.» Si diresse verso l'uscita distribuendo qualche cenno di saluto.

Anaïs gli corse dietro. «Philippe Duruy non le ha mai parlato della sua famiglia?»

«Non penso che ne avesse una. Comunque non ha mai detto una parola al riguardo.»

«Amici?»

«Neanche. Era un nomade. Un solitario. Aveva scelto questo stile di vita. Il genere silenzioso e chiuso, interessato solo alla musica e a farsi di droga.»

Thiaux varcò la soglia. Anaïs gli stava alle calcagna. Erano appena le quattro del pomeriggio e già faceva buio. Il grido di un corvo si sostituì alle voci degli uomini. Lei rabbrividì nel giubbotto.

«Ma abitava a Bordeaux, no?»

«"Abitava" è una parola grossa. Diciamo piuttosto che tornava da me ogni mese. Significa che bazzicava i dintorni, questo sì.»

Il medico raggiunse il parcheggio ed estrasse dalla tasca le chiavi della macchina. Il messaggio era chiaro: non aveva intenzione di dedicarle ancora molto tempo.

Anaïs non lo mollò. «Non le ha mai parlato del suo passato? Delle sue origini?»

«Lei non ha un'idea molto chiara degli scambi fra il medico di un dispensario e un tossico come Duruy. Si riducono a "buongiorno", "buonasera" e basta. Stendo un rapporto, firmo la ricetta e il tizio se ne va. Non sono uno psichiatra.»

«Ne vedeva uno al CMP?»

«No, non credo. Philippe non cercava nessun aiuto. Aveva scelto la vita di strada.»

«A parte la droga, aveva problemi di salute?»

«Aveva contratto l'epatite C qualche anno fa. Non seguiva nessuna cura, nessun regime. Un vero suicidio.»

«Sa come è arrivato all'eroina?»

«Avrà fatto il classico percorso, immagino. Canapa indiana. Rave. Ecstasy. Si comincia a prendere l'eroina per evitare i down da ecstasy la domenica mattina e ci si sveglia assuefatti il lunedì. Sempre lo stesso disastro.» Il medico era arrivato davanti a una Mercedes nera classe S. Per la prima volta mostrò segni di stanchezza e, per qualche istante, immobile davanti all'auto, con le chiavi in mano, abbassò la guardia. Un attimo dopo aveva ritrovato tutta la sua padronanza e premette il tasto del telecomando. «Non capisco le sue domande. Se Philippe è morto di overdose, dove sta il problema giudiziario?»

«Sì, Duruy è morto di overdose, ma si tratta di un omicidio. Gli hanno iniettato eroina. Un'eroina molto pura. Poi gli hanno spappolato la faccia infilandoci sopra la testa di un toro.»

Thiaux, che nel frattempo aveva aperto il portabagagli, si fece pallidissimo. Anaïs assaporò lo spettacolo. La bella sicurezza del medico era evaporata.

«Che storia è? Un serial killer?»

Oggigiorno tutti si riempivano la bocca di quelle parole, come se si trattasse di un fenomeno sociale molto noto, al pari, per esempio, della disoccupazione.

«Se è una serie, è appena incominciata. Durey le ha parlato dei suoi spacciatori?»

Thiaux ficcò la sacca nel portabagagli e chiuse lo sportello con un colpo secco. «Mai.»

«L'ultima volta che l'ha visto non le ha accennato a un nuovo spacciatore? O a un'eroina di qualità eccezionale?»

«No. Al contrario, pareva più che mai intenzionato a smetterla con la droga.»

«Non l'ha più rivisto in seguito? Intendo dire in un altro contesto.»

Il medico aprì la portiera. «Assolutamente no.»

«Verificheremo», replicò Anaïs affondando le mani nelle

tasche. Rimpianse subito di averlo detto. Aveva parlato da poliziotto, da idiota. Il medico non era sospettato. Lei aveva solo cercato a fargli paura. Tutti i poliziotti conoscono il prurito che dà il potere.

L'uomo si appoggiò alla portiera aperta. «Lei fa di tutto per essere sgradevole, signora, ma mi è comunque simpatica. È una ragazzina che ce l'ha con il mondo intero, come tutti quelli che vedo ogni settimana al dispensario.»

Anaïs incrociò le braccia. Il tono di compatimento le andava giù ancora meno.

«Le confiderò un segreto», continuò Thiaux chinandosi verso di lei. «Sa perché faccio un giorno di turno al dispensario nonostante nel mio studio riceva la clientela più esclusiva di Bordeaux?»

Lei restò immobile, battendo un piede e mordicchiandosi il labbro. Perfetta nella sua postura di animaletto scontroso.

«Mio figlio è morto di overdose a diciassette anni. Non avevo mai avuto nemmeno il più pallido sospetto che potesse fumare uno spinello. Le basta come ragione? Non posso rimediare né dimenticare, ma posso aiutare qualche ragazzo che soffre, ed è sempre meglio di niente.»

La portiera sbatté. Anaïs guardò la Mercedes sparire sotto la cortina di alberi e perdersi nella notte. Le risuonò nella mente la voce di Coluche nello sketch sui poliziotti: "Sì, lo so, ho l'aria un po' stupida". La frase le fece l'effetto di una sentenza.

Ore 21.00.

Finalmente il turno di guardia era terminato. Mathias Freire stava tornando a casa e pensava all'uomo con lo Stetson e al Minotauro. Da quando aveva ricevuto la visita di Anaïs Chatelet continuava a rimuginare sul legame che forse c'era fra i due casi. Per l'intero pomeriggio aveva svolto il suo lavoro con in testa le stesse domande ossessive: qual era il rapporto fra Mischell e l'assassinio? Cosa aveva visto l'uomo senza memoria? Rimpiangeva di non avere accettato la proposta della poliziotta, perché ora non sapeva più come procedere sul caso del cowboy.

Mentre girava la chiave nella serratura della villetta, gli venne un'idea. Avrebbe bluffato. Accese la lampada in sala, andò al computer e si connetté a Internet. Trovò senza faticare il recapito del laboratorio della polizia scientifica più vicino a Bordeaux, l'LPS 31 di Tolosa. Si chiese se fosse stata una delle sue squadre a lavorare sul caso dell'uomo senza memoria e a effettuare i prelievi sulle mani di Mischell. In tal caso, quei tecnici ora erano impegnati sul caso del Minotauro.

Il modo migliore per saperne di più era telefonare.

Quando il funzionario di turno rispose, Mathias si presentò come l'esperto psichiatrico dell'uomo sospettato nel caso del cadavere della stazione Saint-Jean. Il tizio all'altro capo del filo ne aveva sentito parlare: quella stessa mattina era arrivato dell'altro materiale su cui effettuare le analisi.

Freire aveva visto giusto. La stessa squadra aveva effettuato i rilevamenti sullo sconosciuto, la notte del 12 febbraio, e sulla scena del crimine quella successiva. Una semplice coincidenza: i tecnici si trovavano già a Bordeaux per un'altra questione.

«Potrei avere il numero di cellulare del suo capo?»

«Intende il supervisore?»

«Sì.»

«Non è questa la procedura. Perché non ha telefonato l'ufficiale incaricato dell'inchiesta?»

«Anaïs Chatelet? È stata lei a dirmi di contattarvi.»

Aveva toccato il tasto giusto. Mentre gli dettava il numero il tizio aggiunse: «Si chiama Abdellatif Dimoun. È ancora da voi, a Bordeaux. Si serve di un laboratorio privato. Vuole essere sul posto quando saranno pronti i risultati».

Dopo averlo ringraziato, Freire riagganciò e compose le otto cifre.

«Pronto?»

Il medico ritentò il colpo con la panzana dell'esperto psichiatrico, ma Abdellatif Dimoun non abboccò.

«Consegnerò copia dei referti solo al capitano incaricato dell'indagine e al giudice, non appena verrà nominato.»

«Il mio paziente soffre di amnesia», replicò Freire. «Tento di fargli recuperare la memoria. Il minimo dettaglio può essermi utile.»

«Capisco, ma dovrà rivolgersi ad Anaïs Chatelet.»

«Dal verbale», continuò Freire fingendo di non aver sentito, «risultano particelle di polvere su...»

«Non vuole proprio capirla! Invierò i referti alla Chatelet domattina. Se la veda con lei.»

«Possiamo guadagnare tempo. Domattina presto ho una seduta di ipnosi con il mio paziente. Mi basta una sua parola al telefono e risparmierò una giornata!»

Il tecnico restò in silenzio. Esitava. La burocrazia era un peso per tutti.

«Mi riassuma i risultati», lo incalzò Freire. «Secondo il mio paziente, che incomincia a recuperare alcuni ricordi, le particelle sotto le unghie potrebbero essere polvere di mattone.»

«Non è affatto così.»

«Cosa allora?»
«Una specie fitoplanctonica.»
«Ovvero?»
«Plancton marino. Un microrganismo presente sul litorale atlantico francese, piuttosto a sud. Sulla costa basca.»
Freire pensò alle invenzioni di Mischell a proposito di Audenge, Cap-Ferret e Marsac, quest'ultimo un paese immaginario vicino all'Île aux Oiseaux. Deformazioni, dislocazioni in rapporto al suo vero luogo d'origine: il Paese basco. «E l'avete identificato questo plancton?»
«Abbiamo dovuto rivolgerci a specialisti dell'Ifremer e del Conservatorio del litorale. Si tratta di *Mesodinium harum* e fa parte dei Dinoflagellati. A detta degli esperti che abbiamo contattato, questo fitoplancton è raro. Appartiene alla flora sottomarina della cornice basca.»
Mathias prese qualche appunto e ripartì all'attacco. Il ferro va battuto finché è caldo. «Avete trovato altro?»
Dopo una breve esitazione, il tecnico ammise: «La cosa interessante per le indagini è che abbiamo ritrovato questo plancton anche altrove».
«Dove?»
«Sulla scena del crimine, in fondo alla fossa di manutenzione. I nostri programmi hanno stabilito una corrispondenza fra i campioni prelevati addosso allo sconosciuto e quelli provenienti dalla fossa.»
Freire digerì la notizia in silenzio. Anaïs Chatelet aveva ragione: Mischell aveva visto il corpo. E forse qualcos'altro... «Grazie», concluse. «Per il momento non terrò conto di questo fatto durante la seduta di ipnosi. L'inchiesta criminale riguarda la polizia.»
«Certo», fece il tecnico in tono comprensivo. «Buona fortuna.»
Mathias riagganciò. Con una scrittura nervosa, riassunse gli elementi emersi nella conversazione. Il plancton marino designava la costa basca. Forse anche un mestiere collegato al mare. Era ancora convinto che Mischell esercitasse un lavoro manuale, all'aria aperta. Pescatore? Sottolineò più volte la parola.

Ma il plancton stabiliva anche un legame diretto fra Mischell e il cadavere. Lui alzò la penna dal foglio rendendosi conto che quel legame poteva essere la corda che si sarebbe stretta attorno al collo del suo paziente... Al tempo stesso non riusciva a ignorare la sua convinzione professionale: il cowboy era innocente. Forse aveva sorpreso l'assassino. Forse si era battuto con lui, nella fossa, armato dell'elenco telefonico e della chiave inglese. Dopotutto il sangue poteva essere dell'omicida...

Come se quella conclusione avesse risvegliato in lui un altro pensiero, Freire si alzò e si diresse verso la cucina. Senza accendere la luce, si mise davanti alla finestra e scrutò la strada buia.

Gli uomini in nero non c'erano.

«Lo Château-Lesage è un Cru Bourgeois superiore e si trova a Listrac-Médoc, una delle sei denominazioni comunali del Médoc...»

Anaïs aveva freddo. La sala dei tini – alti contenitori cromati allineati come sarcofagi – era piena di correnti d'aria. Lei era contenta di non essersi tolta il giubbotto e anche, come sempre, di avere l'aria di una teppista fra gli altri membri del club.

«Il nostro vigneto vanta una lunga storia. Infatti i vitigni erano già presenti in questa zona nel quindicesimo secolo...»

Dietro il proprietario, che faceva da guida, il gruppo avanzava lentamente nella sala riflettendosi sulle pareti argentate dei tini. Ogni domenica sera Anaïs visitava un nuovo vigneto: apparteneva infatti a un club di degustazione che passava in rassegna i castelli del Bordolese.

Tutte le volte si chiedeva perché mai si fosse iscritta e perché, immancabilmente, si recasse a quelle serate lugubri. Non avrebbe forse preferito piazzarsi davanti al televisore, con il vassoio della cena sulle ginocchia, a guardare una delle serie televisive che le piacevano tanto? O non avrebbe piuttosto dovuto, quella sera, studiare più a fondo i risvolti simbolici del mito del Minotauro o le filiere dell'eroina in Europa?

Fatto sta che alle venti, come ogni domenica, aveva preso la direzione del vigneto. Rispetto all'indagine, nella giornata non c'erano stati nuovi sviluppi. Jaffar aveva setacciato invano l'ambiente dei senzatetto. Le Coz lavorava alla ricostruzione della vita di Philippe Duruy, ma di domenica era impossibile fare grandi progressi. Conante, dopo aver visionato i video delle telecamere della stazione senza trovare la minima traccia della vittima, aveva iniziato a guardare quelli dei quartieri dove bazzicavano i vagabondi. Nessuna notizia di Zak, che sembrava essersi perso sulla pista degli allevatori di tori.

Dal canto suo, lei aveva richiamato il forte di Rosny. Stavolta si era imbattuta in uno specialista dell'archivio, una memoria vivente dei fatti criminosi. L'uomo non ricordava altri omicidi di carattere mitologico né esempi di messinscene così macabre. Né in Francia né in Europa.

Dopo aver fatto il punto al telefono con i membri della sua squadra, Anaïs li aveva lasciati liberi dando loro appuntamento l'indomani mattina presto in ufficio.

Mentre usciva dalla stazione di polizia, il commissario capo Deversat l'aveva bloccata sulla soglia e le aveva parlato *claro*. Non si sarebbe lasciato trapelare niente ai media. La procura non avrebbe nominato il magistrato prima di sei giorni. Lei aveva campo libero per condurre l'inchiesta come riteneva opportuno. Ma attenzione: lui era nel mirino di tutti i politici e i potenti della Gironda. Anaïs lo aveva ringraziato della fiducia e se n'era andata con l'aria sollevata. In realtà lo stress cominciava a strizzarle lo stomaco come se fosse una spugna.

«In novembre, trasferiamo i vini nelle barrique per un periodo di fermentazione malolattica. L'invecchiamento in barrique dura fra i dodici e i tredici mesi...»

Anaïs rabbrividì di freddo. Quella sensazione la fece pensare alle sue braccia... e alle sue cicatrici. Aveva sempre l'impressione che le sue braccia fossero nude, esposte, tremanti. Nessun tessuto, nessun materiale poteva attenuare quel freddo, perché veniva *dall'interno*.

«Non cerchiamo di fare vini *surboisés*, che abbiano cioè un sentore accentuato di legno. Il nostro obiettivo è un perfetto equilibrio tra l'aroma fruttato, l'acidità e l'alcol. Sono vini rotondi, gradevoli e soprattutto freschi...»

Anaïs era assente. Era in fondo al suo corpo. In fondo alla sua sofferenza. Suo malgrado, si stringeva le braccia e pensava già al peggio. "Non ce la farò mai..." Le gambe le tremavano. Il suo corpo vibrava. Al tempo stesso si sentiva pietrificata. Durante le sue crisi di panico le capitava di crollare a terra e di non muoversi più per ore. Era una paralisi. Una morsa di terrore che la immobilizzava in un bagno di ghiaccio.

«Oggi degusteremo il nostro millesimo 2005, una grande annata nel Médoc. Avremo però solo un'idea di ciò che sarà fra qualche anno. Questa degustazione in effetti è prematura. Abbiamo fatto un prelievo da barrique e...»

Il gruppo scendeva ora nelle cantine del castello. Lei esitò davanti alla scala, poi si decise ad accodarsi. Riuscì con grande sforzo a scendere i gradini. Odore di muffa. La fermentazione era in corso. Anaïs amava il vino, anche se la faceva sempre pensare a suo padre. Sul vino, lui le aveva insegnato tutto: ad apprezzarlo, a degustarlo, a collezionarlo. Quando il velo si era lacerato, lei avrebbe dovuto rinunciare a tutto ciò che, direttamente o no, aveva a che fare con il suo mentore. E invece no. Lui le aveva rubato tutto. Eccetto questo.

«Ripeto, è un po' presto per degustare...»

D'un tratto Anaïs alzò i tacchi e abbandonò il corteo. Risalì la scala incespicando varie volte. Sempre strofinandosi le braccia, attraversò correndo la sala dei tini. Uscire. Respirare. Urlare. Il suo riflesso – deforme, orribile – passava sulle pareti bombate. Sentiva affluire i ricordi. Lo tsunami di atrocità stava per esploderle nella testa. Come ogni volta.

Doveva raggiungere l'esterno, la notte, il cielo.

Il cortile del castello era deserto. Rallentando il passo, superò gli edifici delle cantine e si diresse verso i vigneti. Tutto era azzurrognolo. La terra e il cielo avevano assunto colori lunari. Le *graves* tra i filari sembravano viali di cenere lungo i quali si contorcevano i ceppi di vite.

IL VINO...

IL PADRE...

Dalle labbra le uscivano sbuffi di vapore che andavano a fondersi con il pulviscolo argentato sprigionato dalla terra, dove i vigneti scendevano verso l'estuario della Gironda. Seguì il pendio. Sentiva i ciottoli rossi rotolare sotto gli stivali, i rami e i tutori graffiarle i jeans, come se ce l'avessero con lei.

IL VINO...

IL PADRE...

S'inoltrò ancora fra le piante e finalmente lasciò briglia sciolta ai ricordi. Sino alla fine dell'adolescenza non aveva avuto che un solo uomo nella vita: suo padre. Il che era normale per una ragazza che aveva perduto la madre a otto anni. Meno normale era il fatto che anche il padre non avesse che una donna: sua figlia. Loro due formavano una coppia perfetta, platonica, simbiotica.

Il padre modello. Era lui che le controllava i compiti. Lui che andava a prenderla al centro ippico. Lui che la portava alla spiaggia di Soulac-sur-Mer. Lui che le parlava della mamma cilena, spentasi in clinica come un fiore soffocato in una serra. Lui c'era sempre ed era sempre perfetto...

A volte Anaïs provava un malessere inspiegabile. Era soffocata dall'angoscia. Onde di terrore l'assalivano quando stava vicino a suo padre. Come se il suo corpo sapesse qualcosa che invece sfuggiva alla sua coscienza. Cosa?

Aveva avuto la risposta il 22 maggio 2002.

Sulla prima pagina di «Sud-Ouest».

L'articolo s'intitolava *Un torturatore nelle nostre vigne.* Era stato scritto da un giornalista televisivo che aveva appena visionato un documentario che sarebbe stato trasmesso su Arte, riguardante gli interventi dei militari francesi nelle dittature sudamericane degli anni Settanta. Tra gli addestratori francesi figuravano anche attivisti di estrema destra, membri dell'OAS, l'Organisation armée secrète, ed ex agenti del SAC, il Service d'action civique. Altri avevano partecipato direttamente alla repressione. In Cile, un enologo di fama aveva svolto un ruolo preponderante nelle attività degli squadroni della morte. L'uomo non si era mai nascosto. Jean-Claude Chatelet, originario dell'Aquitania. Specialista di vino durante il giorno. Specialista di sangue la notte.

Da quando era apparso l'articolo, il telefono di casa non aveva smesso un attimo di squillare. La notizia era dilagata come una pozza di benzina in fiamme. All'università, quando Anaïs passava, tutti mormoravano. Per strada la seguivano con lo sguardo. Quando il documentario era stato trasmesso, la verità era esplosa. Il film mostrava un ritratto di suo padre più giovane, meno bello dell'uomo che lei conosceva. «Un personaggio chiave nella pratica della tortura a Santiago.» Testimoni ricordavano la sua figura elegante, i capelli già argentati, gli occhi chiari... e la sua famosa andatura claudicante, riconoscibile fra tutte. Jean-Claude Chatelet aveva sempre zoppicato, in seguito a un incidente a cavallo capitatogli durante l'infanzia.

I torturati evocavano la sua voce dolce... e i suoi terrificanti supplizi. Scariche elettriche, mutilazioni, enucleazione degli occhi, iniezioni di olio di canfora... Soprannominato «lo Zoppo», *El Cojo*, era noto perché eliminava i prigionieri inutili cacciando loro in gola un serpente vivo. Altri testimoni, stavolta dei militari, spiegavano come Chatelet, giovane discepolo del generale Aussaresses, di stanza in Argentina, avesse fatto molto per la formazione delle squadre.

Anaïs aveva guardato la trasmissione in casa di un'amica. Era rimasta annichilita. Quella sera aveva perso la voce. Nei giorni successivi erano usciti moltissimi articoli sulla stampa locale. Di fronte agli attacchi, suo padre si era rifugiato nel silenzio e nell'acqua benedetta: era sempre stato un cattolico praticante. Anaïs, in stato di shock, aveva fatto le valigie. Ventunenne, disponeva di un capitale ereditato dalla madre, frutto delle terre vendute in Cile i cui introiti le spettavano interamente.

Si era trasferita in un bilocale in rue Fondaudège, arteria commerciale del centro, e non aveva più rivisto suo padre. Era ossessionata dalle descrizioni che i testimoni davano di lui. Le sue parole, i suoi gesti, le sue mani.

Quelle mani che avevano applicato il pungolo elettrico della picana. Che avevano tagliato, sezionato, mutilato le carni. Erano le stessi mani che l'avevano lavata quand'era piccola. Che l'avevano accompagnata fino a scuola. Che l'avevano protetta da tutto.

In fondo l'aveva sempre presentito. Era come se sua madre, chiusa nella sua infermità, le avesse sussurrato mentalmente il proprio segreto: aveva sposato il diavolo. E Anaïs era la figlia di quel diavolo. Il suo sangue era maledetto.

A poco a poco aveva recuperato la voce e ripreso una vita normale. Facoltà di legge. Laurea. ENSOP. Uscita dalla scuola ufficiali, aveva chiesto un mese di aspettativa. Era partita per il Cile. Parlava correntemente lo spagnolo: anche quello ce l'aveva nel sangue. Non aveva dovuto faticare troppo per trovare le tracce del padre – lo Zoppo era una celebrità a Santiago – e nel giro di un mese aveva concluso la sua indagine, raccogliendo documenti, testimonianze e fotografie sufficienti per fare estradare suo padre in Cile. O almeno per alimentare le denunce degli esiliati cileni in Francia.

Ma non aveva contattato né i giudici né gli avvocati né gli esiliati. Era rientrata a Bordeaux, aveva preso una cassetta di sicurezza in banca e vi aveva depositato il suo dossier. Nel chiudere la scatola metallica, aveva constatato l'ironia della situazione: con quella prima indagine criminale si era guadagnata il suo battesimo di poliziotto. Ma aveva perso tutto. La sua infanzia. Le sue origini. La sua identità. Il suo futuro era ormai una pagina bianca, tutta da scrivere.

Anaïs si rialzò fra le viti. La crisi era passata. Come ogni volta che le capitava, quando ne usciva una cosa le era chiara: doveva trovarsi un uomo. Era ciò di cui aveva più bisogno. Un uomo fra le braccia del quale i ricordi, i traumi e le angosce si sarebbero dissolti. Si asciugò le lacrime, si spazzolò i pantaloni e risalì il pendio lungo i filari. Un uomo nella sua vita. Non pensava al supervisore di Tolosa, l'arabo incantatore, né agli zombi che l'aspettavano in rete.

Pensava allo psichiatra.

All'intellettuale appassionato, nella sua biblioteca di legno verniciato.

Avrebbe voluto lasciarsi andare ai sogni, ma il ricordo di Freire la ricondusse piuttosto all'omicidio. Diede un'occhiata al cellulare. Niente messaggi. Dormire qualche ora.

Riprendere le indagini all'alba. Per lei, il conto alla rovescia era incominciato.

Andò alla macchina. Non sentiva più il freddo, solo un bruciore agli occhi per aver pianto troppo. E il sapore di acqua salata in gola.

Stava aprendo la portiera quando le squillò il cellulare. «Pronto?»

«Sono Zak.»

«Dov'eri, santo cielo?»

«Nel Sud. Ho trovato il tuo toro.»

«Ne è sicura?»

«Assolutamente. È Patrick. Patrick Bonfils.»

L'infermiera era in piedi davanti alla scrivania di Freire con le mani sui fianchi. Myriam Ferrari. Trentacinque anni, un metro e settanta, ottanta chili. Lui la conosceva bene. Solida come i colleghi maschi, piacevole con quel suo modo di fare da tata. Aveva ancora il cappotto e la borsa a tracolla. Appena arrivata, il mattino presto di quel lunedì, aveva chiesto di vedere Mathias Freire.

Aveva riconosciuto nei corridoi del reparto il cowboy colpito da amnesia.

Lo psichiatra non poteva credere a una simile coincidenza.

«Sono basca, dottore. La mia famiglia vive a Guéthary, un paesino sulla costa, nei pressi di Biarritz. Ci vado tutti i weekend. Mio cognato è proprietario di un negozio di alimentari vicino allo sferisterio e...»

«Dunque?»

«Dunque, quando sono arrivata stamattina, l'ho riconosciuto subito. Mi sono detta: "È Patrick!". Patrick Bonfils è un pescatore molto noto dalle nostre parti. La sua barca è attraccata all'imbarcadero.»

«Gli ha parlato?»

«Certo. Gli ho detto: "Salve, Patrick, cosa ci fai qui?".»

«Cosa le ha risposto?»

«Niente. In un certo senso era quella la risposta.»

Freire, con gli occhi bassi, osservava gli oggetti sulla scrivania. Il blocco degli appunti. La stilografica. Il prontuario dei farmaci. Il *Diagnostic and Statistical Manual of Mental Disorders*, la Bibbia per la diagnosi dei disturbi mentali. Quegli oggetti gli restituivano l'immagine del suo esiguo sapere. Della sua impotenza.

Senza l'aiuto del caso, sarebbe mai riuscito a identificare quell'uomo?

«Mi dica qualcos'altro», ordinò all'infermiera.

«Non saprei.»

«Ha una donna? Figli?»

«Una donna, sì. Una compagna. Non sono sposati.»

«Sa come si chiama?»

«Sylvie. O Sophie. Non ricordo. In alta stagione lavora nel caffè all'angolo del porto. In questo periodo invece aiuta Patrick a riparare le reti, roba del genere...»

Freire prendeva appunti. Pensò al plancton sotto le unghie del cowboy. Guéthary era situato nella zona in cui viveva quell'alga. Patrick Bonfils. Sottolineò il cognome. «Da quanto tempo risiedono a Guéthary?»

«Non lo so. Li conosco da sempre. Be', in realtà noi stiamo a Guéthary da quattro anni.»

Freire si disse che se conosceva l'identità dell'uomo avrebbe potuto ricondurlo, piano piano, alla sua personalità originaria, per poi concentrarsi sul suo trauma: ciò che aveva visto alla stazione.

«La ringrazio, Myriam», disse alzandosi. «Questi nuovi fatti ci saranno molto utili per curare... Patrick.»

«Se posso permettermi, faccia attenzione... Ha l'aria piuttosto... scossa.»

«Non si preoccupi. Procederemo per gradi.»

L'infermiera se ne andò.

Sempre in piedi, Freire rilesse gli appunti e si disse che invece non c'era tempo da perdere. Chiuse a chiave la porta e prese il telefono. Chiamò il servizio informazioni e ottenne il numero di Patrick Bonfils a Guéthary.

Dopo tre squilli rispose una voce di donna.

Lo psichiatra non menò il can per l'aia. «Sylvie Bonfils?»

«Non mi chiamo Bonfils. Sono Sylvie Robin.»

«Ma è la compagna di Patrick Bonfils?»

«Chi è lei?» La voce della donna oscillava fra la speranza e l'inquietudine.

«Sono il dottor Mathias Freire, psichiatra al centro ospedaliero specializzato Pierre-Janet di Bordeaux. Ho accolto Patrick Bonfils nel mio reparto due giorni fa.»

«Oddio...»

La voce le si strozzò in gola. Mathias percepì un leggero sibilo. La donna piangeva; un pianto strano, acuto, continuo.

«Signora...»

«Ero così preoccupata», singhiozzò. «Non avevo nessuna notizia.»

«Quando se n'è andato?»

«Cinque giorni fa.»

«Non ha denunciato la sua scomparsa?»

Nessuna risposta. Di nuovo il sibilo.

Freire preferì ricominciare da capo. «Lei è la compagna di Patrick Bonfils, pescatore a Guéthary?»

«Sì.»

«In che circostanze è scomparso?»

«Mercoledì scorso è uscito per andare in banca.»

«A Guéthary?»

Lei fece una breve risata fra le lacrime. «Guéthary è un piccolo paese. È andato a Biarritz, con la nostra auto.»

«Che modello?»

«Una vecchia Renault.»

«Quando ha incominciato a preoccuparsi?»

«Ma... subito. Prima di tutto volevo sapere com'era andata in banca. Siamo nei guai. Guai seri...»

«Debiti?»

«Un prestito. Per la barca. Siamo... Be', vede... La pesca è diventata un mestiere sempre più difficile. Siamo subissati di tasse. Le regole continuano a cambiare. E poi ci sono gli spagnoli che ci portano via tutto. Non guarda i notiziari?»

Mathias annotava con mano nervosa sul suo quaderno di appunti. «Cos'è successo?»

«Niente. Quel giorno non è rientrato. Ho chiamato la banca: non si era fatto vedere. Sono andata al porto, nei caffè che frequentava.»

«Patrick beve?»

Sylvie non rispose. Chi tace acconsente.

Freire continuava a scrivere. Patrick Bonfils era un caso da manuale. Sotto la pressione dei problemi economici si era spogliato della propria identità ingombrante come di un cappotto troppo pesante, poi era salito su un treno diretto a Bordeaux. Ma che ruolo giocava allora il trauma alla stazione? E c'era stato davvero quel trauma? Da dove provenivano l'elenco telefonico e la chiave inglese? «E poi?»

«La sera sono andata alla gendarmeria. Hanno diramato un avviso di ricerca.»

I gendarmi non si erano certo precipitati a seguire le tracce di un pescatore alcolizzato. In ogni caso l'avviso di ricerca non era arrivato fino in Gironda.

«È la prima volta che sparisce così?»

«Be', sì. Patrick è sempre in ritardo. Ha la testa fra le nuvole. Ma non mi aveva mai fatto un tiro del genere.»

«Da quanto tempo vivete insieme?»

«Da tre anni.»

Ci fu un silenzio.

«Come sta?» chiese Sylvie timidamente.

«Bene. Ha soltanto un problema di memoria. Credo che, per colpa delle vostre attuali difficoltà, la sua mente sia andata in cortocircuito causandogli un'amnesia. Il suo inconscio ha cercato di cancellare il passato per ricominciare.»

«Ricominciare? Come sarebbe?» Sylvie sembrava spaventata. Freire si muoveva con la stessa leggerezza di un carro armato.

«Non ha voluto lasciarla», precisò per rimediare. «Sono i suoi debiti, le difficoltà del suo mestiere che lo hanno costretto a fuggire da sé stesso...»

Silenzio all'altro capo del filo. Freire non insistette. In ogni caso poteva anche non essere la verità. C'era un'altra opzione: Patrick era partito per andare in banca, aveva gironzolato e bevuto, poi aveva preso il treno per Bordeaux... E lì aveva visto qualcosa. Lo shock gli aveva azzerato la memoria. In stato confusionale, il cowboy si era rifugiato nella cabina di ingrassaggio.

«Posso venire a trovarlo?» chiese Sylvie.

«Naturalmente, ma aspetti che la richiami nel corso della mattinata.» Freire la salutò e terminò la telefonata. Erano le nove e mezzo. I fascicoli dei nuovi pazienti, che era solito esaminare ogni mattina, avrebbero aspettato. Chiuse l'ufficio, avvisò la segretaria che si sarebbe assentato e si avviò verso la sala di arteterapia. Era sicuro di trovarvi l'uomo con lo Stetson.

Con il mazzo di chiavi in mano, attraversò il reparto. Aveva fretta e dispensò qualche saluto senza fermarsi. Come previsto, Bonfils si trovava là. Stavolta aveva optato per l'atelier di scultura e stava modellando una sorta di maschera primitiva con l'argilla.

«Salve.»

Un sorriso gli rischiarò il volto.

«Come va oggi?»

«Molto bene.»

Freire si sedette e gli chiese in un tono pacato: «Hai riflettuto su ciò che mi hai raccontato ieri?».

«Vuoi dire... i miei ricordi? Non ne sono più tanto sicuro. Stamattina è venuta da me una donna e mi ha chiamato Patrick. Io...» S'interruppe, gli occhi fissi sulla sua scultura. Aveva la faccia di un evaso che si ritrova in galera. Continuava a deglutire a fatica.

Mathias passò alle maniere forti. «Ho parlato con Sylvie.»

«Sylvie?» Il gigante lo fissò. Le sue pupille erano dilatate come quelle di un animale notturno. Ora vedeva chiaro nel buio della sua mente. Freire aveva in programma una seduta d'ipnosi con la quale lo avrebbe guidato in porto. Guardandolo, capì che gli ingranaggi della sua memoria si erano già messi in moto: Patrick Bonfils stava tornando sé stesso. Tanto valeva accelerare il processo.

«Ti riporto a casa, Patrick.»

«Quando?»

«Questo pomeriggio.»

Il cowboy scosse lentamente la testa. Posò la scultura e osservò l'opera incompiuta. Da un punto di vista psichiatrico, Freire riponeva tutte le sue speranze in questo ritorno al

Paese basco. Bonfils, con l'aiuto della compagna e grazie all'ambiente familiare, avrebbe ritrovato sé stesso.

Adesso però il medico aveva un'altra preoccupazione. Quando il soggetto recupera la memoria, spesso dimentica la personalità che si è inventata, perciò temeva che Patrick cancellasse in un sol colpo anche ciò che aveva visto alla stazione. Ma non era assolutamente il caso di riparlargli di Pascal Mischell.

Freire si alzò e gli posò una mano sulla spalla. «Riposati. Vengo a prenderti dopo pranzo.»

L'uomo con lo Stetson annuì. Impossibile dire se quella prospettiva lo rallegrasse o lo intimorisse.

Lo psichiatra tornò rapidamente nel suo ufficio. Porte. Chiavi. Tavoli e letti fissati al pavimento. Sempre quella sensazione di essere un carceriere delle anime. Chiese alla segretaria di procurargli i quotidiani del giorno, poi richiamò Sylvie e le annunciò il loro arrivo, concludendo con magniloquenza: «Solo lei può aiutare Patrick a ritrovare al più presto sé stesso». Le diede appuntamento verso le quindici al porto di Guéthary e riagganciò. Procedeva alla cieca. Non si era mai trovato in una situazione simile. Per un attimo fu tentato di telefonare al capitano Chatelet per darle la notizia, ma gli venne in mente che non si erano lasciati bene. Soprattutto ricordò che aveva mentito al tecnico della Scientifica. Potevano sporgere denuncia?

Poi c'era un altro problema. Anaïs avrebbe presto ricevuto i risultati delle analisi che lui aveva ottenuto in anteprima. La presenza del plancton sulle mani del cowboy e nella fossa rafforzava i sospetti nei suoi confronti. La poliziotta lo avrebbe posto in stato di fermo? Era meglio affrettarsi a riportare Patrick a casa. Nel peggiore dei casi, sarebbero andati a prenderlo a Guéthary. Nel frattempo Patrick avrebbe beneficiato di un giorno o due per familiarizzarsi con il suo vero io...

Dopo aver bussato, la segretaria entrò nell'ufficio con i giornali della regione: «Sud-Ouest», «La Nouvelle République des Pyrénées», «La Dépêche», «Le Journal du Médoc»... Mathias scorse le aperture. Si dava grande spazio all'ondata di nebbia che si era abbattuta sulla Gironda quel fine settimana. La lista degli incidenti legati alla scarsa visibilità occupava la metà delle prime pagine.

Si accennava anche, in qualche trafiletto, alla «scoperta di un uomo senza fissa dimora deceduto alla stazione Saint-Jean, morto di freddo». Freire fu colpito da quella prodezza. Non sapeva come la polizia ci fosse riuscita, ma aveva tenuto i media all'oscuro di un delitto spettacolare. Probabilmente in seguito ciò avrebbe peggiorato le cose, ma per il momento garantiva all'inchiesta la necessaria discrezione.

Quanto a Bonfils, la sua storia compariva solo nelle pagine interne, dedicate a Bordeaux e alla cronaca locale. Si parlava di un uomo affetto da disturbi mentali trovato alla stazione nella notte fra il 12 e il 13 febbraio e subito trasferito all'ospedale Pierre-Janet.

Freire ripiegò i giornali. Con un po' di fortuna non avrebbe ricevuto neanche una telefonata dai giornalisti a proposito del nuovo ospite. Consultò l'orologio. Le dieci. Prese la pila di fascicoli dei nuovi arrivati del lunedì. Aveva a disposizione la mattinata per gestire quei casi, effettuare il giro visite nel suo reparto e ricevere i pazienti. Dopodiché sarebbe partito per il Paese basco in compagnia di Patrick Bonfils e delle sue verità sommerse.

Per tutta la notte aveva sognato mattatoi. Grandi ambienti bui, dominati da strutture di zinco e piombo. Là sotto le carcasse fumavano. Enormi lame si abbattevano sui dorsi dei buoi. Rivoli neri scorrevano nei canali di scolo. Le teste bianche s'impilavano. Le pelli scuoiate fluttuavano come mantelli al vento. Gli uomini con i berretti a visiera si davano da fare senza tregua: tagliavano, sezionavano, facevano sanguinare. Per tutta la notte avevano scandito il suo sonno.

Quando aveva aperto gli occhi, si era sorpresa di non essere coperta di sangue.

Dopo la doccia si era preparata un caffè e si era seduta alla scrivania per rileggere gli appunti delle ore precedenti.

Il corpo decapitato di un toro era stato trovato la mattina del 13 febbraio nei pascoli della *ganadería* di Gelda, un allevamento di tori da combattimento nei pressi di Villeneuve-de-Marsan. Anaïs si era congratulata con Zakraoui e lo aveva mandato a riposare. Sarebbe andata lei stessa a interrogare il proprietario. Il poliziotto, benché avesse l'aria un po' delusa, non aveva insistito: come gli altri, non dormiva da ventiquattr'ore.

Anaïs era tornata a casa e aveva chiamato l'allevatore per avvisarlo che sarebbe andata da lui l'indomani mattina di buon'ora. Poi aveva passato in rassegna su Internet i principali casi di mutilazioni di animali degli ultimi decenni. Quello più eclatante riguardava una serie di atti criminali perpetrati contro dei cavalli, in Germania, negli anni Novanta. Orecchie tagliate, organi genitali mozzati, accoltellamenti. Secondo gli articoli c'erano stati parecchi arresti, ma la mattanza era continuata. A distanza di pochi anni si erano verificati altri episodi simili in Gran Bretagna e nei Paesi Bassi. Anaïs li aveva esaminati: nessun rapporto con il suo omicidio e niente che potesse aiutarla nell'indagine.

L'altro grande caso risaliva agli anni Ottanta, in America, dove nei campi erano stati ritrovati alcuni bovini mutilati o scuoiati mediante tecniche misteriose. Dopo avere letto che i principali sospettati erano gli extraterrestri o gli stessi contadini, Anaïs aveva abbandonato quella pista.

A mezzanotte non aveva ancora sonno. Si era messa a leggere articoli sull'allevamento dei *toros bravos*. Cosa mangiavano, come venivano selezionati, le loro ultime ore nell'arena... Tutto quello che aveva appreso aveva confermato quanto già sapeva: la corrida era uno schifo. Bestie marchiate con il ferro e ingrassate che venivano mandate al massacro ad appena quattro anni – quando un toro può vivere fino a vent'anni – senza la minima esperienza nel combattimento.

Verso le due del mattino una telefonata l'aveva svegliata; si era addormentata davanti al computer. Un certo Hanosch, un veterinario, era stato contattato da Longo nel tardo pomeriggio. Aveva recuperato la testa del toro alle venti e si era subito messo al lavoro. L'uomo era un perito del tribunale nei casi di avvelenamento e contaminazione del bestiame. L'urgenza del tono e il suo nervosismo la spiazzavano, ma Anaïs aveva capito che quel personaggio le avrebbe fatto guadagnare del tempo prezioso.

Prima di studiare la testa, l'esperto aveva effettuato un prelievo di sangue e inviato il campione al laboratorio di ispezione delle carni. Aveva già i risultati: nel sangue del cervello dell'animale c'erano tracce di un potente anestetico generalmente usato per addormentare il bestiame, la ketamina. Esistevano diversi prodotti contenenti questa molecola, ma il veterinario propendeva per l'Imalgene, uno dei più diffusi nel campo. Quindi l'assassino aveva stordito chimicamente la bestia prima di decapitarla. Anaïs non era sorpresa: i tori da combattimento non sono facili da avvicinare.

Secondo il perito l'assassino aveva avvelenato il cibo dell'animale, oppure, più probabilmente, si era servito di un fucile ipodermico, uno strumento molto diffuso, usato da veterinari, vigili del fuoco e guardie forestali. Per procurarsi l'Imalgene – reperibile solo nelle cliniche veterinarie – c'era però bisogno di una ricetta firmata da un medico. Una pista con i fiocchi: verificare gli acquisti e le prescrizioni del prodotto nei dipartimenti dell'Aquitania durante le ultime settimane e controllare eventuali furti verificatisi nelle cliniche o nelle aziende farmaceutiche.

Quanto alla tecnica di decapitazione, secondo Hanosch si aveva a che fare con un vero professionista. Aveva agito come uno del mestiere, vale a dire un chirurgo o un macellaio. Dopo avere inciso la pelle e i tessuti molli, aveva infilato la lama nell'articolazione atlanto-occipitale e sezionato sia il midollo spinale sia il legamento sotto la seconda vertebra cervicale. A parere del veterinario, ciò aveva permesso di mozzare la testa con un semplice scalpello, senza difficoltà. Chissà per quale ragione, l'uomo aveva anche tagliato la lingua. Mentre prendeva nota, Anaïs si era detta che l'aggressore aveva prelevato l'organo per ragioni «estetiche»: non poteva certo lasciare che la lingua del suo Minotauro penzolasse fuori come quella di un bovino assetato.

A poco a poco la situazione le diventava chiara: l'assassino non poteva essere un barbone o uno spacciatore e tanto meno l'uomo che aveva perso la memoria. Era un killer folle, freddo e razionale. Un essere dai nervi d'acciaio che si era preparato accuratamente in vista del sacrificio. Non era un macellaio né un allevatore e neppure un veterinario, lei ne era sicura. Aveva acquisito quell'abilità soltanto per allestire la sua messinscena.

Anaïs fremeva all'idea di affrontare un avversario simile, non sapeva se di paura o di eccitazione; probabilmente di entrambe. Era consapevole che nella maggior parte dei casi gli omicidi psicopatici venivano arrestati perché commettevano un errore o perché la polizia aveva un colpo di fortuna. Nel caso del suo killer, non poteva contare sul fatto che facesse errori; quanto alla fortuna...

Aveva ringraziato il veterinario, in attesa di ricevere un

rapporto scritto. Si era coricata e per qualche ora era stata immersa nel sangue delle bestie. Aveva aspettato le otto per mettersi in moto e ora guidava in direzione di Mont-de-Marsan.

Pioveva da quando era partita e la luce del giorno faticava a farsi strada. Il paesaggio intorno a lei cambiava di continuo: pinete, boschi di querce, terre da pascolo, distese di vigne. Niente che le tirasse un po' su il morale. Per complicare le cose, si era svegliata con il raffreddore. La testa era come compressa in un casco troppo stretto, i seni paranasali le dolevano e aveva il naso chiuso. Ecco cosa capitava a inoltrarsi nelle vigne di notte, con la faccia inondata di lacrime...

Invece di prendere la A62 o la E05 aveva preferito seguire la D651, che filava in pieno Sud, così avrebbe avuto un po' di tempo per riflettere. I tergicristalli scandivano una specie di marcia funebre. La strada si profilava indistinta sotto il crepitio della pioggia battente. Più volte lei si disse che l'assassino aveva fatto quello stesso tragitto in senso inverso, con il suo trofeo accanto.

Aggirò Mont-de-Marsan e si diresse verso Villeneuve-de-Marsan. Trovò una farmacia e fece provviste: Doliprane, Humex, Fervex... Comprò anche una Coca-Cola Zero in una panetteria vicina per mandare giù le compresse. Completò l'opera con collutorio e spray nasale.

Si rimise in viaggio. All'uscita della città vide il cartello GANADERÍA DE GELDA sulla destra. Imboccò la strada sterrata zuppa d'acqua. Non un solo toro in vista. Anaïs non era sorpresa. Il principio base dell'allevamento dei *toros bravos* è evitare che abbiano contatti con l'uomo prima della prova dell'arena, affinché siano più selvaggi, più aggressivi... e soprattutto più sprovveduti di fronte al *matador*.

Avrebbe dovuto avvisare i gendarmi della visita, sia per non urtare la loro suscettibilità sia per consultare il fascicolo. Il fatto era che voleva condurre l'interrogatorio da sola, con la mente sgombra e in tutta discrezione. Alla diplomazia avrebbe pensato più tardi.

La strada ora era fiancheggiata da alberi i cui rami spogli

disegnavano una ragnatela contro il cielo. In fondo, sulla destra, apparve una casa con le pareti a graticcio. Anaïs proseguì per qualche metro e fermò l'auto. Un perfetto esempio di fattoria delle Landes: vasto cortile di terra battuta incorniciato da grandi querce, casa padronale dove si alternano travi nere e intonaco bianco, dipendenze con i muri rivestiti di stucco...

L'insieme produceva un'impressione di nobiltà ma anche di tristezza, di precarietà. Decenni, per non dire secoli, di vita dura trascorsa nell'indifferenza al progresso e al comfort moderno. Anaïs immaginò l'interno della vecchia casa, senza riscaldamento né acqua corrente. Si raffigurò un quadro sempre più fosco, con una sorta di feroce amarezza.

Scese dall'auto e si diresse verso la casa principale, tirandosi su il cappuccio ed evitando le pozzanghere. Un cane invisibile si mise ad abbaiare. Nell'aria c'era un odore di liquame. Bussò alla porta. Non venne nessuno.

Si diede un'occhiata intorno. Fra due edifici vide un'arena *de tienta*, il posto in cui si selezionavano non i tori – che non combattevano mai prima del grande giorno – bensì le loro madri. Le mucche venivano pungolate a colpi di lancia e quelle che reagivano più nervosamente erano le migliori riproduttrici di *toros bravos*, come se esistesse un gene dell'aggressività.

«È la poliziotta che ha chiamato?»

Anaïs si girò e si trovò davanti un uomo sparuto, stretto in una giacca a vento blu petrolio. Davvero un peso piuma. Cinquanta chili a dir tanto per un metro e settanta. Sembrava pronto a volar via alla prima raffica di vento. Lei estrasse il distintivo. «Capitano Anaïs Chatelet, della stazione centrale di Bordeaux.»

«Bernard Rampal», fece lui, stringendole la mano senza entusiasmo. «Sono il *mayoral*. L'allevatore e il *conocedor*.»

«L'esperto di cosa?»

«Della genealogia delle bestie e della cronologia dei combattimenti. L'allevamento è prima di tutto una questione di memoria.» Si puntò l'indice alla tempia. «È tutto qui dentro.»

La pioggia scrosciava sui suoi capelli argentati e scivolava via, come sulle piume di un cigno. Quell'uomo era davvero stupefacente: spalle da fantino, un viso da ragazzo, ma cinereo e pieno di rughe. La voce era in sintonia: flebile e acuta. Anaïs si era raffigurata in tutt'altro modo un allevatore di bestie pesanti mezza tonnellata. La sua virilità doveva essere altrove. Nella sua profonda conoscenza del mestiere. Nella sua pratica autoritaria, senza scrupoli di natura morale o sentimentale.

«Troverà il bastardo che mi ha ammazzato il toro?»

«Ha soprattutto ucciso un uomo.»

«Gli uomini si ammazzano fra loro da sempre. Il suo farabutto se l'è presa con una bestia indifesa. Questa è una cosa nuova.»

«Eppure è quello che lei fa tutto l'anno, no?»

Il *conocedor* aggrottò le sopracciglia. «Non sarà per caso una di quelle schizzate anticorrida?»

«Vado a vedere le corride da quando sono piccola.» Anaïs non precisò che ogni volta la facevano stare male. La faccia del *mayoral* si fece leggermente più cordiale. «A chi appartiene questa *ganadería*?»

«A un uomo d'affari di Bordeaux. Un appassionato di tauromachia.»

«L'ha informato?»

«Naturalmente.»

«Come ha reagito?»

«Come tutti qui. È disgustato.»

Anaïs annotò il nome e il recapito del tizio. Bisognava interrogarlo, lui e tutti i membri del personale della *ganadería*. Non si poteva scartare l'ipotesi che il colpevole fosse uno di loro. Ma i gendarmi dovevano essersene già occupati.

«Mi segua», disse l'uomo. «Abbiamo conservato il corpo nel fienile. Per l'assicurazione.»

Anaïs si chiese che genere di sinistro avrebbe denunciato l'allevatore. Toro decapitato? Entrarono in un rustico pieno di fieno e fango dove regnava un freddo polare. All'odore del foraggio umido si sovrapponeva un terribile tanfo organico. Il fetore della carne marcia.

La carogna era al centro dello spazio, coperta da un telone che l'uomo rimosse senza esitare, liberando un nugolo di mosche.

Il corpo nero era là. Enorme. Gonfio a causa della decomposizione. Gli incubi della notte tornarono: uomini senza volto all'opera in un carnaio, ganci che issavano le carcasse, vitelli scuoiati, luccicanti come corpi ornati di velluti...

«Il perito deve venire oggi. Dopodiché seppelliremo la bestia.»

Anaïs, premendosi una mano sulla bocca e sul naso, non replicò. Quella carogna colossale, decapitata, evocava i sacrifici di tori che si compivano nell'antichità per liberare le potenze della vita e propiziare la fertilità.

«Che disgrazia...» gemette l'allevatore. «Un *cuatreño.* Era pronto per uscire.»

«Per la prima e l'ultima volta.»

«Lei parla proprio come quegli animalisti che ci rompono il cazzo tutto l'anno.»

«Lo prendo per un complimento.»

«Allora vuol dire che ho ragione. Io li fiuto da lontano quegli stronzi.»

Anaïs doveva aggiustare il tiro, altrimenti non avrebbe ricavato niente da quell'interrogatorio. «Faccio il poliziotto», disse con voce ferma. «Le mie opinioni riguardano solo me. Quanto pesava questo toro?»

«Sui cinquecentocinquanta chili.»

«Il suo *campo* era accessibile?»

«I pascoli dei tori non sono mai accessibili dalla strada. Bisogna andarci a cavallo.»

Anaïs girò intorno alla bestia. Pensava all'assassino. Per affrontare un gigante del genere bisognava essere dannatamente determinati. Ma il killer aveva *bisogno* di quella testa per la sua messinscena: non aveva esitato. «Quanti tori avete in totale?»

«Circa duecento. Suddivisi in diversi *campos.*»

«Quanti ce ne sono in quello dove stava questa bestia?»

«Una cinquantina.»

Sempre con la mano sulla bocca, Anaïs si avvicinò a quell'ammasso di carne. Il mantello nero aveva assunto una tonalità opaca e fredda. Sembrava bagnato fradicio. Quel corpo costituiva il pendant della scena della fossa di manutenzione. L'eco del sacrificio di Philippe Duruy. Così come Duruy simboleggiava il Minotauro e la sua vittima, questo toro decapitato rappresentava sia il dio supremo sia la bestia che gli era stata sacrificata.

«A suo parere come l'ha avvicinato l'aggressore?»

«Con un fucile ipodermico. Gli ha iniettato qualcosa e l'ha decapitato.»

«E gli altri?»

«Devono essere scappati. La prima reazione del toro è la fuga.»

Anaïs conosceva quel paradosso. Un toro da combattimento non è aggressivo. È il suo atteggiamento di difesa anarchica e disordinata a dare l'impressione che sia ostile.

«È possibile che il suo cibo sia stato avvelenato?»

«No. D'inverno gli diamo fieno e *pienso*. Un integratore alimentare. Solo i guardiani hanno accesso alle scorte. E poi le bestie mangiano tutte nello stesso mastello. Un fucile ipodermico. Non ci sono alternative.»

«Avete uno stock di anestetici alla fattoria?»

«No. Quando si deve addormentare una bestia, si chiama il veterinario, che viene con i suoi prodotti e il fucile.»

«Sa di qualcuno che s'interessa da vicino ai *toros bravos*?»

«Parecchie migliaia di persone. Vengono a ogni *feria*.»

«Intendo qualcuno che si aggiri nei pressi dei vostri *campos*. Un vagabondo.»

«No.»

Anaïs esaminò la gola squarciata dell'animale. I muscoli e le carni avevano assunto un colore violaceo. Un cesto di more nere. Minuscoli cristalli ne facevano scintillare la superficie. «Mi parli dell'esecuzione.»

«Come sarebbe?»

«Come viene ucciso il toro nell'arena?»

«Il *matador* gli affonda la spada nella nuca fino all'elsa.»

«Quanto misura la lama?»

«Ottantacinque centimetri. Bisogna raggiungere l'arteria o una vena polmonare.»

In un flash, Anaïs visualizzò, anzi, sentì la lama conficcarsi sotto la corazza nera, straziando le carni e gli organi. Si rivide da piccola, terrorizzata, sui gradini di pietra. Si gettava fra le braccia del padre che la rassicurava scoppiando a ridere. *Quel bastardo.* «Ma prima di arrivare a questo i *picadores* hanno già tranciato il legamento della nuca con la loro picca.»

«Sì.»

«E i *banderilleros* hanno completato il lavoro allargando la ferita per accelerare l'emorragia.»

«Se ha già le risposte, perché fa le domande?»

«Voglio farmi un'idea delle fasi dell'esecuzione. Deve uscire un sacco di sangue, no?»

«No. Tutto avviene all'interno del corpo. Il *matador* deve evitare i polmoni. Se il toro sputa sangue, il pubblico non lo apprezza.»

«Sul serio? La spada è il colpo di grazia?»

«Lei incomincia a rompermi. Cosa cerca esattamente?»

«Il nostro aggressore potrebbe essere un *matador.*»

«Direi piuttosto un macellaio.»

«Non sono sinonimi?»

Il *mayoral* si diresse verso la porta. La conversazione era terminata. Anaïs aveva di nuovo compromesso l'interrogatorio. Lo raggiunse sulla soglia. Aveva smesso di piovere e un sole incerto filtrava nella corte facendo brillare le pozzanghere come tanti specchi.

Lei avrebbe dovuto rimediare all'errore, ma non riuscì a trattenersi dal chiedere: «È vero che i *toros bravos* non vedono mai una femmina? Li rende più aggressivi il fatto di avere i coglioni pieni?».

Bernard Rampal si girò verso di lei e rispose a denti stretti: «La tauromachia è un'arte. E ogni arte ha le sue regole. Regole secolari».

«Mi hanno detto che nel *campo* si ingroppano a vicenda. Inculati nell'arena non è il massimo, no?»

«Sparisca.»

Merda, merda, merda. Al volante dell'auto Anaïs imprecava contro sé stessa. Dopo aver mandato a pallino l'interrogatorio del medico golfista il giorno prima, ci era ricascata con l'allevatore di tori. Non riusciva a tenere a bada l'aggressività: rovinava sempre tutto con i suoi attacchi puerili, le sue provocazioni da quattro soldi. Era incaricata di un'inchiesta criminale e si comportava come una punk ribelle, in lotta contro i borghesi.

Il sangue le martellava in testa. Un velo di sudore ghiacciato le copriva il viso. Se l'uno o l'altro degli interrogati avesse chiamato la procura, lei sarebbe stata fritta. Avrebbero scelto un altro investigatore, con più esperienza e meno impulsività.

Si fermò a Villeneuve-de-Marsan. Si soffiò il naso, mise in bocca una sorsata di collutorio e si nebulizzò generosamente lo spray. Esitava a contattare i gendarmi. Avrebbe dovuto essere diplomatica come non mai e in quel momento non ne sarebbe stata capace. Avrebbe affidato il compito a Le Coz. Era il migliore per le relazioni esterne.

Inserì la marcia e partì a razzo. Quella volta lasciò perdere le strade provinciali e prese la N10 e poi la E05. Direzione Bordeaux.

Squillò il cellulare. Se lo portò subito all'orecchio. Andava a centottanta chilometri all'ora.

«Le Coz. Ho lavorato tutta la notte su Internet e stamattina sono stato all'anagrafe e ai servizi sociali.»

«Riassumi.»

«Philippe Duruy è nato a Caen nel 1986 da genitori sconosciuti.»

«Non sappiamo chi sia la madre?»

«No. È figlio di ignoti. Se si vogliono consultare gli atti, bisogna seguire una procedura e...»

«Continua.»

«Posto sotto la tutela dei servizi sociali per l'infanzia è rimbalzato da case di accoglienza a famiglie d'affido. Più o meno rigava dritto. A quindici anni arriva a Lille e incomincia un corso per aiuto cuoco nelle mense. Nel giro di qualche mese molla tutto e diventa punkabbestia. Con un molosso, inizia la vita di strada. Si ritrovano le sue tracce due anni dopo, al festival di Aurillac.»

«Che cos'è?»

«Un festival dedicato al teatro di strada. Viene fermato per detenzione di stupefacenti. Minorenne, è rimesso in libertà.»

«Che stupefacenti?»

«Amfetamine, ecstasy, acidi. Ho trovato traccia di altri due fermi. Ogni volta in occasione di un festival rock o di un rave. Cambrai nell'aprile 2008, Millau nel 2009.»

«Sempre per possesso di stupefacenti?»

«No, per rissa. Il nostro amico era un tipo litigioso. Ha fatto a pugni con i buttafuori.»

Anaïs rivide il corpo della vittima, tutt'ossa. Il ragazzo non aveva paura di niente. Oppure era completamente fatto ogni volta. Una cosa era certa: neanche parlarne di iniettargli qualcosa a forza. L'assassino lo aveva avvicinato da amico. «E più di recente?»

«Tutto ciò che ho è un episodio del gennaio scorso.»

«Successo a Bordeaux?»

«A Parigi. Durante un altro concerto. Il 24 gennaio 2010 all'Elysée-Montmartre. Duruy ha fatto a botte di nuovo. Aveva addosso due grammi di brown. Commissariato della Goutte-d'Or. Stato di fermo. L'hanno liberato diciotto ore dopo su ordine del giudice.»

«Niente incriminazione?»

«Due grammi è consumo personale.»

«Poi?»

«Più niente fino alla fossa di manutenzione. Si può supporre che sia tornato qui alla fine di gennaio.»

Inutile ricostruire nei dettagli il suo passato di vagabondo. Contavano solo i giorni immediatamente precedenti la sua morte. L'assassino era un incontro dell'ultima ora, una persona che non apparteneva al mondo dei reietti.

«Hai notizie degli altri?»

«Jaffar ha trascorso la notte con i senzatetto.»

La notizia le scaldò il cuore. Nonostante i suoi ordini, né Le Coz né Jaffar erano andati a dormire. *Uno per tutti, tutti per lei...* «Cos'ha trovato?»

«Non molto. Duruy non era uno che legava con gli altri.»

«Le case d'accoglienza? Le mense popolari?»

«Le sta controllando adesso.»

«E Conante? Le videoregistrazioni?»

«Non ha ancora finito di visionarle. Per il momento nulla. Duruy non compare.»

«Zak?»

«Nessuna notizia. Probabilmente sta buttando gli spacciatori giù dal letto. Pare che tu gli abbia chiesto di darmi il cambio.»

Le Coz aveva parlato in tono piccato, ma lei non aveva il tempo di usare riguardi. Le venne un'idea. «Chiama Jaffar e digli di fare ricerche sul cane.»

«Il cane? Abbiamo chiamato i rifugi per animali. Nessuna traccia. Del resto non sappiamo neanche di preciso di che razza sia. Sicuramente è morto e sepolto.»

«Interrogate i macellai. Girate i mercati. Sentite i grossisti di carne. I tipi come Duruy hanno sempre delle soluzioni per nutrire il loro animale.»

Ci fu un breve silenzio. Le Coz parve disorientato. «Cosa cerchi esattamente?»

«Una testimonianza. Qualcuno che abbia visto Duruy in compagnia di un altro uomo, quello che gli ha iniettato la droga.»

«Sarei stupito se un macellaio avesse la risposta.»

«Che faccia una ricerca anche sugli indumenti che portava», proseguì Anaïs. «Duruy doveva procurarsi vestiti nei negozi di abbigliamento militare o nei centri Emmaüs. Voglio che risalga ai suoi ultimi acquisti. Bisogna anche trovare il luogo in cui faceva accattonaggio. Un uomo ha già fatto questo lavoro prima di noi, capisci? L'ha individuato, sorvegliato, studiato. Seguite le sue orme. Forse incrocerete la sua ombra. Hai altre foto di Duruy?»

«Sì, quelle della ricostruzione antropometrica.»

«Mostratele ai tizi che interrogate. E inviatele anche a me sull'iPhone.»

«Okay. E io?»

Anaïs gli affidò la pista degli anestetici: verificare le scorte, le ricette di Imalgene e di ketamina in Aquitania, gli eventuali furti nelle cliniche o nelle aziende farmaceutiche.

Le Coz annuì con scarso entusiasmo.

Prima di riagganciare, lei gli chiese anche di telefonare ai gendarmi di Villeneuve-de-Marsan per accertarsi se avessero fatto qualche progresso. Gli consigliò di trattarli con i guanti...

Ormai era arrivata alla periferia di Bordeaux. Pensò al poliziotto tutto azzimato. Il tenente aveva una particolarità: segni esteriori di ricchezza che non quadravano con il suo stipendio. Quel benessere non gli veniva dalla famiglia: Le Coz era il figlio di un ingegnere in pensione. Un giorno o l'altro la Disciplinare si sarebbe occupata della questione. Anaïs non si faceva domande: aveva già le risposte.

La metamorfosi di Le Coz risaliva all'epoca di un furto compiuto in una residenza in avenue Félix-Faure nel 2008. Non era stato lui a fare il colpo, ma aveva condotto l'inchiesta. Aveva interrogato diverse volte la proprietaria, una baronessa di una certa età che possedeva un *grand cru* del Médoc. Da quell'incontro Le Coz portava un Rolex al polso, guidava un'Audi TT e pagava con una Black Card «Infinite». Non aveva trovato i ladri, ma aveva trovato l'amore, checché ne dicessero i suoi colleghi. Un amore che si accompagnava a un certo comfort. Se fosse stato una donna, il fatto che si facesse mantenere non avrebbe scioccato nessuno.

Altra telefonata. Jaffar.

«Dove sei?» le chiese.

«Sto rientrando a Bordeaux. Hai trovato qualcosa?»

«Ho trovato Raoul.»

«Chi è?»

«L'ultimo tizio che ha parlato con Duruy prima che lo facessero fuori.»

Sudore alle tempie. Doveva avere la febbre. Senza lasciare il volante, ingoiò un sorso di sciroppo. «Racconta.»

«Raoul è un barbone che vive sul lungofiume, nei pressi di Stalingrad, riva sinistra. Duruy lo andava a trovare di tanto in tanto.»

«Quando l'ha visto l'ultima volta?»

«Venerdì 12 febbraio nel tardo pomeriggio.»

La sera presunta dell'omicidio. Un testimone essenziale.

«Pare che Duruy avesse un appuntamento la sera stessa.»

«Con chi?»

«Con un angelo.»

«Cosa?»

«È ciò che racconta Raoul. In ogni caso è ciò che gli ha detto Duruy.»

Anaïs era delusa. Il delirio di un alcolizzato o di un drogato. «L'hai portato da noi?»

«No, al commissariato di rue Ducau.»

«Perché là?»

«Era più vicino. È in cella in attesa di smaltire la sbornia.»

«Alle dieci del mattino?»

«Aspetta di vedere questo fenomeno.»

«Passo per François-de-Sourdis e ci vado di corsa. Voglio interrogarlo personalmente.»

Anaïs chiuse la comunicazione, animata da una nuova speranza. Quel lavoro da formiche avrebbe finito per essere premiato. Sarebbero stati ricostruiti tutti i movimenti della vittima fino all'ultimo contatto con l'assassino. Verificò se erano arrivate le foto di Duruy sul cellulare. Sì, c'erano diverse ricostruzioni antropometriche. Il giovane punk non aveva certo un'aria convenzionale. Capelli neri ritti in testa, occhi come la pece contornati di khol, piercing sulle tempie, sulle ali del naso, sulle labbra. Philippe Duruy era un curioso collage: cinquanta per cento punk, cinquanta per cento dark. Cento per cento *teufeur.*

Anaïs entrò in città e prese il lungofiume. Il sole si faceva rivedere sull'esplanade des Quinconces. Il cielo lavato dall'acquazzone coronava di un azzurro abbagliante i tetti degli edifici ancora lucenti di pioggia. Imboccò cours Clemenceau, evitò il quartiere chic dei Grands-Hommes e lasciò il centro attraverso rue Judaïque. Si orientava istintivamente, senza bisogno di GPS.

Giunta in rue François-de-Sourdis, si precipitò in ufficio e controllò le e-mail. Aveva ricevuto il rapporto del supervisore della Scientifica, il bell'arabo. Conteneva uno scoop: in fondo alla fossa erano state rinvenute particelle di un plancton specifico, presente sulla costa basca. Quello stesso composto organico era stato trovato sotto le unghie dell'uomo colpito da amnesia, il cowboy del Pierre-Janet.

Anaïs si attaccò al telefono nella speranza di saperne di più. Un legame diretto fra la scena del crimine e il gigante. Dimoun non poté che ripeterle quello che aveva scritto, poi aggiunse: «Conosce uno psichiatra di nome Mathias Freire?».

«Sì.»

«È il suo esperto in questo caso?»

«Non abbiamo nominato un esperto. Non abbiamo nemmeno un indiziato. Perché?»

«Mi ha chiamato ieri sera.»

«Cosa voleva?»

«Sapere i risultati delle analisi.»

«Quelli della scena del crimine?»

«No. Quelli dei prelievi dell'uomo colpito da amnesia.»

«Glieli ha comunicati?»

«Mi ha detto che chiamava da parte sua.»

«L'ha informato che il plancton si trovava anche nella fossa?»

Dimoun non rispose. Più eloquente di un'ammissione.

Lei non era in collera né con lo psichiatra né con il tecnico. Ognuno seguiva la sua idea. Fare di necessità virtù.

Stava per riagganciare quando Dimoun aggiunse: «Ho ancora qualcosa per lei. Mentre le inviavo il rapporto, sono arrivati altri risultati. Una cosa su cui non contavo affatto».

«Di che si tratta?»

«Abbiamo tentato una trasmutazione chimica sulle pareti della fossa. Una tecnica che consente di recuperare segni papillari anche su una superficie umida.»

«Avete ricavato delle impronte?»

«Qualcuna. E non sono quelle della vittima.»

«Le avete confrontate con quelle dell'uomo che ha perso la memoria?»

«L'ho appena fatto. Non sono sue. Un altro individuo è stato in questa fossa.»

Anaïs si sentì rabbrividire. *Un terzo uomo.* L'assassino?

«Gliele mando?» chiese Dimoun.

«Avrebbe già dovuto farlo.» Lei riagganciò senza nemmeno salutarlo. Il suo atteggiamento distava anni luce da qualsiasi strategia di seduzione, ma non le importava; contava solo l'inchiesta. Prima di correre al commissariato di rue Ducau chiamò Zakraoui, assente dall'ufficio quella mattina.

«Zak, qualche novità?»

«No. Continuo con gli spacciatori. Certi conoscono Duruy, ma nessuno ha sentito parlare di un'eroina così pura. E tu hai notizie? L'allevatore di tori?»

«Ti racconterò. Fammi un favore, passa al Pierre-Janet e verifica che lo sconosciuto della stazione Saint-Jean sia ancora lì. Avverti lo psichiatra, Mathias Freire, che farò un salto nel pomeriggio a interrogarlo di nuovo.»

«Chi? Lo psichiatra o lo sconosciuto?»

«Tutti e due.»

«È una strana sensazione tornare a casa.»

Correvano sulla N10 in direzione del Paese basco. Erano partiti più presto del previsto, prima di mezzogiorno. Freire aveva fatto accomodare Bonfils sul sedile posteriore. Il colosso si era sistemato al centro e ora teneva le mani appoggiate agli schienali dei due sedili anteriori.

In poche ore si era trasformato. Rientrava a vista d'occhio nei panni del pescatore, l'identità cancellata. La sua psiche era come una materia soffice, malleabile, che riassumeva a poco a poco la sua forma originaria.

«E Sylvie cosa ti ha detto?»

«È molto felice di rivederti. Era parecchio preoccupata.»

Bonfils scosse vigorosamente la testa. Il suo cappello ostruiva il campo visivo dello specchietto. Lo psichiatra doveva usare il retrovisore esterno.

«Non mi capacito, doc... Cosa mi è successo?»

Freire non rispose. Una pioggia fine impiastricciava il parabrezza. I pini sfilavano ai due lati della strada. Detestava le Landes. Quella foresta interminabile, quegli alberi troppo sottili, troppo dritti, piantati nella sabbia. E dietro di essi l'oceano, con le sue dune e le sue spiagge, anch'esse prive di contorni. Quel paesaggio infinito lo angosciava.

Senza farsi notare, mise in funzione il dittafono. «Parlami della tua famiglia, Patrick.»

«Non c'è molto da dire.»

Prima di mettersi in viaggio, Freire l'aveva già interrogato nel suo ufficio. Aveva appreso i dati essenziali: cinquantaquattro anni, pescatore a Guéthary da sei anni. In precedenza qualche lavoretto nel Sud della Francia, prima all'Est poi all'Ovest, in particolare presso alcuni cantieri; quest'ultimo elemento era presente anche nell'abbozzo della nuova identità che si era costruito. Patrick si era sempre arrangiato, ma al limite della sopravvivenza.

«Hai fratelli? Sorelle?»

Il gigante si agitò sul sedile. A ogni suo movimento Freire sentiva tremare l'abitacolo.

«Eravamo in cinque», disse infine. «Due maschi e tre femmine.»

«Li vedi ancora?»

«No. Siamo originari di Tolosa. Loro sono rimasti nella regione.»

«E i tuoi genitori?»

«Morti da tempo.»

«Hai trascorso l'infanzia a Tolosa?»

«Poco lontano. A Gheren, un paesino di periferia. Vivevamo in sette in due stanze.»

Il flusso della memoria aveva ripreso a scorrere: tutto era chiaro, preciso. Non era più questione di ipnosi, di sostanze chimiche, di frammenti strappati a uno a uno.

«Prima di Sylvie hai avuto qualche relazione seria?»

Il colosso esitò, poi rispose in tono più basso: «Non ho mai avuto fortuna con le donne».

«Quindi nessuna relazione?»

«Una sola, alla fine degli anni Ottanta.»

«Dove?»

«Vicino a Montpellier. A Saint-Martin-de-Londres.»

«Come si chiamava lei?»

«È davvero importante parlare di tutto questo?»

Freire fece cenno di sì con la testa. Teneva gli occhi puntati sulla strada. Biscarosse. Mimizan. Mézos... Sempre la linea dei pini. La pioggia. La monotonia asfissiante...

«Marina», mormorò Patrick. «Voleva sposarsi.»

«E tu?»

«Non proprio, ma l'abbiamo fatto lo stesso.»

Mathias era sorpreso. Dunque una volta Bonfils aveva messo su casa. «Avete avuto figli?»

«No. Non ho mai voluto.»
«Perché?»
«Non ho dei gran bei ricordi della mia infanzia.»
Freire non insistette. Avrebbe consultato i documenti dell'epoca. C'erano buone possibilità che Bonfils fosse cresciuto in una famiglia segnata dalla miseria, tra alcolismo e violenze coniugali. La tendenza alle fughe dissociative poteva affondare le sue radici in un'infanzia difficile. «Cos'è accaduto con Marina? Avete divorziato?»
«Oh, no. Ho preso il largo, tutto qua. Credo che adesso lei viva a Nîmes.»
«Perché te ne sei andato?»
Bonfils rimase zitto. Anche quella era stata una fuga, ma senza cambiamento di identità.
Freire immaginò un'esistenza all'insegna del rifiuto di qualsiasi impegno. Una successione di esitazioni, velleità, diserzioni... Decise di non interrompere quel silenzio. Il sole fece capolino colorando il cielo di un bruno dorato tendente al ruggine. I nomi dei piccoli centri si susseguivano. Hossegor. Capbreton. Si erano ormai lasciati alle spalle le foreste delle Landes. Provò un intimo sollievo. Credette che Bonfils si fosse addormentato, ma la sua mole enorme riapparve nel retrovisore.
«Dottore, questa cosa mi capiterà di nuovo?»
«Non c'è ragione.»
«Non ricordo niente. Cosa ti ho raccontato?»
«È meglio non tornarci sopra.» Invece a Freire sarebbe piaciuto riesaminare ogni dettaglio, decifrare ogni invenzione dell'inconscio di Patrick. Aveva notato, per esempio, che lui aveva battezzato la sua compagna immaginaria «Auffert», una parola che ricordava *offert*, «offerto»... Mathias avrebbe preferito tenerlo sotto osservazione per analizzare i meccanismi della sua psiche.
«Continuerai a occuparti di me?» chiese d'un tratto Bonfils, come se avesse avuto la sua stessa idea.
«Certo. Verrò a trovarti. Ma lavoreremo con i medici del Paese basco.»
«Non voglio altri *spichiatri*», protestò l'altro. Poi parve ri-

cordarsi di un dettaglio. «E questa storia della chiave inglese? L'elenco telefonico? Il sangue?»

«Ne so quanto te, Patrick. Ma, se ti fidi di me, ti prometto che chiariremo tutto.»

Un cartello annunciò l'uscita BIARRITZ.

«Prendila», esortò Bonfils. «Ho lasciato la macchina al parcheggio della stazione.»

«La macchina? Te ne ricordi?»

«Sì, credo di sì.»

«Sai dove hai messo le chiavi?»

«Accidenti», disse il gigante tastandosi automaticamente le tasche dei pantaloni. «Hai ragione, non ne ho idea.»

«E i tuoi documenti d'identità?»

«Non so cosa cavolo ne ho fatto», rispose Bonfils, che ormai aveva perso tutto l'entusiasmo. «Non so più niente...»

Freire prese la rampa sulla destra e seguì la direzione Biarritz. L'atmosfera cambiò di colpo. Adesso il sole puntava i suoi raggi senza lo schermo delle nuvole. Le strade salivano e scendevano come animate da un umore instabile. Case con le pareti a graticcio rosse o azzurre spuntavano da un'altra epoca, da un'altra cultura. Dalla sommità delle colline i tetti di tegole rosse si succedevano digradando fino al mare. Il paesaggio era di una bellezza violenta, intatta, quasi primitiva.

«Lascia perdere la macchina», disse Bonfils con voce sorda. «Segui il litorale. Dopo Bidard c'è Guéthary.»

Procedettero lungo una costa punteggiata di ginestre ed erica, dove gli stabilimenti balneari si accalcavano fin quasi ad accavallarsi. Quelle costruzioni non avevano più niente di tradizionale né di armonioso. Tuttavia si respirava un profumo basco, antichissimo, più forte di tutto. I pini, i ginestroni, le tamerici s'insinuavano ovunque. L'aria marina, dorata e salmastra, impreziosiva ogni dettaglio. Mathias sorrise suo malgrado. Si disse che avrebbe dovuto trasferirsi in quella regione.

D'un tratto la strada si fece più stretta – ci passava solo un'auto per volta – e sfociò in una piccola piazza ombrosa. Erano arrivati a Guéthary. Addossate le une alle altre, affacciate sulle terrazze dei caffè, le case avevano l'aria di tenere un conciliabolo. Giù in fondo, uno sferisterio di pelota basca s'innalzava come una mano che dà il benvenuto.

«Dritto», disse Bonfils con voce carica di eccitazione. «Arriviamo al porto.»

Mathias Freire pensava di essere un duro, ma l'incontro fra Patrick e Sylvie gli toccò il cuore per l'età dei protagonisti, il loro amore che si avvertiva ancora vibrante e quel pudore che si esprimeva con battiti di ciglia, parole mormorate, gesti esitanti, molto più commoventi di grandi effusioni.

Poi c'era il loro aspetto di derelitti. Sylvie era una donna piccola e rotonda, con la faccia devastata dalle rughe e dalle cicatrici. La couperose e il gonfiore del viso tradivano un passato di alcolizzata. Come Patrick, doveva aver passato parecchi anni della sua vita all'aria aperta. Dopo tante vicissitudini, quei due si erano trovati.

Il paesaggio circostante coronava il realismo poetico della scena. Il porto di Guéthary non era altro che una gettata di cemento dov'erano tirate in secca alcune barche dipinte a colori vivaci. Il cielo si era già coperto ma, attraverso le nuvole, il sole si ostinava a mostrarsi dispensando una luce vitrea. Tutto sembrava avvenire dentro una bottiglia, come quelle che racchiudono i modellini dei velieri.

«Non so come ringraziarla», disse Sylvie girandosi verso Mathias.

Lui chinò il capo senza replicare.

La donna fece un gesto verso una passerella di legno addossata alla roccia, a strapiombo sul mare. «Venga. Camminiamo un po'.»

Freire la osservò. Capelli unti, maglione informe, pantaloni della tuta trasandati, scarpe da ginnastica consunte... In quel naufragio, solo gli occhi stavano a galla. Brillanti e vividi come due ciottoli chiari, lucidi di pioggia.

Sylvie aggirò le imbarcazioni tirate a secco e imboccò la passerella. Patrick, dal canto suo, si diresse verso una barca ancorata a qualche metro dal molo. Probabilmente era quella di cui aveva parlato lei, la causa di tutti i loro problemi. Lo scafo ostentava con orgoglio, in lettere gialle, la scritta JUPITER.

Freire raggiunse Sylvie aggrappandosi al corrimano traballante. Lei si stava arrotolando una sigaretta, indifferente agli spruzzi.

«Può spiegarmi cos'è successo?» gli chiese.

Freire raccontò. La stazione Saint-Jean. La fuga psicogena di Patrick. I suoi tentativi inconsci di diventare qualcun altro. La coincidenza dell'infermiera di Guéthary. Omise il dettaglio del sangue sull'elenco telefonico e sulla chiave e la presenza di un cadavere alla stazione Saint-Jean: Anaïs Chatelet non ci avrebbe messo molto ad arrivare.

Sylvie non diceva niente. Un grosso accendino arrugginito le si materializzò fra le dita. Si accese la sigaretta. «È incredibile», commentò alla fine con voce rauca.

«Negli ultimi tempi aveva notato qualcosa di bizzarro nel suo comportamento?»

Lei si strinse nelle spalle. I capelli stopposi le s'incollavano sulla faccia. Tirava lunghe boccate ed esalava pennacchi da locomotiva, subito spazzati via dal vento marino. «Patrick non parla molto...»

«Non ha mai avuto episodi di assenza? Perdite di memoria?»

«No.»

«Mi parli delle sue preoccupazioni.»

Lei fece qualche passo senza aprire bocca. Il mare rumoreggiava sotto i loro piedi: respirava, muggiva, indietreggiava per poi rifarsi avanti con maggior furore. «Questioni di soldi», disse poi. «Niente di originale. Patrick aveva chiesto un prestito per la barca. Voleva mettersi in proprio. Ma la stagione non è stata buona.»

«In un anno ce ne sono diverse di stagioni, no?»

«Parlo della più importante, quella di ottobre. Il tonno

bianco. Abbiamo avuto appena il necessario per vivere. Allora la barca...»

«Come avete fatto ad acquistare la barca?» la interruppe Freire. «Patrick ha ottenuto un finanziamento?»

«Sono stata io a dargli i soldi.»

Lo psichiatra la guardò sorpreso. Sylvie sorrise.

«Non ne ho l'aria, ma sono una possidente. Be', lo ero. Avevo una casa a Bidart. L'ho venduta e abbiamo investito il denaro in quella bagnarola. Da allora andiamo a fondo. Debiti con i fornitori. Cambiali della banca. Lei non può capire...»

Sylvie sembrava essere convinta che Mathias fosse un milionario. Lui non ci badò. Le sensazioni prevalevano sui pensieri. Le raffiche di vento arrivavano cariche di spruzzi e dei riflessi argentei del sole. Sentiva il sale sulle labbra. La luce di mercurio sulla punta delle ciglia.

La donna lanciava sguardi da sopra la spalla in direzione di Patrick, che era saltato sulla barca e si dava da fare nella stiva, probabilmente con il motore. Lei lo sorvegliava come una madre con il proprio bambino.

«Le ha raccontato della sua vita... di prima?» domandò Freire.

«Intende di sua moglie? Non ne parla molto, ma non è un segreto.»

«Ha contatti con lei?»

«No. È finita male tra loro.»

«Perché non ha divorziato?»

«Con quali soldi?»

Freire non insistette. Non aveva nessuna esperienza in quel campo. Fidanzamento, matrimonio, divorzio erano nozioni estranee alla sua vita. «Le ha detto qualcosa della sua infanzia?»

«Allora lei non sa niente», replicò Sylvie con una sfumatura di disprezzo.

«Di cosa?»

«Ha ucciso suo padre.»

Mathias incassò il colpo.

«Suo padre vendeva ferrovecchio», continuò lei. «Patrick lo aiutava.»

«A Gheren?»

«Il posto in cui viveva la famiglia. Non ricordo il nome.»

«Cos'è successo?»

«Si sono picchiati. Il padre sbevazzava e diventava violento. È scivolato nella vasca dell'acido che usava per decapare il metallo. Quando Patrick è riuscito a tirarlo fuori, era già morto. Aveva quindici anni. Io dico che si è trattato di un incidente.»

«C'è stata un'inchiesta?»

«Non so. In ogni caso Patrick non è andato in galera.»

Facile da verificare. Mathias aveva avuto la conferma del suo presentimento. Un'infanzia difficile. Un dramma familiare che aveva provocato un'incrinatura nel suo inconscio. Una spaccatura che si era allargata sempre di più fino a inghiottire completamente la sua personalità... «Sa cosa ha fatto dopo? È rimasto in famiglia?»

«Si è arruolato nella Legione.»

«La Legione straniera?»

«Si sentiva responsabile della morte del padre. Ha agito come se fosse un criminale.»

Erano arrivati alla fine della passerella. Fecero dietrofront e tornarono lentamente verso il porto. Sylvie continuava a lanciare occhiate a Patrick, a bordo della sua barca. Il pescatore sembrava averli totalmente dimenticati.

«Patrick ha mai avuto guai con la giustizia?» riprese lo psichiatra.

«Che cosa crede? Non è che perché uno è povero è automaticamente un farabutto! Patrick ha avuto periodi difficili, ma è sempre rimasto sulla retta via.»

Freire lasciò perdere. Adesso voleva confrontare gli elementi inventati da Pascal Mischell con la vera vita di Patrick Bonfils. «Qualche volta le capita di andare nel bacino di Arcachon?»

«Mai.»

«Il nome Thibaudier le dice qualcosa?»

«No.»

«Hélène Auffert?»

«E chi è?»

Freire sorrise per rassicurarla che non aveva niente da temere. La donna tirò fuori di nuovo il tabacco e le cartine. Non aveva l'aria convinta. In pochi secondi si confezionò una seconda sigaretta.

«Le ha per caso raccontato un sogno che fa spesso?» chiese lo psichiatra.

«Quale sogno?»

«Lui cammina in un paesino assolato. C'è un'esplosione che sprigiona una luce bianchissima e la sua ombra resta incollata a un muro.»

«Mai sentito.»

Altra conferma. Il sogno era collegato al trauma subito. Freire passò alle letture di Pascal Mischell. Peter Schlemihl. Hiroshima... «Patrick legge molto?»

«Non smette un minuto. La nostra casa è peggio della biblioteca comunale.»

«Che genere di libri?»

«Soprattutto di storia.»

Procedendo con prudenza, lui arrivò al giorno fatale. «Quando è andato in banca, Patrick non ha fatto parola di un'altra commissione, di una visita?»

«È uno sbirro o cosa? Perché tutte queste domande?»

«Devo capire cosa gli è capitato. A livello mentale, intendo. Devo ricostituire, punto per punto, la giornata in cui ha perso sé stesso. Voglio curarlo, capisce?»

Lei agitò la sigaretta nell'aria umida, senza rispondere. Ne aveva avuto abbastanza. Raggiunsero l'imbarcadero in silenzio. Bonfils era sempre preso con il motore. Di tanto in tanto si vedeva il suo viso: anche a quella distanza, pareva felice e sereno.

«Devo rivedere Patrick», concluse Freire.

«No», ribatté Sylvie gettando il mozzicone in mare. «Lo lasci tranquillo. Ciò che lei ha fatto è magnifico, ma ora tocca a me. Non sarò una persona istruita, però so che per Patrick è meglio non parlare più di tutto questo.»

Freire capì che, a quel punto, mettersi a discutere non

sarebbe servito a niente. «Benissimo», capitolò. «Ma le darò il recapito di un collega a Bayonne o a Saint-Jean-de-Luz. Ciò che gli è successo è grave, capisce? Deve vedere un medico.» La piccola donna non disse nulla. Freire le strinse la mano e fece un gesto di saluto a Patrick, che glielo restituì con entusiasmo. «La chiamo domani, d'accordo?»

Nessuna risposta. Oppure se l'era portata via il vento. Freire risalì la rampa di cemento. Mentre apriva la portiera, si voltò. Sylvie, con la sua andatura di misirizzi, stava raggiungendo il suo uomo.

Lo psichiatra s'infilò nell'abitacolo e mise in moto.

Con o senza il loro consenso, avrebbe aiutato quei due sopravvissuti.

«Cerco la faglia cosmica, io.» La mano nera accarezzava il muro pieno di crepe della cella. «Quando l'avrò trovata, scapperò...»

Anaïs non si prese la briga di commentare. Erano dieci minuti che ascoltava i deliri di Raoul l'ubriacone. Mordeva il freno.

«Non devo fare altro che seguire la linea», continuò il barbone, con il naso su un'altra fenditura.

Anaïs passò alle cose serie. Tirò fuori dalla busta di plastica il cartone di vino che aveva comprato per strada. Gli occhi di Raoul si accesero. Due palline roventi. L'uomo afferrò il contenitore e lo vuotò in un sorso.

«Allora, Philippe Duruy?»

Il clochard si asciugò la bocca sulla manica ed emise un sonoro rutto. La sua faccia rossa evocava una carogna intrappolata nel filo spinato. I peli della barba, i capelli, le sopracciglia erano come pezzi di fil di ferro piantati nella sua pelle arrossata.

«Fifi lo conosco bene. Dice sempre di avere il cuore che batte a centoventi e il cervello a otto virgola sei.»

Anaïs colse la doppia allusione: 120 BPM è il tempo della musica techno, 8,6 un riferimento alla gradazione alcolica della Bavaria, la birra dei campioni... dei punk, dei *teufeurs*, dei vagabondi di ogni risma. Raoul parlava di Fifi al presente. Non sapeva che era morto.

«In realtà è un vero demente.»

«Credevo foste amici.»

«L'amicizia non toglie la lucidità.»

Per poco Anaïs non scoppiò a ridere.

«Fifi fa tutto e il contrario di tutto», continuò quel rottame d'uomo. «Prende l'eroina, poi smette. Ascolta musica metal o techno. È dark e il giorno dopo è punk...»

Anaïs tentò di immaginare l'esistenza del ragazzo. Una vita di vagabondaggi, zuffe e droga. Buchi di eroina, sballi di ecstasy, notti passate con la faccia incollata a muri di cinta, risvegli in luoghi sconosciuti, con il buio nella mente. Un giorno tirava l'altro, con l'eterna speranza di *smettere.*

Raoul aveva iniziato una digressione sui gusti musicali di Duruy. «Io gli dicevo: "La tua musica fa schifo. Questi qua che ti piacciono tanto non fanno altro che copiare. Marilyn Manson è Alice Cooper. La techno sono i Kraftwerk. L'R&B...".»

«È Isaac Hayes.»

«Giusto. Si prendono gli stessi e si ricomincia!»

«Di cosa viveva Fifi?»

«Chiedeva l'elemosina, come me.»

«A Bordeaux?»

«A Bordeaux e dovunque andava. Hai un altro cartone?»

Anaïs gli porse il secondo contenitore. L'altro se lo sparò in gola in un colpo solo. Non ruttò, ma lei temette che si pisciasse addosso. Portava un cappotto a spina di pesce talmente sporco che non si distinguevano più i motivi del tessuto. Pantaloni di tipo militare che sarebbero stati in piedi da soli. Un paio di espadrillas consumate fino alla corda che lasciavano intravedere i piedi neri. Lei aveva il naso chiuso, ma si era comunque spalmata del Vicks Vaporub sulle narici.

Raoul lanciò la scatola vuota dall'altra parte della cella. Era ora di entrare nel vivo dell'argomento.

«Qualche giorno fa Fifi ti ha raccontato di un angelo...»

Raoul si rintanò nell'angolo fra i due muri e si grattò la schiena come un animale, agitando le spalle. «Un angelo, come no?» Ridacchiò. «...Che gli avrebbe dato della polvere d'angelo...»

Il suo assassino. Era la prima volta che qualcuno ne parlava esplicitamente. Anaïs si chinò su Raoul e chiese con voce chiara: «Lo conosceva bene?».

«No. L'aveva appena incontrato, quel tipo.»

«Cosa ti ha detto di lui esattamente?»

«Che lo avrebbe portato in cielo. Parlava sempre di san Giuliano qualcosa...»

«San Giuliano l'ospitaliere.»

«Ecco, sì.»

«Perché lui?»

Raoul parve avere un lampo di lucidità. «Fifi ha smesso presto di andare a scuola, ma si ricordava di questa leggenda. Un principe uccide per errore i genitori. Allora se ne va lontano, diventa un traghettatore. Una notte un lebbroso gli domanda di portarlo al di là del fiume. Giuliano lo accoglie, gli dà da mangiare e lo riscalda con il suo corpo. Il lebbroso lo porta con sé in cielo. Era Gesù Cristo. Fifi diceva che quell'angelo era venuto a prendere anche lui, che lo avrebbe portato al settimo cielo...»

«Perché pensava proprio a questa leggenda?»

«Perché il suo angelo era un lebbroso.»

«Un lebbroso?»

«Aveva la faccia avvolta negli stracci.»

Anaïs cercò di visualizzare la scena. Un tipo con una specie di turbante incrocia Philippe Duruy e gli propone un trip sensazionale. Il ragazzo fantastica sul personaggio e sulla sua proposta. L'incontro era stato filmato da una telecamera di sicurezza? «Cosa ti ha detto esattamente Fifi quando l'hai visto per l'ultima volta?»

«Che aveva appuntamento con il lebbroso la sera stessa. Andavano ad attraversare il fiume insieme. Stronzate.»

«Questo appuntamento dove sarebbe avvenuto?»

«Non so.»

«Quando vi siete visti dove eravate?»

«Sul lungofiume, vicino a Stalingrad. Fifi era veramente eccitato.»

«A che ora?»

«Non ricordo... Fine pomeriggio.»

«Fifi ha un cane, no?»

«Sì. Come tutti i barboni. Non hai per caso un altro cartone?»

«No. Come si chiama il cane?»

«Mirwan. È il nome di un santo georgiano. Fifi è completamente suonato.»

«Ce l'aveva con sé quel giorno?»

«Certo.»

«L'hai poi rivisto il cane?»

«No, dato che non ho rivisto Fifi...» La sua voce si spense. Il barbone aveva perso ogni energia. Gli occhi non brillavano più. Ci sarebbe voluto dell'altro carburante, ma lei era a secco.

Anaïs si alzò evitando di sfiorare quella montagna di sudiciume. «Ti facciamo uscire.» Picchiò contro la parete vetrata della cella. Apparve un piantone.

Mentre lei lasciava la stanza, Raoul domandò: «Cos'è successo a Fifi?».

«Non se ne sa niente.»

L'altro scoppiò a ridere. «Gli sbirri! Ci prendete per degli idioti, ma i più idioti di tutti siete sempre voi. Credi che non abbia capito che l'hanno fatto fuori?»

Lei uscì dalla cella senza dire una parola. Sputata fuori come il nocciolo di un frutto marcio. Si asciugò con la manica il Vicks Vaporub sotto il naso e diede un'occhiata all'orologio: mezzogiorno. Sentiva il *tic tac* del conto alla rovescia. Si era aspettata molto da quell'incontro, ma non ne aveva ricavato niente di preciso.

Salita in macchina, chiamò Le Coz. In due ore il poliziotto era diventato uno specialista della produzione e vendita dell'Imalgene. Aveva steso la lista delle ricette firmate in Gironda nelle ultime quattro settimane e stava contattando veterinari, parchi faunistici e così via. Bisognava verificare anche le scorte, le ordinazioni e le vendite. Ci sarebbe voluta tutta la giornata.

Due cliniche veterinarie, l'una vicino a Bordeaux, l'altra nei dintorni di Libourne, avevano subito dei furti nel mese di gennaio. Ma ciò non significava nulla. Si erano informati: la ketamina è una sostanza allucinogena per gli esseri umani. Esiste anche una filiera parallela di smercio fra i drogati. Secondo gli investigatori che si occupavano dei due furti, i sospetti si concentravano su trafficanti di questo genere.

Anaïs chiese notizie di Jaffar. Il poliziotto era sempre sulle tracce del cane e dei vestiti di Duruy. Quanto a Zak e Conante, non si erano fatti vivi dopo l'ultima chiamata.

«Sei in ufficio?» s'informò lei.

«Sì.»

«Sono arrivate le impronte inviate dalla Scientifica?»

«Un'ora fa.»

«E allora?»

«Non le abbiamo ancora inserite nel database. C'è un problema con il computer.»

I commissariati sono dotati dei programmi più economici e delle macchine meno aggiornate del mercato. In ogni posto di polizia si potrebbe creare un registro apposito per annotare i guasti che capitano giorno dopo giorno.

«Cos'ha detto il nostro esperto?»

Chi si fregiava di quel titolo era un tenente di polizia che aveva seguito uno stage di informatica di una settimana scarsa.

Silenzio di Le Coz.

«Dannazione», fece Anaïs fra i denti. «Chiamate un tecnico. Uno vero.»

«Qualcuno se ne sta già occupando.»

«Chi?»

«Il mio vicino di pianerottolo. Un programmatore di videogame.»

Anaïs fece una risata acida. Il troppo è troppo. Immaginò il *geek* venuto in aiuto degli sbirri. La controcultura alleata ai guardiani dell'ordine. «E allora?»

«Il guasto è riparato.»

«Quindi hai accesso allo schedario centrale?»

«No.»

«Perché?»

«Non si trova più il quaderno.»

Anaïs imprecò. Per ogni programma l'amministrazione

imponeva una password. Sequenze di lettere e numeri impossibili da memorizzare. Quei geroglifici erano trascritti in un quaderno a disposizione di tutto l'ufficio.

Senza quaderno, niente password.

Senza password, niente database.

Anaïs mise in moto. Erano lontani anni luce da CSI. Il *tic tac* divenne assordante. Riagganciò. Si ricordò che Zak doveva passare al centro ospedaliero per dare un'occhiata allo smemorato, il sospettato numero uno. Perché non aveva ancora chiamato? Compose il suo numero.

«Cosa sono queste idiozie?»

Anaïs urlava nel telefono. Freire tentò di calmarla.

«In quanto medico, mi sono preso la responsabilità di trasferire...»

«Un testimone oculare?»

«Un paziente colpito da amnesia.»

«Doveva tenerci informati di qualsiasi novità al riguardo.»

«È la prima volta che lo sento.»

Freire guidava sulla N10. Anaïs Chatelet aveva appena saputo del trasferimento del paziente organizzato dallo psichiatra. Aveva anche parlato con il supervisore della Scientifica, che le aveva rivelato le sue menzogne del giorno prima e soprattutto la presenza del plancton sulle mani dell'uomo e nella fossa di manutenzione. C'era di che dare i numeri.

«Comincio ad averne abbastanza delle sue sbruffonate», sibilò Anaïs all'altro capo della linea.

«Le mie sbruffonate?»

«Lo psichiatra dalla diagnosi illuminante. Lo scandagliatore di anime che salva il mondo. Qui si tratta di un delitto ed è roba da sbirri, merda!»

«Le ripeto che il mio paziente è...»

«Il suo paziente è il nostro sospettato numero uno.»

«Non è quello che lei mi aveva detto.»

«Lo sa da ieri che quell'uomo ha lasciato delle tracce nella fossa. Devo farle un disegno?»

«Niente dice che...»

«Complicità nella fuga, estorsione illegale di informazioni nell'ambito di un'inchiesta giudiziaria... Sa che cosa significa?»

Davanti a lui, Freire vedeva sempre sfilare la foresta delle Landes. I pini marittimi occultavano il cielo. Aveva ricominciato a piovere. «Senta», disse con la sua voce più pacata, quella che usava con i pazzi furiosi. «C'è un fatto nuovo. Abbiamo identificato il paziente.»

«Cosa?»

Mathias riassunse la situazione. Anaïs lo ascoltava in silenzio. Lui pensava di aver segnato un punto, ma lei ripartì in quarta.

«Mi sta dicendo che il tipo ha ritrovato la memoria e lei l'ha tranquillamente accompagnato a casa sua?»

«Non ricorda tutto. In particolare non quello che è successo alla stazione Saint-Jean. Io...»

«Lo mando a prendere domattina all'alba. Il cowboy è in stato di fermo!»

«No! Bisogna lasciargli qualche giorno per tranquillizzarsi. Per ritrovare sé stesso.»

«Dove crede di essere? In un centro di talassoterapia?»

Freire mantenne la calma. «È nell'interesse di tutti che Patrick Bonfils si stabilizzi. Solo a questa condizione potrà ricordarsi delle ultime ore prima della fuga e...»

«Sbatterò lei in stato di fermo», proruppe Anaïs chiudendogli brutalmente il telefono in faccia.

Gli alberi continuavano a sfilare. Freire aveva appena superato Liposthey e si sarebbe presto immesso sull'A63. In quel momento nello specchietto notò una coppia di fari. Un fuoristrada di colore nero. Avrebbe giurato di aver già visto quell'auto una trentina di minuti prima.

Si disse che non significava niente. Guidare era diventato un gesto meccanico: si procedeva in fila indiana, con il motore imbrigliato dal limitatore di velocità, il cervello frenato dal timore degli autovelox e di altri controlli. I fari bianchi erano ancora dietro...

Tentava di rassicurarsi per l'ennesima volta quando riconobbe, o credette di riconoscere, i due uomini in nero che si erano aggirati intorno alla sua villetta. Solo allora identificò il modello del veicolo: un'Audi Q7 4×4.

Rallentò bruscamente di trenta chilometri all'ora. Dietro la cortina di pioggia, la vettura che lo seguiva fece altrettanto. Il male che gli torturava l'occhio si risvegliò, una palpitazione sorda, rossa, come un segnale di allerta.

Accelerò di colpo, subito imitato dal 4×4 che non lo mollava di un metro. Sempre più bruciante, il dolore in fondo all'occhio gli martellava nel cervello. Le sue dita scivolavano sul volante, appiccicaticce di sudore. Furiosa, battente, accecante, la pioggia sembrava pronta a trascinare via tutto in una gigantesca colata.

Una bretella d'uscita. Senza riflettere, Freire prese a destra. Non aveva nemmeno visto cosa c'era scritto sul cartello. Era nel cuore delle Landes. Giunto sulla provinciale, girò ancora a destra e accelerò di brutto. Un chilometro. Due chilometri. Attorno a lui stormivano lunghe muraglie di pini. Nessun paese in vista, nemmeno una casa né una stazione di servizio. Niente. Il posto ideale per farsi aggredire. Un'occhiata nello specchietto: il fuoristrada era sempre là, con i grossi fari accesi.

Freire si frugò nella tasca e tirò fuori il cellulare. Stabilizzò la velocità sui settanta chilometri orari, attivò la fotocamera del telefono e puntò l'obiettivo sul veicolo. Zoomò e inquadrò la calandra grondante pioggia. Non poteva rendersi conto se il numero di targa era visibile. Scattò parecchie fotografie, sotto diverse angolazioni, poi tornò a premere sull'acceleratore. Davanti a lui la pioggia cadeva fitta come tanti aghi d'acciaio. Aveva l'impressione di sfondare un'inferriata.

Ed ecco apparire sulla destra una strada sterrata.

Una ferita che si apriva nella carne vegetale della foresta.

Mathias svoltò e sbandò nel fango. Si raddrizzò con un colpo di volante, scalò la marcia e accelerò facendo ruggire il motore. L'auto slittò e uno schizzo di terra rossa crepitò sul parabrezza. Ci sarebbero volute quattro ruote motrici. Quell'idea gli fece alzare gli occhi allo specchietto. Nessun 4×4 in vista.

Schiacciò il pedale dell'acceleratore. L'auto ruggì, tossì, poi si liberò dal fango. Pini. Felci. Ginestre. Tutto sfilava rapido in una sinfonia di sibili, scricchiolii, sprazzi di verde e di porpora, rami e terra... La vettura faceva salti da capretto, urtava contro la scarpata e sobbalzava sul sentiero melmoso. Freire tirava dritto, gli occhi fuori dalla testa. Si aspettava che la foresta lo fermasse. O una pozzanghera. Una cunetta. Un ostacolo...

Un tronco d'albero spuntò nel campo visivo dei fari a sbarrargli la strada. Lui frenò e sterzò contemporaneamente. Qualche secondo gli fu sufficiente per contemplare la propria morte. L'auto decollò, poi ricadde pesantemente nella melma. Il motore si spense. Le ruote si bloccarono.

Freire non respirava più. Si era beccato il volante nelle coste e aveva picchiato la fronte contro il parabrezza. Era tutto dolorante, sanguinava, ma sapeva di non essere ferito gravemente. Rimase così per alcuni minuti, piegato sul cruscotto, aspettando che il sangue ricominciasse a scorrergli nelle vene.

La pioggia continuava a picchiare sul tetto, a martellare i vetri, a sferzare la foresta. Lui si slacciò la cintura con difficoltà, infilò due dita nella maniglia della portiera, spinse con la spalla per aprire e finì per terra, in una pozzanghera. Si tirò su un ginocchio. Il frastuono della pioggia sugli alberi. Il 4×4 non si vedeva. Li aveva definitivamente seminati.

Con uno sforzo si mise in piedi. Si addossò alla macchina e si guardò le mani. Erano in preda agli spasmi. Il cuore gli martellava nel petto. Trascorsero diversi minuti. Al forte fragore della pioggia si aggiungeva il possente stormire delle cime degli alberi scosse dal vento. Chiuse gli occhi. Aveva la sensazione di essere in immersione. Gli odori di resina, muschio e foglie gli riempivano le narici. Il freddo cominciava a picchiare.

Quando si sentì gelato e il cuore tornò a battere regolarmente, scivolò nell'abitacolo. Richiuse la portiera e regolò il riscaldamento al massimo. Doveva porsi delle domande.

Chi erano quegli uomini? Perché lo seguivano? Lo aspettavano da qualche altra parte? Non trovava risposte.

Girò la chiave di accensione e inserì la retromarcia. Non aveva verificato se si fosse impantanato. Le ruote slittarono, mordendo la terra e sollevando schizzi rossastri, e infine l'auto si districò come una barca che viene tirata a secco. Lui guidò in retromarcia, con la testa fuori per vedere la strada. Dopo cento metri riuscì a fare inversione.

Mentre riprendeva la direzione di Bordeaux, rifletté con più calma. Il dolore – si chiedeva se avesse una o due coste incrinate – lo manteneva all'erta. Cercò di ricordarsi della prima volta che aveva visto gli uomini del fuoristrada. La mattina di sabato, dopo il suo primo turno di guardia.

Dopo la notte in cui era apparso Patrick Bonfils...

Freire soppesò quegli elementi. Bonfils che aveva perso la memoria. I visitatori. L'assassinio della stazione Saint-Jean. Poteva esserci un legame fra i tre elementi? Si disse che forse Patrick Bonfils aveva visto l'omicida mentre depositava il Minotauro in fondo alla fossa, o qualcos'altro. Qualcosa che interessava a quei becchini. O che loro paventavano.

Forse temevano che Bonfils avesse parlato.

A chi? Al suo *spichiatra.*

«Che cos'è?»

Sulla soglia, Anaïs reggeva una bottiglia di vino rosso. «Una bandiera bianca. Per fare la pace.»

«Si accomodi», disse sorridendo Mathias Freire.

Anaïs non aveva avuto problemi a recuperare l'indirizzo di casa dello psichiatra. Erano le otto di sera, l'ora perfetta per un attacco a sorpresa. Lei si era sforzata di mettersi addosso qualcosa di carino. Sotto il cappotto portava un vestito di tessuto batik indonesiano, con motivi bruno-dorati, tipico degli anni Settanta. All'ultimo minuto, però, aveva avuto fifa e si era infilata un paio di jeans sotto la tunica. Non era sicura del risultato. Aveva anche scelto il reggiseno push-up che riservava alle grandi occasioni. Paillette sulle guance, fermagli nei capelli, qualche Doliprane per il mal di testa: era pronta per l'assalto.

«Mi fa entrare?»

«Oh, chiedo scusa.» Lui si fece da parte per lasciarla passare. Aveva la solita aria trasandata: pullover girocollo, camicia con il colletto di traverso, un paio di jeans piuttosto vissuti e i capelli arruffati. Un professore universitario trascurato e irresistibile, che fa impazzire le studentesse senza nemmeno rendersene conto. «Come ha avuto il mio indirizzo?»

«Ho messo al lavoro l'intera squadra.» La poliziotta entrò nella sala. Pareti bianche. Parquet galleggiante. Porte di compensato. Nessun mobile, a parte un divano sformato e gli scatoloni ammucchiati lungo i muri. «Arriva o parte?»

«Mi faccio questa domanda tutte le mattine.»

Lei gli ficcò in mano la bottiglia. «Un Médoc. Faccio parte di un club di degustazione. Ieri ho comprato diverse bottiglie. Mi dirà cosa ne pensa. È fine e robusto. Di gusto nervoso e fermo. È...» S'interruppe. Lo psichiatra sembrava a disagio. «Qualcosa non va?»

«Mi spiace... Non bevo vino.»

Anaïs restò a bocca aperta. Era la prima volta che sentiva quella frase a Bordeaux. «E cosa beve?»

«Coca-Cola Zero.»

Le scappò da ridere. «Allora offra lei.»

«Vado a prendere i bicchieri», replicò lui. «Si metta comoda.»

Anaïs esaminò la stanza. Vide uno schermo piatto contro il muro di fronte al divano e vicino alla vetrata una tavola di legno su due cavalletti che fungeva da scrivania. Una lampada sul pavimento diffondeva una luce radente. Lo psichiatra aveva trasformato quella villetta familiare in una sorta di casa occupata anonima.

Sorrise fra sé. Era evidente che Freire viveva da solo. Neanche l'ombra di una foto, nessuna traccia di una presenza femminile. Probabilmente il medico non aveva una donna e neanche degli amici, a parte le conoscenze al lavoro. Si era informata. Freire era arrivato al centro ospedaliero universitario all'inizio di gennaio da Parigi. Non parlava con nessuno. Sembrava interessato unicamente al suo lavoro. Il genere d'uomo che consuma un pasto caldo solo al self-service dell'ospedale o quando un collega lo invita in famiglia.

Si avvicinò alla scrivania. Appunti. Libri di psichiatria, parecchi in inglese. Testi stampati scaricati da Internet. Numeri di telefono scarabocchiati. Lui stava indagando su qualcosa. Su chi? Il suo smemorato?

Vicino alla stampante, sulla scrivania, vide delle fotografie che riproducevano targhe automobilistiche sotto la pioggia.

A cosa correva dietro? Anaïs si stava chinando per vederle meglio quando sentì dei passi alle sue spalle. Mathias tornava con i bicchieri e le lattine di Coca-Cola Zero. «Mi piace casa sua», disse tornando verso il divano.

«Non mi prenda in giro.» Freire posò le lattine per terra.

Erano nere e imperlate di goccioline. «Spiacente, non ho tavolini.»
«Fa niente.»
«Si sieda sul divano», la invitò, mentre lui si sedeva per terra a gambe incrociate.
Anaïs obbedì. Lo sovrastava come una regina. Brindarono con le lattine, senza usare i bicchieri, e bevvero guardandosi negli occhi.
«Non ho idea di che ora sia», si scusò Mathias. «Vorrebbe cenare? Non ho granché e...»
«Lasci perdere. Sono venuta per festeggiare con lei delle grandi notizie.»
«A proposito di cosa?»
«Dell'inchiesta.»
«Non mi mette più in stato di fermo?»
«Mi sono lasciata prendere dalla collera», replicò lei sorridendo.
«Sono io quello che ha sbagliato», ammise lui. «Avrei dovuto avvisarla. Non ho pensato che al mio paziente. Alla soluzione migliore per lui, capisce? E queste grandi notizie quali sarebbero?»
«Innanzitutto abbiamo identificato la vittima. Un disadattato che bazzicava i concerti rock, un eroinomane. Tornava regolarmente a Bordeaux. L'assassino l'ha adescato con una droga di qualità eccezionale. Il ragazzo ne è morto. L'omicida ha quindi allestito la sua messinscena. La testa di toro e il resto...»
Freire ascoltava con attenzione. Il suo volto dai lineamenti regolari era l'immagine della concentrazione.
Anaïs sganciò la bomba. «Abbiamo identificato anche l'assassino.»
«Cosa?»
«Diciamo che la Scientifica è riuscita a isolare nella fossa certe impronte non appartenenti né alla vittima né al suo cowboy. Le abbiamo inserite nel database nazionale e ne è uscito un nome: Victor Janusz, un senza fissa dimora di Marsiglia. È stato arrestato qualche mese fa perché implicato in una rissa.»

«Sa dov'è adesso?»

«Non ancora. Abbiamo emesso un mandato di ricerca. Lo troveremo, non ho dubbi. La polizia di Marsiglia sta setacciando le case d'accoglienza, il Samu social, i centri Emmaüs, le mense popolari... Seguiremo le sue tracce fino a Bordeaux e lo localizzeremo. È stato così che abbiamo rintracciato Francis Heaulme, il vagabondo assassino.»

Freire sembrava deluso. Si rigirava la lattina fra le dita e pareva osservare il proprio riflesso sul tondo di metallo. «Cosa sa di lui?» chiese dopo un lungo silenzio.

«Niente. Aspetto il suo fascicolo da Marsiglia. Abbiamo avuto problemi informatici tutta la giornata. Il solo vero nemico della polizia, oggi, è il bug.»

Lo psichiatra non si prese la pena di sorridere. Alzò gli occhi. «Trova che la messinscena dell'omicidio quadri con il profilo di un senza fissa dimora?»

«Per niente. Ma troveremo la spiegazione. Forse Janusz non è altro che un complice.»

«O un testimone.»

«Un testimone che sarebbe sceso nella fossa? Che avrebbe disseminato le sue impronte sulle pareti? Si tratta, secondo la formula, di indizi aggravanti.»

«Quindi questo scagiona Patrick Bonfils?»

«Non così in fretta. Resta la faccenda del plancton... Ma per ora ci concentriamo su Janusz. Non appena potrò, andrò io stessa a Guéthary per interrogare il suo protetto. In ogni caso abbiamo trovato il bandolo della matassa.»

Freire sorrise. «Sono buone notizie da... poliziotto.»

La riflessione le parve leggermente acida, ma lasciò perdere. «E lei?»

«Io cosa?»

«Il pescatore come reagisce?»

«Riacquista a poco a poco la sua vera identità. Non ha più nessun ricordo della persona che ha tentato di diventare.»

«E quello che ha visto a Saint-Jean?»

Freire scosse la testa, spazientito. «Glielo ripeto: è l'ultima cosa di cui si ricorderà. Se mai se ne ricorderà...»

«Devo interrogarlo.»

«Non avrà intenzione di arrestarlo, vero?»
«L'ho detto per farle paura.»
«Agli sbirri piace fare paura. È la loro ragione d'essere.»
Anaïs non se l'era immaginato: Freire era proprio ostile. Probabilmente un altro di quegli psichiatri di sinistra che si erano bevuti le cretinate di Michel Foucault fin dalla culla. Difficile fare il filo a uno quando si è un poliziotto e si porta una Glock alla cintura. Due falli per una coppia... Ce n'è uno di troppo...
Posò la lattina sul parquet. Le sue speranze di sedurlo si schiantarono. Loro due non la pensavano esattamente allo stesso modo.
Stava per alzarsi quando Freire mormorò: «Ho intenzione di tornare a Guéthary».
«Perché?»
«Per interrogare Patrick. Sapere chi è veramente. Conoscere la verità su quanto è successo alla stazione Saint-Jean.» Brandì la lattina verso di lei. «Dopotutto noi due conduciamo la stessa inchiesta.»
Lei sorrise. La speranza le instillò una sensazione di calma e di benessere. Non avrebbe mai pensato che il suo lavoro le avrebbe un giorno permesso di avvicinare un uomo così affascinante. «È sicuro di non volere che apriamo la mia bottiglia?»

Due ore dopo Freire si rimise al lavoro. Anaïs Chatelet era andata via nello stesso modo in cui era arrivata, con in più la sbronza a tenerle compagnia. Avevano bevuto, riso, parlato. Lui non si aspettava una magia così nel deserto delle sue serate. Ancora meno nel bel mezzo di una storia di omicidio e amnesia.

Non ci aveva provato con lei. Neanche un gesto, neanche un cenno di approccio. A dispetto di tutti quei segnali che, a suo parere, erano più che incoraggianti. Freire non era certamente un esperto di psicologia femminile, ma sapeva fare due più due. La visita serale, la bottiglia di vino, l'abbigliamento più curato del solito – anche se non aveva capito la scelta di indossare un vestito sopra un paio di jeans –, tutto quanto gli faceva pensare che la giovane poliziotta fosse ben disposta per altri propositi.

Tuttavia, nonostante le premesse, lui non aveva fatto un passo. Per due ragioni. Prima di tutto aveva giurato di non mescolare mai più la vita privata con quella professionale. Anaïs Chatelet, pur se indirettamente, era coinvolta nel suo lavoro. L'altra ragione, più profonda, più viscerale, era la paura. Il panico. Il timore di un rifiuto. E anche di non essere all'altezza. Da quanto tempo non aveva rapporti sessuali? Non se lo ricordava e non era neanche tanto sicuro di cosa bisognasse fare...

Si erano salutati da buoni amici sulla porta della villetta, promettendosi di aggiornarsi reciprocamente sulle proprie indagini. Un attimo prima che Anaïs andasse via, Freire, ormai a suo agio con lei, le aveva raccontato dei tizi del fuoristrada. Le aveva detto che da diversi giorni aveva l'impressione di essere seguito, osservato. Le aveva persino dato le fotografie della targa del 4×4. Anaïs non era sembrata molto convinta di quella storia, ma aveva promesso di verificare il numero nel database.

Ora, a mezzanotte, lui era solo. Con il suo mal di testa, per colpa del vino. Non reggeva l'alcol. Gli era anche tornato il dolore pulsante in fondo all'occhio. Non avendo sonno, si era sistemato alla scrivania con una tazza di caffè e il dittafono.

Anche nel cuore della notte poteva controllare e puntualizzare le informazioni fornite da Patrick Bonfils. Prima di scandagliarne la mente, voleva predisporre un dossier inattaccabile sulla sua vera identità.

Schiacciò il tasto PLAY e iniziò il lavoro. Il cowboy era originario di un paesino vicino a Tolosa, Gheren. Freire digitò sul computer il nome di quel luogo sperduto.

Primo shock.

Non risultava nessun Gheren nel dipartimento dell'Alta Garonna. Estese la ricerca a tutta la regione del Midi-Pirenei. Nessuna località che avesse un nome anche solo lontanamente simile.

Mathias digitò allora «Patrick Bonfils» e fece una ricerca nella regione: anagrafe, scuole, uffici di collocamento... Niente.

Mandò avanti la registrazione per soffermarsi su un altro dato. Secondo il pescatore, l'ex moglie Marina doveva vivere attualmente a Nîmes. Nuova ricerca. Anche questa infruttuosa.

Sentiva formicolii in tutto il corpo. Aveva il colletto della camicia bagnato di sudore. Il dolore nell'occhio sinistro stava diventando martellante. *Bum bum bum*...

Lasciò perdere il dittafono e si concentrò sulle informazioni fornite da Sylvie. La storia del padre morto in una vasca piena di acido. Si rese conto di non avere abbastanza dettagli per effettuare una ricerca, soprattutto in una località che non esisteva e con un cognome inventato.

Quanto all'ingresso di Bonfils nella Legione straniera,

non valeva neanche la pena cercare. Quel corpo militare garantiva l'anonimato ai suoi soldati.

Comunque ne sapeva abbastanza. Patrick Bonfils non esisteva. Non più di Pascal Mischell.

Quella identità era *già* una fuga psicogena.

Freire rilesse ancora una volta gli appunti. Sylvie Robin viveva con Bonfils da tre anni. Forse la donna lo aveva incontrato nel bel mezzo di una fuga, ignorando le sue condizioni. L'uomo non aveva smesso di mentirle *senza saperlo.*

Chi era prima?

Quante identità si era creato, inventato, confezionato?

Freire cercava di farsi un'idea delle dinamiche psichiche di quell'uomo. I personaggi si accatastavano dentro di lui per soffocare l'unico che considerava pericoloso: sé stesso. Patrick Bonfils era perennemente in fuga dalla propria origine, dal proprio destino. E con ogni probabilità da un trauma iniziale.

La risposta, o almeno un abbozzo di risposta, era contenuta nel suo nome. Quelle due sillabe traducevano la sua volontà, la speranza di diventare un *bon fils*, un «buon figlio». Era stato un figlio indegno? La storia dell'uccisione del padre era un indizio, ma mascherato, travestito, deformato dagli ingranaggi oscuri dell'inconscio.

Freire si alzò e, con le mani in tasca, prese ad andare avanti e indietro per la stanza. Aveva il cervello in ebollizione. Se voleva guarire quel gigante, doveva ricostruire ogni sua singola identità, l'una dopo l'altra, fino a risalire alla prima. L'originale.

Per il momento, non aveva modo di sapere se il cowboy si trovasse alla seconda, alla terza o alla decima fuga, ma non aveva dubbi che ogni nome, ogni personalità risiedessero ancora nella psiche dell'uomo. Cristallizzati nelle pieghe dell'anima, come le acque piovane delle diverse stagioni intrappolate in un ghiacciaio. Bisognava trivellare. Sondare. Analizzare. Avrebbe utilizzato tutti i mezzi possibili per penetrare quella memoria inconscia. L'ipnosi. Il sodio amobarbital. La psicoterapia...

Freire andò in cucina a bere un bicchiere d'acqua fresca.

Automaticamente gettò un'occhiata sulla strada. Nessuno. Niente uomini in nero. Si era immaginato tutto? Bevve un altro sorso. Riponendo il bicchiere nel lavello ebbe un'illuminazione. Quell'obiettivo – decodificare la storia di Bonfils – gli avrebbe consentito soprattutto di dimenticare i propri ricordi: la morte di Anne-Marie Straub. La sua responsabilità di psichiatra che aveva trasgredito le regole.

Inseguire il trauma di un altro per dimenticare più velocemente il proprio...

Il mattino seguente, sulla strada per Guéthary, Mathias pensava ad Anaïs. Si era risvegliato con l'immagine della donna. Il suo volto. La sua voce.

«È sposata? Ha figli?»

«Ho l'aria di essere sposata? Di avere figli? Non sono ancora arrivata a quel punto.»

«E... fin dove è arrivata?»

«Fino al Web. Ai social network.»

«E funzionano?»

«Diciamo che, per essere una piedipiatti, non ho un gran fiuto...»

Poi era stata lei a fare le domande.

«Perché ha deciso di diventare uno psichiatra?»

«Per passione.»

«Trova interessante frugare nella testa delle persone?»

«Non frugo nella testa delle persone. Le curo, le conforto. Non vedo cosa ci possa essere di più interessante al mondo.»

La giovane donna si era morsa il labbro inferiore. Freire aveva avuto la stessa intuizione del loro primo incontro. Anaïs Chatelet era stata ricoverata in un ospedale psichiatrico, o comunque aveva sofferto di seri problemi psicologici.

Un po' più tardi, un suo gesto gli aveva confermato quell'ipotesi. Quando gli aveva versato il vino, Freire aveva notato gli avambracci. Segnati. Sfregiati. Lacerati in tutte le direzioni. Aveva riconosciuto quel tipo di cicatrici a prima vista. Non erano le tracce di un tentato suicidio. Al contrario, erano segni di sopravvivenza.

Mathias si era occupato molto spesso di quel tipo di problema. Certi adolescenti si autolesionavano per trovare sollievo alla loro disperazione, per liberarsi da una sensazione di soffocamento. Bisognava far venire allo scoperto quel malessere. Bisognava sanguinare. Il taglio li liberava. Funzionava da diversivo – la sofferenza fisica prendeva il posto del dolore interiore – e insieme da rassicurazione. La ferita offriva l'illusione che il veleno fluisse all'esterno del proprio animo...

La prima volta che Anaïs era entrata nel suo studio Freire ne aveva percepito la forza. La ragazza lasciava un segno indelebile. Era forte perché aveva sofferto. Ma era anche fragile, vulnerabile. Esattamente per le stesse ragioni. Un luogo comune ripetuto fino alla nausea alla fine del ventesimo secolo era riassunto dalla frase lapidaria di Nietzsche contenuta nel *Crepuscolo degli idoli*: «Ciò che non mi uccide mi rende più forte». Era una stronzata. Almeno nella sua accezione banale. Nella vita di tutti i giorni la sofferenza non indurisce. Consuma. Rende fragili. Indebolisce. Freire veniva pagato per appurarlo. L'animo umano non è stato concepito come un pezzo di metallo in attesa di essere forgiato dalle prove della vita che ognuno di noi è chiamato ad affrontare. È una membrana sensibile, vibrante, delicata, che in caso di shock si segna, si lacera.

La sofferenza diventa quindi malattia. Dotata di un'esistenza propria. Di un suo respiro, di oscillazioni sue. Si manifesta senza preavviso e, ancora più pericoloso, si nutre di sé stessa. Cominciano le crisi. Senza un legame visibile né con il presente né con il mondo circostante. Oppure, se un legame esiste, questo è talmente profondo, talmente nascosto che nessuno – neanche uno psichiatra – riesce a farlo venire allo scoperto.

E quella era la minaccia a cui era esposta Anaïs Chatelet. La crisi poteva sempre arrivare. Senza una ragione apparente. Senza alcun tipo di sollecitazione. Al dilagare della sofferenza, bisognava liberare il veleno. Far colare il sangue. La sofferenza non viene dall'esterno, viene dall'interno. Questo fenomeno può essere definito «nevrosi», «disfunzione», «sindrome ansiosa». Di formule ce ne sono a decine. Freire le conosceva tutte. Erano i suoi strumenti di lavoro.

Ma il mistero permane. La leggenda narra – perché di leggenda si tratta – che occorra rintracciare nell'infanzia l'origine di queste crisi. Il male si annida nell'uomo durante i primi anni di formazione della psiche. Trauma sessuale. Mancanza d'amore. Abbandono. Freire concordava. Era di scuola freudiana. Ma nessuno conosce la risposta alla domanda primordiale: perché un cervello reagisce in modo tanto diverso ai traumi o alle frustrazioni dell'infanzia?

Lui aveva incontrato diverse adolescenti che avevano subito stupri collettivi, che erano sopravvissute all'incesto, avevano conosciuto la fame, la sporcizia, le botte, e che comunque se la sarebbero cavata, ne era certo. Altre, felici in un contesto apparentemente senza problemi, avevano invece finito per soccombere a causa di un'inezia, un dubbio, una semplice impressione. Ci sono bambini malmenati che impazziscono e altri che non ne risentiranno mai. Nessuno riesce a spiegare questa differenza. La natura più o meno porosa del proprio essere che lascia penetrare l'angoscia, la sofferenza, il malessere...

Cos'era successo ad Anaïs Chatelet? Un trauma atroce o semplicemente un evento di minore importanza, insignificante, ma percepito in modo amplificato grazie a un grado di sensibilità senza eguali?

Il cartello BIARRITZ lo distolse dalle sue riflessioni. Costeggiò il litorale. Superò Bidart e arrivò a Guéthary. Attraversò la piazzetta, riconobbe lo sferisterio della pelota basca, procedette in direzione del porto per poi fermarsi a qualche metro dall'imbarcadero e proseguire a piedi lungo la discesa di cemento.

C'era l'alta marea. A sinistra, l'oceano scagliava le sue onde sulla spiaggia scura. Le creste ribollenti di schiuma parevano getti di saliva grigia, contaminata da qualche malattia. Il mare oscillava tra il nero e il bruno-verde. La superficie ricordava la pelle di un anfibio, coperta di bolle, increspata, scintillante.

La barca era lì, ma non il gigante con lo Stetson. Freire diede un'occhiata all'orologio. Le dieci del mattino. Neanche un'anima tra gli scafi in secco, le reti arrotolate, gli alberi deposti sul cemento. L'unico posto aperto era un negozio di articoli da pesca. Fece qualche domanda al commerciante, che gli consigliò di andare dai Bonfils. La casetta era più in alto rispetto alla spiaggia, a un chilometro da lì.

Mathias si rimise in macchina. Era in preda all'inquietudine. Pensava ai tizi che lo avevano seguito e alla sua ipotesi della sera precedente. Erano apparsi contemporaneamente a Patrick Bonfils, erano interessati a quello che il cowboy poteva avergli raccontato. Ne aveva concluso di essere in pericolo. Ma aveva dimenticato il punto fondamentale: se lo era lui, Patrick Bonfils lo era ancora di più. All'improvviso si disse che non avrebbe dovuto dimetterlo. Nella sua camera, al Pierre-Janet, il passeggero delle nebbie era al sicuro.

Scorse la casa che sovrastava la spiaggia: un cubo di cemento sul quale la coppia aveva affisso un'insegna di legno a forma di tonno. Abbandonò l'auto a ridosso di una scarpata e camminò fino all'edificio, con il bavero alzato e le mani in tasca. Cominciava a piovere. Alla sua sinistra la ferrovia separava le altre abitazioni dalla spiaggia e dall'oceano. Alla sua destra macchie di cespugli scendevano verso il mare. Pini marittimi, ginestre gialle, eriche violacee: tutto danzava nel vento.

Bussò. Nessuna risposta. Bussò di nuovo. Niente. Adesso era veramente preoccupato. Fece il giro della casa e indugiò con lo sguardo sul mare. Sorrise. La coppia si trovava giù in basso. Patrick Bonfils, accoccolato su una roccia, era intento a rattoppare una rete. Sylvie, con la giacca a vento e il passo incerto, camminava su e giù costeggiando le onde scure.

Qualche minuto dopo Freire salutò la donna.

«Cosa diavolo ci fa lei qui?»

Non era più il benvenuto. A un tratto gli fu tutto chiaro. Sylvie sapeva. Aveva sempre saputo. La fuga del 12 febbraio non era che una delle tante crisi. «Ieri non mi ha detto la verità.»

«Che verità?»

«Che Patrick non è Patrick. Questo personaggio è già il risultato di una fuga psicogena. La prima moglie, il padre bruciato nell'acido, la Legione straniera... è tutto falso, e lei lo sa da parecchio.»

Sylvie si accigliò. «E che differenza può fare? Siamo contenti così.»

Freire doveva procedere con cautela. Nessuna indagine sarebbe stata possibile senza l'aiuto di Sylvie. Nessuna verità sarebbe emersa senza il sostegno della brava donnina... «Non è così semplice», replicò con voce più calma. «Patrick è malato. Non può negarlo. E non guarirà mai se gli si permette di vivere nella menzogna.»

«Non capisco una parola di quello che dice.»

Mathias lesse la paura sul viso della donna. Temeva la verità. Temeva il vero passato di Patrick. Perché? Il cowboy forse aveva figli, mogli, debiti... O addirittura peggio: un passato criminale. «Facciamo due passi?»

Senza proferire parola, Sylvie lo superò per seguire la linea frastagliata delle onde. Freire diede una rapida occhiata a Patrick, che lo aveva appena scorto da sotto il cappuccio. Gli fece un ampio gesto amichevole con la mano, ma non lasciò le reti. Un vero innocente.

Freire raggiunse la donna. I piedi affondavano nella sabbia scura. Sopra di loro, alcuni uccelli zigzagavano tra le raffiche di pioggia. Gavine, gabbiani, cormorani... Almeno erano quelli i nomi che gli venivano in mente... I loro gridi rauchi sovrastavano il frastuono dell'oceano.

«Voglio che lasci in pace Patrick.»

«Devo fargli delle domande. Devo frugare nella sua memoria. Troverà pace solo quando avrà riacquistato la sua identità originaria. Il suo inconscio non smette di mentirgli. Vive in un'illusione, in una menzogna che gli rode l'anima e ne minaccia l'equilibrio. Non cambierà nulla nella vostra relazione. Al contrario, lui potrà finalmente viverla appieno.»

«Ma cosa dice? E se si ricorda di un'altra? Se avesse dei...» Sylvie non finì la frase. Girò bruscamente la testa, come se fosse stata distratta da un rumore.

Freire non capiva: non aveva sentito nulla. La donna si contorse di nuovo, da una parte e poi dall'altra, come toccata due volte da una forza invisibile. «Sylvie?»

Lei cadde in ginocchio. Stupefatto, Mathias vide che le mancava mezza testa. Il cervello messo a nudo fumava nell'aria fredda. Un secondo dopo il sangue le scorreva a rivoli sul busto. Automaticamente lanciò uno sguardo verso Patrick seduto sulla roccia. Il gigante si inarcò: la sua nuca sembrava essere stata azzannata da un animale invisibile. La cerata dell'uomo si tinse di rosso. Poi il petto gli esplose in tanti schizzi scuri contro lo sfondo del cielo burrascoso.

In un lampo subliminale, la scena ricordò a Freire le immagini dell'assassinio di John Kennedy. Solo allora capì. Qualcuno sparava su di loro. Senza il rumore delle detonazioni.

Abbassò lo sguardo e notò i segni sulla sabbia: solchi più marcati, più profondi di quelli delle gocce di pioggia. Pallottole. Colpi sparati con un silenziatore. Attraverso l'acquazzone e gli spruzzi dell'oceano, una pioggia di metallo sibilava, colpiva e distruggeva.

Freire non si fece altre domande.

Si mise a correre verso il sentiero in direzione della sua auto.

Il cecchino non era solo. Un altro doveva aspettarlo, su in alto, vicino alla sua Volvo. Mentre correva tra gli arbusti, Freire alzò gli occhi. Nessuno in vista. Guardò tutt'intorno. Sul declivio di fronte, a più di trecento metri, un uomo scendeva precipitosamente lungo un sentiero sabbioso tra la fitta vegetazione. Impugnava qualcosa di nero. Forse una pistola automatica. Era quello che aveva sparato o il suo complice? Nello stesso momento alcuni colpi sfiorarono i cespugli lì vicino. Era la risposta.

Il cecchino era ancora appostato e lo aveva individuato.

Lui cadde all'indietro finendo tra gli arbusti. A fatica si fece strada in mezzo ai pini, ai rovi e alle ginestre, procedendo a quattro zampe, cercando di aggrapparsi a qualsiasi cosa mentre il sentiero si faceva sempre più lontano. Tenne duro, nonostante i graffi, e cercò di razionalizzare quanto stava accadendo. *Impossibile.* La sua mente era assillata solo da immagini di sangue. Il cranio aperto di Sylvie. Il corpo del gigante colpito in pieno.

Freire sgusciò fuori dalla macchia all'altezza della casa di Bonfils. Si era spostato di cinquanta metri rispetto alla Volvo. Corse lungo la ferrovia, in direzione della vettura, distorcendosi le caviglie sulla massicciata. Non vedeva più l'uomo con la pistola e non aveva ancora localizzato il cecchino. Pochi metri lo separavano ormai dalla macchina quando il parabrezza divenne all'improvviso bianco come lo zucchero. Uno pneumatico si afflosciò. Un finestrino andò in frantumi.

Lui si gettò al coperto in mezzo a un gruppo di pini, con i

polmoni sul punto di scoppiare. Le sue azioni erano completamente svincolate dalla sua coscienza. I proiettili fischiavano, sempre in direzione della Volvo. Era impensabile mettersi al volante. Poteva attraversare la ferrovia e correre sulla strada asfaltata? Avrebbe rappresentato un bersaglio perfetto. Se fosse ridisceso in spiaggia, sarebbe stato ancora peggio. Non aveva alternative né vie d'uscita. La pioggia si abbatteva sul terreno, sulle foglie, sul suo cervello...

Di riflesso girò la testa. L'uomo con la pistola era appena sbucato dalla boscaglia. Correva verso di lui, lungo le rotaie, sfidando il temporale. Era di sicuro uno dei due tizi in nero. Con quell'aria da alto funzionario di stato, i capelli radi e le sopracciglia cespugliose. Impugnava una pistola a canne mozze e lanciava occhiate in tutte le direzioni. Freire intuì che non lo aveva visto.

Si accovacciò. Non gli veniva in mente nemmeno un'idea per cavarsi da quell'impiccio. Sentiva l'acqua scorrergli sul viso, le foglie agitarsi intorno a lui. Gli intensi odori della vegetazione e della terra impregnata d'acqua. Avrebbe voluto trovare riparo in quella natura. Fondersi nel fango e nelle radici...

Un tuono rimbombò lontano. La terra gli tremò sotto i piedi. Per un attimo pensò che sarebbe stato colpito da un fulmine. O che il mondo si sarebbe spalancato per risucchiarlo nei suoi abissi. Ma poi capì: era in arrivo un treno, con il suo seguito di scosse e vibrazioni metalliche. "Un regionale..." pensò.

Il convoglio avanzava a passo d'uomo sulla sua destra, con la locomotiva gialla e rossa che trainava le vetture come un prigioniero che trascini le proprie catene. Un'occhiata a sinistra: il killer procedeva nella sua direzione, ma non lo aveva ancora visto. Se per miracolo fosse rimasto sul lato opposto per lasciar passare il treno, lui sarebbe stato salvo. Il frastuono divenne assordante. Il convoglio era ormai a pochi metri di distanza e procedeva a bassa velocità. Freire si nascose dietro i pini, ma ebbe il tempo di scorgere il killer che si faceva indietro.

Al di là delle rotaie.

Reso invisibile dal treno, Freire si alzò. Un vagone... Due vagoni... Secondi di piombo, metri di acciaio... Tre... Quattro... Le ruote stridevano sui binari sprizzando scintille. Al passaggio del quinto vagone – l'ultimo – Freire saltò.

Tese il braccio e afferrò la maniglia esterna della porta. Incespicò fra i ciottoli, ma riuscì ad allungare anche l'altra mano. Le dita si abbarbicarono al metallo. Dopo essere stato trascinato per qualche metro, si rimise in piedi, riprese velocità e riuscì a issarsi sul predellino.

Senza riflettere, abbassò la maniglia. Nessun risultato. Tentò ancora. Le folate di pioggia lo sferzavano senza tregua. Il vento lo schiacciava contro il vagone. Continuò ad accanirsi sulla porta. C'era quasi. Bastava solo che...

In quel momento, dietro le ciglia grondanti d'acqua, li scorse: i due uomini armati, rimasti indietro rispetto alle rotaie. Uno di loro aveva con sé una valigia nera con gli angoli cromati, come quelle dei musicisti. L'altro si era infilato l'arma sotto il cappotto. Freire si appiattì contro la porta.

Ora era allo scoperto: i due dovevano semplicemente girare la testa per notarlo. Ma avvenne il miracolo. Quando lui azzardò uno sguardo nella loro direzione, li vide, di spalle, correre verso la Volvo. Forse pensavano che fosse rimasto vicino al veicolo. Il tempo di capire che aveva optato per un'altra soluzione e lui sarebbe stato lontano.

O non più di tanto... Il treno stava già rallentando per entrare nella stazione di Guéthary. Freire tentò ancora con la maniglia. Quella volta la porta si aprì. Lui si infilò all'interno.

Il convoglio si fermò.

Venne accolto da una serie di occhi stupefatti. Era fradicio, in disordine, coperto di foglie, sabbia e stami di ginestra. Abbozzò un sorriso di scuse mentre cercava di rassettarsi. I passeggeri distolsero lo sguardo. Mathias si lasciò cadere su un sedile, stremato.

«Così non va bene, eh?» Seduto a qualche metro di distanza, un anziano lo apostrofava. «Ho visto tutto: lei è matto o cosa?»

Freire non riuscì a trovare le parole per mettere a tacere il brontolone. Un sessantenne che trasudava odio e acredine.

«Si rende conto dei pericoli che corre? E che ci fa correre? Pensi se avesse avuto un incidente! Se nessuno rispetta la legge, non bisogna sorprendersi del fatto che siamo tutti nella merda!»

Freire accentuò il suo sorriso di scuse.

«Proprio così», continuò l'anziano con una smorfia, passando al tu. «E ridi pure! Quelli come te bisogna rinchiuderli!»

Detto questo, si alzò e scese. Freire riprese fiato. Con il cuore in gola, lanciò delle rapide occhiate verso la banchina della stazione. I killer potevano farsi vivi in qualsiasi momento, ispezionando ogni sedile, ogni vettura... Furono i secondi più lunghi della sua vita. Alla fine le porte si richiusero e il treno si rimise in marcia.

Qualcosa dentro di lui si sciolse.

Ebbe paura che gli cedessero gli sfinteri.

«Non bisogna volergliene...» Un uomo aveva appena cambiato posto per sedersi di fronte a lui.

"Dio santo. Ma cos'hanno tutti quanti?" Freire esaminò il suo interlocutore senza rispondere.

Il nuovo arrivato gli fece un largo sorriso pieno di comprensione. «Non tutti capiscono le difficoltà degli altri.»

Freire continuava a scrutare il corridoio alle spalle dell'uomo, le porte di comunicazione con la quarta carrozza. Forse erano saliti... Forse sarebbero apparsi di lì a poco...

«Non mi riconosci?»

Freire trasalì quando il tipo gli diede del tu. Lo fissò. Il suo viso non gli diceva nulla. Un paziente del Pierre-Janet? Un abitante del quartiere Fleming?

«Marsiglia, l'anno scorso», continuò l'altro a bassa voce. «Pointe-Rouge. Il centro Emmaüs.»

Mathias comprese il quiproquo. A causa della sua aria trasandata, l'uomo lo aveva preso per un senzatetto che forse aveva incontrato lì.

«Daniel Le Guen», si presentò il tipo stringendogli la mano. «Mi occupavo delle vendite. Mi chiamavano "Lucky Strike" perché fumo un po'.» Gli strizzò l'occhio «Ricordi?»

Freire riuscì a proferire qualche parola. «Mi dispiace. Lei si sbaglia. Non conosco Marsiglia.»

«Non sei Victor?» Si chinò in avanti e ripeté in tono confidenziale: «Victor Janusz?».

Mathias non rispose. Conosceva quel nome, ma non riusciva proprio a ricordare dove lo avesse sentito. «No. Mi chiamo Freire. Mathias Freire.»

«Mi scusi.»

Freire continuò a osservarlo e ciò che intravide nel suo sguardo non gli piacque affatto. Un misto di compassione e complicità. Il buon samaritano probabilmente aveva notato, un po' in ritardo, la qualità dei suoi vestiti. Tra sé e sé doveva pensare che Victor Janusz si fosse rimesso in pista. E che non ci tenesse affatto che qualcuno gli ricordasse i suoi trascorsi umilianti. Ma dove aveva sentito quel nome?

Si alzò. L'uomo gli prese il braccio e gli porse un biglietto da visita. «Tenga. Al bisogno. Rimarrò nei paraggi per qualche giorno.»

Freire prese il bigliettino e lesse:

DANIEL LE GUEN
VOLONTARIO EMMAÜS
06 17354420

Se lo infilò in tasca senza ringraziare e andò a sedersi qualche sedile più in là. I pensieri gli turbinavano nella testa. Pensava ai killer. A Patrick e Sylvie che erano appena morti davanti ai suoi occhi. E ora questo fatto di essere stato scambiato per qualcun altro...

Con il volto incollato al finestrino, guardava il mare dissolversi sotto la pioggia. Aveva la sensazione che una colata di angoscia, umida e bruciante, gli scorresse lungo la spina dorsale. Al tempo stesso si stava rilassando. Il treno procedeva a tutta velocità. Il torpore dei passeggeri lo rassicurava. Stava per tornare a Bordeaux. Sarebbe andato di corsa al commissariato per raccontare tutto ad Anaïs. Con un po' di fortuna, magari aveva già identificato la targa dell'Audi Q7. Lei avrebbe condotto le indagini. Trovato una spiegazione. Arrestato i colpevoli. Tutto sarebbe tornato alla normalità...

D'un tratto il nome di Victor Janusz gli riaffiorò nella mente e lo fece trasalire. Chi era questo Janusz? I pensieri presero una nuova direzione. Un dubbio inesplicabile si insinuò in lui. Rivide come in un film quegli ultimi giorni. La sua passione – ossessione – per il paziente Bonfils. Il suo accanimento per scoprire chi fosse veramente. La determinazione nel voler risolvere quel caso, a qualsiasi costo. Perché era coinvolto fino a tal punto, lui che aveva deciso di tenersi a debita distanza? Perché tanta energia per comprendere il disturbo mentale del cowboy?

Il dubbio fece vacillare tutte le sue certezze. E se lui stesso non fosse stato quello che fingeva di essere? Se fosse stato un «viaggiatore senza bagaglio»?

Un uomo in piena fuga psicogena?

Si strinse nelle spalle e si sfregò energicamente il viso, come se fosse un foglio pieno di scarabocchi inutili da accartocciare con un gesto veloce della mano prima di gettarlo via. Era un'idea assurda. Lui si chiamava Mathias Freire.

Era uno psichiatra. Aveva esercitato a Villejuif. Aveva insegnato al Sainte-Anne, a Parigi. Non poteva mettere in dubbio la propria lucidità per colpa del primo sconosciuto che lo scambiava per qualcun altro.

Rialzò la testa. Daniel Le Guen gli strizzò l'occhio. Di nuovo quella complicità insopportabile. Il tipo sembrava sicuro del fatto suo. Aveva incontrato di nuovo Victor Janusz... Mathias ebbe un fremito. Ora sapeva dove aveva sentito quel nome. Apparteneva al barbone le cui impronte erano state trovate nella fossa della stazione Saint-Jean. Il sospettato numero uno nel caso del Minotauro.

Freire sentì il sudore imperlargli il viso. Fu scosso da tremiti dalla testa ai piedi. E se il tipo dell'Emmaüs avesse avuto ragione? Se lui era Victor Janusz in piena fuga psicogena?

«Impossibile», mormorò. «Sono Mathias Freire. Laureato alla facoltà di medicina. Psichiatra da molti anni. Professore presso la facoltà di Sainte-Anne. Caposervizio al centro ospedaliero specializzato Paul-Guiraud di Villejuif. Oggi responsabile dell'unità Henry-Ey presso il Pierre-Janet di Bordeaux...» Si interruppe quando si accorse che stava bisbigliando quelle parole dondolandosi avanti e indietro, come un musulmano intento a ripetere le sure del Corano. O come uno schizofrenico in piena crisi. Aveva l'aria di un pazzo e gli altri passeggeri gli lanciavano occhiate sempre più imbarazzate.

La sua logica diede di nuovo segni di cedimento. Anche Patrick Bonfils riusciva a elencare dettagli della sua vita precedente. E non incontrava lui stesso difficoltà nel ricordarsi alcuni episodi personali? Istanti vissuti? A essere onesti, non era troppo solo? Senza amici né famiglia? Il suo cervello non era stranamente portato per l'astrazione? Mai un gesto passionale, mai un'emozione...

Scosse la testa. *No.* Aveva dei ricordi. Anne-Marie Straub, per esempio. Una cosa simile non si poteva inventare... Freire s'irrigidì. Gli sguardi intorno a lui si moltiplicavano. Si rincantucciò contro la parete della carrozza. Una fuga psicogena. Una totale impostura. Forse se lo era sempre sentito...

Il treno si fermò. Arrivo alla stazione di Biarritz. Alcuni passeggeri si alzarono.

«Sapete dove va questo treno?» chiese.

«Bordeaux. Stazione Saint-Jean.»

Daniel Le Guen era sceso e quel semplice fatto gli diede sollievo. Esisteva un modo semplice per sapere chi fosse veramente: controllare i suoi documenti, i diplomi, gli scatoloni. Il suo passato. Avrebbe ottenuto informazioni a conferma del fatto che lui era Mathias Freire. Che non aveva nulla a che spartire con quel tale Victor Janusz, barbone sospettato di omicidio.

Fu felice di rivedere il quartiere Fleming. Era la prima volta che gli succedeva. Villa Opale. *Casa sua*. Varcò il cancello e girò la chiave.

Ma quando vide le pareti nude, le stanze senza mobili, non provò la sensazione di calore su cui contava. Quella casa non esprimeva nulla. Né passato né personalità. Si diresse spedito in camera da letto, al primo piano. Trovò il raccoglitore in cui archiviava tutti i documenti importanti. Carta d'identità. Passaporto. Tessera sanitaria. Diplomi di medicina. Estratti conto della banca. Modulo per la dichiarazione delle imposte, inviato al vecchio indirizzo, rue de Turenne 22, Parigi.

Era tutto in regola. Tutto in ordine. Emise un sospiro di sollievo. Sfogliò di nuovo le scartoffie, provando già meno sicurezza di prima. Se ci si soffermava un po' di più su ciascun documento, sorgeva qualche dubbio. Non poteva esprimersi sulla carta d'identità, il passaporto e la tessera sanitaria: non era un esperto. Quanto agli altri, non erano che fotocopie. Dove si trovavano gli originali?

Freire si tolse l'impermeabile. Era in preda all'agitazione e si sentiva svenire. Supponendo che non fosse chi sosteneva di essere, che fosse fuggito come Patrick Bonfils, tutto doveva essere accaduto inaspettatamente, in modo inconscio, dopo un periodo di amnesia. Chi aveva falsificato quei documenti? Come?

Scosse la testa: era in preda al delirio. Per il momento, l'emergenza era un'altra.

Doveva precipitarsi al commissariato e raccontare ad

Anaïs Chatelet dell'attentato. Riprese l'impermeabile, spense la luce e scese le scale.

Sulla soglia si fermò. Il suo sguardo fu attirato dagli scatoloni del trasloco, colmi di oggetti, foto, dettagli del passato. Aprì il primo e per poco non urlò. Era vuoto. Ne afferrò un altro: già il peso gli diede la risposta. Anche quello vuoto.

Un altro ancora.

Vuoto.

Un altro.

Vuoto. Vuoto. Vuoto.

Cadde in ginocchio. Scrutò le scatole marroni addossate alle pareti che da un mese e mezzo fungevano da arredamento. Una mera messinscena per darla a bere a tutti. Fornire l'illusione di un passato, di un'origine. Ingannare gli altri e sé stesso.

Si prese la testa fra le mani e scoppiò in singhiozzi. La verità lo colpì come una frusta. Era anche lui un viaggiatore senza bagaglio? Un passeggero delle nebbie...

Era stato davvero un barbone? Un assassino? E prima ancora chi era? Le domande gli esplodevano nel cervello. Com'era diventato uno psichiatra, per di più affermato? Come aveva ottenuto quei diplomi? Gli tornò in mente una frase di Eugène Ionesco: «La ragione è la follia del più forte...». L'autore aveva ragione. Bastava essere convincenti, con gli altri e con sé stessi, perché un delirio diventasse realtà. Asciugandosi le lacrime, si rialzò e prese il cellulare dalla tasca. Una conferma, una sola. Anche del peggio...

Chiese al servizio informazioni di essere collegato con l'ospedale Paul-Guiraud di Villejuif. Gli ci volle solo un minuto per parlare con il centralino. Un altro per farsi passare un'impiegata dell'amministrazione. Chiese del dottor Mathias Freire.

«Chi?»

«Forse non lavora più lì», ribatté lui controllando il tono della voce. «L'anno scorso era psichiatra presso il centro ospedaliero specializzato.»

«Lavoro in amministrazione da sei anni e non ho mai sentito questo nome, in nessun reparto del nostro centro.»

«La ringrazio, signora.»

Richiuse il cellulare. Soffriva dello stesso disturbo dell'uomo con lo Stetson. La sua usurpazione era semplicemente più sofisticata.

Ma c'era di peggio.

Victor Janusz, vagabondo, arrestato a Marsiglia per rissa, era sospettato di omicidio volontario a Bordeaux. Cos'era successo la notte tra il 13 e il 14 febbraio alla stazione Saint-Jean? Lui non dormiva all'ospedale? Non aveva gestito le urgenze per tutta la notte? C'erano dei testimoni. Aveva firmato delle ricette. Aveva salutato la guardia sia all'entrata sia all'uscita... Ma se l'era forse svignata nella nebbia, nel bel mezzo della crisi, per raggiungere la stazione? Magari aveva persino incrociato Bonfils lungo i binari? La situazione era pressoché comica. Due uomini colpiti da amnesia si incontrano e non si riconoscono...

Infilò i documenti di identità in una borsa assieme al portatile contenente tutto ciò che aveva scritto sui suoi pazienti nell'ultimo mese e mezzo e uscì senza neanche chiudere a chiave la porta di casa.

A distanza di cinquecento metri, vicino alla zona universitaria, trovò un taxi. Diede all'autista l'indirizzo del commissariato. Era tempo di pagare i suoi debiti. Un mese e mezzo di inganni e menzogne. La sua mente era concentrata su un unico obiettivo: spiegare tutto ad Anaïs Chatelet. Farsi ricoverare nel proprio reparto. E dormire.

Sprofondare nel sonno e svegliarsi nella pelle di qualcun altro: cioè di sé stesso. Anche se questo voleva dire ritrovarsi con le manette ai polsi.

«Il capitano Chatelet non c'è.»

Un bel tipo tutto impomatato gli stava davanti, in un completo impeccabile.

«Posso aspettarla?»

«Perché?»

Freire esitò. Doveva spiegare troppe cose. Preferì giocare la carta professionale. «Sono lo psichiatra che segue l'uomo affetto da amnesia della stazione Saint-Jean. Ho delle informazioni per il capitano. Informazioni confidenziali.»

Il poliziotto lo squadrò da capo a piedi: l'impermeabile zuppo e sporco di sostanze vegetali, le scarpe infangate. Sembrava scettico. «Dovrebbe arrivare tra poco», replicò infine. «Si sieda pure là.»

Freire scelse una sedia lungo il corridoio. Si trovava al primo piano della centrale di polizia di Bordeaux, in rue François-de-Sourdis. Un gigantesco edificio bianco, nuovo fiammante, che faceva pensare a un iceberg fluttuante proprio nel centro della città. A quanto capiva, quel piano ospitava gli uffici dei funzionari.

Non si vedeva nessuno in giro, eppure il luogo risuonava di una attività sorda. Una metà pomeriggio qualsiasi in un commissariato. Mathias era seduto proprio di fronte all'ufficio di Anaïs. Una targhetta affissa sulla porta recava inciso il nome della donna. L'ufficio di un capitano, solitario, con una vetrata provvista di veneziane lasciate aperte.

Si guardò intorno. Nessuno. Gli venne un pensiero folle. Intrufolarsi in quell'ufficio. Trovare il fascicolo sul caso del Minotauro. Leggere i dati in possesso degli sbirri su Victor

Janusz. L'idea era assurda, ma era già troppo tardi per bocciarla.

Un'altra occhiata a destra e a sinistra. Il corridoio era ancora deserto. Mathias si alzò, finse di sgranchirsi le gambe, poi fece una pressione sulla maniglia della porta.

Aperta.

Entrò nella stanza e chiuse l'uscio dietro di sé, senza fare rumore. Abbassò subito le veneziane. Guardò l'orologio. Le 15.10. Si concesse cinque minuti per frugare nell'ufficio. Non uno di più. Nonostante la pioggia e il giorno che già scoloriva, riusciva ancora a vederci abbastanza per condurre le sue ricerche senza accendere la luce.

Con uno sguardo fotografò la stanza: arredo standard di un funzionario; nessun dettaglio personale alle pareti o sui mobili. Gli venne in mente il suo studio presso l'ospedale, freddo e anonimo. Individuò diversi punti da passare in rassegna. Schedari di metallo. Un armadio con le ante avvolgibili. E la scrivania, con i suoi cassetti e i fascicoli impilati.

Non dovette cercare a lungo.

I documenti a cui era interessato erano i primi della pila.

Non aveva il tempo di leggere le trascrizioni degli interrogatori, ma trovò delle foto. Il corpo nella fossa. Le carni emaciate, bianche, tatuate. La testa del toro, nera. La vittima sembrava appartenere a un'epoca primitiva, popolata di creature fantastiche e miti terrificanti. Allo stesso tempo le immagini possedevano la crudezza e il freddo realismo tipici degli archivi documentaristici. Un fatto di cronaca, ma accaduto agli albori del mondo.

Guardò le altre foto. Il cadavere all'obitorio. Il volto di Philippe Duruy, una volta liberato dall'atroce maschera. Una faccia straziata, asimmetrica. Un'altra busta. Ricostruzioni antropometriche. Un ragazzo con gli occhi truccati di nero che reggeva un cartello con dei numeri scritti con il gesso. Quel tipo aveva già avuto guai con la polizia.

Altre cartelle. Fasci di verbali. Non aveva il tempo di leggerli. Infine, nell'ultima, il resoconto sulla scena del crimine stilato dai tecnici della Scientifica. Tra i vari fogli c'era la scheda contenente le impronte digitali trovate sul posto. *Le impronte di Victor Janusz.*

Passi nel corridoio. Freire s'irrigidì. Quando si allontanarono, guardò l'orologio e dovette concentrarsi per vedere l'ora. Le 15.16. Stava ficcando il naso in quell'ufficio già da sei minuti. Anaïs Chatelet sarebbe arrivata da un momento all'altro. Osservò di nuovo con attenzione le impronte ed ebbe una nuova idea. Rovistò nei cassetti. Trovò una stilografica, ne estrasse la cartuccia, afferrò un foglio bianco dalla stampante e macchiò la superficie con l'inchiostro. Vi appoggiò i polpastrelli delle cinque dita e li premette sulla parte superiore del foglio.

Confrontò le sue impronte con quelle di Victor Janusz. Non bisognava essere degli esperti per notare le somiglianze.

Un'impronta identica.

Due impronte identiche.

Tre impronte identiche.

Lui era Victor Janusz.

Vedere nero su bianco quella prova inconfutabile gli scatenò qualcosa dentro. Freire cambiò i suoi piani. Un colpevole non ha che una possibilità: la fuga.

Piegò il foglio e se lo infilò in tasca. Riavvitò la cartuccia e rimise la stilografica al suo posto nel cassetto. Lasciò il fascicolo in cima alla pila e si dedicò all'allestimento di una piccola messinscena.

Socchiuse la porta e buttò un occhio nel corridoio. Vuoto. Uscì con l'aria più disinvolta possibile e si diresse verso le scale.

«Ehi, lei!»

Mathias continuò a camminare.

«Ehi!»

Freire si fermò, assunse un'espressione tranquilla e si voltò. Sentiva il sudore colargli sul torace. Il fighetto di prima camminava nella sua direzione.

«Non aspetta il capitano Chatelet?»

Lui tentò di deglutire, poi replicò con voce rauca: «Io... Non posso più trattenermi».

«Peccato. Ha appena chiamato: sta arrivando.»

«Non posso restare. Non era così urgente.»

L'uomo aggrottò le sopracciglia. Il sesto senso dello sbirro. Nonostante tutti gli sforzi, Freire trasudava paura.

«Resti qui.» Il tono era cambiato. «Sta arrivando.»

Freire abbassò lo sguardo. Ciò che vide lo paralizzò. Il poliziotto aveva un fascicolo sotto il braccio. Sulla copertina c'era la scritta VICTOR JANUSZ. MARSIGLIA. Intorno a lui tutto si fece buio. Non riusciva a pensare, a parlare.

L'agente indicò i sedili fissati alla parete. «È meglio che si sieda. Non ha un bell'aspetto.»

«Le Coz, vieni a vedere!»

La voce proveniva da uno degli uffici.

«Non si muova di qui», intimò il bellone prima di alzare i tacchi.

Il poliziotto raggiunse un collega a pochi passi di distanza. I due se ne andarono e chiusero la porta. Freire era ancora in piedi. Il sangue gli pulsava negli occhi. Le gambe gli tremavano. Non gli restava che una cosa da fare: sedersi e aspettare che lo arrestassero.

Invece, ripercorse il corridoio, in silenzio e velocemente. La tromba delle scale, aperta, sovrastava l'atrio del pianterreno. Si buttò giù a capofitto, i gradini che gli sfilavano rapidi sotto i piedi.

Incredulo, raggiunse l'atrio e lo attraversò percependo il vocio tutt'intorno come se fosse il brusio del proprio sangue. Di fronte a lui, la porta di uscita sembrava palpitare.

Mancavano pochi metri alla soglia.

Si aspettava ancora un attacco alle spalle.

Invece lei si materializzò *davanti a lui.*

Attraverso la doppia porta a vetri, vide Anaïs Chatelet scendere da una vettura. Mathias corse nella toilette a destra dell'atrio. S'infilò in uno dei gabinetti e chiuse la porta con il chiavistello, tremante fino allo spasmo.

Un minuto dopo era fuori e risaliva la strada scintillante di pioggia.

Solo.

Smarrito.

Ma libero.

«Cazzo», sibilò Anaïs tra i denti.

Le Coz le aveva appena detto che Mathias Freire era stato lì in cerca di lei. Il corridoio adesso era vuoto. Se n'era andato.

«Era qui fino a cinque minuti fa.» Il poliziotto si guardò intorno. «Gli ho detto di non muoversi. Non mi è sembrato tanto a posto...»

«Riacciuffalo e portamelo qui.»

Le Coz, sempre impeccabile, le tese una cartelletta. «Tieni. Il dossier su Janusz. Finalmente lo abbiamo ricevuto. Per via aerea.»

Lei afferrò il documento senza guardarlo. «Trovami subito Freire», ripeté. «Devo vederlo.»

Le Coz si diresse verso le scale a passo svelto. Anaïs si morse il labbro. «Cazzo», sussurrò ancora. Non riusciva a credere di averlo mancato. Perché era venuto fin lì? Aveva trovato un pretesto per rivederla? "Calmati, ragazza."

Era di pessimo umore. Né Conante, con le sue videoregistrazioni, né Zakraoui, con i suoi spacciatori, né Jaffar, sulla pista del cane e dei vestiti di Duruy, avevano trovato il minimo indizio. E il tempo scorreva inesorabile...

Si infilò nel suo ufficio e chiuse la porta con il piede. La pista Janusz prometteva di portare da qualche parte. Con un gesto automatico, senza sedersi né accendere la luce, aprì il fascicolo dedicato al barbone marsigliese.

«Cazzo», ripeté, ma in tutt'altro tono.

Sulla prima pagina era stato spillato un identikit dell'uomo. Era Mathias Freire. Non rasato, irsuto e sudicio, ma non c'erano dubbi: si trattava di lui. Con la faccia dura, reggeva il cartello con i numeri e sembrava sul punto di sputare sull'obiettivo. A tentoni, Anaïs trovò una sedia e vi si lasciò cadere.

Girò il foglio e scorse il verbale dell'interrogatorio di Victor Janusz. Il 22 dicembre 2009, alle ore ventitré, l'uomo si era fatto arrestare dopo una zuffa con alcuni vagabondi. La sua testimonianza non presentava alcun interesse. Era stato provocato e si era difeso. Non aveva né documenti né ricordi precisi sul suo stato civile.

Un derelitto ubriaco fradicio. Com'era riuscito un uomo simile a diventare responsabile di un reparto al Pierre-Janet? Era possibile che fosse l'assassino di Philippe Duruy?

Anaïs alzò la testa. *Percepì* qualcosa. Esaminò gli oggetti, i documenti, i fascicoli sulla scrivania. Nulla era fuori posto, ma si avvertiva la traccia di un passaggio, di una presenza estranea.

Qualcuno era entrato in quella stanza.

Qualcuno aveva rovistato.

Chi? Mathias Freire?

Gli occhi le caddero su due documenti di fronte a lei, dall'altro lato della scrivania. Si alzò e fece il giro del tavolo. Il visitatore aveva lasciato, ben in evidenza, la scheda con le impronte digitali trovate sulla scena del crimine.

Di lato, su un foglio bianco firmato da Mathias Freire, c'era scritto: NON SONO UN ASSASSINO.

La corsa contro il tempo era incominciata. Non appena avesse riconosciuto il viso nel fascicolo riguardante Victor Janusz, Anaïs Chatelet avrebbe inviato subito una pattuglia all'ospedale e al suo domicilio. Probabilmente aveva già dato ordine di far sorvegliare la stazione Saint-Jean, l'aeroporto, le autostrade, le stazioni degli autobus e anche le statali e le provinciali che conducevano in città. Le pattuglie sfrecciavano già sulle strade di Bordeaux. Alle sue calcagna.

«È qui», disse Freire al tassista. «Mi aspetti.» Aveva chiesto di scendere qualche numero civico prima del suo indirizzo. «Sarò di ritorno fra un paio di minuti.»

Corse fino alla villetta, aprì la porta, afferrò una sacca e ci infilò dei vestiti e, soprattutto, tutti i documenti personali che non aveva preso un'ora prima. Cartelle esattoriali, diplomi, certificati provenienti dall'ospedale di Villejuif...

In quel momento sentì avvicinarsi le sirene della polizia. Chiuse la sacca e lasciò l'abitazione come un fantasma.

Raggiunse il taxi. Il dolore in fondo all'occhio pulsava a un ritmo lancinante. Gli veniva da vomitare. Il cuore gli batteva come un martello pneumatico.

«Dove la porto?»

«All'aeroporto di Bordeaux-Mérignac, partenze internazionali.»

Un chilometro dopo l'altro, le autopattuglie filavano a tutto gas, a sirene spiegate. Freire non riusciva a credere di essere la causa di quella concitazione. Ma non pensava agli sbirri. Né agli assassini. Pensava a sé stesso. Chi era esattamente?

Gli tornavano in mente dettagli a conferma del fatto che il suo soggiorno a Bordeaux fosse stato tutto un'impostura. Quel disagio ricorrente in ospedale. Il vuoto che provava, la sera, nella villetta anonima. Le difficoltà in cui si imbatteva quando tentava di ricordare il passato.

Non aveva veri ricordi. Quanto a quelli che si formavano *spontaneamente* nel suo cervello, non erano altro che frutto d'invenzione. Le pietre di un muro impenetrabile eretto fra passato e presente.

Solo un'immagine gli sembrava reale: il corpo di Anne-Marie Straub, sospeso davanti ai suoi occhi... I nomi e le date potevano forse essere inventati, ma i fatti no. Era davvero uno psichiatra a quei tempi? O era già ricoverato in un istituto? Era stato quel suicidio a scatenare la prima fuga psicogena?

«Siamo arrivati.»

Freire pagò. Entrò rapidamente nell'aeroporto. Il sudore lo avviluppava da capo a piedi, come una muta da sommozzatori calda e appiccicosa. Individuò un bancomat e prelevò il massimo consentito, duemila euro, il suo plafond mensile. In attesa del denaro si guardava intorno. Le videocamere di sorveglianza lo osservavano.

Tanto meglio.

Bisognava che lo vedessero.

Tutti dovevano pensare che si fosse imbarcato.

Cercò un angolo morto e afferrò il cellulare. Cancellò tutti i numeri memorizzati per poi chiamare l'ora esatta. Senza riagganciare, gettò l'apparecchio in un cestino della spazzatura. Poi, molto discretamente, sgattaiolò via e prese un pullman diretto in centro città.

Ora i piedipiatti dovevano essere a casa sua a constatare che aveva fatto i bagagli. Avrebbero cercato la sua auto. Non trovandola, avrebbero supposto che lui stesse fuggendo con quella, perciò avrebbero messo posti di blocco dappertutto e concentrato lì la loro attenzione.

Prima falsa pista.

In seguito avrebbero localizzato il suo cellulare all'aeroporto e si sarebbero precipitati al Bordeaux-Mérignac.

Dopo aver verificato i voli, non trovando il nome Freire, avrebbero visionato i video di sicurezza, individuandolo. Avrebbero controllato i bancomat dell'aeroporto e rintracciato il tassista. Il cerchio si sarebbe chiuso. Victor Janusz, alias Mathias Freire, aveva preso un aereo nel tardo pomeriggio. Sotto falsa identità.

Seconda falsa pista.

A quell'ora sarebbe stato già lontano. Arrivò alla stazione Saint-Jean. Sul posto c'erano drappelli di poliziotti; alcuni controllavano le uscite con l'aiuto dei cani. L'area del parcheggio era circondata da furgoni in sosta.

Lui fece il giro dell'edificio, facilitato dal fatto che c'era un grosso cantiere con transenne, gru e scavatrici. Trovò un facchino, uno di quegli uomini armati di carrello che scortano i viaggiatori fino al treno. Lo avvicinò, lo spinse in un angolo lontano da occhi indiscreti e gli propose di andare ad acquistare un biglietto del treno al posto suo.

L'uomo, con un berretto rasta e il gilet arancione regolamentare, storse il naso. «Perché non ci va lei?»

«Devo fare delle telefonate urgenti.»

«Perché dovrei fidarmi?»

«Sono io che mi fido di te», replicò Freire allungandogli duecento euro. «Comprami un biglietto per il primo treno diretto a Marsiglia.»

«Sotto che nome?» chiese l'altro dopo un attimo di esitazione.

«Narcisse.»

Le sillabe avevano preso forma spontaneamente sulle sue labbra. Il facchino andò.

«Aspetta. Ti do altri cento euro per il berretto e il gilet.»

L'uomo accennò un sorriso malizioso. Sembrava rassicurato da quella nuova offerta. Almeno la situazione era chiara. Un latitante. Nel medesimo istante parve rendersi conto che la stazione brulicava di sbirri. Il sorriso si fece più largo. Pareva proprio che gli piacesse l'idea di fregare tutta quella gente. Si tolse il berretto e il gilet fluorescente. Aveva lunghi dreadlock alla Bob Marley.

«Ti tengo d'occhio il carrello», disse Freire indossando subito gli indumenti.

Attese più di dieci minuti, con i gomiti appoggiati al carrello e l'aria più indifferente del mondo. I poliziotti gli passavano davanti senza guardarlo. Cercavano un uomo in fuga, un'ombra che scivolava lungo i muri, non un facchino sfaccendato con un berretto con i colori della Giamaica e un gilet dell'SNCF.

Bob Marley riapparve. «L'ultimo treno diretto a Marsiglia è appena partito. Ti ho preso un biglietto per il Tolosa-Matabiau in partenza alle diciassette e ventidue. Cambi ad Agen intorno alle diciannove. Alle venti e quindici arrivi a Tolosa, da dove a mezzanotte e cinque riparti per Marsiglia su un treno con cuccette. Arrivi a destinazione alle cinque del mattino. O così o parti domani.»

L'idea di trascorrere la notte fra due destinazioni, in una specie di *no man's land*, non gli sembrava così male. Nessuno lo avrebbe cercato nel bel mezzo del Midi-Pirenei. Lasciò il resto a Bob Marley e mantenne il travestimento in attesa della partenza del treno.

Un'ora. Le pattuglie continuavano a girare senza notarlo. Con il carrello contenente la sacca, aveva tutta l'aria di un facchino che aspettasse un cliente andato a comprare i giornali. Neanche lui faceva caso ai poliziotti. Tentava di riflettere.

Non poteva essere l'assassino del Minotauro. Avrebbe dovuto decapitare un toro, trovare dell'eroina di ottima qualità, individuare e attirare in una trappola Philippe Duruy, trasportare il cadavere e la testa dell'animale fino alla fossa... Al limite poteva ammettere di avere un lato nascosto – come se la mano destra ignorasse ciò che faceva la sinistra –, ma non una serie di crisi seguite ogni volta da amnesia totale che gli avrebbero permesso di organizzare a sua insaputa un progetto di quella portata. L'omicidio di Philippe Duruy era l'opera di qualcun altro. Eppure le sue impronte dimostravano che anche lui era stato nella fossa. Quando? Aveva sorpreso l'assassino? Si trovava con Patrick Bonfils?

Il suo treno entrò in stazione. Freire mollò berretto, gilet e carrello e salì sulla sua carrozza. Una volta sistemato, riprese a riflettere. Era deciso a concentrarsi su tutte quelle domande fino ad Agen, ma il treno non era partito da neanche dieci minuti e già lui dormiva come un sasso.

Mathias Freire era introvabile.

Le Coz e Zakraoui si erano precipitati a casa sua. Conante e Jaffar erano andati di corsa al Pierre-Janet. Non era a nessuno dei due indirizzi. Anaïs non aveva aspettato l'esito delle ricerche per far scattare la sorveglianza delle stazioni ferroviarie e degli autobus, degli aeroporti, degli ingressi autostradali, delle statali e delle provinciali.

Aveva diffuso il ritratto di Janusz/Freire in tutti i commissariati del Sud della Francia. Aveva contattato i giornali regionali perché la fotografia venisse pubblicata già l'indomani mattina e le radio locali perché lanciassero appelli a eventuali testimoni. Sarebbe stato messo a disposizione un numero verde, coadiuvato da un sito web. Caccia grossa.

Una voce interiore le ripeteva che sbagliava. Stava dando Mathias Freire in pasto ai media, all'opinione pubblica – e ai suoi superiori – ancor prima di possedere le prove dirette della sua colpevolezza. Il commissario l'aveva chiamata: «Ritrovatelo prima di sera». Véronique Roy l'aveva chiamata: «Questa storia è pazzesca!». Il prefetto l'aveva chiamata: «Allora? Ci siamo? Lo avete identificato?». I giornalisti l'avevano chiamata: «Un assassino in fuga?». Tutto questo era positivo per la sua carriera, la sua immagine, la sua reputazione. Ma nessuno le aveva posto l'unica domanda che contava: Janusz era il killer del Minotauro?

Ora si dava la caccia a un fuggitivo. Non si cercava più l'assassino di Philippe Duruy. Non era esattamente la stessa cosa. Fino a prova contraria, Freire, alias Janusz, non era altro che un testimone. Era troppo presto per dichiararlo colpevole.

In realtà era troppo tardi.

Scegliendo la fuga, lo psichiatra aveva segnato il proprio destino. Che senso ha sparire quando si ha la coscienza pulita? Nelle ultime ore, sfogliando i vari resoconti e rapporti che riceveva minuto per minuto, le era montata la collera nei confronti di Mathias. Avrebbe dovuto fidarsi di lei, aspettarla saggiamente in commissariato. Lei lo avrebbe protetto, lo avrebbe...

Mise in ordine tutte le scartoffie e ne fece una rapida sintesi. All'inizio avevano creduto che Mathias Freire fosse scappato in macchina. L'uomo risultava essere proprietario di una Volvo 960 station wagon diesel, targata 916 AWX 33. Il veicolo non era stato ritrovato presso il domicilio dello psichiatra né nel parcheggio del centro ospedaliero Pierre-Janet. Successivamente avevano scoperto che il fuggiasco aveva raggiunto l'aeroporto di Bordeaux-Mérignac e il suo cellulare era stato localizzato proprio lì, dove aveva anche prelevato duemila euro in contanti.

Ma a quel punto la pista s'interrompeva. Nella zona dell'aeroporto l'auto era introvabile. Su nessun volo del pomeriggio era registrato un passeggero di nome Mathias Freire o Victor Janusz. Anaïs sentiva puzza di imbroglio. Freire li aveva volontariamente depistati per guadagnare tempo. Del resto, dopo un'ora, avevano rintracciato il cellulare e l'impermeabile del fuggiasco in un cestino della spazzatura dell'aeroporto.

Da allora in poi nessuna notizia, nessun indizio.

L'appello rivolto a probabili testimoni aveva prodotto la solita massa di segnalazioni incoerenti, fantasiose o contraddittorie. Nessun posto di blocco aveva individuato la Volvo. Nessun agente, nessun gendarme aveva intercettato Mathias Freire. Un fiasco su tutta la linea.

Anaïs ne era certa: lui era già lontano. O almeno così sperava. Non desiderava acciuffarlo. Prima di tutto voleva fare luce sull'intera vicenda. Freire era solo un tassello dell'inchiesta e le restavano altre piste da seguire. Aveva fretta di rimettersi al lavoro su quelle. Aveva già deciso di precipitarsi a Guéthary all'alba, per far parlare l'uomo affetto da amnesia.

Ore 18.50.

Meglio muoversi piuttosto che stare lì, tra le pareti dell'ufficio, a imprecare. Prese la Golf e si recò al quartiere Fleming. Sirena. Lampeggiatore. Sulle strade di Bordeaux non si erano mai visti tante macchine della polizia, fari accesi, uniformi. "Grazie, Janusz."

Anaïs rallentò. Era arrivata a destinazione. Il posto era irriconoscibile. Furgoni e autopattuglie. Veicoli della Scientifica. Non mancava proprio nessuno.

Spense il motore e immaginò i poliziotti che mettevano sottosopra la casa vuota. Una casa in cui lei solo la sera prima aveva sorseggiato uno Château-Lesage in compagnia di un uomo affascinante. Si sentì come se quegli agenti stessero violando un suo ricordo.

I piantoni la riconobbero e la fecero passare. La sala pullulava di poliziotti e tecnici della Scientifica.

Le Coz si materializzò tra quei cosmonauti porgendole delle soprascarpe. «Vuoi metterle?»

«Va bene così.»

«Ma se ci sono degli indizi...»

«Ma sei coglione o cosa? Qui non c'è niente per noi.»

L'altro assentì in silenzio. Anaïs infilò solo i guanti di lattice.

Il tenente tentò di recuperare terreno. «Avevi ragione. Questo tipo è un autentico fantasma. Tutti gli scatoloni sono vuoti. Abbiamo frugato la casa da cima a fondo e non abbiamo trovato neanche un oggetto personale né un documento a nome suo.»

Anaïs si diresse in cucina senza rispondere. La stanza era pulita. Addirittura impeccabile. Probabilmente Freire non mangiava mai in casa. Aprì i pensili: piatti, posate, pentole. Niente da mangiare. Trovò solo qualche scatola di tè su una mensola. Aprì il frigorifero. Vuoto, a parte la bottiglia con un paio di dita del suo Château-Lesage. "Che idiota. Un bordeaux in frigo..."

Passi precipitosi risuonarono nella sala coprendo il brusio. Anaïs attraversò la cucina. Conante, senza fiato, arrivava di corsa.

«Lo avete individuato?» chiese Anaïs.

«No. Ma c'è un problema.»

«Quale?»

«Il tizio della stazione Saint-Jean, quello con l'amnesia. Patrick Bonfils. L'hanno fatto fuori questa mattina sulla spiaggia di Guéthary. Con la sua donna.»

«Cosa?»

«Te lo giuro. Si sono fatti ammazzare. La polizia di Biarritz ci ha appena avvisati.»

Anaïs indietreggiò e si appoggiò con entrambe le mani al lavello. Un'altra tessera del mosaico. Forse un elemento che svelava un livello superiore o trasversale dell'intera faccenda.

«E c'è dell'altro», aggiunse Conante.

«Cioè?»

«L'auto dello strizzacervelli. La Volvo station wagon è stata ritrovata sul sentiero della spiaggia. In qualche modo il tipo deve essere stato presente alla sparatoria. Il macinino è un vero colabrodo e... Non ti senti bene?»

Anaïs si era voltata e aveva chinato la testa nel lavello. Faceva scorrere l'acqua fredda e beveva direttamente dal rubinetto. La stanza le girava intorno. Il sangue non le affluiva più al cervello, ristagnava nel ventre, negli arti inferiori. Era a un passo dallo svenimento.

«Freire», mormorò, «in che fottuto casino ti sei cacciato?»

Marsiglia Saint-Charles. Ore 6.30.

Contro ogni aspettativa, Freire si sentiva riposato. Aveva dormito durante il tragitto fra Bordeaux e Agen, poi fra Agen e Tolosa. Aveva sonnecchiato nella stazione di Tolosa-Matabiau, aspettando il treno di mezzanotte. Dopodiché aveva dormito di nuovo fino a Marsiglia, nella sua carrozza con cuccette. Non era più una fuga, ma una cura di sonno. In realtà era un altro modo di scappare. Nell'incoscienza.

Le strutture della stazione di Marsiglia sfilavano lentamente fuori del finestrino. S'indovinava il freddo della notte, con i raccordi delle rotaie ghiacciati. Freire non era molto convinto del suo piano... Nessuno si sarebbe aspettato che avrebbe scelto Marsiglia come destinazione. In questo senso, era una buona idea. Ma l'indagine si sarebbe presto spostata anche in quella città. Quali probabilità aveva di sfuggire alle pattuglie, agli agenti che avrebbero avuto la sua immagine bene in mente?

Il treno si fermò sferragliando. Aveva circa un'ora e mezzo di ritardo. Per precauzione Freire aspettò diversi minuti prima di scendere. Una volta che la banchina fu affollata di passeggeri, si mescolò a loro, con la sacca in spalla e il computer sotto il braccio.

La stazione Saint-Charles somigliava a quella di Saint-Jean. Stesse vetrate. Stessa struttura di acciaio. Stessi binari interminabili, illuminati da luci biancastre.

Freire stava camminando al ritmo delle altre persone quando si fermò di colpo.

Poliziotti all'inizio del binario.

Indossavano abiti civili, ma le loro facce da duri, il corpo ben piantato e la sicurezza nello sguardo non lasciavano adito a dubbi. Anaïs Chatelet e gli altri avevano quindi seguito il suo stesso ragionamento. O quanto meno non avevano escluso l'impossibile: che sarebbe tornato sui suoi passi...

Il flusso dei viaggiatori continuava. Qualche valigia lo colpiva alle gambe. Veniva spintonato. Si rimise in marcia, più lentamente, tentando di riflettere, con il cuore in subbuglio. Cercare una via di fuga? Attraversare i binari? Impossibile: due treni costeggiavano il marciapiede formando un corridoio invalicabile.

Freire rallentò ulteriormente. La tregua della notte era terminata. Era di nuovo sopraffatto dalla paura. Un'altra idea: poteva fingere di aver dimenticato qualcosa, risalire in carrozza e aspettare un momento più propizio per fuggire. Ma quale? Una volta che la banchina fosse stata vuota, gli agenti e i loro cani avrebbero controllato ogni scompartimento, aperto le toilette e ispezionato tutti i sedili.

Sarebbe stato come un topo in trappola.

Era meglio essere all'aperto.

Continuò a camminare trascinando i piedi. I metri diminuivano e l'ispirazione non arrivava.

«Scusi!»

Si girò e vide una donna bassa che trainava un grosso trolley con una mano e nell'altra reggeva un borsone. Come se non bastasse, un ragazzino di circa dodici anni le stava aggrappato al braccio. *Un'opportunità.*

«Prego», le disse sorridendo, «posso aiutarla?»

«Ce la faccio, grazie.»

La donna lo superò. Aveva un viso piccolo e contratto e uno sguardo furioso.

Freire la seguì e accentuò il sorriso. Le passò davanti, si girò e tese le mani. «Mi permetta di aiutarla. Ha l'aria di essere in difficoltà...»

«Mi lasci in pace.»

La donna non cedeva né la valigia né il borsone. Il ragazzino lo fulminò con lo sguardo. Due soldatini lanciati nella guerra della vita. Freire continuò ad avanzare a ritroso, guardandoli.

Ancora una cinquantina di metri e sarebbe stato faccia a faccia con i poliziotti.

«Mi metta alla prova», propose. «Condividiamo questa avventura sino alla fine del marciapiede. Poi mi dirà se ho passato il turno.»

Il volto del bambino si distese. «Come in *X Factor*?»

Freire se ne era uscito così, senza riflettere, facendo riferimento a una trasmissione televisiva che aveva intravisto una volta: dei cantanti dilettanti che venivano giudicati da una giuria di professionisti.

Quella trovata cambiò la situazione. Vedendo l'atteggiamento del figlio, la donna si rilassò. Squadrò Freire e sembrò dirsi: "In fondo, perché no?". Gli passò la valigia e il borsone. Lui si caricò la sacca sulle spalle, sistemò la tracolla della borsa del portatile, impugnò i bagagli di madre e figlio e si mise in marcia, tutto sorridente. Il ragazzino gli si appese al braccio saltellando da un piede all'altro.

Gli sbirri non lo notarono neppure. Cercavano un uomo impaurito, in fuga, nel panico, non un padre di famiglia accompagnato da moglie e figlio. Ma Freire non era del tutto rassicurato. La stazione, un grande acquario piantumato con pini finti, gli sembrava satura di poliziotti, guardie e agenti della sicurezza. Dove andare? Non aveva alcun ricordo di Marsiglia.

«Non conosco la città», arrischiò. «Come faccio a raggiungere il centro?»

«Con l'autobus o la metropolitana.»

«E a piedi?»

«Prenda la scalinata Saint-Charles, a sinistra. Proceda lungo boulevard d'Athènes. Incrocerà la Canebière. La percorra tutta. Alla fine si troverà nella zona del Porto vecchio.»

«E voi dove siete diretti?»

«Alla stazione degli autobus, laggiù a sinistra.»

«Vi accompagno.»

Arrivati a destinazione, dopo avere salutato madre e figlio Freire continuò spedito alla ricerca dell'uscita sulla sinistra di cui gli aveva parlato la donna. Davanti ai suoi occhi si materializzò una scalinata monumentale, con più di cento gradini, che portava verso la città.

Erano solo le sette del mattino.

Scese e incrociò alcuni vagabondi, ammassati contro la rampa di pietra sotto la luce di un lampione. Cartoni di vino pessimo, cani spelacchiati, immondizia accatastata... Davano l'impressione di essere seduti in una pozza di sudiciume, di cui la miseria, l'alcol e la paura erano parte integrante.

Mathias ricacciò un fremito.

Stava contemplando il suo futuro imminente.

Freire si fermò ai piedi della scalinata. Dall'altro lato del viale un negozio di articoli militari aveva ancora la saracinesca abbassata. Attraversò e lesse l'orario di apertura: 9.00. Lì avrebbe potuto trovare ciò che stava cercando. Entrò in un bar proprio di fronte, Le Grand Escalier. Si accomodò a un tavolino in disparte, con vista sulla strada, e ordinò un caffè.

Lo stomaco lo torturava. Aveva fame. Divorò tre croissant e bevve un secondo caffè. Subito i gorgoglii furono sostituiti dalla nausea. *La paura.* Ma la vittoria riportata in stazione gli dava un'energia nervosa, febbrile. Ordinò un tè, poi andò a orinare reprimendo i conati di vomito.

Lentamente si fece giorno: prima un lembo di cielo di un viola madreperlaceo, poi un azzurro gessoso che a poco a poco si aprì un varco tra gli edifici. Freire ora riusciva a distinguere gli alberi e i lampioni in stile rococò del viale. Quei dettagli gli dicevano qualcosa. Se ne ricordava. O, piuttosto, li *sentiva.* Nel sangue. Nella carne. Un formicolio familiare. Era già stato in quella città.

Ore 9.00.

Il negozio era ancora chiuso. Le percezioni si stavano facendo più precise. Il brusio della città, la naturalezza della pietra, la consistenza della luce. E quel qualcosa di mediterraneo che fluttuava dappertutto, arrivato dal mare e dall'antichità. Freire non aveva né passato né presente né futuro, ma lì si sentiva a casa.

Alla fine arrivò un energumeno in giaccone militare con i capelli a spazzola che tirò su la saracinesca. Freire pagò e uscì dal bar. Mentre attraversava la strada, più giù lungo il viale scorse una farmacia. Ebbe un'altra idea. Ci andò e comprò degli insetticidi, un po' di polvere per la rogna, diverse bottiglie di lozione contro i pidocchi e due collari antipulci per cani.

Infilò il tutto nella sacca e si diresse al negozio. Era una sorta di caverna di Alì Babà in versione militare, zeppa di indumenti color cachi, sacchi a pelo mimetici, teli di protezione, armi bianche e calzature per condizioni estreme. Il proprietario era perfettamente in linea con l'ambiente: testa da legionario, canotta aderente e tatuaggi come da manuale.

«Vorrei vedere gli indumenti più logori che ha.»

«Cioè?» rispose l'altro con aria diffidente.

«È per una serata in costume. Voglio travestirmi da barbone.»

L'uomo gli fece segno di seguirlo. Imboccarono un dedalo di corridoi con le pareti di mattoni dipinti di bianco. Vi aleggiava un forte odore di feltro, polvere e naftalina. Scesero per una scala di cemento.

L'anfitrione accese la luce svelando un ampio spazio quadrato, con la moquette scollata dal pavimento e le pareti imbiancate a calce. «Gli invendibili», fece indicando un mucchio di stracci per terra. «Scelga pure. Ma glielo dico subito, non faccio sconti.»

«Non c'è problema.»

Il tipo tatuato tornò al piano di sopra lasciando Freire tra i cenci. Non ci volle molto al cliente per trovare quello che cercava. Rimasto solo nella stanza, si spogliò. Si cosparse il corpo con i prodotti insetticidi e con la polvere contro la rogna. Allacciò un collare antipulci al braccio e uno alla caviglia. Solo allora s'infilò un paio di pantaloni militari usati e sfilacciati. L'una sopra l'altra, indossò tre felpe logore, bucate e strappate. Aggiunse un maglione blu marina ancora più bucato e una giacca a vento nera, un tempo imbottita ma ora tanto piatta da sembrare un tappetino. Scelse un paio di scarponi militari induriti, con le punte sfondate che ricordavano le mascelle spalancate di un coccodrillo. L'unico articolo su cui non lesinò furono le calze: calde, spesse e senza buchi. Completò il tutto con un berretto da marinaio a righe sottili blu e bianche.

Si osservò allo specchio.

Il travestimento non funzionava.

I vestiti erano consunti ma puliti. E anche lui – il viso, la pelle, le mani – tradiva il benessere tipico della borghesia. Avrebbe dovuto perfezionare l'insieme prima di gettarsi nella fossa. Prese i suoi vecchi abiti, li cacciò nella sacca e imboccò la scala.

Il legionario lo aspettava dietro al bancone. Quaranta euro per tutto.

«Esce così?»

«Voglio testare la credibilità del mio travestimento.» Freire aveva tirato fuori i contanti quando scorse, vicino alla cassa, una rastrelliera carica di scintillanti coltelli commando e a serramanico. «Quale mi consiglia?»

«Chi ha in mente? Un barbone o Rambo?»

«È da tanto tempo che desidero un coltello.»

«Per fare cosa?»

«Cacciare. Passeggiare nei boschi.»

Il parà scelse un attrezzo lungo come un avambraccio. «L'Eickhorn KM 2000. Il non plus ultra in materia di coltelli da sopravvivenza. Lama in acciaio semidentellata. Manico in fibra di vetro rinforzato in poliammide, con sistema rompivetro integrato. Con questo gioiellino i tizi della Eickhorn Solingen hanno conquistato il mercato delle forze speciali dell'esercito tedesco. Capito il genere?»

Probabilmente era da molto tempo che l'uomo tatuato non parlava così tanto. Freire osservò l'oggetto posato sul bancone. La lama, con quei denti, ricordava il ghigno di un assassino.

«Non ha qualcosa di più... discreto?»

Il legionario assunse un'aria costernata. Afferrò un coltello nero a serramanico che aprì velocemente con un solo *clic*. «Il PRT VIII. Sempre della Eickhorn Solingen. Lama dentellata in acciaio, liner lock da utilizzare con una sola mano. Manico in alluminio anodizzato nero. Rompivetro all'estremità dell'impugnatura e taglia cintura di sicurezza. Discreto ma solido.»

Freire esaminò l'arma, più corta di dieci centimetri. Molto più semplice da nascondere. La prese, la maneggiò e la soppesò. «Quanto?»

«Novanta euro.»

Pagò, richiuse il coltello e se lo infilò nella tasca della giacca.

Uscì nel viale assolato e si avviò verso la stazione. Aveva l'impressione che il numero di gradini della scalinata Saint-Charles fosse raddoppiato. Una volta raggiunto il salone, chiese del deposito bagagli. Banchina A, all'estrema destra. Attraversò l'ampio locale. Agenti e guardie sembravano di meno adesso. E anche i passeggeri.

Risalì la banchina deserta e trovò il deposito. All'entrata lo attendeva un posto di controllo della sicurezza, videosorvegliato, dotato di un tapis roulant a raggi X e di un metal detector. Freire tornò sui suoi passi, estrasse con cautela il coltello e lo fece scivolare dietro una panca della banchina.

Poi avanzò a testa bassa. Appoggiò la sacca e il PC sul tapis roulant. L'agente della sicurezza, al telefono, lanciò un'occhiata distratta allo schermo e gli fece segno di passare. Freire oltrepassò il metal detector facendo scattare l'allarme, ma nessuno venne a perquisirlo. Recuperò i bagagli lanciando un rapido sguardo alle videocamere. Se le registrazioni fossero state controllate in giornata, era bello che spacciato.

Il deposito ricordava lo spogliatoio di una piscina. Pareti di scaffali grigi, pavimento coperto di linoleum, nessuna finestra. Scelse l'armadietto 09A. Infilò dentro la sacca. Si tolse l'orologio, lo depose nella borsa del computer insieme alla carta di credito, al portafoglio e a tutti i documenti a nome di Mathias Freire.

Pagò sei euro e cinquanta centesimi per settantadue ore, prese il biglietto che fungeva da chiave e chiuse l'antina di metallo. Tutto ciò che restava di Mathias Freire si trovava ormai dall'altro lato di quello sportello.

Aveva con sé solo i soldi e il biglietto da visita di quel Le

Guen, il volontario di Emmaüs incrociato sul treno vicino a Biarritz. Forse avrebbe avuto bisogno di fargli qualche domanda...

Lasciò il deposito, recuperò il coltello e si diresse di nuovo verso l'uscita. Diverse volte incrociò agenti in uniforme: il suo travestimento, sebbene incompleto, pareva essere una risposta convincente ai loro sguardi inquisitori.

Una volta fuori, svoltò a sinistra, verso l'hotel Ibis, e individuò un segnale stradale. Infilò la ricevuta del deposito bagagli dietro il tondo di metallo. Gli sarebbe bastato ripassare davanti a quel cartello per essere di nuovo Mathias Freire.

Tornò indietro e, in cima alla scalinata, si prese del tempo per ammirare il panorama. Marsiglia somigliava a una pianura minerale da cui si levava una polvere grigia, filtrata dalla luce del mattino e dagli stormi di gabbiani. In lontananza, una successione di colline azzurre coronava la città. Al centro, Notre-Dame-de-la-Garde, con la sua Madonna di rame, ricordava un pugno alzato ornato da un massiccio anello d'oro.

Freire si sentiva di umore poetico.

Abbassando lo sguardo, vide i barboni e quella poesia fu spazzata via di colpo.

Corse giù per i gradini, raggiunse boulevard d'Athènes e procedette in direzione della Canebière. All'angolo con place des Capucines, la vista di una cartoleria gli fece venire in mente un'altra idea. Acquistò un blocco per appunti e un pennarello, per prendere nota di tutto. Come un archeologo, avrebbe dovuto ricostruire il suo passato attraverso la più piccola informazione che fosse riuscito a raccogliere.

Più avanti incrociò una drogheria araba. Si diresse verso il reparto dei vini e si concentrò sulle confezioni di formato grande, i cosiddetti *cubitainers*, scatole di cartone con all'interno un contenitore di plastica con una capienza dai tre a cinque litri. Scelse il meno caro. Una botte con tanto di rubinetto che doveva contenere un vino rosso di pessima qualità.

Arrivò sulla Canebière.

E si ritrovò ad Algeri.

La maggior parte dei passanti era di origine magrebina. Le donne indossavano il velo o erano completamente coperte. Gli uomini avevano tutti la barba e certi portavano il copricapo bianco usato durante le preghiere. Alcuni giovani avanzavano in gruppo, con lo sguardo cupo e la carnagione scura. Pennacchi di vapore si levavano dalla folla. Tute, parka, piumini... La gente riempiva la strada, procedendo in una direzione o nell'altra, urtandosi e spostandosi solamente per lasciar passare i tram.

Per quanto riguardava i negozi, Freire si aspettava di trovare boutique costose, con marchi prestigiosi. Scoprì invece botteghe di poco conto, bazar che offrivano teiere di rame, tuniche e tappeti. Davanti ai bar, uomini imbacuccati, seduti a tavolini scrostati, sorseggiavano tè da piccoli bicchieri di vetro decorati. *Algeri.*

Freire individuò un androne che immetteva in un cortile. L'entrata era disseminata di scatoloni sfondati e cassette vuote. Scavalcò la spazzatura e raggiunse una corte interna circondata da edifici con ballatoi dove la biancheria era stesa ad asciugare.

Nessuno sui balconi.

Nessuno alle finestre né nella tromba delle scale.

In fondo al cortile c'erano grandi bidoni verdi stracolmi di immondizia. Freire vi si diresse. Gusci d'uovo. Frutta marcia. Scarti maleodoranti non identificati. Trattenendo il respiro, si passò ogni tipo di rifiuto sui vestiti e con il coltello tagliuzzò i pantaloni e la giacca a vento. Poi aprì il rubinetto del cartone di vino e tese le braccia sopra la testa. Il liquido gli colò sui capelli, sul viso, sui vestiti. Ne fu così disgustato da lasciare andare la scatola, che rimbalzò a terra.

Piegato in due, vomitò caffè e croissant, inzaccherando abiti e scarpe. Non tentò di schivare gli schizzi acidi. Anzi. Rimase lì ancora qualche secondo, appoggiato a un bidone, in attesa che la pulsazione nelle tempie diminuisse.

Alla fine si rialzò, barcollando, con la gola in fiamme. La puzza di vomito gli vorticava intorno come un ciclone. Tappò il vino, contemplò il maglione macchiato e capì che non doveva fermarsi a metà dell'opera. Slacciò i pantaloni e si pisciò addosso.

«Ehi, ma che fai?»

Freire si ricompose immediatamente e alzò lo sguardo. Una donna, china sulla balaustra, circondata dalle lenzuola stese ad asciugare, lo fulminò con lo sguardo.

«Vallo a fare a casa tua! Porco schifoso!»

Lui se la svignò stringendo la botticella come fosse un tesoro. Quando fu di nuovo sulla Canebière, non era più Mathias Freire, bensì un vagabondo senza meta. Giurò a sé stesso che non avrebbe più pensato neanche per un istante come Mathias Freire, psichiatra, ma unicamente come Victor Janusz, barbone in fuga.

Da Janusz, sarebbe risalito alla sua identità precedente.

E così via fino a scoprire la sua origine.

La sua personalità iniziale.

Seguì le rotaie del tram facendo asciugare i vestiti puzzolenti al sole.

Riusciva a scorgere la zona del Porto vecchio.

Immaginò che i barboni potessero trovarsi laggiù.

Era certo che uno di loro conoscesse Victor Janusz.

II

VICTOR JANUSZ

Il Porto vecchio, con la sua forma di gigantesca U, delimita il canale. Alle estremità delle dighe due forti fanno la guardia. Lui ne ricordava i nomi: Saint-Nicolas e Saint-Jean. Più indietro, si ergeva un bastione formato da edifici addossati gli uni agli altri. Quella mattina, nella rada, gli alberi delle imbarcazioni sembravano spille appuntate sulla superficie dell'acqua: vernice scura, immobile, le cui increspature assorbivano la luce più di quanto la riflettessero. In alto, il cielo sanguinava. Il giorno aveva perforato la notte provocando un'emorragia abbacinante. Era un paesaggio nero e rosso, violento, davanti al quale Janusz abbassò lo sguardo.

Non osava andare avanti. In quel momento, sulla sua destra, individuò un gruppo di barboni sotto un porticato. Distesi, erano allineati come le vittime di una catastrofe naturale. Janusz si avvicinò per osservare meglio. Somigliavano a cumuli di stracci, alcuni rintanati sotto pezzi di cartone, altri chiusi in sacchi lerci. Sembravano essersi congelati durante la notte. Tuttavia tossivano, bevevano, sputavano... I cadaveri si muovevano ancora.

Janusz si sedette vicino al primo della fila. Sentì il freddo del cemento penetrargli nelle ossa, il fetore prenderlo alla gola. L'uomo lo guardò con aria catatonica. Era palese che non lo aveva riconosciuto.

Janusz gli posò accanto il vino. Una vaga curiosità si accese negli occhi dell'altro. Victor si aspettava che si facesse avanti per bere quella robaccia, ma il barbone ordinò: «Smamma da qui, ci sono io».

«La strada è di tutti, no?»

«Non vedi che sto lavorando?»

Janusz non afferrò subito. L'uomo era scalzo. Con una gamba ripiegata sotto il corpo, mostrava un solo piede a cui non rimanevano che due dita. Con quelle teneva stretto il bordo di una scatola di latta di biscotti che sfregava per terra al passaggio della gente.

«Una monetina per un alpinista che ha perso le dita sull'Everest... Non ce l'avete una monetina?» grugniva. «È stata tutta colpa del freddo...»

La storia era originale. Di tanto in tanto, per miracolo, un passante gli lanciava qualche spicciolo. Janusz constatò che il barbone non era il solo a «lavorare». Tutti chiedevano l'elemosina: si alzavano a turno, camminavano fino alle colonne dei portici e si rivolgevano ai passanti, che tentavano di evitarli. Un po' ruffiani e un po' ostili, assumevano un tono da cortigiano o, al contrario, aggressivo. Utilizzavano espressioni come «signore», «per favore», «grazie», esprimendosi con voce roca, melliflua, mentre tutto in loro trasudava odio e disprezzo.

Janusz tornò a osservare il suo vicino. Una barba enorme, infestata dai pidocchi, un berretto incolore. Nel mezzo, frammenti di pelle arrossata, indurita, increspata dal freddo. Capillari violacei serpeggiavano in superficie come fiumi provenienti dalla stessa sorgente: l'alcol. L'insieme non componeva un volto, piuttosto un agglomerato di ossa fratturate, carni gonfie, croste e cicatrici.

«Vuoi il mio bambino?»

Janusz gli porse la sua botticella. Senza una parola, il tizio afferrò la maniglia, aprì il rubinetto con i denti e si fece una lunghissima bevuta. Poi attaccò a ridere, appagato. Osservò con maggiore attenzione il nuovo arrivato. Sembrava interrogarsi, tra i fumi dell'alcol. Pericoloso? Innocuo? Tossico? Pazzo? Maniaco? Ex carcerato?

Janusz rimase immobile. Quei pochi secondi costituivano il suo esame di abilitazione. Era sporco, con la barba lunga, irsuto, ma non aveva con sé né una borsa né una casa portatile come gli altri. E le sue mani e il suo viso erano troppo curati per ingannare qualcuno.

«Come ti chiami?»

«Victor.» Afferrò la botte e fece finta di bere un sorso. Anche solo l'odore di quella schifezza per poco non lo fece vomitare di nuovo.

«Io sono Bernard. Da dove arrivi tu?»

«Da Bordeaux», rispose Janusz senza riflettere.

«Io vengo dal Nord. Qua veniamo tutti dal Nord. Se devi vivere in strada, almeno che sia al sole...»

Janusz immaginò Marsiglia come una Katmandu dei senzatetto. Una destinazione finale, un capolinea senza speranze né obiettivi, ma al riparo da inverni troppo rigidi. Al momento sembrava che qualcosa fosse andato storto in quel progetto. La temperatura doveva essere vicina allo zero. Ancora impregnato di vino e vomito, Janusz batteva i denti. Stava per fare un'altra domanda quando sentì un solletico tra le gambe. Avvicinò la mano e sentì un morso. Un ratto sgattaiolò via dalle sue cosce.

Bernard scoppiò a ridere.

«Puttana merda! Ti ha beccato! Ce n'è un fottio a Marsiglia. Sono i nostri compagni!» Agguantò la botticella e tracannò un'altra sorsata di vino, alla salute dei milioni di topi della città. Si asciugò la bocca e si chiuse in un silenzio arcigno.

Janusz provò a sondare il terreno. «Dove ci siamo già visti noi due?»

«Che ne so! Da quant'è che sei in città?»

«Sono appena tornato, ma ero qui a Natale.»

Bernard non disse nulla. Teneva d'occhio i passanti. Se uno di loro si arrischiava sotto i portici, lui di riflesso agitava la scatola. Oltre gli archi, i rumori della vita del porto si intensificavano di pari passo con l'avanzare del giorno. «È da tanto che vivi per strada?» chiese alla fine.

«Da un anno», improvvisò Janusz. «Non c'è stato verso di trovare uno straccio di lavoro.»

«Siamo tutti sulla stessa barca», sghignazzò l'altro con ferocia.

Janusz comprese il sarcasmo. *Vittime della società.* Tutti i disadattati dovevano invocare la stessa scusa, ma nessuno ci credeva. Bernard aveva persino un modo di ridere che voleva dire l'esatto contrario: è la società a essere la loro vittima. «Quanti anni hai?» arrischiò.

«Intorno ai trentacinque.»

Victor gliene avrebbe dati cinquanta.

«E tu?»

«Quarantacinque.»

«Porca puttana, la vita non è stata molto tenera con te.»

Janusz prese quella constatazione come un complimento. Era più convincente di quanto pensasse. Del resto, a ogni secondo che passava, si sentiva sempre più degradato, più sudicio. Qualche giorno all'aria aperta, a bere vino disgustoso con il culo per terra insieme a quei mostri, e sarebbe diventato uno di loro.

L'altro tracannò ancora un sorso. Di nuovo ritrovò una sorta di gaiezza aggressiva. A Janusz era chiaro il principio: si viveva per quelle bevute d'alcol che rendevano più sopportabile, per il tempo di un rutto, il disastro di una vita. Sorso dopo sorso, litro dopo litro, si sprofondava infine nell'abbrutimento. Poi ci si risvegliava e si ricominciava da capo.

Janusz si alzò e fece qualche passo verso le arcate. Si espose ostentatamente allo sguardo degli altri. Neanche un accenno di riconoscimento nei loro occhi né il minimo gesto con la mano. Era sulla strada sbagliata. Non era mai appartenuto a quel gruppo.

Tornò a sedersi vicino a Bernard. «Non c'è tanta gente stamattina...» osservò.

«Parli dei barboni?»

«Già.»

«Ci fai o ci sei? Siamo già in troppi. Per chiedere l'elemosina bisogna trovarsi un buco libero. Del resto è ora che mi dia una mossa.» Ebbe uno scatto d'ira improvviso, inspiegabile. «Bisogna farsi il culo, cazzo!»

Durante tutta la giornata, quindi, Victor avrebbe incontrato solo barboni isolati, intenti a racimolare qualche spicciolo dai passanti. «Dove dormi in questo periodo?» domandò.

«Alla Madrague! Non la conosci? L'alloggio per i poveri. Lo chiamano Unité d'Hébergement d'Urgence, ma per noi è l'Uche. Ora come ora siamo più o meno quattrocento ogni sera. Un bell'ambientino!»

Quattrocento barboni sotto lo stesso tetto. Non poteva chiedere di meglio, cioè di peggio. Ce ne sarebbe stato almeno uno che lo avrebbe riconosciuto e gli avrebbe fornito informazioni su Victor Janusz.

Bernard agitò la confezione del vino con fare stizzito. «Non hai qualche soldo per comprarne dell'altro?»

«Può essere.»

«Allora ti accompagno.» Tentò di alzarsi, ma l'unica cosa che riuscì a fare fu mollare un peto smisurato.

Janusz si sentì travolgere da un'ondata di odio. Dopo la paura, l'apprensione, il disgusto, ora provava un'avversione feroce per quegli esseri degenerati.

Rifletté sulla violenza del suo sentimento. Aveva una ragione *profonda* per detestare i barboni? Fin dove arrivava il suo odio? Poteva spingerlo all'omicidio?

«C'è un supermercato qua vicino», fece Bernard, che nel frattempo era riuscito ad alzarsi.

Turbato, Janusz gli andò dietro. Camminando, si ripeteva le parole che aveva scritto ad Anaïs Chatelet: "Non sono un assassino".

Un'altra notte in bianco, o quasi.

Sciroppo al posto della colazione.

Era mezzogiorno e Anaïs Chatelet filava in direzione di Biarritz accompagnata da Le Coz. Aveva trascorso la notte a sovrintendere la grande macchina della ricerca che aveva messo in moto. Tutti i posti di blocco erano in costante contatto con una centrale istituita presso il commissariato di polizia. Le stazioni di servizio, i dormitori, le case occupate, ogni possibile nascondiglio di Bordeaux erano stati ispezionati da cima a fondo. I colleghi di Marsiglia sorvegliavano gli arrivi nelle stazioni e negli aeroporti, nel caso in cui Janusz avesse avuto nostalgia delle sue origini, ma Anaïs non ci contava molto.

Erano stati mobilitati più di trecento uomini: ufficiali della polizia giudiziaria di Bordeaux, agenti dell'Anticrimine, matricole e gendarmi del dipartimento. Nel giro di una notte, da responsabile dell'inchiesta Anaïs Chatelet si era trasformata in comandante degli eserciti.

Tutto questo per niente.

Non avevano racimolato il minimo indizio.

Per puro scrupolo di coscienza, qualcuno era stato piazzato al domicilio di Freire e all'ospedale in cui lavorava. Venivano sorvegliati i conti in banca, i movimenti della carta di credito e il traffico telefonico. Ma Anaïs sapeva che non si sarebbe mosso più nulla. Janusz aveva tagliato i ponti. E non avrebbe commesso errori. Lei aveva avuto dal vivo un saggio della sua intelligenza.

Quella notte, mentre dirigeva le ricerche, lottando contro il raffreddore che le dava l'impressione di indossare uno scafandro, aveva condotto la propria indagine personale sull'uomo dai due volti. Aveva rovistato nelle esistenze di Mathias Freire e Victor Janusz. Per quanto riguardava il barbone, non ci aveva messo molto. Nessuna registrazione all'anagrafe. Nessuna traccia dal punto di vista amministrativo. Anaïs aveva parlato con gli sbirri che lo avevano arrestato a Marsiglia. Lo ricordavano solo come un vagabondo rissoso. Lo avevano recuperato in condizioni pietose, con un grande taglio sul cuoio capelluto, e portato in ospedale, dove le analisi del sangue avevano rilevato un tasso alcolico di 3,7 grammi. Non aveva documenti per provare la propria identità. Aveva dato quel nome, tutto lì. Dunque Victor Janusz era esistito ufficialmente solo per qualche ora, il lasso di tempo in cui lo avevano trattenuto alla stazione di polizia dell'Évêché a Marsiglia.

Lo psichiatra aveva lasciato una maggiore quantità di tracce. Anaïs si era recata al centro ospedaliero specializzato Pierre-Janet e aveva studiato il suo fascicolo. Diplomi. Curriculum professionale. Dichiarazioni dell'ospedale Paul-Guiraud, a Villejuif... Era tutto in regola. Era tutto falso.

Di buon'ora aveva chiesto informazioni all'ordine dei medici. Non c'era mai stato un Mathias Freire psichiatra in Francia. Nemmeno un medico generico con quel nome. Aveva chiamato il Paul-Guiraud a Villejuif. Nessuno conosceva Freire.

Come aveva fatto Janusz a procurarsi quei documenti?

Come sapeva che il Pierre-Janet cercava uno psichiatra?

Alle nove del mattino Anaïs era tornata in ospedale e aveva convocato gli psichiatri dei diversi servizi. Quelli si erano presentati, ma apparivano a disagio, diffidenti, colpevoli. Nessuno aveva notato niente. Freire era un tipo riservato, solitario e professionale. Il suo comportamento non tradiva alcun inganno e la sua competenza non era mai stata messa in dubbio. Da qui l'idea bislacca di Anaïs: Freire aveva realmente avuto una formazione da psichiatra. Dove? Sotto quale nome?

Poi aveva seguito la pista della Volvo station wagon. Si era messa in contatto con il venditore. Freire aveva presentato la patente di guida e pagato la vettura in contanti. Per inciso, da dove venivano tutti quei quattrini se fino al mese precedente non aveva nemmeno un tetto sopra la testa? Anaïs aveva verificato nel database: nessuna patente a nome Freire. Non aveva mai cambiato l'intestazione dell'auto. Non aveva l'assicurazione.

Anaïs aveva controllato scrupolosamente anche la banca e l'agenzia che gli aveva affittato la villetta. Era tutto regolare. Freire disponeva di un conto corrente su cui gli veniva accreditato lo stipendio di medico. Per la casa, aveva presentato una domanda ineccepibile. L'agente immobiliare aveva precisato: «Mi ha fornito le sue vecchie buste paga e la dichiarazione dei redditi». Freire gli aveva dato delle fotocopie. Semplici da falsificare.

Per l'ennesima volta dalla sera precedente Anaïs si stava chiedendo come avrebbe dovuto etichettare il suo sospettato. Assassino? Imbroglione? Impostore? Schizofrenico? Perché il giorno prima era andato da lei? Per costituirsi? Per darle informazioni importanti che lo avrebbero scagionato? Per raccontarle dell'assassinio di Patrick Bonfils e Sylvie Robin?

Ripensò al foglio sulla sua scrivania. NON SONO UN ASSASSINO. Il problema era che lei gli credeva. Freire era in buonafede. Il suo fiuto le diceva che non fingeva quando recitava la parte dello psichiatra. Non fingeva neanche quando giurava che Patrick Bonfils era innocente e che voleva aiutarlo a ricordare ciò che aveva visto la notte del 12 febbraio alla stazione Saint-Jean. Se fosse stato lui l'omicida, quel comportamento non sarebbe stato logico. Non si cercano prove contro sé stessi... Quindi? Aveva perso anche lui la memoria?

Due uomini affetti da amnesia nella stessa stazione: era troppo.

Vide passare il cartello indicante l'uscita per Biarritz. Concentrò l'attenzione sull'altro filone delle indagini, che non sembrava essere affatto pertinente. Perché Patrick Bonfils e Sylvie Robin erano stati uccisi? Quali pericoli rappresentavano un pescatore pieno di debiti e la sua compagna?

Dalla sera precedente cercava di mettersi in contatto con i gendarmi che dirigevano le indagini sulla costa basca. Il responsabile, il comandante Martenot, non l'aveva richiamata. Alle undici del mattino, dopo aver fatto una doccia, Anaïs aveva deciso di andare direttamente sul posto con Le Coz.

«Cos'è questo casino?»

Un imbottigliamento bloccava lo svincolo dell'uscita. Anaïs scese dal veicolo e si trovò immersa nel clima schifoso della mattina. Cielo nero. Freddo polare. Rovesci di pioggia simili a rasoiate. Facendosi schermo con la mano, scorse in lontananza un posto di blocco della polizia.

«Metto la bitonale?» chiese Le Coz.

Anaïs non rispose. Stava valutando le forze presenti. Non era un semplice posto di blocco. Sbarramenti con transenne di ferro ostruivano gli accessi. Furgoni con i lampeggiatori accesi ma a sirena spenta stazionavano in formazione a spina di pesce. Gli uomini non erano semplici gendarmi. Vestiti in tenuta da combattimento nera, indossavano giubbotti antiproiettile, gilet tattici e caschi integrali. La maggior parte era armata di pistole mitragliatrici. «Vado a piedi», disse alla fine abbassandosi per parlare con Le Coz. «Quando ti faccio segno, esci dalla coda e mi raggiungi.» Alzò il cappuccio della giacca che portava sotto il giubbotto di pelle e risalì la fila di vetture. Tremava. Senza fermarsi, bevve un altro sorso di sciroppo. A una cinquantina di metri gli uomini la scorsero e lei brandì il distintivo. «Capitano Anaïs Chatelet, da Bordeaux», urlò.

Loro non risposero. Con le visiere scure, somigliavano a macchine da guerra nere, indecifrabili e perfettamente congegnate.

«Chi è il capo qui?»

Nessuna risposta.

L'intensità del temporale aumentava, con la pioggia che scivolava sugli schermi dei caschi.

«Allora, chi cazzo comanda qui?»

Un uomo avvolto in una cerata di Gore-Tex le si avvicinò. «Sono io. Capitano Delannec.»

«Cos'è questo spiegamento di forze?»

«Sono gli ordini. C'è un latitante a piede libero.»

Anaïs abbassò il cappuccio. La pioggia le crepitò sulla fronte. «Quel latitante è il mio sospettato. Fino a prova contraria, beneficia della presunzione di innocenza.»

«È un pazzo.»

«E lei cosa ne sa?»

«Ha ucciso un barbone a Bordeaux. Ha partecipato al massacro di due innocenti a Guéthary. Ed è uno psichiatra.»

«E quindi?»

«Con tipi del genere, la camicia di forza è l'abbigliamento di routine.»

Anaïs non insistette. «Ho appuntamento con il comandante Martenot. Si può passare?»

Al nome del comandante il blocco si aprì come il mar Rosso davanti a Mosè. Anaïs fece segno a Le Coz, il quale risalì la corsia procedendo contromano. Lei saltò sulla vettura e ringraziò quell'idiota del capitano Delannec con un gesto della mano.

«È per Janusz?» chiese Le Coz.

Anaïs fece segno di sì con la testa, i denti serrati. Lui diceva Janusz. Lei pensava Freire. La differenza stava tutta lì. Lo rivide con la Coca-Cola Zero in mano. I capelli neri. Il volto stanco. Con quell'aria da Ulisse sulla via del ritorno, spossato, indebolito e allo stesso tempo arricchito, reso più interessante da tutto ciò che aveva visto. Un uomo con il fascino di una scultura antica. Doveva essere una bella sensazione rifugiarsi tra quelle braccia.

La sua mente fu attraversata da un ricordo preciso.

Due sere prima, sulla soglia della villetta, Freire le aveva mormorato: «Un omicidio è un modo alquanto bizzarro di incontrarsi».

«Tutto dipende da cosa succede dopo», aveva replicato lei.

Poi avevano lasciato che quel punto di domanda fluttuasse tra loro. Il vapore usciva dalle loro labbra e dava forma a un futuro trasparente, diafano, incerto. *Tutto dipende da cosa succede dopo.*

Erano stati serviti.

«Non immischiarti.»

Era il terzo colpo che la donna riceveva alla mascella, ma non mollava. L'uomo cambiò tattica. Le assestò un gancio al ventre. Lei si piegò in due dando l'impressione di ingoiare il grido che le saliva alle labbra. Era una creatura mostruosa. Brutta, gonfia, sudicia. Una faccia violacea, i capelli unti. Impossibile darle un'età. L'aggressore, un nero con un berretto in testa, approfittò del fatto che era chinata per alzare le due mani unite in un pugno micidiale e calarle con tutte le sue forze sulla nuca della vittima. La donna infine stramazzò, subito scossa da una convulsione che la fece vomitare.

«Stronza! Schifosa!»

I calci piovevano. Janusz si alzò.

Bernard lo afferrò per il braccio. «Non muoverti, ti ho detto! Non sono cazzi tuoi.»

Janusz si rimise a sedere. Lo spettacolo era insostenibile. La strega aveva un braccio paralizzato. Si proteggeva il viso con l'altro e incassava i colpi senza un grido, sussultando a ogni impatto.

Erano quattro ore che Janusz accompagnava Bernard nelle sue peregrinazioni e questo era il terzo pestaggio cui assisteva. Avevano incontrato diversi gruppi, lasciato un fetore per un altro. Janusz provava la sensazione di avere merda nei polmoni, piscio nel naso, luridume nella gola.

Dapprima erano approdati a place Victor-Gelu, dove alcuni vagabondi si accalcavano sotto i portici. Nessuno lo aveva riconosciuto. Aveva pagato da bere. Le sue domande non avevano ricevuto risposta. Si erano spostati al Théâtre du Gymnase, più su sulla Canebière, ma non si erano trattenuti: i gradini erano occupati da senzatetto che le suonavano a chiunque osasse piazzarsi lì. Si erano persi nei vicoli del quartiere ed erano sbucati in rue Curiol, il feudo dei transessuali.

Alla fine si erano fermati ai piedi dell'Église des Réformés, dove la Canebière si connette a Léon-Gambetta. C'erano barboni ovunque. Tracannavano vino sui gradini, pisciavano sul lastricato, sfidavano aggressivi lo sguardo dei passanti. Quegli uomini sbronzi fin dall'alba erano pronti a farsi fuori a vicenda per un euro, una sigaretta o un sorso di rosso scadente.

Neanche lì aveva visto uno sguardo illuminarsi in sua presenza. Cominciava a dubitare di aver mai messo piede a Marsiglia ed era troppo spossato per girare ancora. Le botte erano terminate. La donna riposava in un mare di sangue e vomito. Janusz era stravolto. L'abiezione, il grigiore dell'aria – dovevano essere appena le due del pomeriggio e già la luce scemava –, il freddo, l'indifferenza dei passanti, tutto contribuiva a disegnare un abisso che a poco a poco lo inghiottiva.

La vittima si trascinò sul marciapiede e si rifugiò sotto un portico, vicino a un chiosco di panini. Janusz si costrinse a guardarla. La faccia era completamente tumefatta, gli occhi affogavano nel sangue. Dalle labbra lacerate e gonfie fuoriusciva una schiuma rossastra. La donna tossì e sputò pezzetti di denti che rischiavano di soffocarla. Finì per sedersi sugli scalini davanti a un edificio. Nell'attesa che la cacciassero, espose il viso al vento per fare asciugare le piaghe.

«Se l'è proprio cercata...» concluse Bernard.

Janusz non commentò. Il suo compagno andò avanti con le spiegazioni. Nénette, la vittima, era la «donna» di Titus, il nero. Lui la prestava agli altri in cambio di qualche spicciolo, un buono pasto o delle pasticche.

Janusz non capiva come l'ubriacona sdentata potesse suscitare l'ombra di un desiderio. «E allora?» chiese.

«Lei è andata dagli altri...»

«Gli altri?»

«Un'altra banda, dalle parti del Panier. Ha scopato gratis. Be', non ne siamo sicuri. Comunque Titus è supergeloso...»

Janusz osservava l'orribile mucchio di cenci insanguinati che digeriva le botte. In qualche modo misterioso aveva trovato del vino e si stava facendo un goccio, come primo soccorso. Sembrava avere già dimenticato la punizione.

Il mondo della strada era un mondo al presente. Senza ricordi. Senza futuro.

«Non fare quella faccia da cane bastonato», commentò Bernard, con una battuta d'umorismo involontaria. «Ci si rompe il cazzo a non far niente, allora ci si prende a botte.»

"E si beve", aggiunse Janusz fra sé. Secondo i suoi calcoli, Bernard era al quinto litro. Gli altri seguivano lo stesso regime. Ciascuno doveva ingollare fra gli otto e i dodici litri di vino al giorno.

«Vieni», disse il barbone. «Togliamoci dai piedi. Comincia a esserci troppa gente. E non bisogna spremere sempre gli stessi clienti...»

Bernard non aveva adottato Janusz. Lo tollerava perché il nuovo arrivato aveva già comprato tre botticelle. Primo insegnamento: se un barbone ti tende la mano, sta' sicuro che c'è un pedaggio da pagare. E questo pedaggio è sempre un litro di vino.

Si rimisero in cammino. Un vento marino, umido e penetrante, non dava tregua. Janusz non riusciva a riscaldarsi. Gli facevano male i piedi. Aveva le mani gelate. Seguiva l'altro alla cieca, gli occhi che lacrimavano, senza riconoscere niente. La sola cosa che ancora lo faceva trasalire erano i poliziotti. Una sirena, un'auto delle forze dell'ordine, qualche uniforme, e subito abbassava la testa. Non dimenticava chi era. Una preda. Un sospettato in fuga. Un colpevole che accumulava gli errori. Quel sudiciume, quella miseria, quel pessimo vino erano il suo camuffamento. La sua fortezza. Per quanto tempo?

Si sistemarono in una piccola piazza. Janusz non aveva la più pallida idea di dove si trovasse, ma se ne infischiava. L'apatia dei suoi simili lo contagiava. Diventava insensibile, lento, stranito. Senza orologio, perdeva la nozione del tempo e dello spazio.

Il rumore della scatola di latta di Bernard lo richiamò alla realtà. Il barbone si era tolto la scarpa e aveva riattaccato a fare il suo numero con le due dita luride. *Tlin tlin tlin...*

«Una monetina per un alpinista...»

Altri barboni si unirono a loro. Bernard grugnì. Erano in un tale stato di ebbrezza e di follia che non chiedevano più l'elemosina ma spaventavano la gente. Uno di loro si strofinava la faccia contro l'asfalto fino a farla sanguinare. Un altro, con l'uccello fuori dai pantaloni, inseguiva un compagno completamente fatto, a quattro zampe, e cercava di infilarglielo in bocca. Più in là, un solitario imprecava contro sé stesso, arringava il muro, parlava al marciapiede e minacciava il cielo.

Janusz li osservava senza compassione né benevolenza. Provava al contrario lo stesso odio del mattino. Ne era sicuro: li detestava già quando era stato veramente Victor Janusz, qualche mese prima. Era stato quell'odio a tenerlo in piedi. A permettergli di sopravvivere. Lo aveva forse spinto all'omicidio?

«Vieni», disse Bernard raccogliendo le monete. «Ho sete!»

«Non ti compri mai da mangiare?»

«Per mangiare ci sono la mensa popolare, i Restos du cœur, i centri di accoglienza Emmaüs. Tutti vogliono darci da mangiare.» Scoppiò a ridere. «Invece procurarsi da bere, credimi, è una lotta!»

Il giorno finiva e il freddo s'intensificava. Janusz pensava con angoscia alle ore che sarebbero seguite. Gli si contorcevano le viscere. Era sull'orlo delle lacrime. Un bambino che ha paura del buio.

Tuttavia doveva tener duro. Fino al dormitorio della Madrague, dove tutti i barboni si trovavano la sera. Se neanche laggiù lo avessero riconosciuto, voleva dire che stava seguendo la pista sbagliata.

Il comandante Martenot aveva accettato di accompagnarli sul luogo del duplice omicidio. Ciascuno con la propria auto e senza prima scambiare una parola negli uffici. Adesso Anaïs e Le Coz stavano dietro la Subaru WRX, uno di quei modelli stranieri di cui negli ultimi anni si erano dotate le squadre d'intervento rapido.

Superarono Bidart e Guéthary seguendo la linea della ferrovia. La pioggia non cessava. Offuscava i toni, le sensazioni e i movimenti. Rimbalzava sulle scarpate verdi e sull'asfalto lucido. Disegnava lampi di luce livida sulla superficie dell'oceano.

Le auto si fermarono sulla cima di un poggio. Pendii scoscesi, qualche casa isolata e, molto più in basso, una spiaggia incolore cinta da rocce nere. Anaïs e Le Coz raggiunsero i gendarmi. Martenot indicò una casupola di cemento, a cento metri di distanza, sulla quale era affissa un'insegna a forma di tonno.

«La casa dei Bonfils.»

La costruzione era ancora circondata dai nastri di plastica gialla. A porte e finestre erano stati apposti i sigilli. Il comandante spiegò che il lavoro di prelievo, documentazione fotografica e rilevamento delle impronte era stato effettuato il giorno prima, ma che l'indomani mattina avrebbero proceduto a una perquisizione approfondita.

«Dove ha avuto luogo esattamente il delitto?»

«Là sotto, sulla spiaggia», rispose il comandante tendendo l'indice verso l'oceano. «Il corpo della donna era laggiù. Quello dell'uomo più avanti, ai piedi di una roccia.»

«Non vedo niente.»
«La zona adesso è sott'acqua per l'alta marea.»
«Andiamo giù.»
Scesero per un sentiero ripido. Girando la testa, Anaïs contemplava il panorama su in alto: alberi rigogliosi e macchie di verde da cui si levavano vapori; un paio di ville con terrazze immerse nei pini. I binari della ferrovia, luccicanti sotto la pioggia, dritti come un colpo di cutter a tagliare il paesaggio.
Raggiunsero la spiaggia, un nastro di sabbia scura. Anaïs rabbrividì. Forse era l'influenza. O la paura. La sua mente si lasciava trasportare nella rievocazione di leggende alla Tristano e Isotta, piene di tempeste e filtri d'amore... ma bisognava tenere i piedi per terra. «A che ora è successo?» chiese.
«Poco dopo le dieci, a detta dei testimoni.»
«Ci sono testimoni?»
«Due pescatori. Stavano andando anch'essi sulla spiaggia, centro metri più in là.»
«Cos'hanno visto?»
«È molto confuso. Hanno parlato di un uomo con l'impermeabile che correva. Il suo sospettato, Mathias Freire.»
«È il nome che le hanno detto?»
«Non è quello giusto?»
Anaïs lasciò perdere: meglio non complicare una situazione già difficile. «Da dove veniva?»
«Dalla spiaggia.»
«Freire avrebbe ucciso Bonfils e la sua compagna per poi darsi alla fuga?» replicò lei facendo l'avvocato del diavolo.
«No. Le vittime non sono state uccise a bruciapelo. Fra l'altro i testimoni hanno visto due uomini vestiti di nero che si allontanavano di corsa dalla spiaggia. Non si sa se stessero inseguendo Freire per bloccarlo, credendo che lui fosse l'assassino, o se invece siano stati loro a sparare. Se ne sono andati su un 4×4 nero, a prima vista un'Audi Q7. Purtroppo non abbiamo il numero di targa.»
Cazzo. Come aveva potuto dimenticarsene? Due sere prima Freire le aveva consegnato le fotografie della targa spie-

gandole che un 4×4 nero lo seguiva da due giorni. Erano ancora a casa sua...

«A partire da questo momento», continuò il gendarme, «la testimonianza dei pescatori si fa confusa. A quanto dicono è passato un treno. Il tizio con l'impermeabile è scomparso.»

«E dopo?»

«Niente. Si sono eclissati tutti.»

Un grido rauco si levò nel cielo. Anaïs alzò gli occhi. I gabbiani disegnavano degli otto contro il vento. La risacca rumoreggiava in contrappunto sbattendo le onde sulla sabbia nera.

«Mi parli degli angoli di tiro», proseguì lei ficcandosi le mani in tasca.

«Il tiratore dev'essersi appostato sulla terrazza di quella villa laggiù. È disabitata durante l'inverno.»

La casa era situata a più di cinquecento metri da lì.

«Vuole dire che gli assassini...»

«Un tiro a lunga distanza, sì. Un lavoro da professionisti.»

Una nuova svolta nell'inchiesta. Tiratori scelti pagati per ammazzare un pescatore pieno di debiti e la sua compagna?

«Perché pensa che gli spari siano partiti da là?»

«Abbiamo ritrovato i bossoli sulla terrazza.»

Non stava in piedi. Ammettendo che i killer fossero dei professionisti, non avrebbero mai commesso un errore del genere. Erano indizi fuorvianti. A meno che... Anaïs immaginò un'alternativa. I sicari fanno fuori due dei loro bersagli, mentre il terzo riesce a scappare: Freire. Partono al suo inseguimento. Nella fretta si scordano dei bossoli.

Il comandante teneva ora sul palmo un sacchetto di plastica contenente dei frammenti di metallo. Anaïs lo prese e osservò i piccoli cilindri dai riflessi dorati. Non le dicevano niente. Era sempre stata una frana in balistica. I calibri. Le potenze. Le distanze. Proprio non ci si raccapezzava.

«Un dodici virgola sette millimetri», spiegò Martenot. «Pallottole perforanti di alta precisione.»

«Ciò ci dà qualche indicazione sui killer?»

«Sicuro. Il dodici virgola sette è un calibro raro, usato in generale dalle mitragliatrici pesanti, apprezzato per la potenza della carica e la velocità del proiettile in tiro teso. Lo si utilizza anche con certe armi di precisione.»

«Che tradotto vorrebbe dire?»

«È il calibro specifico dell'Hecate II, un fucile messo a punto negli anni Novanta. Un'arma di riferimento, molto conosciuta presso i cecchini. Con questo fucile, un tiratore addestrato può raggiungere un bersaglio posto a milleduecento metri di distanza. Può anche colpire un veicolo in movimento a milleottocento metri di distanza. Troppo sofisticato per far fuori una coppia di pescatori. Senza contare che l'uso di quest'arma richiede competenze molto particolari.»

Il comandante parlava nel tono più neutro possibile per mascherare il proprio turbamento. Alto, grigio e stoico, nel suo parka blu pareva un ammiraglio sulla sua portaerei. Anaïs aveva già capito.

«L'assassino potrebbe essere un militare?»

«Nel 1997 L'Hecate II è stato ufficialmente adottato dalla sezione tecnica dell'esercito», ammise Martenot. «Era la nostra risposta agli sniper nei combattimenti dei Balcani. Oggi lo usano anche le squadre d'intervento della gendarmeria e della polizia nazionali, il GIGN e il RAID.»

Silenzio. La vicenda assumeva decisamente una nuova dimensione.

«Lo utilizzano anche altri eserciti e forze speciali stranieri», proseguì il gendarme. «Invieremo tutto all'IRCGN, l'Istituto di ricerca criminale della gendarmeria nazionale di Rosny-sous-Bois. Non è impossibile che si riesca a risalire all'arma usata. L'Hecate II è un fucile difficile da reperire sul mercato. E non è agevole da maneggiare. Per darle un'idea, attrezzato pesa diciassette chili.»

Anaïs scuoteva la testa sotto la pioggia. Sapeva – l'aveva sempre saputo – che quella storia sarebbe stata complessa. L'omicidio di uno sbandato trasformato in Minotauro. La comparsa di un uomo colpito da amnesia. Le impronte di un falso psichiatra... E adesso un massacro con tutti gli ingredienti di un'imboscata di guerra.

Il gendarme riprese i bossoli dal palmo di Anaïs. Lei esitò.

«Non abbia timore», la rassicurò lui. «Si andrà sino in fondo, anche se i colpevoli si trovassero fra noi. Il laboratorio avrà questi bossoli prima di sera. Il rapporto è in viaggio verso l'ufficio del giudice.»

«È già stato nominato un giudice?»

«Claude Bertin, della procura di Bayonne. Un habitué dell'ETA, competente in questioni di balistica.»

«Ha ricevuto il referto dell'autopsia?»

«Non ancora.»

Anaïs storse il naso. I corpi di Bonfils e della sua compagna erano stati trasferiti all'istituto medico-legale di Rangueil, vicino a Tolosa, il tardo pomeriggio del giorno prima. Probabilmente Martenot aveva già ricevuto il documento e l'aveva sottoposto al giudizio dei suoi superiori. In un contesto del genere tutto doveva essere soppesato, valutato e analizzato. Era persino possibile che l'esercito avesse nominato un altro medico per una controperizia...

La voce di Martenot interruppe le sue riflessioni. «Posso offrirle un caffè?»

«Volentieri», replicò lei sorridendo. «Ma prima devo fare una telefonata.» Sulla strada del ritorno rallentò per appartarsi. Nel vento umido chiamò Conante.

Il poliziotto rispose al primo squillo. Erano tutti tesissimi.

«Sono io», disse Anaïs. «Novità?»

«Ti avrei avvisata.»

«Ho bisogno di un favore. Vorrei che tu andassi subito a casa mia.»

«Ti sei scordata di annaffiare le piante?»

«Chiedi la chiave alla portinaia. Sii convincente. Non è un tipo accomodante. Mostrale il distintivo. Insomma, sfangatela.»

«E una volta dentro cosa devo fare?»

«Sulla mia scrivania ci sono alcune fotografie di una targa automobilistica. Identificala e richiamami immediatamente.»

«D'accordo. Com'è Biarritz?»

Anaïs alzò gli occhi. Le sagome nere dei gendarmi erano offuscate dalla pioggia che cadeva a catinelle. I binari crepitavano sotto l'acqua. I pini e le ginestre galleggiavano nella foschia. «Bagnata. Richiamami.»

«Muovi il culo. C'è qui il furgone.»

Janusz si alzò a fatica. Era indolenzito dalla testa ai piedi e percorso dai brividi. Il suo piano, la sua indagine, la sua strategia di osservazione... tutto era andato a farsi friggere con la fine del pomeriggio. Lui e Bernard avevano continuato a battere le strade finché era scesa la notte, per poi ritrovarsi al punto di partenza del mattino: i portici del Club Pernod, di fronte al Porto vecchio. A quel punto lui non sognava che una cosa: un po' di calore e qualcosa di morbido su cui posare le chiappe.

Alle sette di sera Bernard aveva tirato fuori una carta telefonica e chiamato il 115, il numero del Samu social. Ogni sera un servizio di mezzi speciali raccattava i barboni per condurli nei centri d'accoglienza della città. Certi senzatetto, quelli che erano ancora lucidi, chiamavano prima di essere stesi dal gelo della notte. Gli altri erano raccattati da pattuglie che conoscevano i loro rifugi. D'inverno a Marsiglia non un solo barbone, o quasi, dormiva all'aperto.

Gli assistenti sociali saltarono fuori dal Jumpy Citroën per aiutare i miserabili caracollanti sotto i portici. Parecchi si rifiutavano di salire sulla camionetta.

«La strada è una mia scelta!» sbraitava uno con voce rauca.

«Lasciatemi in pace! Non voglio andare nell'anticamera della morte!» gridava un altro dibattendosi maldestramente.

«Anticamera della morte?» domandò Janusz.

«La Madrague», spiegò Bernard raccogliendo il suo fagotto. «Non farci caso. Per quelli come noi è quanto c'è di meglio.»

Abbrutito dal freddo e dalla stanchezza, Janusz sapeva soltanto che si stava avvicinando al suo obiettivo. Le porte posteriori del furgone si aprirono.

«Salve, Bernard!» gridò l'autista attraverso la parete di plexiglas che separava l'abitacolo dalla cabina passeggeri.

L'altro rispose con il suo sorriso da iena, lanciò i suoi lerci sacchetti all'interno e salì. Janusz gli andò dietro. Il fetore gli mozzò il fiato. Sudiciume, merda, piscio, marciume: gli effluvi saturavano lo spazio. Trattenne il respiro e avanzò nel buio, urtando contro ginocchia e braccia, inciampando nei fagotti. Alla fine trovò da sedersi. Bernard era scomparso.

Le porte sbatterono. Il Jumpy si avviò. Gli occhi di Janusz si abituarono alla penombra e poté esaminare i nuovi compagni. Erano una decina, seduti su due panche contrapposte. I grugni, gli sguardi, le mani coperte di croste non erano diversi da quelli che aveva visto durante tutto il giorno, ma una corte dei miracoli all'aperto è una cosa, al chiuso è un'altra. Nell'oscurità lacerata dai lampioni della strada quelle facce mostruose si facevano più reali e al tempo stesso più fantastiche.

Un uomo rasato a zero aveva un paio di occhi dallo sguardo fisso. Un altro dormiva con la testa fra le braccia, come un sasso posato su un ammasso di stracci. Alcuni avevano il viso in ombra. Non si muovevano più, apparivano apatici, pietrificati. Uno, inginocchiato per terra, tentava pateticamente di fare delle trazioni appoggiandosi alla panca.

Un assistente sociale, seduto a fianco dell'autista, picchiò sul vetro. «Jo! Siediti subito!»

Lo sportivo si tirò su barcollando e si lasciò cadere sulla panca. Il suo vicino si alzò. Era totalmente nero, come se la sporcizia gli si fosse carbonizzata sulla pelle. Janusz non sentì il suo odore: respirava ormai solo con la bocca, benché avesse orrore dei miasmi che gli penetravano in gola. L'uomo si bloccò davanti al portellone a due battenti, divaricò le gambe e si mise a pisciare tentando di dirigere il getto verso la fenditura centrale e schizzando i vicini indifferenti. A portiere chiuse, i suoi sforzi evidentemente erano vani. Quando il veicolo rallentava o frenava, l'urina rifluiva verso l'abitacolo. Nuovi colpi contro il vetro.

«Ehi! Ma che fai? Non qui! Conosci il regolamento!»

L'uomo non gli prestò attenzione e finì di pisciare in tutta calma. Janusz sollevò le gambe per non essere bagnato dai rivoli.

«Non costringerci a fermarci, cazzo!»

Finalmente il barbone fece marcia indietro. Camminò nella pozzanghera, spintonando e schiacciando gli altri, finché non riguadagnò il suo posto. La colonna sonora aumentava di volume con il passare dei chilometri. Voci strascicate, stridule, piene di rancore. Le parole incoerenti, deformate, biascicate sembravano frammenti di un linguaggio senza significato, fuori uso, buono per l'immondizia.

Una donna ripeteva come una litania: «Non mi chiamo Odile io, non mi chiamo Odile... Se mi chiamassi Odile sarebbe tutta un'altra storia...».

Un uomo dalla bocca sdentata aspirava le parole piuttosto che farle uscire. «Devo andare dal dentista... Poi andrò a trovare i miei figli...»

Altri cantavano, ed era una cacofonia insopportabile. Uno di loro strillava più forte dei suoi colleghi. Un vecchio successo degli anni Ottanta, *Les démons de minuit.* I demoni di mezzanotte.

«C'è vita, eh?» Bernard era seduto accanto a Janusz, ma lui non se n'era accorto tanto era scioccato. «E qui non è niente. Vedrai alla Madrague...»

Il furgone fece una sosta. Janusz guardò fuori. Mentre gli assistenti raccattavano nuovi relitti, altri uomini stavano esortando alcune donne senza età, in piumino e minigonna, a seguirli in una camionetta.

«Puttane...» mormorò Bernard. «Le portano a Jeanne-Panier.»

Probabilmente un altro centro d'accoglienza... Nuovi passeggeri salirono sul furgone. Si cominciava a stare stretti. Il cantante non smetteva di ragliare, senza rendersi conto dell'ironia implicita nel testo della canzone: «*Mi trascinano fino alla fine della notte / I demoni di mezzanotte / Mi trascinano fino all'insonnia / I fantasmi della noia!*».

Tre giovani si erano appena installati dall'altra parte dell'abitacolo, senza proferire una parola. Non erano né ubriachi né sporchi; al contrario, avevano l'aria ben sveglia e lucida. Non per questo parevano più amichevoli, davano anzi l'idea di essere molto più pericolosi degli altri.

«Rumeni...» bisbigliò Bernard.

Janusz si ricordò che qualcuno era stato ricoverato al Pierre-Janet. Pregiudicati dell'Europa dell'Est per i quali i dormitori popolari erano hotel a cinque stelle in confronto alle prigioni slave.

«Non andargli vicino», aggiunse Bernard. «Ucciderebbero la loro madre per un buono pasto. Ma gli interessano soprattutto i nostri documenti.»

Janusz non distoglieva lo sguardo dai tre. Anche loro lo avevano individuato: un falso barbone, con mani lisce e sporcizia superficiale. Era l'uomo da aggredire quella notte. Il solo che avrebbe avuto in tasca più di un euro. Janusz si ripromise di non dormire, benché si sentisse completamente esausto. Cercò nella tasca il contatto con il suo Eickhorn. Strinse il coltello come un feticcio.

Il Jumpy rallentò. Erano arrivati. Il quartiere era in corso di distruzione... o di ricostruzione. Impossibile capirlo a quell'ora. Una sopraelevata sovrastava la strada, come un mostro leggendario che minacciasse una città antica. Tutto era immerso nel buio, tranne gli alti cancelli violentemente illuminati da potenti proiettori. Un cartello recitava UNITÀ DI ACCOGLIENZA D'URGENZA. Una folla vociferante premeva gesticolando contro le sbarre. *I demoni di mezzanotte...*

«La Madrague, vecchio mio», fece Bernard. «Non si può cadere più in basso. Accettano chiunque, a parte i bambini... Dopo questo, non resta che il cimitero.»

Janusz non disse niente. Era catturato, affascinato da quello che vedeva. Davanti ai cancelli, uomini in uniforme nera, con guanti, passamontagna e pettorali gialli fluorescenti, controllavano le entrate. Sopra di loro, sul tetto di uno degli edifici, cani chiusi in gabbia abbaiavano nella notte. Probabilmente gli animali dei vagabondi, ma Janusz pensò a Cerbero, la belva a tre teste che sorvegliava l'ingresso degli inferi.

«Capolinea! Si scende!»

Tutti si alzarono, presero le loro cose e lasciarono il furgone. Qualche bottiglia rotolò a terra andando in mille pezzi nelle pozzanghere di urina.

Il cantante fece una battuta. «Non ci sono altro che cadaveri qui! Cadaveri di bottiglie!» Contento della sua spiritosaggine, si lanciò in avanti a testa bassa, stile giocatore di rugby, spingendo gli altri e provocando un'ondata di proteste. Si scendeva. Si ruzzolava. Ci si disperdeva. La scena evocava un bidone delle immondizie rovesciato sul marciapiede. Idropulitrice in mano, alcuni uomini imbacuccati erano già pronti a cancellare le tracce del loro passaggio.

Davanti al cancello regnava il caos.

Alcuni tentavano di passare a forza, spingendo davanti a sé i carrelli o le borse. Altri picchiavano con le stampelle contro le sbarre. Altri ancora aizzavano i cani, lanciando lattine sopra la recinzione. Gli assistenti sociali tentavano di gestire il flusso indirizzando la fila verso l'ingresso, la cui porta socchiusa lasciava passare solo una persona per volta.

Janusz era in mezzo alla mischia. A testa bassa, si stringeva nelle spalle e cercava di dimenticare dove si trovava. Per lo meno non aveva più freddo. Si ritrovò contro il cancello, semistritolato dalla massa. Attraverso le sbarre d'acciaio vide la fila d'attesa snodarsi fino al primo edificio. La luce cadeva su un banco d'accettazione. Tutt'intorno c'era il putiferio. Bottiglie che volavano. Uomini che rotolavano a terra...

Bernard aveva ragione: non aveva ancora visto niente.

«Il tuo nome?»

«Michael Jackson.»

«Hai documenti?»

Grassa risata in risposta. Un assistente sociale spinse il sacco di pulci verso destra. Un altro si fiondò davanti alla finestrella vetrata del banco.

«Il tuo nome?»

«Sarkozy.»

Il tipo dell'accettazione rimaneva imperturbabile. «Documenti?»

«Secondo te, scemo?»

«Sii educato.»

«'Fanculo.»

«Il prossimo.»

A metà della fila, Janusz osservava ogni dettaglio. Il cortile era delimitato da edifici di cemento e aveva al centro prefabbricati modulari Algeco. Bastava dare un'occhiata agli ospiti che gironzolavano attorno a ogni struttura per dedurre l'assegnazione delle zone.

I prefabbricati accoglievano le donne. Accanto a barbone di età indefinibile, si vedevano adolescenti con la sigaretta in bocca, intente a discutere. Si muovevano in quell'inferno come se si fosse trattato del cortile di un liceo. Erano sorvegliate – e soprattutto protette – da agenti ben piazzati.

In fondo, un altro prefabbricato era riservato ai magrebini: parlavano tra loro in arabo, a voce bassa, come cospiratori. A sinistra, un edificio di cemento era occupato dagli uomini provenienti dall'Est. Diverse lingue slave risuonavano nella notte.

Janusz aguzzò gli occhi alla ricerca dei tre rumeni del Jumpy. Erano là, a fumare tranquilli. Avevano ritrovato dei connazionali. I loro occhi brillavano come le braci delle sigarette.

«Ne ho pieni i coglioni, ti dico, ne ho pieni i coglioni!»

Janusz si voltò. Una donna insultava un nero con il berretto. Nénette e Titus. La barbona si era ripresa. Adesso era lei ad attaccare, ma ovviamente finì per beccarsi un pugno. Traballò e tentò di restituirlo con il braccio valido. Intorno si era già raccolta parecchia gente. Chi lanciava incoraggiamenti, chi rideva. Titus la colpì di nuovo. Nénette crollò a terra, dal lato del braccio paralizzato, senza poter smorzare la caduta. Lo schiocco della testa sull'asfalto distrusse in Janusz l'ultima barriera di protezione. Non poteva più sopportare quella violenza. E, peggio ancora, quell'abbrutimento. Non uno di quei mostri era lucido.

Lo spinsero all'interno dell'ufficio di accettazione.

«Il tuo nome?»

«Narcisse», rispose automaticamente.

«Narcisse come?»

«Narcisse e basta. È il mio nome.»

«Hai documenti?»

«No.» Quelle sillabe gli erano sgorgate da dentro con una spontaneità inspiegabile.

«Data e luogo di nascita?»

Diede la data che aveva letto sui documenti falsi di Mathias Freire. Quanto al luogo scelse Bordeaux, per provocazione.

La persona al banco alzò gli occhi e lo soppesò. «Sei nuovo?»

«Sono appena arrivato, sì.»

L'assistente sociale fece scivolare un biglietto numerato sotto il vetro. «Passa prima al deposito per lasciare la tua roba; uscendo, è a sinistra. Poi vai all'edificio di destra di fronte alle docce. Pianterreno. Il tuo numero corrisponde a una camera.»

Un vagabondo gli assestò una pacca d'incoraggiamento sulle spalle. «Il posto dei reietti, amico! Il meglio che c'è!»

Janusz oltrepassò la sala deposito. Anche lì c'era un bel parapiglia, con gente che consegnava carrelli sovraccarichi, sacchi zeppi d'immondizia e carrozzine piene di rottami. Spiegò che non aveva nessun bagaglio da lasciare.

L'addetto lo guardò di traverso. «Niente armi? Soldi?»

«No.»

«Vuoi fare una doccia?»

«Sì, volentieri.»

L'uomo lo fissò con ancora maggior diffidenza. «Il prossimo edificio.»

Fra gli impianti igienici e il fabbricato dei reietti c'era una stradina dove faceva più caldo, a causa dei vapori che filtravano dai finestrini delle docce. Janusz sostò davanti a un altro banco, dove gli diedero un asciugamano, del sapone, uno spazzolino e un rasoio.

«Prima della doccia passa al guardaroba.»

Si ritrovò in un magazzino dov'erano raggruppati in vari mucchi indumenti asciutti e puliti. Lo attraversò l'idea che la maggior parte dei proprietari di quella roba era morta. Perfetto per uno zombi come lui. Un assistente lo aiutò a scegliere i capi della sua taglia. Una pesante camicia a quadri. Pantaloni di tela da giardiniere. Un panciotto del nonno. Un cappotto nero. Soprattutto individuò un paio di scarpe da ginnastica – Converse che avevano visto tempi migliori – sulle quali si buttò. I suoi scarponi gli avevano fatto male ai piedi tutta la giornata.

Passò nell'altro edificio. L'atmosfera era quella di un grande hammam pieno di vapore. Le porte erano rosse, tutto il resto era piastrellato di bianco. Un'infilata di cabine doccia e WC a sinistra. Una di lavandini a destra.

Tutto era già piuttosto conciato. Rotoli di carta igienica immersi in pozze di piscio. Chiazze di vomito costellavano le mattonelle. Un alfabeto osceno era tracciato con la merda. Fenomeno noto: il contatto con l'acqua stimola la minzione.

Avvolti nel vapore, i barboni si spogliavano, urlavano,

grugnivano e gemevano. Si stava preparando qualcosa. *Il supplizio dell'acqua*... Alcuni assistenti, con stivali di gomma ai piedi, dirigevano le manovre.

Janusz cercò una cabina stringendosi al petto l'asciugamano, il sapone e i nuovi indumenti. Qui gli odori nauseabondi cedevano il passo agli effluvi di detergente industriale, ma l'orrore restava visibile. Senza i loro stracci, i barboni si riducevano alla metà. Rivelavano sagome scheletriche, grigie, rosse e bluastre. Ferite, croste, infezioni disegnavano motivi scuri sulla loro pelle chiazzata.

Nessuna doccia libera. Un assistente lo spedì in fondo alla fila dei lavandini e gli ordinò di spogliarsi. Janusz rifiutò. Non si sarebbe certo tolto i vestiti lì davanti a tutti: portava ancora i collari antipulci e non voleva svelare il suo corpo sano, ben nutrito – settantotto chili per un metro e ottanta – che lo avrebbe tradito alla prima occhiata. Per non parlare dei soldi e del coltello...

Gli altri si facevano aiutare dagli assistenti, che li spogliavano con prudenza. Spesso la pelle veniva via con il tessuto. Per settimane, mesi, talvolta anni, quegli uomini non si erano mai tolti i loro miseri abiti, con conseguenze terrificanti. Un vecchio si srotolava lentamente le calze, un misto di fibre e carne: sui polpacci si era creata un'irritazione che riproduceva esattamente il disegno delle maglie.

«Ehi, tu, quella è libera!»

Janusz si stava avviando quando delle grida lacerarono le nuvole di vapore. Sotto i lavandini, un infermiere con un ginocchio sul pavimento sosteneva un uomo esanime. Un altro arrivava alla riscossa, con gli stivali che schioccavano nelle pozze.

«Bisogna mandarlo d'urgenza all'ospedale.»

«Cos'ha?»

Come risposta l'infermiere tese il braccio del barbone, annerito dalla cancrena. «Più si aspetta, più su toccherà tagliare.»

Janusz stava per offrire il suo aiuto quando un agente lo incitò di nuovo. «Ci vai o devo dirtelo cantando? La sei è libera.»

Proseguì. Vide un disabile aggrappato alle sue stampelle sotto il getto crepitante della doccia. Un uomo privo di sensi che un infermiere stava lavando con la spazzola.

«Forza, forza!» urlò un sorvegliante picchiando contro le porte. «Non vorrete mica passarci la notte!»

Janusz s'infilò nella sua cabina e chiuse a chiave la porta. Si spogliò. Mise al riparo i soldi. Si tolse i collari. Quando l'acqua lo avvolse, si sentì finalmente al sicuro. Il getto del doccione, il calore... Si pulì con rabbia, si strofinò la pelle, si asciugò e si rivestì. Nascose il coltello e il denaro nei nuovi abiti. Si sentiva pulito. Rigenerato. Come nuovo.

La tappa seguente era la mensa, una baracca situata in fondo al cortile con una ventina di tavoli. Lì regnava una calma relativa. Privati del loro vino, quegli alcolizzati non avevano che una scelta: mangiare e andare a dormire il prima possibile per non patire l'astinenza.

A destra si snodava un bancone dove venivano distribuiti i vassoi con il cibo. Janusz si mise in fila. L'ambiente era superaffollato e surriscaldato. Alla puzza degli uomini si aggiungeva quella del rancio. Un odore di grasso bruciato che ispessiva l'aria come una nebbia. Trovò un posto a un tavolo e vuotò il piatto senza guardare cosa mangiava. Adesso era come gli altri. Demolito da una giornata di freddo e di alcol, rammollito dalla doccia, conquistato dal sonno.

Ma un'idea era sempre presente. Nessuno lo aveva riconosciuto in quel quartier generale dei barboni. Era sulla strada sbagliata? L'avrebbe appurato l'indomani. Per il momento non aspirava che a una cosa: buttarsi su un letto.

Si accodò agli altri e raggiunse l'edificio dei reietti. Le camere erano pulite. Otto posti in quattro letti a castello. Linoleum sul pavimento, per attutire le cadute: i barboni rotolavano giù dal letto o si picchiavano. Scelse di stare al livello inferiore. Preferiva essere vicino al pavimento per poter fuggire in fretta, se fosse stato necessario.

Il materasso era rivestito di una fodera usa e getta. Si coricò e si acquattò sotto la coperta stringendo il manico del suo Eickhorn come un bambino il suo animaletto di peluche. La luce restava accesa. Dal corridoio provenivano urla e grugniti. Tutti si stavano mettendo a letto.

Janusz si disse che con un tale baccano gli sarebbe stato facile tenere un occhio aperto.

Un attimo dopo dormiva come un sasso.

«Signor Saez? Sono Anaïs Chatelet, capitano di polizia a Bordeaux.»

Un attimo di silenzio.

«Come ha avuto il mio numero?»

Lei non si degnò nemmeno di rispondere.

Un attimo di silenzio.

«Cosa vuole?»

Il tono era altezzoso ma la voce melliflua. Anaïs aveva deciso di restare a Biarritz fino all'indomani. Dopo il caffè con Martenot aveva ricevuto via SMS i dati della ditta proprietaria del 4×4. L'Audi Q7 apparteneva all'ACSP – Agenzia di controllo e sicurezza privata –, una società di sorveglianza con sede nella zona terziaria Terrefort, a Bruges, nei dintorni di Bordeaux. Anaïs aveva telefonato. Nessuno aveva voluto compromettersi, si erano addirittura rifiutati di darle i recapiti personali dell'intestatario, Jean-Michel Saez.

Lei non aveva insistito. Si era trovata un piccolo albergo a Biarritz, L'Amaia, in avenue du Maréchal-Joffre, e aveva continuato le sue indagini. Una volta ottenuto il numero privato di Saez, aveva sferrato l'attacco, chiamandolo sul cellulare ogni mezz'ora senza lasciare messaggi.

Finalmente, alle dieci di sera, Saez aveva risposto.

«La sua società è proprietaria di un 4×4 Audi Q7 S-Line TDI, immatricolato 360 643 AP 33.»

«Sì. E allora?»

La voce era sempre piena di sufficienza e mielosa. Anaïs si accingeva a fargli ingoiare il suo tono supponente quando si accorse di non possedere nessun'arma per condurre l'offensiva. Soltanto le parole di un uomo latitante che aveva avuto l'impressione di essere seguito da una vettura.

Decise di non prenderlo di petto.

«Il veicolo è stato visto diverse volte sulle orme di un medico di Bordeaux. L'uomo ci ha avvertiti. Ha la sensazione di essere seguito dall'auto della sua società.»

«Ha sporto denuncia?»

«No.»

«Ha le date di questi cosiddetti pedinamenti?»

Freire aveva precisato di aver notato quella macchina subito dopo il ritrovamento di Patrick Bonfils.

«Il 13, 14 e 15 febbraio 2010.»

«Cos'altro ha contro questo veicolo?» La voce era calmissima. Saez sembrava persino compiaciuto.

Anaïs non resistette alla tentazione di rispondergli per le rime. «Lo stesso 4×4 potrebbe essere implicato in un duplice omicidio commesso ieri sulla spiaggia di Guéthary.»

Il titolare dell'ACSP si limitò a ridacchiare.

«Lo trova divertente?»

«La cosa divertente è come funziona la polizia. Finché si muoverà in questo modo, chi vuole vivere in sicurezza avrà bisogno di gente come noi.»

«Si spieghi.»

«Ho denunciato il furto di questa vettura l'11 febbraio.»

Anaïs incassò il colpo. «A quale commissariato?»

«Alla gendarmeria di Bruges, vicino ai nostri uffici. Credevo che la guerra fra le polizie fosse finita.»

«Lavoriamo in stretta cooperazione con i gendarmi.»

«Allora dovete fare ancora molti progressi in materia di comunicazione.»

Anaïs aveva la bocca asciutta. Percepiva che l'uomo stava mentendo, ma per il momento non sapeva cosa dire. Tentò di concludere con dignità. «Ci spiegherà tutto alla stazione di polizia. Rue François-de-Sourdis, a...»

«Non ci penso nemmeno.»

«Prego?»

«Sono stato paziente con lei, signora. Adesso è arrivato il momento di mettere i puntini sulle i. Nei vostri uffici convocate gli indiziati, non quelli che sporgono denuncia. Quando ritroverete la mia auto, se mai ciò avverrà, mi chiederete gentilmente di passare al commissariato e io vedrò la mia disponibilità. Buonasera.» E riagganciò.

Anaïs era esterrefatta dall'aplomb di quell'imbecille. Doveva avere conoscenze di rilievo fra i potenti bordolesi. Serate fra notabili. Doni ai politici. Favoritismi di ogni genere. Lei sapeva come funzionava. Era cresciuta in quelle paludi.

Si trovava nella sua stanza. Colori spenti. Arredo di un'altra epoca. Odore di muffa e di detergente. Un luogo perfetto per vegliare una nonna sul letto di morte. Si sedette davanti alla minuscola scrivania coperta di tela cerata e rilesse le informazioni sulla ditta ACSP a cui aveva già dato una scorsa.

L'agenzia, che esisteva da dodici anni, offriva prestazioni standard. Sorveglianza e addestratori di cani. Agenti di sicurezza. Guardie del corpo. Noleggio di veicoli di prestigio... Anaïs aveva consultato il sito Internet. Il tono era conviviale ma le informazioni oscure. La società apparteneva a un gruppo: quale, non si sapeva. Jean-Michel Saez si vantava di una «lunga esperienza nel campo della sicurezza», ma non si diceva dove l'avesse acquisita. Quanto alle referenze, l'ACSP si guardava bene dal citare anche un solo cliente, in nome del rispetto della privacy.

Anaïs andò a caccia di articoli, commenti e indiscrezioni. Anche qui un buco nell'acqua. Veniva da pensare che l'ACSP fosse una società fantasma priva di un passato, di clienti e di soci.

Chiamò Le Coz. Lui aveva la voce imbronciata. Da quando era rientrato a Bordeaux gestiva il flusso di testimonianze fasulle e indizi fantasiosi riguardanti il fuggitivo. Con in più l'assillo dei media e delle autorità: *dov'era Victor Janusz*?

Anaïs si chiese se fosse rimasta a Biarritz per sfuggire a tutto ciò. «Notizie del giudice?» domandò.

Dal giorno prima si parlava di una nomina imminente. La fuga di Freire aveva accelerato le cose. Era finito il periodo di flagranza. Addio indipendenza. Addio libertà. E forse anche addio all'inchiesta...

«Ancora niente», rispose Le Coz. «La procura sembra averci dimenticati.»

«Figurati. E il resto?»

Il «resto» erano Janusz e la sua fuga.

«Niente. Ci è sfuggito, dobbiamo ammetterlo.»

Da una parte Anaïs ne era contenta, ma dall'altra temeva il peggio. Janusz sarebbe stato più al sicuro in prigione. Ogni fuggiasco rischia di beccarsi una pallottola vagante e lui per di più aveva alle costole dei tiratori professionisti. «Dove sei adesso?»

«In ufficio.»

«Sei ancora in piena forma?»

Le Coz sospirò. «Dimmi.»

Lo incaricò di recarsi negli uffici dell'ACSP e di perquisire i locali. Finché non veniva ufficialmente nominato un giudice, il suo gruppo godeva di tutti i poteri. «Voglio conoscere morte e miracoli della ditta», disse. «La lista dei clienti. L'organigramma. Il nome del gruppo a cui appartiene. Tutto.»

«Ci vado domattina?»

«Ci vai adesso.»

«Ma sono le dieci di sera!»

«T'imbatterai nel guardiano notturno. Dovrai essere persuasivo.»

«Se Deversat lo viene a sapere...»

«Quando lo verrà a sapere, avremo già le nostre informazioni. È l'unica cosa che conta.»

Le Coz non replicò. Aspettava la parola magica.

«Ti copro.»

Il poliziotto accondiscese, più o meno rassicurato.

Dopo qualche esitazione, Anaïs decise di chiamare il commissario al numero privato.

«Aspettavo la sua telefonata», disse l'uomo in tono sentenzioso.

«E io la sua.»

«Non avevo niente di preciso da dirle.»

«Ne è sicuro?»

Deversat si schiarì la voce. «È stato nominato il giudice.»

Il cuore di Anaïs perse un battito. Lei aveva sparato quella domanda e la risposta l'aveva travolta con la violenza di un boomerang. «Chi è?»

«Philippe Le Gall.»

Sarebbe potuto andarle peggio. Un nuovo arrivato, pochi anni più vecchio di lei, appena uscito dalla Scuola superiore della magistratura. Aveva già lavorato con lui una volta. Assomigliava al giudice del caso Outreau. Stessa aria da primo della classe. Stessa giovinezza. Stessa inesperienza.

«Mi toglieranno l'indagine?»

«Non è di mia competenza. Spetta a lei convincere Le Gall.»

«Su questo caso non mi si può rimproverare niente.»

«Anaïs, lei sta investigando su un delitto probabilmente legato ai due omicidi del Paese basco. Finora non ha ottenuto alcun risultato. La sola cosa concreta che ha fatto è stata permettere all'unico sospettato di scappare.»

Lei riepilogò fra sé i progressi compiuti. Aveva identificato la vittima. Aveva identificato un testimone, diciamo un sospettato. Aveva ricostruito il *modus operandi* dell'assassino. Niente male in tre giorni. Ma Deversat aveva ragione: non aveva fatto che il suo lavoro. Seriamente, ma senza colpi di genio.

«C'è un'altra cosa», aggiunse il commissario.

Anaïs trasalì. Si aspettava sempre di essere licenziata. Non perché fosse una donna o perché fosse giovane, ma per il fatto che era la figlia di Jean-Claude Chatelet, il boia del Cile, presunto assassino di oltre duecento prigionieri politici.

Ma Deversat colpì altrove. «Pare che lei sia in qualche modo legata al sospettato.»

«Cosa? Chi l'ha detto?»

«Non ha importanza. Ha visto Mathias Freire fuori dall'ambito dell'inchiesta?»

«No», mentì Anaïs. «L'ho incontrato una volta sola, per interrogarlo su un paziente: Patrick Bonfils.»

«Due volte. È andata da lui la sera del 15 febbraio.»

«Lei... lei mi ha fatto seguire?»
«Certo che no. È stato un caso. Uno dei nostri uomini ha visto la sua macchina davanti al domicilio di Mathias Freire.»
«Di chi si tratta?»
«Lasci perdere.»
Tutti bastardi e ficcanaso. Gli sbirri erano i peggiori. La delazione era il loro vizio. La loro natura. «L'ho interrogato un'altra volta, è vero», disse Anaïs con voce piatta.
«Alle dieci di sera?»
Lei non replicò. Adesso sapeva perché le avrebbero tolto l'inchiesta. Le salirono le lacrime agli occhi. «Vado avanti o no?»
«A che punto è?»
«Domattina devo assistere alla perquisizione approfondita del domicilio delle due vittime di Guéthary.»
«È sicura di voler rimanere lì?»
«Rientrerò presto. Le ricordo che l'auto di Mathias Freire è stata ritrovata sul posto.»
«I gendarmi sono d'accordo?»
«Non c'è nessun problema.»
«Torni prima di mezzogiorno. Il giudice vuole vederla domani pomeriggio.»
«È la prova del fuoco?»
«La chiami come le pare. Prima di incontrarla vuole un rapporto dettagliato su tutta la vicenda. Una sintesi. Spero non abbia sonno, perché lo aspetta domattina per e-mail.»
Deversat stava per riagganciare quando lei fece un'ultima domanda. «Conosce la società ACSP?»
«Vagamente. Perché?»
«Una delle loro auto potrebbe essere implicata nella vicenda.»
«Quale storia?»
«Il massacro della spiaggia. Cosa pensa di questa ditta?»
«Abbiamo avuto a che fare con loro per un furto a Les Chartrons. Una casa privata sorvegliata dai loro guardiani notturni. Una massa di idioti, secondo me. Ex militari. Li ha contattati?»
«Sì, ho telefonato al titolare, Jean-Michel Saez.»

«Cosa le ha detto?»
«Che l'auto era stata rubata prima dei fatti. Verificherò.»
«Stia attenta. Se ricordo bene, hanno conoscenze molto in alto.»
Lei pensò a Le Coz: andava dritto al macello. Una perquisizione illegale, fondata su semplici congetture. Decise comunque di non chiamarlo. Aveva bisogno di quelle informazioni. L'istinto le suggeriva che ne sarebbe uscito qualcosa. Poi avrebbe avuto tutto il tempo di subirne le conseguenze...
Scese a bere un caffè nella hall e risalì subito. Aprì un nuovo documento sul suo Mac e si accinse a redigere la sintesi. Dopotutto era una buona occasione per fare il punto sull'inchiesta.

Il dolore lo svegliò di soprassalto. S'irradiava dal ventre: scie brucianti partivano dal pube e raggiungevano le coste. L'onda gli lambiva anche la schiena trafiggendogli le vertebre.

Aprì gli occhi. Le luci erano spente. Tutto era avvolto nel silenzio. Cosa gli stava capitando? Gli rispose un lugubre brontolio nello stomaco, accompagnato da un bruciore all'ano. La diarrea, per colpa di tutto quell'orribile vino bevuto durante la giornata. O una gastroenterite. O forse solo la paura. Una paura che gli serpeggiava dentro dal giorno prima e che ora gli esplodeva nelle viscere.

Rotolò sul fianco, le mani sul ventre, e posò i piedi a terra. Gli girava la testa. Gli tremavano le gambe. Doveva arrivare al cesso per liberarsi. Piegato in due, s'infilò il coltello in tasca e barcollò verso la porta del dormitorio. A ogni passo il dolore si intensificava.

Si fermò sulla soglia aggrappandosi allo stipite. Si ricordava di aver intravisto la toilette all'entrata del corridoio. Non era nemmeno sicuro di poter resistere fin là...

Si tuffò nell'ombra appoggiandosi al muro, con le braccia ripiegate contro l'addome. Colpi di tosse. Peti. Qualcuno che russava. Quando arrivò ai servizi igienici, si ritrovò ad assistere a una corrida notturna. Due assistenti tentavano di avere la meglio su un uomo che stava aggrappato con entrambe le mani al rubinetto. Janusz vide solo i suoi occhi, gli occhi di un pazzo. Il tipo non si muoveva, non gridava: era tutto concentrato sulla presa. Neanche gli assistenti emettevano un suono, intenti a tirare con tutte le loro forze.

Come avrebbe fatto ad andare in bagno con quel casino?

Le docce. Anche là c'erano delle toilette. Spinse la porta a vetri, girò a destra e si ritrovò sulla stradina. Per un breve istante l'aria gelida anestetizzò il dolore. Tutto era come congelato. Persino i cani, sul tetto del primo edificio, si erano calmati.

Janusz non aveva la più pallida idea dell'ora. Era notte fonda. Si trascinò e risalì l'edificio dei reietti. Nella sala delle docce le luci erano spente. Ritrovò le porte rosse, le piastrelle bianche. Tutto era stato pulito. Si sentiva un forte odore di candeggina. Spinse una porta. Occupato. Gemiti e flatulenze provenivano prepotenti dalla toilette.

Quella dopo era libera. Aprì la porta con una testata, entrò traballando e si girò. Abbassò i pantaloni e si sedette sulla tazza senza prendersi la pena di chiudere a chiave. La colica gli trapassava l'ano.

Il sollievo gli tolse il fiato. Chiuse gli occhi per gustare quella sensazione di piacere. Si scaricava. Si liberava del male... Nonostante il dolore che ancora non lo mollava, era una benedizione.

Con le palpebre abbassate, percepì i rumori dell'altro gabinetto, un'eco della sua miseria. Adesso era uno di loro. Un compagno di merda. Un complice dei recessi più intimi. Quella diarrea era il suo battesimo del fuoco.

S'irrigidì.

Una presenza, proprio davanti a lui.

Aprì gli occhi senza alzare la testa. Un paio di lucidi Weston erano piantati a pochi centimetri dalle sue Converse. In preda al panico, tentò di capire il prodigio. Non aveva chiuso a chiave. L'uomo era scivolato all'interno e aveva riaccostato la porta alle sue spalle. Tutto ciò mentre lui cacava senza ritegno.

Fece finta di non essersi accorto di nulla. Pensò subito ai rumeni, ma i Weston non quadravano con quell'ipotesi. Alzò leggermente la testa. I pantaloni eleganti, affusolati, di buon taglio suggerivano una grande marca italiana.

Ancora qualche centimetro e vide le mani. L'intruso reggeva un collare Colson. Una fascia di nylon dall'interno dentellato. Un attrezzo standard per tutti gli operai del mondo. Come faceva lui a saperlo?

Si portò il palmo destro vicino alla gola. Il collare lo colpì. La fascetta affondò nel taglio della mano. Lui strinse le dita sul laccio e bloccò la presa. Nell'attimo in cui il killer cercava una nuova posizione Janusz scattò in piedi e colpì con la testa il mento l'aggressore. Poi, stordito da un dolore accecante, crollò sulla tazza soffocando un urlo.

L'aggressore aveva lasciato andare il collare. Vacillava rimbalzando contro la porta. Janusz non cercò di tirarsi su i pantaloni. Con la mano sinistra – la destra era ancora bloccata contro la gola – spinse il killer verso l'esterno.

Niente da fare. Con un attimo di ritardo si ricordò che la porta si apriva verso l'interno. Afferrò la maniglia e tirò, ma l'anta si socchiuse soltanto, bloccata dall'avversario che si stava rianimando.

«AIUTO!» urlò.

In quell'istante seppe che la sua vita era appesa a un filo. Oltre la soglia, un secondo uomo stava davanti a lui, con una pistola automatica in mano. Lo riconobbe in un lampo. Uno degli *énarques* del quartiere Fleming. Uno degli assassini della spiaggia di Guéthary.

L'uomo in nero alzò il braccio nella sua direzione.

«AIUTO!»

Il primo uscì dal gabinetto, barcollando e tenendosi la faccia tra le mani, e gli nascose la visuale. Janusz sollevò i piedi e richiuse la porta con un colpo di talloni. Si rannicchiò sulla latrina, con i gomiti alzati davanti al viso, strillando ancora: «AIUTO!».

Non successe niente. Né detonazione né impatto di proiettili né dolore. Niente. Non c'era più nessuno dall'altra parte, lo sentiva.

Con la mano libera, si pulì velocemente e si tirò su i pantaloni in un soprassalto di dignità.

Intanto continuava a gridare, con la voce di un maiale che viene sgozzato: «AIUTO!».

Rumore di passi precipitosi nel cortile. Qualcuno veniva in suo soccorso. Ebbe giusto il tempo di azionare lo sciacquone prima di scoppiare in una risata nervosa. Era vivo. Emerse dalla toilette e fece scivolare le dita fuori dal collare aiutandosi con i denti e con la mano sinistra. Ebbe la presenza di spirito di nascondere il laccio sotto il colletto della camicia. Non era certo il caso di spiegare l'aggressione.

Il frastuono di una porta che sbatteva lo fece voltare riaccendendo il panico che si era appena smorzato. Una faccia che sembrava di corteccia e una barba da profeta fecero la loro comparsa. Non era altri che il suo compagno di cesso.

Gli fece un gesto rassicurante e terminò di abbottonarsi i pantaloni. La mano destra era esangue, indolenzita. Si chinò su un lavandino e si fece scorrere l'acqua sul viso. Sentì il manico del coltello che aveva in tasca. Non aveva nemmeno pensato di usarlo. L'aveva totalmente dimenticato.

«*¿Te gusta?*»

Con gli occhi fuori dalle orbite, il prigioniero lancia un grido in risposta. Aspira l'aria attraverso la bocca tenuta aperta dal divaricatore, un attrezzo antico, in acciaio, risalente alla prima guerra mondiale.

«*¿Te gusta?*»

L'uomo tenta di scuotere la testa, ma un laccio di cuoio la blocca saldamente contro lo schienale della sedia. Vomita un getto di sangue. Il suo viso è un caos di ossa e cartilagini distrutte.

I suoi occhi sono fissi sul serpente arrotolato attorno alla mano del boia.

«*¿Te gusta?*»

È una *ñacaninà*, un rettile acquatico importato dalle paludi argentine. Nero e bruno-dorato, non è velenoso, ma sta dilatando sempre di più il collo perché è infuriato.

Ormai è a pochi centimetri dalla bocca aperta del prigioniero. L'uomo grugnisce, ruggisce, si agita; la sua gola è lì, aperta, pronta. Il serpente si contorce, s'incurva, si tende e soffia. La sua testa triangolare colpisce le labbra del detenuto. L'animale ha paura, vuole trovare un nascondiglio, rannicchiarsi in una cavità umida, familiare...

«*¿Te gusta?*»

L'uomo urla ancora, ma il grido si spezza di colpo. La mano del boia ha tuffato il serpente nella sua bocca. Il rettile si è subito insinuato all'interno dell'esofago, felice di potersi nascondere.

Un metro di muscoli, di squame e di sangue tiepido scompare nella gola della vittima che immediatamente soffoca.

Anaïs si tirò su urlando.

Il silenzio della stanza le tolse il fiato. Era buio pesto. Dove si trovava? La voce di suo padre risuonava vicinissima. «*¿Te gusta?*» Il sibilo del serpente aleggiava ancora nella stanza. Ebbe un colpo di singhiozzo, poi un sussulto di pianto. Il suo cervello fluttuava. Le parve di distinguere nell'ombra il bastone, le scarpe... La camera di suo padre...

No. La stanza di un albergo. Biarritz. L'inchiesta. Si sentì vagamente sollevata di trovarsi lì, ma il sogno la turbava ancora. Il divaricatore le faceva male alle mascelle. La *ñacaniná* si agitava nella sua gola. Tossì. Si massaggiò il collo.

Riacquistò la lucidità. E tornarono i ricordi.

Alimentavano sempre le sue notti. Cercò l'orologio sul comodino. Non guardò l'ora ma la data: 18 febbraio 2010. Doveva dimenticare lo Zoppo. Non era più una bambina. Era una donna. Una poliziotta.

Il caldo le sembrò insopportabile. Fece per alzarsi per verificare il termosifone, ma rimase incollata alle lenzuola. Era sudore? Trovò la lampada vicino al letto e l'accese.

Il suo letto era coperto di sangue.

Capì all'istante. Le sue braccia: martoriate, tagliate, lacerate. Le carni aperte come labbra. Erano otto anni che non lo faceva. Ed ecco che mentre era immersa nel sonno aveva ricominciato...

Sarebbe scoppiata in singhiozzi se la gabbia toracica non fosse stata stritolata da quella sensazione di annientamento. Logica di poliziotto. Con cosa l'aveva fatto? Dov'era l'arma del crimine? Trovò fra le lenzuola, incollato fra due pieghe insanguinate, un frammento di vetro. Alzò gli occhi verso la finestra. Intatta. Andò in bagno. Il finestrino era rotto e il pavimento disseminato di vetri.

Prese un asciugamano e lo gettò a terra per proteggersi i piedi nudi. Si avvicinò al lavandino. Ripeté i soliti gesti. Acqua fredda sulle braccia. Carta igienica sulle piaghe: la fibra migliore per cicatrizzare. Non sentiva male. Non sentiva niente. A essere onesti, stava bene, come ogni volta...

Usò il suo profumo per disinfettare le ferite e avvolse gli avambracci nella carta igienica. La simbologia era chiara: lei era una merda.

In uno slancio di rabbia tornò in camera e strappò via le lenzuola, la coperta e il copriletto, ammucchiandoli per terra. Le prove dirette del suo crimine. Si fermò. Udiva di nuovo la voce dell'incubo, la voce di suo padre. «*¿Te gusta?*»

Ecco perché si mutilava.

Voleva espellere quel sangue che le ripugnava.

Sradicarsi dalla propria stirpe.

Si sedette sul materasso immacolato, con la schiena contro la parete bianca e le braccia attorno alle gambe ripiegate. Oscillava avanti e indietro come una pazza nella sua cella d'isolamento.

Pregava a bassa voce, in spagnolo. Gli occhi fissi, la mente vuota, ripeteva dondolandosi:

Padre nuestro, que estás en el cielo,
santificado sea tu Nombre;
venga a nosotros tu reino;
hágase tu voluntad en la tierra...

Alle sette e trenta suonò la sveglia. Tutti alla mensa. E muoversi!

Janusz si accodò agli altri. Dopo l'episodio delle latrine era stato soccorso e curato: una compressa di Imodium aveva arrestato la diarrea. Nel raccontare l'accaduto, aveva minimizzato l'aggressione, riducendola a una mera rissa fra barboni. I sorveglianti non erano fessi, sospettavano i rumeni. Janusz aveva assicurato che loro non c'entravano. Lo avevano rispedito a dormire con la promessa che l'indomani mattina avrebbe dovuto ripetere l'accaduto in presenza del direttore del centro e probabilmente della polizia. Lui non era riuscito a riaddormentarsi. I killer in abiti griffati. Il collare Colson. Il silenziatore avvitato alla canna. Com'erano riusciti a trovarlo? Lo avevano seguito da Biarritz fin lì? Era stato riconosciuto da qualcuno al centro di accoglienza? Ma da chi?

Quella notte Janusz aveva almeno avuto una risposta. Da quando aveva assistito all'omicidio di Guéthary si chiedeva se volessero anche la sua pelle. Ora non c'erano più dubbi: lui era sulla lista.

Si era ripromesso di svignarsela all'alba. Non ci pensava proprio a rispondere ad altri interrogatori e nemmeno a riprendere contatto con il mondo civilizzato, soprattutto non con i poliziotti. Forse la sua foto circolava già nei commissariati e anche nei centri d'accoglienza, nelle mense popolari, ovunque Janusz potesse rifare la sua comparsa. Bisognava levare le tende. E in fretta.

I cancelli del centro non aprivano che alle otto e trenta.

Lui era davanti a una tazza di caffè e un pezzo di pane quando nella sala della mensa si diffuse un'agitazione anormale. Il suo vicino di tavola tremava. Lo stesso un altro uomo, quattro posti più in là. Un terzo, seduto al tavolo accanto, tremava ancora più forte. Le scosse e i martellamenti aumentarono di potenza. L'intera sala pareva in preda a una mostruosa vibrazione.

Janusz indovinò. Erano più di otto ore che quegli uomini e quelle donne non bevevano. Non avevano bisogno né di caffè né di pane. Ciò che gli serviva era quel loro vinaccio schifoso. Alcuni stringevano spasmodici la tazza, altri erano presi da convulsioni, tanto che la loro sedia sobbalzava sul pavimento.

Anche al Pierre-Janet i vagabondi ricoverati durante la notte pativano le stesse pene dell'inferno al risveglio. La sete di rosso provocava spasmi che negli altri suscitavano risate. Veniva definita «tremarella».

Janusz si guardò intorno. Metà della sala si agitava. L'altra metà rideva a crepapelle urlando: «Tremarella! Tremarella!». Lui prese il vassoio e si alzò. Si stava preparando una crisi gigantesca che avrebbe richiesto un buon numero di assistenti: era il momento ideale per smammare.

Stava posando la tazza su uno scolapiatti quando si sentì interpellare. «Jeannot?»

Si voltò. Aveva davanti un uomo di bassa statura, con un berretto nero e un giaccone imbottito stretto in vita da uno spago. Nei suoi occhi brillava il miracolo tanto atteso: un bagliore di riconoscimento.

«Jeannot, sei proprio tu?»

«Mi chiamo Janusz.»

«Giusto, Jeannot», replicò l'altro scoppiando a ridere. «Dio buono, hai perso la testa o cosa?»

Non rispose. Quella faccia non gli diceva niente.

«Shampooing», continuò l'altro. Con un gesto si tolse il berretto. Era completamente calvo. Si sfregò il cranio. «Shampooing, afferrato? Cosa ti è saltato in mente di tornare qui?»

«Perché?»

«Dio buono, devi avere ingoiato un bel po' di litri...»
«Io... io bevo?»
«Come una spugna, amico.»
«Perché non dovevo tornare qui?»
«A causa degli sbirri. E del resto.»
Dietro di loro continuava il terremoto. Grida, risate, vibrazioni. Il centro di accoglienza si svegliava nell'unico modo possibile: in un incubo.
Janusz afferrò Shampooing per il braccio e lo trascinò in un angolo più tranquillo, vicino ai thermos e alle marmellate. «Non ricordo niente, capisci?»
Il calvo assunse un tono fatalista. «Succede a tutti noi un giorno o l'altro...» replicò, grattandosi la testa.
«Dove ci siamo conosciuti?»
«A Emmaüs. Lavoravi là.»
Ecco perché in strada nessuno lo riconosceva. Janusz non era un cane randagio. Aveva la sua cuccia. La comunità Emmaüs di Marsiglia. Pensò al tipo incontrato sul treno di Biarritz, Daniel Le Guen. Un volontario di Emmaüs. Avrebbe dovuto iniziare le sue ricerche da lì.
Il frastuono diventò insopportabile. Assistenti sociali in arrivo. Alcuni aprivano le porte: bisognava liberare le bestie.
Janusz doveva approfittare del parapiglia. «Togliamoci dai piedi», sussurrò.
«Ma devo fare colazione!»
«Ti pago un caffè fuori.»
I due vennero spintonati contro gli scolapiatti. Si era formato un assembramento: probabilmente una rissa, con la gente che si schierava per gli uni o per gli altri, urlando i suoi incoraggiamenti.
Janusz serrò con più forza il braccio di Shampooing e lo spinse verso l'uscita. «Andiamo.»
Passando, lanciò un breve sguardo verso il gruppo. Non era una rissa. Una donna giaceva accasciata sul pavimento. Immobile, come morta. Si fece largo a gomitate e si aprì un varco fino a lei. Mise un ginocchio a terra e la esaminò rapidamente. Era ancora viva.

Nel chinarsi aveva avvertito un forte odore fruttato. Meglio di un indizio: una spiegazione. Era l'odore dell'acetone che saturava la pelle. Un coma diabetico sopravvenuto in seguito a una chetoacidosi. O la donna non assumeva l'insulina, oppure non mangiava da giorni. In ogni caso bisognava iniettarle d'urgenza una dose di glucagone e poi farle una flebo di glucosio.

Una verità incontrovertibile gli fu subito chiara. Nessun dubbio: lui era un medico.

A confermarlo, Shampooing sbraitava alle sue spalle: «Lasciatelo fare! Lo conosco! È un medico!».

I barboni strillavano, ridevano e tremavano. Ognuno dava il suo consiglio.

«Bisogna farla respirare in un sacchetto!»

«Un bocca a bocca! Voglio farle un bocca a bocca!»

«Chiamate i piedipiatti!»

Alla fine gli agenti arrivarono. Janusz si rialzò e si defilò. Sarebbe comunque venuto un medico. Shampooing se ne stava sempre lì a gesticolare, a comportarsi come se fosse uno del pronto intervento.

Janusz lo abbrancò di nuovo per il braccio e lo trascinò fino al cortile.

I cancelli erano aperti. I barboni cominciavano a uscire per raggiungere i loro appostamenti fra il fumo e il cemento. Bisognava spicciarsi.

Il calvò puntò i piedi. «Aspetta! Devo recuperare la mia roba!»

Persero ancora cinque minuti al deposito e poi filarono, incrociando un'ambulanza sulla soglia. Risalirono il viale a passi rapidi. L'impressione che Janusz aveva avuto la sera prima venne confermata: il quartiere era in piena ristrutturazione, il che implicava prima una massiccia demolizione. I cantieri si alternavano agli immobili decrepiti con le finestre murate. Al centro dell'arteria un cavalcavia sovrastava la *no man's land* in mutamento.

Janusz vide dei vagabondi che si prosternavano lungo una facciata senza aperture. Rabbini ai piedi del Muro del Pianto.

«Che cazzo fanno?»

«Recuperano il loro vino. È proibito portarlo nel centro d'accoglienza. Le scorte vengono nascoste nelle crepe del muro, così al mattino non si perde tempo. A volte ci si dà persino il turno la notte per andare a poppare. Quatti quatti, amico... Dove si va?»

Senza riflettere, Janusz rispose: «Ho bisogno di vedere il mare».

La baracca dei Bonfils era completamente smembrata. Quattro muri nudi che incorniciavano il vuoto. Tutti i mobili, i vestiti e gli altri averi della coppia erano stati portati all'esterno. L'edificio non aveva più né pavimento né tetto. Le assi erano accatastate a qualche metro di distanza, le tavole di copertura ammucchiate un po' più lontano. Le pareti erano state perforate in più punti alla ricerca di eventuali cavità. La polvere dell'intonaco copriva tutto come cenere vulcanica. Alcuni gendarmi piantavano sonde e passavano il metal detector in ogni recesso.

I beni di Patrick e Sylvie erano raggruppati per categoria sotto una serie di teloni di plastica, ognuno coperto da una piccola tettoia per evitare che la pioggia bagnasse quelle masserizie.

In cerata e stivali di gomma, Anaïs fece qualche passo fra le tende. Era di umore nero. Non si era riaddormentata dopo l'incubo. Riletto e corretto il rapporto, all'alba l'aveva spedito via e-mail al giudice. Il raffreddore non le dava tregua e aveva appena litigato con il comandante Martenot, che sosteneva di non avere ancora ricevuto i risultati dell'autopsia dei corpi. La menzogna diventava grottesca.

Sotto un telone erano raccolti gli elettrodomestici e le stoviglie. Sotto un altro i vestiti, le lenzuola e la biancheria. Il terzo accoglieva gli arredi della stanza da bagno e della toilette: lavandino, WC, vasca. Il quarto i libri di Bonfils. Anaïs aveva la sensazione di passeggiare in un mercatino dell'usato.

Era la prima volta dopo molto tempo che aveva caldo alle

braccia. Sulla strada di Guéthary si era comprata un kit di pronto soccorso: disinfettante, crema cicatrizzante e bende. Si era medicata in macchina. Una lupa che si lecca le ferite.

Squillò il cellulare. Era Le Coz.

Anaïs si riparò sotto un albero.

«Ho fatto parecchi progressi», esordì il poliziotto con voce soddisfatta.

«Raccontami.»

Le Coz era andato alla sede dell'ACSP e si era lavorato il guardiano notturno. Aveva scovato l'archivio della ditta: registrazione alla camera di commercio, atto costitutivo, bilanci annuali. C'era l'elenco dei clienti dell'agenzia: società farmaceutiche e aziende che si servivano dell'ACSP per la sorveglianza dei loro siti sensibili. Niente da segnalare.

La ditta apparteneva a una holding. Anaïs non capì niente delle complesse relazioni societarie che Le Coz tentava di descriverle. Lui, prima di fare il poliziotto, aveva seguito studi commerciali. Da tutto quel garbuglio emergeva un solo fatto degno di nota: quella costellazione apparteneva a un gruppo importante dell'industria chimica francese, Mêtis, con sede nei dintorni di Bordeaux. Anaïs aveva già sentito quel nome.

«Cos'hai trovato su Mêtis?» chiese.

«Quasi niente. Prodotti chimici, agronomici e farmaceutici. Migliaia di dipendenti sparsi in ogni parte del mondo, ma soprattutto in Francia e in Africa.»

«È tutto? Chi sono i proprietari?»

«Una società anonima.»

«Bisogna scavare più a fondo.»

«Impossibile, e tu lo sai. A parte il fatto che la mia perquisizione era totalmente illegale, se facciamo un altro passo andiamo dritto contro un muro. Lo sai che è stato nominato il giudice?»

«Lo vedo nel pomeriggio.»

«L'inchiesta resta a noi?»

«Te lo saprò dire stasera. È tutto?»

«No. Una notizia bomba stamattina.»

«Cioè?»
«Victor Janusz è stato rintracciato a Marsiglia. Diverse testimonianze concordano. Ha dormito in un centro di accoglienza per senzatetto. Vuoi il numero del comandante che dirige le operazioni?»

Il Vallon des Auffes è uno dei principali siti turistici di Marsiglia, ma il 18 febbraio era soprattutto un sito fantasma. Ristoranti chiusi. Barche abbandonate. Capanni disabitati. La banchina tutt'intorno alla rada era pulita e lustra come se fosse appena stata sfregata con la candeggina. Janusz apprezzava quella solitudine. Il vento sulla faccia. Le impalpabili goccioline di acqua salata sospese nell'aria. Il mare in lontananza eppure così vicino, presente in ogni minuscola particella di luce. Lì si beveva l'azzurro e si respirava il sale.

Erano seduti sulla discesa del piccolo porto, praticamente con i piedi a mollo, di fronte all'acquedotto che ritaglia il cielo e il mare con le sue arcate. Il momento ideale per riprendere il suo interrogatorio.

«Come sai che sono un medico?»

«Non so proprio niente. Sei un medico?»

«Poco fa hai detto agli altri che lo sono.»

Shampooing si strinse nelle spalle. Stava aprendo la borsa delle provviste per fare colazione. Due gamelle ammaccate, qualche croissant del giorno prima, il regalo di un panettiere benevolo, e un cartone di vino ancora intonso pagato da Janusz. Riempì le due gamelle e inzuppò un croissant nel vino. «Tu non mangi?»

«Quando ci siamo conosciuti, ti ho detto che facevo il medico?»

«Non hai detto un bel niente. Non eri un chiacchierone, vecchio mio. Ma avevi l'aria di intendertene. Soprattutto delle cose che abbiamo nella testa.»

«Come uno psichiatra?»

Shampooing morse il croissant senza rispondere. La risacca veniva a leccare le suole delle scarpe, in uno sfrigolio di schiuma.

«Ti ricordi quando ci siamo conosciuti?»

«In novembre, direi. Faceva un freddo cane.»

Janusz prese il blocco degli appunti e cominciò a scrivere.

«Sei diventato un intellettuale», ridacchiò Shampooing. «Non bevi?»

«È successo alla comunità Emmaüs?»

«Già.»

«Dove si trova?»

Il barbone lo guardò di traverso. Aveva la pelle glabra, molto chiara, senza barba né sopracciglia, e ossa aguzze come quelle di uno scheletro disseccato. La sua faccia era disseminata di cicatrici, testimonianze delle molte risse. Sul cranio aveva però anche una linea più netta, tracciata chirurgicamente. Janusz ne era sicuro: il calvo aveva subito una craniotomia.

«Allora, dove si trova Emmaüs?» ripeté.

«Sei proprio cretino... Boulevard Cartonnerie, nell'XI arrondissement.» Si riempì di nuovo la gamella e inzuppò un secondo croissant.

Janusz continuava a prendere appunti. «Il 22 dicembre sono stato fermato dalla polizia in seguito a una rissa.»

«Quello te lo ricordi?»

«Più o meno. Sai cos'è successo?»

«Non c'ero, ma ti ho rivisto una volta dopo quella storia. Sono stati quelli di Bougainville a farti la festa.»

«Bougainville?»

«Un quartiere di Marsiglia. Non lontano dalla Madrague. Ci bazzica una banda di bulli di periferia. Tipi pericolosi. Drogati. Violenti.»

Janusz si chiedeva come avesse fatto a cavarsela in circostanze simili. «Perché mi hanno aggredito? Per derubarmi?»

«Macché derubarti. Volevano farti la pelle.»

«È quello che ti ho detto io?»

«Ti cacavi nei pantaloni, cazzo.»

«Ti ho spiegato perché volevano uccidermi?»

«No. Mi hai soltanto avvisato che partivi. Che era tornata la luce. Che gli dei scrivevano la loro storia. Sei sempre stato strano, ma delle volte eri proprio schizzato.»

La luce. Un legame con il suo sogno... e con quello di Patrick Bonfils? Un sintomo di fuga psicogena? Gli dei e la loro storia. Un'allusione all'«omicidio mitologico»? Il dolore pulsava nell'occhio sinistro. «Sai dove andavo?»

«No, cazzo. Ma cosa ti è successo?»

«Ti ho detto che non ne so niente!»

Shampooing non insistette.

Il dolore si allargava irradiandosi alla fronte. Janusz cercò sollievo guardando il mare, sotto le volte dell'acquedotto, ma non ottenne il risultato che sperava. Al contrario, il cielo si era rannuvolato, l'acqua era diventata di un blu quasi nero e le onde argentate avevano la crudeltà del vetro infranto. La sua emicrania contaminava il paesaggio. «Poco fa», riprese massaggiandosi le tempie, «mi hai detto che non sarei dovuto tornare "a causa degli sbirri".»

«Già.»

«Per quella storia della rissa? È roba vecchia...»

«Palle! Gli sbirri ti cercano. Qui. Adesso. Ieri hanno rivoltato tutti i quartieri. Li ho incrociati due volte. Alla Valentine e al centro d'accoglienza Marceau. Ci hanno interrogati. Ti cercano, Jeannot. Ti cercano eccome.»

Janusz capì come stavano le cose. Si credeva al riparo nel suo travestimento da barbone, invece era un miracolo che da quando aveva messo piede a Marsiglia fosse sfuggito alla polizia. Oltre che a Bordeaux, Anaïs Chatelet aveva lanciato una caccia all'uomo anche lì. Doveva rivedere la propria strategia. «Sai perché mi cercano?»

«Pare per un assassinio. Un vagabondo. A Bordeaux. Qualcuno ha sentito i piedipatti parlare con gli assistenti sociali. Ma io so che è un errore, caro Jeannot!» Shampooing afferrò il cartone e bevve a canna. «Saremo sempre vittime della società, vitt...»

«Al centro di accoglienza mi hai detto che non sarei dovuto tornare», lo interruppe Janusz. «"A causa del resto." Cosa sarebbe questo "resto"?»

«Quelli di Bougainville. Non è gente che dimentica. Se sanno che sei di ritorno, ti verranno a cercare per finire il lavoro.»

La lista delle minacce si faceva sempre più lunga. La polizia. Gli *énarques*. E ora una banda di disadattati primitivi... Avrebbe dovuto urlare, invece non reagiva. Era come anestetizzato.

«E non c'è solo questo», riprese Shampooing in tono di voce più basso.

Janusz tese il collo, come per ricevere il colpo di grazia.

«Gli sbirri di Marsiglia... lo collegano con l'altro delitto.»

«L'altro delitto?»

«Nel dicembre scorso è stato assassinato un barbone. L'hanno ritrovato mezzo carbonizzato in una cala. All'epoca si è perfino parlato di un killer di barboni, ma non ci sono stati altri omicidi... Oppure il tizio si è trasferito a Bordeaux.»

Janusz tremava. L'emicrania gli offuscava la vista. «Perché credono ci sia un legame fra i due delitti?»

«Mica sono della polizia io.»

Janusz fece un profondo respiro e decise di ricominciare da capo. «Ti ricordi la data esatta del ritrovamento del corpo?»

«Metà dicembre, credo.»

«La vittima è stata identificata?»

«Sì. Un ceco... Un senzatetto. Non lo conoscevo.»

«Apparteneva alla banda di Bougainville?»

«Non credo, no.»

«Sai se hanno trovato impronte sul luogo del crimine?»

«Mi stai sul cazzo con le tue domande. Non ne so niente.»

«Che informazioni hai su questo killer? Pensaci.»

L'altro si impegnò, atteggiando la faccia in una smorfia nello sforzo di riflettere. Janusz, da parte sua, faceva i conti. Due cadaveri sulla sua scia. L'uno a Marsiglia, l'altro a Bordeaux. Tutto sembrava portare a lui. Scosse la testa. "Non sono un assassino." «Allora, questo killer?» incalzò.

«Hanno ritrovato il tipo nella cala di Sormiou, dodici chilometri da qui a volo d'uccello. Il corpo era nudo e bruciato. Si è detto che era stato trascinato lì dalla corrente, ma io credo siano stronzate. L'hanno messo lì e basta.»

«Perché è stato considerato un omicidio?»

«C'era una messinscena.»

«Di che genere?»

Shampooing scoppiò a ridere. «Il tizio aveva le ali!»

«Cosa?»

«Te lo giuro. Delle ali bruciate attaccate alla schiena. I giornalisti hanno parlato di uno che faceva deltaplano e sarebbe precipitato in mare. Ma loro non capiscono un cazzo. Perché si sarebbe bruciato? Perché era nudo?»

Janusz non ascoltava più. L'assassino dell'Olimpo. Il nome gli lacerò la mente, un lampo attraverso un cielo nero. Prima del Minotauro a Bordeaux, aveva ucciso Icaro a Marsiglia.

«Ciuccia un po'», fece Shampooing tendendo il cartone. «Sei bianco da far paura.»

«È tutto a posto, grazie.»

«Cerchi di smettere o cosa?»

Janusz si voltò verso il compagno. «Com'è che sai tutto questo?»

Shampooing sorrise e si fece un altro goccetto. «Ho i miei contatti.»

Janusz lo agguantò per il collo e lo attirò a sé con violenza. Il contenitore di vino rotolò sulla rampa inclinata del porto. «Quali contatti?»

«Ehi, datti una calmata! Conosco un tizio, tutto qua. Claudie. Non fa più il barbone. Si è trovato un lavoro.»

«Fa il poliziotto?»

Shampooing si liberò e camminò a quattro zampe verso il cartone. Lo afferrò proprio un attimo prima che toccasse le onde scure. «Quasi», disse tornando indietro. «Lavora all'obitorio di La Timone. Spinge i carrelli con i cadaveri. È stato lui a raccontarmi tutto. Ha sentito i poliziotti che... Cosa combini?»

Janusz era in piedi. «Andiamo da lui.»

Claudie assomigliava alla Cosa.

Il colosso di pietra dei *Fantastici Quattro.*

Calvo, tarchiato, in camice bianco, fumava una sigaretta nel cortile dell'obitorio. Janusz e Shampooing si avvicinarono cauti, con il fiato grosso. Avevano attraversato il complesso dell'ospedale di La Timone e salito una scala per accedere alla terrazza dov'era situato l'istituto medico-legale. Era tornato il sole e loro due si scioglievano come il burro sotto i loro stracci.

Il luogo aveva un che di giapponese. Un edificio basso, a un solo piano, dotato di un cancello con gli angoli curvati verso l'alto, stile pagoda. Lungo i muri crescevano alberi frondosi simili a bambù. Da qualche parte cinguettavano degli uccelli, invisibili, come in un giardino zen.

«Salve, Claudie!»

«Che ci fai qui?» replicò l'altro senza entusiasmo.

«Ti presento Jeannot. Ha delle domande da farti.»

Claudie lanciò un'occhiata a Janusz. Era alto più di un metro e novanta. La sigaretta che teneva in mano sembrava un petardo piantato in una roccia. Il fumo gli usciva dalle narici come dal cratere di un vulcano. «Domande a che proposito?»

Janusz fece un passo avanti. «Chiedimi piuttosto quanto sono disposto a pagare.»

La faccia di pietra sorrise. Le labbra carnose erano atteggiate in un lieve broncio. «Tutto dipende da cos'ho da vendere.»

«Quello che sai sul cadavere dell'uomo uccello ritrovato nella cala di Sormiou.»

Claudie fissò pensoso l'estremità della sigaretta, con l'aria più che mai corrucciata. «Troppo caro per te, vecchio mio.»

«Cento euro.»

«Duecento.»

«Centocinquanta.»

Janusz si frugò in tasca e piazzò le banconote nella mano del gigante. Non aveva tempo da perdere in contrattazioni. Shampooing strabuzzò gli occhi davanti ai biglietti. La Cosa intascò il malloppo.

«Il cadavere è stato scoperto a metà del mese di dicembre nella cala di Sormiou.»

«Che giorno esattamente?»

«Se vuoi date precise, chiedi ai piedipiatti.»

«Come si chiamava la vittima?»

«Un nome slavo. Tzevan e qualcos'altro. Uno sbandato di una ventina d'anni, che bazzicava Marsiglia da diversi mesi. Gli sbirri l'hanno identificato grazie alle impronte. Aveva già avuto delle noie con loro.»

«Ma il cadavere era bruciato, no?»

«Non abbastanza per impedire di rilevare le impronte.»

«Dov'è stato scoperto il corpo esattamente?»

«Sulla punta della cala. Giusto di fronte all'isola Casereigne.»

«Cosa sai delle circostanze della sua scoperta?»

«Ci sono incappati due escursionisti. Era nudo, bruciacchiato, con un paio d'ali sulla schiena. La stampa ha detto che era annegato e che la risacca l'aveva spinto a riva. Palle. Il ragazzo non aveva una goccia d'acqua nei polmoni.»

«Hai assistito all'autopsia?»

«Non fa parte del mio lavoro, ma ho ascoltato quello che il medico legale raccontava ai piedipiatti.»

«Come è morto il ragazzo?»

«Non ho sentito tutto. Hanno parlato di overdose.»

Un nuovo legame con il delitto di Bordeaux. La firma dell'assassino. Icaro. Il Minotauro. Esistevano altri delitti mitologici in giro per la Francia?

«Perché il corpo era bruciato?»
«Non dovrai fare altro che domandarlo all'assassino quando lo incroci.»
«Parlami delle ali.»
Claudie si accese una seconda sigaretta con il mozzicone della prima. Tatuaggi maori gli risalivano lungo la nuca come serpenti fieri e solenni. «Sono state spedite immediatamente alla Scientifica. Non le ho nemmeno viste.»
«Shampooing mi ha parlato di ali di deltaplano.»
«È esatto. Una struttura con un'apertura di più di tre metri. Follia pura. Erano cucite direttamente sulla carne. I tecnici hanno tagliato i fili sulla scena del crimine.»
Janusz immaginò il cadavere nudo, nero, con le ali cucite addosso e bruciate. Gli escursionisti dovevano aver fatto un bel salto indietro.
«Non è tutto», riprese la Cosa. «Da quanto ho sentito dire, c'erano tracce di cera e piume. Per la sua messinscena, l'assassino si era fatto veramente il culo.»
Un punto a favore del mito di Icaro, forse ancora più conosciuto di quello del Minotauro. Imprigionati da Minosse, re di Creta, Icaro e il padre Dedalo si confezionano ali di piume che s'incollano alla schiena con la cera. Durante l'evasione, Icaro, giovane e scriteriato, vola troppo in alto. Il calore del sole fa fondere la cera. Le ali si staccano, Icaro precipita in mare e annega.
«Sai se hanno trovato altre impronte sulla scena del crimine?»
«Non so nient'altro, capo. E a mio parere basta e avanza per i soldi che mi hai dato.»
«Quanto vuoi per una copia completa del referto dell'autopsia?»
Claudie ridacchiò spedendo pennacchi di fumo nel vento. «Rischio il posto per una roba del genere.»
«*Quanto?*»
«Cinquecento euro e non se ne parla più.»
Janusz estrasse una mazzetta di biglietti da cinquanta euro. Ne contò dieci e ne diede cinque a Claudie. «Il resto alla consegna. Aspetto qui.»

Il colosso si ficcò i soldi in tasca senza fiatare. Rimpiangeva di non aver chiesto di più. Buttò a terra la sigaretta e alzò i tacchi.

«Cazzo...» fece Shampooing stupefatto. «Ma dove hai trovato tutta quella grana?»

Janusz non rispose. Adesso che Shampooing conosceva il suo segreto, lui era in pericolo. In una giornata aveva avuto modo di scoprire le abitudini del marciapiede. Al primo segno di debolezza, Shampooing gli avrebbe fatto la pelle.

Claudie riapparve gettando sguardi sospettosi a destra e a sinistra. Il luogo era sempre deserto. Il vento stormiva tra le foglie, accompagnando gli uccelli che si sgolavano. Si era nascosto il fascicolo sotto il camice.

Janusz gli diede la seconda parte della somma e prese il documento: una serie di fogli pinzati.

«Noi non ci siamo mai visti, amico.»

«Aspetta.» Janusz scorse le pagine fotocopiate, macchiate di tracce nerastre. C'era tutto. Il numero del fascicolo istruttorio: K095443226. Il nome completo della vittima: Tzevan Sokow. Il nome del giudice istruttore: Pascale Andreu. Il nome del responsabile dell'inchiesta: Jean-Luc Crosnier. A seguire, la descrizione particolareggiata del corpo e delle sue ferite.

«Mettilo via», sibilò Claudie. «Vuoi che ci becchino?»

Janusz fece scivolare il documento sotto il cappotto. «Piacere di averti conosciuto.»

«Hai ancora un po' di liquido, amico?»

«Perché? Hai qualcos'altro da vendere?»

Claudie sorrise. Mentre faceva le fotocopie, aveva cercato nella memoria un nuovo elemento da contrattare e a quanto pareva lo aveva trovato. «All'epoca gli sbirri cercavano un testimone, uno che, pare, aveva visto tutto. Un vagabondo.»

«Visto tutto cosa?»

«L'omicidio. L'assassino. Non so esattamente. Ma volevano interrogarlo.» Claudie si prese il tempo di accendere una nuova cicca, mentre un sorrisetto gli si disegnava sulle labbra. Janusz aveva abboccato. «La cosa importante è che il tizio ha raccontato la sua storia prima del rinvenimento del corpo. È andato al commissariato, non so più quale, ma nessuno gli ha creduto. Hanno scritto qualche riga sul registro e via. Quando è apparso il cadavere, gli agenti hanno fatto due più due. Hanno chiamato Crosnier, il responsabile. L'autopsia era appena finita, ho sentito tutto.» Claudie non si era sbagliato sul valore del suo ricordo.

«Quanto per il nome del tizio?»

«Almeno cinquecento.»

Stavolta una sorta d'istinto spinse Janusz a negoziare. Una sorda pulsione primitiva. Non farsi fregare ogni volta senza opporre resistenza. La trattativa durò solo pochi secondi. Claudie sentì che l'altro aveva raggiunto il suo limite.

«Duecento e non se ne parla più.»

Janusz tirò fuori i biglietti. Le dita di pietra li agguantarono.

«Il tipo si chiama Fer-Blanc.»

«Fer-Blanc?» ripeté Shampooing. «Ti ha fregato, Jeannot. Fer-Blanc è uno sciroccato!» Claudie lo fulminò con gli occhi, però lui non si lasciò impressionare. Tutti quei soldi l'avevano fatto montare in collera. «Si è beccato una scheggia di metallo nella testa quando lavorava nel cantiere di sterro di Marsiglia. Il pezzo è tuttora nel suo cervello e posso dirti che si vede. La testimonianza di uno svitato del genere non vale una cicca. Ti sei fatto fregare, ripeto.»

Il barelliere di cadaveri scosse la testa. «Non è quello che hanno detto i poliziotti. Hanno confrontato i dati sul registro con quelli della scena del crimine. Il corpo bruciato, le ali, tutto concordava. Un giorno prima che gli escursionisti scoprissero il cadavere.»

«La polizia ha poi rintracciato questo tizio?»

«Non ne ho la minima idea.»

Janusz salutò la Cosa e si avviò verso la scala. Shampooing gli era già alle calcagna. Adesso che aveva visto le banconote, non lo avrebbe più mollato. Tanto meglio. Gli serviva un uomo come lui per trovare Fer-Blanc.

Ma prima di lanciarsi alla sua ricerca, Janusz voleva ripassare i classici. Il Minotauro, Icaro e la mitologia greca.

La più grande biblioteca di Marsiglia è stata creata sulle vestigia di un cabaret dell'inizio del ventesimo secolo, l'Alcazar, situato in cours Belsunce. È un edificio moderno la cui facciata di vetro brilla come uno specchio. In ricordo del music-hall, gli architetti hanno recuperato o fabbricato una pensilina di vetro e ferro battuto in stile belle époque che ora sovrasta le porte, anch'esse a vetri, e stride con il design del resto.

Janusz non sapeva dove avesse pescato quelle informazioni, ma era contento di recuperare frammenti di ricordi.

«Sei sicuro che ci lasceranno entrare?»

«Non preoccuparti», rispose Shampooing. «Vanno matti per noi nelle biblioteche. Il lato sinistroide della cultura. E poi d'inverno sono tutti più simpatici con i senzatetto. Il freddo è il nostro migliore amico!»

Non si sbagliava. Vennero accolti con benevolenza. Al calvo fu anche dato il permesso di lasciare il suo fagotto puzzolente in uno sgabuzzino destinato al materiale per le pulizie, invece che al deposito. Janusz aveva i nervi a fior di pelle. Il percorso dell'assassino che coincideva con i suoi spostamenti, le domande che si accumulavano senza un barlume di risposta... Era deciso a immergersi nell'antichità come in una fresca fonte, arricchente e iniziatica.

La biblioteca era una torre di luce. Una vetrata lasciava penetrare i raggi del sole, che si riversavano sulle pareti bianche, sulle scale sospese e sugli ascensori. Lo spazio si distribuiva in altezza su diversi piani.

Shampooing si diresse verso una poltrona libera, fregandosi le mani all'idea del pisolino che si sarebbe fatto.
«Tu vieni con me», lo avvertì Janusz.
«Dove?»
«Cominceremo dai giornali.»
Su un terminale interattivo Janusz consultò l'archivio digitale della stampa regionale. Una rapida ricerca gli fornì una serie di articoli relativi a un deltaplanista trovato morto nella cala di Sormiou il 17 dicembre 2009. I resoconti, piuttosto scarni, riferivano che l'uomo non era stato identificato e che le circostanze dell'incidente non erano note. Janusz insistette, ma non trovò più nulla al riguardo.
Si chiedeva che magia avesse fatto il comandante Jean-Luc Crosnier per tenere segreta la vicenda e permettere così al suo gruppo d'indagine di lavorare in tutta tranquillità. Janusz provò a estendere la ricerca, ma di nuovo nessun risultato. Chiuse la connessione.
In realtà di quella storia ne sapeva già più lui di tutti i giornali del Sud-est messi insieme. Durante il tragitto verso la biblioteca, in metropolitana, aveva letto il referto dell'autopsia che gli aveva dato Claudie. Niente di eclatante, ma qualche precisazione di un certo interesse. Una soprattutto: ventiquattr'ore dopo l'autopsia vera e propria, l'analisi tossicologica aveva rivelato una dose massiccia di eroina nel sangue di Tzevan Sokow. Esattamente come nel caso di Philippe Duruy.
Alzò gli occhi per cercare il settore dedicato alla mitologia. Ogni piano era cinto da una passerella lungo la quale grandi insegne indicavano i temi e le discipline trattati. «Saliamo al terzo», disse dopo aver visto il cartello che lo interessava.
Presero la scala sospesa. Janusz osservava il pubblico. Studenti che lavoravano attorno a grandi tavoli illuminati da lampade che parevano orchidee. Altri che sgobbavano sui volumi seduti nelle poltrone lungo le pareti. Altri ancora che frugavano tra gli scaffali. L'età media era sui vent'anni.
Erano di ogni razza e paese. Bianchi distratti, combattuti fra i libri e il telefonino; neri dall'aria concentrata, indiffe-

renti al mondo esterno; asiatici che ridacchiavano fra loro dandosi di gomito; magrebini con la barba e la calotta bianca da preghiera, raccolti davanti ai loro libri. La torre di luce era anche una torre di Babele.

Janusz si sentiva in un territorio familiare. Gli arredi moderni, i libri, l'atmosfera di studio non gli erano nuovi. Anche lui, in un momento della sua vita, aveva trascorso i pomeriggi in luoghi come quello.

Terzo piano. MITOLOGIA 291.1. RELIGIONI DELL'ANTICHITÀ 292.

Cominciò a passare in rassegna i dorsi dei libri e si rese conto di sapere cosa cercava. La *Biblioteca storica* di Diodoro Siculo, libro IV. Le *Metamorfosi* di Ovidio, libri VII e VIII. Quindi aveva già effettuato quelle ricerche. Una stretta di angoscia gli fermò il cuore. *Era lui l'assassino?*

No. Quelle conoscenze appartenevano alla sua cultura generale. Parallelamente agli studi di medicina doveva aver seguito un corso di storia o filosofia. Sapeva a memoria le biografie dei due autori: Diodoro era uno storico greco vissuto sotto il dominio romano nel primo secolo avanti Cristo; Ovidio un poeta latino, nato subito prima dell'inizio dell'era cristiana, bandito da Roma per avere scritto il poema *L'arte di amare*, considerato immorale.

Prese i libri in questione e qualche altro testo che ne trattava. Mentre cercava un posto, individuò Shampooing che dormiva in fondo a una corsia. Scelse una poltrona in un angolo, lontano dai tavoli, tirò fuori il taccuino e s'immerse nelle pagine, alla ricerca del Minotauro.

Niente di nuovo sotto il sole. Janusz notò soltanto un dettaglio. Quella leggenda era segnata da una sorta di maledizione taurina. Già il re Minosse era figlio di Zeus che, sotto le sembianze di un toro, aveva sedotto Europa. Secondo punto: la sposa di Minosse si era a sua volta invaghita di un toro e aveva dato alla luce un mostro, metà uomo e metà toro.

Questo dettaglio significava qualcosa per l'assassino? Janusz si accorse di un altro fatto. La storia del Minotauro era legata a quella di Icaro, il figlio di Dedalo, il quale altri non era che l'architetto personale di Minosse, ideatore del labirinto dov'era rinchiuso il mostro. Sempre lui aveva suggerito ad Arianna lo stratagemma del filo...

In effetti la storia di Dedalo e Icaro costituiva il seguito di quella del Minotauro. Minosse, furioso per avere appreso che il suo architetto era coinvolto nell'evasione di Teseo, decide di tenerlo prigioniero nel suo stesso labirinto insieme al figlio Icaro. E proprio da lì padre e figlio fuggono confezionandosi ali con cera e piume...

Che messaggio voleva dare l'assassino scegliendo quei racconti? Non seguiva la cronologia, visto che aveva ucciso Icaro prima del Minotauro. Aveva commesso altri delitti ispirati da diverse leggende? Mentre chiudeva il taccuino, Janusz fu colpito da un altro punto in comune fra i due miti. Dedalo e Icaro erano padre e figlio. Minosse e il Minotauro, padre e figliastro. Un padre esperto o potente. Un figlio maldestro o mostruoso.

L'assassino aveva scelto quei miti a causa di tale relazione? Era un figlio mostruoso? O invece un padre delirante, che si accaniva su figli sostitutivi, le sue vittime?

Janusz guardò l'orologio della sala. Le quattro del pomeriggio. Scendeva la notte. Rimpianse di avere sprecato ore preziose su quei libri. Avrebbe fatto meglio a dedicarsi subito all'altra missione: trovare Fer-Blanc, il testimone con il cervello di metallo.

Rimise in ordine i volumi sullo scaffale e si diresse verso Shampooing, che continuava a dormire. Stava per svegliarlo, ma gli venne un'idea e fece dietrofront per raggiungere invece l'ufficio informazioni del settore. Due giovani donne chiacchieravano a bassa voce dietro i loro computer.

Si piazzò davanti a loro e le salutò. Non fecero smorfie di disgusto. Non si ritrassero. Un buon inizio.

«Scusatemi...»

«Sì?» chiese una delle due bibliotecarie mentre l'altra tornava alla sua tastiera.

Janusz indicò la corsia 292. «Ha notato un visitatore assiduo nei paraggi? Nell'area della mitologia e delle religioni dell'antichità?»

«A parte lei, nessuno.»

«Vuole dire oggi?»

«No, durante le ultime feste di Natale. Lei era il solo frequentatore abituale.»

Lui si grattò il mento. La sua barba era come carta vetrata. «Mi scusi...» proseguì in tono più dolce. «Ho problemi di memoria. Sono... sono venuto spesso?»

«Tutti i giorni.»

«Quando di preciso?»

«A partire da metà dicembre, direi. Poi è scomparso. Ed eccola di ritorno.»

Le informazioni si organizzavano nella sua mente. In un modo o nell'altro, a metà dicembre Janusz era venuto a conoscenza dell'assassinio di Icaro. Era andato in biblioteca a racimolare nozioni sul mito perché stava indagando sul killer. Poi, il 22 dicembre, era stato aggredito dai teppisti. Allora aveva lasciato Marsiglia e si era trasformato in Mathias Freire.

Janusz salutò con un sorriso la bibliotecaria. Ma il sorriso era rivolto a sé stesso. Stava camminando esattamente sulle proprie orme. Era l'uomo che viveva la sua vita al contrario.

Il giudice Le Gall aveva una gran testa.

Non in senso figurato. Aveva una testa così enorme che le orecchie erano quasi allineate all'asse delle spalle. I suoi lineamenti avevano un che di scimmiesco: naso camuso, bocca carnosa... Portava grossi occhiali che accentuavano ancora di più quell'effetto deforme. Anaïs si sentiva al riparo da ogni tentazione.

Da trenta minuti cercava di spiegargli i dettagli della vicenda del Minotauro (il magistrato non aveva avuto il tempo di leggere il suo rapporto). I legami fra il delitto della stazione e il duplice omicidio sulla spiaggia di Guéthary. Il coinvolgimento e la fuga di Mathias Freire, psichiatra a Bordeaux, che aveva fatto il barbone a Marsiglia alla fine del 2009. Il sospetto che pendeva su due uomini vestiti di nero che usavano un fucile militare Hecate II e guidavano un'Audi Q7 apparentemente rubata alla ditta di sorveglianza ACSP.

Il giudice non apriva bocca. Impossibile dire che cosa pensasse.

O non capiva niente, o non aveva voglia di complicarsi la vita.

«Tutto ciò che vedo», si degnò infine di dire, «è che il sospetto numero uno in questa storia...»

«Il testimone.»

«Il testimone, se preferisce, ha preso la fuga e che lei non l'ha ancora ritrovato.»

«È stato rintracciato a Marsiglia. Ho contattato la polizia del posto. Se ne stanno occupando tutti. Non può sfuggirci.» Non era esattamente ciò che le avevano detto, ma in quel frangente lei optava per la forma piuttosto che per la sostanza. Voleva conquistarsi la fiducia del magistrato.

Il giudice si tolse gli occhiali di tartaruga e si massaggiò le palpebre. «Perché è tornato là?» chiese. «Abbastanza curioso, no?»

«Forse ha pensato che fosse l'ultimo posto in cui lo si sarebbe cercato. O magari ha una ragione più profonda per farlo.»

«Quale?»

Anaïs non rispose. Era troppo presto per uscire allo scoperto con le sue ipotesi.

«Concretamente», riprese il magistrato inforcando di nuovo gli occhiali, «cosa conta di fare?»

Lei assunse il suo tono da soldatino della Repubblica. «Voglio andare a Marsiglia per partecipare alle ricerche attinenti al testimone principale di questo caso.»

«Rientra nelle sue funzioni?»

«Ho parlato con Jean-Luc Crosnier, il capo del commissariato dell'Évêché. È d'accordo con me: posso aiutarlo. Conosco il fuggitivo.»

«In effetti, è ciò che mi hanno detto.»

Anaïs non fece mostra di aver colto l'allusione. Prese fiato e partì alla carica. «Signor giudice, a Bordeaux l'inchiesta ristagna. Abbiamo visionato tutti i video delle telecamere di sicurezza e interrogato i senzatetto che potrebbero avere incrociato Philippe Duruy, la vittima. Abbiamo cercato di rintracciare il suo cane e seguito la pista del cibo che gli dava, individuato i posti in cui si procurava i vestiti e la droga. Setacciato la stazione e i punti di ritrovo dei barboni. Monitorato le scorte di Imalgene, l'anestetico per animali utilizzato dall'assassino, in un raggio di cinquecento chilometri... Tutto ciò per fare un buco nell'acqua. Avevamo un testimone indiretto, Patrick Bonfils, presente sulla scena del crimine. È stato ammazzato insieme alla sua compagna... Ecco a che punto siamo. Niente testimoni. Niente indizi. Nessuna pista. La sola cosa che possediamo sono le impronte di Mathias Freire, alias Victor Janusz, nella fossa di manutenzione. Il mio gruppo può proseguire le sue indagini a Bordeaux, ma il mio dovere è avvicinarmi a Freire. E Freire è a Marsiglia.»

Il giudice incrociò le braccia e la osservò in silenzio. Impossibile leggere dietro le sue lenti. Anaïs avrebbe bevuto volentieri un bicchiere d'acqua, ma non osò chiederlo.

Mentre aspettava le parole del giudice, si guardò intorno. Le Gall aveva trasformato completamente il proprio ufficio, eliminando i soliti classificatori di plastica, le scrivanie di ferro vecchio e la moquette sintetica. Li aveva sostituiti con oggetti di un'altra epoca: scaffali di legno verniciato, sedie rivestite di feltro, tappeti di lana... Uno studio di notaio dei primi del secolo scorso.

Curiosamente, malgrado il naso chiuso, sentiva anche un odore di incenso che bruciava da qualche parte. Quel profumo era come un volto nascosto del giudice, che si rivelava con discrezione. Era buddhista? Appassionato di trekking sull'Himalaya?

Il magistrato ancora non si esprimeva. Anaïs sentì che doveva smuovere le acque. Poggiò i gomiti sulla scrivania e cambiò tono. «Signor giudice, non raccontiamoci storie. Lei e io stiamo rischiando grosso in questo affare. Siamo giovani e tutti ci aspettano al varco. Perciò mi dia fiducia. Da un lato abbiamo un assassinio rituale commesso da uno psicopatico a Bordeaux, dall'altro un doppio omicidio nel Paese basco. L'unico legame fra i due fatti è Mathias Freire, alias Victor Janusz. Spetta a me andarlo a stanare. Mi conceda due giorni a Marsiglia!»

Il magistrato fece un sorriso sgradevole. La passione e l'impertinenza da adolescente di Anaïs sembravano divertirlo. «Qual è esattamente la sua idea? A parte Freire, conta di trovare dell'altro a Marsiglia?»

Lei si raddrizzò e sorrise. Per la prima volta colse dietro le lenti di Le Gall quell'intelligenza che gli aveva permesso di superare tutte le prove e approdare a quella scrivania. «Penso che già in precedenza, a Marsiglia, Janusz stesse fuggendo. Aveva paura. Credo inoltre che fosse sulle tracce di qualcosa.»

«Cioè?»

«Non so. Forse di un altro omicidio.»

«Non afferro. Uccide o indaga?»

«Entrambe le opzioni sono possibili.»

«Ha sentito parlare di un altro omicidio? Pensa a un serial killer?»

Anaïs agitò le mani per negare. Detestava quell'espressione ed era comunque troppo presto per arrivare a conclusioni simili.

«Ha consultato il SALVAC?» insistette il magistrato.

Il SALVAC è una banca dati in cui sono raccolti gli omicidi seriali e i loro autori con lo scopo di evidenziare eventuali legami fra i delitti e i criminali.

«Certo. Ho chiamato anche il forte di Rosny. Non è emerso niente. Ma molto dipende dai criteri di inserimento dei dati nel sistema di analisi e...»

«D'accordo, ne sono al corrente. Da dove tira fuori tutte queste supposizioni?»

Anaïs avrebbe potuto propinargli mille frasi altisonanti, ma preferì servirgli la brutale verità. «Il mio istinto.»

Il giudice la osservò per alcuni interminabili secondi. Aveva sempre più l'aria di un Buddha impenetrabile. Emise infine un lungo sospiro, sollevò il sottomano di cuoio ed estrasse un foglio bianco. Anaïs ne poteva intuire la consistenza spessa, nobile e setosa. Carta di una volta, di quella che si usa per scrivere un invito a un ballo o il rifiuto a una domanda di grazia.

«Cosa fa?»

«La distacco, capitano.»

«Sono... sono sollevata dall'incarico?»

«Di-stac-co», fece il giudice scandendo le sillabe. «Parlo arabo? La mando a Marsiglia. Articolo 18 del codice penale, comma 4. Un giudice istruttore può inviare l'investigatore ovunque in Francia, se ciò è utile ai fini della "manifestazione della verità".»

Anaïs sentì che qualcosa non andava. Troppo facile. «La mia squadra prosegue l'inchiesta qui a Bordeaux?»

«Diciamo che sosterrà il nuovo responsabile e il suo gruppo.»

Ecco cos'era. Il magistrato l'aveva lasciata parlare, ma il dado era tratto. Lo stesso Deversat doveva esserne già al corrente il giorno prima. Lei avrebbe potuto strillare, ribellarsi, andarsene sbattendo la porta, ma in fondo se ne infischiava. Correre a Marsiglia: solo questo contava.

«Chi è il nuovo responsabile dell'inchiesta?»

«Mauricet. Possiede una solida esperienza.»

Anaïs non poté fare a meno di sorridere. Alla centrale Mauricet veniva soprannominato «il Becchino» perché aveva sempre cercato sedi vicine ai cimiteri. Nei suoi trent'anni di servizio si era dato da fare per arrotondare lo stipendio con le constatazioni di decesso: un commissario riceve un bonus a ogni constatazione. Non era esattamente il poliziotto sveglio e dinamico capace di braccare un assassino dotato di un'intelligenza superiore.

Il giudice spinse il foglio verso di lei, ma mentre Anaïs stava per prenderlo ci posò sopra la mano. «A proposito di quei due uomini in nero, i cecchini del Paese basco... lei cosa ne pensa?»

Anaïs rifletté sull'unico indizio che aveva tenuto per sé: Mêtis, gruppo chimico e farmaceutico, forse legato al duplice omicidio del pescatore e della sua compagna. «Niente per il momento», mentì. «Solo che la questione è molto più ampia di quanto si potrebbe pensare.»

«Ampia in che senso?»

«È troppo presto per dirlo, signor giudice.»

Le Gall tolse la mano dal foglio. Lei lo prese e lo lesse. Il suo passaporto per il Sud-est della Francia. Se lo infilò delicatamente in tasca. L'odore di incenso conferiva alla scena uno strano carattere religioso.

«Due giorni», concluse il magistrato alzandosi. «A partire da domani, venerdì. Lei mi porta Mathias Freire in questo ufficio lunedì, con le manette ai polsi e una confessione firmata. Altrimenti, non vale la pena che torni.»

«Ti sei fatto fregare. Te lo dico io: ti sei fatto fregare.»

Da due ore Shampooing sfiniva Janusz con la sua litania mentre cercavano Fer-Blanc da un capo all'altro di Marsiglia, senza il minimo risultato.

«Fer-Blanc dev'essere morto e sepolto da un pezzo. Sono mesi che nessuno lo vede. Probabilmente Claudie ha visto passare il suo cadavere all'obitorio e si è inventato questa storia per spillarti dei soldi. Hai comprato le confessioni di un morto!»

Janusz camminava senza replicare. Non era lontano dal pensarla come Shampooing, ma non intendeva farsi prendere dalla disperazione. Avrebbe voluto dire lasciarsi cadere sul marciapiede e aspettare che lo arrestassero. No, Fer-Blanc era la sua ultima possibilità di andare avanti.

Erano tornati al Club Pernod per niente. Avevano fatto una deviazione in place Victor-Gelu. Era da una vita che nessuno vedeva Fer-Blanc. Avevano risalito la Canebière e si erano fermati all'Église des Réformés. Tutto inutile. Erano ripassati al Théâtre du Gymnase e incappati nell'ennesimo pestaggio fra barboni. Se l'erano data a gambe senza fare domande.

Adesso stavano andando verso il centro d'accoglienza di Jour Marceau, per continuare l'indagine e prendere un caffè caldo. La notte avanzava bevendosi la luce come un foglio di carta assorbente. E, via via che scendeva il buio, Janusz si sentiva invadere da un'angoscia incontenibile. Sobbalzava a ogni suono di sirena. Abbassava la testa a ogni sguardo insistente. I poliziotti. I killer. I teppisti di Bougainville... Tutti lo stavano cercando. E lo avrebbero trovato...

Attraversarono la porta d'Aix e raggiunsero il centro Marceau. Il personale aveva organizzato un karaoke. Alla vista dei senzatetto che farfugliavano le canzoni con la loro bocca sdentata, Janusz fece dietrofront. «Vai tu», disse a Shampooing. «Ti aspetto fuori.»

Tremava malgrado fosse sudato: erano due ore che camminavano senza sosta. Si sistemò sotto la volta che dava accesso al centro e si mise a rileggere il referto dell'autopsia.

Un rumore attirò la sua attenzione. A pochi metri da lui era seduto un uomo, immerso nell'oscurità. Janusz aguzzò la vista per cercare di distinguerlo. Portava un logoro maglione e pantaloni del pigiama tutti macchiati. Al posto delle scarpe aveva due sacchetti di plastica. Il suo viso bianchissimo faceva pensare a un Pierrot. Ma un Pierrot al quale le avevano suonate di brutto. La cornea dell'occhio sinistro era rossa e la guancia, tutta gonfia, segnata da un ematoma violaceo.

«Ci stiamo trasformando», borbottò l'uomo con difficoltà.

Stringeva fra le mani una bottiglia di plastica grigia. Janusz pensò che bevesse dell'acquaragia, ma probabilmente era una marca di vino scadente che lui non aveva mai visto.

«Ci trasformiamo, amico.»

«In cosa?» chiese Janusz in modo meccanico.

«La città è una malattia, una lebbra...» continuò l'altro come se non avesse sentito. «A forza di trascinarcisi si è contaminati dalla sua sporcizia, dal suo inquinamento, dal suo fetore... Si diventa catrame, gas di scarico, gomma degli pneumatici...»

Janusz non aveva la forza di reagire a quel nuovo delirio. La stanchezza lo aveva reso permeabile. D'un tratto quell'uomo gli apparve come un oracolo. Un Tiresia dell'asfalto. Gli guardò le mani. La sua pelle si stava già trasformando in catrame. Il suo alito puzzava di diossido d'azoto...

«Salve, Didou», salutò Shampooing apparendo sotto la volta.

L'altro non rispose. Assunse un'aria accigliata e si concentrò sulla sua bottiglia.

«Lo conosci?» s'informò Janusz.

«Tutti conoscono Didou. Si crede un veggente.» Poi, abbassando la voce, aggiunse: «Ma è solo uno svitato fra i tanti. Tranne che è pericoloso. Fa a botte con tutti quelli che non sono d'accordo con le sue predizioni».

Janusz fu grato a Shampooing che, con poche parole, aveva rimesso le cose a posto e spazzato via la sua allucinazione. Dimenticò il mostro in pigiama. «Novità?»

«Zero. Di Fer-Blanc neanche l'ombra. Non hai fame?»

Shampooing aveva la faccia più colorita. Non doveva aver bevuto solo caffè al karaoke... Janusz moriva di fame, ma non poteva arrischiarsi ad andare alle mense popolari.

Come se presentisse i suoi timori, Shampooing annunciò: «Stasera si va al ristorante».

«Al ristorante? Sul serio?»

«Quasi!»

Dieci minuti dopo si trovavano nel cortile sul retro di un fast food e Shampooing rovistava nei bidoni dei rifiuti, tuffandocisi praticamente dentro. La puzza di fritto toglieva il fiato.

Janusz aveva il cuore in gola. Quel posto gli ricordava il cortile in cui, la mattina prima, si era versato il vino sulla testa. Aveva l'impressione di avere vissuto un secolo da quell'atroce battesimo.

Shampooing emerse con le braccia cariche di alimenti chiusi in sacchetti di plastica. «Il signore è servito!» ridacchiò. Gli lanciò i suoi tesori, l'uno dopo l'altro, scandendo: «Pomodori! Pancarrè! Formaggio! Prosciutto!».

Janusz li afferrava, combattuto fra il disgusto e una fame da lupo.

«Tutto rigorosamente biologico!» concluse Shampooing.

Janusz aprì un sacchetto e addentò una fetta di pane a malapena scongelata. Ne provò un godimento profondo. Una sorda riconoscenza dello stomaco. Aprì altri sacchetti. Divorò prosciutto, formaggio, cetrioli... A ogni boccone misurava la profondità della loro miseria: due uomini accovacciati, che mangiavano con le dita, grugnendo come animali. Topi che sopravvivevano nelle viscere della città.

«Coca?» Shampooing gli tese un bicchiere con dentro una cannuccia spezzata.

Lui lo afferrò con avidità e lo vuotò in un sorso. La forza tornò a scorrergli nelle vene, nei muscoli. «Dove andiamo a dormire?» chiese per attenersi alle questioni vitali.

«Bisognerà stare in campana, con quelli di Bougainville in giro e i piedipiatti che controllano i dormitori...»

La sollecitudine di Shampooing gli fece piacere... A meno che non progettasse di tagliargli la gola nel sonno.

«Ci troveremo un posto all'aperto. Ne conosco qualcuno. Ma in febbraio è un po' dura. Il Samu social setaccia ogni angolo. Gli sbirri idem. Non vogliono nessuno fuori. Se uno di noi crepa per strada, per loro sono cavoli acidi.»

La prospettiva della notte sotto le stelle gli fece pensare ai teppisti e all'aggressione. «Sai in che quartiere mi hanno attaccato i tizi di Bougainville?»

«A La Joliette, credo. Sui dock.»

«Che cavolo ci facevo là?»

«Non ne ho idea. In genere restavi da Emmaüs.»

Emmaüs. Janusz rifletté che non aveva ancora indagato nei posti in cui c'erano quelli che lo conoscevano meglio. Adesso era troppo tardi. La sua fotografia doveva ormai circolare in tutti i centri di accoglienza. Gli si accese una lampadina. Si frugò nelle tasche e trovò il biglietto da visita dell'uomo incontrato sul treno di Biarritz.

DANIEL LE GUEN
VOLONTARIO EMMAÜS
06 17354420

«Dove posso trovare una cabina telefonica?»

Durante il giorno la porta d'Aix pareva un suk africano, ma a quell'ora il luogo era completamente deserto. I venditori ambulanti avevano chiuso bottega. Le saracinesche erano state abbassate. Il suolo era disseminato di penne di pollo, scorze di frutta e cartacce. Odori di rifiuti di ogni genere restavano sospesi nella notte nera, attraversata da fantasmi ancora più neri. Donne velate, tipi loschi sotto i cappucci...

«Bisogna sbrigarsi», grugnì Shampooing. «Si alza il maestrale.»

C'era una cabina vicino all'arco di trionfo, al centro della piazza, nascosta fra i pini del parco. Shampooing diede al compagno una carta telefonica in cambio di un biglietto da dieci.

«Vado a rifare il pieno», avvisò il calvo dirigendosi verso una drogheria araba ancora aperta.

Janusz entrò nella cabina e compose il numero di Le Guen. Si rese conto che il vento aveva preso intensità e si faceva sempre più violento. I pini mugghiavano intorno a lui. I vetri tremavano. Dalle fessure filtravano spifferi ghiacciati e umidi.

«Pronto?»

«Daniel Le Guen? Sono Victor Janusz. Si ricorda di me?»

«Come no, ci siamo visti due giorni fa sul treno di Biarritz.»

«Volevo scusarmi per come mi sono comportato... Ho... Ho problemi di memoria.»

«A volte è meglio non ricordare.»

«Invece io voglio ricordare», replicò Janusz con voce più

ferma. Non aveva bisogno di compassione. «Ci siamo conosciuti alla comunità Emmaüs di Marsiglia, giusto?»

«A Pointe-Rouge.»

«Si ricorda della data del mio arrivo?»

«Sei arrivato alla fine del mese di ottobre.»

«Conoscevo già Marsiglia?»

«No. Avevi l'aria completamente... sperduta.»

«Da dove venivo?» chiese Janusz parlando più forte.

«Non ce l'hai mai detto.»

«Può descrivermi com'ero? Cosa facevo?» gridò nell'apparecchio per coprire il frastuono delle raffiche.

«Sei restato con noi due mesi. Lavoravi alla cernita e alla vendita. Dormivi presso la comunità. Eri un tipo serio, silenzioso. Sicuramente troppo qualificato per i lavoretti che ti rifilavamo. All'inizio soffrivi di amnesia, ma a poco a poco ti sei ripreso. Mentalmente, intendo dire. Hai ricordato il tuo nome, Victor Janusz, però hai sempre mantenuto il riserbo sul tuo passato; su come ti fossi ritrovato in quella situazione, perché fossi finito a Marsiglia e così via.»

«Non ho mai causato problemi?»

«Sì e no... A metà dicembre hai cominciato a sparire. Per giorni interi. A volte anche la notte.»

«Bevevo?»

«In effetti non tornavi mai molto sobrio.»

Janusz pensò all'assassinio di Tzevan Sokow, avvenuto a metà dicembre. «Sa dove andassi quando sparivo?»

«No.»

«Ho detto qualcosa quando ho lasciato la comunità?»

«No. C'è stata quella storia della rissa, a fine dicembre... Siamo venuti a prenderti al commissariato dell'Évêché. Due giorni dopo sei scomparso definitivamente.»

«Non ho riferito qualche particolare a proposito della rissa?»

«No. Né agli sbirri né a noi. Eri muto come una tomba.»

D'un tratto l'emicrania tornò a farsi sentire, accompagnata dalla ricomparsa della fitta in fondo all'occhio sinistro... Fuori il vento continuava a urlare sferzando la cabina e facendola vibrare. «In che cosa consistevano i miei "lavoretti"?»

«Be', nell'ultimo periodo gestivi il nostro banco di vendita di indumenti. Aiutavi anche nel laboratorio di piccola sartoria. Non volevi occuparti né di dischi né di libri. Di niente di culturale.»

«Perché?»

«Sembravi... traumatizzato al riguardo.»

«Traumatizzato?»

«A mio parere, prima di diventare un senzatetto eri stato un artista.»

Janusz chiuse gli occhi. A ogni parola il dolore in fondo all'occhio martellava più forte... Sentiva di essere in procinto di scoprire chi era stato prima di diventare Janusz. E quella prospettiva, per una ragione sconosciuta, gli faceva male. «Che... che genere di artista?» balbettò.

«Un pittore, direi.»

«Perché si è fatto questa idea?»

«A causa del tuo comportamento... Rifiutavi di avere a che fare con tutto ciò che poteva assomigliare a un quadro. Però ho notato che te ne intendevi. Una o due volte hai usato termini tecnici, come se fossi del mestiere.»

L'informazione si espandeva dentro di lui come una chiazza di nafta. Non riaffiorava alcun ricordo, ma un terrore vago lo avvolgeva, lo invischiava...

«Un giorno», continuò l'altro, «uno dei nostri volontari ha sfogliato davanti a te un volume di pittura illustrato. Sei diventato livido. A un certo punto hai calato violentemente la mano sulla riproduzione di un quadro e hai sputato fra i denti: "Mai più questo". Me ne ricordo come se fosse oggi.»

«Rammenta di che quadro si trattava?»

«Un autoritratto di Courbet.»

«Dal momento che pensava potessi essere un artista, ha cercato di sapere se da qualche parte ci fossero opere firmate da me?»

«No. Prima di tutto non ne ho avuto il tempo e in secondo luogo ero sicuro che, se quelle tele fossero esistite, sarebbero state sotto un altro nome.»

La cabina oscillava sempre di più, scossa dal vento. La vibrazione dei vetri s'intensificò. D'un tratto lui capì che Le Guen sapeva.

«Prima di essere Janusz eri stato qualcun altro. Così come dopo essere stato Janusz ti sei fatto chiamare Mathias Freire.»

«Come fa a conoscere questo nome?»

«Me l'hai detto tu sul treno.»

«E se ne ricorda?»

«Mi sarebbe difficile dimenticarlo. Torno adesso da Bordeaux e lì quel nome e il tuo viso sono trasmessi in continuazione dai telegiornali regionali.»

«Mi... mi denuncerà?»

«Non so nemmeno dove ti trovi.»

«Lei mi ha conosciuto a quell'epoca», gemette. «Pensa che sia colpevole? Che sarei capace di uccidere un uomo?»

Le Guen non rispose subito. La sua calma contrastava con il panico di Janusz. «Cosa posso dirti, Victor?» replicò alla fine. «Chi dovrei sospettare? Il pittore che probabilmente sei stato prima di venire a Marsiglia? Il senzatetto chiuso in sé stesso che ho conosciuto a Pointe-Rouge? Lo psichiatra in cui mi sono imbattuto sul treno? La sola cosa che devi fare è andare dalla polizia. Farti curare. I medici ti aiuteranno a ricordare la tua identità originaria. È la sola che conti. Hai bisogno di assistenza.»

Janusz si sentì assalire dalla collera. Le Guen aveva ragione, ma lui non voleva quel tipo di consigli. Stava per mandarlo a quel paese quando ebbe uno shock: Shampooing, con la faccia schiacciata contro il vetro.

«Datti una mossa! È arrivato il maestrale! Dobbiamo trovarci in fretta un rifugio prima di trasformarci in ghiaccioli!»

«Sono il comandante Martenot, possiamo parlare?»

«Certo. Sono in viaggio per Marsiglia.»

Al volante della sua Golf, Anaïs teneva il cellulare schiacciato contro l'orecchio. Erano quasi le otto di sera e correva a tutta velocità sull'autostrada in direzione di Tolosa. Duecentoventi chilometri all'ora. Se ne fotteva degli autovelox. Se ne fotteva dei gendarmi. Se ne fotteva di Le Gall, di Deversat e di tutta la loro cricca del cazzo.

«Ho finalmente i risultati dell'autopsia.»

Patrick Bonfils e Sylvie Robin erano stati uccisi il 16 febbraio poco dopo le dieci del mattino. E adesso erano le otto di sera del 18.

«Una cosa davvero rapida», replicò lei secca.

«C'è stato un contrattempo.»

«Ma davvero?»

Martenot rimase in silenzio. Anaïs capì che doveva smetterla con quel giochetto. Niente obbligava l'ufficiale a chiamarla, soprattutto adesso che Mauricet aveva preso in mano le redini del caso.

«Che cosa è emerso?» chiese più gentilmente.

«Il medico legale conferma ciò che sapevamo già. I proiettili che hanno ucciso Patrick Bonfils e Sylvie Robin sono calibro dodici virgola sette. L'arma utilizzata è un fucile Hecate II.»

«Si può risalire al proprietario dell'arma?»

Un'altra pausa. Il comandante sceglieva con cura le parole. «No. A detta degli esperti, l'unica possibilità è identificare il fucile una volta che ne saremo in possesso. Gli Hecate sono censiti in Francia, ma, visto il contesto, questo potrebbe provenire da qualunque posto.»

«Cosa mi dice delle ferite?»

«Anche quelle rivelano il lavoro di un professionista. Patrick Bonfils e Sylvie Robin sono stati colpiti tre volte ciascuno. Una pallottola in testa, due nel cuore o nella regione toracica. Mi sono informato e, attualmente, nel nostro esercito esistono pochi tiratori capaci di un'impresa simile a quella distanza.»

«Ciò riduce la lista dei sospettati, no?»

Martenot esitò di nuovo. Nell'ambiente militare i panni sporchi si lavano in famiglia. Era per questa ragione che il referto dell'autopsia aveva tardato così tanto ad arrivare. Doveva essere stato prima sottoposto a un battaglione di ufficiali, esperti e strateghi. Una controcommissione aveva probabilmente effettuato una seconda autopsia, uno studio dell'angolo di tiro, un'analisi dettagliata dei bossoli...

Gli occhi di Anaïs erano sempre puntati sulle quattro corsie illuminate dai fari. Vedeva sfilare monotone e convulse le strisce bianche discontinue. Aveva l'impressione di rubare la strada alla notte. «L'autopsia ci rivela qualcos'altro su questi delitti?»

«Sì.»

Aveva posto la domanda senza convinzione. Non dava per scontata una risposta positiva. Aspettava il seguito, ma Martenot restò in silenzio. «Che succede?»

«Il corpo di Patrick Bonfils presenta una strana mutilazione. Una ferita al volto inferta post mortem.»

Fra sé e sé Anaïs fece una rapida ricostruzione. Il cecchino aveva ammazzato Bonfils e la sua compagna, mancando però Mathias Freire. Si era lanciato al suo inseguimento assieme al complice. Nel frattempo, acçanto alle vittime sulla spiaggia, erano arrivati di corsa alcuni pescatori. Quindi i killer non avevano avuto il tempo di avvicinarsi al corpo di Bonfils e praticare la mutilazione.

Scelse di affrontare la questione da un altro punto di vista. «Quando ci siamo incontrati a Guéthary non me ne ha parlato», disse.

«Ancora non lo sapevo.»
«Non aveva visto il corpo all'obitorio?»
«Certo che l'avevo visto.»
«Non aveva notato questa mutilazione al viso?»
«Non l'avevo notata perché non c'era. Non ancora.»
«Non capisco.»
«La mutilazione è stata fatta dopo. Nella serata del 16 febbraio. Quando ci siamo incontrati, non ne ero al corrente.»
Anaïs si concentrò sulla strada. Ciò che deduceva dalle parole di Martenot era pura follia. «Vuole dire che la sera qualcuno è entrato all'istituto medico-legale per sfigurare il volto della vittima?»
«Proprio così.»
«Dov'è l'istituto?»
«A Rangueil, vicino a Tolosa.»
«Di che natura è la mutilazione?»
«L'aggressore ha aperto il naso di Bonfils dal basso verso l'alto. Ha prelevato l'osso nasale, la cartilagine triangolare e la cartilagine alare. Tutto ciò che contribuisce a dare al naso la sua forma.»
Anaïs teneva il piede sull'acceleratore. La velocità le impediva di distrarsi. Aveva la gola secca, le bruciavano gli occhi. Ma la sua mente funzionava a pieno regime. Il ritardo del referto dell'autopsia non aveva niente a che vedere con una controperizia militare. «Chi le dice che ciò sia opera dei killer?»
«E di chi altri se no?»
«Perché avrebbero corso questo rischio? Perché rubare quelle ossa?»
«Non lo so. Per me sono dei cacciatori. Quei frammenti sono per loro una sorta di trofei.»
«Trofei?»
«Durante la guerra del Pacifico i soldati americani prelevavano i denti o le orecchie dei giapponesi uccisi. Da tibie o femori umani si ricavavano tagliacarte.» Il gendarme aveva assunto un tono ansioso. Sembrava atterrito e insieme affascinato da quei predatori furtivi e invisibili.
«A che ora si è verificato... l'intervento?»

«Verso le venti. I cadaveri avevano lasciato il centro ospedaliero di Bayonne alle diciassette ed erano appena arrivati a Rangueil. È evidente che l'obitorio non era sorvegliato.»

Anaïs non riusciva a immaginare che degli uomini in grado di colpire un obiettivo a più di cinquecento metri di distanza – dunque dei professionisti – corressero dei rischi simili per impossessarsi di un pugno di ossa. Trofei? «Chi sapeva che i corpi sarebbero stati trasferiti all'obitorio di Rangueil?»

«Tutti: è l'unico istituto medico-legale della regione.»

«A che ora erano previste le autopsie?»

«Subito dopo l'arrivo dei corpi. Non so come gli aggressori se la siano sbrogliata.»

«Che arma hanno usato?»

«Secondo il medico legale un coltello da caccia, con una lama dentellata in acciaio.»

«Ha interrogato il personale dell'istituto?»

Martenot cedette al malumore. «Come crede che passiamo il tempo da due giorni a questa parte? Abbiamo setacciato tutto l'obitorio. Abbiamo trovato una quantità di microframmenti organici, il che non stupisce in un luogo del genere. Abbiamo studiato, analizzato e identificato tutto. Non una sola impronta sconosciuta. Non un solo capello che non appartenga a un cadavere o a un membro del personale. Ci troviamo di fronte a dei fantasmi.»

«Perché mi ha chiamato adesso?»

«Perché ho fiducia in lei.»

«I suoi superiori sono al corrente di questa telefonata?»

«Né i miei superiori né il giudice di Bayonne. E neppure il magistrato nominato per l'assassinio di Philippe Duruy.»

«Le Gall? L'ha contattata?»

«Questo pomeriggio. Non ho ancora chiamato Mauricet.»

Anaïs sorrise. Almeno si era trovata un alleato. «Grazie.»

«Di niente. Chi ha qualcosa di nuovo chiama l'altro.»

«D'accordo.» Anaïs riagganciò. Fissava le strisce discontinue: frammentarie, a singhiozzo, ipnotiche. La proiezione stroboscopica di immagini slegate l'una dall'altra. Tuttavia, in quel vortice, ce n'era una che le si ripresentava continuamente davanti. Quella di una macelleria le cui piastrelle bianche erano imbrattate di frammenti di carne e di pozze di sangue.

Nella sua allucinazione, si trattava di carne e sangue umani.

Janusz e Shampooing continuavano a camminare in direzione sud-ovest. Il piccoletto conosceva un cantiere in fondo ai dock, fra la cattedrale della Major e il quartiere di Panier. Un rifugio ideale per la notte. Ma prima voleva recuperare dei cartoni nascosti in un contenitore da giardino, vicino a Vieille-Charité.

«Per farci un superpaddock!»

Janusz lo seguiva come un automa. La conversazione con Le Guen era stata il colpo di grazia. Prima di essere uno psichiatra e un barbone era dunque stato un pittore, o comunque un artista. Invece di dargli l'impressione di avanzare, la nuova scoperta lo aveva fatto sprofondare nel caos. «È ancora lontano?» domandò.

«Ci siamo quasi.»

Ormai aveva un solo desiderio: addormentarsi per non svegliarsi mai più. Un cadavere avvolto negli stracci che sarebbe stato sepolto in una tomba anonima in mezzo ad altri indigenti.

Si guardò attorno. Il paesaggio era cambiato. Non più i grandi viali che percorreva dal giorno prima, ma un intrico di stradine come se ne trovano in certe città dell'Italia del Sud: Napoli, Bari, Palermo... «Dove ci troviamo?»

«Al Panier, vecchio mio.»

Janusz lesse il nome di una via: rue des Repenties. L'insegna di un negozio: BELLA È LA VITA. Si ricordò di una soap opera che i pazienti del suo reparto seguivano con passione. La serie doveva essere ambientata in quel quartiere.

Malgrado la fatica, il freddo e la paura, si sentì confortato.

Lì c'era una sorta di intimità che faceva bene al cuore. Dalle finestre pendevano panni stesi ad asciugare. Alcune lanterne brillavano come stelle antichissime. Gli apparecchi di climatizzazione appesi all'esterno delle case contribuivano a dare al luogo un'aria meridionale, quasi tropicale.

Attraversarono piazze, si arrampicarono per ripide viuzze, s'inoltrarono in stretti vicoli.

«Ecco, è là!» Shampooing stava additando un piccolo giardino pubblico. Si avvicinò, scavalcò la recinzione, s'immerse fra i cespugli fino a trovare alcuni contenitori verdi destinati a raccogliere foglie secche e ramoscelli spezzati e ne estrasse dei grandi cartoni piegati. «Il tuo letto, Jeannot! Un materasso a tre strati!» esclamò infilandoglieli sotto le braccia.

Ridiscesero le erte stradine. Il maestrale aveva svuotato la città. Boulevard des Dames, boulevard Schumann. Raggiunsero l'autostrada sopraelevata del litorale. Dall'altra parte c'erano i dock e il mare. In mezzo si spalancava un'enorme fossa profonda diversi metri, un cantiere a cielo aperto che si estendeva per parecchi chilometri.

Costeggiarono la cavità. Shampooing gettò la bottiglia ormai vuota e si lanciò in una tirata sul nemico di quella notte.

«Al maestrale non scappi», urlò tra due raffiche. «Scende la valle del Rodano per venire qui ad ammazzarci. Ti soffia addosso ventiquattr'ore su ventiquattro. Ti penetra sotto la pelle. Ti gela le ossa. Ti cerca il cuore sotto le coste per bloccarlo. Come arriva a Marsiglia, perdiamo due o tre gradi. Se metti in conto l'umidità del mare, è come se una tagliola ti si chiudesse addosso durante la notte. Ti svegli che quasi non ti puoi muovere. Se per caso piove, poi, non ti svegli proprio!»

Shampooing si interruppe di colpo. Janusz abbassò gli occhi e vide ciò che lo aspettava: in fondo allo scavo del cantiere c'erano forme che si muovevano, si agitavano, si sollevavano come increspature sulla superficie di un gigantesco fossato. Guardò meglio: alcuni uomini stendevano sul terreno sacchi a pelo, cartoni e teli di plastica, altri si riscaldavano intorno a un falò, fra risate, grugniti e borbottii.

Stavano per scendere quando Shampooing afferrò il braccio del compagno. «Attento!»

Stava arrivando il Jumpy del Samu social. Corsero dietro una baracca del cantiere. Due uomini stavano già calandosi nella fossa per convincere gli irriducibili a seguirli. Offrivano sigarette, facevano gli amiconi...

«Quei fetenti», mormorò Shampooing. «Vogliono metterci tutti al caldo. Hanno troppa paura di avere un Picard sulla coscienza.»

«Che?»

«Un Picard. Un barbone congelato.»

Quanto a lui, Janusz avrebbe dato tutto per essere accudito. Rannicchiarsi in un letto, dormire, dimenticare...

«Leviamoci di torno», bisbigliò Shampooing. «Conosco un altro posto.»

Risalirono il viale evitando i punti troppo illuminati. Lo sguardo fisso, Janusz metteva automaticamente un piede dietro l'altro. Aveva le braccia paralizzate, le gambe come di legno. Shampooing non conosceva solo un altro riparo, li conosceva *tutti*. I ponti. Gli androni. Gli ingressi dei parcheggi. Ogni possibile anfratto, ogni minima cavità.

Ma erano già tutti occupati. Ogni volta trovavano corpi raggomitolati, facce nascoste sotto trapunte strappate o coperte bucate.

Ognuno per sé e il vento contro tutti.

Alla fine s'imbatterono in un'altra voragine dove una gigantesca condotta per la raccolta dell'acqua piovana riposava nel fango. S'infilarono nel tubo, faticando a trovare un posto in cui sistemarsi. Distese contro le pareti curve del cilindro c'erano già decine di uomini.

«Fa bene alle varici!» ridacchiò Shampooing, alludendo al fatto che in quella posizione i piedi stavano più in alto.

Scavalcarono i corpi. Avanzando, Janusz si sosteneva alla parete e credette di bruciarsi le mani al contatto con il cemento ghiacciato. L'odore di piscio e di roba marcia stazionava in cappe cristallizzate. Lui sbatteva contro il cilindro, incespicava e si scontrava con gli altri, che reagivano con grugniti e insulti. Né nemici né compagni di sventura. Solo topi che coabitavano.

Trovarono un posto. Shampooing sistemò nell'incavo i suoi stracci disgustosi. Janusz dispiegò i cartoni chiedendosi in che momento il trapanato avrebbe tentato di fargli la pelle. S'infilò sotto gli imballaggi sforzandosi di immaginare che si trattasse di lenzuola e coperte. Come sempre, prese il coltello e lo tenne stretto sotto il cartone che gli serviva da cuscino.

Come la notte prima, giurò a sé stesso che avrebbe dormito con un occhio solo, ma ancora una volta sentì il sonno piombargli addosso come un'onda travolgente. Resistette. Alle porte del nulla, si concentrò sulla sua indagine. Fer-Blanc era un'impasse. E il resto?

Per l'omicidio avvenuto a Marsiglia la polizia aveva in mano più elementi concreti rispetto al delitto di Bordeaux. La struttura del deltaplano. La cera. Le piume. L'assassino doveva pur essersele procurate da qualche parte e non erano prodotti qualsiasi. Crosnier e il suo gruppo avevano probabilmente effettuato ricerche approfondite su ogni oggetto, su ogni materiale. Avevano scovato qualcosa?

Contemplò un nuovo progetto suicida: procurarsi il fascicolo istruttorio, tentando l'impresa già l'indomani mattina. Cercò di immaginare una strategia, ma il nulla azzerò la sua coscienza. Quando aprì gli occhi, agitava il coltello verso le tenebre.

«Ma che diavolo fai?»

Shampooing era chino su di lui. Attraverso il limbo del sonno ne aveva avvertito la presenza. La minaccia. I suoi riflessi avevano fatto il resto.

«Sei scemo o cosa?» lo aggredì il piccoletto. «Non vedi che siamo inondati?»

Janusz si sollevò su un gomito. Era semimmerso nell'acqua, con i cartoni che galleggiavano. La pioggia scrosciava. Torrenti di fango erano penetrati nella condotta. I barboni erano già tutti in piedi, traballanti, intenti a raccattare i loro averi.

«Spicciati», lo esortò il calvo raccogliendo le sue borse. «Se restiamo qui geliamo!»

Il livello dell'acqua saliva a vista d'occhio. Troppo ubriachi, alcuni barboni non si muovevano. Gli altri li ignoravano mentre si facevano largo a gomitate, spintonandosi per uscire dal budello. Era il panico, ma un panico lento, impacciato, impiastrato di fango e alcol.

Janusz scorse due corpi inanimati le cui facce erano affondate nel fango. Afferrò il primo per il collo, lo tirò su e lo sistemò contro la parete bombata. Stava per fare lo stesso con il secondo quando Shampooing lo agguantò per la spalla.

«Sei fuori o cosa?»

«Non possiamo lasciarli qui.»

«Palle! Bisogna smammare!»

La condotta si svuotava dei suoi inquilini. Stracci e fagotti galleggiavano sulla superficie dell'acqua fangosa: la visione di un naufragio. Janusz tastò il polso ai due disgraziati. La carotide aveva una leggera pulsazione. Assestò un violento schiaffo al primo, poi al secondo. Nessuna reazione.

Ricominciò da capo e, finalmente, gli zombi si riscossero dal torpore.

«Cazzo, sbrigati! Creperemo di freddo!»

Janusz esitò ancora un istante prima di accodarsi a Shampooing. Risalirono la marea di fango verso l'imboccatura del tubo. La melma arrivava fin sopra il ginocchio. Janusz inciampò, cadde e si rialzò. Erano ormai a pochi metri dall'uscita. Lanciò un'occhiata ai due che avanzavano carponi, stralunati. Una volta all'aria aperta, si misero in piedi.

L'acquazzone aumentava d'intensità. Un diluvio monsonico, verticale, ostinato, tranne che l'acqua era gelida. Janusz considerò la nuova prova che li aspettava: dieci metri di ripido pendio da risalire senza il minimo appoggio.

Si misero al lavoro tuffando le dita nella falesia di fango. La pioggia gli sferzava le spalle. Il vento li frenava. Quando uno cadeva, l'altro lo aiutava a rialzarsi, e viceversa. Conquistarono progressivamente un metro dopo l'altro. Infine Janusz riuscì ad afferrare una sbarra di ferro e a issarsi fuori dalla fossa, senza abbandonare Shampooing che scalciava nel vuoto.

Emersero dalla cavità come due sassolini di fango sputati da una ferita minerale. Il calvo non aveva mollato né il sacco a pelo né i fagotti. Janusz stava per congratularsi con lui quando la sua espressione di terrore gli fece girare la testa.

Un gruppo di uomini li aspettava. Non avevano niente a che vedere con i barboni del condotto. Creste, dreadlock, piercing, tatuaggi. Indossavano giubbotti di tela impermeabile o parka militari. Alcuni di loro tenevano un cane per il collare, pronti a scagliarglielo addosso. E, soprattutto, impugnavano armi bianche, fatte «in casa», barbare, di cui Janusz percepiva il micidiale potenziale.

Non fu stupito quando Shampooing mormorò: «Cazzo. I tizi di Bougainville».

Corsero come poterono, impacciati dai vestiti appesantiti dal fango, con le scarpe che facevano *ciac ciac*. Presero a destra e si ritrovarono in una larga strada rettilinea completamente deserta. Attraverso la pioggia battente, Janusz intravedeva lampioni, facciate, marciapiedi e frammenti di cielo. Arrischiò un'occhiata da sopra la spalla. I guerrieri di Bougainville li inseguivano a passo di carica, i cani in testa. Su quella strada non avevano alcuna possibilità di sfuggire loro.

Janusz afferrò Shampooing per la giacca e lo trascinò in una via laterale a destra. Poi in un'altra a sinistra. A una trentina di metri vide una gradinata che saliva ripida al Panier.

Erano tornati sui loro passi. Indicò gli scalini e vi si lanciò senza attendere la reazione di Shampooing. Prese a salire e gettò un altro sguardo indietro: il calvo lo seguiva, con il fiato grosso. Alle sue spalle la banda si faceva più vicina. I cani erano ormai a pochi metri.

Aspettò il compagno. Per un breve istante ebbe l'impressione di sdoppiarsi, di osservare la scena dal di fuori, come un semplice spettatore. Non udiva più niente. Non sentiva più le raffiche di pioggia.

Shampooing infine lo raggiunse. Janusz lo lasciò passare e chiuse il corteo. Ogni scalino era una sfida, una tortura. La pioggia continuava a tempestarli. Ora Janusz si arrampicava come una scimmia, a quattro zampe, aiutandosi con le mani per fare più in fretta. L'impressione di stare a guardare qualcosa che non lo concerneva era svanita.

Era proprio lui quello sul punto di crepare.

Era pura e semplice paura quella che sentiva risalirgli nella gola fin quasi a farlo vomitare.

D'un tratto perse il contatto con il terreno e andò a sbattere con la testa contro uno scalino. Gli sprizzarono scintille negli occhi, seguite da onde di dolore. Un attimo dopo sentì sulla guancia il freddo del cemento bagnato. Il calore del sangue sul viso. Un dolore straziante alla gamba...

Abbassò gli occhi: uno dei cani lo aveva azzannato al polpaccio. L'animale lo trascinava lungo i gradini sdraiato sul ventre. Tentò inutilmente di afferrarsi a un lampione. Alzò la testa: Shampooing continuava a salire. Non si era accorto di niente, oppure preferiva scappare. Voleva gridare, ma uno spigolo gli fracassò la bocca. Tentò di raddrizzarsi. Precipitò di altri due gradini.

Effettuando una torsione su sé stesso riuscì a mettersi sulla schiena. Vide gli occhi del cane inferocito. Dietro di lui arrivava un teppista. Janusz assestò un colpo di tallone sul muso del mastino che rotolò contro le gambe del padrone. Entrambi ruzzolarono giù per le scale.

Approfittò della tregua per mettersi in piedi. Il cane stava già risalendo, seguito dall'uomo. Janusz scivolò, ritrovò l'equilibrio e avanzò a ritroso osservando i nemici. Giunti sotto la luce di un lampione, un dettaglio gli saltò agli occhi. Il guerriero impugnava un'arma: una specie di coltello dalla punta di ceramica affilata. Probabilmente il frammento di una latrina.

Janusz ebbe un'intuizione. Non si sarebbe lasciato sgozzare da un pugnale del genere. Colpì con forza l'aggressore all'orecchio. L'uomo vacillò e si aggrappò alla ringhiera per non cadere. Lui lo agguantò per il collo, lo trasse a sé e gli sferrò una testata laterale, come un calciatore che colpisce un pallone. Una voce gli diceva cosa fare: "Mirare al dorso del naso e alle orbite, evitare l'osso frontale".

Percepì uno scricchiolio di legno secco. Del sangue zampillò fino ai suoi occhi. Per qualche secondo non vide più niente. Si asciugò le palpebre: il suo aggressore era caduto in ginocchio sui gradini. Il cane spiccò un balzo. Janusz lo accolse con una pedata. Rimessosi in posizione, colpì l'uomo al ventre con la punta della Converse. "Sempre mirare al fegato, il punto sensibile dei clochard a causa del massiccio consumo d'alcol."

Il guerriero soffocò un grido e piombò sul cane. I due precipitarono di nuovo insieme. Janusz restò immobile, stupefatto della propria prodezza. Era ridiventato il vero Victor Janusz. L'uomo di strada. Il barbaro dell'asfalto.

Due aggressori emersero dalla cortina di pioggia, uno rasato, l'altro con una cresta rossa sulla testa. Il primo impugnava una sbarra di ferro, il secondo una mazza da baseball guarnita di chiodi. Janusz aveva già sfoderato i pugni quando fu preso da un improvviso scoraggiamento. Era troppo. Si lasciò cadere sul didietro e incrociò le braccia sulla testa, pronto per un pestaggio in piena regola.

Risuonò un primo colpo, seguito da un secondo, più metallico. Janusz non provò alcun dolore. Alzò gli occhi. Shampooing, armato di un enorme bidone dell'immondizia, aveva centrato il primo tizio e mandato il secondo a sbattere contro un lampione. Lanciò loro in faccia il bidone e quelli indietreggiarono.

Poi fece alzare il compagno afferrandolo per il collo e lo spinse su per le scale. Janusz provò per lui una riconoscenza infinita. Dentro di sé riconsiderò il suo giudizio: si poteva sempre contare su un barbone trapanato.

Un pugno di gradini e raggiunsero un nuovo intrico di stradine. Janusz aveva un male tremendo al polpaccio. Il cane l'aveva conciato male. S'inoltrarono in un dedalo di vicoli sempre più stretti, veri e propri budelli dove si poteva passare solo uno alla volta. Dovettero rallentare fino a fermarsi. Senza fiato. Stremati.

La paura era ancora là, ma soffocata dal bruciore ai polmoni, dall'affaticamento dei muscoli, dalla nausea.

«Li abbiamo seminati», ansimò Shampooing.

«È quello che credi tu.» Janusz lo spinse bruscamente in una rientranza facendolo quasi cadere.

«Ma sei diventato matto?»

«Nasconditi.»

La nicchia ospitava il cancello di una casa dissimulato da

cespugli di lavanda e tralci di edera. Janusz si accovacciò sotto le foglie, subito imitato da Shampooing. Si erano appena acquattati che i predatori gli passarono sotto il naso.

Ripresero fiato. Janusz sentiva l'odore gessoso della pietra bagnata e il profumo delle foglie vive. Sensazioni salutari. Erano distrutti, ma sani e salvi. Si guardarono. Il sollievo li legava con un filo invisibile.

«Li seguo», fece Janusz a bassa voce.

«Cosa?»

«Quelli non vogliono romperci la faccia. Vogliono ammazzarci. Devo sapere perché.»

Shampooing lo guardò smarrito. Nella lotta aveva perso il berretto. Il suo cranio martoriato luccicava sotto la pioggia come un uovo di dinosauro. «Hai forse intenzione di andarglielo a domandare?»

«Non a tutti. A uno solo. Prendendolo di sorpresa.»

«Sei completamente fuori.»

Janusz scostò la giacca svelando il manico del coltello. «Ho un'arma.»

«Hai soprattutto il QI di una mosca.»

«Conosci un altro rifugio?»

«Al punto in cui siamo è meglio rientrare all'ovile. Alla Madrague.»

«Non se ne parla. Sai di qualche albergo?»

«Un albergo?»

«Ho i soldi. A Marsiglia ci saranno pure delle camere per gente come noi.»

«Sì, sì, ne conosco, ma...»

Janusz tirò fuori un biglietto da cinquanta. «Vacci di corsa e dammi l'indirizzo.» Poi, mosso da un residuo di diffidenza, aggiunse: «C'è un fratellino per te se mi aspetti nella stanza».

Shampooing fece un sorriso sdentato e gli spiegò come arrivare all'albergo.

«Se domattina non mi vedi», continuò Janusz, «avverti i piedipiatti.»

«I piedipiatti? E poi cosa ancora?»

«Se no sarai arrestato per complicità.»

«Complicità in che? Cosa gli dico a quelli?»

«La verità. Che sono tornato. L'aggressione. La mia volontà di saperne di più.»

«Non eri tanto chiaro neanche prima, ma adesso sei come inchiostro di seppia.»

«Aspettami all'albergo.» Janusz scattò via senza attendere una risposta.

Cercava di correre ma la gamba ferita gli doleva. Rivedeva ancora i denti del cane piantati nella carne. La prima cosa da fare in quei casi era immobilizzare l'arto. Una parola. Quanto al trattamento antibiotico, poteva scordarselo...

Seguiva sempre la strada principale ignorando le vie laterali. Un fiume e i suoi ruscelli. Era sicuro che i predatori avessero fatto lo stesso percorso. Incominciava a disperare di raggiungerli quando la strada svoltò di colpo. Si ritrovò allo scoperto, su una terrazza che dominava la città.

La sorpresa lo fece arretrare.

Suo malgrado, ammirò la scena.

Marsiglia brillava sotto la pioggia come un cielo disseminato di stelle, capovolto. Al di là c'era il mare. Non era visibile, ma lo si indovinava, pieno, nero, sconfinato.

Con i polmoni in fiamme, si lasciò penetrare da quella visione, da quell'atmosfera. Vi cercava freschezza, sollievo, anche se al momento aveva l'impressione che un'emorragia di lava bruciante gli scorresse sotto la gabbia toracica.

Delle voci lo richiamarono al presente. Abbassò gli occhi e vide una gradinata simile a quella che aveva scalato pochi minuti prima. Giù in fondo, in una pozza di luce, c'erano i predatori. Erano in cinque, senza contare i cani. Non udiva ciò che dicevano, ma ne intuiva la collera, l'impotenza e l'ansito.

Janusz li osservò. Trecce argentate, creste rosse o blu, crani rasati ornati di tatuaggi esoterici. Facce costellate di piercing. Erano tutti armati. Mazze, lame, scacciacani.

Sorrise. Ci godeva a spiarli così senza essere visto. Presero la direzione dei dock. Aspettò che scomparissero dal suo campo visivo, poi scese a precipizio la gradinata. La pioggia era cessata, lasciando però ovunque una pellicola unta, fredda e appiccicaticcia.

I cinque andavano verso nord, percorrendo il viale sovrastato dall'autostrada del litorale. Senza curarsi della gamba ferita, Janusz li seguiva a duecento metri di distanza, passando da un pilastro all'altro per tenersi il più possibile nell'ombra. Camminarono così per più di un chilometro, sempre se aveva fatto bene i calcoli. Il viale era deserto. Il maestrale soffiava violento asciugando le tracce dell'acquazzone.

A un tratto presero a destra e s'inoltrarono in strade poco illuminate. Enormi condomini si ergevano contro il cielo di catrame. Janusz credette di riconoscere il quartiere della Madrague. O era forse quello di Bougainville? Attraversarono città dormitorio, giardini spogli e aree giochi con giostre arrugginite.

Il paesaggio si faceva via via più degradato: capannoni in disuso, finestre murate, campi di terra battuta. In lontananza, alcune gru si stagliavano nette contro il cielo. Adesso stavano percorrendo un campo abbandonato. Cespugli di gramigna scossi dal vento. Ovunque, cartacce, bottiglie di plastica e pezzi di cartone. L'odore dei gas di scarico aleggiava come una minaccia. Janusz strinse gli occhi e distinse l'obiettivo dei teppisti: un muro coperto di graffiti che delimitava il territorio incolto.

Era senza fiato. Gli sembrava di udire il suono dei battiti del cuore che gli picchiava forte nel petto. *Tutum... Tutum...* Con un po' di ritardo capì che si trattava del rumore di motori disperso nell'aria umida. Da qualche parte un cantiere era in funzione. Macchine che non dormivano mai.

Gli aggressori si erano dileguati. Davanti a lui restava solo il muro cieco. Probabilmente i graffiti nascondevano una porta che lui non riusciva a distinguere. S'interrogò su quale fosse la strategia migliore. Ce n'era una sola: aspettare che uno di quei bastardi uscisse a pisciare o a fumare all'aria aperta. Allora avrebbe potuto attaccare. L'effetto sorpresa gli avrebbe forse dato un vantaggio...

Si accucciò fra i cespugli. Il freddo riprendeva già il controllo del suo corpo. In pochi minuti avrebbe cominciato a tremare per poi irrigidirsi. Allora la sua temperatura si sarebbe abbassata e...

Qualcuno aveva sbattuto la porta.

Si raddrizzò con estrema cautela e osservò la sagoma che attraversava l'oscurità. L'uomo aveva i dreadlock. Pensò alla creatura dei film della serie *Predator*. L'idea gli mise addosso una fifa mortale ma, al tempo stesso, tolse realtà alla scena. Era come se si trovasse dentro un videogame.

Il tipo camminava con passo incerto. Era ubriaco o strafatto. Si fermò davanti ad alcuni alberelli e svuotò la vescica. Ora o mai più. Janusz fece un balzo. Aveva gli occhi bagnati di lacrime e tutto gli appariva confuso, distorto. Tenendo stretto il coltello, afferrò i capelli dell'uomo e tirò con tutte le sue forze.

Predator si schiantò sulla terra gelata, spalle al suolo. Janusz gli piantò la lama nella patta aperta e, premendogli un ginocchio sul torace e l'altra mano sulla bocca, mormorò: «Se solo fiati te lo taglio».

L'altro non si mosse. Sguardo vitreo, corpo molle. Completamente fatto. Janusz affondò maggiormente il coltello. Allora il guerriero reagì; avrebbe voluto urlare. Janusz gli appioppò una gomitata in faccia. Predator continuò a dibattersi. Altra gomitata. Scricchiolii. Di nuovo la mano sulla bocca. Sotto le dita sentiva i frantumi del setto nasale, il muco insanguinato.

«Non muoverti. Rispondi solo scuotendo la testa, capito?»

Predator fece cenno di sì.

Janusz gli premette la lama sotto la gola. Incoraggiato dalla prima vittoria, domandò: «Mi riconosci?».

Le treccine si agitarono: sì.

«Prima, volevate farmi fuori?»

Altro sì con la testa.

«Perché?» Janusz ammorbidì la presa sulle labbra dell'uomo per permettergli di rispondere. «Perché volevate ammazzarmi?»

«Ci... ci hanno pagati.»

«Chi?» Nessuna risposta. Janusz sollevò il gomito. «CHI?»
«Degli uomini in doppiopetto. Dei borghesi.»
I killer di Guéthary. Volevano proprio la sua pelle. *Con qualsiasi mezzo.* «Vi avevano già assoldati in dicembre?»
«Sì.»
«Quanto per la mia testa?»
«Tremila euro, bastardo.»
Lo stronzo si stava riprendendo. Tremila euro. Non molto, dal suo punto di vista. Una fortuna per i punkabbestia.
«Come avete saputo che ero tornato?»
«Ti abbiamo visto ieri, durante il giorno.»
«E avete avvisato i borghesi?»
«Sì.»
«Avete un contatto?»
«Sì, un numero.»
«Che numero?»
«Non sono io ad averlo.»
Forse mentiva, ma il tempo stringeva. «È un cellulare?»
«No. Il numero di un ufficio, non so cosa...»
«Avete il nome dei tizi?»
«No. Solo una specie di parola d'ordine.»
«Qual è?»
«Non so. Non sono io a...»
Gli assestò un colpo con il manico rompivetro del coltello. L'uomo soffocò un grido e tirò su forte con il naso, come se temesse di perdere per sempre le sue cartilagini.
«Qual è?»
«Non so...» Si palpò il naso producendo il suono di un uovo spiaccicato. «Un nome russo...»
«Russo?»
«Bastardo, mi hai rotto il naso...»
Janusz fu scosso da una convulsione. Non era solo paura. Un crampo, il bruciore della notte prima. Temeva di star male di nuovo.
Doveva concentrarsi sui pochi secondi che gli restavano.
«Perché vogliono la mia pelle?»
«Nessuna idea.»
«Vi hanno dato il mio nome?»

«No. Solo la tua faccia.»
«Una foto?»
Predator sogghignò. Si schiacciò una narice ed espirò un getto di sangue dall'altra. «Non una foto, bello, un disegno.»
«Un disegno?»
«Già», confermò con un'altra risatina. «Un merdoso disegno...»
Un'intuizione. Daniel Le Guen gli aveva detto che era un pittore. Forse quel disegno era un autoritratto firmato da lui? Come potevano i killer essere in possesso di un elemento che risaliva a una delle sue identità precedenti? «Lo avete conservato?»
«Uno di noi ci si è pulito il culo, stronzo.»
Janusz gli avrebbe appioppato volentieri un manrovescio, ma non ne aveva più la forza. L'uomo si tappò la seconda narice ed espulse altri grumi nerastri. Sembrava aver contratto un raffreddore di sangue e violenza.
«Devi rivederli i tizi in doppiopetto?»
«Quando sarai morto, schifoso.»
«Sai dove trovarli?»
«Sono loro a trovarci. Sono ovunque.»
Janusz tremò. Il crampo in fondo allo stomaco diventò un tizzone rovente. Alzò il coltello. Predator si fece piccolo piccolo. Girò l'Eickhorn e colpì l'uomo al plesso solare. La parte aguzza dell'impugnatura, destinata a rompere il vetro, gli tolse il respiro. Il tipo rimase inebetito. Forse era morto. Ormai Janusz bazzicava un mondo in cui quelle sfumature non esistevano più.
Si rialzò senza la minima prudenza. Per un istante fu tentato di aprire la porta mimetizzata fra i graffiti e urlare: «Ammazzatemi!».
Un momento di lucidità lo indusse a ripartire caracollando nel maestrale, fra l'odore di benzina e le cartacce che gli si appiccicavano alle gambe.
Era condannato: non aveva più alcun dubbio. Ma, prima di morire, avrebbe saputo perché. Avrebbe letto l'atto di accusa e la sentenza del giudice.

Anaïs si svegliò più stanca di quando si era coricata. Tre ore di puro incubo: in un obitorio, vampiri in abiti firmati Hugo Boss s'ingozzavano del sangue dei cadaveri dopo avergli tagliato via il naso. La sola consolazione era che suo padre non partecipava al festino.

Ci mise diversi secondi a capire dov'era. La camera di un motel sull'autostrada di cui aveva individuato l'insegna verso le tre del mattino. Si era fermata senza riflettere, inebetita dalla stanchezza. Non ricordava di avere acceso la luce. Era crollata sul letto vestita e aveva accolto gli eleganti vampiri nella camera segreta del suo cervello.

Andò in bagno, si tolse il pullover e premette l'interruttore. Ciò che vide nello specchio le piacque. Una ragazza in T-shirt, con le braccia fasciate, un fisico tonico e compatto. Niente di schiettamente femminile o di civettuolo. Un'atleta di piccola taglia, le cui accennate rotondità potevano passare per una promessa di dolcezza... fino al momento in cui le si toccava. Notò che l'orlo delle palpebre era bagnato di lacrime. Pensò a gocce di rugiada su una maschera d'argilla, e anche quell'immagine le piacque.

Prese il beauty-case e si cambiò le bende, soffermandosi per l'ennesima volta a valutare i danni. C'erano voluti anni perché le prime ferite si cicatrizzassero... D'un tratto si sentì invadere da una profonda tristezza. Si affrettò a fasciarsi le braccia.

Tornata in camera, aprì l'astuccio che portava sempre con sé. C'erano dentro matite, penne ed evidenziatori, tutto il necessario per «fare i compiti» da brava studentessa, ma c'erano anche le sue medicine. Con la sicurezza dell'abitudine, inghiottì una mezza compressa di Solian e una capsula di Effexor. Roba forte. A cui aggiunse quattro mezze compresse di Lexomil.

Il suo trattamento d'urto in caso di depressione.

Quella parola ormai si sprecava, ma lei stessa era una ragazza sprecata. Dopo il liceo, quando era una matricola a giurisprudenza, aveva avuto il primo episodio di depressione ed era stata a letto per più di due mesi, immobile. All'epoca non sapeva ancora di suo padre. Il problema era un altro: le correnti profonde della sua anima, indifferenti al cammino del mondo, o l'eredità genetica della madre. Non si muoveva più. Non parlava più. Si limitava a sopravvivere. Aveva evitato per un pelo il ricovero.

A poco a poco, grazie a un drastico trattamento di antidepressivi, si era ristabilita. Aveva poi conosciuto anni di alti e bassi, nel costante timore di una ricaduta, un'angoscia che non l'aveva mai completamente lasciata.

Come in quel momento. Dall'inizio dell'inchiesta – fra il raffreddore, lo stress e l'eccitazione dell'incontro con Freire – aveva riscontrato alcuni segni premonitori, fra i quali le ferite alle braccia. Temeva di rivivere quelle giornate di roulette russa, in cui il minimo pensiero poteva scatenare il peggio. Angoscia suicida o coma vigile...

Scese alla reception, dove trovò una macchina per il caffè. Si preparò un espresso senza indugiare sullo squallore della hall deserta. Un luogo che non lasciava alcuna traccia, alcun ricordo. Si disse che era come lei: un fantasma fra tanti altri.

Rientrò in camera e controllò i messaggi. Cinque SMS: Crosnier, il poliziotto di Marsiglia; Le Coz; Deversat, che aveva chiamato tre volte nel corso della notte. Lesse per primo quello del comandante marsigliese, sperando e insieme temendo che ci fossero notizie di Janusz. Non ce n'erano. Alle dieci Crosnier le chiedeva soltanto a che ora sarebbe arrivata in città.

Le Coz, alle undici e mezzo, faceva il laconico: «Richiamami». Deversat lo stesso, ma di ora in ora la sua richiesta si trasformava in un consiglio, un ordine, un ruggito.

Richiamò subito Le Coz, che rispose con voce assonnata.

«Mi hai cercata.»

«È per la tua storia di Mêtis», biascicò lui. «Mi sembra sempre meno...»

«Hai scoperto qualcosa?»

«Ho contattato dei giornalisti, investigatori di mia conoscenza che lavorano nelle sedi locali di "Sud-Ouest" e della "République des Pyrénées", a Bordeaux. Professionisti che sono al corrente di tutto nella regione.»

«E allora?»

«Pare sia un "caso che scotta". È escluso parlarne al telefono, per cui appuntamento in piena notte eccetera eccetera.»

«Cosa c'è di così segreto?»

«Non è chiaro. Mêtis oggi è un gruppo chimico e farmaceutico, ma la sua origine è militare.»

«Come sarebbe?»

«L'hanno fondata degli ex mercenari negli anni Sessanta, in Africa. Inizialmente si occupava di agronomia, poi è passata alla chimica e ai farmaci.»

«Che genere di farmaci?»

«Vanno forte con gli psicotropi. Ansiolitici. Antidepressivi. Io non me ne intendo, ma pare che certi loro prodotti siano molto conosciuti sul mercato.»

Ironia dell'inchiesta: nella sua vita lei aveva probabilmente fatto uso dei farmaci Mêtis. «E perché sarebbe un caso che scotta?»

«Sempre le stesse cretinate delle sperimentazioni umane, delle ricerche occulte. Per me tutto ciò rientra piuttosto nel genere della leggenda metropolitana...»

«Sai qualcosa sui legami fra il gruppo e l'ACSP?»

«Niente di che. Mêtis è una costellazione di imprese. Una di esse è questa società di sorveglianza, tutto qua.»

Anaïs pensò all'Audi Q7. Era sicura che invece esistesse un legame fra il gigante farmaceutico e l'omicidio. In compenso, se si escludeva l'origine militare di Mêtis, non c'erano legami fra il gruppo e il pedigree dei cecchini con il fucile Hecate. Ancora meno con la figura di Patrick Bonfils, pescatore inoffensivo della costa basca.

«Il giornalista che ha studiato più a fondo la questione è assente per un reportage. Rientra domani. Vuoi il suo numero?»

«Prima interrogalo. Non so quando tornerò», rispose Anaïs, che subito aggiunse: «E la nostra inchiesta?».

«Che inchiesta?»

«Duruy. Il Minotauro. La stazione Saint-Jean.»

«Credo che tu non abbia ben afferrato la situazione. I ragazzi di Mauricet sono venuti a prendersi i nostri verbali, oltre al disco fisso contenente i documenti relativi al caso. Il Minotauro, per noi, è una storia chiusa.»

Anaïs guardò sul letto il fascicolo delle indagini che si era portata dietro. L'ultimo esemplare del caso del capitano Chatelet e dalla sua squadra. Un pezzo da collezione.

«Senza contare la lavata di capo che mi sono beccato da Deversat.»

«Perché?»

«Hai presente la mia piccola perquisizione di mercoledì notte all'ACSP? Il titolare si è lamentato con il suo stato maggiore. I dirigenti di Mêtis hanno fatto un gran casino. I mercenari africani provenivano in prevalenza dalla nostra bella regione. Mêtis è un gruppo chiave nell'economia dell'Aquitania.»

«E quindi?»

«E quindi quando la grondaia è piena ci casca sul muso, come al solito. Quando ho detto a Deversat che tu mi coprivi, ho avuto l'impressione di gettare benzina sul fuoco.»

Adesso Anaïs sapeva perché il commissario l'avesse chiamata tutta la notte.

«E tu, che novità?» domandò il poliziotto.

«Sono in viaggio per Marsiglia.»

«Devo chiederti se l'hanno ritrovato?»

«Ti chiamerò da là.» Esitò un istante sulla successiva telefonata da fare. Si decise per Crosnier. Conservava il meglio per la fine: Deversat.

Il poliziotto marsigliese aveva un leggero accento e parlava con voce bonaria. Anaïs ebbe d'un tratto l'impressione che il sole, la luce e il calore l'aspettassero a Marsiglia. Il comandante riassunse i fatti. Victor Janusz aveva passato la notte fra il 17 e il 18 febbraio nel dormitorio della Madrague. Era stato aggredito nella toilette e il mattino successivo era scomparso. Da allora più nessuna notizia. Neanche il minimo indizio né l'ombra di una testimonianza.

«Chi l'ha aggredito?»

«Non è chiaro. Probabilmente altri barboni.»

Anaïs non ne era convinta. Forse i killer l'avevano rintracciato? E perché tornare a Marsiglia? Perché mettersi nei vecchi panni di Janusz?

«Volevo segnalarle qualcos'altro», aggiunse Crosnier.

«Cosa?»

«Ieri sera ho ricevuto una sintesi della sua inchiesta sull'assassinio di Philippe Duruy.»

Il documento che aveva preparato per Le Gall almeno era servito a qualcosa.

«Mi ha colpito la natura mitologica della messinscena.»

«Non ne sono sorpresa.»

«No, voglio dire... mi ha ricordato un omicidio dello stesso genere che abbiamo avuto qui.»

«Quando?»

«Lo scorso mese di dicembre. Ero io il responsabile delle indagini. Ci sono molte somiglianze con la sua storia. La vittima era un giovane senza fissa dimora, di origine ceca. Ne è stato ritrovato il corpo in una cala a qualche chilometro dal Porto vecchio.»

«In cosa era... mitologico questo omicidio?»

«L'assassino si era ispirato alla leggenda di Icaro. Il ragazzo era nudo, con la pelle bruciata, e portava sulla schiena delle grandi ali.»

Anaïs restò di sasso. Al di là delle molteplici implicazioni da analizzare, fra i due delitti vedeva un legame palese, avvelenato. La presenza di Mathias Freire sui luoghi del crimine... Un nuovo punto a favore della tesi di Janusz assassino.

«Non è tutto», proseguì Crosnier. «Anche il nostro morto aveva le vene piene di eroina. Abbiamo...»

Lei lo interruppe. «Sarò lì fra due ore», disse infilandosi il giubbotto. «La raggiungo all'Évêché. Ne parleremo con le carte alla mano.»

Crosnier non fece in tempo a replicare. Anaïs uscì nel parcheggio e raggiunse la macchina. Doveva incassare il colpo. Digerire la notizia.

Si fermò davanti alla Golf. Aveva dimenticato Deversat. Compose il numero con le dita tremanti.

«Cos'è questo casino con l'ACSP?» sbraitò il commissario. «Una perquisizione in piena notte? Dove crede di essere? Da ieri pomeriggio il mio telefono trilla in continuazione!»

«Ho voluto guadagnare tempo», azzardò lei con voce rauca. «Ho...»

«Di tempo ne avrà fin che vuole, cara la mia ragazza. Sta andando a Marsiglia?»

«Ci sarò fra due ore.»

«Allora le auguro buone vacanze. Perché è sollevata dall'incarico. Chiamo immediatamente la stazione dell'Évêché. Si scordi di tutto questo e si goda il mare! Ci chiariremo al suo ritorno.»

Janusz si era congedato da Shampooing.

Senza effusioni, ma con un biglietto da cento.

Si era ripulito in un bagno pubblico di rue Hugueny. Era tornato al deposito bagagli della stazione e aveva ripreso i suoi abiti civili.

Si muoveva in un mondo miracoloso in cui nessuno lo riconosceva. Nessuno lo notava. Si era persino convinto di essere diventato invisibile. Il cielo lavato dal maestrale era di un blu cobalto. Il sole invernale pareva una palla di ghiaccio. La violenza della notte prima gli sembrava lontana.

Lungo il tragitto per raggiungere la stazione Saint-Charles aveva gettato il computer in un cassonetto. Ora stava entrando nella toilette degli uomini. Deserta. Si chiuse in un gabinetto, senza prestare troppa attenzione al fetore: aveva sentito ben di peggio. Si spogliò e infilò i pantaloni che aveva nella sacca, assaporando il contatto con il tessuto morbido. Si tolse i vari strati di maglie sbattendo con le braccia contro le pareti e indossò una camicia.

Uscì e gettò in un bidone i suoi indumenti da poveraccio, conservando solo il coltello Eickhorn e il referto dell'autopsia di Tzevan Sokow. Annotò sul taccuino il numero del fascicolo, K095443226, e il nome del giudice istruttore, Pascale Andreu, poi ripose il documento nella sacca. Quanto al coltello, se lo infilò nella cintura sulla schiena.

Il luogo continuava a essere deserto. Si mise la giacca e ne palpò le tasche vuote. I documenti d'identità di Mathias Freire sarebbero restati in fondo alla borsa. Se si faceva prendere dalla polizia, avrebbe sempre potuto dare un altro nome. Dire qualsiasi cosa. Guadagnare tempo. Infine, sistemò il taccuino nella tasca interna della giacca.

Davanti allo specchio constatò di aver riassunto sembianze umane. Indossò l'impermeabile. Stava per mettersi le scarpe quando un guardiano con il cane entrò nella toilette.

L'uomo vide la sacca, notò che lui era in calzini.

«Ah, no, queste cose qui non si fanno. La stazione non è uno spogliatoio.»

Stava per mandarlo all'inferno come avrebbe fatto lo psichiatra Mathias Freire, ma si trattenne. «È per cercare lavoro, signore», disse in tono modesto.

«Sparisci.»

Assentì umilmente. In pochi secondi era saltato nelle scarpe e, afferrata la borsa, si dirigeva verso la porta. L'uomo, guardandolo con diffidenza, si fece da parte. Lui lo salutò prima di varcare la soglia.

Si orientò verso l'uscita della stazione, dove si trovava il posteggio dei taxi. A ogni passo riconquistava la propria dignità. Era tornato fra gli uomini.

Janusz si fece lasciare in rue de Breteuil, vicino all'ex tribunale. Pagò il tassista e diede un'occhiata al palazzo. Con le sue colonne e il frontone triangolare somigliava alla sede del parlamento di Parigi in scala ridotta. L'autista lo informò che la corte d'appello si trovava dietro quell'edificio e che il suo ingresso, a sinistra, dava su rue Joseph-Autran.

Girò attorno all'isolato e trovò una via pedonale. L'entrata era al centro, contrassegnata da un portone di ferro rosso. Si avviò in quella direzione. Aveva le idee chiare: aspettare l'ora di pranzo, entrare nella corte d'appello, salire al piano dei giudici istruttori, trovare l'ufficio di Pascale Andreu, introdurvisi e sottrarre il fascicolo istruttorio riguardante l'omicidio di Icaro. Formulata in questo modo, la missione sembrava facile. In realtà era *mission impossible.*

Varcò il portone custodito dalle guardie. Diede uno sguardo all'interno. L'ingresso vero e proprio era protetto da una doppia porta di sicurezza. Le borse e le valigette venivano sottoposte ai raggi X. Ogni visitatore doveva passare sotto il metal detector e presentare un documento d'identità. Un tribunale non è un porto di mare.

Per darsi il tempo di riflettere, fece il giro completo dell'edificio. Lo aspettava una sorpresa. Sul retro c'era un secondo ingresso, in rue de Grignan, riservato ai professionisti. Giudici e avvocati passavano facilmente senza alcun controllo, a volte senza nemmeno esibire la tessera.

Quindi l'unica soluzione per lui era quella porta.

Guardò l'orologio. Mezzogiorno. Per prima cosa doveva sbarazzarsi della sacca. Si allontanò dalla zona e s'imbatté in un androne che dava su un cortile. Vi entrò e vide varie scale. Ne scelse una e nascose il bagaglio sotto i primi gradini.

Nel tornare al punto di partenza, rifletté che in compenso gli mancava un accessorio: una cartella. Si precipitò in un supermercato e scelse un modello di plastica, di quelli per bambini: era sufficiente per darla a intendere al momento di entrare. Poi incappò in una stazione di servizio che gli diede un'idea. Fece una piccola deviazione per trovare ciò di cui aveva bisogno: un paio di guanti in lattice.

In posizione defilata sotto un portico, sorvegliò l'ingresso secondario. Giudici e avvocati arrivavano a gruppi. Soltanto alcuni esibivano la tessera. La maggior parte entrava conversando, sotto lo sguardo indifferente degli agenti nella loro guardiola di vetro. Con gli abiti che indossava poteva mischiarsi a un gruppo e passare inosservato. Non aveva né freddo né paura. Un fuoco lo riscaldava dal di dentro: eccitazione, adrenalina, determinazione...

Tre uomini in giacca e cravatta si dirigevano verso il portone. Lui si accodò. Ci furono risate, saluti, fruscii di stoffe, ma Janusz non vedeva nulla, non udiva nulla. Senza capire come, si ritrovò all'interno del tribunale.

Camminò a caso, senza rallentare, con la cartella in mano. Si sentiva le gambe molli, le mani avevano dei tremolii inconsulti. Ne ficcò una nella tasca dell'impermeabile e strinse forte l'altra sul manico della cartella vuota. I vari cartelli palpitavano davanti ai suoi occhi: SALE DI UDIENZA, CAMERE CIVILI. Nessuna indicazione del piano dei giudici istruttori.

Trovò gli ascensori. Fu soltanto allora, in piedi davanti alle cabine, che si rese conto del luogo in cui si trovava. Un'immensa sala dal pavimento di piastrelle bianche sovrastata da strutture di metallo rosso.

Le porte cromate si aprirono e un uomo in camicia blu uscì dall'ascensore, la pistola alla cintura. Una guardia.

«Mi scusi», disse Janusz, «cerco il piano dei giudici istruttori.»

«È il terzo.»

S'infilò nella cabina. Le porte si richiusero. Pigiò sul pulsante. La mano continuava a tremare, lucida di sudore. Si asciugò le dita sull'impermeabile e, guardandosi allo specchio, si aggiustò i capelli. Fu quasi sorpreso che il suo viso fosse sempre lo stesso. La sua fifa non trapelava.

Si aprirono le porte. Davanti a lui c'era un corridoio interamente rivestito di PVC e retroilluminato a metà altezza. Era uno strano effetto: il pavimento di linoleum era più luminoso del soffitto, come se i testimoni o gli indiziati convocati dovessero guardarsi soltanto le scarpe. A destra, un'uscita di emergenza senza maniglia con scritto VIETATO L'INGRESSO. A sinistra, qualche metro ancora, poi un angolo retto. Janusz scelse quella direzione.

S'imbatté in una sala d'attesa vetrata in cui varie persone aspettavano con in mano il foglio di convocazione. Per entrare in quel locale occorreva attraversare il «check-point» della segretaria e presentare la richiesta firmata.

In quel momento la segreteria era vuota. Janusz provò ad aprire la porta vetrata. Niente da fare. Alcune persone nella sala gli fecero segno che c'era un campanello vicino alla maniglia. Bastava suonare per chiamare la segretaria di turno.

Janusz ringraziò con un gesto della mano e alzò i tacchi. Tornò verso gli ascensori maledicendo la propria ingenuità e la mancanza di idee. Stava già per premere il pulsante quando si accorse che l'uscita di emergenza era socchiusa. Non credeva ai propri occhi. *Un colpo di fortuna.* Si avvicinò. La sbarretta che sporgeva impediva la chiusura del battente. Senza esitare, si infilò dall'altra parte, immaginando che forse i magistrati si servivano di quella porta per accedere direttamente agli ascensori ed evitare così di fare il giro di tutto il piano.

Sempre le pareti in PVC. Sempre la retroilluminazione. Ma lì c'era una serie di porte che sfilavano sotto i suoi occhi come carte da gioco. Alla sesta, ecco il nome che cercava: PASCALE ANDREU.

Un'occhiata a destra, una a sinistra: nessuno. Silenzio. Fremeva, il sudore gli gocciolava sulla nuca e lungo la schiena. Nessun rumore dall'interno. Si infilò i guanti e, con gli occhi chiusi, girò la maniglia. Per quanto incredibile, l'ufficio non era chiuso a chiave.

In un attimo si ritrovò dentro. Richiuse la porta senza far rumore. Si sforzò di respirare lentamente e ispezionò la stanza. L'ufficio di Pascale Andreu assomigliava a una baracca da cantiere: pareti plastificate, moquette a buon mercato, mobili di metallo. In fondo si apriva una finestra, a sinistra una porta che probabilmente comunicava con l'ufficio della cancelliera.

Janusz si avvicinò alla scrivania su cui era ammassata una grande quantità di documenti. Rifletté. Forse il magistrato era già stato contattato dalla polizia di Bordeaux. Forse il caso Tzevan Sokow era stato riaperto e, allora, l'incartamento avrebbe potuto essere a portata di mano...

Posò la cartella e tirò fuori il taccuino sul quale aveva riportato il codice: K095443226. Memorizzò le ultime sei cifre – tutti i faldoni cominciavano con K095 – poi esaminò i grossi fascicoli accatastati. Nessuno aveva quel numero.

Per ogni evenienza continuò a frugare sulla scrivania. Faldoni vari: ATTI IN CORSO, ORDINANZE DI LIQUIDAZIONI DI SPESE GIUDIZIALI, RICHIESTE DI COPIA. Buste contenenti la corrispondenza dei detenuti, note all'attenzione di vari esperti e altri poliziotti incaricati delle indagini. *Niente per lui.*

Passò all'armadio di destra. Nessun 443226. L'omicidio di Tzevan Sokow risaliva al mese di dicembre: era troppo recente per essere classificato fra i casi del passato e troppo vecchio per trovarsi fra le inchieste in corso. Forse presso la cancelliera?

Si trasferì nella stanza accanto. Stesso spazio, con molti armadi ad ante avvolgibili che crollavano sotto il peso delle carte. Janusz cominciò da quello di sinistra e lesse i numeri sui dorsi dei faldoni partendo dal ripiano più alto.

Stava esaminando il terzo armadio quando sentì bussare. Si pietrificò, il fiato sospeso. Altri colpi attutiti. Restò incollato alla moquette. Aveva l'impressione di sciogliersi in una pozzanghera di terrore. Girò la testa e fissò la porta. La maniglia si muoveva.

Nuovo miracolo: la cancelliera, lei sì, aveva chiuso a chiave la propria porta sul corridoio. Janusz si sentì vagamente sollevato, finché non capì che il visitatore avrebbe fatto lo stesso gesto con l'altra. In quel caso lui era fritto. Era ancora tormentato da quel pensiero quando udì altri colpi, più lontani.

«Dottoressa?»

La maniglia cigolò. Rumore di passi. *All'interno*. Janusz non respirava più. Dallo stato di pozzanghera era tornato a quello di pietra. Qualche secondo ancora. Sentiva la presenza dall'altra parte. La parete gli sembrava sottile come carta di riso. Il cuore gli si era fermato.

Allora percepì, o credette di percepire, un leggero schiocco, come quando si posa una cartella o una busta su un tavolo. Ancora dei passi. La serratura che scatta piano. Il visitatore se n'era andato.

A tentoni, Janusz trovò una sedia e ci si accasciò. Nel movimento urtò con la schiena contro uno scaffale facendo cadere vari fascicoli con un fracasso che gli parve terribile.

Nel raccoglierli, il numero su uno dei dorsi gli saltò agli occhi: K095443226. PROCEDURA CRIMINALE. CASO X. TZEVAN SOKOW. Sulla copertina, un timbro in diagonale: COPIA.

Staccò gli elastici, aprì il faldone e prese i vari incartamenti. Senza nemmeno sfogliarli, passò nell'altro ufficio e li infilò nella sua cartella. Le mani si agitavano inconsulte, i battiti del cuore erano assordanti. Ma al tempo stesso si sentiva invincibile. Ce l'aveva fatta di nuovo. Come la prima volta, nell'ufficio di Anaïs Chatelet. Non rimaneva altro che uscire dal bunker plastificato.

Rifece lo stesso percorso in senso inverso. Chiamò l'ascensore lasciando un'impronta di sudore sull'acciaio inox. Un secondo, due, tre... Ogni rumore gli sembrava amplificato. I colpi di tosse delle persone nella sala d'attesa. Gli ingranaggi del meccanismo dell'ascensore. Una porta vetrata che sbatteva... E allo stesso tempo tutto ronzava come sott'acqua.

L'ascensore non arrivava. Fu tentato di scendere a piedi, ma non sapeva dov'erano le scale. Le porte si aprirono. Uscirono tre uomini. Janusz si spostò stringendosi automaticamente la cartella contro il petto. Quelli non lo degnarono nemmeno di uno sguardo. Si precipitò nella cabina e respirò a fondo. Era in un lago di sudore. Si tolse l'impermeabile e lo piegò sull'avambraccio.

Pianoterra. Le strutture rosse del soffitto gli parvero più basse, più pericolose. I funzionari, giudici e avvocati, tornavano dalla pausa pranzo. La folla si addensava nell'atrio. Janusz si ricordò, *in extremis*, di un particolare: l'ingresso di rue de Grignan funzionava in un solo senso. Tutti uscivano da rue Joseph-Autran.

Cambiò direzione e si scontrò con un drappello di agenti. Si scusò con voce strozzata. Nessuno gli prestò attenzione. Cinquanta metri da percorrere. Ora la minaccia veniva dal suolo. Stava camminando su un campo minato. Da un momento all'altro la situazione gli sarebbe esplosa in faccia. Le telecamere di sicurezza l'avevano già individuato. Il tribunale era sigillato. I poliziotti accerchiavano l'edificio...

Scacciò quei pensieri e si sforzò di stendere il braccio

lungo il fianco in modo da portare la cartella come tutti gli altri. Venti metri. Il brusio attorno a lui continuava ad aumentare. Dieci metri. Ce l'avrebbe fatta. Con il fascicolo dell'istruttoria del delitto di Icaro nella cartella. Ancora una volta era vincente. Ancora una volta...

Ebbe appena il tempo di girare a sinistra. Attraverso i riflessi della porta di sicurezza aveva visto Anaïs Chatelet entrare in tribunale, accompagnata da una donna bruna in tailleur, probabilmente Pascale Andreu. Smarrito, tornò sui suoi passi, ma mentre camminava verso il centro dell'atrio sentì molto chiaramente la voce della ragazza.

«MATHIAS!»

D'impulso, lanciò uno sguardo da sopra la spalla. Anaïs stava oltrepassando precipitosamente il metal detector, facendo scattare l'allarme ed esibendo contemporaneamente il distintivo alle guardie.

Janusz continuò a camminare sforzandosi di non accelerare il passo. Il suo abito nero, l'impermeabile e la cartella avrebbero fatto il resto. Poteva confondersi tra la folla. Poteva raggiungere un'altra uscita...

«Fermatelo! L'uomo in nero! Bloccatelo!» risuonò la voce di Anaïs.

Nessuna reazione. Tutti gli uomini attorno a lui erano vestiti di scuro. Tutti si guardavano l'un l'altro, per vedere se qualcuno dava segni di panico. Janusz fece lo stesso per essere esattamente *come loro.* Lontano, molto lontano, alla periferia del suo campo visivo, scorse un tipo in divisa che si precipitava, con la mano sull'arma.

Anaïs urlò ancora.

«L'UOMO VESTITO DI NERO CON L'IMPERMEABILE SUL BRACCIO!»

Con un gesto istintivo, Janusz ripiegò il trench e se lo mise sottobraccio. Intorno c'era una grande agitazione. Uomini che correvano, che gridavano. Le strutture rosse si abbassavano. Il pavimento sprofondava. Il brusio lo sommergeva.

«FERMATELO!»

Adesso gli sbirri impugnavano le pistole. Alla vista delle armi, alcuni visitatori si buttarono a terra urlando, coprendo la voce di Anaïs. Janusz continuava a camminare lanciando occhiate di panico attorno a sé, come facevano gli altri. Un'uscita, doveva trovare un'uscita...

Si guardò nuovamente alle spalle. Anaïs si avvicinava di corsa, con le due mani incollate alla pistola puntata su di lui. Formulò un pensiero assurdo: non aveva mai visto nessuna così sexy.

Alla sua sinistra c'era un'uscita di emergenza.

Vi si precipitò.

Stava spingendo il maniglione quando la sentì urlare, probabilmente ai poliziotti che erano lì vicino: «Dietro di voi! LA PORTA! DIETRO DI VOI!».

Janusz era già dall'altra parte. Con un calcio spinse la sbarra obliqua e bloccò la porta antipanico. Ora non gli restava che correre. Si trovava negli annessi della corte d'appello. Un corridoio di cemento a vista scarsamente illuminato. Una svolta. Un altro corridoio. La sua coscienza era polverizzata, disseminata ai quattro angoli dell'universo.

Il suo unico punto di gravità era un'immagine, che continuava a martellarlo al ritmo della sua corsa. Anaïs Chatelet. Le sue mani bianche strette sul calcio dell'automatica. L'ancheggiare agile e rapido. Una macchina da guerra. Una macchina che desiderava.

Davanti a lui, un'altra porta antipanico. Stava per raggiungerla quando entrò in collisione con un uomo apparso dal nulla. Ci furono due secondi di esitazione, poi il faccia a faccia con un'arma.

«Non muoverti!»

Janusz rimase immobile, con gli occhi bruciati dalle lacrime. Vide una divisa, un viso indistinto, gesti confusi. Il suo sguardo implorò in silenzio: "Mi lasci andare... la supplico...".

Di colpo ritrovò la lucidità. Capì che i gesti dell'agente erano incoerenti. Il tizio era sorpreso quanto lui. Tentava, con un solo movimento, di bloccarlo e di usare la sua ricetrasmittente, ma non ci riusciva.

L'istante successivo era la sua faccia a supplicare. Janusz aveva mollato la cartella, afferrato l'Eickhorn e inchiodato lo sbirro contro il muro. Ora gli teneva il coltello a pochi millimetri dalla gola.

«Getta l'arma.»

Il rumore della pistola che cadeva sul pavimento concluse la frase. Nessuna resistenza. Senza lasciare la presa, con la mano sinistra Janusz frugò nella cintura dell'agente. Strappò la ricetrasmittente e se la ficcò nella tasca della giacca. Si abbassò e raccolse la pistola rinfoderando il coltello. Soltanto allora arretrò e scrutò il nemico: un paio di manette luccicavano in una custodia agganciata alla cintura.

«In ginocchio.»

L'uomo non si muoveva. Janusz cambiò mano e puntò l'arma alla gola dell'uomo. Una sorta di sesto senso gli suggerì che la pistola non era carica. Mise una pallottola in canna.

«Pancia in giù. Giuro che non sto scherzando.»

L'altro obbedì senza fiatare.

«Mani dietro la schiena.»

La guardia eseguì. Janusz s'impadronì delle manette con la mano sinistra, ne mise una intorno a un polso dell'agente e la fece scattare. Fu sorpreso dalla fluidità del meccanismo. Ghermì il secondo polso e lo bloccò.

«Dove sono le chiavi?»

«Le...?»

«Le chiavi delle manette.»

L'uomo fece segno di no con la testa. «Non le usiamo mai.»

Gli sferrò un colpo con l'arma. Schizzò del sangue. L'agente si raggomitolò contro il muro e balbettò: «Nella... nella tasca sinistra».

Janusz le recuperò e colpì di nuovo l'uomo sulla nuca. Sperava di stordirlo, ma da quanto poteva riscontrare non era così facile. Valutò il tempo di reazione della vittima, leggermente imbambolata. Le mani immobilizzate dietro la schiena, ferito, sperduto in quel corridoio bloccato, ci sarebbero voluti almeno cinque minuti prima che l'uomo fosse soccorso.

Raccolse l'impermeabile e la cartella. Senza riflettere, si

mise la pistola dietro la schiena urtando il coltello. Quella non era più una cintura, era un arsenale. Sempre a terra, l'altro lo osservava atterrito. Janusz fece finta di colpirlo ancora. L'agente incassò la testa nelle spalle.

Ma già lui correva a gambe levate in cerca di un'uscita. Sentiva il suo armamentario picchiare contro le vertebre. Una sensazione inebriante.

Ormai era sicuro che sarebbe riuscito a salvarsi la pelle.

Costasse quel che costasse.

Stradina dopo stradina, si ritrovò ancora una volta sulla Canebière, proprio davanti al commissariato centrale di Noailles. Furgoni, autopattuglie e macchine prive di contrassegni si mettevano in moto in un baccano indiavolato. Una quantità di sbirri, con la mano sulla pistola, correvano verso le vetture, vi saltavano dentro dalle portiere spalancate e subito le gomme stridevano sull'asfalto. Le sirene facevano la loro parte. Janusz si strinse la cartella al petto. A Marsiglia, chiunque respirasse e indossasse una divisa era ormai alle sue calcagna.

Si infilò in un androne. Sarebbe stata una follia tentare di recuperare la sacca. Aveva buttato la ricetrasmittente nel primo bidone della spazzatura che aveva incontrato. Gli rimanevano soltanto il coltello, l'arma dell'agente e il fascicolo. Lasciare Marsiglia... Trovare un nascondiglio... Esaminare il documento, in tutta calma... Ricavarne una nuova pista. Era l'unico mezzo per provare la propria innocenza, *se era innocente...*

L'urlo delle sirene si era allontanato. Gli sbirri probabilmente accerchiavano già il quartiere della corte d'appello. Gli avvisi di ricerca sarebbero stati presto diffusi. Il suo viso e i dati segnaletici sarebbero apparsi su tutti i media. Nel giro di qualche minuto non avrebbe potuto fare un solo passo nella città. Doveva agire immediatamente.

Sull'altro lato del viale individuò un negozio di abbigliamento a buon mercato. Attraversò la strada con gli occhi puntati sulle scarpe. Il suono di un'altra sirena. Indietreggiò spaventato. Un tram. La potente massa di acciaio gli sfilò sotto il naso. La sirena era solo un segnale di avvertimento del guidatore. Barcollante, inebetito, guardò il convoglio che si allontanava.

Poi assunse l'aria più naturale possibile ed entrò nel negozio. Una commessa gli venne incontro. Lui riprese fiato e spiegò che sarebbe andato a sciare, quindi aveva bisogno di un maglione, di una giacca a vento e di un berretto. Sorriso della commessa: aveva tutto e anche di più!

«Mi affido a lei», riuscì perfino a dirle. Entrò nel camerino.

Quasi subito la giovane arrivò carica di giacche a vento, maglioni e berretti. «Penso che siano della sua taglia.»

Janusz prese i capi e chiuse la tenda. Si tolse la giacca e scelse le tonalità più neutre. S'infilò un maglione beige, un piumino color cioccolato, un berretto nero calcato fino alle orecchie. Nello specchio della cabina sembrava una statua di argilla. Comunque non corrispondeva più all'identikit del fuggiasco della corte d'appello. Assicurandosi che nessuno potesse vederlo dalla fessura della tenda, ficcò il coltello e la pistola nelle tasche del parka.

«Prendo questi tre capi», disse uscendo dalla cabina con i vestiti nuovi indosso e la cartella in mano.

«È sicuro dei colori?»

«Sicurissimo. Pago in contanti.»

La commessa saltellò fino alla cassa. «Vuole una borsa per metterci la giacca e l'impermeabile?»

«Sì, grazie.»

Due minuti dopo Janusz camminava sulla Canebière con l'aria di qualcuno che cerca una teleferica. Era meglio essere ridicolo che venire riconosciuto. E adesso dove sarebbe andato? Innanzitutto doveva lasciare la Canebière per vie più appartate. Gettò la borsa di plastica del negozio con giacca e impermeabile in un bidone della spazzatura. Ebbe di nuovo l'impressione di alleggerirsi per volare meglio, ma senza mai decollare.

Prese cours Saint-Louis e attraversò rue du Pavillon. Girò a destra e, istintivamente, capì che scendeva verso il Porto vecchio. *Non era una buona idea.* Stava esitando quando uno stridio di freni lacerò l'aria. Alcuni poliziotti schizzavano da un furgone e correvano verso di lui.

Si girò e filò via. Questa volta era la fine. Gli ululati delle sirene si levavano da tutte le parti del quartiere. Le ricetrasmittenti si passavano il messaggio: «Janusz è stato individuato». In città risuonava un unico urlo: la sua condanna a morte.

Inciampò nel marciapiede, ma non cadde. Si ritrovò su una piazza sviluppata tutta in lunghezza. L'attraversò di corsa, stringendo sempre la sua cartella da scolaro, convinto che tutto fosse perduto. In quel momento vide, come in una fiaba, un alone di vapore. Si asciugò il sudore che gli colava sugli occhi e notò un tombino semiaperto, protetto da cavalletti. Non ebbe alcun dubbio: era la soluzione che cercava. Si avviò in quella direzione guardandosi intorno per accertarsi che non ci fossero operai in vista.

Li scorse a trenta metri di distanza. Con gli stivali e i caschetti, fumavano e compravano panini ridendo. Scavalcò i cavalletti, scostò il copritombino con un colpo di tallone e impugnò la scaletta a pioli dicendosi che tutte quelle occasioni erano segni di Dio. Segni che dimostravano la sua innocenza. Scese nelle tenebre.

Arrivato giù in fondo, prese a destra, si tolse il berretto e avanzò nel cunicolo scansando il canale di scolo posto al centro. Un'altra scaletta, un'altra ancora. La rete della fognatura di Marsiglia non era soltanto sotterranea, era *verticale.*

Capitò finalmente su una scala in muratura, la percorse e si ritrovò in un vasto quadrato di cemento sormontato da passerelle. Una sorta di sala macchine illuminata da lampade al neon in cui erano allineati cisterne, tubi e quadri di comando. Dopo appena tre passi notò un uomo, di schiena, intento a rilevare i numeri dei contatori su un terminale portatile. Si sarebbe detto che fosse sordo, infatti al suo arrivo non si era mosso. Janusz si avvicinò e capì. Con gli auricolari sotto il casco protettivo, il tizio scuoteva la testa al ritmo della musica.

Lui gli piantò la canna della pistola contro la nuca. L'altro capì immediatamente. Con un gesto istintivo, si strappò gli auricolari e alzò le mani.

«Girati.»

L'uomo si voltò. Quando si trovò l'arma puntata in faccia, non manifestò alcun segno di paura. Soltanto un lungo silenzio. Stretto in una tuta grigia, con gli stivali ai piedi e il caschetto in testa, assomigliava a un palombaro. Aveva ancora in mano il terminale portatile e la penna digitale.

«Ha... ha intenzione di ammazzarmi?» chiese dopo qualche istante.

«Non se fai quello che dico. C'è un'uscita?»

«Tante. Ogni galleria si apre su vari accessi. La più vicina è...»

«Qual è la più lontana? Quella che ci farà uscire da Marsiglia?»

«Quella del grande collettore, nella cala di Cortiou.»

«Andiamo.»

«È a sei chilometri!»

«Allora non perdiamo tempo.»

L'uomo abbassò lentamente le braccia e si diresse verso un armadio in ferro.

«Che cazzo fai?» urlò Janusz puntandogli contro la pistola.

«Prendo del materiale. Deve proteggersi.»

Aprì le ante metalliche. Janusz lo afferrò per la spalla e lo scostò. Prelevò lui stesso un casco e se lo mise in testa con una mano sola.

«Prenda anche le maschere», aggiunse l'uomo con voce calma. «Attraverseremo zone con esalazioni acide.»

Janusz esitò davanti all'equipaggiamento. C'erano stivali, tute, respiratori, bombole di metallo...

L'altro si fece avanti. «Posso?» Il tecnico scelse due maschere che ricordavano i vecchi modelli antigas della prima guerra mondiale, versione design. Ne porse una a Janusz. Poi prese un paio di stivali. «Con questi sarà più a suo agio.»

L'uomo si mostrava assurdamente premuroso e sicuro di sé. Janusz ebbe paura. Quell'atteggiamento nascondeva una trappola? L'allarme era scattato a sua insaputa? Allontanò il pensiero. Non poteva fare altro che fidarsi della sua guida.

Mentre si attrezzava, l'altro gli chiese: «Cos'ha fatto?».

«Una sola cosa devi sapere: non ho più niente da perdere. Puoi usare la ricetrasmittente?»

«No. Qui c'è soltanto un centralino per contattare le altre squadre. Posso però mandare un messaggio con il mio terminale portatile.»

«Lasciamo tutto qua. Noteranno la tua assenza?»

«Non mi dispiacerebbe... Ma in queste gallerie non sono che un topo fra i tanti. Scendo, controllo, risalgo. Tutti se ne fottono.»

Impossibile capire se bluffava. Janusz abbozzò un gesto con la pistola. «Su, andiamo.»

Si avviarono nei tunnel. Ciascuno era la copia conforme del precedente. Janusz era madido di sudore: in quei cunicoli aleggiava un'aria calda, puzzolente, appiccicosa, infernale.

Non gli ci volle molto tempo a capire le ragioni dell'indifferenza dell'operaio. Quell'uomo era monomaniaco, ossessionato dal proprio mestiere. Era tutt'uno con il suo labirinto. Camminando non smetteva di parlare della rete sotterranea di fognature, della storia di Marsiglia, della peste, del colera...

Janusz non ascoltava. Vedeva i ratti correre sulle tubature, all'altezza delle loro facce. Vedeva sfilare i nomi delle strade, ma non conosceva abbastanza la città per capire dove si trovasse. Era costretto a seguire ciecamente l'uomo topo che strascicava gli stivali nello scolo centrale.

Aveva perso la nozione del tempo e dello spazio.

«Ci vuole ancora molto?» chiedeva di tanto in tanto.

L'altro rispondeva in modo confuso, riprendendo subito il suo discorso storico. Uno svitato. Una volta sola Janusz notò un cambiamento fra i cunicoli. I topi si fecero di colpo più numerosi, brulicanti ai loro piedi, ammassati gli uni sugli altri per arrampicarsi verso la volta del soffitto. I loro squittii risuonavano contro le pareti riecheggiando all'infinito.

«Les Baumettes», commentò il tecnico. «La prigione. Una magnifica fonte di cibo, di rifiuti e di calore...»

Janusz passò attraverso quella torma in punta di piedi. Più in là la galleria si allargava per diventare un canale afoso e buio. L'acqua, o per meglio dire il fango, arrivava fino alle ginocchia.

«Un bacino di dissabbiatura che trattiene le sostanze dense. Si metta la maschera. Le esalazioni cominciano qui. Sono pericolose perché il nostro olfatto non le percepisce, eppure sono mortali.»

Avanzarono sguazzando nella melma. Janusz non udiva altro che il suono del proprio respiro amplificato dalla maschera. Aveva in bocca un gusto di ferro e di gomma. Una fila di neon proiettava le loro ombre sfocate sulle pareti gocciolanti. Dopo circa un chilometro lo scenario cambiò ancora: il bacino si allargava e poterono risalire sulle sue strette sponde.

La guida abbassò la maschera. «Ci siamo.»

Janusz respirò la prima boccata d'aria come un annegato che ritorni in vita. Deglutì e pose la sua eterna domanda: «È ancora lontano?».

L'altro si limitò a tendere l'indice. Alla fine del tunnel appariva un chiarore insolito. Non direttamente, ma riflesso sulle acque nere: tanti piccoli rombi sparsi sulla superficie come frammenti di mica.

«Cos'è?»

L'altro prese il mazzo di chiavi. «Il sole.»

Janusz e il tecnico si misero d'accordo. L'uomo aveva la macchina nel parcheggio della stazione di depurazione. Lo avrebbe accompagnato in una località di sua scelta e i due si sarebbero dimenticati l'uno dell'altro.

Senza caschetto né maschera, l'uomo rivelava un viso segnato e cotto dal sole. Probabilmente durante i weekend l'esploratore dei bassifondi andava a pescare, stava all'aria aperta. Si trovavano sulla falesia che domina il grande collettore di Marsiglia. Davanti a loro avevano una visione del mare a centottanta gradi. Qua e là le onde si frangevano sulle coste di isolotti neri formando nastri di schiuma argentata. Il panorama era meraviglioso, ma il fetore micidiale.

Se ci si sporgeva dal dirupo, si distingueva la realtà della cala di Cortiou: masse di schiuma giallastra, correnti di merda e scie di rifiuti che si mischiavano alle acque color indaco. Migliaia di gabbiani volteggiavano al di sopra di questa schifezza cercando la loro felicità fra tonnellate di detriti vomitati giorno e notte.

«Il mio Kangoo è laggiù. Ti lascio da qualche parte e poi *adiós.*»

Janusz sorrise notando che ora l'uomo gli dava del tu. Lui aveva riposto la pistola nella cintura dietro la schiena e scelto la soluzione più pigra: fidarsi del palombaro del fango. «Guidi tu», disse. Poi aggiunse la frase di rito: «E niente scherzi».

«Se avessi voluto fregarti, saresti ancora a sguazzare in una cloaca.»

Janusz concordava. Aveva avuto fortuna con quel tipo solitario: aveva qualcosa del disadattato, del ribelle. Un topo della controcultura. Si tolsero l'equipaggiamento e salirono nel Kangoo che emanava un gradevole odore, molto diverso dai miasmi delle fogne.

L'auto prese la direzione opposta a Marsiglia, seguendo le frecce per Cassis. Durante il primo chilometro Janusz scrutò attentamente la strada e il litorale, poi lasciò perdere. Il problema principale non era «dove» ma «cosa fare». Non sapeva né dove andare né qual era il suo obiettivo. Quell'idea gli ricordò l'unica pista da seguire.

Aprì la cartella e tirò fuori il fascicolo con il numero K095443226.

«Dove vado?» chiese l'altro come se si trattasse di una mappa con indicazioni precise.

«Dritto», rispose Janusz.

La prima cartelletta conteneva le foto della scena del crimine. Era lo spettacolo più incredibile che avesse mai visto, a eccezione naturalmente delle foto del Minotauro. Steso sulle rocce grigie della cala, un cadavere nero, scheletrico, in una posizione da martire, guardava il cielo. Ai lati del corpo si estendevano due immense ali bruciacchiate, che avevano seminato tutt'intorno piume carbonizzate e pezzetti di cera.

Passò ai rapporti della polizia rilegati a spirale. I marsigliesi non avevano fatto le cose a metà. Avevano ricostruito nei dettagli come Sokow aveva trascorso le giornate precedenti la sua morte. Erano risaliti alle sue origini, tracciando anche un profilo della sua personalità. Un rifugiato dell'Est, versione punkabbestia. Avevano lavorato con la squadra Narcotici per stabilire la provenienza dell'eroina trovata nelle vene del morto, senza approdare a nulla.

Avevano soprattutto indagato a fondo sugli indizi indiretti dell'omicidio. Le ali, la cera, le piume. Avevano contattato i fabbricanti di deltaplani, i rivenditori di seconda mano, i rottamai specializzati in questo tipo di materiali. Nella regione di Marsiglia e poi in tutta la Francia. Senza ottenere risultati. Avevano interrogato i produttori di cera d'api del dipartimento del Var e di quelli vicini, nonché i loro clienti. Inutilmente. Si erano rivolti ai produttori delle piume usate dall'assassino: piume d'oca bianche. Avevano chiamato i centri di allevamento e i principali compratori del materiale in tutta la Francia: i fabbricanti di materassi, di abbigliamento, di arredi... Nessuna informazione. Non un solo cliente sospetto, non una sola ordinazione fuori dal comune nei mesi precedenti l'omicidio.

Sembrava che il killer preparasse lui stesso i prodotti che utilizzava...

Quei dati lo rassicurarono. Non poteva essere stato lui ad architettare tutto ciò, soprattutto non *inconsapevolmente*.

«Okay, siamo a Cassis. E adesso cosa faccio?»

«Continua a guidare.»

Janusz aprì l'ultima cartelletta. Era dedicata all'unico testimone del delitto, a parte la coppia che passeggiando aveva scoperto il corpo: Christian Buisson, soprannominato Fer-Blanc. Una vecchia conoscenza. Gli sbirri non avevano avuto maggior fortuna di lui e Shampooing. Non avevano mai ritrovato quello svitato, nonostante una minuziosa ricerca nel mondo dei clochard. Avevano torchiato i senza fissa dimora, il personale dei centri di accoglienza, delle mense popolari e degli ospedali. Nessuna traccia dell'uomo dal cervello di metallo.

Tuttavia avevano ottenuto un'informazione fondamentale che Janusz ignorava. Christian Buisson era molto malato. Un cancro gli stava divorando il fegato, in seguito a un'epatite C contratta molti anni prima.

La polizia aveva ottenuto quelle informazioni da un medico volontario, Éric Enoschsberg, proveniente da Nizza, membro dell'associazione Médecins des rues. La conclusione dell'ultimo rapporto era evidente: Christian Buisson era morto da qualche parte, in un letto d'ospedale o sotto un cartone da imballaggio, in modo anonimo.

«Trovami una cabina telefonica», disse Janusz al suo autista.

«Dottor Enoschsberg?»
«Sì?»
«Sono il comandante di polizia della stazione centrale di Bordeaux.»
«Di cosa si tratta?»
Janusz aveva trovato il numero del cellulare del medico sul verbale dell'audizione e comprato una carta telefonica. In quel momento la sua «guardia del corpo» andava su e giù davanti alla cabina e non faceva nessun gesto sospetto né manifestava l'intenzione di scappare. Janusz gli aveva promesso che gli avrebbe sparato senza esitare se avesse fatto qualche fesseria.
«Vorrei parlarle di uno dei suoi pazienti, Christian Buisson. Tutti lo conoscono come Fer-Blanc.»
«Ho già risposto a tutte le domande dei suoi colleghi lo scorso dicembre.»
«Ci sono fatti nuovi. Il killer ha colpito un'altra volta. Nella nostra città.»
«E allora?»
«Le telefono per un supplemento d'inchiesta.»
Seguì un silenzio. Janusz non avrebbe sicuramente inserito Enoschsberg nella categoria dei fan della polizia.
«Lei ha spiegato che l'estate scorsa curava Christian Buisson e...»
«Curare è una parola grossa. Allo stadio in cui era...»
«La chiamo proprio per questo. I miei colleghi non hanno mai ritrovato Fer-Blanc. Ne hanno concluso che l'uomo sia morto senza essere stato identificato. Mi chiedevo se lei

avesse rivisto questo paziente nelle settimane successive all'inchiesta e...»

«Sì, l'ho rivisto.»

Janusz si sentì mancare il fiato. Aveva chiamato il medico convinto che fosse una battaglia persa in partenza. Ed ecco che il pesce abboccava. «Quando esattamente?»

«Ai primi di gennaio. L'ho visitato a Tolone.» Altra pausa. Il medico sembrava esitante. «Gli inquirenti mi avevano chiesto di chiamarli se avessi avuto notizie, ma non l'ho fatto.»

«E perché?»

«Perché Fer-Blanc era agonizzante. Non volevo che gli sbirri, voglio dire i suoi colleghi, lo scocciassero ancora.»

Janusz giocò la carta dell'empatia. «Capisco.»

«Non credo, no. Christian non solo stava morendo ma aveva paura. Era chiaro che aveva visto qualcosa che lo metteva in pericolo. Qualcosa che i suoi colleghi, all'epoca, non hanno preso in considerazione.»

«Vuol dire... il volto dell'assassino?»

«Non so, ma da quel giorno si nascondeva. Era terribile. Stava per morire e si rintanava come uno scarafaggio...»

«Lo ha fatto ricoverare?»

«Era allo stadio delle cure palliative.»

«È morto quindi?»

«No.»

Janusz strinse il pugno contro il vetro. «Dov'è?»

«Conoscevo un posto a Nizza. Mi sono occupato di tutto. Da metà gennaio trascorre giorni tranquilli. Al sicuro.»

«DOV'È?» Janusz si pentì subito di avere ripetuto la domanda e soprattutto del modo in cui l'aveva posta, urlando. Il medico non rispose. Era proprio quello che voleva evitare: che uno sbirro andasse a scocciare un poveraccio sul punto di morte.

Poi, contro ogni aspettativa, l'uomo capitolò. «Si trova presso i Pénitents d'Arbour di Nizza.»

«Cos'è? Un ordine religioso?»

«Una confraternita molto antica, risalente al dodicesimo

secolo, con la vocazione di farsi carico dei malati in fin di vita. Ho pensato a loro per Fer-Blanc.»

«Hanno un ospedale?»

«Appartamenti terapeutici. Luoghi che offrono un accompagnamento alle persone in difficoltà...»

«Dove?»

Enoschsberg esitò un'ultima volta, ma non poteva fermarsi a metà strada. «Avenue de la République, a Nizza. Non so cosa vuole chiedergli, ma spero che sia importante. Spero soprattutto che rispetterà il suo stato.»

«Grazie, dottore. Mi creda, è importantissimo. Agiremo con il massimo della delicatezza e del rispetto.»

Riattaccando, capì che il suo bluff prefigurava ciò che sarebbe realmente successo. I poliziotti di Bordeaux e di Marsiglia avrebbero riaperto l'inchiesta di Icaro. Uno di loro avrebbe certamente richiamato il dottor Éric Enoschsberg per carpirgli la stessa informazione.

Anaïs Chatelet osservava la porta chiusa a chiave davanti a lei. L'avevano portata lì, al commissariato dell'Évêché, come si trascina una pazza in un ospedale psichiatrico. Verso le tre del pomeriggio, quando appariva ormai evidente che Janusz era di nuovo riuscito a fuggire – dopo essere stato individuato e accerchiato da varie pattuglie si era letteralmente *volatilizzato* –, Anaïs era stata colta da una vera e propria crisi di rabbia.

Si era sfogata sulla propria auto, colpendola a calci, poi se l'era presa con quelli delle pattuglie che avevano localizzato Janusz e l'avevano lasciato scappare. Aveva buttato il loro berretto per terra, strappato le loro insegne, tentato di colpirli. Era stata bloccata e ammanettata. L'avevano rinchiusa in quell'ufficio; tenuto conto del suo ruolo, le avevano risparmiato la gabbia dei guardati a vista.

Ora si trovava sotto l'effetto del Lexomil. Aveva preso la dose massima, due compresse, che aveva buttato giù come fossero ecstasy. Si erano sciolte sotto la lingua e l'effetto cominciava a farsi sentire. La quiete dopo la tempesta...

Stava appoggiata alla scrivania, con la testa sulle braccia incrociate, aspettando di passare sotto il torchio. Eppure la mattinata era cominciata bene. Jean-Luc Crosnier, il comandante che aveva diretto le indagini sull'assassinio di Icaro e che attualmente sovrintendeva le ricerche di Janusz, l'aveva accolta di buonumore. Le aveva messo a disposizione un ufficio – quello che ora fungeva da prigione – permettendole di sfogliare l'intero fascicolo dell'inchiesta.

Lei non aveva trovato nulla di nuovo. Un buon lavoro,

certo, ma che era andato a sbattere contro un muro. L'assassino mitologico sapeva fare piazza pulita dietro di sé. Gli agenti di Marsiglia non erano riusciti a scovare un solo testimone, a parte un barbone ubriaco che poi era scomparso. Né a individuare il minimo indizio, nonostante il materiale usato: struttura del deltaplano, cera, piume...

Per contro, non c'era dubbio che si trattasse dello stesso killer. Il *modus operandi*, l'eroina, la messinscena simbolica indicavano la stessa follia. Anaïs aveva notato soltanto una differenza: da nessuna parte risultava che il corpo di Tzevan Sokow contenesse meno sangue del normale. Lei non aveva dimenticato quel particolare – erano stati prelevati uno o più litri di sangue da Philippe –, anche se non era riuscita a spiegarselo né a servirsene. Longo aveva dedotto il fatto dal pallore della pelle. Impossibile da constatare sul cadavere bruciacchiato di Icaro.

Verso le undici e mezzo, dopo avere studiato per bene gli elementi dell'inchiesta, Anaïs aveva chiamato Pascale Andreu, giudice istruttore incaricato del caso, che aveva accettato di pranzare con lei il giorno stesso. E al ritorno dal ristorante era successo l'impossibile. Janusz che se la svignava sotto il suo naso, con il fascicolo istruttorio sottobraccio...

Peggio di così non si poteva immaginare.

Si era lasciata scappare il fuggiasco per la seconda volta. Deversat aveva ragione: avrebbe dovuto godersi Marsiglia d'inverno, passeggiare sulla spiaggia senza impicciarsi...

Si alzò. Il commissariato dell'Évêché aveva sede in un palazzo nobile dell'Ottocento. Lei in realtà si trovava nell'edificio moderno adiacente a quel monumento nazionale, ma dalle finestre vedeva la cattedrale della Major. Costruita in due tipi di pietra, con i suoi toni crema e cioccolato la grande chiesa assomigliava a un dolce italiano.

Squillò il cellulare. Anaïs si asciugò le lacrime che le inondavano gli occhi. Lacrime spontanee, di una persona strafatta di farmaci che non sa più dove si trova. Doveva smetterla con tutte quelle merde chimiche...

«Deversat. Cosa sono tutte queste idiozie? Le era stato formalmente vietato di partecipare all'indagine.»

«Ho capito.»
«È troppo tardi. Adesso è implicata fino al collo in questo casino.»
«Come sarebbe a dire "implicata"?»
«Basta che lei sia presente perché Janusz riesca a farla franca.»
Le parve che il mondo le crollasse addosso. «Sospetta forse di me?»
«Io no, ma sicuramente quelli della Disciplinare ci faranno un pensiero.»
La sua gola era più secca di una fornace per la calce. «È stata forse aperta... un'inchiesta?»
«Non ne so niente. Mi hanno appena chiamato. La aspettano qui a Bordeaux.»
Quella storia le sarebbe costata molto di più di una semplice nota di biasimo. La polizia delle polizie avrebbe scavato nella sua vita. Sarebbe risalita a Orléans e ai suoi metodi al limite della legalità. Alla sua fragile salute psichica. Al padre e al suo passato di torturatore...
La voce di Deversat le risuonò nei timpani. Il tono era cambiato. Più caloroso, quasi paternalistico.
«La sosterrò, Anaïs. Non prenda troppo a cuore tutto questo. Lei è ancora giovane e...»
«Vada a farsi fottere!» Riattaccò.
Nello stesso momento la porta si aprì. Crosnier era un pezzo d'uomo dall'aria piuttosto placida. Aveva un sorriso beffardo sulle labbra, seminascosto dalla barba pepe e sale.
«Mi ha fregato per bene.»
Aveva una voce dolce, ma Anaïs non si fidava troppo: forse era una strategia d'attacco. «Non avevo scelta.»
«Naturale che ce l'aveva. Avrebbe potuto giocare a carte scoperte e spiegarmi la situazione.»
«Mi avrebbe appoggiata?»
«Sono sicuro che avrebbe saputo convincermi.» Crosnier prese una sedia, la girò e vi si mise a cavalcioni, con le braccia incrociate sullo schienale. «E adesso?» Non c'era la minima ironia nella sua domanda. Piuttosto una benevolenza dovuta all'estrema stanchezza.

«Mi restituisca il fascicolo di Icaro», ingiunse Anaïs. «Me lo lasci studiare ancora stanotte.»

«Perché? Lo conosco a memoria. Non ci troverà nulla di nuovo.»

«Troverò quello che Janusz ci sta cercando. Ha corso tutti questi rischi per recuperare l'incartamento presso il giudice...»

«Ho appena parlato al telefono con Pascale Andreu. La procura minaccia di toglierle l'istruttoria.»

«Per quale ragione?»

«Per aver raccontato la propria vita a una poliziotta priva di qualsiasi autorità in questa faccenda. Per aver lasciato il suo ufficio aperto. Per non aver conservato il fascicolo in un armadio chiuso a chiave. Scelga lei la ragione.»

Anaïs ebbe un pensiero fugace per quella donna stravagante che l'aveva sommersa di parole durante il pranzo. Un'altra che avrebbe passato un brutto quarto d'ora. «Mi dia il fascicolo», ripeté. «Me lo dia per questa notte.»

Crosnier sorrise. Aveva una faccia da grosso orsacchiotto stanco, piuttosto attraente. «Questo suo tizio cosa sta cercando di preciso?»

«Il colpevole.»

«Ma non è lui?»

«Ho creduto nella sua innocenza fin dall'inizio.»

«Ma le impronte nella stazione di Bordeaux? Il modo in cui ha imbrogliato tutti? La fuga?»

«Diciamo che è una reazione a catena.»

«Lei si muove davvero controcorrente.»

«Mi conceda ancora questa notte», insistette Anaïs. «Mi chiuda qui, in questo ufficio. Domattina saprò dov'è andato a finire Freire.»

«Freire?»

«Voglio dire Janusz.»

Il capo della polizia estrasse dalla tasca un blocchetto di appunti e alcune fotocopie. Mise tutto davanti ad Anaïs. «È stata ritrovata una sacca sotto una scala, vicino alla corte d'appello. Gli oggetti personali del sospettato. I documenti di identità sono a nome di Freire. Lei ha ragione: sta svolgendo delle indagini.» Girò le fotocopie affinché lei potesse leggerle. «È il referto dell'autopsia di Tzevan Sokow. Non so dove se lo sia procurato.»

Anaïs tese la mano verso il taccuino, ma Crosnier vi mise sopra bruscamente la sua manona pelosa. «Le farò avere il fascicolo completo di Icaro. Qualsiasi cosa trovi, qualsiasi cosa capisca, lei mi trasmette immediatamente l'informazione e se ne torna a casa. Non s'immischia più in questa indagine, chiaro? Si consideri fortunata se ho sistemato la faccenda con gli agenti che lei ha massacrato.»

«Domattina le do le informazioni e torno a casa», ripeté lei meccanicamente.

Crosnier tolse la mano dal taccuino e si alzò.

Nessuno dei due credeva a quella promessa da marinaio.

Janusz guardava deluso dalla finestra della sua stanza.

Aveva lasciato l'operaio delle fogne a Hyères verso le cinque del pomeriggio. Poi un tassista, un tipo originario della Baie des Anges che causalmente stava tornando a casa, aveva accettato di portarlo a Nizza. Per quattrocento euro aveva percorso i centocinquanta chilometri che separano le due città, pedaggio e benzina compresi.

Durante il tragitto il tassista non aveva smesso di parlare di un evento eccezionale: il Carnevale di Nizza che giungeva al culmine proprio quel 19 febbraio. Janusz avrebbe visto che roba: sfilate di carri incredibili, battaglie di fiori... Una città in festa per sedici giorni!

Janusz non ascoltava. Si domandava come sfruttare quella circostanza. Immaginava una confusione generale. Una folla mascherata... Grida, colori, caos a tutte le ore del giorno e della notte... Polizia e servizi d'ordine sopraffatti dagli spettacoli e dal pubblico... Non male dal suo punto di vista.

Adesso che era lì, capiva che il tassista aveva delirato. Gli aveva promesso il Carnevale di Rio e invece si ritrovava in una città in ibernazione, dalle strade fredde e deserte. Si era rifugiato in un albergo di standard medio, l'hotel Modern, in boulevard Victor-Hugo, e stava contemplando la strada addormentata di sotto, dietro i cipressi e le palme. Nizza somigliava a un immenso centro di villeggiatura. Gli edifici, di diversi stili ed epoche, si sarebbero potuti scambiare per ville delle vacanze, ma tutto indicava che era bassa stagione.

Davanti a quella scena immobile, gli tornarono in mente altre informazioni su Nizza, più conformi a ciò che vedeva:

una città dedicata al business della terza età, difesa da telecamere e società di sorveglianza private. Una città che offriva, compreso nel prezzo, oltre al mare e al sole, sicurezza blindata e tranquillità borghese. Insomma, la meta peggiore per un fuggiasco...

Aveva già chiamato la Maison des Pénitents d'Arbour. Un messaggio registrato dava il numero del cellulare di Jean-Michel, un uomo la cui sola voce era tutto un programma: fede, benevolenza e carità. Non era il momento di giocare al poliziotto. Janusz gli aveva spiegato che era un ex senzatetto, un compagno di Fer-Blanc. Aveva appena saputo che stava finendo i suoi giorni ad Arbour e voleva rivederlo un'ultima volta. Un po' riluttante, Jean-Michel gli aveva dato appuntamento per l'indomani alle nove del mattino.

Janusz si staccò dalla finestra e lasciò scorrere lo sguardo nella stanza. Un letto, un armadio, un bagno minuscolo. La tenda era aperta sul suo riflesso nello specchio del lavandino, illuminato dall'insegna al neon all'esterno. Uno spettro, puzzolente dopo il viaggio nelle fogne, in possesso di un unico tesoro: un fascicolo che aveva svelato soltanto il nome di un moribondo...

Uno spettro che aveva fame. Poteva rischiare di uscire? Decise di sì. Svoltò a caso a sinistra, seguendo la luce dei lampioni. Sul viale si allineavano imponenti dimore dagli stili eclettici: bovindi e fregi palladiani accostati a torri moresche e bassorilievi in stucco... Nonostante quegli ornamenti, l'insieme esprimeva la stessa altezzosa indifferenza. Sembrava di essere nell'Italia del Nord o in Svizzera. Ma se faceva simili paragoni voleva dire che conosceva quei paesi...

In avenue Jean-Médecin trovò una paninoteca. Comprò un sandwich al prosciutto e riprese a camminare. Gironzolando a caso, capitò nella celebre Promenade des Anglais. Lì il fronte delle costruzioni affacciate sul mare ricordava i *piers* della costa inglese. Cupole e tetti a Pan di Zucchero, rosa kitsch e linee vittoriane.

Attraversò il lungomare e scese sulla spiaggia. Invisibile nelle tenebre, la risacca faceva rotolare le sue onde spumeggianti, tra sordi respiri e schiocchi fruscianti, irreali... Camminò sulla sabbia e si sedette a gambe incrociate, lontano dalle luci, avvolto nel freddo, masticando il panino con uno strano godimento. Sentiva sulle spalle il peso della solitudine. Non aveva un amico, un alleato da qualche parte? Una donna viva e non il fantasma di un'impiccata? Nell'evocare quel ricordo – l'unico che gli sembrasse affidabile –, pensò che in quel caso forse aveva una pista. Doveva tentare una ricerca.

Una sirena della polizia, in lontananza, interruppe le sue riflessioni. Gli sbirri erano già sulle sue tracce a Nizza? Improbabile. Il mare respirava nell'ombra. Un rumore lugubre ma anche un'espressione di potenza. Il ritmo delle onde gli ricordò il suo destino segnato da un eterno ritorno.

Aveva già condotto l'indagine di cui si occupava, probabilmente a diverse riprese. Ma ogni volta aveva perso la memoria. Ogni volta era ripartito da zero. Un Sisifo che corre contro il tempo. Doveva scoprire la chiave dell'enigma prima di avere una nuova crisi che avrebbe cancellato tutto, come un'onda cancella una scritta sulla sabbia...

Si rammentò di un'opera sulla memoria che aveva studiato tempo addietro – *quando?* – scritta da un filosofo francese dell'Ottocento, Jean-Marie Guyau, morto di tisi a trentatré anni. L'autore vi aveva lavorato accanitamente fin dalla più giovane età, come se avesse intuito la precoce condanna. Decine di volumi, migliaia di pagine che trattavano del tempo e della memoria. Guyau scriveva:

> Sotto le città inghiottite dalla lava del Vesuvio si trovano ancora, se si scava in profondità, le tracce di città più antiche, precedentemente inghiottite e scomparse... La stessa cosa è successa nel nostro cervello. La vita attuale ricopre, senza poterla cancellare, la vita passata, che le fa da sostegno e da base segreta. Quando scendiamo in noi stessi, ci perdiamo in mezzo a tutti questi detriti...

Janusz si alzò e riprese la via dell'albergo. Doveva scendere nelle proprie catacombe. Fare degli scavi archeologici. Trovare le città morte in fondo alla sua memoria.

Anaïs Chatelet giunse alla soluzione alle 5.20 del mattino. Ne ebbe conferma alle 5.30. Alle 5.35 chiamava Jean-Luc Crosnier. Lo sbirro non dormiva: sovrintendeva ancora alle operazioni di sorveglianza per ritrovare Janusz, a Marsiglia e nella regione. Si trovava in una stazione della gendarmeria lungo la A55, l'autostrada del litorale.

«So dov'è Janusz», disse sovreccitata.

«Dove?»

«A Nizza.»

«Perché a Nizza?»

«Perché è lì che Christian Buisson, detto Fer-Blanc, sta morendo.»

«Lo abbiamo cercato per mesi e non siamo mai riusciti a beccarlo. Sarà morto da qualche parte sulla costa, senza documenti d'identità.»

«Fer-Blanc è fuggito a Tolone, poi è stato trasferito a Nizza, dove si trova ancora adesso. Vive in un appartamento terapeutico dove è sottoposto a cure palliative.»

«Come lo sa?»

«Ho ripreso le sue indagini dal punto in cui lei le ha lasciate. Ho chiamato il medico che all'epoca aveva in cura Buisson a Marsiglia. Eric Enoschsberg, di Médecins des rues.»

«Sono stato io a interrogarlo. Cosa le ha detto?»

«Che aveva rivisto Fer-Blanc a Tolone, a gennaio, e che l'aveva trasferito in una struttura gestita dai Pénitents d'Arbour.»

Crosnier ingoiò il rospo. Certamente i nomi, le date e i

luoghi non gli erano sconosciuti. «Perché Janusz sarebbe andato laggiù?»

«Perché ha seguito esattamente il mio stesso percorso. Ha contattato Enoschsberg ieri pomeriggio. Si è fatto passare per un poliziotto. Occorre partire immediatamente. Janusz dev'essere già a Nizza!»

«Calma. C'è un patto fra me e lei.»

«Lei non ha ancora capito che tipo sono?»

Crosnier fece una risata sarcastica. «Ho capito che tipo è non appena ha varcato la soglia del mio ufficio. Una bambina viziata in cerca di sensazioni forti. Una piccola borghese che ha scelto di entrare nella polizia per sfida. Una rompiballe che si crede al di sopra delle leggi mentre dovrebbe farle rispettare.»

Lei incassò il colpo. «È tutto?»

«No. Per il momento, lei non è nemmeno più un poliziotto. Solo una delinquente posta sotto la mia responsabilità. Mi ha telefonato la Disciplinare. Incaricheranno una squadra all'Évêché di interrogarla.»

Gola secca. Tempie madide di sudore. Stavano preparando la sua esecuzione. Ma lei rimaneva una fiamma affamata di ossigeno, di combustibile. «Mi liberi. Partiamo adesso. Aspettiamo Janusz alla struttura di Arbour e torniamo con lui.»

«E poi cos'altro?»

«Scriverà nero su bianco che l'ho aiutata per questo arresto. Che la mia probità non può essere messa in discussione. Lei ha tutto da guadagnare con questa mossa. E io potrò essere riabilitata.»

Seguì un breve silenzio. Somigliava al rumore del tamburo di una pistola che viene caricato.

«Passo a prenderla.»

«Si sbrighi.»

«Devo dare degli ordini qui. Capito?»

«Ci scapperà ancora una volta!»

«Non si preoccupi», disse Crosnier. «Avvertiremo i Pénitents. Li conosco, ce ne sono anche qui a Marsiglia. Chiamo la polizia di Nizza e...»

«Non faccia mettere nessuno davanti alla casa di Arbour. Janusz capirebbe subito che è una trappola.»

«Sul serio? Nizza è come Fort Knox. Telecamere dappertutto. Pattuglie a ogni incrocio. Mi creda, Janusz è fritto. Ora chiami uno dei miei uomini. Le farà un caffè. Verrò a prenderla fra mezz'ora.»

«Quanto ci vuole per raggiungere Nizza?»

«Un'ora e un quarto se si corre veloci. Ce la faremo.»

Il poliziotto riattaccò. Anaïs seguì i suoi consigli. Un tenente la liberò e la portò alla mensa degli ufficiali della polizia giudiziaria. Non era la benvenuta. Certo si era scusata, spiegata, umiliata, ma restava pur sempre la fuori di testa di Bordeaux che aveva aggredito a mani nude i loro colleghi. Così si mise in un angolo, ignorando gli sguardi ostili.

Ingoiò un sorso di caffè ed ebbe l'impressione di deglutire una colata di tenebre. L'eccitazione cedeva il passo alla stanchezza. Si interrogò: era proprio questo che voleva? Sbattere Mathias Freire in galera?

Quella notte non aveva solo letto il fascicolo istruttorio di Icaro. Aveva anche studiato le annotazioni di Janusz. Contenevano un elemento cruciale che fin dall'inizio lei aveva intuito confusamente. Freire, alias Janusz, non era né un impostore né un manipolatore che agiva con lucidità.

Era un viaggiatore senza bagaglio, come Patrick Bonfils.

I suoi appunti non lasciavano dubbi, anche se erano stati scritti a uso personale. Lei aveva saputo leggere tra le righe. Le sue due identità erano solo fughe psicogene. Probabilmente due delle tante. Freire/Janusz conduceva la propria inchiesta personale sugli omicidi ma anche e soprattutto su sé stesso. Tentava di risalire a ognuna delle sue identità nella speranza di scoprire la prima, il suo nucleo d'origine.

Finora era riuscito a stabilire soltanto una cronologia degli ultimi mesi. Da gennaio in poi era stato Mathias Freire. Da fine ottobre a fine dicembre Victor Janusz. *Ma prima?* Cercava risposte, roso innanzitutto da questo dubbio: era lui l'assassino del Minotauro? Quello di Icaro? Era un cacciatore? Una preda? Entrambi?

La storia che stava vivendo era molto più grande di lui.

Finora aveva avuto la fortuna del principiante, ma in qualsiasi momento avrebbe potuto essere colpito da una pallottola vagante o essere raggiunto dai misteriosi uomini in nero, quelli che nei suoi appunti chiamava «gli *énarques*», allusione al loro aspetto di funzionari o politici.

Freire scriveva anche di certi disadattati che avevano tentato di farlo fuori a Marsiglia, una prima volta a dicembre – nella rissa che aveva portato al suo arresto – e una seconda volta nella notte del 18 febbraio... Era riuscito a far parlare uno di quei teppisti e aveva saputo che erano stati pagati dai killer in nero che lo volevano morto. Occorreva interrogare quegli individui del quartiere di Bougainville. Ne avrebbe parlato a Crosnier durante il viaggio a Nizza...

«Anaïs...»

Si svegliò di soprassalto. Il grosso sbirro le scuoteva la spalla. Si era addormentata sulla poltrona della mensa. Attraverso la porta socchiusa vide un andirivieni di poliziotti. La squadra di notte che sostituiva quella del giorno.

«Che ore sono?»

«Le sette e venti.»

Anaïs trasalì. «Siamo in ritardo!»

«Saremo là tra un'ora. I Pénitents sono stati avvisati. Gli agenti sono già sul posto.»

«Le avevo detto...»

«Poliziotti in borghese. Li conosco.»

«Li ha avvertiti che Janusz è armato?»

«Ho proprio l'impressione che mi prenda per un cretino. L'aspetto in macchina.»

Anaïs risalì nell'ufficio, indossò il giubbotto e fece un salto alla toilette. Tuffò la testa sotto l'acqua fredda. Il sangue le pulsava nelle tempie. La nausea le tormentava le viscere. Ma la stanchezza era svanita.

Uscendo dal commissariato dell'Évêché, respirò con piacere l'aria gelida. Crosnier era già al volante. Lei si guardò intorno: nessun'altra auto. Niente cavalleria né grandi manovre. L'idea di quella squadra ridotta le piacque.

Si stava dirigendo verso l'auto priva di contrassegni quando il cellulare le squillò in tasca. Lo prese con un gesto maldestro, facendolo cadere. Lo raccolse. «Pronto?»

«Le Coz.»

Il nome sembrava venire da un altro pianeta.

«Ti chiamo a proposito di Mêtis.»

«Cosa?» Anaïs faticava a concentrarsi. Crosnier aveva messo in moto e l'aspettava facendo ruggire il motore.

«Stanotte ho visto l'ultimo giornalista, Patrick Koskas. Ha ficcato il naso più degli altri.»

«Di che stai parlando?»

«Di Mêtis, Dio buono!»

«Ho davvero molta fretta», disse lei a denti stretti.

«Ciò che mi ha raccontato è allucinante. Secondo lui, Mêtis non ha mai reciso i suoi legami con l'ambiente militare.»

«Ne possiamo parlare più tardi, no?»

«No. A detta di Koskas, il gruppo avrebbe in corso ricerche chimiche su molecole in grado di infrangere le volontà più coriacee. Una specie di siero della verità.»

«Se si tratta di queste baggianate, si può aspettare...»

«Anaïs, c'è qualcos'altro.»

Lei trasalì. Le Coz non la chiamava mai per nome. Era un segnale d'allarme piuttosto che indice di affetto.

«Koskas è riuscito a procurarsi l'elenco degli azionisti della società anonima.»

Crosnier faceva manovra con un grande stridore di gomme. Anaïs lo raggiunse di corsa.

«Parleremo di tutto questo più tardi, Le Coz. Si...»

«In questo elenco c'è un nome che conosco.»

Con la mano sulla portiera, Anaïs s'impietrì. «Di chi si tratta?»

«Di tuo padre.»

«Preferisco avvertirla. Non ragiona più.»

Jean-Michel aspettava Janusz davanti ad Arbour. L'edificio spiccava fra gli altri palazzi di avenue de la République. Era moderno, dai colori solari: giallo scuro, giallo chiaro, giallo squillante. Non proprio ciò che ci si aspettava per un luogo che ospitava gente in fin di vita. L'uomo gli sembrò un po' troppo nervoso. Sospettava qualcosa? Aveva forse letto i giornali del mattino, con la sua faccia in prima pagina? Era troppo tardi per fare marcia indietro.

Janusz seguì Jean-Michel in un atrio su una parete del quale era appesa una grande targa con una croce rossa su campo bianco e la scritta PREGARE AGIRE AMARE. Si avviarono su per una scala senza scambiarsi una parola. Janusz aveva portato con sé la cartella con il fascicolo. Non aveva intenzione di tornare in albergo. Mentre saliva, osservò l'uomo che lo precedeva. Si aspettava un vecchio avvolto in un saio bianco, con il cappuccio alzato e una corda alla cintura. Jean-Michel era invece un atleta in maglione e jeans di una cinquantina d'anni, con i capelli a spazzola e gli occhiali di tartaruga.

Imboccarono un corridoio scarsamente illuminato da una finestrella. Il linoleum grigio sotto i loro piedi brillava come l'acqua di un fiume. Il silenzio era opprimente. Non un cartello, nessun odore che indicasse la natura del luogo. Avrebbe potuto essere tanto un ufficio di assistenza sociale quanto un'esattoria.

Jean-Michel si fermò davanti a una porta e si voltò, i pugni sui fianchi, controluce. L'immagine aveva un che di imperioso, come se per Janusz fosse giunto il momento del giudizio finale.

«Dato il suo stato, le concedo dieci minuti.»

Janusz si inchinò in silenzio. Aveva assunto suo malgrado un contegno raccolto.

Jean-Michel bussò alla porta. Nessuna risposta. Allora prese un mazzo di chiavi. «Dev'essere sul balcone», disse facendo scattare la serratura. «Gli piace stare lì.»

Entrarono nell'appartamento, un monolocale inondato dal sole del mattino. Parquet galleggiante, pareti spoglie rivestite di carta da parati di colore chiaro. Un angolo cottura contro la parete di sinistra, impeccabile.

Tutto pulitissimo.

Tutto luccicante.

Tutto freddo come un laboratorio.

Jean-Michel additò la portafinestra aperta: sul balcone, un uomo, di schiena, era seduto su una sedia a sdraio. Dopo aver fatto segno a Janusz con le due mani aperte – dieci minuti, non uno di più – se ne andò in punta di piedi, lasciandolo a qualche metro dall'uomo che stava cercando da due giorni.

Si fece avanti, con la cartella in mano. Christian Buisson era girato verso il sole, avvolto in una coperta tirata su fino al mento. Il balcone dava sul viale. Il campo visivo si limitava all'edificio di fronte, la colonna sonora ai rumori del traffico, scanditi dallo sferragliare dei tram che passavano con regolarità.

«Salve, Fer-Blanc.»

Il vecchio non si mosse. Janusz varcò la soglia e gli si mise di fronte, appoggiandosi alla balaustra. Buisson si degnò di alzare lo sguardo e non manifestò alcuna sorpresa. Sembrava una mummia imbalsamata.

«Sei venuto per farmi fuori?» chiese.

Janusz prese una sedia pieghevole, l'aprì e si sistemò accanto a lui, dando le spalle alla ringhiera. «Perché dovrei farti fuori?»

Il viso dell'altro cambiò. Smorfia o sorriso, impossibile dirlo. La sua pelle era flaccida, grigia ed esangue. Lasciava intravedere i muscoli. Gli occhi inespressivi erano come avvitati in fondo alle orbite. Le guance e il mento, irti di peli, facevano pensare a un porcospino intinto nel mercurio.

«Sono venuto a parlarti della cala di Sormiou.»

«Naturalmente.»

L'aveva detto con l'aria di saperla lunga, con un che di quasi furbesco. In quel momento Janusz pensò che non avrebbe ottenuto nulla di sensato dal moribondo. Tutta quella strada per questo... Un rottame fuori dal tempo che aveva perso la ragione e che aveva ancora voglia di fare il cretino alla fine della sua vita. Avrebbe voluto provare compassione per quel mentecatto, ma si rifiutava di immaginare cosa sarebbe stata la propria vita se fosse uscito dall'edificio senza nuove informazioni.

«Sei venuto per farmi fuori?» ripeté Buisson.

«E perché dovrei?» ribadì Janusz. Ebbe l'impressione di girare a vuoto.

«Hai ragione», ridacchiò l'altro, «per quel che mi resta da vivere...» Schioccò le labbra e aggiunse in un bisbiglio: «Mi piace andare laggiù».

Janusz si chinò e tese l'orecchio. Non doveva più muoversi né respirare.

«Ci vado all'alba, quando si alza il sole... D'inverno, verso le otto del mattino.»

Fer-Blanc tacque. Janusz lo incoraggiò. «È quello che hai fatto quel giorno?»

Il vecchio alzò un sopracciglio. Lui riconobbe lo sfavillio avido nel suo sguardo. «Non hai nulla da mandar giù?»

Janusz avrebbe dovuto pensarci. Il linguaggio universale dei barboni. «Raccontami qualcosa e andrò a comprarti del vino.»

«Dici tanto per dire.»

«Racconta.»

La bocca si mosse, facendo un rumore di sigaro schiacciato nel portacenere. Pareva stesse masticando qualcosa, forse le parole che presto avrebbe sputato... «Ho un superpotere...» disse alla fine. «Sento quando la gente sta per morire. Questo crea uno squilibrio magnetico nell'aria. Lo avverto con il ferro che ho nel cervello.» Si puntò l'indice sul cranio. «Come i rabdomanti e la loro bacchetta di legno, afferri?»

«Afferrato. Quella mattina c'era un uomo morto nella calanca.»

«Ho imboccato il sentiero e sono arrivato fino alla spiaggia. C'erano un sacco di alghe, cose schifose portate a riva dal mare...»

Fer-Blanc tacque. Si mise di nuovo a masticare. In pieno sole, tremava sotto la coperta. Il rumore del traffico saliva dalla strada. Stavolta Janusz fu preso da compassione. Gli ultimi momenti di un senzatetto dimenticato... In fondo quell'appartamento non era così freddo. L'impegno dei Pénitents non era così inutile. Non erano solo i vecchi ricconi ad avere il privilegio di spegnersi sotto il sole di Nizza.

«Cos'hai visto allora sulla spiaggia?»

«Non sulla spiaggia, sugli scogli...» Il barbone guardava fisso davanti a sé. Contemplava di nuovo la scena. Gli occhi grigi e febbrili si asciugavano come ostriche aperte al sole. «C'era l'angelo... L'angelo con le ali aperte. Era una scena magnifica. Ma l'angelo si era bruciato. L'angelo si era avvicinato troppo al sole...»

Fer-Blanc poteva anche avere il cervello bacato, ma aveva scoperto la scena del crimine prima di tutti.

Janusz prese a tremare a propria volta, anche se il sole gli bruciava la schiena. Si chinò e fece sforzi sovrumani per non strapazzare il vecchio. Ciò che era venuto a cercare era lì, a portata di mano. «Ma vicino all'angelo c'era qualcun altro? Hai visto un uomo?»

Lo zombi strabuzzò le pupille vischiose e fissò Janusz. «Sì, c'era un uomo.»

«Cosa faceva?»

«Pregava.»

Non era la risposta che Janusz si aspettava. «Come sarebbe a dire?»

«Era in ginocchio vicino all'angelo. E ripeteva sempre la stessa parola.»

«Che parola, Fer-Blanc? L'hai sentita?»

«Non ho sentito nulla, ero troppo lontano. Ma gliel'ho letta sulle labbra. È un altro potere che ho, da quando ho lavorato con i sordomuti al centro di...»

«Ma cosa diceva, Dio buono!»

Il malato ridacchiò e si rannicchiò sotto la coperta.

Janusz aveva l'impressione di essere un pesce attaccato all'amo. In quell'attimo si rese conto che nella strada di sotto risuonava una musica, o piuttosto una sorta di martellamento. Note strane, grottesche. Una musica da incubo. All'altro capo della città il Carnevale era incominciato. Si sforzò di stare calmo e mormorò all'orecchio del moribondo: «Fer-Blanc, sono venuto da lontano per avere questa informazione. Cosa diceva l'uomo che pregava accanto all'angelo? Qual è la parola che ripeteva?».

«Era una parola russa.»

«Russa?»

Il vecchio tirò fuori un dito adunco da sotto la coperta e si mise a battere il ritmo. «Lo senti? È il Carnevale.»

«Qual è la parola?»

Fer-Blanc continuava ad agitare l'indice ossuto.

«QUAL È LA PAROLA, FER-BLANC?»

«Non smetteva di ripetere "matrioska"...»

«Cosa vuol dire?»

L'altro gli fece l'occhiolino. «Sei venuto per farmi fuori?»

Janusz lo afferrò attraverso la coperta. «Dio santo, perché ti dovrei far fuori?»

«Perché l'uomo che pregava eri tu, mascalzone.»

Lui lo lasciò andare e arretrò contro il parapetto. La musica saliva alle sue spalle e si amplificava, al punto di coprire il rumore del traffico e di far tremare il pavimento del balcone.

Fer-Blanc puntò l'indice verso Janusz. «Sei tu l'assassino dell'angelo. L'hai ammazzato e l'hai bruciato perché sei un demone! Un emissario di Satana!»

Janusz stava quasi per cadere all'indietro e si aggrappò alla ringhiera. Solo allora si rese conto che qualcosa non andava. Un rumore diverso si era aggiunto alla musica del

Carnevale. Più forte del ritmo della sfilata... Più forte del rombo del traffico...

Si girò verso la strada. Le auto della polizia sbucavano da tutte le parti contemporaneamente. I lampeggiatori giravano nel sole come diamanti enormi. Le portiere si aprivano, le divise dilagavano.

Con le mani aggrappate al parapetto, Janusz osservava sgomento la scena. Ogni particolare gli feriva gli occhi: le sirene, le fasce rosse al braccio, le pistole...

La folla si scostava.

I tram rallentavano.

I Pénitents si precipitavano incontro agli sbirri...

Tutti alzarono la testa come un solo uomo. Janusz ebbe appena il tempo di arretrare. Quando guardò di nuovo la via, vide Anaïs Chatelet che toglieva la sicura alla sua arma.

Senza riflettere, raggiunse l'estremità sinistra del balcone, buttò la cartella, scavalcò la balaustra e afferrò la grondaia che saliva in verticale.

Tra le ghignate di Fer-Blanc e il trambusto del Carnevale, scese come una scimmia, aggrappandosi saldamente con le mani al pluviale, i piedi in ricognizione. Poi saltò, girandosi nel vuoto per posizionarsi verso l'asfalto. La botta gli tolse il respiro. Rotolò per terra e vide, a testa in giù, gli sbirri in divisa che bloccavano tutte le uscite. Era fottuto.

Atterrò contro una vetrina e fu stupito di non provare né dolore né panico. Gli uomini si erano girati e puntavano l'arma contro di lui. Nella luce e nel vortice delle sirene, poteva vedere che gli sbirri tremavano sotto i caschi e che avevano paura quanto lui, se non di più.

In quell'attimo un tram spuntò sulla destra e cambiò la sua visuale, sostituendo agli sbirri armati i visi attoniti dei passeggeri dietro i vetri graffiati dal sole. Janusz si rialzò d'istinto. Raccolse la cartella e mormorò «matrioska», per poi spiccare la corsa verso la musica del Carnevale.

La sua vita non era altro che un grande scherzo.

Janusz raggiunse il tram, passò davanti alla vettura di testa e scansò un altro convoglio che arrivava in senso opposto. Corse tra i due, stordito dalla confusione. Qualche secondo dopo si spostava verso sinistra, allontanandosi dai binari. Accelerò senza nemmeno gettare uno sguardo ad Arbour e alle legioni di poliziotti che dovevano essersi lanciate alle sue calcagna.

Conosceva il seguito. L'aveva già vissuto. Anaïs e gli altri sarebbero usciti dall'edificio, si sarebbero separati per spargersi in avenue de la République e nelle strade adiacenti. Avrebbero lanciato appelli alle altre auto, si sarebbero materializzati nuovi veicoli, con urli di sirene, uomini con l'arma in pugno, tutti a caccia di una sola e unica preda: lui.

Capitò in una piazza dove troneggiava la statua bianca di un personaggio storico. Si fermò un attimo, senza fiato, vide degli alberi, una chiesa con un portale antico, ombrelloni. Vide pedoni, auto, coppie sedute ai tavolini fuori dai caffè. Nessuno gli prestava attenzione.

Piegato in due e con le mani sulle ginocchia, dovette concentrarsi per qualche secondo per captare il segnale che cercava: la musica del Carnevale. Era coperta dagli ululati delle sirene, ma riuscì lo stesso a individuare da che punto veniva.

Imboccò un grande viale che si apriva sulla destra. Una volta raggiunta la sfilata, si sarebbe fuso nella massa. Vi si sarebbe dissolto fino a diventare invisibile... Correre non gli impediva di pensare. Ma le sue idee erano assolutamente incoerenti. Le rivelazioni di Fer-Blanc. La sua presenza vicino a Icaro. Matrioska... Troppe domande senza risposta... Inconsapevolmente prese a mormorare: «Matrioska... Matrioska... Matrioska...».

Cosa voleva dire?

Correva a più non posso. Adesso i pedoni lo osservavano, stabilendo inconsciamente un legame tra quell'uomo sconvolto e le sirene che laceravano l'aria. All'improvviso, sulla sinistra, si aprì una strada minuscola, gremita di passanti e di negozi, parallela al grande viale. Vi si buttò, sgomitò e si infilò tra la folla.

Tutto a un tratto era a Marsiglia.

Nell'inestricabile quartiere del Panier.

Probabilmente la città vecchia di Nizza...

Non c'era tempo per capire dove si trovasse, per orientarsi. Doveva seguire sempre quel martellamento, pulsante come un enorme cuore. I negozi invadevano i marciapiedi. Ombrelli, borse, camicie. Un'altra piazza. Un mercato del pesce. Poi ancora una viuzza, più stretta, più buia, dove l'odore della frutta sembrava sedimentare l'ombra e la pietra.

La musica si avvicinava...

La musica l'avrebbe salvato...

Non aveva ancora guardato indietro. Non sapeva se il branco di sbirri gli era alle costole o se era riuscito a seminarlo. Un passaggio a destra. Una scala. Muri in falso marmo. Vi si buttò. Ritornò alla luce. Di nuovo il viale. Le sirene più in lontananza. Nessun'auto con le insegne. Solo tram che avanzavano nel terrapieno centrale sfiorando le aiuole laterali...

La musica lo chiamava dall'altra parte del viale.

Rallentò il passo e attraversò la strada in diagonale, sforzandosi di avere l'aria di un passante fra tanti altri. Giardini punteggiati di palme e statue. La musica. Riconobbe il titolo del brano e lo pronunciò a bassa voce: *I Gotta Feeling* dei Black Eyed Peas. Attraversò il parco, con le mani in tasca, a testa bassa. Viali di ghiaia. Boschetti fitti. Famiglie sulle panchine. Pochi passi lo dividevano dallo spettacolo. Cosa voleva fare in realtà? Partecipare alla parata? Nascondersi sotto le tribune?

Uscendo dai giardini, sentì le sue speranze crollare. La sfilata era protetta da pareti metalliche e gradinate montate su impalcature. Poliziotti e guardie assicuravano il servizio d'ordine. Senza riflettere, sgusciò fra i pedoni che si incamminavano verso gli ingressi numerati. L'unica possibilità era seguire la folla in movimento. Varcare il dispositivo di sicurezza munito di biglietto.

La biglietteria. Un pannello gigante annunciava CARNEVALE DI NIZZA. RE DEL PIANETA BLU. Poca gente davanti agli sportelli. Non si sentivano più le sirene, coperte dalla musica del Carnevale.

«Un biglietto, per piacere.»

«Galleria o tribuna?»

«Galleria.»

«Venti euro.»

Si mischiò alla folla, tra le alte strutture in ferro che sostenevano le tribune. Alcuni poliziotti lasciavano il loro posto correndo, con la ricetrasmittente all'orecchio e la mano sulla pistola. Era stata data l'allerta.

Janusz raggiunse l'ingresso corrispondente al suo numero. Il rumore era diventato assordante. Gli agenti della sicurezza gli presero il biglietto e lo fecero passare, senza neppure uno sguardo. Osservavano, invece, i poliziotti che partivano al galoppo.

Ce l'aveva fatta.

Era all'interno.

Gli ci volle qualche istante per raccapezzarsi. Le due tribune l'una di fronte all'altra, traboccanti di gente in festa, lasciavano un ampio spazio per il passaggio dei carri. La maggior parte degli spettatori era in piedi e batteva le mani. I bambini spruzzavano schiuma sui genitori con bombolette spray. Ballerini si dimenavano fra i gradini, travestiti da rane con lunghe mani palmate. Principesse sollevavano le gonne scoprendo calzamaglie a righe.

Ma c'era soprattutto la sfilata.

Una mostruosa sirena blu, alta cinque metri, con i capelli di un arancione sgargiante, agitava molteplici braccia. Il blu era accecante, simile a quello delle tele di Yves Klein.

Un ricordo assurdo gli balenò nella mente. Era il cielo di Nizza che aveva ispirato al pittore il suo International Klein Blue. Attorno alla sirena, palloncini a forma di medusa fluttuavano nell'aria. Due balene cantavano ai lati della coda di pesce, mentre alcune ragazzine con un costume a squame ancheggiavano dietro il parapetto del carro.

In piedi fra gli spettatori, con la cartella sottobraccio, Janusz batteva le mani e cantava, continuando però a lanciarsi occhiate intorno. Per il momento non vedeva nessuna uniforme, nessuna fascia rossa. Passarono invece ballerini, giocolieri e majorette, sotto lanci di stelle filanti e coriandoli. Poi fu la volta delle principesse giganti, rosse, gialle e blu. I loro vestiti lunghi diversi metri nascondevano un carro che dava loro il potere di scivolare fra i vortici di pastiglie di carta e le esplosioni di nastri.

Per un attimo Janusz scrutò i loro visi truccati, sormontati da diademi dipinti.

Subito dopo gli sbirri erano dappertutto.

All'ingresso di ogni tribuna. Fra i gradoni. Lungo le gallerie. Le uniformi avanzavano come una morsa tra rane e giocolieri. Seguendo un istinto dettato dalla disperazione, Janusz si tuffò nella parata e si ritrovò in mezzo a un gruppo di acrobati che portavano sulla schiena palloncini a forma di uccello. Sarebbe stato arrestato in una voliera.

Morto di paura, allucinato, camminò in senso contrario alla gente in festa e contemplò il carro successivo. Un gigantesco torsolo di mela che ruotava come una giostra, con marionette mostruose, a metà tra figure umane e roditori, sedute sui dondoli. Un particolare allucinante: quelle sculture avevano facce identiche a quelle degli uomini in carne e ossa che ballavano ai piedi della giostra, travestiti da topi.

All'improvviso accadde l'impossibile.

Mentre i topi con volto umano giravano attorno al torsolo, Janusz vide una marionetta con i suoi tratti. Tratti caricaturali, deformati, con un trucco da roditore.

Non ebbe neanche il tempo di cercare una risposta a quel prodigio che si alzò una voce: «Ehi ragazzi! C'è Narcisse. Narcisse è qui!». Janusz levò lo sguardo verso i passeggeri del carro. Uno degli uomini travestiti da topi puntava l'indice su di lui gridando: «È Narcisse! Narcisse è tornato!».

Gli altri si misero a scandire: «NAR-CIS-SE! NAR-CIS-SE! NAR-CIS-SE!».

Uno di quei matti gli tese la mano. Janusz l'afferrò e salì sul carro. Si infilò una maschera dal muso appuntito che un altro gli porgeva. In un battibaleno era diventato un topo. Si mise a ballare freneticamente, subito inondato da miriadi di coriandoli e stelle filanti.

Tra un battito cardiaco e l'altro, cercava di analizzare la situazione. Janusz sapeva riconoscere i pazzi quando li vedeva. Gli uomini topi erano malati mentali, psicopatici ai quali, probabilmente, era stato chiesto di costruire un carro per l'edizione 2010 del Carnevale di Nizza.

L'altra verità: lui era uno di loro. Narcisse. Un malato ricoverato da qualche parte a Nizza. Del tutto casualmente, aveva appena scoperto la sua precedente identità. E forse l'unica... Contro ogni aspettativa, si sentì profondamente sollevato. Avrebbe potuto lasciarsi andare. Farsi curare. La festa era finita...

Per il momento batteva allegramente le mani al suono di *Bad Romance* di Lady Gaga. Gli agenti lo cercavano in mezzo alla folla. Squadravano ogni spettatore, ma nessuno pensava di guardare dalla parte dei carri. E certamente non a bordo di quello dove delle marionette giravano attorno a un torsolo di mela.

In quell'istante intravide Anaïs passare fra la gente, con l'arma in pugno, il viso sfatto e gli occhi pieni di lacrime. Ebbe voglia di scendere e di stringerla fra le braccia. Ma un uomo topo lo aveva appena preso per mano e lo invitava per un rock indiavolato. Janusz lo assecondò e abbozzò perfino un passettino di sua invenzione mentre il carro lo portava verso il suo destino di malato mentale.

Fra tutte le soluzioni per cavarsela, non avrebbe mai pensato a quella.

Si era appena imbarcato sulla nave dei folli.

III

NARCISSE

Un pezzo di spago.

Un mozzicone di galleggiante di polistirolo.

Tre brandelli di materiale plastico.

Due lattine di Coca-Cola.

Un frammento di specchio.

Un imballaggio di surgelati Confifrost.

Quattro lembi di rete da pesca di pochi centimetri quadrati di superficie.

Alcune schegge di legno fluitato...

«Non capisco cosa cavolo te ne farai di tutta questa roba», fece Crosnier in tono aggressivo.

Anaïs non rispose. Si trattava degli oggetti e dei resti raccolti dov'era stato rinvenuto il corpo di Icaro, cioè i detriti che la risacca aveva restituito sulla riva di Sormiou e che erano stati trovati nei pressi del cadavere, in un raggio di venti metri. Quella mattina aveva chiesto che tali elementi venissero radunati e imbustati in sacchetti di plastica sigillati. Il bottino era appena arrivato.

«L'ufficio tecnico ha mandato anche un elenco dettagliato», continuò il poliziotto. «Non hanno incluso il biodegradabile. E a dire il vero hanno già gettato parecchia roba nella spazzatura. Perché vuoi tutta questa schifezza?»

«La invierò alla Scientifica di Tolosa per un'analisi approfondita.»

«Perché? Abbiamo per caso fatto male il nostro lavoro?»

Anaïs si tirò indietro i capelli e sorrise. «Conosco un tizio lì. Magari riesce a ricavare qualcosa, un dettaglio, un indizio...»

«Guardi troppo *CSI*.»

Senza replicare, lei alzò lo sguardo e osservò gli schermi allineati che aveva davanti. Erano le sei del pomeriggio. Si trovavano al Centro di supervisione urbana di Nizza, un impianto di nuova generazione della polizia che da qualche settimana si avvaleva di seicento telecamere di sorveglianza puntate sulla città. Le videoregistrazioni mostravano Janusz che saltava dal balcone di Arbour, schizzava giù lungo il pluviale, rotolava sull'asfalto, schivava un tram e si dileguava in avenue de la République. La scena veniva ripetuta ancora e ancora.

«Stronzo», borbottò Crosnier. «È un professionista.»

«No. È un disperato. Non è la stessa cosa.»

Di fronte alla parete di schermi sedici noni, seduti su comode poltrone viola, i due poliziotti sembravano i registi di uno show televisivo. Ed effettivamente in quel momento ad Anaïs pareva quasi di trovarsi davanti a un puro e semplice spettacolo. Avevano trascorso l'intero pomeriggio chiusi lì dentro e nessun risultato si profilava all'orizzonte.

Gli appelli della polizia municipale, le geolocalizzazioni delle ottanta pattuglie in azione, le seicento telecamere munite di zoom e in grado di riprendere a trecentosessanta gradi, nonché i tecnici che si occupavano delle targhe dei veicoli non erano riusciti a fare niente contro Janusz. Un uomo dall'intelligenza fuori dal comune, dotato di una volontà fortissima e che aveva un sesto senso per l'inganno di cui lui stesso era inconsapevole.

All'inizio della caccia all'uomo, poliziotti e gendarmi erano stati ottimisti. Nizza era la città con il miglior sistema di sorveglianza di tutto il paese. Come rinforzi, erano arrivate squadre speciali da Cannes, da Tolone, dall'entroterra... Poliziotti a piedi, a cavallo, con le auto... Ora, però, il morale era a terra. Otto ore di ricerche e non erano approdati a nulla.

Quella volta Anaïs aveva incassato il colpo. Nessuna crisi di rabbia in vista, solo una profonda stanchezza. Janusz le era sfuggito un'altra volta. Punto e a capo.

«Secondo te che cazzo farà adesso?» finì con il domandare Crosnier.

«Devo parlare con Fer-Blanc.»

«Non dire idiozie.»

Lei bevve il caffè senza ribattere. Dopo le vicende del mattino il moribondo era entrato in coma ed era stato trasferito al centro ospedaliero universitario di Nizza, dov'era ormai in punto di morte. I Pénitents d'Arbour avevano sporto denuncia contro le forze di polizia, accusate di aver dato il colpo di grazia al loro paziente con un'azione violenta gestita male.

Il gusto amaro del caffè si sposava perfettamente con quella parte del suo corpo in cui l'astio regnava incontrastato. Anaïs era una landa bruciata. Una terra abbandonata. Non restava altro che ricostruire. Per il momento ripercorreva mentalmente quel susseguirsi di intoppi che avevano mandato tutto all'aria. Innanzitutto un incidente sull'A8 li aveva bloccati sulla strada per Nizza. Erano arrivati intorno alle nove. Il tempo di raggiungere avenue de la République per unirsi al resto delle forze ed erano stati sorpassati da una pattuglia alla *Starsky & Hutch*, lampeggiatori accesi e armi in pugno.

Proprio quello che bisognava evitare.

Più tardi i problemi si erano tutti concentrati su di lei. L'avevano chiamata Pascale Andreu, il giudice di Marsiglia, Philippe Le Gall, il magistrato di Bordeaux, e Deversat. Le telefonate le arrivavano dritte come pugni e lei, messa alle corde, incassava. Senza considerare quelli della Disciplinare che l'aspettavano a Bordeaux. Era sotto accusa, in attesa del consiglio di disciplina e delle sanzioni.

Eppure, come sempre, pensava a Janusz. Respirava Janusz. Viveva Janusz.

«Be', e adesso cosa pensi di fare?»

Anaïs mise da parte quegli oggetti ridicoli sigillati nei loro sacchetti: il tesoro di una bambina in riva al mare. Anche se avesse voluto rinunciare, non avrebbe potuto. Il fuggitivo era più forte della sua volontà. La divorava, la sommergeva. Lei sentiva la sua ombra invaderla, saturarla.

Accartocciò il bicchiere di plastica e lo gettò nel cestino dei rifiuti.

«Torno a Bordeaux.»

«Eri un pittore.»

«Che genere di pittore?»

«Facevi autoritratti.»

«Non intendevo questo. Ero un professionista? O lo facevo a livello amatoriale? Dipingevo... qui?»

«Sì, qui. A villa Corto.» L'anziano sorrise con orgoglio. «Mi chiamo Jean-Pierre Corto. Ho fondato questo posto più di quarant'anni fa.»

«Un ricovero per pazzi.»

Un altro sorriso, velato di indulgenza. «Puoi anche chiamarlo così se vuoi. Io preferisco l'espressione "clinica specializzata".»

«Queste sottigliezze con me non funzionano. In un'altra vita ero uno psichiatra. Questo posto è un ospedale psichiatrico.»

«Non proprio. Questa villa è veramente *specializzata.*»

«In cosa?»

«Arteterapia. È vero, i miei pazienti sono malati mentali, ma vengono curati esclusivamente tramite l'arte. Dipingono, scolpiscono o disegnano tutto il giorno. Dei veri artisti. L'utilizzo dei farmaci è ridotto al minimo.» Rise. «A volte, ho l'impressione che il processo sia stato invertito. Sono loro che curano l'arte tramite il talento che dimostrano e non il contrario.»

«Narcisse è il mio cognome?»

«Non lo so. Era il nome con cui firmavi le tele. Non hai mai fornito altri particolari. Non hai mai avuto un documento d'identità.»

"Ormai sono Narcisse", si ripeteva. "Devo pensare, muovermi, respirare come lui." «Quando sono arrivato qui?»

«Agli inizi di settembre del 2009. Sei stato prima alla Saint-Loup, una clinica vicino a Nizza.»

«Come sono finito là?»

Corto inforcò gli occhiali e accese il computer. Sulla sessantina, era un ometto dal fisico asciutto. Capelli bianchi ispidi, labbra carnose che sembravano perennemente imbronciate, occhiali con lenti fumé. La voce era grave, forte, il tono monocorde la rendeva ipnotica.

Si trovavano nello studio del medico. Una sorta di dacia situata in fondo ai giardini dell'istituto. Parquet, pareti e soffitti erano in legno di pino. Un forte odore di resina, caldo e gradevole, pervadeva lo spazio sotto le grosse travi. Una finestra si apriva sull'entroterra nizzardo. Alle pareti non era appeso nemmeno un quadro dei pazienti.

Avevano festeggiato il Carnevale senza problemi. Con gli altri ospiti del centro, Narcisse aveva sfilato, ballato, strillato fino al ritorno in place Masséna dove li aspettava il pulmino. Non era rimasto spaesato: il veicolo era un Jumpy. I suoi nuovi compagni non erano molto diversi da quelli in preda ai deliri della Madrague, ma almeno erano più puliti.

Avevano lasciato Nizza sotto una pioggia battente per risalire in direzione della campagna, fino a Carros. La villa si trovava ancora più in alto, ad alcuni chilometri dal paese. Di tanto in tanto avevano incrociato delle macchine della polizia con le sirene spiegate. Lui sorrideva. Lo stavano cercando. Non lo avrebbero catturato tanto presto. Victor Janusz non esisteva più.

Lungo il tragitto aveva avuto la conferma di ciò che aveva intuito durante la sfilata. Ogni anno i pazienti di villa Corto partecipavano al Carnevale. Disegnavano il loro carro. Le botteghe di Nizza realizzavano le sculture. Aveva posto altre domande facendo finta di essere interessato all'aspetto artistico della festa. Dietro la macchina organizzativa degli uomini topi e della loro giostra c'era lui, Narcisse, discepolo di Corto durante i mesi di settembre e ottobre... Ovviamente nemmeno l'ombra di un ricordo.

«Ecco qua!» esclamò lo psichiatra, che aveva ritrovato la scheda di Narcisse nel computer. «Ti abbiamo recuperato alla fine del mese di agosto, nei pressi dell'uscita 42 dell'autostrada A8, Cannes-Mougins. Avevi perduto la memoria. Sei stato sottoposto a esami medici presso l'ospedale di Cannes. Non eri ferito, ma rifiutavi di sottoporti a qualsiasi accertamento radiologico. Poi sei stato mandato alla Saint-Loup. Lì hai ricordato qualcosa. Dicevi di chiamarti Narcisse. Venivi da Parigi. Non avevi famiglia. Eri un pittore. I medici della Saint-Loup hanno pensato al nostro centro di cure.»

«Non sono Narcisse», disse lui seccamente.

Corto si sfilò gli occhiali e sorrise ancora una volta. La sua aria di bravo papà benevolente gli dava proprio sui nervi. «Certamente. Come del resto non sei la persona che credi di essere oggi.»

«Lei conosce la mia malattia?»

«Quando sei arrivato qui, mi hai raccontato un bel po' di cose. Le scuole d'arte che avevi frequentato. Le gallerie in cui avevi esposto. I quartieri dove avevi abitato a Parigi. Il tuo matrimonio e il divorzio. Ho controllato. Era tutto falso.»

Narcisse assaporò l'ironia della situazione. Corto aveva interpretato lo stesso ruolo da lui impersonato con Patrick Bonfils. Dietro ogni fuga psicogena c'era uno psichiatra che si faceva carico di scoprire che l'involucro era vuoto.

«Tuttavia», continuò il medico, «in quella storia qualcosa di reale c'era. Tu eri *davvero* un pittore. Mostravi un immenso talento unito a una padronanza del mestiere. Non ci ho pensato su neanche un secondo e ti ho accolto subito. Certo, bisogna riconoscere che nessuno voleva saperne di te. Senza informazioni sulla tua persona, senza previdenza sociale, non eri proprio un bel regalo.»

«C'è stata un'indagine? Voglio dire, su di me?»

«I gendarmi hanno condotto delle ricerche, ma non si sono scomodati più di tanto. Non rappresentavi di certo il caso giudiziario che può fare la differenza nell'avanzamento di una carriera. Un semplice vagabondo che soffre di turbe psichiche, senza nome né origine. Non hanno trovato niente.»

«Cos'è successo dopo?»

«Questo.» Corto girò il monitor verso Narcisse, seduto dall'altra parte della scrivania. «In due mesi di permanenza qui, hai realizzato una trentina di tele...»

Narcisse non si aspettava niente in particolare, tuttavia quelle immagini gli fornivano qualcosa di nuovo che andava ad aggiungersi alla sua conoscenza. Ogni dipinto che appariva sullo schermo lo rappresentava con un travestimento diverso. Un ammiraglio. Un postino. Un pagliaccio. Un senatore romano... Sempre la stessa età, la stessa posizione di tre quarti, petto in fuori, mento proteso. In tutte le tele si aveva l'impressione di ammirare un eroe epico.

Ma l'impostazione presentava un contrasto. Da una parte, la postura ricordava l'arte delle dittature: Narcisse era ritratto dal basso verso l'alto, il che gli conferiva l'aria da dominatore del mondo. Dall'altra, il suo volto era caratterizzato da una violenta espressività, che al contrario rimandava alle scuole in lotta contro le estetiche totalitarie. Come la Nuova oggettività, nata in Germania negli anni Venti. Otto Dix. George Grosz... Artisti che avevano scelto di ritrarre la realtà senza fronzoli, restituendola in tutta la sua bruttezza, sottolineandone la natura grottesca, per liberarsi una volta per sempre dell'ipocrisia borghese.

Le sue tele avevano lo stesso carattere sarcastico e graffiante. Colori vividi, tormentati, sempre dominati dal rosso. Un impasto denso, striato, vorticoso, alla mercé di pennellate decise, violente. "Una pittura tanto da toccare quanto da contemplare", rifletté Narcisse, che non ricordava minimamente di aver realizzato quelle opere. Era il limite della sua ricerca. Voleva riacquisire personalità che però di lui non ne volevano sapere. Non poteva far altro che riappropriarsene *dal di fuori*.

«Alla fine del mese di ottobre», concluse Corto, «sei sparito senza lasciare un recapito. Allora ho capito che avevi ripreso il tuo vagabondaggio.»

Ogni singolo personaggio delle tele era dotato di particolari accessori. Un palloncino e una trombetta per il pagliaccio. Una bicicletta e una tracolla per il portalettere. Un binocolo e un sestante per l'ammiraglio...

«Perché ho dipinto questi autoritratti?» chiese Narcisse disorientato.

«Una volta anch'io ti ho fatto questa domanda. Mi hai risposto: "Non bisogna fidarsi di ciò che si vede. La mia pittura non è altro che pentimento".»

Narcisse impallidì. "La mia pittura non è altro che pentimento." Le sue impronte digitali nella fossa di Saint-Jean... La sua presenza vicino al corpo di Tzevan Sokow... Si vide come un omicida psicopatico. Un uomo simile all'eroe delle sue tele. Dominatore. Indifferente. Sarcastico. Che cambiava identità a ogni nuova vittima. Un pittore che bagnava i propri crimini nel sangue.

Gli venne in mente un'altra idea. Quelle opere, forse, contenevano una verità sulle sue origini. Una confessione. Un messaggio subliminale lasciato da lui stesso, *a sua insaputa*. «E questi quadri, li posso vedere? Voglio dire dal vero?»

«Non sono più qui. Li ho spediti a una galleria.»

«Quale?»

«Villon-Pernathy, a Parigi. Ma ora non sono più là.»

«Perché?»

«Perché sono stati venduti. Lo scorso novembre c'è stata una mostra che è andata molto bene.»

«Quindi sono ricco?»

«Diciamo che hai un bel gruzzolo, sì. I soldi sono qui. Sono tuoi.»

«In contanti?»

«In contanti, certo. Sono in cassaforte. Te li do quando vuoi.»

Narcisse intravide all'improvviso la prospettiva di riprendere le sue ricerche grazie a quel capitale. Una manna che capitava al momento giusto: non aveva più neanche un euro in tasca. «Li vorrei quanto prima.»

«Intendi già ripartire?»

Lui non rispose. Corto scosse il capo con aria comprensiva. Quel modo di fare estremamente cortese esasperava

Narcisse. Era stato anche lui uno psichiatra, al Pierre-Janet e forse molto prima. Sapeva che non c'è nulla da guadagnare ad accettare la malattia dell'altro. La psichiatria consiste nel comprendere la demenza senza mai approvarla.

«Oggi», continuò Corto, «chi credi di essere?»

Di nuovo silenzio. In quella clinica nessuno sembrava essere al corrente della situazione. Freire. Janusz. Il suo volto su tutti i giornali, in televisione... Le accuse che gravavano su di lui. Non lo sorprendeva il fatto che i pazienti non sapessero chi fosse, ma Corto? Non aveva nessun contatto con il mondo esterno?

«Oggi», rispose in un tono di mistero, «sono colui che apre le bambole russe. Ripercorro ognuna delle mie identità. Cerco di capirle. Di decifrare il perché della loro esistenza.»

Corto si alzò, fece il giro della scrivania e gli mise una mano sulla spalla con fare amichevole. «Hai fame?»

«No.»

«Allora vieni. Ti mostro la tua stanza.»

Uscirono che faceva già buio. Cadeva una pioggerella leggera e appiccicosa. Narcisse batteva i denti. Portava ancora i vestiti sporchi. Il sudore dell'inseguimento gli si era incollato alla pelle. Almeno era contento di essersi tolto la maschera da topo...

Imboccarono una scalinata di pietra grigia. I giardini si sviluppavano su terrazze, in ognuna delle quali veniva coltivata una categoria specifica di piante: cactus, palme, piante grasse. Sotto la pioggia, Narcisse respirava un'aria che valeva il doppio delle altre. L'aria di montagna, dei sanatori e dei centri benessere a un passo dalle nuvole.

Raggiunsero la villa. Una grande L formata da due edifici, posti a livelli diversi. Tetti piatti. Linee pulite. Muri senza decori. I palazzetti dovevano risalire a circa un secolo prima, l'epoca in cui gli architetti privilegiavano le strutture semplici, la funzionalità e la sobrietà.

Si diressero verso l'edificio inferiore. Al primo piano le finestre si allineavano in fasce orizzontali. Forse erano le camere degli internati. Sotto, alcune ampie portefinestre si affacciavano su un ballatoio: i laboratori. Più in basso, tra i gradini e i cespugli, bruciavano le estremità incandescenti di alcune sigarette...

Tre uomini stavano fumando su una panchina. Narcisse non ne distingueva i lineamenti, ma il modo in cui si agitavano e ridevano tradiva il disordine mentale.

Le voci cominciarono a scandire a voce bassa: «Nar-cis-se... Nar-cis-se... Nar-cis-se...».

Rabbrividì. Li rivedeva sul carro, con le bocche storte e i musi da topo sulla fronte. Quei pazzi erano davvero degli artisti come lui? E lui era pazzo come loro?

La stanza di Narcisse era piccola, quadrata, ben riscaldata, senza troppe comodità ma accogliente. Pareti di cemento, pavimento di legno e tende di tessuto pesante. Un letto, un armadio, una sedia e una scrivania. In un angolo, il bagno sembrava più alto che largo.

«Sono camere spartane», disse Corto, «ma nessuno si è mai lamentato.»

Narcisse annuì. Le proporzioni, le tonalità grigie e brune, il pavimento e i mobili di legno sembravano accoglierlo con un caloroso benvenuto. Quella stanza aveva un qualcosa di monastico, di protettivo.

Dopo averlo istruito sui meccanismi della «casa», Corto gli fornì dei prodotti da toletta e abiti di ricambio. Il fatto che qualcuno prendesse a cuore la sua situazione aveva su di lui un effetto positivo. Da diversi giorni era in bilico su un filo che ora rischiava di spezzarsi.

Una volta rimasto solo, fece una doccia e si infilò i nuovi abiti. Un paio di jeans troppo grandi, una T-shirt informe e un maglione di lana malconcio ma che profumava di ammorbidente. Era felice. Si mise nelle tasche l'Eickhorn, la Glock e la chiave delle manette rubata alla guardia (la custodiva come un feticcio). Tirò fuori dalla cartella i documenti delle indagini e li lisciò con i palmi. Non aveva il coraggio di immergersi di nuovo in quella vicenda.

Si sdraiò sul letto e spense la luce. Riusciva a sentire il rumore del mare. "No, non è il mare", si rese conto nel giro di qualche secondo. "È il fruscio dei pini."

Si lasciò trascinare dal ritmo del mondo esterno. Un ritmo costante, ipnotico. Era sfinito. La sua mente era sopraffatta dalla stanchezza.

Aveva l'impressione di avere vissuto dieci vite nell'arco di quella giornata. Si rese conto che non aveva più paura dei poliziotti né degli uomini in nero. Aveva paura di sé stesso. "La mia pittura non è altro che pentimento..."

Era l'assassino.

Aprì gli occhi nel buio.

O, meglio, un uomo che *indagava* sull'assassino.

Cercò di convincersi di quell'ipotesi, che gli era già balenata in mente nella biblioteca Alcazar. Un investigatore provetto, dato che si trovava sempre sui luoghi del delitto prima della polizia e prima di qualsiasi testimone. Si era quasi convinto del suo ragionamento quando ci ripensò: la teoria non stava in piedi. Poteva ammettere che, nei panni di Janusz, avesse seguito la pista dell'assassino di barboni, ma non quando aveva vestito quelli di Freire. Anche volendosi immaginare in preda a violente crisi di sonnambulismo, o guidato da un lato oscuro della sua anima, si sarebbe ricordato di un'indagine simile. Un'indagine che lo avrebbe condotto nella fossa della stazione Saint-Jean...

Chiuse di nuovo gli occhi e pregò che il sonno venisse per poter sfuggire a quelle domande che lo tormentavano. Tutto ciò che vide, in fondo al limbo, fu un corpo nudo che oscillava sopra di lui.

Anne-Marie Straub.

Ancora una morte di cui era, indirettamente, responsabile.

Gli tornarono in mente le riflessioni fatte sulla spiaggia di Nizza la sera precedente. Quella morte poteva aiutarlo a risalire alle sue origini. Era quasi sicuro che i fatti si fossero svolti in un ospedale psichiatrico parigino o nella regione di Parigi. Dall'indomani avrebbe battuto senza tregua quella nuova pista... Anne-Marie Straub. L'unico ricordo che lo accompagnava in tutte le sue personalità. Il fantasma che scortava le sue esistenze. Lo spettro che trasformava i suoi sogni in incubi...

«Mêtis non è l'ultima arrivata.»

Appoggiato a un lampione, Patrick Koskas fumava una sigaretta. Dietro di lui, il ponte d'Aquitania si stagliava contro un cielo di tenebra. Il giornalista aveva scelto per l'appuntamento quel posto lungo la riva destra della Garonna, in una via deserta della parte antica della cittadina di Lormont.

Si comportava come una spia in pericolo. Si guardava continuamente alle spalle, parlava velocemente, a voce bassa, come se la notte avesse orecchie. In realtà, a quell'ora dormivano tutti. Ai piedi dell'imponente pilone del ponte, le piccole case dai tetti rossi parevano funghi raggruppati intorno a un albero gigantesco.

Anaïs era esausta. Aveva lasciato la Golf a Nizza e preso un aereo per Bordeaux alle otto di sera. All'arrivo l'aspettava Le Coz con un'altra auto, una Smart presa in prestito dalla sua baronessa. Erano le undici. Tremava nel giubbotto. La testa le martellava incessantemente. Faceva molta fatica a concentrarsi sulla storia di Mêtis.

«Viene costituita negli anni Sessanta da un gruppo di mercenari francesi. Una banda di amici. Combattenti che sono stati in Indocina e in Algeria. Si specializzano nei conflitti africani: Camerun, Katanga, Angola... Poi hanno un colpo di genio e decidono di cambiare campo d'azione. All'inizio vengono reclutati dalle autorità coloniali per lottare contro i movimenti di indipendenza, ma capiscono subito che la loro è una battaglia persa e che farebbero più soldi stando dalla parte dei ribelli, che prima o poi la spunteranno. Quelli di Mêtis sostengono i fronti rivoluzionari senza farsi pagare, per poi avere un proprio tornaconto. I nuovi dittatori si ricordano dell'aiuto ricevuto e concedono loro territori immensi e miniere. Gli consentono persino di sfruttare giacimenti petroliferi. Stranamente i mercenari non si interessano né ai giacimenti né agli idrocarburi. Il loro pallino è l'agricoltura. Sono originari di queste parti, di Bordeaux. Provengono da famiglie di contadini. Piantano, coltivano, sviluppano nuove tecniche, si diversificano nei fertilizzanti e nei pesticidi. Passano poi alle armi chimiche. Si specializzano in gas neurotossici, che attaccano il sistema nervoso e quello respiratorio, come il sarin, il tabun o il soman.» Koskas si accese un'altra sigaretta con il mozzicone della precedente. «Non c'è nulla di straordinario in questa evoluzione. Di solito, sono i produttori di fertilizzanti e pesticidi che fabbricano le armi chimiche. Alla fine degli anni Settanta Mêtis è un gruppo internazionale, con una solida reputazione in campo agricolo e chimico.»

Anaïs non aveva tirato fuori il taccuino. Era sempre più diffidente. Sperava di riuscire a memorizzare quelle informazioni, o forse Koskas le avrebbe fornito un documento, delle fotocopie. Non ci doveva contare molto. *Niente tracce materiali.*

«La guerra tra Iran e Iraq offre al gruppo l'opportunità di un mercato più ampio», continuò l'uomo. «Per la prima volta dalla Grande Guerra, e nonostante la convenzione di Ginevra, gli iracheni decidono di utilizzare le armi chimiche contro il nemico. Mêtis è il loro fornitore. Il gruppo consegna tonnellate di gas a Saddam Hussein. Il 28 giugno 1987 l'Iraq utilizza tale gas contro la città di Sardasht, in Iran. Il 16 e il 17 marzo 1988, nuovo impiego di veleni chimici e biologici contro la città curda di Halabja. In totale, centinaia di migliaia di vittime esposte a queste armi non convenzionali. Grazie a Mêtis.»

Il racconto era sconvolgente, ma Anaïs diffidava di quel genere di informazioni non verificabili, sul tema «ci nascondono tutto, non ci dicono nulla». Domandò: «Quali sono le sue fonti?».

«Si fidi di me. Basta consultare alcuni documenti di dominio pubblico, disponibili presso gli archivi di stato. Tutti sanno quello che è successo. In un certo ambiente di specialisti questi fatti non costituiscono più un problema.»

In ogni caso Anaïs non vedeva alcun rapporto tra quegli elementi di geopolitica e gli omicidi a carattere mitologico. Ancora meno con Victor Janusz. «Cosa fa oggi Mêtis? Di che si occupa esattamente?»

«Dopo gli anni Ottanta capiscono che le armi chimiche non hanno futuro. Persino l'Iraq ha rinunciato ad avvelenare il mondo. Si orientano quindi verso la produzione di farmaci, in particolare psicotropi. Forse lei sa che è un mercato in piena espansione. I paesi sviluppati spendono ogni anno centocinquanta miliardi di euro in medicinali. Una grossa fetta di questa cifra è rappresentata dalle sostanze psicoattive. Il Sertex, il Lantanol, il Rhoda100 sono prodotti guida in questo campo. Vengono tutti dai laboratori di Mêtis.»

Nomi che Anaïs conosceva bene. Ne aveva consumate centinaia di confezioni. «Il gruppo non si occupa più di armamenti?»

«Si sentono delle voci in giro.»

«Di che genere?»

Il giornalista inspirò una lunga boccata di fumo. «A volte Mêtis collabora con la ricerca francese in campo militare.»

«Su che cosa?»

«Molecole in grado di modificare la volontà. Sieri della verità, questo genere di roba. A malapena viene tenuto segreto. Le autorità si sentono in diritto di andare in quella direzione. L'arma più pericolosa rimane il cervello umano. Se Hitler avesse preso degli ansiolitici, la storia del mondo sarebbe stata un'altra.»

Per poco Anaïs non scoppiò a ridere. Koskas percepì il suo scetticismo.

«Non ho prove della collaborazione tra Mêtis e l'esercito francese, ma è tutt'altro che assurdo. Non dimentichi questo fatto essenziale: i fondatori di quella società eccellono in un campo specifico, la tortura. Si sono fatti le ossa in Algeria. La loro abilità è basata per metà sul know-how chimico e per il resto su un'esperienza di tipo più "umano", se vogliamo definirla così.»

«Lei parla di fondatori. Sono tutti morti, no?»

«Sì, ma gli eredi hanno rilevato il gruppo. In gran parte sono notabili della zona. Se le fornissi i nomi, rimarrebbe sbalordita.»

«Non chiedo di meglio.»

«Redigendo un elenco, mi ritroverei coinvolto in un processo che mi costerebbe il posto. Tutto ciò che posso dirle è che queste persone fanno parte dell'alta società di Bordeaux. Alcuni sono sindaci di località prestigiose, altri possiedono alcuni dei migliori vigneti della Gironda.»

La parola «vigneto» fu come un segnale. «Mio padre cosa fa nel gruppo?»

«È un azionista di minoranza, ma sufficientemente importante da partecipare ai consigli di amministrazione. Riveste anche un ruolo di consulente.»

«Nel settore vinicolo?»

Koskas ridacchiò. La poliziotta era capace anche di osservazioni idiote. «Lei conosce meglio di me la carriera di suo padre. Diciamo che il suo profilo è perfettamente in linea con l'attività di Mêtis.»

Anaïs non replicò. Koskas si accese un'altra sigaretta. Lei non riusciva a vederne il volto, ma era certa che l'uomo stesse ancora sorridendo. Il sorriso beffardo e soddisfatto del ficcanaso, ben contento di insinuare dubbi. Strinse i pugni e decise di ritornare al nocciolo della questione. Gli omicidi del Minotauro e di Icaro. «Nella notte tra il 13 e il 14 febbraio è stato rinvenuto un cadavere lungo i binari della stazione Saint-Jean.»

«Sul serio?»

«Il gruppo Mêtis potrebbe essere coinvolto, indirettamente, in questo affare.»

«Come?»

La voce del giornalista era cambiata. Curiosità. Avidità.

«Non lo so ancora», ammise Anaïs. «La notte precedente un uomo affetto da amnesia è stato ritrovato lì vicino. Pochi giorni dopo lui e la sua compagna sono stati ammazzati da due tiratori scelti a Guéthary. Cecchini che potrebbero essere legati al gruppo Mêtis.»

«Avete degli elementi? Legami concreti?»

«Più o meno. Forse lavorano per una società di sorveglianza che appartiene al gruppo.»

«Come si chiama la società?»

«Qui le domande le faccio io.»

«Lei non mi racconta i fatti principali. Come sono collegati i due casi? Intendo l'omicidio di Saint-Jean e quelli di Guéthary?»

«Non lo so», ammise lei ancora una volta.

Koskas si rincantucciò nell'ombra. «Lei non sa granché.»

Anaïs preferì non rispondere. Koskas fece qualche passo. Il fumo lo circondava di un'aura di mistero.

«Credevo che aveste identificato l'omicida di Saint-Jean.»

«Abbiamo un sospettato. Niente di più.»

«Un sospettato in fuga.»

«Non lo sarà ancora per molto.»

Il giornalista rise di nuovo.

Anaïs smorzò subito l'ironia del suo interlocutore. «Il gruppo Mêtis ha un legame, più o meno forte, con la mitologia greca?»

«Se si eccettua il suo nome, no. *Mêtis* è una parola che in greco antico significa "saggezza".» Sbuffò il fumo verso l'arco di luce proiettato dal lampione. «Tutto un programma.»

Anaïs rifletté. L'intera storia non stava in piedi. Sapeva per esperienza che ogni omicidio è caratterizzato da un proprio campo lessicale. Da parole, tecniche e motivazioni specifiche. Nessun legame tra un produttore farmaceutico e un serial killer. Tra un fornitore di antidepressivi e un attentato perpetrato con un Hecate II.

«Lei segue una pista sbagliata», confermò Koskas. «Mêtis è un gruppo industriale reputato. Gli unici problemi che deve gestire sono quelli classici di quel tipo di società: i continui attacchi a causa delle sperimentazioni cliniche e delle cavie umane... cose di questo genere. Il gruppo è anche accusato di spingere le masse al consumo, di voler drogare tutti... Ma questo è quanto. Una holding di quel calibro non si farebbe mai implicare in omicidi da prima pagina.»

«E i possibili legami con l'esercito?»

«Giusto. Se ci fosse un problema da risolvere con le maniere forti, i partner di Mêtis se ne farebbero carico e voi non ne verreste a conoscenza.»

Anaïs annuì. Quest'ultimo dettaglio le ricordò un particolare. Pensò alla denuncia di furto dell'Audi Q7 che metteva al riparo da ogni sospetto l'ACSP, proprietaria del veicolo e filiale del gruppo in questione. «Quelli di Mêtis avrebbero i mezzi per falsificare un verbale della gendarmeria?»

«Lei ha l'aria di non capire», sbottò Koskas. «Se le voci sono vere, Mêtis *è* l'esercito. I gendarmi. I poliziotti. Tutti quelli che indossano un'uniforme in Francia. Tutti quelli che rappresentano la legge e l'ordine. Il verme non è nel frutto. Il verme e il frutto si sono alleati per fronteggiare i nuovi nemici. I terroristi. Le spie. I sabotatori. Tutti coloro che possono attaccare il nostro paese, in un modo o nell'altro.»

Anaïs avrebbe voluto fare ancora una domanda, ma il giornalista spia era svanito nel buio. Rimanevano solamente il ponte, il cielo e il silenzio. Sapeva quello che doveva fare. Prima di tutto dormire, poi prendere il toro per le corna.

Affrontare il Minotauro della sua mitologia personale.

Interrogare suo padre.

Narcisse si era alzato presto.

Aveva trovato la cucina del refettorio e si era preparato un caffè. Ora osservava il panorama attraverso la vetrata del salone. La notte stava lasciando spazio al giorno e davanti a lui si schiudeva un paesaggio di cui la sera precedente, sotto la pioggia, aveva avuto solo un assaggio. Non più spiagge di ciottoli, palme e olivi... Lì c'erano gole scoscese, falesie rosse, foreste di abeti e tornanti sospesi su precipizi.

Soprattutto la vista si apriva su una valle d'ombra, come strangolata dalle montagne. Uno scenario stretto, ruvido, ghiacciato, che sembrava pronto a stritolare tra le mascelle carcasse di aerei. Narcisse contemplava quel deserto con un certo piacere. La vallata era come un regno di pietra che si richiudeva su di lui, proteggendolo.

Con la tazza di caffè in mano, si diresse verso un'altra sala che aveva individuato. Risalì il corridoio. Apprezzava anche l'architettura dell'istituto. Il cemento dei muri portanti era stato lasciato allo stato grezzo. Le pareti dei corridoi invece erano tinteggiate. Non c'era l'ombra di un ornamento o un decoro inutile. Linee, superfici e nient'altro.

Il laboratorio di informatica. Cinque computer in fila su un tavolo di legno chiaro. Cliccando sulla prima tastiera si assicurò che i PC fossero connessi a Internet. Lanciò una ricerca su Google.

MATRIOSKA.

La parola misteriosa, forse di origine russa, che a detta di Fer-Blanc lui avrebbe pronunciato al capezzale di Icaro. Ottenne 182.000 risultati, ma le immagini in alto sullo schermo fornivano la risposta più importante: le famose bambole russe di legno colorato che s'incastrano l'una nell'altra. Matrioska significava semplicemente «bambola russa».

Osservò quelle nonnine con il fazzoletto rosso e le gote rubiconde. Teste tonde, occhi tondi, corpi a forma di misirizzi. Sembrava tutto uno scherzo. Cosa diavolo c'entravano quella parola e quella bambola con tutte le sue ricerche? Perché aveva ripetuto quelle sillabe come una preghiera, in ginocchio vicino a un uomo morto disteso su grandi ali bruciate? Un altro tarlo gli rodeva la mente: il predatore di Bougainville aveva precisato che la parola d'ordine degli assassini in abito scuro era una parola russa. Matrioska?

Fece scorrere i risultati. Bambole russe da dipingere, da colorare, da ricamare, da utilizzare come portachiavi... Poi un ristorante, un libro di racconti, un film, un gruppo rock, una ricetta di cucina, una scuola di scrittura, una vodka, una serie di cuscini...

Avrebbe potuto ridere ma non era dell'umore adatto. Mentre digitava, notò che l'espressione «bambola russa» era anche quella che lui utilizzava per definire la propria patologia. Una semplice coincidenza? O piuttosto Victor Janusz, al capezzale di un angelo dalle ali bruciate, aveva voluto dire che lui non era altro che una bambola russa? Un viaggiatore senza bagaglio, legato ai crimini mitologici?

Passò a una seconda ricerca.

ANNE-MARIE STRAUB.

Ottenne solamente dei profili su Facebook e alcuni articoli dedicati al cineasta Jean-Marie Straub. Modificò la ricerca. Aggiunse «suicidio» e «ospedale psichiatrico». Fu come scoperchiare il vaso di Pandora. Comparvero decine di articoli inferociti contro la psichiatria, gli antidepressivi, i medici specializzati, con titoli come: *La psichiatria uccide*, *Basta con la manipolazione mentale* o *Il marketing della follia*...

Restrinse la ricerca e scaricò dei dati statistici sul numero dei suicidi avvenuti negli ospedali psichiatrici fra il 1990 e il 2010. Cifre, commenti, analisi, ma mai nomi, mai casi specifici. Segretezza inaggirabile. Cercò di associare «Anne-

Marie Straub», «ospedale psichiatrico» e «Île-de-France». Risultati ancora più disparati, senza un filo logico.

Cos'altro poteva fare? Il caro, vecchio contatto umano: chiamare gli istituti specializzati di Parigi e della regione, individuare uno psichiatra in ogni struttura specifica e chiedergli se si ricordava di una donna morta suicida – impiccatasi con una cintura da uomo – negli ultimi dieci anni.

Assurdo.

Soprattutto di domenica alle nove del mattino.

Comunque, si aggrappò a quell'idea. Stese un elenco approssimativo degli ospedali e delle cliniche private nella regione d'interesse, ottenendo un centinaio di nominativi. Decise di limitare la ricerca ai quattro istituti pubblici di sanità mentale di Parigi: il Sainte-Anne nel XIII arrondissement, il Maison-Blanche nel XX, l'Esquirol nel 94 e il Perray-Vaucluse nel 91. Ai quali avrebbe aggiunto il centro ospedaliero specializzato Paul-Guiraud, a Villejuif, e l'istituto pubblico di sanità mentale di Ville-Évrard, a Neuilly-sur-Marne...

Mezz'ora più tardi aveva perso la voce senza ottenere il minimo risultato. Nel migliore dei casi era riuscito a interrogare un interno che lavorava lì solo da qualche anno. La maggior parte delle volte aveva parlato con le centraliniste che gli avevano spiegato che non c'era nessun caposervizio quella mattina in ospedale. Nuova impasse.

Ore 10.00. Lungo i corridoi si avvertiva una certa agitazione. Voci impastate, sghignazzamenti, gemiti. Il brusio tipico degli ospedali psichiatrici. Narcisse abbassò lo sguardo e notò che stava scarabocchiando nervosamente su un blocco per appunti. Del tutto involontariamente, aveva disegnato il profilo di una donna impiccata. La meticolosità del tratto ricordava le animazioni realizzate da Alexandre Alexeieff con la tecnica dello schermo di spilli. Fu contento di quell'associazione: dunque, non aveva dimenticato *tutto*.

Corto gli aveva detto: «Qualcosa di reale c'era. Tu eri *davvero* un pittore».

Come il ricordo di Anne-Marie Straub, come le conoscenze di psichiatria, il talento per il disegno e la pittura aveva accompagnato le sue identità. Magari era stato insieme uno psichiatra e un pittore?

Decise di fare una nuova ricerca incrociata. Da una parte, l'elenco degli studenti delle facoltà parigine di psichiatria negli anni Novanta – lui doveva essere sulla quarantina, quindi aveva cominciato la specializzazione approssimativamente quindici anni prima –, dall'altra, l'elenco degli allievi delle scuole d'arte nello stesso lasso di tempo.

Se avesse trovato un nome comune ai due elenchi, avrebbe trovato sé stesso... Anche se c'era la possibilità che sul versante artistico fosse stato un autodidatta... Non ebbe difficoltà a reperire su Internet i nominativi degli ex studenti delle facoltà parigine, degli istituti di belle arti, della scuola del Louvre: il Web pullula di vecchie foto di classe, di contatti fra allievi dello stesso corso, di incontri nostalgici... La nostalgia è uno dei valori sicuri della Rete.

Stampò i risultati, da principio limitandosi alle università e alle scuole parigine divise in due gruppi – arte e psichiatria – e ordinate per anno. La comparazione non era impossibile, gli elenchi seguivano tutti un ordine alfabetico, ma gli ci sarebbero volute diverse ore...

Gli sarebbe piaciuto andare a prendere un caffè, ma le risate e i pianti provenienti dal corridoio lo dissuasero dall'uscire dal suo rifugio. Penna alla mano, si immerse nelle migliaia di nomi.

Tornare lì di domenica le parve ancora più penoso.

Nella solitudine del giorno festivo, niente e nessuno potevano attenuare lo shock di un incontro dal vivo. Né macchine in strada. Né operai al lavoro nel cortile della tenuta. Né tecnici addetti alle cantine. Nient'altro che quella presenza all'interno: suo padre che faceva colazione.

Non aveva suonato all'ingresso. I cancelli erano perennemente aperti. Nessuna telecamera. Nessun sistema d'allarme. Un'ennesima provocazione di Jean-Claude Chatelet che sembrava voler dire: «Non abbiate paura, venite a vedere il mostro». In realtà un tale invito era un atto di furbizia, l'espressione tipica del carnefice e dei suoi metodi deviati. Una muta di cani era infatti appostata in un angolo nascosto, vicino al corpo principale della proprietà.

Anaïs parcheggiò nel cortile e ritrovò quei luoghi così come li aveva lasciati. Forse un po' invecchiati, un po' ingrigiti, ma con la stessa imponenza di sempre. Una fortezza piuttosto che una dimora rinascimentale. La struttura principale risaliva al dodicesimo o tredicesimo secolo, non si sapeva con certezza: una grande facciata di pietra in cui si aprivano strette finestre, delimitata da due torri d'angolo coronate da tetti appuntiti. In alcune zone le pietre erano ricoperte di vite canadese, in altre brillavano invece di muschio verdastro o di licheni argentati.

Si raccontava che Montaigne si fosse rifugiato lì nel 1585 per sfuggire all'epidemia di peste. Era falso, ma a suo padre piaceva alimentare la leggenda. Anche lui forse immaginava di essere protetto da altre epidemie: le dicerie, il giudizio, l'occhio inquisitore dei media e dei politici...

Scese dall'auto e si lasciò avvolgere dai rumori lontani e familiari. Gli stridi degli uccelli che squarciavano l'aria cristallina. La banderuola arrugginita cigolante sul tetto. Un trattore che veniva messo in moto, più lontano. Anaïs era in attesa dei cani, che sarebbero comparsi da un momento all'altro. Arrivarono infatti precipitosi sul ghiaino e quasi tutti la riconobbero. I più giovani imitarono il gruppo, agitando la coda anziché digrignare i denti.

Li accarezzò un po' e si diresse verso le portefinestre che si aprivano su tutta la lunghezza della facciata. A destra, si trovavano le cantine, i laboratori e i depositi. A sinistra, i vigneti. Migliaia di ceppi contorti simili a mani supplicanti. Quando Anaïs aveva capito chi era suo padre, aveva immaginato che le sue vittime fossero state sepolte lì e che tentassero di uscire dalla terra, come in un film dell'orrore.

Suonò alle 10.15. Aveva aspettato appositamente quell'ora. Prima aveva spedito l'accozzaglia di elementi raccolti nei pressi della cala di Sormiou ad Abdellatif Dimoun, il supervisore della Scientifica, che nel frattempo era rientrato a Tolosa, e aveva accuratamente evitato il percorso che l'avrebbe portata a incrociare il commissariato di rue François-de-Sourdis...

Anaïs conosceva perfettamente il modo in cui suo padre era solito trascorrere la giornata della domenica. Si era alzato presto. Aveva pregato, fatto gli esercizi di ginnastica e le sue solite vasche nella piscina al coperto. In seguito era andato nei vigneti. La visita di routine del padrone di casa.

Ora stava sicuramente facendo colazione nel salone degli arazzi, mentre al primo piano, in camera sua, lo attendeva una serie di calzature dai tacchi asimmetrici: stivali da equitazione, scarpe da golf, da passeggio, da scherma... Suo padre era lo zoppo più attivo del mondo.

Il doppio portone centrale si aprì e apparve Nicolas. Anche lui era rimasto lo stesso. Anaïs avrebbe sempre dovuto sospettare che il suo vecchio fosse un ex militare. Chi altri avrebbe potuto avere un domestico con una faccia così? Nicolas era un uomo basso e tarchiato di circa sessant'anni. Torace ampio, calvo, aveva una testa da bulldog e sembrava aver combattuto tutte le guerre, come nella canzone di Francis Cabrel. La sua pelle non era semplicemente abbronzata: ormai era diventata una corazza. Un giorno, ai tempi dell'adolescenza, Anaïs aveva visto il film *Viale del tramonto* di Billy Wilder nel cineclub della scuola. Quando Erich von Stroheim, vestito con un frac da maggiordomo, si era presentato sulla soglia della grande villa in rovina di Gloria Swanson, lei aveva fatto un salto sulla sedia: "Cazzo", si era detta, "quello è Nicolas."

«Signorina Anaïs...» fece l'aiutante di campo con voce turbata.

Lei lo baciò sulle guance, senza effusioni. L'uomo era sull'orlo delle lacrime. Anaïs, che si sentiva prendere dalla stessa emozione, spazzò via il pathos del momento con un gesto. «Vai ad avvisarlo.»

Nicolas obbedì. Lei rimase ancora per qualche istante sulla porta. Si reggeva in piedi a stento. Prima di uscire, in vista dell'incontro, aveva mandato giù due Lexomil. Per essere precisi, aveva preso due Lexomil divisibili, cioè quattro mezze compresse di ansiolitico. Per essere ancora più specifici, era completamente fatta. Aveva rischiato diverse volte di addormentarsi al volante.

L'aiutante di campo tornò e le fece un leggero cenno con il capo. Non proferì una parola e non l'accompagnò. Non c'era niente da dire e lei conosceva la strada. Attraversò un primo salone, poi un secondo. I suoi passi risuonavano come in una chiesa. Ovunque gravava un odore minerale e faceva freddo. Suo padre aveva bandito qualsiasi tipo di riscaldamento a parte il fuoco dei camini.

Entrò nel salone degli arazzi. Lo chiamavano così per le tappezzerie di Aubusson che rappresentavano scene talmente logore da sembrare immerse nella bruma.

Qualche altro passo e si trovò di fronte a suo padre, che se ne stava seduto a tavola, baciato da un raggio di sole, dedicandosi al rituale sacro della colazione. Era bello come sempre. Capelli folti e morbidi di un bianco splendente. Lineamenti che ricordavano la dolcezza dei ciottoli sul fondo di un torrente, lentamente levigati da migliaia di piene gelide e primavere prorompenti. Gli occhi chiari risplendevano come lagune e contrastavano con la pelle olivastra, sempre abbronzata. Jean-Claude Chatelet pareva un vecchio playboy di Saint-Tropez.

«Mi fai compagnia?»

«Perché no?» Lei si sedette con naturalezza. "Grazie, Lexomil."

«Tè?» chiese lui con voce grave.

Nicolas aveva già preparato una tazza. Suo padre prese la teiera e lei osservò il liquido ramato. Lui beveva esclusivamente tè Keemun importato dalla provincia dell'Anhui, nell'Est della Cina.

«Ti stavo aspettando.»

«Come mai?»

Jean-Claude posò la teiera. «Quelli di Mêtis mi hanno chiamato.»

Dunque Anaïs era sulla buona strada. Prese del pane tostato e il coltello d'argento del padre. Vide il proprio riflesso sulla lama. "Datti un contegno." Spalmò il burro lentamente, senza tremare, sulla fetta perfettamente dorata, un'altra ossessione del genitore. «Ti ascolto», mormorò.

«Il vero cristiano non muore nel proprio letto», cominciò lui con magniloquenza. «Il vero cristiano deve sporcarsi le mani. Per il bene altrui.» Nonostante gli anni trascorsi in Cile, aveva conservato l'accento del Sud-ovest.

«Come fai tu?»

«Esattamente. La maggior parte dei deboli, coloro che non fanno nulla e si ergono sempre a giudici, pensa che i soldati dei regimi totalitari siano dei sadici a cui piace torturare, violentare e uccidere.» Fece una pausa. Il sole stava già girando. Chatelet non era più immerso nella luce ma in un cono d'ombra, all'interno del quale i suoi occhi chiari brillavano intensamente. «Ho incontrato sadici e perversi solo sul gradino più basso della scala. E in quel caso fioccavano sempre sanzioni. Nessuno agiva per puro piacere. Né per il potere né per il denaro.»

Mentiva. Nella storia delle guerre e delle dittature gli esempi di comportamenti esecrabili gratuiti e viziosi erano innumerevoli. A tutte le latitudini, in tutte le epoche. L'uomo è una belva. Basta allentare le redini per un attimo ed eccolo superare ogni limite della spregevolezza.

Ma Anaïs stette al gioco e fece la domanda che il padre si aspettava. «Per che cosa, allora?»

«Per la patria. Tutto ciò che ho fatto l'ho fatto per proteggere il Cile.»

«Siamo tutti d'accordo che in quei casi si parla di tortura?»

I denti smaglianti di Chatelet spiccarono nella penombra. La sua risata non produceva alcun suono. Solamente luce. «Io proteggevo il mio paese dal peggior veleno.»

«La felicità? La giustizia? L'uguaglianza?»

«Il comunismo.»

Anaïs sospirò e diede un morso al pane imburrato. «Non sono venuta per ascoltare le tue panzane. Parlami di Mêtis.»

«Lo sto già facendo.»

«Non capisco.»

«Anche loro agiscono per fede, dovere, patriottismo.»

«Come quando hanno venduto tonnellate di gas nervino all'Iraq?»

«Dovresti verificare le tue fonti. Mêtis non ha mai fabbricato armi chimiche. I suoi ingegneri si sono limitati a organizzare una missione di consulenza all'epoca del trasferimento dei prodotti. A quei tempi la società stava dando il via alla diversificazione farmacologica. Un mercato molto più interessante di quello di armi già passate di moda. Tutti i gruppi internazionali...»

«Di cosa si occupa Mêtis oggi?» lo interruppe Anaïs. «Collabora sempre con i militari? Perché è coinvolta nell'omicidio di un pescatore basco e della sua compagna?»

«Anche se sapessi qualcosa, non te lo direi, e questo tu lo sai.»

Per un breve istante fu tentata di convocarlo in centrale. Stato di fermo. Perquisizione fisica. Interrogatorio. Ma non aveva alcun elemento concreto e neppure i titoli per farlo. Era stata sospesa. Il distintivo in tasca e la pistola alla cintura erano già illegali. «Eppure pensavo che avessi qualcosa da dirmi.»

«Sì, dimentica Mêtis.»

«È il loro messaggio?»

«È il mio. Non ti ci avvicinare. Quella gente non perde tempo con la raccolta differenziata.»

«Graziosa come immagine. Quindi per loro sarei solo un bidone d'immondizia?»

«È una cosa troppo grossa per te, tutto qui.»

Anaïs non sapeva cosa farsene delle sue minacce. Voleva tornare ai fatti. Che erano inconsistenti, praticamente ridotti al possibile collegamento con due killer al volante di un 4×4 appartenente a una società che faceva parte essa stessa della costellazione di Mêtis. Tentò di illustrare le sue argomentazioni nel modo più convincente possibile, ma il padre parve deluso.

«Tutto qui? Dirò ai miei amici che stanno invecchiando. Con l'età, si agitano per un nonnulla. Tira dritto per la tua strada, figliola, prima di perdere tutto. Il lavoro, la reputazione, il tuo futuro.»

Anaïs si protese sul tavolo. Tazze e posate tintinnarono. «Non sottovalutarmi. Posso incastrarli.»

«In che modo?»

«Dimostrando che hanno falsificato una denuncia di furto, sviato il corso di un'indagine e ingaggiato due assassini. Sono un poliziotto, cazzo!»

«Tu non ascolti ciò che ti dico. Non ci possono essere indagini.»

«Perché?»

«La polizia o i gendarmi operano per mantenere l'ordine. E Mêtis *è* l'ordine.»

Le parole di Koskas: «Il verme non è nel frutto. Il verme e il frutto si sono alleati». Anaïs distolse lo sguardo. L'imponente arazzo mostrava i segni dell'usura, con lacune e lembi quasi trasparenti. Una scena di caccia immersa nella nebbia, in cui le sembrava che i cani divorassero cadaveri umani.

Guardò il padre dritto negli occhi.

«Perché chiedono la tua consulenza?»

«Non sono il loro consulente. Possiedo un pacchetto di azioni del gruppo, ecco tutto. Mêtis ha diverse attività che prosperano nel Bordolese. Ero tra i principali investitori quando sono passati al mercato farmaceutico. Conoscevo i fondatori da molto tempo.» Poi aggiunse, con una punta di perversione: «Mêtis ci ha sfamati, te e me. È un po' tardi per sputare nel piatto in cui si è mangiato».

Anaïs non raccolse la provocazione. «Mi hanno raccontato che conducevano programmi di ricerca. Che lavoravano su certe molecole. Sieri della verità, in collaborazione con l'esercito. La tua esperienza sulla tortura potrebbe tornargli utile.»

«Non so dove tu vada a pescare certe informazioni, ma sono solo congetture campate in aria.»

«Quindi neghi che le ricerche chimiche potrebbero essere il futuro delle attività di intelligence?»

Lui accennò un sorriso a metà tra la saggezza e il cinismo. «Tutti sogniamo prodotti simili. Una pillola per evitare la tortura, la crudeltà e la violenza. Non credo che qualcuno abbia trovato una molecola del genere.»

«Ma Mêtis se ne sta interessando.»

Chatelet non reagì.

Ad Anaïs salì un grido dal profondo. «Com'è possibile che alla tua età riesca ancora a invischiarti in simili traffici?»

Lui si stirò nel suo bel pullover Ralph Lauren, poi avvolse la figlia con il suo sguardo cristallino. «Il vero cristiano non muore nel suo letto.»

«Questo l'ho capito. Dove morirai, dunque?»

Lui rise e si alzò con difficoltà. Afferrò il bastone e si spostò verso la finestra, con quel suo passo claudicante che ad Anaïs bambina faceva male al cuore.

Osservò le viti che sembravano bruciare nella luce ghiacciata dell'inverno.

«Nei miei vigneti», mormorò. «Vorrei morire tra le mie piante, colpito da una pallottola.»

«Sparata da chi?»

Il padre girò lentamente la testa e con una strizzatina d'occhio rispose: «E chi lo sa? Forse da te».

Le ricerche non avevano portato a nulla, eccezion fatta per un bruciore agli occhi, un crampo alla mano e una leggera nausea. Il dolore lancinante in fondo all'occhio sinistro era ricomparso. I nominativi gli ballavano in testa e non ne aveva trovato nessuno che figurasse su entrambi gli elenchi, quello dei medici tirocinanti e quello degli studenti di belle arti. Un fiasco.

Appallottolò l'ultimo foglio e lo gettò nel cestino. Era quasi mezzogiorno. Una mattina sprecata. L'unica nota positiva era che nessuno era venuto a rompergli le scatole, anche se dalle stanze vicine continuavano ad arrivare i rumori caratteristici di un ospedale psichiatrico: urla, voci disperate, o al contrario di una dolcezza estrema, sghignazzamenti, passi strascicati che non portavano da nessuna parte...

La mattinata gli aveva almeno permesso di capire meglio a che punto si trovava: era sfuggito alla polizia ma ora doveva ricominciare da zero. Unico cambiamento: da psichiatra era diventato paziente.

«Ti abbiamo cercato dappertutto.» Corto stava sulla soglia. «È praticamente ora di pranzo. Abbiamo giusto il tempo di fare il giro degli studi.»

Narcisse apprezzò il fatto che non gli avesse chiesto nulla sulle ore trascorse nel laboratorio di informatica. Imboccarono il corridoio e incrociarono il refettorio, una grande stanza spoglia suddivisa da tavoli in acciaio inox sui quali due corpulenti infermieri stavano sistemando piatti e posate di plastica.

«Ecco, guardati.» Corto stava additando una fotografia di gruppo appesa alla parete.

Narcisse si avvicinò e si riconobbe. Indossava una casacca da artista molto fine Ottocento. Aveva l'aria contenta. Anche gli altri membri del gruppo ridevano, ma la loro espressione tradiva qualcosa di strano, di squilibrato.

«Questa foto l'abbiamo scattata in occasione del compleanno di Karl, lo scorso 18 maggio.»

«Chi è Karl?»

Lo psichiatra gli indicò un uomo corpulento, tutto sorridente, in posa accanto a Narcisse, con indosso un grembiule di cuoio e un grosso pennello macchiato di nero in mano. Ricordava un fabbro del medioevo. «Vieni. Te lo presento.»

Risalirono un altro corridoio che conduceva a una porta antincendio. Uscirono e percorsero una scalinata in direzione del secondo edificio, più in basso. Sotto il sole di mezzogiorno il paesaggio si rivelava in tutto il suo splendore. Una bellezza fredda, indifferente e spietata. Picchi, guglie e frammenti di rocce rosse si ergevano come stele votive. Totem imponenti come gli dei che rappresentavano. In fondo alla vallata si estendevano foreste nere che rivelavano un biosistema feroce e selettivo. Lì la terra nutriva solo chi sopportava l'altitudine, il freddo e il vuoto. Il resto non avrebbe avuto scampo.

Entrarono nell'edificio e ignorarono il primo piano – le camere – per scendere nell'interrato. Corto bussò in corrispondenza del primo vano del corridoio – non c'erano porte – e attese la risposta.

«*Hereinkommen!*»

Narcisse indugiò sulla soglia. Il laboratorio era completamente nero, soffitto incluso. Alle pareti c'erano quadri monocromi, anch'essi neri. Al centro della stanza si stagliava il colosso della foto. La versione a grandezza naturale era alta quasi due metri per centocinquanta chili buoni. Indossava un grembiule di cuoio che sembrava lucidato con la cera.

«Salve, Karl. Come va oggi?»

L'uomo si chinò ridacchiando. Portava sul viso una maschera filtrante. Le esalazioni chimiche rendevano irrespirabile l'aria nella stanza.

«Karl è tedesco», spiegò Corto rivolgendosi a Narcisse. «Non è mai riuscito a imparare bene la nostra lingua. Era internato in un ospedale psichiatrico vicino a Lipsia, nell'ex Germania dell'Est. Dopo la caduta del Muro, ho visitato tutti gli istituti di quella parte del paese in cerca di nuovi artisti. È così che l'ho scoperto. Nonostante le punizioni, gli elettroshock e le privazioni, si ostinava a dipingere di nero tutto quello che gli capitava a tiro. A quei tempi utilizzava soprattutto il carbone.»

«E ora?»

«Ora Karl fa il difficile!» Lo psichiatra rise. «Nessun prodotto lo soddisfa. Per i suoi monocromi prova una serie di combinazioni, a base di anilina e indantrene. Mi passa liste di prodotti chimici incomprensibili! È alla ricerca del non colore assoluto. Qualcosa in grado di assorbire davvero la luce.»

Il gigante si era rimesso al lavoro, chino su una bacinella in cui stava impastando una specie di catrame caldo e soffice. Continuava a ridacchiare sotto la maschera.

«Karl ha un segreto», bisbigliò il dottore. «Mescola la pittura con il proprio sperma. È convinto che quella sostanza conferisca una vita sotterranea ai suoi monocromi.»

Narcisse osservava le grosse mani che lavoravano la materia e immaginava l'artista impegnato, con quelle stesse mani, a darsi una lustratina al manico. Privilegio dell'arteterapia di Corto: c'era ancora posto per la libido. All'Henri-Ey i suoi pazienti, imbottiti di psicotropi, avevano tutti la bandiera a mezz'asta. Si avvicinò a uno dei quadri completamente neri. «Cosa dovrebbe rappresentare?»

«Il nulla. Come molti obesi, durante il sonno Karl va soggetto ad apnee profonde. Non respira più. Non sogna più. In qualche modo, muore. Crede di dipingere quei buchi neri.»

Narcisse si protese verso una tela e scoprì una sottile scrittura in rilievo che si sarebbe potuta leggere più facilmente con le mani, come il braille. «Non è tedesco...»

«Né nessun'altra lingua conosciuta.»
«Una di sua invenzione?»
«Secondo Karl è la lingua parlata dalle voci che gli fanno visita quando è in apnea. Quando è come morto.»
Il gigante continuava a ridere sotto i baffi mentre torceva le mani nella bacinella. La pittura che stava mescolando zampillava dai bordi, come un pozzo petrolifero in attività.
«Andiamo via», propose Corto. «Si innervosisce quando i visitatori si trattengono troppo a lungo.»
«Perché era internato a Lipsia? Di cosa soffre?» chiese Narcisse quando furono nel corridoio.
«A dire la verità era in prigione, l'equivalente dei nostri reparti per malati critici. Ha strappato gli occhi a sua moglie. Dice che è stata la sua prima opera. Sempre l'oscurità...»
«Prende qualche farmaco?»
«Nessuno.»
«Misure di sicurezza?»
«Controlliamo solamente che gli vengano tagliate bene le unghie. In Germania ci sono stati problemi con un infermiere.»
Narcisse reagì da psichiatra: Corto giocava con il fuoco. Era sorpreso che le autorità sanitarie e sociali lo lasciassero fare. Il laboratorio successivo era occupato da una donna bassa di almeno settant'anni. Vestita con una tuta Adidas rosa, i capelli azzurrognoli, aveva un aspetto molto curato. La si sarebbe detta un'americana in pensione. Il posto era a sua immagine e somiglianza: una stanza tenuta in ordine alla perfezione da una casalinga ineccepibile. L'unica cosa che stonava era la sigaretta infilata tra le labbra sottili.
Né il tedesco né quella donna si trovavano sul carro di Nizza. Forse avevano ottenuto una deroga, l'uno per il peso, l'altra per l'età.
«Buongiorno, Rebecca. Come si sente?»
«Il problema sono le dogane», rispose la donna con voce roca. «Per far passare le mie opere...»
Era china su un foglio sul quale disegnava sempre lo stesso volto, aiutandosi con una matita minuscola tenuta con

due dita. Per apprezzare la sua creazione bisognava indietreggiare un po'. Le migliaia di figure si snodavano allora come un intarsio e finivano con il formare nubi, motivi e arabeschi.

«Il lavoro procede?»

«Questa mattina mi hanno spinta nel gabinetto. Ieri la carne non era frullata.»

Sindrome di Ganser. Una turba piuttosto rara, caratterizzata da risposte sempre trasversali. Narcisse capì che di fronte a quegli artisti reagiva da psichiatra. Non ne ammirava le opere: li trattava da malati. Nonostante i suoi sforzi, non era Narcisse. Era sempre Mathias Freire. «Conosco questo volto», osservò indicando il viso riprodotto sul foglio.

«È Ranieri di Monaco», spiegò Corto. La donna era tutta concentrata sul disegno. «Circa trent'anni fa Rebecca lavorava come domestica nel palazzo reale monegasco e aveva perso la testa per il principe. Non si è mai ripresa da quel trauma affettivo. Nel 1983 è stata ricoverata in ospedale e non ne è più uscita. Alcuni anni alla Saint-Loup, poi da noi.»

Narcisse le diede un'occhiata. Rebecca lavorava in modo automatico, come se una forza invisibile le guidasse la mano. Non staccava mai la matita né ripassava su una parte già disegnata. Quella linea era come il filo conduttore della sua follia. Corto era già uscito.

«Lei ha cercato questi artisti in tutta Europa?» chiese Narcisse non appena lo ebbe raggiunto.

«Sì. Seguendo l'esempio dei miei predecessori. Hans Prinzhorn in Germania, Leo Navratil in Austria... È grazie a loro se esiste l'*art brut.*»

«L'*art brut*? Cos'è?»

«È l'arte dei folli, degli emarginati, dei sensitivi, dei dilettanti. Il nome *art brut* è stato inventato da Jean Dubuffet. È chiamata anche "arte psicotica" o, in inglese, *outsider art*... I termini sono esplicativi di per sé. È un'arte svincolata da qualsiasi convenzione, da qualsiasi influenza. Un'arte libera! Ricorda ciò che ti ho detto: sono loro che curano l'arte tramite il talento che dimostrano e non il contrario!»

Corto varcò la terza soglia. Lì disegni di notevoli dimensioni realizzati a matita rappresentavano figure di donne a cavallo di arcobaleni, immerse in cieli tempestosi o addormentate sulle nuvole. I fogli erano affissi alle pareti, ma i motivi disegnati oltrepassavano i confini della carta e traboccavano sul cemento, come se l'impulso creativo avesse invaso tutto.

«Ecco Xavier», fece il direttore. «È con noi da otto anni.»

L'uomo, di circa quarant'anni, era seduto su una branda di fronte a un tavolino, in tenuta militare: canottiera cachi e pantaloni mimetici. L'aggressività del suo abbigliamento era mitigata dalle tasche stracolme di matite colorate e da un paio di vecchie ciabatte di corda che indossava senza calze. I tratti del viso erano stravolti da un tic compulsivo ripetuto a intervalli regolari.

«Xavier è convinto di essere stato nella Legione straniera», mormorò Corto nell'istante in cui l'uomo afferrava una matita e la infilava in un temperamatite fissato al tavolo. «Crede di aver partecipato alla guerra del Golfo, tra le file della divisione Daguet.»

Scese il silenzio. Narcisse tentò di intavolare una conversazione. «I suoi quadri sono molto belli.»

«Non sono quadri. Sono scudi.»

«Scudi?»

«Contro le cellule cancerogene, i microbi, tutte quelle merde biologiche che mi arrivano dalla terra.»

Corto prese Narcisse per un braccio e lo tirò in disparte. «Xavier crede di aver subito un attacco chimico in Iraq. In realtà non ci ha mai messo piede. A diciassette anni ha gettato il fratellino che portava sulle spalle nelle acque di un fiume dalle correnti molto forti. Il bambino è annegato. Quando Xavier è tornato a casa, non sapeva più che fine avesse fatto il fratello. Non ricordava nulla. Ha trascorso quasi quindici anni in istituto. Sono riuscito a recuperarlo.»

«Com'è stato possibile? Senza la minima indicazione su come gestirlo?»

«Xavier non aveva mai dato problemi. Gli esperti hanno ritenuto di potermelo affidare.»

«Quale terapia farmacologica segue?»

«Nessuna. I disegni occupano tutto il suo tempo e la sua mente.»

Lo psichiatra osservava con occhio benevolo quel paziente che non la smetteva di temperare matite con sguardo febbrile. Narcisse rimase in silenzio. Un silenzio scettico, pieno di rimprovero.

«Non fare quella faccia», lo ammonì Corto. «Qui in pratica si evitano tutti gli attacchi maniacali. Non abbiamo mai avuto casi di aggressività o suicidio. L'arte focalizza, aspira e assorbe il delirio, ma, a differenza degli psicolettici, non abbrutisce. Rincuora i pazienti. È il loro unico sollievo. Ti assicuro che nei giorni di visita non c'è la coda all'ingresso. Non viene mai nessuno a trovarli. Sono esseri dimenticati, diseredati dell'amore. Vieni. Continuiamo la visita!»

Nella sede della gendarmeria di Bruges non si vedeva anima viva; era come essere al cimitero. Anzi, forse al camposanto c'era più movimento, visto che, almeno di domenica, i visitatori non mancavano. Anaïs entrò nell'edificio con l'umore sotto i tacchi. Dopo l'inutile colloquio con il padre aveva fatto il punto della situazione con Le Coz. Non c'era voluto molto. Nessun nuovo elemento all'orizzonte. Le indagini sugli omicidi – Philippe Duruy, Patrick Bonfils, Sylvie Robin – non li riguardavano più. Mêtis era inaccessibile. Quanto al suo congedo dalla polizia francese, non era stata fissata la data di convocazione da parte della Disciplinare. Anaïs si chiedeva come mai fosse rientrata a Bordeaux.

Anche Crosnier l'aveva chiamata. «Come va?»

«La rompiballe sta bene. Novità da Nizza?»

«Nessuna traccia di Janusz. Si è definitivamente volatilizzato. Sto tornando a Marsiglia. Ho interrogato il personale del centro d'accoglienza dove ha trascorso la notte. Il nome che ha dato è Narcisse, ma è lui, senza dubbio.»

«I suoi aggressori?»

«Abbiamo un testimone. Un barbone che da dieci anni non ha all'attivo neanche un giorno da sobrio.»

«Cosa dice?»

«Gli uomini che hanno assalito Janusz sarebbero dei politici. Tipi in giacca e cravatta. Ancora una volta, bisogna tenere in considerazione il tasso alcolemico della fonte.»

Gli assassini di Guéthary. Quelli alla guida dell'Audi Q7. La voce di suo padre: «La Mêtis *è* l'ordine». Killer che rappresentavano al tempo stesso il crimine e la giustizia. Assassini capaci di infiltrarsi nella polizia. Assassini che *erano* la polizia...

La sala d'attesa della sede della gendarmeria era una caricatura: bancone di legno tutto consumato, pavimento di linoleum, pareti di calcestruzzo, due gendarmi appisolati... C'erano scarse possibilità che da quello scenario scaturisse la rivelazione dell'anno. Anaïs chiese di vedere il tenente Dussart, quello che aveva steso la denuncia di furto del fuoristrada. Era di riposo. Gli uomini in servizio sbirciarono sospettosi il suo distintivo e ascoltarono con scetticismo le ragioni della sua visita: un'integrazione alle indagini condotte sul furto di un'Audi Q7 S-Line TDI, targata 360 643 AP 33, segnalato l'11 febbraio 2010.

Non c'era verso di convincerli a fornirle il recapito privato di Dussart né a farle leggere il verbale della denuncia. Anaïs non insistette. Fece dietrofront e trovò l'indirizzo di Patrick Dussart tramite il servizio informazioni. Il gendarme viveva a Blanquefort, a nord, al di là della riserva naturale di Bruges.

Si diresse verso la cittadina. Era domenica pomeriggio e lungo il tragitto la morte fu la sua unica compagna di viaggio. Strade deserte. Villette silenziose. Giardini vuoti. Trovò il domicilio di Dussart, un'anonima casa grigiastra, con tanto di prato impeccabile e capanno di legno in fondo al prato. Posteggiò a un isolato di distanza, all'ombra di un serbatoio d'acqua, poi tornò indietro. Aprì il cancello senza suonare. Era decisa a giocare duro: mettere paura, arraffare le informazioni e filare via.

Un cane le andò incontro abbaiando. Lei gli assestò un calcio ben piazzato e l'animale indietreggiò guaendo.

Anaïs imboccò il vialetto di ghiaia, ingombro di giocattoli, e sulla soglia dell'abitazione trovò una donna di età indefinita. Senza salutare e senza una parola di scuse, sventolò il distintivo. «Anaïs Chatelet, capitano di polizia a Bordeaux. Suo marito è in casa?»

L'altra rimase a bocca aperta. Dopo alcuni secondi indicò il capanno in fondo al giardino. Due bambini si erano precipitati fra le sue gambe e osservavano l'intrusa con tanto d'occhi. Ad Anaïs dispiaceva sconvolgere quella tranquilla domenica in famiglia, anche se nella parte più oscura della sua anima gioiva all'idea di dare uno scossone alla loro felicità senza pretese. Una felicità alla quale lei non avrebbe mai avuto diritto.

Attraversò il prato, sentendo le tre paia d'occhi incollate su di sé. Bussò alla porta. Una voce le disse di entrare. Abbassò la maniglia e si trovò davanti un uomo che la guardò sorpreso. Si aspettava una presenza più familiare.

«Anaïs Chatelet, capitano di polizia del commissariato centrale di Bordeaux.»

La sorpresa si tramutò in stupore. Patrick Dussart, vestito con una tuta blu petrolio, era in piedi davanti a un grande tavolo su cui erano allineati, come su una portaerei, velivoli di balsa. Quel capanno era il paradiso dell'aeromodellismo. Ali, cabine e fusoliere erano stipate in ogni angolo del locale, saturo di odore di segatura e colla.

Anaïs fece due passi avanti. Il gendarme arretrò, l'armatura di un'ala in mano. Anaïs valutò l'avversario. Un ometto dalla testa glabra come una pietra. Occhiali da pochi soldi, tratti anonimi e un'espressione spaurita. Se lo sarebbe mangiato in un boccone, ma doveva fare in fretta.

«Sono qui su commissione rogatoria del giudice Le Gall», bluffò.

Dussart giocherellò con l'ala di legno bianco. «Di... di domenica?»

«Lo scorso 11 febbraio lei ha verbalizzato una denuncia per furto di veicolo presso la sede della gendarmeria di Bruges. Un'Audi Q7 S-Line TDI, targata 360 643 AP 33, di proprietà della società ACSP, un'impresa di sorveglianza con sede nella zona terziaria Terrefort, a Bruges.»

Dussart era già molto pallido, ma illividì ulteriormente.

«Chi è venuto a sporgere denuncia?»

«Non ricordo il nome. Dovrei controllare il rapporto...»

«Non vale la pena», sbottò Anaïs. «Sappiamo che è falso.»

«Co-cosa?»

«L'11 febbraio nessuno è venuto a denunciare quel furto.»

L'uomo divenne quasi trasparente. Si vedeva già privato

dei gradi, delle prerogative di funzionario e della pensione. Le sue dita strinsero la struttura dell'ala così forte da farla scricchiolare. «Lei... lei mi sta accusando di avere retrodatato un verbale?»

«Non ci sono dubbi in merito.»

«Quali prove avete?»

«Di questo ci occuperemo in centrale. Prenda il cappotto e...»

«No. Lei sta bluffando... Lei...»

Anaïs mise i puntini sulle i. «In base alle testimonianze, l'11 febbraio il veicolo è stato guidato tutto il giorno dal personale dell'ACSP.»

«E io cosa ci posso fare?» ribatté Dussart. «Hanno dichiarato che il veicolo era stato rubato. Se hanno mentito, se...»

«No. Sono venuti dopo e le hanno ordinato di redigere una dichiarazione retrodatata.»

«Chi avrebbe potuto ordinarmelo?»

«Il cappotto. Non mi costringa a usare la forza. Non sarà difficile per noi dimostrare che non è stato redatto nessun atto, che non è stata fatta una sola ricerca.»

Dussart accennò una risata che gli si strozzò in gola. «E questo cosa prova? Non si indaga mai sul furto di un'auto!»

«Un macchinone del genere? Di proprietà di una società di sorveglianza della zona terziaria della vostra giurisdizione? Praticamente dei colleghi? Se non troviamo niente vuol dire che l'11 febbraio nessuno è venuto a sporgere denuncia.»

Un lampo attraversò gli occhi del gendarme: aveva già previsto di retrodatare altri documenti. Processi verbali di interrogatori. Atti di indagini di prossimità. Anaïs gli stava tagliando le gambe.

«I miei uomini stanno già perquisendo i vostri uffici. Si metta il suo cappotto del cazzo!»

«Di domenica? Lei... lei non ha il diritto.»

«Nel caso di un duplice omicidio, ho tutti i diritti del mondo.»

L'ala di legno gli si spezzò tra le dita. «Duplice omicidio?»

Anaïs proseguì nel tono perentorio che non si impara

nelle accademie di polizia ma che è innato in tutti i poliziotti. «Il 16 febbraio, nel Paese basco. I killer guidavano un'Audi Q7. Se continua a tergiversare, giuro che la ammanetto.»

«È un crimine dell'ETA?»

«Non c'entra niente.» Lei tirò fuori le manette. «Facciamo un patto. Parli qui, ora, e forse riusciamo a metterci d'accordo. Altrimenti la accuso di complicità in omicidio volontario. I tizi della Q7 hanno già cercato di uccidere un'altra persona la notte fra il 17 e il 18. Quel macchinone è il suo biglietto di sola andata. Fossi in lei cercherei di scaricarmi la coscienza!»

Dussart sudava come un cosciotto allo spiedo. Gli tremavano le labbra. «Lei... lei non può provare niente...»

Anaïs ebbe un'idea. Si maledisse di non averla avuta prima. «Invece sì. L'ACSP non ha mai contattato la compagnia di assicurazioni. Nessuna denuncia. Nessun sinistro. E lo trova normale non farsi rimborsare una bella macchina che vale più di sessantamila euro?»

A forza di indietreggiare, il gendarme era finito in un angolo.

«Il localizzatore satellitare non è mai stato attivato», aggiunse lei, presa da un'ispirazione repentina. «Il minimo che si possa dire è che a nessuno importava un fico secco del furto di quell'auto!»

«Le manette no, le ma...»

Anaïs saltò sul tavolo schiacciando gli aerei con gli stivali. Quando aveva dodici anni, era stata campionessa regionale di ginnastica artistica. *La piccola ginnasta di papà.* Piombò su Dussart che cacciò un urlo. Finirono entrambi a terra. Lei lo immobilizzò premendogli un ginocchio sul petto, per poi comprimergli la gola con una manetta aperta. «Sputa la verità, stronzo!»

«NO!»

«Chi è venuto da te?»

L'uomo negava scuotendo violentemente la testa. Il sudore e le lacrime brillavano sul suo viso violaceo. Anaïs premette la manetta sulla glottide.

«CHI?»

Dussart virò verso un viola più scuro. Non riusciva più a respirare, tanto meno a parlare. Anaïs allentò leggermente la ganascia. «Erano... erano in due», disse alla fine il gendarme.

«Fuori i nomi!»

«Non li conosco.»

«Ti hanno dato dei soldi?»

«Assolutamente no! Non... non ho bisogno di soldi!»

«Con il mutuo della casa sulle spalle? Il finanziamento della macchina? I vestiti per i tuoi mocciosi?»

«No... no... no...»

Anaïs strinse di nuovo le ganasce della manetta. In fondo all'anima era terrorizzata. Dalla propria violenza. Dal comportamento fuori da ogni regola. La Disciplinare sarebbe andata in brodo di giuggiole con la testimonianza del tenente Patrick Dussart.

«PARLA! PERCHÉ HAI REDATTO UN VERBALE FALSO?»

«Loro... me lo hanno ordinato loro.»

Lei allentò la presa. «Ordinato?»

«Erano militari. Hanno... hanno parlato di ragion di stato.»

«Indossavano un'uniforme?»

«No.»

«Ti hanno mostrato dei documenti ufficiali?»

«No.» Dussart si raddrizzò su un fianco e si asciugò le lacrime. «Erano militari, Dio santo... Ho passato quattro anni in marina, sulla *Charles-de-Gaulle*. So riconoscere un militare quando lo vedo.»

«Di quale corpo?»

«Non lo so.»

«Com'erano?»

«Tipi seri, in abito scuro. I militari non sempre sono a loro agio in abiti civili.»

Era la prima frase sensata del coglione. «Sono venuti alla gendarmeria?»

«No. A casa mia, la sera del 17. Mi hanno detto a grandi

linee quello che dovevo scrivere sul rapporto e la data da apporre. È tutto.»

Era improbabile che fossero gli assassini della spiaggia di Guéthary. In tarda serata i bastardi erano a Marsiglia, per tentare di far fuori Victor Janusz. Chi altri? Dei colleghi? Comunque quella testimonianza non le serviva già più. Dussart avrebbe negato tutto e lei si sarebbe ritrovata in stato di fermo per aggressione. L'idea del GPS invece non era male. Si rialzò e mise via le manette.

«Cosa... cosa mi succederà?» chiese l'uomo con voce incerta mentre si massaggiava il collo.

«Riga dritto e andrà tutto bene», rispose lei fra i denti.

Anaïs uscì e inciampò sulla soglia. La luce proveniente dall'esterno le diede fastidio agli occhi. Si sistemò il giubbotto e scrollò via i trucioli di legno che le erano finiti sugli abiti. Per la rabbia, assestò un calcio a un piccolo triciclo.

A grandi falcate raggiunse il cancello. Davanti alla porta della villetta, la donna e i due bambini piangevano.

Lei strinse la mano sul cancello.

Anche lei piangeva a dirotto.

Non avrebbe retto molto con quei ritmi.

Era tutto intatto.

Come se Narcisse avesse lasciato il proprio studio la sera prima.

«Ero sicuro che saresti tornato», spiegò Corto.

Dopo pranzo si erano potuti finalmente dirigere verso il suo atelier. Lo psichiatra aveva voluto accompagnarlo di persona. Il locale misurava circa cinquanta metri quadrati. Le pareti non erano dipinte di nero né disegnate con le matite colorate, ma l'ambiente non era neanche impeccabile come la stanza di Rebecca.

Alcune tele intonse erano allineate contro la parete di sinistra. Il pavimento era coperto di teli di plastica imbrattati di macchie di colore e un po' ovunque erano accatastati secchi di vernice industriale, bacinelle incrostate, sacchi di pigmenti e contenitori di plastica. Su un piano di lavoro costituito da alcune assi appoggiate su cavalletti erano sparsi tubetti di colore secchi, contorti, schiacciati, ma anche, curiosamente, grandi siringhe di metallo. Mazzi di pennelli sbucavano da barattoli di conserva.

«Ti confezionavi da solo i colori», commentò Corto. «Eri esigente quanto Karl. Macinavi tu stesso i pigmenti e li mescolavi con l'essenza di trementina e l'olio di lino, regolandone la consistenza. Ricordo che utilizzavi un olio chiarificato specifico. Ti rifornivi da una raffineria industriale che vende all'ingrosso. Poi riempivi delle siringhe utilizzate per lubrificare i trattori e che io stesso avevo scovato presso alcuni contadini del posto...»

Narcisse si avvicinò alle bacinelle contenenti misture nerastre, rossastre e violacee che con il tempo si erano seccate. I bidoni, i recipienti di alluminio e i sacchi polverosi emanavano ancora violenti effluvi chimici o minerali. Prese in mano qualche pennello, accarezzò i tubetti e respirò quegli odori: non provava niente, non affiorava il minimo ricordo. Si sarebbe messo a piangere.

Tra quegli oggetti pietrificati notò un taccuino con le pagine impiastricciate di colore. Lo sfogliò. Con una grafia minuscola vi erano riportati elenchi di nomi, numeri e percentuali.

«Il tuo taccuino dei segreti», spiegò Corto. «Le miscele, le proporzioni per ottenere le tonalità esatte che desideravi.»

«Mi racconti del mio modo di lavorare», disse Narcisse mettendosi in tasca il quaderno.

«Non ne ho la più pallida idea. Non ci sono porte nei laboratori, ma tu avevi appeso una tenda sullo stipite. È SEVERAMENTE VIETATO L'INGRESSO. Di sera giravi le tele contro le pareti.»

«Perché?»

«Dicevi: "Non ne posso più di guardare la mia faccia".»

Daniel Le Guen, il volontario Emmaüs di Marsiglia, gli aveva raccontato che la sola vista della riproduzione di un'opera di Courbet lo aveva fatto star male.

«Le ho già parlato di Gustave Courbet?»

«Certo. Dicevi che era il tuo maestro, il tuo mentore.»

«In che senso?»

«Non lo so. Formalmente le tue tele non avevano niente a che fare con le sue opere. Però Courbet è un maestro dell'autoritratto. Amava molto raffigurarsi. Non sono uno specialista di quel periodo, ma *Il disperato* è sicuramente uno dei dipinti più famosi del mondo...»

Narcisse non replicò. Decine di autoritratti spuntarono sulle pareti della sua mente. La memoria culturale funzionava ancora senza problemi. Dürer, van Gogh, Caravaggio, Degas, Schiele, Opalka... Ma nemmeno un'immagine di Courbet. Dio santo. Era stato sufficiente che quel pittore e le sue opere si fossero insinuati nella sua vita personale perché venissero risucchiati nel buco nero della sua malattia.

«Ora ricordo», continuò Corto. «Di tutti gli autoritratti di Courbet, eri ossessionato dall'*Uomo ferito.*»
«Di che si tratta?»
«Il pittore si è rappresentato in punto di morte, ai piedi di un albero, con una macchia di sangue vicino al cuore.»
«Perché quel quadro mi interessava tanto?»
«Ti ho fatto la stessa domanda. Mi hai risposto: "Lui e io facciamo lo stesso lavoro".»
Narcisse indugiò ancora un po' in quello studio che era stato il suo antro, il suo rifugio, la sua caverna. Non individuò nulla di familiare. La sua ricerca gli sembrava senza speranza.
«Resta con noi», fece Corto come se percepisse la sua disperazione. «Rimettiti a dipingere. La memoria...»
«Parto domattina e ho bisogno dei miei soldi.»

«È stata lei a chiamare?»

«Secondo te?»

Sulla soglia del magazzino, Anaïs sventolava il distintivo sotto il naso di un ragazzino con gli occhi rossi e i capelli unti. Erano le cinque del pomeriggio e lei si trovava da qualche parte nella periferia di Tolosa, in una zona industriale costituita da grandi hangar ciechi e bui. Aveva impiegato solo due ore per raggiungere la città, ma le ci era voluto altrettanto per scovare il posto giusto in quel labirinto del settore terziario.

Si trattava della sede di CAMARAS, una società che si occupava di localizzatori satellitari per conto di diverse marche automobilistiche in Francia, nelle regioni Aquitania, Midi-Pirenei, Linguadoca-Rossiglione e Provenza-Alpi-Costa Azzurra.

Anaïs aveva chiamato il servizio clienti alle 14.30. L'operatore che le aveva risposto era rimasto sorpreso dalla richiesta. Di solito era la compagnia di assicurazioni che... Lei non gli aveva lasciato terminare la frase. «Sto arrivando.»

Ora si trovava di fronte uno strano tipo con un maglione di lana spessa e jeans cascanti, senza dubbio un ragazzo che aveva colto l'opportunità di raggranellare qualche soldo nel weekend mentre studiava. Però non aveva l'aria di applicarsi granché: pupille dilatate, naso umido, bocca tremante... Un consumatore di coca.

Il giovane si fece indietro per lasciarla passare. Anaïs si ritrovò in un ampio magazzino che a prima vista sembrava vuoto. In realtà, lungo il muro di destra era collocata una console sormontata da una serie di schermi. Quell'attrezzatura ricordava il Centro di supervisione urbana di Nizza in versione clandestina.

Il ragazzo tirò fuori dalla tasca una bottiglietta di collirio, buttò la testa all'indietro e si mise una goccia per occhio. «Al telefono non ho capito molto bene...»

Anaïs prese una sedia con le rotelle e la girò verso di lui. «Siediti.»

«Quindi, di cosa si tratta?» chiese lui obbedendole.

Con il piede, lei lo spinse verso la console e gli mormorò all'orecchio: «Lo scorso 11 febbraio, presso la gendarmeria di Bruges, è stato denunciato il furto di un'Audi Q7 S-Line TDI, targata 360 643 AP 33. Ne hai sentito parlare?».

«Questa storia non mi dice niente. Lavoro qui solo nel weekend, io. Sono uno studente e...»

«E allora saltiamo i preamboli. Voglio che attivi il segnale che si trova su quella macchina.»

«Non è un segnale. È un localizzatore GPS.»

«Poco importa. Fallo. Ora.»

Il ragazzo si agitò. «Non posso. Dalla gendarmeria devono inviarci in sede una copia della denuncia di furto, insieme al contratto stipulato con l'assicurazione che...»

Anaïs afferrò nuovamente la sedia e gli fece fare una giravolta. «Posso anche chiamare una squadra di Tolosa per prelevarti un campione di saliva e fare un test antidroga. Che ne pensi?»

«La... la targa del veicolo qual è?» bofonchiò il ragazzo.

Anaïs estrasse dalla tasca il foglio su cui l'aveva appuntata e lo sbatté sulla console. La botta fece accendere lo schermo di un computer in stand-by sul quale apparvero corpi nudi intrecciati. Si aprirono altre finestre. Il volto di una donna in piena fellatio. Il primo piano di un ano dilatato. Ai quattro angoli del monitor sprizzarono pubblicità inequivocabili...

«Il tuo programma di studi?» domandò Anaïs con un sorriso.

Lo studente avvampò e spense goffamente il computer. Schiarendosi la gola, si mise a digitare sulla tastiera del PC e subito sui monitor apparvero mappe satellitari della Francia. In uno comparve un ingrandimento di un'area del paese, ma il procedimento era stato troppo veloce perché Anaïs riuscisse a identificare la regione.

«È in diretta?» chiese sorpresa.

«Per forza. Serve per beccare i ladri.»

«Dove sono? Cioè, dov'è l'auto?»

«Sulla D2202, nella valle del Var.»

Anaïs si chinò. «Dove si trova esattamente?»

Il ragazzo azionò una rotella integrata alla console e ingrandì ulteriormente. «Qui, sopra Nizza.»

«L'auto è in movimento?»

«Sì. Si trova all'altezza del ponte Durandy.»

Anaïs rifletté. I killer erano sulle tracce di Janusz? Avevano scovato il suo nascondiglio? Perché loro ce l'avrebbero fatta quando decine di squadre della polizia avevano fallito? Magari invece stavano rientrando alla base... Si frugò in tasca e posò l'iPhone sulla console. Afferrò un blocco per gli appunti e scarabocchiò la sua e-mail. «Invia a questo indirizzo di posta elettronica il programma che mi consente di seguire in tempo reale gli spostamenti della vettura.»

«Non posso farlo. È un software protetto.»

«Ti è chiaro il fatto che io e te abbiamo abbandonato la retta via, sì? Quindi mandami il programma via Internet. Capito?»

Il ragazzo picchiò rapido sulla tastiera. Il ticchettio ricordava quello delle claquette di una danza macabra.

Il cellulare di Anaïs vibrò. Lei controllò. L'e-mail era arrivata. In allegato c'era il programma di localizzazione. Allungò l'iPhone allo studente (lei non era brava con la tecnologia). «Installami il software.»

Qualche secondo dopo sul monitor del telefono comparve la mappa dell'entroterra nizzardo. Il cursore lampeggiante indicava il fuoristrada in movimento. Senza sapere perché, Anaïs era sicura di doversi muovere in fretta.

«Le ho caricato anche un programma di navigazione satellitare», la informò il ragazzo. «Se si perde, può utilizzare i due software insieme. La rimetteranno in pista.»

Lei lo ringraziò con un cenno del capo. Lui tirò fuori di nuovo la bottiglietta di collirio e si umettò entrambi gli occhi.

«Tu sai cosa fare, sì?»

«Io non l'ho mai vista», disse il giovane sorridendo. «Non ho mai sentito parlare di una Q7.»

«Sei un ragazzino intelligente», replicò Anaïs con una strizzatina d'occhio. Si diresse verso l'uscita, poi si girò un'ultima volta. Fece il gesto di masturbare un pene immaginario. «Attento ai calli!»

Lo studente si fece paonazzo e non disse niente.

Correndo verso la macchina, Anaïs fece due calcoli. Ancora una volta stava per attraversare la Francia da ovest verso est. Poteva coprire i seicento chilometri che la separavano da Nizza in meno di cinque ore. Poi avrebbe dovuto trovare la strada nell'entroterra. E anche se disponeva di un sistema GPS non era sicura di farcela.

Si diresse verso l'autostrada. Il vero problema comunque era un altro. Aveva riposato poche ore quella notte, non aveva dormito affatto la precedente e solo tre ore quella ancora prima. Si reggeva a malapena in piedi, e unicamente perché era un fascio di nervi.

Compose il numero di Zakraoui, il più pericoloso e affascinante membro della sua squadra. Il magrebino rispose al secondo squillo.

«Zac? Sono Anaïs.»

«Come va, bella?» Era l'unico a permettersi quel tono confidenziale. «Sempre in vacanza? Mi hanno detto della tua capatina a Nizza!»

«Ho bisogno del tuo aiuto. Devo farmi un viaggio.»

«Un viaggio... Un viaggio?»

Anaïs non replicò. Silenzio assenso.

«Spiegati meglio», disse Zakraoui con voce vellutata.

«Mi serve lo speed.»

Zakraoui, la «squadra Narcotici locale», aveva agganci con i migliori pusher di tutta l'Aquitania e dintorni. Le sue conoscenze erano classificate in base alla droga, l'affidabilità e la pericolosità. Con lui si poteva andare sul sicuro, per una semplice ragione: era lui stesso un ex eroinomane. Diceva di essere pulito. Tutti facevano finta di crederci.

Lo sbirro le spiegò dove si sarebbe potuta procurare le migliori amfetamine della zona. Anaïs si fermò in una piazzola e appuntò minuziosamente le informazioni: Grand Mirail, quartiere della Reynerie, cité des Tournelles... I nomi le ricordavano vagamente qualcosa. Storie di violenze urbane, di auto bruciate...

«Vuoi che faccia qualche telefonata?» chiese Zak.

«Me la caverò. Dove sono i tuoi compagni?»

«Un po' qui, un po' là. La cité des Tournelles è una lingua di terra a forma di Y. Se ci vai adesso e procedi a passo d'uomo, senza avere troppo l'aria da piedipiatti, gli uccellini si avvicineranno senza problemi.»

Anaïs gettò il taccuino sul sedile del passeggero, ingranò la marcia, incastrò il cellulare tra l'orecchio e la spalla e accelerò. «E in sede come vanno le cose?»

«Non hanno ancora messo una taglia sulla tua testa ma ci manca poco.»

Anaïs chiuse la comunicazione. Si vedeva davanti il poliziotto con il suo piccolo cappello e il sorriso tunisino. A parte i suoi guai con la droga, la Disciplinare lo sorvegliava da vicino per un'altra faccenda: era sospettato di poligamia. Con Jaffar, che aveva alle calcagna il giudice per le questioni familiari perché rifiutava di pagare gli alimenti alla moglie, e Le Coz, che viveva alle spalle di una baronessa non più giovane, formava una bella tripletta di dongiovanni. "Gli unici uomini della mia vita", si disse lei.

Un'ora più tardi – dopo essersi persa più volte sotto la pioggia – era nel pieno delle trattative con un piccoletto in tuta verde fosforescente, la faccia nascosta da un cappuccio: sembrava un folletto.

«Prima la grana.»

Anaïs era passata da un bancomat. Gli diede cento euro. Il denaro sparì e la mano si aprì: conteneva dieci compresse.

«Occhio, eh! Non è robetta da poco. Prendile una alla volta, non fare scherzi.»

Anaïs si ficcò le compresse in tasca, conservandone due

in mano. «Hai qualcosa per mandarle giù?» chiese mostrandole sul palmo.

Il nanetto tirò fuori una lattina di Coca-Cola Light. «Garantita senza coca», ridacchiò.

Lei ingoiò le due amfetamine con un sorso di bibita. Quando fece per rendergli la lattina, il folletto si era già dileguato nella notte.

«Omaggio della casa. Ciao.»

Anaïs partì sotto la pioggia. Sentiva già, o credeva di sentire, la dopamina sprigionarsi in fondo al cervello. Cambiò la marcia e riprese la direzione della A61. Alla prima stazione di servizio fece il pieno. Pagò e si rese conto, sbirciando i ripiani su cui erano sistemati panini e biscotti, che non aveva fame. La droga le aveva tolto l'appetito. Tanto meglio. Tutti i suoi sensi sarebbero rimasti vigili, all'erta come cani da guardia.

Ripartì a tutta birra e osservò il programma del localizzatore sull'iPhone. I bastardi avevano lasciato la D2202 in direzione di una località chiamata Carros. Dove andavano? Avevano rintracciato Janusz?

Ingranò la quinta e si accorse di avere superato i duecento chilometri orari. Per adesso la piccola Smart era la sua migliore alleata.

La notte era appena cominciata.

«Quanti sono?» chiese Narcisse osservando la busta marrone che aveva in mano.

«Quarantacinquemila euro.»

Lui lanciò uno sguardo sbalordito a Corto.

«Te l'ho detto. Hai stregato Parigi. I tuoi quadri sono stati venduti intorno ai quattromila euro ciascuno. Ne avevi dipinti una trentina. La galleria si è presa la commissione, circa il cinquanta per cento. Noi abbiamo trattenuto il quindici per cento per le nostre spese generali. Ti resta questa somma. Vai di moda come pittore! Se volessi, potresti tornare a essere Narcisse e continuare a guadagnarti lautamente di che vivere.»

Narcisse diede un'occhiata all'interno della busta. Le banconote brillavano come seta. «Non sarei capace di dipingere come Narcisse.»

«Ne sei sicuro?»

Lui non rispose. In realtà aveva l'intima convinzione che abilità e talento avessero permeato le sue diverse identità come le conoscenze di psichiatria. Poteva riprendere la carriera di Narcisse dal punto in cui l'aveva lasciata? Aveva ben altro da fare. Ritrovare le sue tele. Osservarle. Studiarle. Era certo di avervi inconsciamente nascosto una verità. La firma della sua personalità d'origine.

«A suo parere», chiese infilandosi in tasca il denaro, «quanto tempo ho? Voglio dire prima di perdere di nuovo la memoria.»

Erano usciti in giardino. Si era fatto buio e il vento soffiava impetuoso. Gli alberi si torcevano come in preda a violenti crampi. Narcisse aveva sprecato una giornata di ricerche ma si ritrovava ricco, con la pancia piena e riposato. Una pausa necessaria per ripartire con nuovo slancio.

«È impossibile saperlo», rispose lo psichiatra. «Non ci sono regole. Ma non dimenticare mai che ogni cambio di identità è una fuga. Una risposta a un trauma. Le tue crisi sono motivate anche dalle esperienze che vivi ogni giorno.»

Narcisse era d'accordo. La peggiore delle ipotesi era che lui fosse un assassino e che, ogni volta che uccideva, cambiasse pelle. Scosse la testa per scacciare la possibilità: si rifiutava di ammettere quella colpa.

Ora stavano scendendo fra le terrazze. Il cielo era limpido e blu, già scintillante di stelle. Il profumo dei pini ristagnava in alto, quasi a voler inebriare maggiormente i sensi. Lo psichiatra voltò a destra. Si ritrovarono in un giardino di cactus. Narcisse non ne aveva mai visti così tanti tutti insieme. Cactus piantati nel terreno. Cactus in vaso. Cactus in serra. Alcuni somigliavano a ricci di mare avvolti in cotone idrofilo. Qualcuno era alto più di due metri. Altri avevano rami simili ai bracci di un candelabro.

«Tu li senti, vero?»

«Cosa?»

«I profumi.» Corto si gonfiò i polmoni nell'oscurità. «Tutto il nostro corpo si sveglia a questo richiamo. È come quando si guarda il mare. L'acqua che ci abita freme nel recesso più profondo della nostra anima. Venivi spesso qui, la sera...»

Narcisse si domandò dove volesse arrivare il suo interlocutore.

«Suppongo tu abbia letto le opere di Jung.»

«Sì.» Narcisse aveva risposto senza esitazioni.

«Per Jung, la nostra coscienza, o meglio il nostro inconscio è caratterizzato da archetipi, grandi schemi primitivi che risalgono agli albori della specie umana: i miti, le leggende, le paure primordiali... Quando un fatto, un quadro o un dettaglio ci ricorda uno di questi elementi, allora veniamo toccati nel profondo, per non dire sommersi, da un'emozione che ci sovrasta, che appartiene a tutta l'umanità.» C'era qualcosa di ipnotico nella voce di Corto.

«E quindi?»

«Credo sia lo stesso per il corpo. Esistono degli archetipi... fisiologici. Il mare. La foresta. La pietra. Il cielo. Regni che insieme ci toccano e ci trascendono. Entrando in contatto con essi, il corpo tutt'a un tratto si risveglia. La nostra carne si ricorda di essere stata mare, foresta, pietra, stella... Le nostre cellule si agitano, fremono e reagiscono.» Corto lo afferrò con forza per la spalla. «Ritrova le tue tele», mormorò. «Torna a Parigi. So che è questo il tuo piano. A contatto con la tua pittura, con la tua città, il corpo ti guiderà. La pittura e la capitale appartengono alla tua storia. E, in un certo modo, tu appartieni a loro.»

Narcisse capì ciò che Corto voleva dire. Chiuse gli occhi e cominciò quell'esperienza subito, lì. Si lasciò penetrare dalle fragranze umide del giardino, dal fruscio delle fronde simile a quello della risacca, dall'odore della montagna fredda, la cui origine si perdeva nella notte dei tempi. Le onde del mare lo lambirono. Divenne sabbia calpestata da piedi nudi, sotto la pioggia. Il frinire degli insetti, riscaldati incessantemente dal sole in un paese dove era sempre mezzogiorno. Il brusio della neve, la bianca freschezza di una pista crepitante al passaggio degli sci. Respirava. Rideva. Abbracciava. E, infine, era come se il suo corpo si trasformasse in una patina di luce dorata, in un salotto borghese, in compagnia di una donna, una sera d'estate...

Aprì gli occhi. Corto era sparito.

Narcisse aveva appena sentito dei passi, del tutto reali, provenire dalle terrazze più in basso. Cercò con lo sguardo. Nella parte inferiore del giardino i cactus si muovevano. Il cuore gli si fermò.

Quei cactus erano i becchini, con l'abito nero di rigore.

Si stavano avvicinando, senza prendere particolari precauzioni, pestando alcune piante e scostandone altre con le braccia. Nelle tenebre, lui riusciva a distinguere la v delle loro giacche completamente abbottonate. Entrambi impugnavano pistole con il silenziatore. Quel particolare lo fece pensare alla Glock: era rimasta in camera.

I due uomini avevano ormai raggiunto l'imbocco del viale. Diedero un'occhiata in alto, verso gli edifici: Narcisse era già al coperto, fra i cespugli. Quella scena era un déjà vu: lui a Marsiglia, a spiare i teppisti, nascosto sulla sommità della scalinata.

I killer cominciarono a salire. Mimetizzato fra la vegetazione, Narcisse percorse gli ultimi metri che lo separavano dagli studi di pittura. Era un tutt'uno con gli alberi, con la notte.

Costeggiò il ballatoio dei laboratori perché si ricordava di aver lasciato la sua portafinestra accostata. S'insinuò nello spiraglio. Il contatto con il pavimento di cemento lo rassicurò. Si chiuse dentro chiudendo il battente senza far rumore e riprese un attimo fiato.

Il corridoio. Se non ricordava male, una scala alla sua sinistra portava al piano delle camere. In giro non c'era nessuno: all'ora di cena i pazienti si concentravano nell'altro edificio. Una volta giunto nella sua camera, fece scorrere la mano sotto il materasso e trovò la pistola. Anche il fascicolo su Icaro era lì, così come il coltello Eickhorn e il taccuino di Narcisse. I suoi unici averi. Il suo unico bagaglio. Fece scivolare l'automatica sulla schiena, il coltello in tasca e i documenti nella giacca a vento, che infilò sopra il maglione.

Lanciò un'occhiata veloce da destra a sinistra nel corridoio: nessuno. Il cuore gli pompava con violenza il sangue nelle arterie. Era già troppo tardi per riprendere le scale. Andò nella direzione opposta. In fondo c'era una finestra. L'aprì, sgattaiolò fuori e finì su un cornicione che correva lungo il muro. Sotto i piedi, tre metri di vuoto. Il salto era possibile, soprattutto se avesse cercato di atterrare tra le fronde degli alberi. Chiuse gli occhi e si gettò. La caduta gli sembrò durare secoli. Poi sfregamenti, scricchiolii, strappi... Accertatosi di essere fra i rami, liberò le braccia e si passò le mani sul viso e sul corpo. Niente sangue. Niente ossa rotte. Niente dolore. Ne usciva con onore. Cercò di districarsi da quell'intreccio vegetale e dopo diversi tentativi toccò terra fra i cespugli. Si rimise in piedi, si tolse la giacca e l'annodò intorno alla vita.

Ora doveva solo correre. Si lanciò tra le sterpaglie. I rami gli frustavano il viso, i tronchi spuntavano alti davanti a lui, le pietre gli rotolavano sotto i piedi. Molto presto la discesa lo risucchiò. Tentò di frenare con i talloni, ma a causa della velocità non riuscì a evitare la maggior parte degli ostacoli. Colpito, sferzato, pestato, si aggrappò a una speranza: alla fine avrebbe incrociato una strada asfaltata. L'avrebbe percorsa a piedi. Avrebbe fatto l'autostop. Trovato un centro abitato. Non importava in che modo, ma ce l'avrebbe fatta. In preda alla paura, una domanda gli bruciava: come lo avevano trovato gli assassini? Che cosa sapevano esattamente di lui?

Le coordinate GPS erano invariate dalle ventuno circa: indicavano una qualche località sulle montagne, sopra il paese di Carros. Il fuoristrada era rimasto fermo fino alle due del mattino. Quando Anaïs era arrivata alla periferia di Nizza, il segnale si era nuovamente attivato: gli assassini stavano ripartendo. Aveva avuto la tentazione di riprendere l'autostrada per mettersi sulle loro tracce, ma voleva vedere il posto in cui i due killer avevano trascorso parte della notte. Nella peggiore delle ipotesi, avevano rintracciato Janusz. L'avevano torturato, ucciso, mutilato...

Giunse a destinazione verso le tre del mattino. Si trattava di un istituto specializzato chiamato villa Corto. Si inoltrò con prudenza sulla strada sterrata. Ben presto i suoi fari illuminarono qualcosa che le fece pensare di trovarsi nel bel mezzo di un *bad trip*. Un pagliaccio con il viso dipinto di bianco era in lacrime all'inizio del sentiero. Più lontano, oltre i pini a ombrello, un uomo camminava sospeso in aria. Fluttuava a due metri da terra. Un gigante interamente dipinto di nero – dalla cima dei capelli alle suole delle scarpe – si trovava sulla soglia del primo edificio dell'istituto.

Anaïs scese dall'auto, una mano sulla pistola, e capì che non si trattava di un'allucinazione. Era tutto vero.

Il pagliaccio si avvicinò asciugandosi gli occhi. Le lacrime gli scioglievano il cerone conferendogli l'aspetto di un Augusto sfigurato. Si era accostato anche l'uomo che camminava sospeso in aria. Il trucco era semplice: si spostava sui trampoli. Parlava rivolgendosi alle cime degli alberi, come se avesse definitivamente lasciato il mondo terrestre e carpito il segreto degli uccelli.

Anaïs si diresse verso l'edificio principale, le cui finestre erano illuminate. Per un pelo non inciampò in un'anziana seduta a terra, truccata in modo vistoso. La donna aveva acceso un fuoco e vi aveva messo sopra una pentola nella quale stava cucinando della pasta. Aiutandosi con una lunga spatola, la assaggiava e si lamentava.

Lei la salutò con un cenno del capo e le fece qualche domanda. Tutto ciò che ottenne fu: «Il problema, con le mie tele, sono le dogane...».

Non insistette ed entrò in un refettorio. Il Carnevale proseguiva. Un Pierrot, con gli occhi cerchiati di nero, saltava su un tavolo mandando grugniti. Un personaggio con un cappello da fata da cui spuntavano filamenti argentati si mordicchiava il pugno infilato nella maglia, imbrattandola di fili di saliva. Un terzo, con in testa una paglietta, suonava il flauto seduto a gambe incrociate su un altro tavolo; il motivo era lento e malinconico. Anaïs notò che se l'era fatta addosso.

Cos'era successo in quel posto?

Dov'erano finiti i responsabili?

Salì al primo piano. Corridoio di cemento. Porte di legno. Si respirava la stessa atmosfera che in un'impresa di pompe funebri. C'era la stessa freddezza, la stessa impersonalità. L'impressione si trasformò in presentimento e poi in evidenza. Nella seconda stanza a destra erano ammassati tre cadaveri. Due uomini, piuttosto corpulenti, avevano il torace crivellato di colpi di grosso calibro. Un terzo, nudo, era legato dietro una scrivania, in uno stato ben più terrificante degli altri due.

Anaïs indossò dei guanti di lattice e chiuse la porta. I folli l'avevano seguita. *Ricostruzione.* Gli assassini erano arrivati alle ventuno. Avevano ucciso gli infermieri a bruciapelo, con una calibro 45 o 44. In seguito si erano occupati di quello che doveva essere il direttore. Era impossibile attribuirgli un'età precisa, forse aveva poco più di sessant'anni. Era sfigurato: gli occhi spappolati, il naso ridotto a una cavità sanguinolenta, le guance lacerate che lasciavano intravedere gengive martoriate e piaghe. La testa penzolava da un lato: probabilmente gli era stato spezzato il collo.

Aveva parlato? Chiunque avrebbe vuotato il sacco se sottoposto a tali torture. E non c'era alcuna ragione di credere che un anziano psichiatra dal fisico gracile avesse fatto l'eroe. Anche se una sola occasione poteva essere sufficiente per dar prova del proprio coraggio, come tutte le guerre avevano dimostrato. D'altra parte la stanza era stata frugata, messa a soqquadro e saccheggiata, lasciando supporre che i bastardi non avessero ottenuto risposte alle loro domande.

Anaïs era sbalordita dalla propria calma, dal proprio sangue freddo. Quei segni di violenza le facevano bruciare gli occhi, ma il cuore rimaneva indifferente. Quella barbarie era per lei una vecchia conoscenza. Per notti intere aveva immaginato ciò che suo padre era stato capace di infliggere ai prigionieri politici del Cile. Ora ne aveva un esempio dal vivo, in carne e sangue.

Fece scorrere lo sguardo sugli oggetti e i libri caduti a terra. Non valeva la pena di frugare. I visitatori non le avevano lasciato nulla. Il computer sulla scrivania era stato sfondato, il disco fisso rimosso e i file rubati.

Anaïs trasse le sue conclusioni. Janusz, in un'altra vita, aveva soggiornato in quel posto, un manicomio. Magari era tornato lì in cerca di un rifugio dopo la fuga da Nizza. In ogni caso gli assassini vi erano approdati seguendo quell'idea. Forse qualcuno li aveva informati. Un infermiere? Un paziente? Se Janusz era passato di lì, loro erano arrivati troppo tardi. Anaïs sapeva che erano rimasti nella clinica per cinque ore. Cinque ore di pura tortura...

Prese l'iPhone e avviò il software di localizzazione. In quell'istante gli assassini stavano superando la città di Lione, diretti verso Parigi. Sapevano già dove stesse andando Janusz? Lei rinfoderò la pistola e decise di fare un breve giro della proprietà prima di prendere la stessa direzione.

Fece una ricognizione nel secondo edificio senza scoprire nulla di interessante. Era evidente che quel posto era dedicato all'arteterapia: un piano ospitava alcuni studi pieni delle opere più disparate. I folli la stavano ancora seguendo. Sembravano speranzosi che lei potesse curarli, guidarli, aiutarli. Si sbagliavano di grosso: Anaïs si sentiva piuttosto una di loro.

Attraversando di nuovo il refettorio, notò delle foto di gruppo appese alle pareti. Su una che risaliva all'anno precedente non ci mise molto a individuare Janusz. Indossava una casacca da artista. Per la prima volta lo vedeva ridere di cuore. Lo trovò veramente carino e...

Un dito unto si posò sul volto di Janusz. Anaïs trasalì: era il Pierrot con gli occhi cerchiati di nero.

«Narcisse», mormorò l'uomo picchiando con l'indice sulla foto. «Narcisse! NARCISSE! È andato via!»

«Quando?»

Il Pierrot sembrava poco lucido. Aveva gli occhi fuori dalle orbite e somigliava a Robert Smith, il cantante dei Cure. «Ieri», rispose con una certa fatica.

La donna agguantò il ritratto e lo portò via: non voleva rischiare che si stabilisse un legame tra il suo protetto e quel nuovo massacro. Improvvisamente le tornò in mente un dettaglio. Crosnier aveva detto che Narcisse era il nome con cui Janusz si era presentato al ricovero dei senzatetto di Marsiglia. Il suo nuovo nome? Un'identità precedente, risalente ai tempi dell'istituto?

Si diresse a grandi passi verso la macchina, ignorando i dementi che le correvano dietro. Ci mancò poco che ne investisse uno ripartendo. Mentre si allontanava sulla strada sterrata, un'idea costante le martellava nella testa. Nonostante tutto, Janusz era ancora vivo. Anaïs si vergognò del senso di sollievo che provava e, pensando all'anziano direttore e ai suoi infermieri, si fece automaticamente il segno della croce.

Guardando nello specchietto retrovisore, si accorse che parecchi ospiti dell'istituto la stavano inseguendo, avvolti in una nuvola di polvere. Era impossibile lasciare quei poveretti in un simile marasma.

Prese il cellulare e chiamò un numero memorizzato.

«Crosnier?»

Le tele erano come tanti spartiti musicali: pentagrammi, note, aste uncinate. Le linee non erano dritte ma si sviluppavano in movimenti sinuosi, attorniando teste, personaggi e simboli che sembravano spettatori di quella musica circolare.

Narcisse si chinò per distinguere meglio le figure. Un uomo mascherato. Delfini. Eliche. L'insieme, realizzato nelle tonalità ocra e oro, evocava una cosmogonia di cui l'artista sembrava aver avuto la rivelazione. Sulle pareti bianche della galleria, le tele di colore bruno con riflessi dorati brillavano come gigantesche icone.

«Non li tocchi! Sono dei Wölfli!»

Narcisse si voltò. Un uomo in completo grigio marezzato, in tinta con la capigliatura, si stava avvicinando. Sulla sessantina, occhiali firmati e aspetto curato. Lui gli fece un largo sorriso. Quel mattino avrebbe sorriso a chiunque. Non gli sembrava vero di essere arrivato a Parigi, e più precisamente nella galleria Villon-Pernathy, al 18 di rue de Turenne, in prossimità del quartiere del Marais.

La sera precedente, al margine della foresta, si era imbattuto in una strada provinciale lungo la quale, dopo una breve attesa, era passato un camion. Narcisse aveva alzato il pollice. L'autista si era fermato. Era in viaggio per consegnare un carico di resina epossidica ad Aubervilliers, nella regione parigina. Gli avrebbe dato volentieri un passaggio a patto che avesse guidato un po' anche lui. Narcisse non chiedeva di meglio. Così avevano viaggiato per tutta la notte, alternandosi al volante e scambiando quattro chiacchiere, tra veglia e sonno.

Alle sei del mattino Narcisse si era ritrovato nella metropolitana parigina, stazione porte de la Chapelle. «Ricordo» era una parola un po' azzardata, ma lì si sentiva a casa. Conosceva le linee sotterranee, i quartieri, i nomi. Riusciva a orientarsi nella capitale. Aveva acquistato un biglietto e preso la linea 12 in direzione Mairie d'Issy. Guardando sfilare le fermate, si ripeteva che ancora una volta era riuscito a trarsi d'impiccio. Per quanto tempo sarebbe stato al sicuro? Come avevano fatto i becchini a rintracciarlo? Avevano messo a soqquadro l'istituto? Interrogato il direttore? Non aveva modo di saperlo.

Era sceso a Madeleine, per poi risalire a piedi rue Royale. Sentiva in tasca la busta gonfia di euro e quel contatto lo rassicurava, più della Glock nascosta dietro la schiena. In place de la Concorde aveva girato a destra ed era entrato in uno degli hotel più lussuosi della città: il Crillon. La sua scelta era motivata da due ragioni: primo, in un posto simile non gli avrebbero chiesto subito un documento d'identità – con quei prezzi, si sarebbero mostrati comprensivi –; secondo, il Crillon sarebbe stato l'ultimo posto in cui cercare un uomo in fuga, presumibilmente un barbone.

Narcisse aveva raccontato di aver perso il portafoglio. Aveva pagato in anticipo la camera – quasi mille euro – con la promessa di consegnare la denuncia di smarrimento nel corso della giornata seguente. Il personale della reception non aveva fatto commenti sulla sua giacca strappata. Per pura provocazione, per gioco, lui aveva fornito il nominativo e le false credenziali di Mathias Freire. Non temeva nulla. Da quando era sceso nella metropolitana, aveva capito che nessuno lo stava cercando nella capitale. Ciò che a Bordeaux o a Marsiglia era considerato una catastrofe nazionale a Parigi non aveva importanza.

Aveva dato un'occhiata alla stanza, fatto una doccia e scoperto di avere una certa familiarità con i comfort degli alberghi a cinque stelle. Poi aveva infilato in cassaforte il fascicolo delle indagini. Gli sembrava di vivere in un sogno.

Era sfuggito ai sicari. Aveva le tasche piene di soldi. Disponeva di un'insperata libertà di movimento nella capitale.

Si era fatto portare in camera un kit per la barba e si era dato una sistemata al viso e ai capelli per rendersi presentabile. Aveva dormito due ore, dopodiché aveva preso un taxi fino a rue François Ier, dove c'era un'elegante boutique maschile. Aveva optato per un sobrio completo scuro in fil-à-fil di lana, una camicia azzurro cielo – niente cravatta – e mocassini scamosciati neri. Aveva riacquistato un aspetto umano. Nel camerino, al riparo da sguardi indiscreti, aveva trasferito nel nuovo abito il taccuino di Narcisse che aveva portato con sé e la chiave delle manette della guardia della corte d'appello di Marsiglia: il suo feticcio. Aveva acquistato anche due cinture: una per reggere i pantaloni e la pistola dietro la schiena, l'altra da legare al polpaccio destro per infilarci l'Eickhorn, come fosse un coltello da caccia subacquea.

«Narcisse? È proprio lei?»

L'uomo in grigio, forse il gallerista, ora si trovava di fronte a lui. Aveva cambiato espressione.

«In persona. Ci conosciamo?»

«Conosco i suoi autoritratti. Corto mi aveva detto che lei era sparito...»

«Solo per un po'.»

L'uomo non sembrava a suo agio. Agitandosi nel suo completo, gli tese la mano. «Sono Philippe Pernathy, il proprietario della galleria. La sua mostra è stata un vero successo.»

«È quello che mi hanno detto.»

«Lei... lei dipinge ancora?»

«No.»

«Posso aiutarla in qualche modo?»

A ogni secondo che passava Narcisse era sempre più convinto che Pernathy non fosse contento di vederlo. *Perché?*

«Voglio vedere le mie tele.»

Il gallerista sembrò sollevato. Prese Narcisse per il braccio e lo condusse nel suo ufficio, in fondo alla sala. «Nessun problema. Ho qui le fotografie e...»

«No. Voglio vedere gli originali.»

«Impossibile. Li ho venduti tutti.»

«Lo so. Voglio la lista e i recapiti degli acquirenti.»

«Non se ne parla. Sono dati confidenziali.»

Narcisse alla fine capì. Il problema era di ordine finanziario. Forse il furbastro aveva venduto le opere a un prezzo molto maggiore di quanto comunicato a Corto e adesso aveva paura che l'artista entrasse in contatto con i suoi clienti. «Guardi, non mi frega proprio niente dei suoi traffici», lo tranquillizzò. «Devo vedere i miei quadri, tutto qui.»

«No. È... è impossibile.»

Narcisse lo prese per il bavero. «Lei sa chi sono io, no? Con i pazzi è facile ritrovarsi coinvolti in qualche incidente!»

«Non... non posso darle quella lista», balbettò l'altro. «Si tratta di clienti particolari che vogliono mantenere l'anonimato. Io...»

Il gallerista si zittì di colpo. Narcisse aveva appena estratto la Glock e ora gliela teneva premuta contro la mascella. «La lista», sibilò fra i denti.

Pernathy parve accasciarsi, come se una o due vertebre avessero dato forfait. Paonazzo, fece il giro della scrivania e afferrò il mouse. Cliccò diverse volte, finché Narcisse vide l'elenco riflesso sui suoi occhiali. Con mano tremante, il gallerista mise in funzione la stampante.

«Beva qualcosa», gli consigliò Narcisse. «Si sentirà meglio.»

Obbediente, l'uomo aprì un piccolo frigorifero infilato dietro un distributore d'acqua, in un angolo dell'ufficio. Tirò fuori una lattina di Coca-Cola Zero.

«Ne ha una anche per me?»

Trascorse qualche istante surreale. Narcisse lo teneva sempre sotto tiro mentre bevevano in silenzio e la stampante ronzava. Sulla destra, vide una grande fotografia in bianco e nero di un uomo calvo, dallo sguardo cupo e intenso, con i pantaloni tenuti su da un paio di bretelle. Aveva in mano una trombetta di carta.

«Chi è?»

«Adolf Wölfli. Organizzo una sua retrospettiva. È il più grande pittore di *art brut* di tutti i tempi.»

Narcisse fissava gli occhi incandescenti. «Era pazzo?»

Pernathy si mise a parlare velocemente. «Sì, possiamo definirlo così. Dopo vari tentativi di abuso su minori, è stato dichiarato incapace di intendere e internato in un manicomio, vicino a Berna. Non ne è più uscito. È lì che ha cominciato a disegnare. Aveva diritto solamente a una matita e a due fogli di carta bianca alla settimana. A volte usava una mina di appena qualche millimetro. Ha coperto di disegni migliaia e migliaia di fogli. Alla sua morte, la cella era letteralmente stipata di disegni e libri rilegati a mano.»

«Perché la trombetta di carta?»

«Ci suonava la sua musica. Non era un musicista ma era convinto di sentire delle note nella testa.»

Narcisse fu preso da una vertigine. Un pazzo criminale che aveva soffocato le proprie pulsioni violente con pentagrammi e arabeschi infiniti. Lui aveva fatto lo stesso? «La mia lista», ordinò con voce profonda.

Il gallerista gli tese la stampata. Il suo viso congestionato stava lentamente tornando alla normalità. Il corpo si raddrizzava sotto il tessuto costoso del completo. Sembrava più che altro ansioso di sbarazzarsi di quel pazzo.

Narcisse scorse velocemente i nomi dell'elenco, tutti sconosciuti. La maggior parte dei collezionisti viveva a Parigi. Avrebbe potuto rintracciarli facilmente. Accanto a ogni nominativo era indicato il titolo dell'opera venduta. *Il senatore. Il postino. L'ammiraglio...*

Fece scivolare la pistola dietro la schiena e indietreggiò verso la porta, ma gli venne un'altra idea.

«Parlami di Courbet», ordinò, dandogli del tu.

«Cour... Courbet?»

«Parlami dell'*Uomo ferito.*»

«Non sono un esperto di quel periodo.»

«Dimmi quello che sai.»

«Credo che Courbet abbia dipinto quell'autoritratto negli anni Quaranta o Cinquanta dell'Ottocento. È un celebre esempio di pentimento.»

«Come? Cos'hai detto?»

«Un pentimento. È così che viene chiamata un'opera che un artista ha modificato in modo importante. O sulla quale ha dipinto un altro soggetto.»

Quella frase gli scoppiò in fondo al cervello. "La mia pittura non è altro che pentimento." Narcisse non aveva voluto dire che la sua arte esprimeva rimorso. Il senso della sua affermazione era che sulle tele aveva prima dipinto *qualcos'altro*. "Non bisogna fidarsi di ciò che si vede." I suoi autoritratti erano solo un pretesto per occultare qualcosa... «*L'uomo ferito*. Raccontami.»

«È un classico», dichiarò Pernathy con voce meno affannata. «Gli studiosi si erano sempre chiesti il motivo per cui Courbet si fosse rappresentato nei panni di un uomo sdraiato sotto un albero, ferito al cuore. In seguito hanno capito che quel dipinto celava un segreto. Originariamente Courbet si era ritratto insieme alla sua compagna. Aveva ripreso in mano l'opera anni dopo, quando la donna lo aveva lasciato, e, ferito dall'abbandono, l'aveva cancellata dal quadro, rimpiazzandola, simbolicamente, con quella macchia di sangue sul cuore. La ferita dell'uomo è una ferita d'amore.»

Nonostante lo stato febbrile in cui versava, Narcisse apprezzò l'aneddoto. «Tutta questa storia com'è venuta fuori?»

«Nel 1972 il dipinto è stato sottoposto ai raggi X. La figura della donna è apparsa in maniera inequivocabile sotto lo strato di pittura superficiale, appoggiata alla spalla di Courbet sdraiato.»

Il sangue gli pulsava nelle tempie. Le dita gli tremavano. Sotto ogni suo autoritratto si celava un altro dipinto. Una verità che aveva a che fare con la sua identità d'origine o con i crimini del killer dei barboni.

Una verità che sarebbe venuta alla luce con i raggi X.

Prima di uscire, ammonì il gallerista: «Nell'interesse di entrambi, è meglio che non ci siamo mai visti».

«Capisco.»

«Non capisci niente ed è un bene. Non ti azzardare ad avvisare i tuoi clienti della mia visita. Altrimenti ci rivedremo.»

Narcisse aveva l'impressione di tenere fra le mani l'elenco dei membri di una società segreta. Un gruppo di iniziati che si nutriva della sua stessa follia. Vampiri psichici. Voyeur perversi. Per ogni collezionista, il documento riportava non solo l'indirizzo, ma anche il codice di accesso, le iniziali sul citofono e il numero di cellulare. La galleria Pernathy aveva consegnato ogni opera a domicilio, perciò le informazioni logistiche erano state riportate sul file. Lui doveva semplicemente suonare il campanello.

A Parigi si sentiva di nuovo vivo. Era una giornata grigia, di quelle che solo la capitale sapeva regalare. Niente nuvole né pioggia, solo una cortina acre, umida e inquinata, un lenzuolo sporco disteso su tutta la città. Qualcosa che sembrava non avere né inizio né fine: nessuna possibilità di mutamento nel corso della giornata. Era estasiato. Quel sudiciume e quella monotonia costituivano il tessuto delle sue origini.

Il primo acquirente della lista, Walid El-Khoury, abitava in fondo ad avenue Foch. Chiese al tassista di aspettarlo davanti all'edificio e superò con pazienza tutti gli ostacoli: codice del cancello, codice dell'immobile, citofono. La visita non andò oltre. El-Khoury non era in casa. Narcisse tentò una mediazione con il maggiordomo: poteva salire per lasciare un pacco? Sperava almeno di riuscire a entrare nell'appartamento e vedere il suo quadro. Il domestico gli consigliò di rivolgersi alla portineria.

Narcisse comunicò al tassista un altro indirizzo, quello più vicino ad avenue Foch: un vicolo senza uscita situato lungo avenue Victor-Hugo. Aveva già memorizzato il giro che avrebbe fatto, in funzione delle ubicazioni geografiche.

Nella stradina, ville e palazzi erano sapientemente protetti da pini e cipressi. Ogni residenza sembrava illustrare l'adagio «per vivere bene, viviamo nascosti». Ma la dimora privata di Simon Amsallem, il suo secondo obiettivo, andava controcorrente rispetto a quella tendenza. Era un fabbricato degli inizi del ventesimo secolo, rivestito di stucchi bianchi e pesantemente decorato con elementi di ispirazione moresca e italiana. Torrette, rotonde, cariatidi, balconi e balaustre: tutto appariva affastellato senza il minimo senso di logica o equilibrio. La dimora di Amsallem era il non plus ultra del cattivo gusto in un'oasi di eleganza e discrezione.

Narcisse si presentò al citofono. Fu ricevuto subito da un maggiordomo filippino e diede il suo nome di artista. Senza proferire parola, il domestico andò ad avvisare il padrone di casa. Lui restò solo nel vestibolo dal pavimento bianco e nero. Alle pareti, semplicemente illuminate da file di led, erano appese delle tele. *Art brut*, e di quella più pura.

Un quadro di ampie dimensioni, realizzato con cartoni da imballaggio e matite colorate, riproduceva la vista aerea di un piccolo paese attorniato da strade e sentieri. Se lo si osservava da una certa distanza, ci si accorgeva che gli assi dell'opera delineavano il viso di una strega dalla bocca spalancata, pronta a divorare il borgo. Un trittico a gessetto proponeva uno stesso volto, deformato da tre espressioni distinte: stupore, angoscia e terrore. Gli occhi iniettati di sangue, le ombre violacee, gli sfondi torturati: tutto sembrava essere stato tracciato con il sangue.

Altre tele ritraevano scene di vita quotidiana francese, in uno stile non dissimile da quello dei fumetti americani degli anni Sessanta: compere al mercato, aperitivi al caffè, picnic in campagna... I dipinti avrebbero potuto infondere tranquillità se non fosse stato per quei personaggi che urlavano in silenzio e digrignavano i denti, circondati da cadaveri in putrefazione e animali scuoiati...

«Narcisse, sei proprio tu?»

Si voltò e si trovò di fronte un uomo maturo, imponente, con una tuta sportiva bianca, occhiali Ray-Ban modello Aviator e una kippah posata sui capelli sale e pepe. Era tutto sudato e intorno al collo aveva un asciugamano di spugna bianco. Doveva essersi allenato. Narcisse si chiese se avesse fatto gli esercizi con la papalina in testa.

L'uomo lo abbracciò come se si ritrovassero dopo una lunga assenza, poi lo scrutò ridendo di cuore. «Sono felice di vederti in carne e ossa, caro amico! Sono mesi che dormo con la tua faccia sopra il mio letto!» Indicò con un gesto un ampio salone a destra.

Narcisse entrò nella stanza, in sintonia con lo stile dell'esterno: divani di velluto bruno-dorato, cuscini di pelliccia bianca e tappeti orientali sparsi sul pavimento di marmo. Una menorah, il candeliere a sette bracci degli ebrei, troneggiava sul camino. Imponente, eccessiva, il soprannome «Sette occhi di Dio» le calzava a pennello. E, ovunque, *outsider art*. Sculture costruite con lattine di conserva. Tele naïf dipinte su supporti di recupero. Schizzi contornati da iscrizioni misteriose. Narcisse pensò a una fanfara con una preponderanza di ottoni e percussioni, buona solo a far rumore. L'insieme non si discostava dal decoro un po' pacchiano dell'edificio.

Il collezionista si lasciò cadere su un divano. Sotto la giacca della tuta da ginnastica indossava una T-shirt con la scritta FAITH a caratteri gotici.

«Siediti. Sigaro?»

«No, grazie», rispose Narcisse accomodandosi di fronte al suo interlocutore.

Amsallem scelse un grosso sigaro da una scatola di lacca cinese e ne tranciò l'estremità con un coltello a serramanico dall'impugnatura d'avorio. Se lo infilò tra i denti smaglianti e lo accese a forza di sbuffi di fumo bluastro. «Ciò che mi appassiona dell'*art brut*», attaccò a dire come se si trovasse lì per un'intervista, «è la libertà. La purezza. Sai come la definiva Dubuffet?»

Narcisse fece educatamente segno di no con la testa.

L'altro continuò in un finto tono accademico: «"Indichiamo con *art brut* quelle opere realizzate da persone prive di qualsiasi cultura artistica. Un'arte in cui si manifesta la sola funzione dell'invenzione e non quelle, costanti nell'arte culturale, del camaleonte e della scimmia". Niente male, eh?» Esalò una nuvola di fumo e fece la faccia seria. «L'unico veleno», continuò a bassa voce, «è la cultura. Essa soffoca l'originalità, l'individualità e la creatività.» Agitò il sigaro. «Impone il suo cazzo di messaggio politico!»

Narcisse annuiva. Si era dato cinque minuti di tempo prima di passare allo scopo della sua visita.

L'oratore appoggiò i piedi sul tavolino: indossava Nike dai motivi dorati. «Ti faccio qualche esempio? Eccone uno. Prendi le Madonne col bambino del rinascimento. Leonardo, Tiziano, Bellini... Magnifiche, d'accordo, ma c'è un dettaglio che stride, mio caro. Il piccolo Gesù non è mai circonciso! Per i cattolici, Cristo non è nemmeno più ebreo!» Amsallem tirò giù i piedi e si sporse verso Narcisse, con l'aria da cospiratore. «Nel corso dei secoli, l'arte ha leccato il culo al potere! Ha dato il suo appoggio alle peggiori menzogne. Ha alimentato l'odio verso gli ebrei in Europa! Tutte queste opere, con i loro pisellini da *goyim*, sono state la culla dell'antisemitismo!» Guardò l'orologio e chiese bruscamente: «Come mai sei venuto da me?».

Narcisse rispose a tono. «Voglio vedere la mia tela.»

«Niente di più facile. È in camera mia. Tutto qui?»

«No. Voglio... Vorrei prenderla in prestito per una giornata.»

«Perché?»

«Devo verificare una cosa. Gliela riporterò al più presto.»

Senza la minima esitazione, Amsallem tese la mano aperta sopra il tavolino. «Affare fatto! È tua, vecchio mio. Mi fido.»

Narcisse gli diede il cinque, disorientato. Non credeva che sarebbe stato così facile. Amsallem percepì la sua sorpresa. Si strappò il sigaro dalla bocca carnosa e cacciò nell'aria una lunga voluta di fumo. «In Francia, avete una cosa che si chiama "diritto morale degli artisti". Condivido. Ho comprato il tuo quadro, amico, ma tu ne resti l'autore.

Quell'opera sarà sempre tua, per tutti i secoli dei secoli!» Balzò in piedi. «Seguimi.»

Narcisse gli andò dietro lungo un corridoio tappezzato di raso nero sul quale si allineavano varie porte. Ogni stanza era un tripudio di dorature, parati, marmi, busti italiani, arazzi e mobili dipinti... Sembrava di essere nella bottega di un antiquario veneziano.

Amsallem entrò in una stanza in cui troneggiava un letto bianco e oro. Sopra, in una cornice di cento centimetri per sessanta, si trovava la sua tela. Il collezionista possedeva il *Pagliaccio.* Impeccabile con il suo viso infarinato, le due linee nere a barrare gli occhi, la trombetta e il palloncino.

Narcisse si avvicinò. Riconobbe i toni rosseggianti, la violenza dei tratti, la distorsione sarcastica del volto, ma solo in quel momento scoprì il rilievo della tela. *Una pittura tanto da toccare quanto da contemplare.* I colori si sollevavano come torrenti di lava e tracciavano solchi tormentati, rabbiosi, veementi. Il pagliaccio era rappresentato di sotto in su e sembrava dominare il mondo.

Al tempo stesso, il trucco ridicolo e l'espressione angosciata, triste, lo privavano di qualsiasi superiorità. La tela mostrava insieme un tiranno e uno schiavo, un dominatore e un dominato. Forse il simbolo del suo destino in trompe-l'œil...

«Hai talento, ragazzo. Nessun dubbio in proposito!» decretò Amsallem dandogli una pacca sulla schiena.

«Le dice qualcosa la parola "matrioska"?» chiese Narcisse.

«Le bambole russe? No. Perché?»

«Niente.»

Amsallem staccò il quadro e assunse il tono ossequioso del commesso di un negozio. «Glielo impacchetto, signore?»

«Ma perché sono tutti fissati con Narcisse, oggi?»

Philippe Pernathy si agitava nel suo completo di flanella grigia. Intorno a lui, le pareti bianche erano tappezzate di strane tele: una sorta di bizzarre partiture con pentagrammi circolari, su cui si susseguivano migliaia di note e figure inquietanti.

Anaïs si sentiva in forma smagliante. Le amfetamine continuavano a fare il loro effetto. Dopo aver avvisato Crosnier, si era diretta subito all'aeroporto di Nizza. Il poliziotto di Marsiglia aveva preso in mano la situazione, accettando persino di tenere nascosta la sua presenza sulla scena del crimine. Lei aveva preso un volo per Parigi alle 10.20 e continuava a seguire gli spostamenti dei mercenari sul suo iPhone. Al momento dell'imbarco, erano a porte de la Chapelle.

All'atterraggio del suo aereo, un'ora dopo, il fuoristrada aveva raggiunto rue de Turenne, dove aveva sostato per più di venti minuti all'altezza del civico 18-20. Nel frattempo Anaïs aveva noleggiato una macchina a Orly: per un istante aveva temuto che l'impiegata dell'Avis si sarebbe rifiutata di farle un contratto a causa della sua aria stralunata. Alla fine era partita a bordo di un'Opel Corsa dotata di navigatore GPS, una fortuna per lei che non conosceva abbastanza bene Parigi per orientarsi.

Dal canto loro, gli uomini avevano lasciato rue de Turenne per dirigersi verso avenue Foch. Era chiaro che stavano seguendo un preciso itinerario, ma lei non riusciva a immaginare quale. Sperava solo che non lasciassero una scia di cadaveri lungo il cammino.

Arrivata in rue de Turenne, Anaïs aveva varcato la soglia della galleria Pernathy per puro istinto. Bel colpo. Il gallerista le aveva appena fornito delle informazioni fondamentali. Narcisse era un pittore di villa Corto. Pernathy aveva recentemente venduto ad alcuni collezionisti parigini tutte le tele conosciute dell'artista, una trentina, realizzate fra il settembre e l'ottobre del 2009.

Queste erano le risposte che più o meno si aspettava. Prima di essere stato Mathias Freire, psichiatra, e Victor Janusz, barbone, il bel tenebroso era stato Narcisse, pittore folle internato nei dintorni di Nizza...

Il gallerista le aveva mostrato diverse istantanee delle tele: autoritratti bizzarri, in cui l'autore si era raffigurato nelle vesti di personaggi in costume. I dipinti viravano per lo più sul rosso – il sangue – e si collocavano tra l'epico e il sarcastico. Li si sarebbe potuti definire degli inni, ma massacrati da un'orchestra stonata.

«Chi è venuto oggi a parlarle di Narcisse?»

L'uomo si lasciò sfuggire un sospiro strozzato, convulso. «Narcisse in persona.»

«A che ora?»

«Verso le undici.»

Era l'ora in cui gli assassini stazionavano davanti alla galleria. Dunque Anaïs ci aveva visto giusto. Avevano rintracciato la preda e la stavano seguendo in attesa del momento opportuno per farla fuori. Ebbe un tuffo al cuore. «Cosa voleva?»

«Vedere i suoi quadri.»

«Lo ha accontentato?»

«Impossibile. Li ho venduti tutti. Mi ha chiesto l'elenco dei collezionisti che li hanno acquistati.»

«Gliel'ha dato?»

«Era armato!»

Anaïs diede un'occhiata al suo iPhone: l'Audi Q7, dopo essersi fermata lungo avenue Victor-Hugo, si stava dirigendo verso il Trocadéro. Istintivamente indovinò che Janusz stava facendo il giro dei collezionisti, con i cacciatori alle calcagna. «Me ne stampi subito una copia.»

«È confidenziale. È...»

«Le consiglio di darmela prima che le cose per lei si mettano male.»

Il gallerista fece il giro della scrivania, si chinò sul computer e cliccò. Quasi subito la stampante si mise in funzione.

Anaïs consultò di nuovo l'iPhone. I killer erano passati sulla Rive Gauche.

«Eccola.» L'uomo appoggiò la stampata sul tavolo.

«Ha un evidenziatore?» chiese lei.

Pernathy gliene diede uno arancione. L'elenco comprendeva una ventina di nominativi, la maggior parte di Parigi. Anaïs evidenziò quelli di Walid El-Khoury, avenue Foch, e di Simon Amsallem, Villa Victor-Hugo. Chi sarebbe stato il prossimo collezionista? Diede un'occhiata al localizzatore: gli assassini stavano risalendo i lungosenna in direzione di boulevard Saint-Germain.

«Cos'altro voleva Narcisse?» chiese girandosi di nuovo verso Pernathy.

«Niente. Se ne è andato con la lista. Tutto qui.»

«Non ha ricevuto altre visite questa mattina?»

«No.»

Qualcosa non quadrava. Se i killer avessero voluto uccidere Narcisse, lo avrebbero già fatto. Cosa aspettavano? Volevano scoprire ciò che stava cercando? E lui perché voleva vedere le sue tele? Quelle opere magari contenevano delle informazioni. Un segreto che vi aveva nascosto. *Un segreto che aveva dimenticato e che cercava di scoprire.*

Il fuoristrada continuava a muoversi. In base all'elenco, si sarebbe potuto fermare nei pressi del domicilio di Hervé Latannerie, al civico 8 di rue Surcouf, ma non lo fecero e raggiunsero invece place des Invalides.

«Le ha detto altro Narcisse?»

«No. Be', a dire il vero, sì. Mi ha fatto delle domande su Gustave Courbet.»

«Che genere di domande?»

«Era interessato a uno dei suoi autoritratti, *L'uomo ferito.*»

«Sia più preciso. Deve dirmi, parola per parola, quello che le ha chiesto.»

«Voleva sapere cosa fosse un pentimento.»

«Anch'io voglio saperlo.»

«Una tela che un artista ha corretto pesantemente. O che ha totalmente ridipinto.»

Formicolii sulla nuca. Si stava avvicinando a una verità cruciale. «*L'uomo ferito* è un pentimento?»

«Uno dei più famosi, sì. Ci si è sempre chiesti come mai Courbet abbia rappresentato sé stesso nei panni di un uomo morente sotto un albero, ferito al cuore. Negli anni Settanta la tela è stata sottoposta ai raggi X e si è scoperto che inizialmente l'artista aveva abbozzato un'altra scena, dove compariva assieme alla compagna dell'epoca. Aveva ripreso in mano l'opera dopo che la donna lo aveva lasciato e trasformato il suo quadro, raffigurandosi agonizzante, colpito al cuore. Il significato simbolico è evidente.»

Quell'idea le infiammò il cervello. Le tele di Narcisse erano dei pentimenti. Sotto i suoi autoritratti l'artista aveva dipinto *qualcos'altro*, un segreto che lui stesso tentava di decifrare e che anche i due bastardi volevano scoprire. Narcisse era intenzionato a recuperare le sue opere per sottoporle ai raggi X.

In quel momento i predatori imboccavano rue du Bac e si fermavano all'angolo con rue de Montalembert. Anaïs rilesse la lista. Le balzò all'occhio un nome: Sylvain Reinhardt abitava al numero 1 di quella strada.

Stava per correre verso l'uscita quando un'ultima riflessione la trattenne. «Ha una riproduzione dell'*Uomo ferito*?»

«Forse sì. In una monografia. Devo...»

«Vada a prenderla.»

«Ma...»

«Si sbrighi.»

Pernathy sparì. Anaïs non tentò di riordinare le idee. Le pulsazioni del sangue avevano fatto piazza pulita di qualsiasi capacità di ragionamento.

«Eccolo.»

Pernathy teneva tra le mani un libro aperto. *L'uomo ferito* giaceva ai piedi di un albero, coperto dal suo mantello. La scena era avvolta in una penombra velata d'oro, vibrante e solenne. L'ombra sulla quale poggiava la testa dell'uomo evocava un *rêve d'écorce* nero. Il bell'addormentato stringeva una piega del tessuto con la mano sinistra mentre il braccio destro era celato dal mantello.

Sul lembo sinistro della camicia bianca, all'altezza del cuore, risaltava una macchia rosso sangue. Vicino al pittore era appoggiata una spada. Anaïs prese a ragionare da poliziotto. Si disse che quel dipinto era la scena di un crimine e che l'arma era un indizio fuorviante. La vittima aveva voluto nascondere agli altri il suo vero aguzzino: non un rivale, che gli aveva trafitto il cuore con la spada, ma una donna, che glielo aveva spezzato... «Lei ha la radiografia del quadro?»

«È qui.»

Pernathy girò la pagina. Anaïs vide apparire lo stesso quadro in bianco e nero, irradiato da una luce bianca che lo trasformava in un sogno lunare. Un particolare era diverso: al posto delle pieghe del mantello c'era una donna sdraiata nell'incavo della spalla del pittore. Uno spettro immateriale che ricordava certe fotografie degli inizi del ventesimo secolo ritoccate per far credere che fossero state scattate durante una seduta spiritica.

La donna era rimasta sotto la pittura.

Anaïs ringraziò il gallerista e se ne andò con passo incerto. Aveva una grande confusione nella testa, ma le era chiaro che temeva una possibilità più di tutte: che le tele di Narcisse nascondessero anch'esse il fantasma di una ex.

Sylvain Reinhardt viveva nelle tenebre.

Aveva socchiuso la porta con cautela, emergendo dall'oscurità, senza togliere la catena. Per le scale, le applique diffondevano una luce fioca, come le lampade a paraffina nelle profondità di una miniera.

«La riconosco», disse l'uomo. «Lei è Narcisse.»

Lui fece un inchino di assenso.

«Non compro mai direttamente dagli artisti», lo avvisò Reinhardt.

Narcisse teneva sotto il braccio il dipinto avvolto nella plastica a bolle. «Non sono qui per vendere.»

«Cosa vuole?»

«Posso entrare?»

Controvoglia, Sylvain tolse la catena, aprì la porta e indietreggiò nell'ingresso. Narcisse piombò nel buio. Si fece un'idea delle proporzioni dell'abitazione. Parquet, soffitti molto alti, ambienti spaziosi di un appartamento haussmanniano.

Seguirono alcuni secondi di silenzio e immobilità. Poi Reinhardt riaccostò la porta e la chiuse a chiave. Gli occhi di Narcisse si abituarono all'oscurità. Un doppio soggiorno. Imposte chiuse. Mobili coperti da fodere grigie. Si soffocava dal caldo.

«Cosa vuole?»

Il tono era aggressivo. Narcisse studiò il suo ospite. Portava un paio di jeans scoloriti, un maglione girocollo e mocassini da barca. Per il momento, non aveva un volto. «Volevo incontrarla», rispose prudente.

«Evito il contatto con gli artisti di cui acquisto le opere. È la mia regola. Checché se ne dica, l'approccio al pezzo deve restare neutro, obiettivo e imparziale.» Reinhardt abbozzò un gesto in direzione del salone di destra.

Narcisse andò da quella parte. La stanza non era in disordine ma tradiva l'abbandono, la negligenza. Su tutto si stendeva un velo di polvere. Un odore di stantio prendeva alla gola. Macchie più scure risaltavano sul pavimento: erano tappeti. Lui se li immaginò sudici, pelosi e coperti di capelli...

Avanzò ancora. Lampadari a goccia, poltrone e tende galleggiavano nell'oscurità. Sulla parete di destra era scolpito un bassorilievo: dei colossi di profilo che ricordavano i geroglifici egizi. "Un appartamento di famiglia", si disse Narcisse. Stanze, mobili e tappeti appartenevano sicuramente alla stirpe di Sylvain Reinhardt come la forma del naso o altri tratti ereditati dagli antenati. Quel posto non era altro che il prolungamento del suo patrimonio genetico.

Si girò e chiese sorridendo: «Lei ha una collezione di *art brut*?». Riusciva a distinguere meglio il suo interlocutore. Reinhardt aveva la testa di un morto, nel vero senso della parola. La pelle, sottile, tesa e incartapecorita disegnava fedelmente ogni dettaglio dei muscoli e delle ossa. Fronte stempiata. Orbite profonde. Mascella e denti prominenti. Era impossibile dire quanti anni avesse. Vedendolo, non si pensava in termini di età ma di generazioni. *L'ultimo rampollo della famiglia.*

«È qui, intorno a lei.»

Allora li individuò. I quadri non avevano cornice e non erano appesi, bensì appoggiati lungo le pareti. Nella penombra, si confondevano con la carta da parati sbiadita. Intrecci inestricabili di forma curvilinea. Piccoli personaggi tratteggiati a matita, con becchi di uccello. Teste tonde, dagli innumerevoli denti...

«Perché vive così?» chiese Narcisse. «Al buio.»

«Per i quadri. La luce deteriora i colori.»

Narcisse si domandò se il suo ospite fosse serio. Aveva una pronuncia arrogante, come se ogni parola, ogni sillaba lo disgustassero. «La luce è la ragion d'essere della pittura.» La frase gli era scappata di bocca: era l'artista che si era espresso.

Reinhardt gli rispose con un ghigno. Una sorta di risatina piena di disprezzo.

Lui si avvicinò alle altre opere. Uomini con musi da gatto. Giovinette pallide come spettri. Maschere di cartone scuro con gli occhi spalancati.

«Mio padre era un amico di Dubuffet», fece Reinhardt come per giustificarsi. «Continuo la sua collezione.»

Narcisse non si era sbagliato. Il rampollo di buona famiglia era prigioniero delle sue origini come lo era della sua collezione. Quelle opere, quelle pareti evocavano i grandi petali neri di una pianta carnivora che lo stava lentamente divorando.

«Cosa vuoi esattamente, bastardo?» domandò brutalmente l'uomo. «Cosa diavolo sei venuto a fare qui?»

Narcisse si voltò, esterrefatto dal cambiamento di tono. Reinhardt impugnava una pistola di piccolo calibro. Nell'oscurità si distingueva solo la canna. L'arma sembrava finta.

«Vuoi derubarmi, eh?»

Senza perdere la calma, Narcisse replicò: «Un giorno, nel museo del Lussemburgo, le guardie hanno sorpreso un uomo anziano che, armato di tavolozza e pennelli, stava ridipingendo furtivamente un'opera di Pierre Bonnard. Presero quel pazzo e lo buttarono fuori. Era lo stesso Bonnard».

Reinhardt ghignò ancora. Aveva i denti marci. «Si racconta la stessa storia a proposito di Oskar Kokoschka.»

«Un pittore non ha mai finito con la sua opera.»

«E quindi?»

«Voglio ritoccare il mio quadro. Quello che hai acquistato. *Il postino*. Voglio portarmelo via. Per un giorno o due.»

Reinhardt non si aspettava una richiesta del genere. Si distrasse un attimo. Con la mano sinistra, Narcisse assestò un colpo deciso al polso dell'uomo e con la destra sfoderò la Glock. L'ereditiero cacciò un grido acuto come il verso di una donnola. Narcisse lo prese alla gola e lo immobilizzò contro la parete, la canna sotto il naso. La sua pistola era molto più convincente dell'arma giocattolo.

«Dov'è la mia tela?»

Silenzio. L'uomo si accasciò ma non perse conoscenza.

«Sganciami il quadro», sibilò Narcisse a labbra strette, «e ti lascio in pace nel tuo bel posticino.»

In ginocchio, l'ultimo rappresentante di una razza estinta lo guardò inebetito. Gli occhi pieni di lacrime brillavano come due fiammelle, conferendogli d'un tratto un'aria solenne.

«Dov'è il mio quadro, cazzo?»

«Non... non è qui.»

«Dov'è?»

«Nel magazzino.»

«Dove si trova?»

«Giù. In cortile. È uno studio.»

Narcisse lo fece alzare e gli mostrò la porta. «Dopo di te.»

«I poliziotti di Nizza mi hanno richiamato. Indagano su villa Corto.»

«E quindi?»

«E quindi niente. Né tracce né indizi. È impossibile sapere chi ha ucciso lo psichiatra e gli infermieri. Quanto ai testimoni, li hai visti.»

«Nessuno ha parlato di me?»

«Nessuno è in grado di parlare di niente.»

Sulla macchina presa a noleggio, Anaïs ascoltava la voce di Crosnier come se provenisse da un altro pianeta. Era in attesa da dieci minuti in rue du Bac, all'incrocio con rue de Montalembert, una strada laterale, molto corta, al termine della quale c'era il prestigioso palazzo delle Edizioni Gallimard, indicato semplicemente con la sigla NRF. «Tutto qui?»

«Fer-Blanc è morto.»

Anaïs non aveva mai creduto che si sarebbe risvegliato. Comunque adesso aveva poca importanza. Aveva appoggiato la pistola sulle ginocchia e non perdeva di vista i due cerberi che si trovavano a qualche decina di metri dalla sua postazione, in piedi vicino al 4×4 parcheggiato davanti al Monoprix all'angolo di rue du Bac. Aveva già verificato la targa e gli uomini corrispondevano alla descrizione che aveva lei: cappotti di lana neri, completi firmati e facce da alti funzionari sicuri di sé e del loro potere.

Andavano avanti e indietro vicino al fuoristrada come semplici autisti, alzando di tanto in tanto lo sguardo verso la facciata del numero 1 di rue de Montalembert. Narcisse era là dentro, da qualche parte, su chissà quale piano, in casa di Sylvain Reinhardt.

«Ti richiamo.»

Narcisse era appena uscito dallo stabile con due quadri sotto il braccio. L'uno impacchettato nella plastica a bolle, l'altro avvolto in un panno tutto sfilacciato. I mercenari entrarono in azione. Anaïs aprì la portiera. Victor Janusz, alias Mathias Freire, alias Narcisse, dava le spalle alle Edizioni Gallimard e si dirigeva verso rue du Bac.

Superò l'ingresso dell'hotel Montalembert, quello dell'hotel Pont-Royal e costeggiò un ristorante, l'Atelier de Robuchon. Con i quadri sottobraccio, aveva l'aria di un sonnambulo. Guardava dritto davanti a sé, ma sembrava non notare nulla. Probabilmente aveva perso tre o quattro chili dall'ultima volta che lo aveva visto, nella sua villetta anonima.

Gli assassini stavano già attraversando la strada, tra gli scarichi delle macchine, aggirando quelle ferme nel traffico. Anaïs richiuse la portiera senza far rumore e tolse la sicura alla pistola. I cacciatori erano ormai a pochi metri di distanza dalla preda. Lei posò l'indice sul grilletto. Camminava nella loro direzione, pronta ad attraversare la strada. Gli assassini infilarono la mano sotto il cappotto. Anaïs sollevò il braccio.

Non successe nulla.

I cani da caccia si immobilizzarono.

Narcisse era appena entrato in un centro di diagnostica per immagini adiacente a una farmacia al 9 di rue de Montalembert. Anaïs ripose l'arma sotto il giubbotto. Il cartello recitava: TAC – RADIOLOGIA DIGITALE – MAMMOGRAFIE – ECOGRAFIE.

Narcisse seguiva il suo piano. Aveva recuperato un quadro da Simon Amsallem e un altro da Sylvain Reinhardt e ora li avrebbe sottoposti ai raggi X.

I due cecchini si piazzarono di nuovo accanto al loro veicolo. Anaïs tornò verso la Opel e s'infilò nell'abitacolo. Era certa che non l'avessero vista. La circolazione era paralizzata. Paraurti contro paraurti. Clacson convulsi. Facce serie dietro i parabrezza. Cosa poteva essere successo?

Osservava i suoi nemici con la coda dell'occhio. Ne ammirava la calma, l'eleganza, la tranquilla familiarità che avevano con la morte. Un metro e ottantacinque, spalle larghe. Sotto il cappotto, la giacca era allacciata fino all'ultimo bottone e la piega dei pantaloni era impeccabile, all'italiana. Uno dei due aveva una capigliatura argentata e occhiali di tartaruga, modello Tom Ford. Il secondo era castano, con i capelli radi. Due belle facce dai lineamenti regolari. Si vedeva che erano abituati ad avere a che fare con il potere, a essere sicuri della loro impunità.

Per contrasto, lei sentiva di avere toccato il fondo. Puzzava, era sudata e stanca. Le tremavano le mani. Le tornarono in mente i western italiani che guardava con suo padre. I duelli davanti a una folla o in cimiteri ieratici. L'assoluta padronanza della situazione degli eroi. Il loro incorruttibile sangue freddo. I due mercenari possedevano quell'imperturbabilità. Lei no.

Per un solo istante fu tentata di allertare le forze di polizia del quartiere. No: i due si sarebbero accorti subito dell'arrivo degli sbirri e si sarebbero volatilizzati in un batter d'occhio. Invece Anaïs voleva sapere chi erano, quello che avevano in mente e per chi lavoravano. Altra ipotesi: poteva raggiungere Narcisse nel centro di diagnostica per immagini, informarlo e fuggire con lui da un'uscita di sicurezza. Neanche questo era fattibile. Lui si sarebbe fatto prendere dal panico e avrebbe messo mano alla pistola. Non ci si può fidare di chi non è un professionista.

Riappoggiò la pistola sulle ginocchia e strinse il volante con tutte le sue forze, cercando di reprimere i tremori che partivano dagli avambracci. Con un Lexomil si sarebbe sentita meglio, ma associare un ansiolitico alla dose massiccia di amfetamine che aveva in corpo sarebbe stato come tentare di spegnere un dannatissimo incendio con un bicchiere d'acqua.

Aspettare.

Doveva aspettare.

«Signor Narcisse?»

Lui si alzò di scatto, con le tele sotto il braccio. Aveva dato quel nome all'accettazione, senza riflettere. Non aveva né tessera sanitaria né impegnative, ma le segretarie si erano mostrate comprensive. Aveva fatto finta di avere male a un gomito in seguito a una caduta. Lo avevano fatto accomodare in sala d'attesa. Gli altri pazienti non gli prestavano la minima attenzione.

«Prego, da questa parte.»

La segretaria girò a destra nel corridoio. Narcisse urtò con i quadri contro l'angolo della parete.

«Li vuole lasciare al centralino? Sarebbe più comodo nello spogliatoio.»

«Grazie, li porto con me.» Camminava dietro la donna. Si sentiva in uno stato critico. La furia violenta scatenata a casa di Reinhardt aveva peggiorato la sua ansia. La seconda tela, nel magazzino, gli aveva dato il colpo di grazia. Si era rappresentato nei panni di un postino degli anni Ottanta: berretto e completo grigio-blu, con impresso il logo dell'epoca: un origami a forma di aereo. Cosa nascondevano quei ritratti assurdi?

L'assistente si fermò davanti a una porta e tornò alla carica. «È sicuro di volerli tenere lei?»

«Grazie. Non mi daranno problemi.»

La donna abbassò una maniglia e lo invitò a entrare in un piccolo camerino che dava su un'altra porta. «Si spogli. Verrà chiamato dalla radiologa.»

Narcisse si chiuse dentro e aspettò, senza neanche togliersi la giacca, appoggiando le tele sulla panca della cabina.

Nel giro di un minuto un'altra donna aprì la seconda porta. «Non si è spogliato?» domandò seccata.

A Narcisse bastò uno sguardo per farsi un'idea della radiologa. Bruna, molto truccata, tacchi alti, in lei convivevano forti contraddizioni. Scienza e rigore quando indossava il camice bianco, provocazione e sensualità nella vita privata.

Lui scelse le maniere dolci. «La mia richiesta è un po' particolare», replicò sorridendo. «Ho bisogno di fare una radiografia di queste due tele e...»

«È impossibile», tagliò corto la donna. «La nostra strumentazione non è concepita per questo scopo.»

«Le assicuro che è una pratica molto diffusa. Nei laboratori di ricerca dei Musées de France si...»

«Mi dispiace, ha sbagliato indirizzo.»

In un lago di sudore, con un sorriso tirato sulle labbra, Narcisse non demorse. «Mi permetto di insistere. È sufficiente che...»

«Sia gentile, signore. Ci sono altri pazienti in attesa. Noi...»

La donna indietreggiò di colpo. Lo sconosciuto le puntava addosso la Glock. Afferrò i quadri con la sinistra, entrò nella sala e richiuse la porta con il piede.

«Cosa... cosa...?»

Sempre con la sinistra, Narcisse lacerò l'involucro di plastica a bolle del *Pagliaccio*. «Mi aiuti, Dio santo!»

La donna si precipitò. Le unghie laccate fecero scoppiare le bolle, strapparono la superficie di plastica e misero a nudo la tela dai colori sanguigni. Spuntò fuori il pagliaccio con il volto infarinato e il sorriso triste.

Narcisse aveva fatto qualche passo indietro, sempre tenendo sotto mira la radiologa, le due mani serrate sul calcio della Glock. «Metta quel dannato quadro sotto i raggi!»

Un po' impacciata, lei centrò la tela sul tavolo radiologico.

«La cassetta, ora. Nello stativo.» Aveva pronunciato quelle parole senza riflettere: termini tecnici che solo un medico poteva sapere.

La donna gli lanciò uno sguardo sbalordito. Manovrò

l'apparecchio e lo mise in funzione. Sul tavolo d'acciaio, il pagliaccio fissava Narcisse con i suoi occhi neri. Pareva prenderlo in giro. Come se già conoscesse la sorpresa che gli era stata riservata, nascosta sotto la vernice e i colori.

«Ora l'altro», sibilò lui fra i denti. «Veloce.»

La radiologa estrasse la cassetta, che le sfuggì di mano e cadde a terra con un rumore di ferraglia. Lei si tuffò a raccoglierla, la appoggiò su un carrello e ne prese un'altra. Nel frattempo Narcisse aveva tolto lo spago attorno al panno che avvolgeva *Il postino.*

«Si muova.»

La donna obbedì. Narcisse aveva la sensazione di ricevere dentro di sé la scarica di raggi X. La radiologa sfilò la seconda scatola di acciaio.

«Dove vengono visualizzate le lastre?»

«Lì... lì accanto.»

Agitando la pistola, Narcisse le fece segno di andarci. Lei si sedette di fronte agli schermi e infilò le cassette in una macchina gigantesca che ricordava una fotocopiatrice antiquata.

«Dobbiamo aspettare qualche istante», spiegò lei con un filo di voce.

Narcisse si chinò sopra la sua spalla per osservare lo schermo nero. «Sa cosa dicevano gli gnostici?» chiese con l'aria di un pazzo, affondando l'arma nelle reni della radiologa.

«No... No.»

«Il mondo non è a somiglianza di Dio ma una menzogna del demonio.»

Lei non replicò. Non aveva nulla da dire. Narcisse la sentiva ansimare. La sentiva sudare. Ancora più profondamente, percepiva il battito accelerato del suo cuore. La follia gli acuiva i sensi. L'intuizione. La coscienza. Aveva l'impressione di abbracciare la natura segreta del cosmo.

All'improvviso lo schermo si illuminò rivelando la prima radiografia.

C'era proprio un dipinto sotto il dipinto. O piuttosto un disegno, nello stile di quelle illustrazioni a penna che accompagnavano i romanzi d'appendice di inizio Novecento. Posizioni teatrali. Dettagli ben definiti. Tratteggi sottili per rendere le ombre, i movimenti, i chiaroscuri...

Il disegno rappresentava un omicidio.

Sotto il ponte di Iéna o il ponte Alexandre III.

L'assassino esultava davanti a un corpo nudo. Con una mano impugnava un'accetta, con l'altra brandiva un trofeo organico. Narcisse si avvicinò per osservare e capire cosa fosse. Organi genitali. L'omicida aveva appena evirato la vittima. Avrebbe voluto riflettere sul significato rituale di quel gesto, ricordare una scena mitologica che comprendesse una castrazione, ma non ci riusciva.

A causa del volto dell'assassino.

Una faccia asimmetrica che tirava verso destra producendo una smorfia abominevole. Un occhio era bene aperto, l'altro socchiuso. Dalla parte dell'occhio aperto, la bocca, affollata di denti, si spalancava in un ghigno orribile. Ma non era finita lì: sbalordito, capì che quello era un autoritratto. L'omicida dal volto grottesco era lui.

«Vuole... vuole vedere l'altra radiografia?»

Narcisse impiegò un po' di tempo per tornare al mondo reale. «La sviluppi», rispose con una voce che non riconobbe.

L'altro disegno rappresentava la stessa scena, ma alcuni secondi dopo. L'assassino – al quale i tratti di inchiostro conferivano una precisione crudele, insostenibile, e allo stesso tempo una sorta di universalità mitica – con una mano gettava gli organi nel fiume nero, mentre con l'altra continuava a brandire l'accetta. Narcisse notò che l'arma era un utensile primitivo, un oggetto assemblato utilizzando una selce affilata, legacci di cuoio e legno.

Indietreggiò. Si ritrovò con la schiena contro la parete. Chiuse gli occhi. Le domande gli si affollavano in testa e cancellavano tutto il resto. Quanti barboni aveva fatto fuori in quel modo? Perché si accaniva contro quei disadattati? Perché si era rappresentato con la faccia contorta, mostruosa?

Quando riaprì gli occhi era sull'orlo di uno svenimento.

La radiologa lo stava osservando. Aveva un'espressione diversa: nei suoi occhi si leggeva la pietà. Non aveva più paura per sé stessa ma per lui.

«Vuole un bicchiere d'acqua?» gli chiese.

Lui avrebbe voluto rispondere ma non ci riuscì. Afferrò i due quadri, li avvolse maldestramente nel panno e diede diversi giri di corda per fissare l'involucro. «Mi stampi le immagini», riuscì a dire, «e le metta dentro una busta.»

Qualche minuto dopo usciva dal centro radiologico camminando come un automa. A ogni passo, aveva l'impressione di cadere, affondare e dissolversi. Alzò gli occhi e vide il cielo crollare. Le nuvole rotolavano come massi lungo pareti rocciose, precipitandosi verso di lui...

Abbassò lo sguardo e cercò di ritrovare l'equilibrio.

Gli assassini erano di fronte a lui.

Avanzavano, cappotto al vento, con le mani sulle cinture.

Narcisse lasciò cadere le tele e sfilò la Glock da dietro la schiena.

Chiuse gli occhi e sparò più volte.

Anaïs vide la fiamma uscire dalla bocca della pistola.

Saltò fuori dalla macchina e si appiattì sul marciapiede.

Si sentirono altre detonazioni. Si era appena rialzata quando una marea di corpi si gettò a terra fra grida di panico. Automobili che inchiodavano. Uomini che correvano. Altri spari. Si infilò tra due auto e allungò il collo. Questa volta avvistò uno dei due killer a terra sulla carreggiata, morto. Passi sull'asfalto, alternati a gemiti. Si chiedeva se ci fossero feriti: vittime collaterali. L'espressione le sembrava assurda ma era proprio quella che le era venuta in mente.

Non c'era modo di puntare l'arma su qualcosa. I passanti ostruivano l'intero campo visivo. La baraonda di gente e veicoli occupava tutta la scena. Finalmente individuò Narcisse davanti a una farmacia. Faccia a faccia con il secondo killer, entrambi con la pistola in pugno. I due lottavano per deviare i colpi, pestando le tele; ognuno cercava di gettare a terra l'avversario, come in un goffo incontro di wrestling.

Un altro sparo. Un vetro andò in mille pezzi coprendo i due lottatori di frammenti. Narcisse scivolò sulla busta delle radiografie, cadde all'indietro e trascinò l'altro con sé. Cercava sempre di puntare la pistola sull'aggressore, che faceva lo stesso. Scomparvero dietro un'auto. Anaïs vedeva solamente i loro piedi agitarsi. Contemporaneamente si udivano urla provenire da ogni direzione. I passanti si acquattavano, cercavano di sostenersi gli uni con gli altri, come in un naufragio.

Anaïs provò a farsi avanti, ma inciampò in una donna e cadde lunga distesa. Aveva perso la pistola, che dovette recuperare sotto una vettura. Quando si rialzò, vide il secondo mercenario partire di nuovo alla carica, l'arma in pugno. Narcisse indietreggiava sulle natiche, intontito, a mani nude, indifeso.

Anaïs appoggiò il pugno destro sul palmo sinistro e prese la mira. Stava per sparare quando un gruppo di persone le passò davanti. Risuonarono due colpi. Un'altra vetrina andò in frantumi. Un parabrezza si polverizzò. Anaïs si spostò a sinistra, rotolò sul cofano di un'auto e inquadrò nuovamente l'obiettivo.

Narcisse era riuscito a sollevarsi e stringeva il polso dell'aggressore. La bocca della pistola sputò scintille. L'asfalto si sfaldò. Narcisse si dimenò, appeso al braccio dell'avversario. Anaïs mirò alle gambe di quest'ultimo, calcolando che la potenza del rinculo avrebbe deviato il colpo nel suo fianco sinistro. Il dito era già sul grilletto quando si sentirono le sirene.

Stridio di pneumatici. Rumori di portiere che sbattevano. Grida, ordini che sovrastarono il panico generale. Persino la consistenza dell'aria era cambiata: una trama che si era ricompattata, ispessita.

Lei si concentrò sul bersaglio. La lotta era diventata all'arma bianca. Narcisse, con la schiena a terra, impugnava un coltello a serramanico con il quale stava dilaniando il ventre dell'aggressore, che tentava di morderlo sulla faccia. L'assassino si alzò di scatto. Le falde del cappotto svolazzarono. Indietreggiò con passo incerto, piegato in due, mentre voci al megafono intimavano a entrambi di arrendersi. Anche Narcisse si era rialzato, ancora con il coltello in mano.

Anaïs vide un agente in divisa spianargli contro l'arma. Senza riflettere, sparò in aria, in direzione dei poliziotti. In cambio ricevette una raffica di piombo. Si gettò a terra e si accovacciò sul marciapiede. Le pallottole crepitarono sulle carrozzerie, frantumarono le vetrine del Monoprix e colpirono le rastrelliere delle bici a noleggio lì vicino. Gli agenti avevano individuato un altro nemico e non risparmiavano nessuno.

Anaïs tirò su la testa e assistette alla fine dello scontro.

Una squadra di poliziotti aveva approfittato della diversione per avvicinarsi a Narcisse. Lo stavano prendendo a manganellate. Lei avrebbe voluto gridare qualcosa, ma dalla bocca non le uscì un suono. Ne colò invece un fluido tiepido. Pensò al sangue, ma era saliva. Le girava la testa. Non udiva più nulla. Le sembrava che un incredibile calore le affluisse al cervello penetrando fin nei vasi più sottili.

Ebbe un presentimento e si voltò. Uomini con i caschi in testa le stavano addosso. Lei voleva alzare le braccia, lasciar cadere la pistola e tirare fuori il distintivo, tutto contemporaneamente. Prima di riuscire a fare il minimo gesto, un manganello le arrivò dritto in faccia.

«Voglio un panino! Pezzi di merda! Conosco bene i miei diritti!»

L'uomo colpì con un pugno il vetro blindato, poi lo prese a pedate. Anaïs l'avrebbe fatto smettere volentieri, ma era troppo occupata a schivare i rivoli che le serpeggiavano tra i piedi: un barbone era appena scivolato dalla panca ed era in preda alle convulsioni. A ogni contrazione, un getto di vomito si spandeva sul pavimento.

«Banda di nazisti! Voglio parlare con il mio avvocato!»

Anaïs si prese la testa fra le mani. L'emicrania non accennava a diminuire. Da più di tre ore era rinchiusa in una cella di cinque metri per cinque, al commissariato centrale di rue Fabert, sull'esplanade des Invalides.

L'avevano rianimata, perquisita e spogliata. L'avevano fotografata. Le avevano preso le impronte per poi rinchiuderla in quella gabbia di vetro, in compagnia di una corte dei miracoli chiassosa ed esagitata.

Anaïs conosceva bene la situazione. Nei soli mesi di gennaio e febbraio 2010 il numero di fermi in Francia sfiorava già il milione. Venivano arrestati chi guidava senza patente, le coppie che litigavano, i consumatori di droghe leggere, i barboni e i ladruncoli dei supermercati... Non poteva lamentarsi di far parte del gruppo. Dopotutto aveva aperto il fuoco sui suoi stessi colleghi. E le erano state trovate delle amfetamine in tasca.

Si guardò le dita ancora macchiate di inchiostro. Stranamente, si sentiva calma, rassegnata. L'informazione principale era stata acquisita: Narcisse era in prigione ed era salvo. Alla fine la verità sarebbe stata appurata. Una volta identificati i due bastardi, si sarebbe fatta luce su tutto quell'imbroglio. Magari l'assassino dei barboni sarebbe stato acciuffato...

Se lo sentiva: il caso si avvicinava ormai alla fine.

Quanto a lei, sapeva che anche la sua fine era dietro l'angolo.

«Stronzi! Carogne! Voglio vedere il commissario!»

Anaïs sollevò di nuovo i piedi. Il barbone aveva appena sparato un altro getto. L'odore di vino a buon mercato riempiva la stanza insieme alla puzza di piscio e di sudiciume della cella. Diede un'occhiata distratta ai suoi compagni. Eccezion fatta per l'urlatore pazzo e il relitto a terra, c'erano due delinquentelli accovacciati sulla panca; sembravano esausti. Un punk non faceva altro che sobbalzare, grattandosi le braccia fino a scorticarle. Un uomo in giacca e cravatta aveva l'aria frastornata: forse lo avevano beccato senza patente. Un paio di baby rockettari dai jeans accuratamente strappati e macchiati di colore – due writer – se la ridevano facendo i bulletti.

Era l'unica donna.

Di solito i sessi non venivano mescolati nell'acquario, ma forse a Parigi quel principio non veniva più rispettato. Oppure l'avevano scambiata per un maschio. O, più probabile, l'avevano fatto apposta, per farle pressione. In nessuna occasione aveva opposto resistenza o protestato. Il procedimento nei suoi confronti era in corso. Sarebbe comparsa davanti al giudice e in quella circostanza avrebbe spiegato tutto...

Scatto della serratura. Tutti voltarono lo sguardo in direzione del rumore, il solo che in quel posto sembrava avere un senso. Un poliziotto era accompagnato da un agente in borghese. Anaïs inquadrò subito il personaggio: uno a cui piacevano i muscoli pompati, nutrito a steroidi, pronto a menar le mani e a sfoderare l'arma.

L'ufficiale di polizia giudiziaria avanzò verso di lei. «Vieni con me.»

Anaïs non fece caso al tono confidenziale né al disprezzo

che lo accompagnava. Jeans larghi, giubbotto di pelle, Glock bene in vista: il piedipiatti doveva essere sui cento chili. Nella cella la paura era palpabile.

Anaïs si alzò e seguì il culturista. Credeva di dover andare verso l'ingresso per poi raggiungere gli uffici dei funzionari, ma il colosso svoltò a destra, in un corridoio stretto che puzzava di polvere, poi di nuovo a destra. L'odore di stantio lasciò il passo a quello della merda.

Urla. Colpi attutiti. Porte di ferro con interruttori e sciacquoni all'esterno. Il piantone armeggiò con il mazzo di chiavi. Una porta girò sui cardini: quattro pareti di cemento, uno schizzo di vomito, escrementi. Scarafaggi brulicanti a mo' di spettatori.

«Siediti.»

Anaïs obbedì. La porta sbatté.

«Abbiamo verificato, sei davvero una piedipiatti.»

«Le spiacerebbe darmi del lei?»

«Chiudi il becco. Hai dimenticato di comunicarci un piccolo particolare.»

«Cioè?»

«Che sei sospesa, per ordine della procura di Bordeaux.»

Anaïs sorrise e fece un sospiro stremato. «Ho chiesto di essere portata in infermeria. Mi hanno picchiata...»

«Stai zitta. Hai aperto il fuoco sugli agenti con un'arma che non avevi più il diritto di utilizzare.»

«Volevo evitare un errore da parte della polizia.»

L'uomo scoppiò a ridere, i pollici infilati nella cintura. Lei abbassò il capo fingendosi umile. Doveva recitare per compiacere il regista.

«Se c'è una persona che ha commesso un errore, quella sei tu.»

«Comparirò davanti al giudice?»

«Prima o poi. Ma non uscirai subito, questo te lo posso garantire. Glock e amfetamine non sono un'accoppiata vincente.» Il sollevatore di pesi sembrava godersi la situazione. Per una ragione inspiegabile, aveva voglia di dare una lezione a un poliziotto.

«Durante l'operazione avete fermato un uomo. Dov'è?»

«Vuoi il fascicolo dell'inchiesta? Ti procuro una scrivania?»

«È ferito? L'avete interrogato?»

«Bella mia, non hai capito. Qui non sei più nessuno. Sei anche un pochino più in basso degli altri. Una specie di Giuda o qualcosa di simile.»

Lei non replicò. Aveva una paura fottuta di quel mostro. La camicia e il giubbotto erano tutti tirati come se i muscoli stessero avendo un'erezione. La faccia invece non esprimeva nulla: aveva l'aria placida di un erbivoro.

«Nello scontro sono stati ammazzati due uomini», riprese Anaïs con ostinazione. «Sono stati identificati? Avete sequestrato il loro veicolo? Un'Audi Q7 parcheggiata davanti all'hotel Pont-Royal...»

Il poliziotto scrollò la testa con aria costernata. Ora la considerava una pazza che era meglio lasciar parlare.

«Sono già cominciate le indagini di prossimità?» insistette lei. «Per prima cosa bisogna interrogare il personale del centro di radiologia al numero 9 di rue de Montalembert. Lì...»

«Se fossi in te, penserei soprattutto a procurarmi un buon avvocato.»

«Un avvocato?»

L'uomo si chinò su di lei, le mani appoggiate alle ginocchia. Assunse un tono diverso, quasi conciliante. «Cosa pensi, puttanella? Di poter giocare al tiro al piccione con i colleghi, come hai fatto tu, senza la minima conseguenza? È così che si fa a Bordeaux?»

Anaïs si rincantucciò in un angolo della panca di cemento. «Dovete interrogare Sylvain Reinhardt», continuò, testarda. «Abita al numero 1 di rue de Montalembert. E anche Simon Amsallem, al 18 di Villa Victor-Hugo.»

«Più ti ascolto, più penso che invece di un avvocato avresti bisogno di un bravo strizzacervelli.»

Anaïs balzò in piedi e spinse violentemente l'uomo contro la porta di ferro. «È il mio caso, bastardo! Rispondi alle domande!»

L'uomo la ricacciò indietro con violenza, senza il minimo sforzo. Anaïs sbatté contro la parete e ricadde sulla panca, scivolò e finì sul pavimento. Lo sbirro la sollevò con una mano e afferrò le manette con l'altra. Sempre con una mano, la fece voltare e le piantò le braccia dietro la schiena. Le manette schioccarono. Anaïs sentì il sangue inondarle la bocca. Lui la afferrò per il colletto del giubbotto e la fece sedere sulla panca.

«È meglio se ti dai una calmata, bella.»

«Lei non sa quello che sta facendo.»

Lo sbirro scoppiò di nuovo a ridere. «Allora siamo in due.»

«I vostri uomini avranno sicuramente ritrovato sul posto due quadri e due radiografie», proseguì Anaïs con il sapore del sangue in bocca. «Bisogna recuperarli assolutamente. Devo vederli!»

Lui si diresse verso la porta e bussò senza neanche replicare.

«Coglione! Bastardo! Stronzo! Toglimi le manette!»

Il piantone aprì la porta. La parete di ferro schioccò.

Anaïs scoppiò in singhiozzi.

Aveva pensato di essere arrivata alla fine della sua parabola discendente.

Invece era solo all'inizio.

"Ho ucciso due uomini."

Era l'unica idea che aveva in mente.

Un'idea funesta, bruciante, confusa.

"Ho ucciso due uomini."

Le detonazioni della Glock nel sangue. L'onda del rinculo nella mano. Il contatto della lama affondata nel ventre del secondo assassino. Lo aveva colpito con l'Eickhorn, ancora e ancora.

"Ho ucciso due uomini..."

Strizzò gli occhi diverse volte. Plafoniere bianche. Diafanoscopi. Un carrello scintillante colmo di prodotti antisettici. La stanza di un ospedale, surriscaldata. Era sdraiato su un lettino di metallo, sotto una coperta d'emergenza. Gli faceva male tutto il corpo. Spranghe di ferro nella carne.

Chiuse di nuovo gli occhi e fece un bilancio. Non era così negativo. Aveva rischiato molto, ma era ancora vivo e cosciente. Riusciva quasi a sentire il sangue circolare nel corpo indolenzito. *Caldo.* Le indagini. Gli omicidi. Gli enigmi. Tutto gli sembrava così lontano, vano, irreale.

Da giorni le domande si susseguivano.

A rispondere ci avrebbe pensato la polizia.

Un leggero tintinnio gli confermò la novità: un paio di manette gli legava il braccio sinistro alla struttura del lettino mentre una flebo scendeva nell'incavo del gomito destro. Avrebbe tranquillamente aspettato in prigione che l'inchiesta facesse il suo corso. Era arrivato il momento di riposare...

Con un po' di ritardo si accorse di una presenza nella

stanza. Riaprì gli occhi. Alla sua destra, un uomo in camice bianco, di spalle, mormorava qualcosa in un dittafono a qualche metro di distanza, forse un rapporto medico che lo riguardava. Girò la testa verso sinistra e notò alcune radiografie appese al diafanoscopio. Le lastre mostravano una teca cranica in proiezione frontale e laterale. Nelle cartilagini del naso si annidava un proiettile di pistola. Il pezzo di metallo si distingueva perfettamente, bianco su nero, orientato verso i seni paranasali etmoidali di sinistra.

Le radiografie della sua vittima.

Aveva colpito il killer vicino alla fossa nasale.

All'improvviso il suo viso si coprì di sudore. Il dolore gli strinse di nuovo la testa in una morsa. "Ho ucciso due uomini..." Allora gli tornarono in mente i disegni visti ai raggi X e la certezza che fosse *anche* l'assassino dei barboni.

«È sveglio?» L'uomo in camice bianco stava di fronte a lui, con le mani in tasca. I suoi occhiali offrivano un riflesso chiaro, limpido, un'acqua tersa che faceva venire voglia di immergersi, di purificarsi, di lavare i propri peccati. «Sono il dottor Martin. Il medico del pronto intervento che si è occupato di lei.»

«Dove siamo?» riuscì a chiedergli.

«All'Hôtel-Dieu. Ho insistito perché la trasferissero qui dalla sala Cusco.»

«Cosa?»

«La sala del pronto soccorso medico-giudiziario. Una specie di porto di mare zeppo di sospettati, vittime e sbirri.»

«E io cosa sono?»

Il medico indicò le manette con il mento. «Lei che ne pensa? È sotto custodia cautelare. Io stesso agisco su richiesta del procuratore. In breve, lei è in prigione e al tempo stesso in ospedale, ma in questo reparto almeno avrà una notte di tregua. Come si sente?»

Narcisse impiegò diversi secondi per rispondere. La sirena di un'ambulanza o di un veicolo della polizia riecheggiò in lontananza. «Ho... Sono indolenzito.»

«L'hanno pestata per bene», fece l'altro in tono confidenziale. «Ma lei ha la testa dura!»

Narcisse indicò le lastre fissate al diafanoscopio. «Sono le radiografie della mia vittima?»

«Non ci sono vittime, a parte lei.»

«Ho ucciso due uomini.»

«Si sbaglia. Non è stato ritrovato alcun cadavere. Tutto ciò che so è che hanno arrestato anche una donna. Una poliziotta di Bordeaux, sembra. Un bel casino.»

"Una poliziotta di Bordeaux." Narcisse non aveva bisogno di spiegazioni. Anaïs Chatelet aveva partecipato alla festa. Dopo tutto quel tempo, dunque, non aveva mollato la presa.

Gli tornarono in mente dei flash dello scontro. Gli spari. Le coltellate. Le urla della folla. Le sirene. Dov'erano finiti i due killer? Le sue due vittime?

Si sollevò su un gomito e indicò di nuovo le lastre sul diafanoscopio. «Se non ci sono cadaveri, l'uomo con la pallottola in testa chi è?»

«È lei.»

Narcisse si accasciò con un tintinnio di manette.

«Queste radiografie sono le sue. Le abbiamo fatte quando è arrivato.» Passò una garza medicata sulle vene della mano sinistra di Narcisse. «Sto per somministrarle un sedativo, non le farà male di certo.»

Narcisse non batté ciglio. L'odore dell'antisettico era insieme rassicurante e aggressivo. Il calore gli dava l'impressione che i suoi organi fossero pietre bollenti in una sauna. L'ombra bianca della pallottola brillava con una precisione dolorosa sulla lastra di vetro. «Quella roba nel mio naso che cos'è?»

«Se non lo sa lei, non sono certo io quello che può dirglielo. Ho consultato dei colleghi. Nessuno ha mai visto una cosa simile. Ho fatto qualche telefonata. Potrebbe essere un impianto contraccettivo. Oppure una di quelle micropompe computerizzate che si usano per certe patologie. Lei soffre di epilessia? È diabetico?»

«No.»

«Comunque siamo in attesa dei risultati delle analisi del sangue.»

«Ma quel coso deve rimanere lì?»

«Abbiamo previsto di operarla al più presto. In assenza di documentazione medica, dobbiamo essere molto prudenti. Aspettare tutti i referti, valutare ogni diagnosi.»

Per associazione, il cenno alla documentazione mancante gli ricordò qualcos'altro. «Le ho dato un nome quando sono arrivato?»

«Niente di comprensibile. Sono stati i poliziotti a riempire il suo foglio di ammissione.»

«Ma ho detto qualcosa?»

«Delirava. Abbiamo subito pensato a una forma di amnesia conseguente ai colpi che le hanno inferto. Ma non è così semplice, vero?»

Narcisse lasciò ricadere la testa senza distogliere lo sguardo dalle radiografie. Era un ferito di guerra? La cavia di un esperimento? Da quanto tempo aveva quell'aggeggio? Una cosa era certa: quel corpo estraneo spiegava il motivo del dolore lancinante in fondo all'occhio sinistro.

Il dottore reggeva una siringa nella mano guantata.

«Cos'è?»

«Gliel'ho detto: un sedativo. Ha un bell'ematoma alla base del cranio. Questo le darà sollievo.»

Narcisse non replicò. Cercò di calmarsi e restò immobile. Credette di sentire il liquido colare nelle vene. L'effetto gli procurava contemporaneamente una sensazione di bruciore e di benessere.

Il medico gettò la siringa nella spazzatura e si diresse verso la porta. «Presto la trasferiremo in un'altra stanza. Domani deve essere in forma perché riceverà delle visite. Gli ufficiali di polizia giudiziaria incaricati delle indagini, l'avvocato d'ufficio e il sostituto procuratore... Dopodiché vedrà il giudice che l'ha già posta sotto custodia cautelare.»

Narcisse fece tintinnare il bracciale delle manette contro il lettino. «E queste?»

«Non dipende da me. Se la sbrighi con la polizia. Da un punto di vista medico, non ci sono ragioni per toglierle. Mi dispiace.»

Narcisse alzò il braccio in direzione della porta. «Vengo sorvegliato?»
«Sì, ci sono due piantoni.» L'uomo sorrise. «Pare che lei sia molto pericoloso. Arrivederci. Buon riposo.»
La luce si spense. La porta si chiuse. Narcisse udì il rumore del chiavistello che veniva inserito. Nonostante l'iniezione, la calma e il benessere erano già evaporati. Si vedeva accusato almeno di due omicidi: il Minotauro e Icaro. Senza contare il terzo: l'evirato del ponte parigino, che avrebbero finito per identificare grazie ai disegni affiorati con le radiografie. Era veramente un assassino? Perché aveva quell'affare infilato nel naso? Chi ce lo aveva messo?
Immaginò i periti del tribunale diagnosticargli deficienze mentali o una malattia psichiatrica cronica. Fughe psicogene, scandite da delitti mitologici. Il suo caso non avrebbe posto problemi. Senza dubbio sarebbe finito in un reparto per malati critici.
Si agitò sul lettino. Sentì le manette ostacolare i movimenti del polso. Il corpo era paralizzato dal dolore. L'unica sensazione piacevole era la morbidezza delle pieghe dei pantaloni...
Trasalì. Indossava ancora i suoi pantaloni. In preda a una speranza assurda, infilò la mano libera nella tasca destra. Rivide la scena in cui trasferiva la chiave delle manette da un paio di calzoni all'altro. Con un po' di fortuna, poteva essere sfuggita al controllo della polizia.
Niente. Contorcendosi, spostò la mano nella tasca sinistra frugando in ogni piega. La chiave era lì. La estrasse ripetendosi che quell'oggetto era un portafortuna.
Quel genere di chiave doveva essere standard. Si raddrizzò e la fece scivolare nella serratura delle manette. Con un solo *clic* il meccanismo scattò. Narcisse si sedette sul lettino e si massaggiò il polso nell'oscurità.
Rideva nel silenzio della notte.

Tolse con precauzione la flebo fissata al braccio e balzò a terra. Il linoleum attutì i suoi passi. Le sue pupille si dilatarono: ci vedeva meglio. Si diresse verso gli armadietti di ferro e li aprì senza far rumore. Ci trovò la giacca, la camicia e le scarpe. I soldi erano scomparsi, come la Glock, l'Eickhorn e il taccuino su cui un tempo annotava i colori. Non si poteva pretendere troppo.

Si vestì, sempre senza il minimo fruscio.

Incollò l'orecchio alla porta. Il medico parlava con i piantoni.

«Con quello che gli ho dato, dormirà fino a domattina.»

Doveva fare in fretta, prima che i medicinali facessero effetto. Attraversò la stanza e tentò di aprire la vetrata. Nessun problema. Il freddo lo sferzò insieme a una certezza: era tutto perfetto per un'evasione. Non poteva più pensare di mettersi nelle mani della polizia. Di cedere le armi. Di lasciare le risposte agli altri...

Lanciò un ultimo sguardo alla stanza e scorse, appesa alla sbarra di metallo del lettino, la sua cartella clinica. Tornò sui suoi passi e strappò il foglio fissato su un supporto di plastica. Aveva già un'idea.

Con la scheda sottobraccio, scavalcò il davanzale e atterrò su un cornicione. Vista panoramica del cortile interno. Parigi rumoreggiava come un temporale. La cattedrale di Notre-Dame, più imponente di una montagna, si stagliava con i suoi volumi e le sue guglie contro il cielo scuro. Più che il vuoto sotto i piedi, furono le sue gigantesche dimensioni a dargli le vertigini, tanto che dovette aggrapparsi al cornicione.

Si concentrò su quanto gli stava vicino. Si trovava al secondo piano. Al primo si snodava la galleria del chiostro. Se fosse riuscito a scendere fin lì, avrebbe potuto sgusciare sotto una delle volte, trovare una scala e dileguarsi. Sulla sua destra, a una distanza di venti metri, un pluviale scendeva fino al pianoterra. Si spostò a piccoli passi, sentendo i piedi affondare nel rivestimento di zinco. Il freddo lo sosteneva facendogli contrarre i muscoli e impedendogli di addormentarsi.

In pochi secondi raggiunse il pluviale. Attaccandosi con le mani al primo anello metallico, trovò il secondo con i piedi. Inarcò la schiena e si ribaltò: il supporto dei piedi diventò quello delle mani e i talloni trovarono l'anello seguente. E così via. Raggiunse il balcone di pietra del primo piano e saltò all'interno della galleria.

Non un'anima. Costeggiò il muro fino a trovare l'imbocco di una scala. Sotto, nel cortile, ci doveva essere un viavai di pattuglie di poliziotti. Doveva trovare al più presto un travestimento per superare la fossa dei leoni.

Rinunciò a scendere, girò a destra e imboccò un corridoio. Deserto. Pareti beige. Linoleum sul pavimento. Un'infilata di camere. Partì in cerca di un'infermeria, uno spogliatoio o un deposito. Incrociò diverse porte numerate aperte – 113, 114, 115... – e infine una con un cartello che avvertiva: RISERVATO AL PERSONALE.

Girò la maniglia e sgusciò all'interno. Trovò a tentoni un interruttore e imprecò. Lì c'erano solo lenzuola, federe, coperte e prodotti per le pulizie piazzati su scaffali. Stava esaminando le mensole quando la porta si aprì alle sue spalle. Qualcuno gridò spaventato. Narcisse si voltò. Era un'inserviente, di origine africana, armata di carrello e scope.

«Cosa diavolo ci fa lei qui?» domandò Narcisse con autorità.

«Mi ha... mi ha messo paura.»

Prima che l'intrusa entrasse aveva fatto in tempo a individuare un camice. Se lo infilò senza perdere l'aplomb. Non aveva il tesserino di riconoscimento, ma bastava il suo malumore a conferirgli autorità. «Ripeto la domanda: cosa diavolo ci fa lei qui?»

La donna si riprese e, aggrottando le sopracciglia, lo rimbeccò: «E lei?».

«Io? Faccio quello che dovrebbe fare lei. Vengo dalla 113. La paziente ha vomitato ovunque. Mi ha sporcato tutto il camice. Sono dieci minuti che suono e non viene nessuno. È intollerabile!»

La donna esitò. «Io mi devo occupare dei corridoi, io...»

Narcisse afferrò uno strofinaccio da uno scaffale e sbottò: «È lei la responsabile della pulizia. Vada subito alla 113!».

Così dicendo la spinse da parte e uscì dal bugigattolo senza uno sguardo. Mentre se ne andava impettito abbottonandosi il camice, si sentiva gli occhi della donna piantati sulla schiena. Ancora qualche passo e avrebbe saputo se il bluff aveva funzionato.

«Dottore!»

Si voltò, in preda alle palpitazioni.

«Ha dimenticato questo.»

Si sentì sollevato quando vide che la donna gli tendeva la cartella medica rimasta sulle lenzuola dello stanzino. Tornò indietro, la ringraziò e ripartì con passo sicuro.

Quando udì che i rumori di secchio, scopa e carrello si orientavano verso la camera, seppe di avercela fatta.

Girò a sinistra e si tuffò per le scale.

La linea 7 attraversava il IX, il X e il XIX arrondissement. Faceva al caso suo. Avrebbe sicuramente trovato un albergo nei paraggi delle stazioni Château-Landon o Crimée. Il tempo del lusso era finito. Del resto non aveva neanche di che pagarsi una camera in una topaia di infima categoria. Aveva addirittura dovuto scavalcare il tornello per prendere la metropolitana.

Si lasciò cadere su uno dei sedili della banchina, direzione La Courneuve, più o meno sollevato ma soprattutto sfinito. Gli effetti dell'analgesico gli arrivavano a ondate sempre più potenti. Le palpebre pesavano tonnellate. I muscoli si erano afflosciati...

Aveva attraversato il chiostro dell'Hôtel-Dieu senza problemi, fingendosi intento a leggere la propria cartella. Poi si era accorto che, se fosse uscito dall'ingresso principale, avrebbe potuto evitare il cortile del pronto soccorso medico-giudiziario. Aveva quindi cambiato direzione e percorso la sala d'accettazione senza manifestare la minima incertezza. Attraversata la grande porta, aveva costeggiato, sulla sinistra, il sagrato di Notre-Dame e, lontano da occhi indiscreti, si era liberato di camice e cartella gettandoli in un cestino della spazzatura.

Île Saint-Louis. Rue du Cloître.

Quai de Bourbon, poi quai d'Anjou fino al ponte di Sully. Infine aveva raggiunto la Rive Droite e si era infilato nella stazione della metropolitana Sully-Morland.

Sulla banchina regnava una calma da camera mortuaria. Nell'aria aleggiava un odore di pneumatici bruciati. Si autoconvinse che nessuno si era reso conto della sua fuga. Parigi era calma. Parigi dormiva. Parigi ignorava che l'assassino mitologico era di nuovo a piede libero.

Arrivò il treno. Non appena si fu seduto, cullato dalle scosse del convoglio, il torpore aumentò. Capì che non avrebbe resistito a lungo. Si alzò e consultò la piantina, tanto per tenersi sveglio. Scelse la stazione Poissonnière, la decima a partire da Sully-Morland. Sperava di farcela fin là. Si rincantucciò sul sedile e tentò di riordinare le idee. Impossibile. Non riusciva a mettere due cose insieme.

Le scritte POISSONNIÈRE apparvero al di là dei vetri quando si era quasi assopito. Si alzò di scatto e per un pelo ce la fece a saltar giù dalla vettura. Una volta fuori, l'aria lo rianimò. Prese a girare per le vie del X arrondissement.

In un piccolo albergo di rue des Petites-Écuries l'uomo al banco gli chiese di pagare in anticipo.

«Domani», disse Narcisse assumendo un'aria altera, «non ho contanti in tasca.»

«La carta di credito andrà benissimo.»

«Senta», replicò lui sorridendo, «dormo qualche ora e pago domattina.»

«Niente soldi, niente stanza.»

Narcisse scostò le falde della giacca e cambiò tono. «Senti, vecchio mio. Solo con questa giacca potrei pagarmi un mese nella tua baracca, che ne dici?»

«Non sia maleducato. Faccia vedere la giacca.»

Narcisse se la tolse senza esitare, tanto aveva già prenotato il biglietto di andata per la galera. L'indomani, ascoltando le notizie, l'uomo si sarebbe ricordato di quello strambo individuo senza un euro in tasca. Per ora era occupato ad apprezzare il fil-à-fil italiano.

«Lei prende la stanza e io mi tengo la giacca. Come garanzia.»

«Mi sembra onesto», concluse Narcisse.

L'altro gli allungò una chiave sul banco e lui salì per la scala stretta. Le pareti, il pavimento e il soffitto erano uniformemente tappezzati di moquette arancione. Lo stesso l'interno della stanza. Senza accendere la luce, tirò la tenda della finestra e andò in bagno.

Sotto il neon, si osservò nello specchio. Lineamenti tirati, occhiaie, capelli arruffati. Una brutta faccia, ma avrebbe potuto essere peggio.

Da quando era fuggito dall'ospedale un'idea lo assillava: il corpo estraneo sotto il setto nasale. Guardava a quell'enigma da ogni possibile angolazione. Non aveva una risposta precisa ma una confusa convinzione. Il medico aveva parlato di un impianto contraccettivo o di una micropompa computerizzata. Narcisse era d'accordo. Tranne che quell'oggetto non era destinato a curarlo ma, al contrario, a indurre la malattia. Quell'impianto gli iniettava nel cervello una sostanza che era la causa delle sue fughe psicogene. Suonava come un delirio, roba da fantascienza o da sceneggiature hollywoodiane, ma collimava alla perfezione con quello che lui aveva passato nelle ultime due settimane.

Si tolse la camicia, mise il tappo al lavandino, trattenne il fiato, poi si guardò allo specchio come se stesse fissando la faccia del suo peggior nemico. Senza alcun conto alla rovescia e con tutte le sue forze, colpì con il naso l'angolo del lavandino.

Buio. Stelle. Cadde in ginocchio e si rialzò immediatamente, con gli occhi aperti. Ciò che vide per primo fu il sangue sulla ceramica bianca. Poi il naso rotto nello specchio. Il dolore si propagava fino ai recessi più profondi del cervello. La stanza da bagno gli vorticava intorno. Si aggrappò al bordo del lavandino per non cadere.

Con mano tremante, perlustrò la pozza scura. Niente. Afferrò con il pollice e l'indice il dorso del naso e lo mosse lentamente, soffiando forte, come se si dovesse liberare dal muco.

Tutto ciò che ottenne fu un altro getto di sangue.

Si lanciò ancora contro il bordo del lavandino, mirando all'altezza degli occhi. Il dolore gli trapassò il cranio. Riuscì a restare in piedi, ma non ebbe il coraggio di guardarsi allo specchio. Semisvenuto, con gli occhi pieni di lacrime, si pizzicò il naso, lo torse con cautela e soffiò. Niente.

Un'altra botta. Si palpò ancora. Niente. Un'altra botta. Altra manipolazione. Sentiva sotto le dita le ossa e le cartilagini rotte. Niente.

Non ci fu una quinta volta.

Era crollato a terra, esanime.

Quando si svegliò, sentì dapprima il sangue che gli incollava la pelle al linoleum. Il dolore non era così atroce. Provava piuttosto un enorme torpore che gli prendeva tutta la testa e gli comprimeva la scatola cranica. Si sollevò su un gomito. Il suo naso ormai doveva essere ridotto a un buco sanguinante. Tese l'altro braccio, fece presa sul rubinetto e riuscì a tirarsi su fino al livello dello specchio.

Sangue ovunque. Sullo specchio. Sulle pareti. In fondo al lavandino. Aveva l'impressione di essere un terrorista kamikaze, portatore di una bomba che gli era appena esplosa in faccia. Si fece coraggio e si guardò. Il suo viso non era sfigurato. Soltanto il naso era tumefatto e di traverso. Un osso aveva trafitto la pelle.

Forse, da quello squarcio, l'impianto era schizzato fuori...

In preda alla nausea, tuffò la mano nel lavandino impiastricciato. Palpò, tastò e alla fine trovò ciò che cercava. Fra le dita appiccicaticce stringeva la capsula. Una sorta di pallottola molto sottile, lunga due centimetri. La sciacquò sotto l'acqua fredda e vide un tubicino cromato, senza traccia di saldature né segmentazioni. L'aggeggio aveva un che di futuristico. Se si trattava di una micropompa, da dove usciva la sostanza? In ogni caso era un prodigio di miniaturizzazione.

Bisognava analizzare quell'affare, studiarlo e decrittarlo. Dove? A chi poteva darlo? Non ne aveva idea. Se lo ficcò in tasca, tolse il tappo al lavandino e si mise la faccia sotto il getto d'acqua. Mentre il freddo gli anestetizzava le ossa, si afferrò ancora una volta il naso fra i palmi uniti e con un colpo secco lo rimise a posto.

L'ultima cosa che udì fu lo scricchiolio delle sue ossa.

Un attimo dopo era di nuovo svenuto.

Anaïs non aveva mai visto una faccia così terrificante.

L'occhio destro era aperto, fuori dall'orbita, a fior di testa. Il sinistro una fessura, subdolo, infossato nella carne. L'intera faccia tirava verso destra. La bocca faceva pensare a una smorfia atroce, ma anche a una ferita aperta. Un viso sotto il segno del male. Il male che causava, il male che subiva...

I disegni a china ricordavano le illustrazioni dei romanzi feuilleton di inizio Novecento. Le avventure di Fantomas. Le inchieste di Harry Dickson. Bisognava guardarli in trasparenza e questa particolarità accentuava la violenza malefica della scena. L'assassino sembrava appartenere a una dimensione spettrale della crudeltà. In ginocchio davanti a un corpo smisurato e nudo, strappava organi sanguinolenti da una piaga aperta. Non c'erano dubbi sulla loro natura: pene e testicoli.

Le due radiografie rappresentavano la stessa scena, colta in momenti ravvicinati. Sullo sfondo si riconoscevano un ponte parigino – Iéna, Alma, Invalides o Alexandre III – e i flutti neri della Senna.

Anaïs ebbe un fremito. Teneva fra le mani le radiografie dei due autoritratti di Narcisse. Sotto le sue opere il pittore aveva rappresentato un sacrificio di cui era stato testimone. O autore. A scelta.

«Cosa ne pensa?»

Anaïs posò i documenti e si girò verso il comandante di polizia che le aveva posto la domanda. Si trovava negli uffici dell'OCLCO, l'Ufficio centrale per la lotta al crimine organizzato. Anche nella polizia la stupidità ha un limite. Quella mattina alle nove l'avevano trascinata alla corte d'appello di Parigi. Pur non essendosi mostrato particolarmente comprensivo, il magistrato aveva ammesso che lei possedeva informazioni di primaria importanza riguardo alla sparatoria del giorno prima. Era quindi stata condotta a Nanterre, in rue des Trois-Fontanot, per essere interrogata dal responsabile dell'indagine, il comandante Philippe Solinas.

«Può prima togliermi queste?» chiese Anaïs brandendo le manette.

L'uomo si alzò con agilità. «Certo.»

Solinas era un pezzo d'uomo sulla cinquantina – più poliziotto di così si muore – e indossava un abito scuro da pochi soldi. Il suo corpo era teatro di una lenta trasformazione: i muscoli della gioventù cedevano il passo alla pinguedine dell'età matura. Calvo, portava gli occhiali rialzati sulla fronte e aveva una barba sale e pepe di tre giorni.

Una volta che ebbe i polsi liberi, Anaïs indicò le radiografie. «Si tratta della rappresentazione di un omicidio che è stato commesso a Parigi, nell'ambiente dei barboni.»

«Mi dica qualcosa che non sappia già.»

«Questo omicidio ha avuto luogo nel 2009.»

«Perché?»

«I quadri risalgono a settembre o ottobre di quell'anno.»

Il comandante era tornato a sedersi dietro la scrivania. Spalle larghe, mani nodose tese davanti a sé, pronto a gettarsi nella mischia. Anaïs notò la fede nuziale: spessa, dorata. La esibiva come un trofeo. O come un fardello. Continuava a farla scorrere lungo l'anulare. «Cosa sa esattamente di questa storia?»

«Cosa mi propone in cambio?»

Solinas sorrise. La fede scivolava sul dito. «Non è nella posizione di trattare, capitano. Ho parlato con il giudice. Il meno che si possa dire è che lei è in cattive acque.»

«Passa la vita a trovare compromessi con i delinquenti. Penso che lei possa fare uno sforzo con una poliziotta. Possiedo informazioni fondamentali su questo caso.»

Solinas scrollò il capo. Sembrava piacergli il modo in cui

Anaïs combatteva sfoderando i suoi piccoli pugni. «Quali sarebbero i termini dell'accordo?»

«Tutto ciò che so sulla faccenda in cambio della libertà.»

«Nientemeno!» Solinas aprì una cartella contenente dei verbali di audizione: il suo fascicolo. Non era troppo corposo. *Non ancora.*

Mentre passava in rassegna i documenti, Anaïs si guardò attorno. La stanza era rivestita di legno chiaro, come la cabina di una barca a vela. Lampade filiformi ravvivavano l'atmosfera. «Ognuno otterrà dei vantaggi», spiegò. «Lei avrà le informazioni, io la libertà. Del resto le due cose non sono inconciliabili. Posso aiutarla nel prosieguo dell'inchiesta.»

Il poliziotto brandì una pila di fogli pinzati. «Lo sa che cos'è?»

Anaïs non rispose.

«La sua sospensione fino a nuovo ordine.»

«Potrei fare da consulente esterna.»

Solinas si portò le mani dietro la nuca e si stirò. «Tutto ciò che posso fare è darle tempo tre giorni prima di passare il fascicolo alla Disciplinare. In quanto poliziotto, può godere del beneficio di essere rimessa in libertà provvisoria sotto la mia tutela. Diciamo "nell'interesse della manifestazione della verità".» Piantò l'indice sul piano della scrivania. «Ma attenzione, signora mia. Le informazioni le voglio qui e ora, senza riserve. Se mi accorgo che si è tenuta per sé anche il più piccolo dettaglio, le romperò il culo e la merda le uscirà dalle orecchie.»

«Molto elegante.»

Solinas riassunse la sua posizione di mediano di mischia, stringendo la fede tra le due dita. «Dove crede di essere? Da Ladurée?»

«Chi mi dice che quando avrò vuotato il sacco lei manterrà la sua promessa?»

«Le do la mia parola di poliziotto.»

«E quanto vale?»

«Venticinque anni di buoni e leali servizi. L'opportunità di una formidabile svolta nella mia carriera. La prospettiva di fregare i miei amichetti dell'Anticrimine. Metti tutto questo sulla bilancia e guarda dove si posiziona l'ago.»

Erano tutte balle. La sola verità in quel discorso era che lei non aveva scelta. Era ostaggio di Solinas. «D'accordo», disse. «Ma lei spegne il cellulare e il computer. E anche la telecamera sopra la sua testa. Non prende una riga di appunti. Non deve restare nessuna traccia concreta di ciò che le dirò. Per ora niente è ufficiale.»

Solinas si alzò con le movenze di un predatore stanco. Allungò il braccio e disattivò la telecamera di sicurezza. Tirò fuori il cellulare, lo spense e lo posò in evidenza sul tavolo. Quindi tornò a sedersi, mise il PC in stand-by e abbaiò nel ricevitore che non voleva essere disturbato. Sistemandosi comodamente nella poltrona chiese: «Caffè?».

«No.»

«Allora la ascolto.»

Lei spiattellò tutto. Gli omicidi nell'ambiente dei barboni. Il Minotauro a Bordeaux. Icaro a Marsiglia. La fuga di Mathias Freire, alias Victor Janusz, alias Narcisse. Il profilo clinico del sospettato, che inanellava una fuga psicogena dopo l'altra. La sua volontà di indagare in prima persona sui delitti invece di fuggire dalla Francia, un comportamento che si poteva interpretare come una prova di innocenza, o di perdita di memoria, o di entrambe.

Dopo aver parlato per mezz'ora Anaïs aveva la gola secca.

«Posso avere un po' d'acqua?» domandò.

Solinas aprì un cassetto e posò sulla scrivania una bottiglietta di Evian. «Come arriviamo alla sparatoria di rue de Montalembert?»

Anaïs non rispose subito. Bevve con avidità. «In una delle sue vite», riprese, «Freire è stato un pittore: Narcisse. Un artista che soffriva di turbe psichiche. È stato curato a villa Corto, un istituto specializzato nell'entroterra nizzardo.»

Il riferimento a villa Corto costituiva un test, ma Solinas non mostrò alcuna reazione. Non era quindi al corrente del massacro, episodio che lei aveva taciuto nel suo racconto. A parte Crosnier, nessuno doveva sapere che era passata da quella casella.

«Narcisse dipingeva esclusivamente autoritratti. Freire ha capito di aver dipinto quelle immagini di sé sovrapponendole ad altre, che quindi rimanevano nascoste. Le sue tele erano state vendute tramite una galleria parigina. Si è recato a Parigi, dove si è procurato i nomi degli acquirenti, e si è messo alla ricerca delle opere per passarle ai raggi X. Era il solo modo per svelare il segreto delle tele.»

«I nomi di questi acquirenti sarebbero quelli che ha dato a Ribois?»

«Ribois?»

«Mister Muscoli.»

«Proprio così. Narcisse ha recuperato un autoritratto presso un collezionista nel XVI arrondissement e un altro in rue de Montalembert. Si è quindi precipitato nel primo centro di diagnostica per immagini che ha incrociato per scoprire il segreto dei quadri. Le radiografie che lei mi ha appena sottoposto.»

Solinas afferrò una lastra e la osservò orientandola verso la vetrata. Si era abbassato gli occhiali sul naso e ora pareva un medico concentrato su una diagnosi. «Questo omicidio appartiene alla serie mitologica?» chiese rimettendo la radiografia sul tavolo.

«Senza ombra di dubbio.» In quel momento le balenò un'idea, come una rivelazione. Il volto dell'assassino, contorto e sarcastico, era una maschera. Un riferimento a una leggenda? Lei propendeva piuttosto per un oggetto etnico, un accessorio utilizzato da una tribù primitiva. Si ricordò della testimonianza del barbone a Bordeaux, Raoul: Philippe Duruy gli aveva raccontato che l'angelo era un uomo dal volto coperto. L'assassino interpretava dei ruoli. Si calava nei panni di personaggi leggendari.

«Di che mito si tratta questa volta?» chiese giustamente Solinas.

«Non lo so. Bisognerebbe informarsi. Penso che nella mitologia greca non manchino casi di assassinio per castrazione. Ma la cosa più urgente è ritrovare la traccia di questo delitto a Parigi.»

«Grazie del consiglio. Sarà dura. I barboni si ammazzano piuttosto spesso fra loro.»

«E la castrazione?»

«Loro non sono mai a corto di idee. Contatteremo l'istituto medico-legale.» Solinas riassunse la posizione di partenza, sprofondato nella poltrona. Giocherellava di nuovo con la fede. «Ci sono un bel po' di buchi neri nella sua storia», disse in tono scettico. «Prima di tutto, com'è che si è ritrovata a Parigi?»

Anaïs si aspettava quella domanda. La risposta chiamava in causa i due killer. «C'è un altro versante in questa vicenda», ammise dopo un'esitazione.

«Mi deve dire tutto.»

Così lei prese a raccontare del primo personaggio affetto da amnesia, Patrick Bonfils. Descrisse com'era stato ucciso sulla spiaggia di Guéthary, insieme alla compagna. Parlò della sua unica pista: il fuoristrada individuato sui luoghi del crimine, di proprietà della società ACSP, membro della costellazione Mêtis.

«Mêtis, cos'è?» la interruppe Solinas.

Anaïs tentò di riassumere. Un gruppo agronomico, diventato farmaceutico negli anni Ottanta, che aveva oscuri legami con l'ambiente militare francese. Solinas aggrottò le sopracciglia, scettico. Lei tornò alle cose concrete. La falsa denuncia di furto dell'Audi Q7 che le aveva permesso, tramite il localizzatore satellitare del veicolo, di ritrovare i due killer professionisti, che erano sulle tracce di Narcisse.

«Ma è romanzesco!»

«E i due morti di rue de Montalembert?»

«Non c'è stata nessuna vittima nello scontro.»

«Prego?»

«Nessun cadavere, in ogni caso.»

«Li ho visti con i miei occhi. Narcisse ha sparato al primo e accoltellato il secondo.»

«Se, come dice lei, quei tizi sono dei professionisti, portavano giubbotti antiproiettile. Il suo Narcisse non ha nessuna esperienza. Ha sparato al primo ed è stato un miracolo se l'ha beccato. D'altronde la sua arma era caricata con munizioni tradizionali a bassa penetrazione. Abbiamo i bossoli. Cacche di mosche per un giubbotto di kevlar o di carbonio. Idem per il coltello. Quando il suo protetto ha piantato il coltello a serramanico nel torace del secondo, probabilmente non ha raggiunto nemmeno il secondo strato di fibre.»

«Ho visto quegli uomini da vicino», insistette Anaïs. «Portavano abiti aderenti al corpo. Là sotto non poteva esserci spazio per giubbotti antiproiettile.»

«Le mostrerò i nostri ultimi modelli, non più spessi di una muta subacquea.»

«Ma c'erano poliziotti ovunque! Era praticamente un fuoco incrociato!»

«È stato un vantaggio. Hanno approfittato del caos per eclissarsi. I primi arrivati erano agenti di quartiere. Può immaginare che esperienza potevano avere nei combattimenti. E noi siamo arrivati troppo tardi. Eravate rimasti solo lei e il suo pittore sciroccato.»

Anaïs non insistette. Adesso toccava a lei raccogliere informazioni. «Avete interrogato Narcisse. Che cosa vi ha detto?»

Solinas sorrise ironico. Continuava ad armeggiare con la fede nuziale. Anaïs aveva letto su una rivista femminile che quel gesto tradiva un forte desiderio di abbandonare il tetto coniugale. «È un po' fuori del mondo in questi ultimi tempi.»

«Cioè?»

«Il suo cocco ci è scivolato fra le dita proprio stanotte.»

«Non ci credo.»

Il poliziotto aprì un cassetto e le tese un telex dello stato maggiore. Il messaggio di allerta, indirizzato a tutti i commissariati e posti di polizia di Parigi, informava che Mathias Freire, chiamato anche Victor Janusz e Narcisse, sospettato di omicidio volontario, era riuscito a scappare dal reparto medico-giudiziario dell'Hôtel-Dieu verso le ventitré.

Lei quasi gridò di gioia, ma in una frazione di secondo l'angoscia tornò a invaderla. Era un ritorno alla casella di partenza. Se i mercenari non erano morti, si sarebbero di nuovo lanciati alle calcagna di Mathias.

Solinas si protese sulla scrivania. La sua voce scese di un'ottava. «Dove dobbiamo cercare?»

«Proprio non saprei.»

«Ha contatti a Parigi? Qualcuno che può aiutarlo a fuggire?»

«Lui non intende fuggire. Cerca di risalire alle sue identità. Non le conosce. E nemmeno noi.»

«Non ha nient'altro da dirmi?»

«No.»

«Sicura?»

«Sì.»

Solinas aprì la cartella che aveva davanti. «Allora ho qualcosa per lei.» Le allungò un foglio, girandolo nel senso della lettura.

«Cos'è?»

«Il suo ordine di trasferimento firmato dal giudice. Complesso penitenziario di Fleury-Mérogis. Con effetto immediato.»

«Co-cosa? E... la sua parola?»

Solinas fece un rapido gesto attraverso la vetrata che dava sul corridoio. Anaïs non ebbe nemmeno il tempo di reagire che già le manette le schioccavano ai polsi e due agenti in uniforme la prelevavano.

«Nessuno è al di sopra della legge. Soprattutto non una sballata come lei che si crede una...»

Il comandante non terminò la frase. Anaïs gli aveva sputato in faccia.

Si svegliò con un terribile dolore in mezzo agli occhi.

O fu il dolore a svegliarlo.

Sensazioni. Il naso era raddoppiato di volume e limitava il suo campo visivo. Sotto le cartilagini rotte, una fitta lancinante, insopportabile. L'emoglobina si era coagulata in fondo alle fosse nasali e ai seni mascellari: respirava con difficoltà.

Dopo avere ripreso conoscenza nel cuore della notte, aveva trovato la forza solo per spegnere la luce e crollare sul letto senza neanche spogliarsi, in un sonno profondo.

Fece vari tentativi e alla fine, con grande cautela, riuscì ad alzarsi e barcollò fino al bagno. Si accorse che faceva giorno. Che ora era? Non aveva più l'orologio. Accese il neon sopra il lavandino e restò piacevolmente sorpreso. Il suo viso era tumefatto ma non eccessivamente. Sul dorso del naso c'erano diversi tagli incrostati di sangue: i colpi contro il lavandino. Sul lato sinistro si estendeva una ferita più lunga, più profonda: la fessura attraverso la quale aveva potuto espellere l'impianto.

Si frugò nelle tasche e lo trovò. All'idea che quell'aggeggio era innestato sotto la sua pelle da mesi per poco non perse nuovamente i sensi. Lo osservò attentamente. Nessuna apertura, nessun rilievo. Se si trattava di una micropompa, non ne capiva il funzionamento... Forse un materiale poroso che lasciava filtrare la sostanza? Rimise il corpo del reato nella tasca dei pantaloni.

Impregnò di acqua fredda un asciugamano, se lo poggiò sul naso e tornò a letto. Quel semplice movimento gli provocò una forte fitta. Abbassò le palpebre e restò in attesa. Le onde di dolore refluirono, come le increspature sulla superficie di un lago che a poco a poco si dissolvono.

Malgrado le condizioni in cui si trovava, era saldo nel suo proposito: continuare la lotta, proseguire l'indagine. Non aveva scelta. Ma come? Senza un soldo? Senza alleati? Ricercato dall'intera polizia di Parigi? Spazzò via tutte quelle obiezioni e si concentrò sulle nuove piste.

Per prima cosa doveva cercare le tracce di un omicidio per castrazione avvenuto nel 2009 a Parigi, sul lungosenna. Capì subito che, da quella stanza d'albergo, non poteva fare alcun progresso in quel senso. Pensò allora di effettuare una ricerca sui miti greci che comportavano l'evirazione, ma fu costretto a rinunciare: avrebbe dovuto trovare un Internet café, una biblioteca o un centro di documentazione. Già si vedeva errare per le strade di Parigi in maniche di camicia... La giacca chiaramente non poteva recuperarla.

L'evidenza: era murato vivo in quella stanza tappezzata di moquette arancione, senza la minima prospettiva...

Lentamente gli venne un'altra idea.

I muri delle sue fughe erano porosi. Lasciavano filtrare dei leitmotiv. La sua formazione di psichiatra. Il ricordo di Anne-Marie Straub. Il suo talento di pittore. Aveva tentato di ripercorrere ognuna di queste strade, ma non aveva ottenuto niente.

La pittura, però, offriva ancora delle possibilità. Se in un'altra vita era stato pittore, forse aveva usato gli stessi prodotti e le stesse tecniche di Narcisse... Rivide le fitte righe del piccolo quaderno: la composizione dei pigmenti, le percentuali delle miscele. Il problema era che non aveva più quel taccuino e non si ricordava i dati che vi aveva scritto...

Si tirò su di scatto. Corto gli aveva spiegato che, per preparare i suoi colori, Narcisse si serviva di olio di lino chiarificato, ma non di uno qualsiasi. Un olio industriale che ordinava direttamente a un grossista, una ditta che in genere faceva consegne di parecchie tonnellate.

Poteva cominciare da lì. Dai fornitori di olio di lino della capitale. Se era stato pittore a Parigi, forse aveva avuto un contatto privilegiato con un grossista che riforniva le industrie chimiche o agroalimentari. Si sarebbero ricordati di un artista che si faceva consegnare solo qualche latta d'olio all'anno.

In camera aveva un telefono fisso funzionante. Gli venne da sorridere, ma subito fece una smorfia di dolore. I suoi muscoli gli suggerivano l'immagine di brandelli di carne straziati ed esposti al sole. Il suo naso, quella del buco scavato da una granata nel centro della faccia.

Innanzitutto chiamò il servizio ora esatta: le 10.10. Poi compose il numero del servizio informazioni. Rimase sorpreso dalla propria nuova voce: nasale, cavernosa, estranea. Dovette fare diverse telefonate per ottenere la lista dei distributori di olio di lino dei vari dipartimenti dell'Île-de-France.

Sul comodino aveva trovato un blocco di carta con l'intestazione dell'hotel Excelsior e una matita. Annotò i nomi, le città e i numeri. Nella regione di Parigi ce n'era una decina. Le città erano disseminate attorno alla cintura della capitale: Ivry-sur-Seine, Bobigny, Trappes, Asnières, Fontenay-sous-Bois...

Prima telefonata. Narcisse spiegò che faceva il pittore e che desiderava rifornirsi direttamente presso i grossisti industriali. Il direttore commerciale della ditta Prochimie gli spiegò gentilmente che le loro merci erano mastice, vernice, inchiostro industriale, linoleum... Niente a che vedere con tele e pennelli. Per quelli bisognava contattare gli specialisti di belle arti: Old Holland, Sennelier, Talens, Lefranc-Bourgeois...

Narcisse lo ringraziò e riappese. Compose il numero di CDC, a Bobigny, specialista in cere, vernici e resine. Stessa risposta. Kompra, distributore di metalli e plastiche. Idem... I nomi e le voci si succedevano. Ogni volta riusciva a parlare al direttore commerciale, che gli propinava la stessa solfa. Doveva orientarsi verso quelli che vendevano a litri, non a tonnellate.

Era alla settima chiamata, ormai frustrato dal fallimento

dei suoi tentativi, quando il suo interlocutore, della società RTEP, specialista in oli naturali, domandò: «Arnaud, sei tu?».

Narcisse non esitò un attimo. «Proprio così.»

«Dio buono, ma dov'eri finito?»

Lui si manipolò il naso nella speranza di ritrovare la sua voce originale. Tutto ciò che ottenne fu un grido di dolore che riuscì a soffocare. «Ho viaggiato», disse sordamente.

«Hai una voce strana. Ho stentato a riconoscerti.»

«Sono raffreddato.»

«La pittura funziona sempre?»

«Sempre.» Narcisse abbassò gli occhi: la mano libera tremava. Il suo cervello sfrigolava sulla graticola. Miracolo o errore? Quell'uomo si rivolgeva davvero a un altro dei suoi personaggi?

«Chiami per un'ordinazione?»

«Esatto.»

«Il solito?»

«Il solito.»

«Aspetta. Verifico in archivio.»

Picchiettio dei tasti del computer.

«Sai che ho ancora la tua tela qui in ufficio?» buttò lì mentre faceva la ricerca. «Ho un successo tremendo con i clienti. Non vogliono credere che la nostra ditta possa dare un contributo all'arte!» Scoppiò a ridere. Narcisse non disse niente. «Dove facciamo la consegna, sempre allo stesso indirizzo?»

«Quale hai?»

«188, rue de la Roquette, 75011?»

C'era un dio per i fuggitivi. «È giusto», confermò lui mentre se lo annotava. «Per l'ordinazione, ti richiamo. Devo verificare bene le scorte.»

«Non c'è problema, Picasso. Dobbiamo mangiare qualcosa insieme uno di questi giorni!»

«Ma certo.» Narcisse riagganciò, annichilito dalla magnificenza dell'istante. Si sentiva pizzicare il viso dalla polvere della moquette e il naso rotto gli faceva ancora salire le lacrime agli occhi. Ma la vittoria gli sorrideva. L'olio di lino chiarificato lo aveva condotto a un altro sé stesso. Probabilmente il diretto predecessore di Narcisse...

Il 188 di rue de la Roquette non era l'indirizzo di un immobile ma di un complesso di ex fabbriche ristrutturate e trasformate in loft di artisti, uffici di società di produzione e studi grafici. Ogni edificio constava di due piani e sfoggiava le sue vetrate a lastre verticali con una sorta di orgoglio luminoso. Le stradine acciottolate si snodavano fra le costruzioni come ruscelli di pietra, scintillanti sotto il sole.

A Narcisse non parve di essere già stato in quel luogo, ma ne avvertì il calore, il conforto di un mondo a parte, insieme artigianale e familiare.

«Nono?»

Ci mise diversi secondi a rendersi conto che quella domanda era rivolta a lui. Nono stava per Arnaud... A venti metri da lui due ragazze fumavano sulla soglia di una casa. La pausa sigaretta.

«Come va? È un pezzo che non ti si vede!»

Narcisse si sforzò di sorridere ma non si mosse. Era in maniche di camicia. Il suo naso tumefatto anneriva a vista d'occhio. Le ragazze ridacchiarono.

«Non ci baci più?»

«Ho il raffreddore.»

«Dove sei stato?»

«In viaggio», replicò lui alzando la voce. «Mostre.»

«Sei un po' conciato! Ti abbiamo visto più in forma!»

Risero ancora dandosi di gomito. In loro c'era un'eccitazione sotterranea, una complicità scherzosa. Narcisse si domandò se non fosse andato a letto con una delle due, o con entrambe.

«Ci dovresti ringraziare. Ti abbiamo annaffiato le piante!»

«Ho visto», disse per stare al gioco. «Grazie!»

Imboccò la prima stradina che gli si presentava davanti, con la speranza che fosse quella giusta. Le ragazze non fecero alcun commento. Dunque l'aveva imbroccata. Quell'accoglienza era insperata. Era stato riconosciuto come Arnaud, d'accordo, ma, ammesso che quel personaggio fosse stato il diretto predecessore di Narcisse, erano almeno cinque mesi che se n'era andato...

Non si soffermò su quelle considerazioni. Il suo cervello doveva ancora digerire un'altra notizia. Mentre era in cammino verso rue de la Roquette si era fermato davanti a un'edicola e aveva sfogliato i quotidiani, consultando le prime pagine e le notizie di cronaca. Era troppo presto perché si parlasse della sua fuga dall'Hôtel-Dieu. Si menzionava soltanto la sparatoria in rue de Montalembert.

Però fu colpito da altri titoli.

Una catastrofe che avrebbe dovuto prevedere, a mille chilometri di distanza.

Un altro clamoroso errore della psichiatria...

Dramma in un istituto psichiatrico nella regione di Nizza...

Un pazzo uccide un medico e due infermieri...

Il giorno prima, verso le nove del mattino, i gendarmi di Carros avevano scoperto i cadaveri di Jean-Pierre Corto e di due infermieri nello studio dello psichiatra. Secondo i primi risultati delle indagini il medico era stato sottoposto a ripetute torture.

«Lo compra o cosa?»

Narcisse non aveva risposto al giornalaio. Era scappato via. Lui era maledetto. Era *L'urlo* di Edvard Munch. Come aveva potuto pensare che i killer si sarebbero accontentati di «passare» a villa Corto? Il medico era stato sottoposto a ripetute torture. Quella sola idea gli torceva lo stomaco, gli lacerava il cuore. Il senso di colpa gli salì in gola come un fiotto di bile. Ovunque lui passasse si scatenavano distruzione e violenza. Era una Blitzkrieg vivente.

Ma, al tempo stesso, l'istinto di sopravvivenza palpitava sotto l'orrore. Non una sola frase dei giornali accennava alla presenza di Narcisse a villa Corto in quegli ultimi due giorni. Rivide gli artisti ospiti dell'istituto: era inverosimile che la loro testimonianza facesse avanzare le indagini. D'altro canto, ciò che aveva letto lasciava intendere che i gendarmi fossero orientati verso un accesso di violenza collettiva all'interno della clinica: avrebbero dunque cercato il colpevole fra gli ospiti della struttura. Narcisse augurò buona fortuna agli investigatori.

Leggeva di soppiatto i nomi sulle cassette delle lettere degli studi. Neanche l'ombra di un Arnaud. Al termine della via notò una facciata di vetro seminascosta da bambù, allori e ligustri. Le piante di Nono? Si tuffò tra il fogliame e trovò quel che cercava. Lesse la targhetta: ARNAUD CHAPLAIN. La cassetta traboccava di posta. Diede una veloce scorsa al pacco di buste: erano tutte indirizzate ad Arnaud Chaplain. Bollette, lettere della banca, pubblicità, offerte di abbonamenti, promozioni inviate da società di marketing. Niente di personale.

Alzò l'uno dopo l'altro i vasi di terracotta in cerca di una chiave nascosta. Sperava in un colpo di fortuna, ma non trovò niente. Restava l'alternativa di un colpo di mano. Mimetizzandosi dietro i bambù, assestò un pugno contro la lastra di vetro più vicina al telaio della porta. Al terzo tentativo quella si ruppe e cadde a pezzi all'interno dello studio.

Narcisse infilò il braccio attraverso lo squarcio, sollevò il chiavistello e abbassò la maniglia.

Entrò nel loft, inciampò in una seconda pila di lettere posata per terra e chiuse con cura la porta.

Le vetrate erano schermate da tende di tessuto. Era al riparo da ogni sguardo. Girò su sé stesso e respirò emozionato l'aria densa di polvere.

Era a casa.

Si trovava in un grande locale, oltre cento metri quadrati di open space. Un'armatura di metallo rivettato sosteneva un'alta copertura vetrata. Il pavimento era di cemento dipinto di grigio. A sinistra e a destra, due strutture rivestite di mattoni suddividevano lo spazio. Quella di sinistra ospitava un lavello di pietra, un piano di cottura, un frigorifero e una lavastoviglie. Su quella di destra c'era un guazzabuglio di tubetti, tavolozze, prodotti chimici, vasetti pieni di colori secchi e scrostati, cornici e tele arrotolate.

Un dettaglio attirò la sua attenzione. In fondo al loft, sotto un soppalco, un tavolo inclinato da architetto era appoggiato contro un'altra vetrata, dalla quale non si poteva vedere l'esterno a causa di alcune piante di bambù. Si avvicinò. Sul piano c'erano disegni pubblicitari: bozzetti a pennarello o a carboncino. Alcuni erano persino incorniciati e appesi alla parete.

Quindi Chaplain non faceva il pittore a tempo pieno. Era anche un illustratore e un grafico. In compenso non c'era neanche una tela o uno schizzo in grado di rivelargli che genere di quadri dipingesse. Quanto ai disegni pubblicitari, non recavano né un logo né il nome di una marca. Impossibile indovinare chi fossero i clienti del grafico Chaplain. C'era una sola certezza: lavorava in casa, come freelance.

Tornò al centro della stanza. Lampade newyorkesi e cupole in alluminio spazzolato sovrastavano lo spazio. Tappeti a motivi astratti ravvivavano il pavimento. Qua e là, qualche mobile di legno verniciato dalle linee essenziali e disadorne. Tutto ciò non aveva niente a che vedere con Janusz il barbone o con Narcisse il pittore folle. Dove aveva trovato i soldi Chaplain? L'attività di pubblicitario era sufficiente? Le sue tele costavano care come quelle di Narcisse?

Ancora domande, a raffica.

Per quanto tempo Narcisse era stato Chaplain? Da quando aveva quel loft in affitto? Chi aveva pagato la pigione durante i suoi mesi di assenza? Tornò verso la porta per prendere il mucchietto di posta. Attraverso le finestre delle buste poteva individuare le fatture, le richieste di donazioni, i solleciti. Compagnie d'assicurazione. Banca. Canone telefonico... Prima di aprire la posta, decise di fare un giro della casa.

Incominciò dalla cucina: un bancone di legno dipinto, pensili cromati e piccoli elettrodomestici di ultima generazione. Tutto era impeccabile, a parte lo strato di polvere. Chaplain doveva essere un tipo maniacale. Aveva una donna di servizio? Se sì, lei aveva le chiavi del loft? Scommise di no. Aprì il frigorifero e vi trovò resti di alimenti, ovviamente marci. Come ogni viaggiatore senza bagaglio, era partito senza sapere che non sarebbe tornato.

Rovistò nel cassetto del freezer. Chiusi in sacchetti coperti di cristalli trovò pietanze dim sum, fagiolini e patate rosolate... Solo vedere quella roba gli fece brontolare lo stomaco. Estrasse il cibo cinese dall'imballaggio e lo schiaffò nel microonde. Aprì qualche pensile, trovò salsa di soia e salsa chili. In pochi minuti aveva divorato tutti i fagottini cotti al vapore, immersi nelle salse che aveva versato in tazzine da caffè.

Una volta sazio, gli venne da vomitare: aveva mangiato troppo in fretta. Riuscì a trattenersi. Aveva bisogno di forze, di energia: la partita continuava. Mise il piatto vuoto e le tazzine nel lavello. Ritrovava i gesti routinari dello scapolo.

Lasciò la cucina e imboccò la scala di ferro. La ringhiera era costituita da cavi d'acciaio che richiamavano i corrimano di salvataggio delle barche a vela, a meno che non fossero vere sagole riciclate.

La passione per la vela trovò conferma al primo piano:

fotografie in bianco e nero di barche storiche erano appese alle pareti e modellini con gli scafi di legno verniciato si allineavano lungo il bordo del soppalco. Per il resto, c'era un grande letto con lenzuola nere e una trapunta arancione posto davanti a uno schermo gigante. A destra, porte di legno bruno, con le venature a vista, si aprivano su un grande armadio a muro.

Ispezionò gli scomparti. Camicie di lino. Jeans e pantaloni di tela. Abiti griffati... Le scarpe erano in sintonia. Stivaletti Weston, mocassini Prada e Tod's... Chaplain era un dandy moderno, dall'eleganza ostentata.

Entrò nella stanza da bagno situata dietro un divisorio di vetro laminato. Le pareti, rivestite di zinco scuro, davano l'impressione di penetrare in una cisterna immacolata e fresca. Sopra il doppio lavandino, miscelatori a lama d'acqua sostituivano i rubinetti tradizionali. A ogni passo Narcisse si poneva la stessa domanda: da dove provenivano i soldi per pagare tutto ciò?

Decise di farsi una doccia quasi fredda. Dieci minuti sotto i getti crepitanti lo lavarono dal sangue, dalla violenza e dalla paura delle ultime ventiquattro ore. Ne emerse con uno strano sentimento di forza e innocenza ritrovate. Passò in rassegna i prodotti da toilette in cerca di qualcosa per disinfettare le piaghe. Trovò solo del profumo, *Eau d'Orange Verte* di Hermès. Lo versò sulle ferite e si mise diversi cerotti sul naso, poi scelse una tenuta casual alla Chaplain. Pantaloni da jogging Calvin Klein, T-shirt e giacca di felpa con cappuccio Emporio Armani.

Incominciava ad assaporare l'ambiente familiare dell'artista quando lo sguardo gli cadde su una segreteria telefonica posta ai piedi del letto. Si sedette sulla trapunta ed esaminò l'aggeggio. La memoria era satura. Dunque Chaplain aveva degli amici che si erano preoccupati per la sua assenza. Pigiò sul tasto PLAY senza curarsi di non lasciare delle impronte: ce n'erano dappertutto, e da un pezzo.

Si aspettava chiamate inquiete, voci angosciate. Gli toccò in sorte per prima la risatina di una ragazza. «Ehi Nono, cosa combini? Tieni il muso o cosa? È stata Audrey a darmi il numero del tuo fisso. Richiamami!»

Il modo di ridere e la voce gli ricordarono le moine delle due fumatrici che se ne stavano sulla soglia del primo studio. Narcisse guardò il visore. La chiamata risaliva al 22 settembre.

La seconda era un miagolio, o quasi. La data: 19 settembre. «Non ci sei, tesoro?» bisbigliò una voce di velluto. «Sono Charlene. Non abbiamo finito noi due...»

Il terzo messaggio, del 13 settembre, era dello stesso tenore. «Nono? Sono qui con un'amica, ci chiedevamo se possiamo passare a trovarti... Richiamaci!»

Risate. Schiocchi di baci. I messaggi continuavano così, risalendo nel tempo, sempre sullo stesso registro. Non una sola volta risuonò una voce maschile. Non una chiamata normale, cioè neutra o calma. Nessuna voce preoccupata.

Rifletté sulla scenografia di quegli spazi: le barche a vela, gli abiti di marca, la trapunta arancione e le lenzuola nere, il design della stanza da bagno... Modificò il proprio giudizio. Quello non era l'appartamento di un pittore solitario, torturato, alla Narcisse. Nono era un seduttore, un cacciatore. Sembrava essere riuscito ad accumulare una discreta quantità di denaro con chissà quali maneggi e passava il tempo a spenderlo in compagnia di amichette consenzienti. Nulla a che vedere con l'uomo alla ricerca del proprio passato.

D'un tratto, una voce seria e gelida uscì dall'apparecchio. «Arnaud, sono io. Appuntamento a casa. Comincia a essere rischioso. Ho paura.»

Fine del messaggio. Narcisse guardò la data: 29 agosto, ore 20.20. Ancora una donna, ma la voce non aveva niente a che spartire con le sdolcinatezze precedenti. Il destinatario non era Nono, bensì Arnaud. «Appuntamento a casa» sembrava non tanto la promessa di un incontro amoroso, quanto piuttosto una richiesta di aiuto.

Era l'ultima chiamata registrata, cioè, guardando all'ordine cronologico, la prima. Il 29 agosto. Corto aveva detto:

«Ti abbiamo recuperato alla fine del mese di agosto, nei pressi dell'uscita 42 dell'autostrada A8, Cannes-Mougins».

Riascoltò più volte il messaggio. Erano state quelle parole a farlo uscire di casa per l'ultima volta. Non era più tornato nel suo loft. Le telefonate successive erano rimaste inascoltate. Nono era morto mentre raggiungeva quella donna. Sulla strada di Cannes si era trasformato in Narcisse...

La donna abitava a Cannes? Oppure i due si erano visti a Parigi prima della fuga verso la Costa Azzurra? Arnaud aveva avuto una crisi ancor prima di riuscire a raggiungerla? No. Se lui non fosse andato all'appuntamento, la donna lo avrebbe richiamato e il messaggio sarebbe stato su quella segreteria. Perciò l'aveva sicuramente vista e il loro incontro doveva essersi concluso con una separazione definitiva.

A meno che non fosse arrivato troppo tardi...

Scrutò il visore. Il numero era riservato. Qualcos'altro gli rodeva dentro. La rete di conoscenze di Arnaud era impressionante. Dove aveva fatto tutte quelle conquiste? Qual era il suo territorio di caccia?

Era ancora seduto sul letto quando vide, sotto una vetrata mansardata, un piccolo scrittoio di legno verniciato, stile notaio d'inizio Novecento, sul quale era posato un MacBook. Capì all'istante di avere trovato l'arma del delitto. Nono cacciava su Internet.

Si sedette davanti allo schermo e, mentre accendeva il computer con la mano sinistra, con la destra tirò un pesante tendaggio davanti alla parete vetrata per proteggersi dalla luce. Seppe d'istinto di aver già compiuto quel gesto mille volte.

Il Mac si mise a ronzare e gli chiese la password. Senza esitare Narcisse digitò NONO. Comparve una finestra in cui si diceva che la password esigeva un minimo di sei caratteri. Scrisse NONONO, pensando alle parole di una vecchia canzone di Lou Reed: *And I said no, no, no / oh Lady Day*... La sessione si aprì. Cliccò su Safari e consultò la cronologia delle ultime connessioni.

Si trovò catapultato in un altro mondo. L'universo del Web 2.0, quello dei social network, dei siti d'incontro e dei labirinti virtuali. Durante le ultime settimane della sua esistenza Nono aveva navigato in ogni direzione, moltiplicando i contatti, le chat, i messaggi... Facebook, Twitter, Zoominfo, 123people, Meetic, Badoo, Match.com...

Nono cercava e si offriva in contemporanea, cacciatore e preda volontaria. A giudicare dagli orari di visita ai siti, passava le notti a chiacchierare in Rete adottando, a seconda delle interlocutrici, un tono scherzoso, serio, amichevole o lascivo.

Narcisse si disse che quella ricerca compulsiva era forse mirata a individuare qualcosa o, a essere precisi, qualcuno. Aprì a una a una le home page dei vari siti consultati da Arnaud. Nono andava a pescare sia nei network dedicati agli incontri seri sia in quelli di carattere puramente sessuale, del genere: «Clicchi e cucchi». Narcisse scoprì dettagli di cui non aveva mai sentito parlare. Per esempio, potevi ricevere un SMS quando la «donna della tua vita» passava a meno di quindici metri da te o ottenere i recapiti di una bionda che ti aveva fatto perdere la testa semplicemente digitando il numero di targa dell'auto che lei guidava.

Tornò ai messaggi inviati o ricevuti da Nono, passando da un sito all'altro. Faticava a raccapezzarsi. Le chat e le email erano infarcite di errori di ortografia o di abbreviazioni di cui indovinava a malapena il significato: «cpt» per «capito», «cved dmn» per «ci vediamo domani»... La lettura risultava ancora più complicata a causa degli smiley che sbucavano fuori a sproposito. Tutta quella baraonda di parole sottintendeva una sorta di febbre, un'eccitazione, ma anche una solitudine che opprimeva Narcisse. Non era sicuro di avere voglia di mettersi a scandagliare quelle piste.

Tuttavia fece una scoperta. C'era un sito che in tutta evidenza Nono trovava più interessante degli altri. Sasha.com, organizzatore di *speed dating*, incontri lampo fra single che dispongono solo di pochi minuti per sedursi.

Il messaggio del sito era chiaro: «Sette minuti per cambiare vita».

Sasha.com proponeva un forum dove ci si poteva presentare e imbastire i dialoghi di partenza prima che i veri incontri avvenissero in un luogo pubblico: quelli che chattavano parlavano di *dates* nella *real life*.

Narcisse non ci pensò su due volte e si connetté.

Nell'istante in cui scriveva le prime parole seppe che stava per riassumere la propria identità precedente.

«Sono Nono : –). Sono tornato!»

IV

NONO

«Chatelet, hai visite.»

Anaïs non reagì. Era distesa sulla cuccetta superiore di un letto a castello, prostrata, gli occhi fissi sul numero d'immatricolazione, sola nella sua cella di nove metri quadrati. Quella solitudine era un lusso, per quanto lei non avesse chiesto niente. Il letto, il tavolo e la sedia si potevano spostare. Un altro lusso: non era stata trasferita nel settore di alta sicurezza dove tutto è fissato al pavimento.

Le sue sole distrazioni erano state, il giorno prima, un viaggio in furgone cellulare, un colloquio con l'assistente sociale e un altro con la responsabile dei detenuti che le aveva illustrato il regolamento interno. Poi era stata spogliata e visitata da un medico e aveva dovuto sottoporsi a un Pap test. Niente da segnalare, tranne una nota della dottoressa riguardante le sue braccia tagliuzzate.

«Ehi, ascolti quando ti si parla?»

Anaïs si alzò dal letto. Intirizzita, guardò l'orologio che le avevano permesso di tenere. Un altro trattamento di favore. Erano solo le nove del mattino. Le sembrava di avere il cervello colato nel cemento, quello di cui erano fatti i giganteschi blocchi poligonali di Fleury-Mérogis.

Seguì docile la secondina, osservando distrattamente le pareti, i pavimenti e i soffitti. Ogni settore era scandito da una porta sbarrata. Alla MAF, l'istituto di custodia cautelare femminile, tutto era grigio o beige, atono. Un forte odore di detergente regnava incontrastato.

Altro scatto.

Altra porta.

A quell'ora il suo visitatore non poteva essere che un poliziotto o un avvocato.

Un colloquio ufficiale.

Altro corridoio.

Altra serratura.

Porte chiuse, brusio di televisori, effluvi acri della vita confinata fra quattro mura. Certe detenute erano già nelle stanze di lavoro, altre passeggiavano in tutta libertà: privilegio della MAF. Guardiane in camice bianco spingevano carrozzine in direzione dell'asilo nido. In Francia le donne che partoriscono in carcere possono tenere con sé i figli fino al compimento dei diciotto mesi.

Comando elettronico. Metal detector. Presentazione del numero di immatricolazione. Anaïs si ritrovò in un corridoio ai cui lati si aprivano stanzette dalle pareti vetrate protette da griglie di ferro. Ognuna conteneva un tavolo e due sedie. Le porte erano di vetro laminato.

In una di quelle stanze, dietro il vetro, Anaïs scorse il suo visitatore.

Solinas, con gli occhiali a visiera sul cranio pelato.

«La faccia tosta non le manca», sbottò Anaïs quando gli fu davanti.

La porta sbatté alle sue spalle. Solinas aprì una cartella che aveva posato sul pavimento vicino ai piedi. «Possiamo darci del tu.»

«Cosa vuoi, bastardo?»

Sorriso. Solinas piazzò sul tavolo un incartamento con la copertina verde. «Così mi piaci. Siediti.»

«Aspetto la tua risposta.»

Lui batté il palmo sulla cartellina. «Eccola.»

Anaïs prese la seggiola e si sedette. «Che roba è?»

«Il tipo che cerchi. Un barbone evirato, rinvenuto il 3 settembre 2009 sotto il ponte di Iéna, lato Rive Gauche.»

Tutto le si ripresentò davanti: i disegni di Narcisse, il viso asimmetrico, l'accetta di selce e il corpo mutilato. Non conosceva bene Parigi, ma non si era sbagliata di molto nell'identificazione del ponte. «Perché mi hai portato queste informazioni?»

Solinas girò l'incartamento e lo spinse verso di lei. «Dagli un'occhiata.»

Anaïs aprì la cartellina. Un rapporto completo. Fotografie, piantine, referto dell'autopsia, atti delle indagini... Sfogliò per prima cosa le foto a colori in formato cartolina. L'uomo, nudo, era disteso sotto l'arcata buia del ponte; la zona dell'inguine era nerastra. Il corpo sembrava smisuratamente lungo. In contrasto con il suolo sudicio, il biancore della pelle pareva luminescente. Si chiese se quel pallore stesse a significare che gli era stato prelevato del sangue. Il viso non si vedeva, nascosto dietro un cumulo di macerie nell'angolo dell'arcata. «L'avete identificato?» chiese con voce a malapena udibile.

«Hugues Fernet, trentaquattro anni, ben noto ai nostri servizi. Aveva partecipato alle manifestazioni degli Enfants de Don Quichotte, nel 2007 e nel 2008. Uno spaccone. Non soltanto non faceva un cazzo, ma militava per i suoi diritti di scansafatiche.»

Anaïs ignorò la provocazione. Il poliziotto non aspettava altro. «Le indagini?»

«Non è saltato fuori niente. Nessun indizio, niente testimoni. È stata la polizia fluviale a trovarlo, all'alba. C'è stato giusto il tempo di portarlo via prima che i turisti dei bateaux-mouche mettessero fuori il naso.»

Primi piani della ferita. Il basso ventre era mutilato grossolanamente con un utensile barbaro: l'accetta disegnata da Narcisse. Non c'era dubbio che l'arma giocasse un ruolo nel rituale del crimine. Forse rinviava a un fatto mitologico preciso.

Lei ripensò anche al secondo disegno, quello in cui l'assassino dalla faccia deforme lanciava gli organi genitali nella Senna. Un gesto che aveva una portata simbolica. Come faceva Narcisse a conoscere quei dettagli? Era lui l'assassino?

«Chi è stato incaricato dell'inchiesta? L'Anticrimine?»

«Per un barbone? Sei matta! Se n'è occupata la terza divisione di polizia giudiziaria.»

«Cos'hanno scoperto?»

«Niente, ti ho detto. Lì ci sono i verbali. Giro del quartiere, ispezioni, analisi, l'interrogatorio di routine di qualche barbone e basta. Regolamento di conti fra straccioni. Caso archiviato.»

«La mutilazione non ha destato sospetti?»

«I senza fissa dimora sono capaci di tutto. Non vale la pena affannarsi.»

«Il cadavere aveva meno sangue del normale?»

«La piaga ha sanguinato un bel po'.»

«Non è questo che voglio dire. Alludo a un prelievo di un litro o più.»

«Mai sentito parlare di roba del genere.»

Anaïs scorse i documenti. Su un angolo della cartellina lesse il nome del giudice: Pierre Vollatrey. Pensò agli altri due delitti. Icaro e il suo magistrato a Marsiglia, Pascale Andreu. Il Minotauro e il suo giudice a Bordeaux, Philippe Le Gall. Non era più un'inchiesta ma un'associazione di magistrati. «E adesso? Riaprirete il caso?»

«Prima occorrerà convincere la procura, che deve arrivare a capirci qualcosa in questo casino. Bisognerebbe poterle dimostrare che il delitto rientra nella serie di Icaro e del Minotauro.»

«Il che significa individuare la leggenda alla quale l'assassinio di Fernet fa riferimento.»

«Esatto. Ora come ora due disegni sono un po' poco per rimettere in moto la macchina.»

Non fu difficile per Anaïs capire il messaggio implicito. «Conti su di me per identificare questo mito?» chiese.

«Be', qui hai un sacco di tempo.» Guardò Anaïs dritto negli occhi. «Non è che perché ti hanno sbattuta dentro debba rifiutare la tua proposta.»

«Che proposta?»

«Di lavorare insieme.»

«Qui dentro?»

«Sul campo sei bruciata, bella mia. Ma per far funzionare la zucca la tua posizione è l'ideale.»

Anaïs capì di avere una carta da giocare. «Qual è la mia situazione?»

«Il giudice ti convocherà.»

Lei si sporse fulminea sul tavolo. Solinas indietreggiò: non aveva dimenticato lo sputo del giorno prima. «Fammi uscire di qui», sibilò.

«Trovami il mito.»

La messa era finita. La moneta di scambio chiara.

«Chi ha in mano il caso al momento?»

«L'OCLCO. Cioè io. La questione che ci interessa è una sparatoria in rue de Montalembert.»

«E questo?» domandò Anaïs afferrando una manciata di foto.

Solinas sorrise. «Se si mette in evidenza un legame fra i tre delitti, ci sarà sempre il tempo di allertare quelli dell'Anticrimine. Ma forse intanto avremo già individuato l'assassino. All'idea di batterli sul tempo mi diventa duro, bellezza. Il vero problema è la squadra Catturandi che s'immischierà nella faccenda di Janusz.»

Solinas scambiava i suoi desideri per realtà. Non sarebbe riuscito a tenersi il caso. Lui sperava in un momento di gloria. Ed era lì che entrava in gioco lei. Aveva bisogno di Anaïs non per fare qualche ricerca sull'antichità greca, ma per analizzare ogni elemento, ricostruire il puzzle e portare avanti l'inchiesta iniziata a Bordeaux.

Anaïs abbassò lo sguardo sulle fotografie. Si soffermò su un particolare che saltava all'occhio. «Questo tizio era molto alto, no?»

«Circa due metri e quindici. Doveva avere un pene come una sciabola. Un mostro. Il che esclude che qualcuno lo abbia ammazzato per rubargli i vestiti. A meno che non volesse cucirsi una tenda.»

«Hanno trovato tracce di eroina nelle vene?»

«Non ti si può nascondere nulla.»

«Un tossico?»

«Piuttosto un alcolizzato.»

Non c'era più alcun dubbio. Una terza vittima sulla lista dell'assassino dell'Olimpo. Una supposizione si guadagnava un altro punto: il killer aveva un potere di persuasione tale da convincere il gigante a farsi il buco fatale. Anaïs si ricordò che Philippe Duruy aveva parlato a Raoul di un uomo con il volto velato, di un lebbroso. La faccia asimmetrica del disegno le si parò davanti, più un ornamento etnico che la maschera di una tragedia greca.

Chiuse la cartellina con la sensazione che dietro tutto ciò ci fosse una qualche coerenza, senza però riuscire a decifrare di che si trattasse. «Affare fatto», disse. «Ti chiamo stasera.»

Solinas sollevò la sua massa dalla sedia e afferrò il fascicolo. «Domani vedrai il giudice.»

Si svegliò sulla trapunta arancione. Aveva ancora addosso i pantaloni da jogging e la giacca con il cappuccio. Si sentiva bene. Al riparo. Protetto da quell'atelier che non conosceva ma che lo aveva accolto. Aprì gli occhi e osservò la struttura rivettata sopra di lui. Pensò alla Torre Eiffel. Pensò a certi libri di Zola, di cui aveva scordato i titoli, in cui si raccontava di uomini che vivevano, dormivano e lavoravano in atelier simili. Per qualche giorno sarebbe stato uno di quei personaggi.

Si tirò su e notò dei foglietti manoscritti fra le lenzuola: i suoi appunti. Aveva passato la notte su Internet: sasha.com e gli altri siti d'incontri. Le ultime connessioni di Chaplain. Nomi, anzi, pseudonimi. Non ne aveva ricavato niente. Poi aveva frugato dappertutto in cerca di un'agenda, ma senza successo. Si era addormentato verso le quattro del mattino.

A mano a mano che chattava era arrivato a una conclusione: Nono non era un donnaiolo, uno ossessionato dal sesso o un solitario in pena. Conduceva un'indagine. Sempre la maledizione del viaggiatore senza bagaglio. Per una ragione che ancora non poteva immaginare, il suo personaggio si era orientato sul *matchmaking*. Un'ipotesi: attraverso il labirinto del Web cercava una donna.

Impossibile però dire quale. Per tutta la notte aveva visto sfilare pseudonimi: Nora33, Tinette, Betty14, Catwoman, Sissi, Stef, Anna, Barbie, Aphrodite, Nico6, Finou, Kenny... Aveva riletto i dialoghi assurdi, le provocazioni sessuali, le parole tenere, dall'amore più sfrenato, dal desiderio più brutale alle speranze più evanescenti.

Il tutto aveva lasciato in lui un sentimento ambiguo. Nono dava l'impressione di un millantatore che non passava mai all'azione. Sistematicamente, dopo un primo appuntamento le interlocutrici tornavano alla carica, ma lui non si degnava di rispondere. Chaplain non era nemmeno sicuro di essersi mosso di casa. Unica eccezione: sasha.com, il sito dello *speed dating*. Ogni sera, o quasi, Nono si recava alle serate Sasha. Bar, ristoranti, discoteche. Poteva seguire l'itinerario del cacciatore grazie ai messaggi che fornivano ai «selezionati» l'indirizzo del luogo d'incontro. Il problema era che lui non sapeva niente di ciò che era accaduto nella *real life*.

Restavano le chiamate sulla segreteria. Poteva telefonare a quelle donne, vederle e interrogarle. Attraverso le loro testimonianze forse avrebbe scoperto la natura della propria ricerca. Ma non ci teneva a riannodare i fili di quegli incontri fugaci.

Una sola donna lo interessava, quella del 29 agosto.

«Arnaud, sono io. Appuntamento a casa...»

Doveva ripartire da zero. Andare alle serate sasha.com. Seguire una volta di più la scia della propria ombra. Scoprire ciò di cui era andato in cerca il suo doppio, e cercare a sua volta...

Quella notte aveva lasciato dei messaggi sul forum. Verificò la posta. Era prenotato per il *date* della sera stessa, al Pitcairn, un bar nel Marais. Non erano probabilmente molti i candidati che sapevano a cosa facesse riferimento quel nome, ma lui sì: Pitcairn era l'isola del Pacifico su cui si erano insediati gli ammutinati del *Bounty*. Ancora oggi una colonia si richiamava a quegli illustri antenati. Immaginava già l'atmosfera insulare e tropicale del locale...

Andò in bagno. La situazione del naso migliorava: la tumefazione si stava riassorbendo e le ferite cicatrizzavano. La sua faccia non era comunque quella ideale per una serata di grandi conquiste. Almeno, la nuova ricerca sarebbe stata più *glamour* delle ultime due incursioni negli strati più profondi del suo essere. Dopo i barboni e i pittori folli, sarebbe stata la volta delle donne single.

Tentava di scherzare, di prendere le cose alla leggera, ma ciò che ora aveva ben presente erano l'assassinio di Jean-Pierre Corto, gli spari di rue de Montalembert, la sua faccia che sbatteva contro il lavandino...

Scese e si preparò un caffè. Le dieci del mattino. Con la tazza in mano, recuperò la posta che aveva lasciato sul banco della cucina e si sedette sul divano della sala. Scartò le mailing, le offerte di abbonamento e altre pubblicità e aprì le buste delle fatture. La sua assenza aveva provocato meno subbuglio di quanto si sarebbe potuto immaginare. La banca gli inviava gli estratti conto. La società immobiliare sollecitava il pagamento dell'affitto – duemiladuecento euro al mese – ma senza assumere toni minacciosi. La rata di un'assicurazione era rimasta in sospeso. Per il resto tutto veniva pagato attingendo direttamente al suo conto ben fornito.

L'ultimo estratto conto mostrava un credito di ventitremila euro. Era una somma spettacolare. Rovistò nello studio e trovò i documenti precedenti. Aveva aperto il conto alla HSBC il maggio scorso e da allora il saldo si aggirava sempre su quei livelli. Eppure Chaplain non riceveva bonifici né depositava assegni. Da dove venivano quei soldi? Risultava che era lui stesso a versare somme in contanti sul proprio conto. Duemila euro. Tremila euro. Millesettecento euro. Quattromiladuecento euro... Qualunque fosse il suo lavoro, si faceva pagare in nero.

Gli balenò il sospetto di essere un gigolo, ma il tono dei messaggi e la natura degli scambi con le sue partner non facevano pensare a relazioni a pagamento. Una cosa era certa: non era né disegnatore pubblicitario né pittore. Il tavolo da architetto, lo studio: era tutta una messinscena, come gli scatoloni che Freire aveva ammassato nella villetta. Chi era veramente? Come si guadagnava da vivere?

Si ricordò di un particolare. La conversazione con il direttore commerciale della ditta RTEP. Lui ordinava regolarmente litri d'olio di lino chiarificato. Faceva parte della finzione o il prodotto gli serviva *sul serio*? Forse Chaplain aveva bisogno di quelle scorte per dedicarsi a un'altra attività. Misteriosa. Lucrativa. Chimica. Confezionava droga in una cantina?

Qualsiasi lavoro fosse, era pagato in nero e gli lasciava sperare che da qualche parte nel loft fossero nascosti dei contanti.

Salì prima sul soppalco: qualcosa di prezioso si nasconde in un luogo intimo. Scostò i quadri per vedere se dietro c'era una cassaforte. Sollevò il letto. Frugò nell'armadio. Passò al setaccio lo scrittoio. Niente.

Si soffermò sulla flotta di modellini allineati lungo il bordo del soppalco. Ognuno misurava fra i settanta centimetri e il metro. Fu colpito dal pensiero che i soldi fossero dentro uno di quegli scafi... Prese con delicatezza la prima barca a vela. AMERICA'S CUP J-CLASS SLOOP era scritto sulla targhetta di ottone fissata al piedistallo. Sollevò il ponte. Lo scafo era vuoto. Rimise l'imbarcazione al suo posto e passò alla seconda, un dodici metri di nome *Columbia*. Vuota anche quella. La *Gretel* del Royal Sydney Yacht Squadron, la *Southern Cross* del Royal Perth Yacht Club e la *Courageous* del New York Yacht Club gli sfilarono sotto le dita. Tutte vuote.

Cominciava a dubitare della propria intuizione quando scostò il ponte della *Pen Duick I*, la prima barca a vela di Éric Tabarly. Sul fondo, mazzette di banconote da cinquecento euro. Chaplain trattenne un grido di gioia. Tuffò la mano nel bottino e si riempì nervosamente le tasche. Una parola risuonò più forte delle altre: «droga»...

Forse Nono organizzava quella serie incredibile di incontri per avere maggiori possibilità di smercio... D'un tratto pensò al *modus operandi* dell'assassino – eroina pura iniettata nelle vene delle vittime – ma evitò di soffermarsi su quella nuova convergenza.

Mentre afferrava qualche altra banconota, la sua mano trovò una tessera magnetica. La estrasse, persuaso di avere scovato la Visa o l'American Express di Chaplain. Invece era una tessera sanitaria, con sopra il suo nome e il numero della previdenza sociale. Trovò anche una carta d'identità, una patente e un passaporto. Tutti a nome di Arnaud Chaplain, nato il 17 luglio 1967, a Le Mans, nel dipartimento della Sarthe.

Crollò sul pavimento. La sua carriera criminale non lasciava più dubbi. Aveva frequentato ambienti loschi. Si era procurato dei documenti falsi. In fondo non era sorpreso. Era condannato all'impostura, alla menzogna, alla marginalità.

Si alzò e decise di farsi una doccia. Poi sarebbe andato a comprare un cellulare e avrebbe tentato di recuperare i messaggi inviati al suo vecchio numero, che aveva trovato sulle fatture. Era sicuro che così sarebbe risalito all'identità dei suoi clienti e alla natura del suo commercio. Li avrebbe chiamati per capire che cosa si aspettavano da lui. Dopodiché sarebbe andato allo *speed dating* della serata.

La macchina Nono si rimetteva in moto.

«Ho perso il cellulare.»

«Originale.»

Chaplain piazzò l'ultima fattura sul banco senza fare caso al tono secco del commesso. «Non ricordo più la procedura per consultare la segreteria.»

Senza dire una parola, l'uomo afferrò il documento, prendendosi il mento fra il pollice e l'indice. L'esperto in tutto il suo splendore. «Con questo operatore è semplice. Lei chiama il suo numero. Quando sente il messaggio digita il codice e preme il tasto asterisco.»

Avrebbe dovuto aspettarselo. Non aveva alcun codice.

«Benissimo», replicò con voce neutra. «Vorrei comprare un altro telefono e stipulare un nuovo contratto.»

Il commesso, invece di girarsi verso la vetrina piena di cellulari, si mise a picchiare sulla tastiera del computer per accedere al numero di conto di Chaplain. «Perché un nuovo contratto? Quello vecchio è ancora attivo e...»

Chaplain abbrancò la fattura e se la ficcò in tasca. Sfoggiava un look alla Nono: cinquanta per cento Ralph Lauren e cinquanta per cento Armani, il tutto avvolto in un giaccone blu marina. «Lasci perdere. Voglio comprare un apparecchio e avere un nuovo numero.»

«Le costerà un bel po'.»

«È un problema mio.»

Con aria di disapprovazione, il commesso si lanciò in uno sproloquio infarcito di termini tecnici: monoblocco, quadriband, megapixel, bluetooth, messenger...

Davanti a quel vocabolario, Chaplain fece come chiunque avrebbe fatto al posto suo: scelse un modello basandosi sull'estetica e privilegiando la semplicità. «Prendo questo.»

«Se fossi in lei...»

«Questo, d'accordo?»

Il commesso emise un sospiro estenuato, come per dire: «Tutti uguali».

«Quanto?»

«Duecento euro. Ma se prende il...»

Chaplain mise sul banco un biglietto da cinquecento euro. L'uomo lo prese, con l'aria un po' tesa, poi gli diede il resto. Trascorsero altri dieci minuti a compilare il contratto. Lui non aveva ragione di mentire: firmò a nome di Chaplain, 188, rue de la Roquette. «È carico?» chiese indicando la scatola. «Vorrei usarlo subito.»

L'altro fece un sorriso da iniziato. In pochi gesti estrasse l'apparecchio dalla confezione, lo smontò, vi inserì la batteria e una scheda con microchip. «Se vuole scattare foto», disse tendendogli il cellulare, «dovrebbe aggiungere una scheda di memoria micro SD/SD HC e...»

«Voglio semplicemente telefonare, capisce?»

«Benissimo. Ma non dimentichi di ricaricarlo stasera.»

Chaplain si ficcò il telefono in tasca. «Sulle mie fatture non compare la lista dettagliata delle chiamate.»

«Non viene messa in fattura. Troverà tutto online.»

«Come faccio?»

Nello sguardo dell'uomo il disprezzo cedette il passo alla diffidenza: si chiedeva da dove arrivasse quell'individuo. «Le basta digitare i suoi dati sul sito e potrà consultare la lista delle chiamate. Lo stesso dovrà fare con l'altro numero.»

«Vuol dire il nuovo contratto?»

«No. Nella fattura è riportato un altro numero.»

Stavolta fu Chaplain a stizzirsi: tirò fuori il documento e lo schiaffò sul banco. «Dove?»

«Qui», fece l'altro puntando l'indice.

Lui guardò, ma non ci capì niente. «Non vedo nessun numero.»

«Perché ha scelto l'opzione MASCHERATO. Un momento, per favore.» L'uomo prese la fattura e tornò alla tastiera. In quel negozio incombeva un'atmosfera da Grande Fratello. Un semplice commesso poteva vedere tutto, decrittare tutto, riguardo a ogni esistenza. Tuttavia, in quel caso, dovette arrendersi. «Spiacente. Non posso accedere a nessun dato relativo a questo numero. Il suo contratto è Fort Knox!»

Chaplain non replicò. Aveva già capito: era quello il numero importante che racchiudeva i segreti da svelare. «È vero!» esclamò battendosi una mano sulla fronte. «Avevo completamente dimenticato questo contratto. Pensa che possa accedervi su Internet? Trovare traccia del mio traffico telefonico?»

«Nessun problema. Basta che inserisca la password.» Gli strizzò l'occhio. «E che abbia pagato l'ultima fattura!»

Chaplain varcò la soglia senza voltarsi. Aveva fretta di rientrare allo studio. Di tuffarsi in Internet. Di indagare sui propri misteri.

In place Léon-Blum si fermò davanti a un'edicola. La sparatoria di rue de Montalembert e il massacro di villa Corto erano spariti dalle prime pagine. Ma la cosa più sorprendente era che non si parlava della sua evasione dall'Hôtel-Dieu. Nessuna foto. Niente avvisi di ricerca né appelli a eventuali testimoni. Cosa combinavano i poliziotti? Si trattava di una strategia per tutelare la riservatezza delle indagini? Per non seminare il panico a Parigi con la notizia che un pazzo furioso era a piede libero?

Quella tattica nascondeva un tranello, eppure lui si sentiva più libero, più leggero. Comprò «Le Figaro», «Le Monde» e «Le Parisien». Aveva fame. Comprò un panino. Risalendo rue de la Roquette, aveva l'impressione di raggiungere vette incontaminate, un'altitudine salutare. Lassù lo attendevano nuove verità.

La nascita dell'universo.

All'inizio c'era il Caos. Né dei, né mondo, né uomini... Da quel magma indifferenziato nacquero le prime entità. La Notte (Nyx). Le Tenebre (Erebo). La Terra (Gea) generò il Cielo (Urano). Le prime divinità si accoppiarono ed ebbero una pletora di figli, fra cui i dodici Titani.

Urano, temendo che uno dei figli gli rubasse il potere, costrinse Gea a tenerli dentro di sé al centro della terra. Ma Crono, il più giovane, con l'aiuto della madre riuscì a fuggire ed evirò il padre. Dalla sua unione con la sorella Rea nacquero in seguito i primi sei dei dell'Olimpo, fra cui Zeus, che a sua volta detronizzò il padre...

Anaïs sottolineò il paragrafo sulla fotocopia di una pagina del dizionario di mitologia greca che aveva trovato nella biblioteca del carcere, fra i romanzi all'acqua di rose e i manuali di diritto. Si era sistemata nella sala di lettura semideserta. Era un luogo tranquillo, più riscaldato della sua cella. Da lì si godeva anche di una vista sul cortile, un piccolo prato spelacchiato frequentato da corvi grassi e lucidi che si disputavano gli avanzi caduti dalle strette finestre delle celle.

Rilesse il brano. Era sicura di aver trovato l'episodio mitologico che aveva ispirato l'assassinio di Hugues Fernet. Nel dizionario c'erano anche altri esempi di castrazione, ma il rituale del ponte di Iéna collimava perfettamente con quello del crimine compiuto da Crono. Erano stati rispettati alcuni precisi elementi della leggenda. Crono aveva usato una falce di pietra. L'assassino del disegno si era servito di un'accetta di selce. Il dio aveva gettato in mare gli organi genitali. Il killer aveva lanciato il suo sinistro trofeo nella Senna: visto che a Parigi non c'è il mare...

Per il momento Anaïs aveva individuato un unico punto in comune fra i tre miti. Ogni leggenda faceva riferimento al rapporto padre figlio e, più specificamente, a un figlio «problematico». Il Minotauro era stato imprigionato dal patrigno perché era un mostro. Icaro era morto a causa della sua sconsideratezza, perché si era avvicinato troppo al sole. Crono era un parricida: aveva mutilato e ucciso il proprio padre per diventare il padrone dell'universo.

Tutto questo rivelava qualcosa sulla figura del killer? L'assassino dell'Olimpo era un cattivo figlio? O al contrario un padre in collera? Alzò gli occhi. Ora alcuni gatti randagi prendevano parte al festino dei corvi. In fondo al cortile il cielo era attraversato da cavi antielicottero e rotoli di filo spinato dalle punte aguzze.

Anaïs si immerse nuovamente nella lettura. Gli dei fondatori appartenevano a un universo che non aveva niente in comune con quello dell'Olimpo. Costituivano la generazione precedente: primitiva, brutale, cieca. Divinità incontrollabili, mostruose, che rappresentavano le forze primarie della natura. Giganti. Ciclopi. Esseri tentacolari...

C'era un altro aspetto dell'omicidio di Fernet che rinviava a quei tempi primitivi: la statura della vittima. Hugues Fernet apparteneva simbolicamente al mondo dei Giganti, dei Titani, dei mostri... Anaïs era sicura che l'assassino lo avesse scelto per quella ragione. Il suo sacrificio doveva essere smisurato, fuori dagli schemi. L'età degli dei originari, del caos: il delitto aveva preceduto gli altri, così come i Titani avevano preceduto gli dei olimpici.

Anaïs si alzò e cercò sugli scaffali qualche testo sulle arti primitive. Individuò alcuni libri, logori e macchiati. Si capiva che erano stati usati come armi di fortuna, per lottare contro la noia o la disperazione.

Scovò un'antologia di maschere etniche e si mise a sfogliarla in piedi accanto allo scaffale. A guardare quelle fotografie, la maschera del killer assomigliava più a quelle dell'arte africana o dell'arte eschimese. Un dettaglio importante. L'assassino dell'Olimpo non recitava una parte. Quando uccideva, si trovava nel cuore dello spazio-tempo degli dei, degli spiriti, delle credenze ancestrali. Ai suoi occhi tutto ciò era *reale*.

Arrivò una secondina. Era l'ora di pranzo. L'idea di scendere in mezzo alle altre detenute le provocò una specie di fitta. Fin dal suo arrivo si sentiva minacciata. Uno sbirro non è mai il benvenuto nell'ambiente carcerario, ma Anaïs aveva paura di qualcos'altro. Presentiva un pericolo più preciso e insieme più vago. *Un pericolo mortale*.

Depose i libri in un carrello e seguì la guardia. Pensava a Mêtis: un gruppo potente, invisibile, onnisciente, che garantiva l'ordine violando la legge. "Il verme e il frutto si sono alleati." Quegli uomini erano così potenti da poter agire all'interno di un istituto di custodia cautelare? Per eliminarla in modo da ridurla al silenzio?

Ma cosa sapeva lei?

Perché rappresentava un pericolo per loro?

Internet, di nuovo.

Chaplain cominciò dal numero ufficiale. Non dovette far altro che digitare le cifre che identificavano il contratto e inserire la password NONONO per vedere apparire il dettaglio di tutte le sue chiamate. Nelle ultime settimane aveva ricevuto più telefonate di quante ne avesse fatte. Prese il cellulare, scelse l'opzione NUMERO RISERVATO e inserì a caso qualche recapito. Segreterie. Quando scattavano, lui riattaccava. Erano sempre voci femminili. L'abbonamento apparteneva decisamente a Nono il seduttore.

Passò all'altro, quello occulto. Fortunatamente la password era la stessa e non ebbe difficoltà a ottenere il dettaglio delle comunicazioni. Chaplain usava poco quel contratto: in quattro mesi aveva contattato solo qualche numero riservato. In compenso aveva ricevuto molte chiamate, anche dopo il mese di agosto, fino a dicembre.

Afferrò il cellulare e picchiò sui tasti.

Due squilli. «Pronto?» Una voce forte, aggressiva.

Stavolta doveva parlare se voleva saperne di più. «Sono Chaplain.»

«Chi?»

«Nono.»

«Nono? Farabutto! Dove sei, figlio di puttana? *Kuckin sin!*»

Colse un'inflessione slava. Riappese senza replicare. Un altro numero. Aveva ancora nell'orecchio l'accento d'odio della voce.

«Pronto?»

«Sono Nono.»
«Hai una bella faccia tosta, bastardo.»
Di nuovo una voce grave, anche questa con un'inflessione particolare, forse africana, a cui si mischiava la cadenza strascicata dei quartieri popolari.
«Ho dovuto... assentarmi. Non ce l'ho fatta ad avvisarti.»
«Con la mia grana? Mi prendi per il culo?»
«Ti... ti restituirò tutto.»
L'altro scoppiò a ridere. «Con gli interessi, cugino. Puoi scommetterci. Prima ti tagliamo le palle e...»
Chaplain riagganciò. Ecco che il suo profilo di spacciatore si delineava. Uno spacciatore che era sparito con la cassa. Fece altri tentativi. Non scambiava mai più di qualche parola. Il cellulare scottava. Aveva la sensazione che persino la sua voce fornisse indizi che avrebbero permesso di localizzarlo... Una carrellata di accenti: asiatico, magrebino, africano, slavo... Talvolta gli parlavano addirittura in un'altra lingua. Lui non capiva un'acca ma il tono era eloquente.
Nono doveva soldi a tutti gli stranieri di Parigi. Come se non avesse avuto già abbastanza nemici, ne aveva appena scoperti di nuovi, e tanti.
La batteria era scarica.
Aveva solo un ultimo contatto da verificare.
Decise di usare il telefono fisso. Anche quel numero era riservato.
Prese il computer e si sedette sul letto. Si portò all'orecchio il ricevitore e compose le ultime cifre dell'elenco. L'accento era serbo, ma la voce era più calma delle precedenti. Chaplain si presentò. L'uomo rise piano.
«Yussef era sicuro che ti saresti fatto vivo.»
«Yussef?»
«Gli dirò che sei tornato. Sarà contento.»
Per saperne di più, Chaplain optò per la provocazione. «Non sono sicuro di aver voglia di vederlo.»
«Sei scimunito o cosa, idiota?» ridacchiò lo slavo. «Sei scomparso con i nostri soldi, bastardo!»
L'uomo aveva un tono ironico, ma quella collera divertita era peggio delle accuse rabbiose che aveva sentito prima.

Chaplain aveva bussato alla porta di un'anticamera. Il vero inferno sarebbe stato la tappa successiva. Yussef.

«Vieni stasera, alle otto.»

«Dove?»

«Attento a te, Nono. Non rideremo ancora per molto.»

Un'altra provocazione, per scoprire qualcos'altro. «Non ho più i vostri soldi.»

«Non ce ne frega niente dei soldi. Rendici intanto la roba e si vedrà...»

Chaplain riagganciò e si lasciò cadere lungo disteso sul letto. Osservò le strutture di metallo che sostenevano la vetrata. Non c'erano dubbi: era un trafficante. La *roba.* Droga o qualcos'altro... Il reticolo del soffitto era come un simbolo del suo destino inestricabile. Non ne sarebbe mai uscito. Il labirinto delle sue identità lo avrebbe ucciso...

«Vuole parlarmene?»
«No.»
«Perché?»
«Sull'argomento ho già sprecato tutto il fiato a disposizione.»
La psichiatra dell'UCSA, l'unità di visite e cure ambulatoriali, osservava in silenzio le piaghe in via di cicatrizzazione sulle braccia di Anaïs. Nonostante la sua giovane età, ne aveva probabilmente già viste altre. Non occorre essere Sigmund Freud per capire che in prigione il corpo è l'unico spazio che rimane per esprimersi. «Se continua così, si dissanguerà.»
«Grazie, dottoressa. Ero venuta qui in cerca di un po' di conforto.»
Il medico non sorrise. «Si accomodi.»
Anaïs obbedì e osservò la sua interlocutrice. Aveva solo qualche anno più di lei. Era bionda, con un viso molto dolce che strideva in quel mondo chiuso dove la faccia di ogni donna era segnata dalla durezza del suo passato. Occhi dorati, zigomi alti, naso delicato, lungo e sottile, sopracciglia folte, che esprimevano energia e tenerezza allo stesso tempo, e una piccola bocca che doveva far fremere tutti gli uomini.
Anaïs si pose una domanda stupida: che diavolo ci faceva una donna così bella in quel carcere schifoso? Avrebbe potuto fare la modella o l'attrice. Non aveva ancora finito di formularla che si rese conto dell'idiozia della sua riflessione.
«Lei ha chiesto di vedermi. Di cosa vuole parlarmi?»

Anaïs non rispose. Le due donne si trovavano in un piccolo ufficio. La parete di sinistra, vetrata, si apriva sulla sala d'attesa dell'UCSA, dove regnava il caos. Prigioniere in tuta da ginnastica o in leggings e maglioni pesanti sbraitavano, gemevano e si lamentavano tenendosi il ventre o la testa. Un vero delirio.

«La ascolto», insistette la psichiatra. «Cosa vuole?»

Dopo il pranzo, Anaïs sarebbe voluta tornare in biblioteca, ma non era stata autorizzata. Tutto ciò che aveva ottenuto era stato il permesso di fare una telefonata. Aveva chiamato Solinas e si era imbattuta nella sua casella vocale. Quindi era tornata in cella, dove non aveva nemmeno avuto la forza di aprire i libri di Albertine Sarrazin presi in prestito. Allora le si era affacciata alla mente quell'idea disperata: un colloquio con la psichiatra. La guardiana aveva a malapena ascoltato la sua richiesta, ma le era bastato mostrarle le braccia per ottenere un appuntamento entro un'ora.

«Faccio il poliziotto», cominciò Anaïs. «Devono averglielo detto.»

«Ho letto il suo fascicolo.»

«Sono coinvolta in un'inchiesta, diciamo, complicata... ai margini dell'ufficialità. A parte il fatto che qui l'aria non è molto salutare per un ufficiale di polizia giudiziaria, mi sento...»

«Angosciata?»

Trattenuta a stento una risata, Anaïs decise di essere franca. «Ho paura.»

«Di cosa?»

«Non lo so. Sento come una minaccia... confusa, inspiegabile.»

«È piuttosto normale fra queste mura.»

Lei fece cenno di no con la testa ma non disse nulla. Adesso faceva fatica a respirare. Evocare i suoi timori ad alta voce ne accresceva la realtà...

«Come va il sonno?» riprese la psichiatra.

«Credo di non avere ancora dormito da che sono qui.»

«Le darò un calmante.»

La donna si alzò e le girò le spalle. Anaïs capì che aveva

libertà di movimento, che non c'era nessuna guardia lì intorno: era stata un'esplicita richiesta della psichiatra. Per un istante si disse che avrebbe potuto tentare qualcosa. Cosa? Delirava.

La dottoressa si voltò. Aveva in mano una compressa e un bicchiere d'acqua. La sua giovinezza e la sua fragilità le davano fiducia. Un'*alleata*. Cos'avrebbe potuto chiederle? Di procurarle qualcosa? Un cellulare? Un microchip? Una pistola? DELIRAVA.

«Grazie.» Mandò giù la compressa. Non aveva più la forza di combattere. Guardò a sinistra, verso le sagome informi che si agitavano nella sala d'aspetto. Immaginando quei visceri malati, quegli organismi scarcassati, mal funzionanti, che marcivano dal di dentro, le salì in gola un conato di vomito.

Pensò all'avvenire che quelle persone non avevano più, un avvenire che a poco a poco si trasformava in un passato incompiuto. La prigione era questo: assenza di prospettive. Al loro posto s'instauravano invece cattivo sangue, rancore, diarree croniche...

Dietro la scrivania la psichiatra compilava un formulario amministrativo.

«Cos'è?»

«La sua domanda di trasferimento.»

«Vado dai... matti?»

L'altra fece un breve sorriso. «Non è ancora a quel punto.»

«E allora?»

«Chiedo al direttore di classificarla AS, detenuta di alta sorveglianza.»

«E crede di farmi un favore?»

«Per ora è l'unico modo di tenerla al sicuro.»

Anaïs sapeva cosa avrebbe comportato: cambiamenti di cella, perquisizioni continue, sotto osservazione in ogni momento... Sarebbe stata protetta, ma non avrebbe più goduto del minimo margine di manovra.

Uscì e si diresse alle sue quattro mura. Tutto ciò che aveva ottenuto era una detenzione più severa.

«Hédonis da dove viene?»

«Da "edonismo". È la mia filosofia. *Carpe diem.* Bisogna approfittare di ogni giorno, di ogni istante.»

Chaplain squadrò la brunetta dal viso appuntito. Una testa di capelli ricci, quasi crespi, soffici e cotonati. Occhi scuri e sporgenti. Occhiaie che disegnavano due ematomi sulle guance. Una bocca carnosa, violacea, che assomigliava a un mollusco. Non poteva certo aspirare a un premio in un concorso di bellezza.

Lui era al suo quinto incontro. Il Pitcairn onorava il suo nome: aveva l'aria di un covo di gente di mare, in fondo a un porto dimenticato. Luci smorzate, volte di pietra. I tavoli, separati da tende di lino, erano come tante cabine intime in cui si ripetevano le stesse scene, le stesse conversazioni, animate dalle stesse speranze. A Chaplain ricordavano dei confessionali.

«Sono d'accordo», disse in fretta dopo un attimo di distrazione. «Ma approfittare di ogni giorno significa anche poter contare su quelli successivi. Io sono un fan del lungo termine.»

Hédonis alzò le sopracciglia. Gli occhi sembrarono schizzarle fuori dalla testa. Tuffò il naso nel suo cocktail. La bocca carnosa prese a succhiare avidamente la cannuccia, come se l'alcol potesse suggerirle nuovi spunti di conversazione.

Chaplain, che si era calato nei panni di uomo posato, in cerca di una relazione duratura, insistette. «Ho quarantasei anni. Non ho più l'età per le storie mordi e fuggi.»

«Wow! Credevo fosse un modello fuori produzione.»

Risero tutti e due, tanto per darsi un contegno.

«E il tuo nome, Nono, da dove viene?»

«Mi chiamo Arnaud. Che originalità, eh?»

«Sst», fece lei posandosi l'indice sulle labbra. «Mai dire i nomi veri!»

Altre risate, più sincere. Chaplain era sorpreso. S'immaginava una sessione di *speed dating* come un'unità di terapia d'urgenza o una cellula di crisi. L'ultima tappa prima del suicidio. In realtà non era molto diversa da una qualsiasi serata in un bar. Musica, alcolici, chiasso. La sola nota eccentrica era la campana tibetana. Un'idea di Sasha, l'organizzatrice, per segnalare che i sette minuti assegnati a ogni coppia erano scaduti.

Hédonis cambiò registro. Se prima si era data da fare per apparire stravagante, un po' pazzerella o volitiva, adesso passava alle confidenze. Aveva trentasette anni e faceva la ragioniera. Possedeva un trilocale a Savigny-sur-Orge, per cui pagava il mutuo. Niente figli. La sua unica grande storia d'amore l'aveva vissuta con un uomo sposato che alla fine non aveva lasciato la moglie. Niente di nuovo sotto il sole. Da quattro anni abitava da sola e vedeva avvicinarsi con angoscia il traguardo degli anta.

Chaplain era stupito da tanta franchezza. Hédonis aveva scelto il confessionale. Rintocco della campana. Arnaud si alzò e scoccò un sorriso benevolo alla sua compagna, che rispose con una smorfia. Si era appena resa conto del suo errore. Era andata lì per sedurre e aveva finito con il vuotare il sacco.

La prossima. Sasha aveva optato per un'organizzazione classica: le dame restavano dov'erano, i cavalieri si spostavano di un tavolo sulla destra. Lui si sedette di fronte a una bruna bene in carne che si era messa in ghingheri per la serata. La sua faccia incipriata splendeva fra i capelli gonfi e laccati. Portava un'ampia camicia scura, probabilmente di raso, che nascondeva le forme. Le sue mani grassocce e bianchissime volteggiavano come colombe schizzate fuori dal mantello di un prestigiatore.

«Mi chiamo Nono», attaccò.

«Questa storia degli pseudonimi... La trovo una cosa stupida.»

Chaplain sorrise. Un'altra che aveva le sue idee. «Il tuo qual è?» domandò, calmo.

«Vahiné», rispose lei sbuffando. «Te l'ho detto, gli pseudonimi sono uno schifo.»

La conversazione seguì le tappe obbligate. Dopo le provocazioni, passarono alla seduzione. Vahiné cercava di apparire sotto la luce migliore, in senso sia letterale sia figurato. Assumeva pose studiate per sfruttare al meglio il luccichio delle candele e, con aria misteriosa, snocciolava vacui aforismi.

Nono aspettava pazientemente il seguito. Sapeva che di lì a poco sarebbe scivolata nell'epilogo malinconico, chiedendosi accorata come e perché avesse deciso di partecipare a quella corsa contro l'orologio: una manciata di minuti per sedurre uno sconosciuto. Ciò che più colpiva Chaplain era la profonda somiglianza fra quelle donne. Stesso profilo sociale. Stesso percorso professionale. Stessa situazione affettiva...

La domanda che lo tormentava era una sola: che cosa era andato a cercare lì Nono qualche mese prima? Che legame poteva esistere fra quel club d'incontri ordinario e la sua indagine su un killer straordinario che s'ispirava a episodi mitologici?

«E tu?»

«Scusa?» Aveva perso il filo della conversazione.

«Tu sei per la fantasia?»

«La fantasia? In che ambito?»

«Nella vita, in generale.»

Si rivide nelle docce del centro d'accoglienza a Marsiglia davanti al barbone con il braccio in cancrena. Mentre ballava sul carro dei folli o passava ai raggi X i propri autoritratti, tenendo sotto tiro una radiologa. «Sì. Direi che sono per la fantasia.»

«Magnifico! Anch'io! Quando parto, si salvi chi può!»

Chaplain fece un sorriso di circostanza. Tutto quell'affannarsi per apparire divertente e originale gli metteva tristezza. In realtà c'era una cosa sola che gli piaceva quella sera: Sasha, una donna meticcia e atletica dal seno generoso e dai curiosi occhi verdi. Non smetteva di lanciarle brevi occhiate, senza riceverne in cambio.

Suonò la campana.

Chaplain si alzò. Vahiné sembrò presa alla sprovvista: le avevano fatto saltare il capitolo delle confidenze. A quelle candidate piaceva parlare di sé, cosa che a lui faceva comodo, perché così non aveva bisogno di improvvisare sul tema Nono.

Prese posto sulla sedia successiva e si rese conto immediatamente di avere già incontrato la donna che gli stava davanti. Non la riconosceva, ma lo sguardo di lei, per un tempo brevissimo, si era acceso. Era stata giusto una scintilla, subito spenta, come una candela su cui qualcuno avesse soffiato.

Chaplain non fece tanti convenevoli. «Buonasera. Ci conosciamo, no?»

Lei abbassò lo sguardo sul bicchiere. Era vuoto. Fece subito segno al cameriere, che arrivò con un altro cocktail. La manovra richiese pochi secondi.

«Ci conosciamo o no?» ripeté lui.

«È scocciante che qui non si possa fumare», mormorò la donna.

Nono si protese sul tavolo su cui brillavano le candele. Tutto era immerso nella penombra, mutevole e mobile come il rollio di una nave. Aspettava una risposta. Alla fine lei lo fulminò con lo sguardo.

«Non credo, no.»

Il tono ostile lasciava trapelare un'altra verità, ma Chaplain non insistette. Doveva stare al gioco come con le altre. Subire e insieme condurre il colloquio che poteva sfociare in un «contratto» sentimentale. «Come ti chiami?»

«Lulu 78», rispose la donna dopo aver bevuto un sorso.

Gli venne da ridere.

«Comico, no?» chiese lei, come una sorta di conferma.

«Cosa significa?»

«Il ’78 è la mia data di nascita.» Bevve ancora. «Si può dire che gioco a carte scoperte, non ti pare?»

«E Lulu?»

«Lulu è il mio segreto. In ogni caso non mi chiamo Lucienne.»

Rise nervosamente portandosi la mano alla bocca, alla giapponese. Era minuta, con le spalle larghe come quelle di una bambina. I capelli rossi che le cadevano sulle tempie facevano pensare alla cornice bruno-dorata di un’icona. Il viso era magro, illuminato da iridi che sembravano rosse come la chioma. Coronati dalle sopracciglia sottili, gli occhi erano graziosi ma non c’entravano nulla con il resto. Il naso lungo e le labbra poco carnose conferivano al viso una severità priva di bellezza. Non portava gioielli. Non aveva curato l’abbigliamento. Ogni dettaglio rivelava che si trovava lì controvoglia.

«È il mio nickname su Internet», aggiunse come per scusarsi. «L’ho talmente usato... È quasi diventato il mio vero nome.»

Parlava come un cacciatore stanco dopo anni di giungla e appostamenti. Arnaud notò che non era interessata a sapere quale fosse il suo pseudonimo. *Perché lo conosceva già.* Partì in quarta: «Cosa ti aspetti da questo genere di appuntamenti?».

La donna in miniatura lo stette a guardare un attimo, da sotto in su, con l’aria di dire «come se tu non lo sapessi», poi dichiarò sentenziosa: «Un’opportunità. Un’occasione che la vita si rifiuta di darmi...». Come per scacciare quel pensiero che la turbava, si lanciò in un discorso generale: la sua visione dell’amore, della condivisione, della vita a due.

Chaplain, docile, diceva la sua. Finirono per discutere dell’argomento come se fosse un tema astratto, dimenticando che stavano parlando di sé stessi.

Lulu 78 si rilassava. Faceva girare il liquido in fondo al bicchiere seguendone il movimento circolare. La prima impressione, l’idea che si conoscessero, si era dissolta. Tuttavia, di tanto in tanto, uno sguardo o un’inflessione della voce riaccendeva la sensazione di déjà vu. Lui allora vedeva nei suoi occhi la collera e anche, curiosamente, la paura.

Restavano solo pochi minuti, ma Chaplain non s'interessava più alla conversazione. Il suo progetto era seguire quella donna una volta che fosse uscita e interrogarla sul loro *comune passato.*

«Al giorno d'oggi», concluse Lulu, «essere single è una malattia.»

«Lo è sempre stato, no?»

«Comunque non è qui che si guarisce.»

«Grazie dell'incoraggiamento.»

«Non dire idiozie...» Lei si pentì subito di quella replica. «Tu non ci credi. Nessuno ci crede.» Continuava a far girare il bicchiere fra le dita fissandolo come se fosse un oracolo. «È seccante che non si possa fumare...»

«Fumi molto?»

«Che te ne frega?»

La risposta fu violenta come uno schiaffo. Lulu aprì la bocca, era pronta a vuotare il sacco, ma in quel momento suonò la campana. Rumore di sedie, risate, fruscii di tessuto. Troppo tardi. Il viso magro diventò impassibile come quello di una madonna.

Chaplain lanciò uno sguardo a sinistra. Un uomo aspettava il proprio turno.

Lulu 78 risalì rue Saint-Paul.

C'era nell'aria un nevischio impalpabile. Sui marciapiedi gelati ogni passo schioccava come una frusta. Chaplain camminava a cento metri di distanza dalla donna. Lei non poteva vederlo, a meno che non si girasse e scrutasse la strada. Gli piaceva quel pedinamento. L'assoluta nettezza di ogni particolare. La patina del freddo sotto le lampade ad arco. Aveva l'impressione di vivere il negativo del suo sogno ricorrente, con il muro bianco e l'ombra nera. Ora invece i muri erano neri e l'ombra bianca: il vapore che gli fuoriusciva dalle labbra filtrato dalla luce lattiginosa dei lampioni.

La donna svoltò a sinistra, in rue Saint-Antoine. Chaplain accelerò il passo. Quando arrivò nella via, lei aveva già attraversato e girava a destra in rue de Sévigné. Chaplain la seguì. Aveva lasciato il bar senza chiederle il numero telefonico. Non doveva perdere di vista Lulu 78.

«Merda», imprecò a bassa voce.

Era scomparsa. La strada rettilinea, ai lati della quale sorgevano palazzi secenteschi, era deserta. Si mise a correre. La donna doveva abitare in uno di quegli immobili, oppure aveva l'auto in zona e vi era salita.

«Cosa vuoi?»

Chaplain sobbalzò: lei si era nascosta sotto un portico. Ne distingueva a malapena la silhouette. Con quel berretto abbinato alla sciarpa nei colori dorati dell'autunno sembrava una collegiale che si fosse persa per strada.

«Non aver paura», disse lui alzando le mani.

«Non ho paura.»

Intravide nella destra della ragazza un oggetto minaccioso, forse una pistola elettrica. A conferma della sua intuizione, l'arnese proiettò un lampo accecante. Un semplice avvertimento.

«Cosa vuoi?» ripeté lei.

«È assurdo.» Chaplain si sforzò di ridere. «Il nostro incontro è iniziato male e...»

«Non ho niente da dirti.»

«Penso invece che potremmo riprendere il discorso là dove...»

«Stronzo. Siamo usciti insieme. Quando poco fa ti sei seduto vicino a me, non mi hai nemmeno riconosciuta.»

Quindi non aveva sognato. «Puoi abbassare quella roba, per piacere?»

Lei non abbozzò il minimo gesto. Se ne stava rintanata sotto il portico, la cui volta era coperta da uno strato di ghiaccio, un'aureola azzurra e dura. Una nuvola di vapore le avvolgeva il viso.

«Ascoltami», riprese lui in tono conciliante. «Ho avuto un incidente... Ho perso la memoria...» Poteva sentire la sua tensione. La sua diffidenza, la sua incredulità. «Giuro che è vero. È per questa ragione che da mesi non vengo agli appuntamenti di Sasha.»

Nessuna reazione. Lulu 78 restava sempre arroccata sulla sua posizione di autodifesa. Quel modo di comportarsi non esprimeva solo risentimento. C'era dell'altro. Qualcosa di più profondo. Una paura che andava ben oltre il momento contingente.

Chaplain lasciò passare un po' di tempo, nella speranza che riprendesse a parlare. Stava per rinunciare quando la ragazza mormorò: «All'epoca eri diverso».

«Lo so benissimo!» intervenne lui. «L'incidente mi ha completamente cambiato.»

«Nono il divertente. Nono il seduttore. Quello che affascinava tutte...» C'era amarezza nella sua voce. Il rancore stillava dalle sue labbra screpolate. «Ma era solo fumo...»

«Fumo?»

«Ho parlato con le altre.»

«Le altre?»

«Le altre ragazze. Da Sasha si viene a cercare un uomo e si va via con delle nuove amiche.»

«Perché fumo?» chiese Chaplain affondando le mani nelle tasche.

«Non c'era niente dietro la facciata. Non ci hai mai neanche sfiorate.»

«Non capisco.»

«Neanche noi. Tutto ciò che volevi era fare domande. Sempre domande.»

«Che genere di domande?» arrischiò lui.

«Avevi l'aria di cercare qualcuno. Non so.»

«Una donna?»

Lulu non rispose. Chaplain le si avvicinò. Lei si ritrasse nell'angolo del portone e brandì decisa il taser. Nuvole di vapore continuavano a materializzarsi dalle sue labbra. Il fantasma della sua paura.

«Ciò non fa di me un mostro.»

«Corrono delle voci», disse lei con voce sorda.

«A che proposito?»

«All'interno del club spariscono delle donne.»

Chaplain accusò il colpo. Non si aspettava niente del genere. Il freddo incominciava a intorpidirlo. «Quali donne?»

«Non lo so. In realtà non ci sono prove.»

«Cosa sai esattamente?»

Aveva cambiato tono per segnalarle che assumeva lui il comando. Il gioco delle forze s'invertiva.

Lulu alzò le spalle. Sembrava rendersi conto lei stessa dell'assurdità del discorso. «Dopo Sasha, quando rientriamo a mani vuote andiamo a bere qualcosa fra ragazze. Non ricordo più chi ha parlato per prima di questa storia, ma poi si è amplificata.»

«Hai chiesto a Sasha?»

«Certo. Ha detto che erano tutte panzane.»

«Pensi che nasconda qualcosa?»

«Non lo so. Forse ha avvertito la polizia. Ma è impossibile sapere se qualcuno del network scompare. Voglio dire: una donna può semplicemente smettere di venire al club. Non è detto che siccome non la si vede più sia stata uccisa da un serial killer.»

«Tu, in ogni caso, hai continuato a venirci...»

Per la prima volta lei rise, ma era una risata poco allegra. «La speranza fa vivere.»

«E cosa c'entro io con tutto questo?»

«Ti abbiamo sempre trovato un po' strano...» disse lei con voce esitante.

«Perché non tocco le ragazze?»

«Ci siamo fatte delle idee. Ne abbiamo parlato anche con Sasha...»

Chaplain cominciava a capire perché la donna si fosse mostrata tanto fredda. Anche se non credeva a quelle voci, il fatto che Nono fosse di ritorno al Pitcairn non era una buona pubblicità per il locale. «Non so cosa dire. Tutta questa storia mi sembra aberrante...»

«Anche a me.» Come per rafforzare le sue parole, Lulu ripose l'arma nella borsetta.

«Hai ancora paura?»

«Non ho paura, te l'ho detto.»

«Allora cosa c'è che non va?»

Lei uscì dalla pozza d'ombra del portico. Era in lacrime. «Cerco un compagno, capisci? Né un serial killer né uno che soffre di amnesia, non m'interessano tutte queste stronzate. Voglio un uomo normale, afferri?» Aveva parlato con rabbia, quasi sputando le parole in una nuvola di vapore. Non si trattava più di un fantasma o di un'apparizione di cristallo, ma di un pesce fuor d'acqua che cercasse disperatamente di tornare a respirare.

Lui la guardò allontanarsi di corsa sull'asfalto luccicante di brina. Gli sarebbe piaciuto trattenerla, ma non aveva da offrirle altro che il proprio vuoto.

Faceva lo sciopero della fame ed era legata con le cinghie a un lettino. Un divaricatore d'acciaio le teneva la bocca aperta. Le avevano infilato un tubo in gola per nutrirla. Quando abbassava gli occhi, si accorgeva che il tubo era in realtà un serpente dalle scaglie lucenti. Avrebbe voluto urlare, ma la testa del rettile era già posata sulla sua lingua, la asfissiava...

Anaïs si svegliò travolta dall'angoscia. I muscoli della gola erano così tesi che faticava a riprendere fiato. Si massaggiò piano il collo, in stato di shock. Quante volte si era ripetuto quell'incubo durante la notte? Aveva dormito per brevi periodi. Non appena prendeva sonno, quella visione le torchiava il cervello come la stretta di un rapace.

C'erano delle varianti. A volte non era in prigione ma in un ospedale psichiatrico. Medici con le mascherine facevano un esperimento e le infilavano una vite nella guancia. Rabbrividì di freddo e al contempo era fradicia di sudore. Aggrappata alla branda, tremava sotto la coperta, terrorizzata dall'idea di riaddormentarsi.

Eppure le occasioni di restare sveglia non mancavano. Il trattamento AS era incominciato. Lo spioncino della sua cella non smetteva di sbattere. Alle due del mattino erano arrivate le guardiane, avevano acceso la luce e perlustrato la stanza, per poi andarsene senza una parola. Anaïs le aveva guardate con riconoscenza. Senza saperlo, le era stata concessa una tregua dal serpente.

Adesso se ne stava rannicchiata a osservare la cella. Più che vederla, la sentiva. Le pareti e il soffitto troppo vicini. Il miscuglio di odori: sudore, urina, detergente. Il lavandino incassato nel muro. Era là, annidato nell'ombra? *El Cojo*... Lo Zoppo...

Si voltò con la faccia verso la parete e lesse, per la millesima volta quella notte, i graffiti incisi nel cemento. «*Claudia y Sandra para siempre.*» «Sylvie, ridipingerò i muri con il tuo sangue.» «Conto i giorni ma i giorni non contano più su di me...» Passava le dita sulle scritte. Grattava le scaglie di pittura. Muri che erano già stati troppo usati...

Solinas non l'aveva richiamata. Probabilmente aveva trovato una nuova pista per le sue ricerche. Oppure aveva arrestato Janusz. Questo avrebbe spiegato il suo silenzio. A che scopo contattare una carcerata nevrotica quando aveva messo le mani sul sospettato numero uno di un caso criminale di primo piano?

Rimuginava da ore su quel genere di idee, tra freddo e caldo, tra veglia e sonno. A volte era tutto finito: Janusz sotto chiave, Janusz che confessava i suoi crimini... Poi, a poco a poco, tornava la fiducia: Janusz era libero, Janusz dimostrava la propria innocenza... Sentiva allora accendersi un barlume di speranza e tratteneva il respiro per paura che svanisse.

Nel buio, lo spioncino sbatté ancora una volta. Anaïs non lo udì: si era riaddormentata.

Il serpente si avvicinava alle sue labbra.

«*¿Te gusta?*» chiedeva suo padre.

Chaplain era tornato sui suoi passi e aveva attraversato boulevard Beaumarchais. Poi aveva percorso rue du Chemin-Vert e boulevard Voltaire, fino a place Léon-Blum. Il freddo aveva svuotato le strade. Restavano l'asfalto, i lampioni e qualche finestra illuminata: il calore e l'intimità che suggerivano gli gelavano il cuore.

Ripercorse nella mente le rivelazioni di quella sera. Alcune donne del club di Sasha erano scomparse. Nono, un potenziale sospettato, poneva domande alle frequentatrici abituali, cercava di farsi dire qualcosa. Ma di che si trattava? Si soffermò sui nuovi enigmi: se non era il killer dei barboni, era forse un assassino di donne single? Oppure ricopriva entrambi i ruoli? Spazzò via tutte quelle ipotesi scuotendo la testa con rabbia. Aveva deciso di imporsi la rigida neutralità dell'investigatore e di concedersi ciò che veniva accordato a tutti i delinquenti: la presunzione di innocenza.

Rue de la Roquette. Il villaggio di loft dormiva. Il contatto del lastricato sotto le suole lo rassicurò. Aveva definitivamente adottato quell'atelier. Dovette infilare la mano fra i bambù, e poi attraverso il vetro rotto, perché non aveva trovato chiavi in casa. Sollevò il chiavistello dall'interno e aprì la porta. Stava cercando l'interruttore quando ricevette un colpo violento sulla testa. Stramazzò sul cemento dipinto, ma si rese immediatamente conto, in un vortice di dolore e scintille, di essere rimasto cosciente. Il tentativo di tramortirlo era fallito.

Approfittando di quel debole vantaggio, si tirò in piedi e si lanciò verso la scala, ma venne bloccato e la vista gli si annebbiò. Ebbe l'impressione che qualcuno gli rimescolasse il sangue dentro la testa. Disteso sul ventre, si girò e intravide confusamente il nemico, un uomo all'altezza dei suoi piedi che gli stringeva le gambe alla maniera di un giocatore di rugby. Ne liberò una e gli sferrò un colpo di tallone in faccia. La botta sembrò galvanizzare l'avversario, che si alzò con uno scatto e balzò su Chaplain. Un lampo si riflesse sulla vetrata: stringeva un coltello nella mano. Arnaud si gettò sulla scala, mancò un gradino, si raddrizzò e percorse i successivi a quattro zampe.

L'uomo gli stava addosso. Chaplain gli diede una gomitata e l'aggressore rimbalzò contro i cavi d'acciaio della ringhiera. Lui non aveva sperato tanto. I corrimano vibrarono come le corde di un'arpa. Il rumore gli suggerì un'idea. Tornò sui suoi passi, afferrò per il collo l'uomo stordito, gli ficcò la testa fra i fili d'acciaio e gli strinse due cavi sulla gola, come fanno i lottatori in televisione con le corde del ring. L'uomo emise un rantolo lacerante. Chaplain non allentò la presa. Una convinzione gli pulsava nelle vene: uccidere o essere ucciso.

Strinse ancora, poi lasciò andare.

L'avversario gli aveva assestato una ginocchiata al basso ventre. Non era una sensazione di dolore. O non soltanto. Un buco nero nel più profondo del suo essere. Respiro mozzato. Nessun battito cardiaco. Vista oscurata. Premette le mani sugli organi genitali come se potesse strappar via il dolore e cadde riverso sulla scala.

Picchiò con la testa contro qualcosa. Rotolò sul pavimento. Tubetti e pennelli gli caddero sulla nuca. Il bancone. Tese un braccio e riuscì ad alzarsi, facendo cadere oggetti e materiali. Si voltò. Il nemico stava già caricando. Incassò il colpo con il fianco destro senza cadere. Si schiantarono entrambi contro il blocco di mattoni. Le latte, i flaconi e le bottiglie si rovesciarono, andando in mille pezzi o rotolando nell'oscurità.

Chaplain riuscì a districarsi dall'aggressore. Nel muoversi scivolò su una piccola pozza. Riconobbe l'odore: olio di lino. Ricordo subliminale. Il prodotto polimerizza a contatto con l'aria. Seduto a terra, afferrò la bottiglia che si era aperta. Trovò uno straccio, lo inzuppò, sfregò un lembo contro l'altro con l'energia della disperazione.

L'ombra tornava alla carica.

Chaplain continuava a strofinare i pezzi di tessuto sentendo il calore aumentare fra le sue dita.

Nel momento in cui l'altro lo abbrancava, lo straccio s'incendiò sprigionando una luce bianca sufficientemente brillante da rischiarare tutto lo spazio. Chaplain glielo premette sul viso o forse sulla gola: abbacinato dalla luce, non vedeva niente. La giacca prese fuoco. L'uomo indietreggiò e cadde in una pozza da cui subito si levarono le fiamme. Si dimenava come un pazzo agitando braccia e gambe. Un ragno grondante fuoco.

Chaplain si rialzò e agguantò un lungo pennello per conficcarglielo negli occhi o nelle tempie. Si stava avventando sul nemico quando si sentì abbrancare per i capelli.

La sensazione seguente fu il gelido contatto di una canna sulla nuca.

Un po' di fresco non guastava.

«La festa è finita, Nono.»

La luce elettrica invase lo studio devastato. Erano ben visibili le tracce della lotta, ma anche di una perquisizione selvaggia che non aveva risparmiato neanche il più piccolo angolo del loft. Chaplain si bloccò e guardò il suo aggressore a terra. Non bruciava più, ma sprigionava un fumo nero che saliva fino alle strutture del soffitto. L'atmosfera era soffocante.

Una mano lo afferrò per il collo e lo spinse verso uno sgabello della cucina, uno dei pochi rimasti in piedi. Chaplain voltò la testa e vide il numero due. Un uomo piuttosto giovane, magrissimo, che nuotava nel bomber di pelle marrone. Nella mano destra stringeva una pistola automatica.

Sotto i capelli unti, il viso era fine, regolare, quasi angelico, ma la pelle era devastata dalle cicatrici lasciate dall'acne. Gli angoli delle labbra anormalmente stirati davano l'impressione che stesse sempre sorridendo. Gli occhi, profondamente infossati sotto le sopracciglia, sbattevano a una velocità innaturale. Come quelli di un serpente o di una lucertola.

«Lieto di rivederti.»

Aveva un accento slavo. Chaplain capì che quegli uomini facevano parte dell'elenco di persone che lui aveva chiamato durante la giornata. Non riusciva a parlare. A malapena respirava. Era in preda a spasmi che lo facevano tremare in tutto il corpo.

Il tizio dagli occhi di rettile disse qualcosa all'altro che continuava ad agitarsi. Sembrava volesse ordinargli di smetterla di bruciare. Il tipo si tolse la giacca, la calpestò furioso e si diresse verso il lavello della cucina. Mise la testa sotto il rubinetto dell'acqua fredda, poi andò ad aprire la porta a vetri dello studio.

Nessun dubbio sull'identità del capo.

«Davvero lieto di rivederti.»

La frase era carica di ironia. Chaplain si chiese se l'avrebbe ammazzato subito, lì sul posto. Per divertimento. L'arma gli ricordava la sua Glock. Stessa canna corta, stesso paragrilletto quadrato, stesso materiale speciale che non era metallo. Notò che la pistola era dotata di una rotaia sotto la canna, probabilmente per applicarvi una lampada o un mirino laser. Che razza di mondo bazzicava?

«Come mi avete trovato?» azzardò Chaplain sperando di guadagnare tempo.

«Tu hai fatto un piccolo errore. Hai chiamato Amar da un numero fisso. Per noi è stato facile identificare il tuo indirizzo.»

La pronuncia era esitante e la voce acuta. Le sillabe erano come un ingranaggio a corto d'olio. Arnaud aveva effettuato un'unica chiamata dal fisso. Aveva contattato gli slavi e nel breve scambio di parole era stato fatto il nome di un certo Yussef. Era senza dubbio l'uomo che in quel momento gli stava davanti. Quanto all'altro, l'aggressore, doveva essere Amar, quello con cui aveva parlato al telefono.

Nomi musulmani.

Forse dei bosniaci...

La corsa contro il tempo continuava. «Non conoscevate il mio indirizzo?»

«Nono è molto prudente. Sei cambiato.» La voce dolce s'indurì d'un tratto. «Dov'eri finito, bastardo?»

Cominciavano i festeggiamenti. Tanto valeva passare alla provocazione. «Ho viaggiato.»

L'altro non batté ciglio. Il suo viso pareva scolpito nella pietra. I segni dell'acne erano come buchi scavati da una pioggia acida. «Dove?»

«Non lo so. Ho perso la memoria.»

Yussef fece una risatina che sembrò un lamento. Le palpebre sbatterono imperterrite. *Clic clic clic...* La lancetta dei secondi di un conto alla rovescia.

«Ho avuto un incidente, te lo giuro», proseguì Chaplain sperando di tenerlo a bada con le sue chiacchiere.

«Con gli sbirri?»

«Se così fosse, non sarei qui a parlarti.»

«Tranne se ci hai venduti.»

«In tal caso tu non saresti qui ad ascoltarmi.»

Yussef rise ancora. C'era qualcosa di strano nella sua postura. Troppo dritto. Troppo rigido. Come se al posto dei tendini e delle vertebre avesse delle sbarre di ferro. Nel frattempo il suo compagno lo aveva raggiunto. Aveva il viso bruciacchiato e la metà dei capelli neri era andata. Eppure sembrava che non sentisse niente. Era alto più di un metro e ottanta, con il fisico atletico. Chaplain era sbalordito di avergli potuto resistere così a lungo. L'uomo sembrava aspettare solo una cosa: finire ciò che aveva cominciato sulla scala.

«Nono, sei bravo a parole. Ma adesso restituiscici quello che ci devi.»

Non c'erano dubbi: Nono doveva aver fatto sparire una partita di droga, o il corrispettivo in denaro, o entrambi. Forse era tutto nascosto nel loft. Forse aveva avuto una crisi al momento della consegna. Era un miracolo che fosse ancora vivo.

Si aggrappò al suo sangue freddo. Doveva ottenere il massimo di informazioni su sé stesso prima che la conversazione cedesse il posto alla seduta di tortura. «Non ti ho ingannato, Yussef.»

«Tanto meglio. *Bolje ikad nego nikad.* Sgancia la merce, poi vedremo.»

Si era arrischiato a fare quel nome: l'uomo era proprio Yussef. Altra informazione. *La merce.* Droga. Chaplain rinunciò a qualsiasi prudenza. «Come ci siamo conosciuti?» Lanciò uno sguardo al gorilla che ricambiò con un sorriso.

«Sei diventato completamente *glupo,* caro Nono», disse Yussef. «Ti ho salvato dalla fogna, amico.»

«Cosa vorresti dire?»

«Quando ti ho trovato, non eri che un cane rognoso.» Sputò per terra. «Un barbone, una merda. Non avevi documenti né un mestiere. Ti ho insegnato tutto.»

«Insegnato cosa?»

Yussef si alzò. Il suo viso si era irrigidito. Lo scherzo era durato abbastanza. Gli zigomi alti scavavano le guance e ombreggiavano le labbra tirate. Quel sorriso stampato sulla faccia gli dava l'aria di una maschera giapponese. «Non mi diverto più, Nono. Sgancia ciò che ci devi e togliamo il disturbo.»

«Ma cos'è che vi devo?» urlò lui.

Il colosso fece per balzargli addosso, ma Yussef lo bloccò con un gesto. Poi afferrò Chaplain con una mano, piazzandogli la canna dell'automatica a qualche millimetro dal naso rotto. «Smettila di dire stronzate. La situazione si fa calda per te, fratello.»

Adesso Chaplain vedeva da vicino gli occhi del bosniaco. Fra un battito e l'altro, le sue pupille si restringevano. Vi scintillava una luce fredda e verde. Yussef era ancora giovane, ma c'era in lui un sentore di morte. Una malattia. Una maledizione.

«Non riuscirò a restituirti tutto subito», bluffò.

Yussef alzò la testa, come per togliersi il ciuffo dagli occhi. «Comincia dai passaporti. Poi vedremo.»

La parola fu una rivelazione. *Falsario.* Era un falsario. D'un tratto le impressioni confuse che quel posto gli aveva suscitato trovarono un significato. Il fatto che il tavolo da disegno e gli schizzi avessero l'aria di una messinscena, che i colori, le tele vergini e i prodotti chimici gli sembrassero fuori posto. Non era né un pubblicitario né un artista. Legalmente non esisteva: era un artigiano del falso.

Ecco perché aveva alle costole tutta la comunità straniera di Parigi. Clan, gruppi, organizzazioni che l'avevano pagato per ottenere passaporti, carte d'identità, permessi di soggiorno, carte di credito e che non avevano ricevuto quanto stabilito.

«Li avrai domani», promise arrampicandosi sugli specchi.

Yussef lasciò la presa e gli assestò una pacca amichevole sulla spalla. Il suo viso si fece un po' meno duro. La pietra si tramutò in resina. «Ottimo. Ma niente stronzate. Amar resta nei paraggi.» Gli strizzò l'occhio. «Non dargli l'occasione di fartela pagare per lo scherzetto di prima.»

Girò i tacchi. Chaplain lo trattenne per il braccio. «Come ti contatto?»

«Come al solito. Cellulare.»

«Non ho il tuo numero.»

«L'hai cancellato o cosa?»

«Ti ho detto che ho avuto problemi di memoria.»

Yussef lo fissò per un istante. La diffidenza aleggiava nell'aria come un gas tossico. Il bosniaco scrollava leggermente la testa, a singhiozzo. Alla fine scandì il numero e aggiunse misteriosamente *glupo*. Chaplain indovinò che si trattava di un insulto, ma l'altro lo aveva pronunciato in modo affettuoso.

I due visitatori se ne andarono lasciandolo solo nello studio a soqquadro. Non udì nemmeno la porta sbattere. Con lo sguardo fisso, prendeva consapevolezza della sua situazione così come si butta giù una sorsata di alcol bruciante.

Aveva la notte per ritrovare il suo laboratorio. E il suo mestiere.

Cominciò dall'ipotesi più semplice.

Un laboratorio nel seminterrato.

Alzò i tappeti alla ricerca di una botola. Non trovò niente. Neanche l'ombra di una maniglia né di una fenditura che lasciasse sospettare un passaggio. Prese una scopa che era finita in mezzo agli utensili di cucina sparsi sul pavimento. Picchiò dappertutto in cerca di un punto cavo, ma ovunque ottenne solo il suono pieno, compatto e grave del cemento.

Gettò via la scopa. La paura gli montava dentro come una febbre. Svaporato il sollievo di vedere il duetto allontanarsi, si delineava con forza il dilemma delle ore che lo aspettavano. Una notte per localizzare il suo laboratorio, riprendere la mano, fabbricare dei passaporti falsi... Il progetto in sé era assurdo.

Fuggire di nuovo?

Amar non doveva essere lontano...

Mentre rovistava nei cassetti alla ricerca di una chiave, un indirizzo, un indizio qualsiasi, un'altra parte del suo cervello considerava la nuova identità. *Falsario.* Dove aveva imparato quel mestiere? Dove aveva trovato i soldi per avviare l'attività?

Yussef gli aveva detto di averlo recuperato dal marciapiede. Voleva dire che aveva appena avuto una crisi. Senza nome, senza passato, senza futuro. Lo slavo lo aveva rimesso in carreggiata? Gli aveva insegnato i rudimenti del mestiere?

«Falsario.» Ripeteva la parola a bassa voce mentre continuava a frugare. Per miracolo, i bosniaci non avevano trovato i soldi nello scafo della *Pen Duick I*. Erano stati interrotti dal suo arrivo. Non avevano fatto in tempo a finire il lavoro sul soppalco.

«Falsario.» Poteva esserci un mestiere migliore per un impostore cronico? Non era forse il falsario della propria esistenza? Sospese le ricerche, consapevole della vanità dei suoi sforzi. Lì non c'era niente per lui. Si sedette, stremato, e sentì risvegliarsi il dolore nei vari punti del corpo. Viso. Ventre. Inguine. Si palpò le coste e pregò che fossero tutte intere. Andò in bagno e inumidì una salvietta di spugna come aveva fatto due giorni prima. Si applicò la compressa sul viso e provò un vago sollievo.

Abbandonata l'idea che esistesse un seminterrato, prese in esame quella di una stanza segreta: altrettanto assurda. I muri portanti erano molto spessi e non c'era nessuna rientranza per ricavare uno spazio nascosto. Scese comunque al pianoterra e spostò il frigorifero. Controllò il fondo dei pensili. S'infilò nel guardaroba. Aprì le grate di aerazione...

D'un tratto gli venne voglia di gettarsi sul letto. Addormentarsi per non svegliarsi mai più. Ma doveva tenere duro. Si fece un caffè. Stava pensando a una sorta di dépendance situata da qualche parte nel villaggio di loft. No. Ci sarebbero state fatture, quietanze per il pagamento dell'affitto, e lui le avrebbe trovate.

Ciò nonostante, con la tazza in mano, andò alla porta d'ingresso e osservò la stradina lastricata. Era tutto calmo. Gli abitanti di quei vicoli erano lontani mille miglia dal sospettare quello che stava accadendo. Il suo sguardo indugiò su una botola di metallo a doppio battente a cinque metri dalla soglia del loft. Tornò al tavolo di Nono il pittore, rovistò e trovò un martello e un cacciavite, attrezzi che probabilmente gli servivano per fissare le tele ai telai, o per dare l'impressione di farlo.

Raggiunse la botola e infilò il cacciavite nella fenditura centrale. Fece leva con un colpo di martello e uno dei battenti saltò. Aveva davanti una scala di cemento. Ci si calò e si richiuse la botola sopra la testa, cercando a tastoni un interruttore. La scala s'illuminò. Ai piedi dei gradini si apriva un corridoio scandito da porte di legno. C'era puzza di muffa e di polvere. Le cantine dei loft. Andò avanti, chiedendosi quale fosse la sua.

Fatto qualche passo, non ebbe alcun dubbio: una sola porta era di ferro. Non era provvista di un catenaccio ma di una serratura. Ciò che cercava era là dietro. Aveva sempre in mano il martello e il cacciavite. Senza farsi tanti scrupoli, infilò la punta fra la porta e lo stipite e colpì con tutte le sue forze. Il metallo si piegò, si sollevò. Piantò l'utensile più in profondità e fece nuovamente leva.

La serratura cedette. Ciò che vide gli strappò un grido di trionfo. C'erano diverse stampanti. Un piano di lavoro con un microscopio, matite, pennelli e taglierini. Sugli scaffali, prodotti chimici, inchiostri e timbri. Coperti da teli di plastica, diversi scanner, una plastificatrice, un'apparecchiatura per l'analisi biometrica...

Accese la plafoniera, spense la luce del corridoio e richiuse la porta. Il locale era un vero laboratorio di stampa. Lungo le pareti erano allineate risme di carta, fogli di plastica, toner, rulli inchiostratori e una lampada agli ultravioletti.

Si stava compiendo un altro miracolo: si ricordava tutto. Le sue conoscenze del mestiere di falsario riaffioravano alla mente con la stessa facilità con cui un nuotatore che si tuffa in mare dopo aver passato trent'anni sulla terraferma ritrova i suoi gesti. Come spiegare il prodigio? Quel sapere di artigiano faceva parte della sua memoria culturale? Un'altra spiegazione era che dopo essersi sbarazzato del misterioso impianto gli stesse tornando la memoria...

Non c'era tempo per quelle riflessioni. Mise in funzione le stampanti e accese le altre macchine. I ricordi affluivano. Come scannerizzare un passaporto o qualsiasi altro documento. Come coprire le scritte in filigrana o i fili fluorescenti che permettono l'identificazione del documento per poi crearne altri, intonsi da ogni segnalazione. Si ricordava di avere potenziato personalmente le sue apparecchiature per poter copiare dettagli micrografici concepiti appunto per sfuggire a qualsiasi tentativo di contraffazione. Di avere reso inefficaci i dispositivi integrati dai fabbricanti di scanner e stampanti che dovevano evitare qualsiasi rischio di produzione di falsi. Di avere occultato il numero di serie impresso in microcaratteri, invisibili a occhio nudo, che permette di risalire all'origine del documento.

Capiva perché Yussef non l'aveva ammazzato. Lui era un virtuoso del falso. Un asso della frode. La sua mano aveva un valore inestimabile. S'imbatté in un nuovo tesoro. Una scatola di legno a scomparti, di un metro per un metro, simile ai vecchi schedari delle biblioteche. All'interno, ordinati, selezionati, arieggiati c'erano documenti d'identità ancora vergini, fra i quali i passaporti promessi a Yussef. Infilato in ogni esemplare c'era un foglio piegato in quattro che riportava le generalità del futuro candidato alla nazionalità francese, più una foto tessera. Tutti i nomi suonavano slavi. Quanto alle facce, pareva una sfilata di yeti.

Si tolse la giacca, avviò il sistema di ventilazione e si sedette al piano di lavoro. Aveva a disposizione la notte per fabbricare trenta documenti. Sperava che, oltre alla conoscenza del mestiere, gli sarebbero tornati i gesti, l'abilità e la sicurezza.

Emersero altri frammenti della sua memoria. Il suo credo di falsario. Le regole che si era sempre imposto. Mai usurpare un'identità. Mai truffare una banca.

Nono conduceva un'altra crociata.

Faceva nascere nuovi francesi.

S'infilò un paio di guanti di lattice e prese i documenti vergini: passaporti elettronici che recavano tutti il simbolo attestante la presenza di un microchip. L'ultimo ritrovato.

Stava per cominciare quando gli balenò un'altra idea. Probabilmente era cattiva, ma era già troppo tardi per rinunciarvi. Si tirò indietro i capelli con le mani: no, avrebbe dovuto rimandare.

Ora come ora bisognava mettersi al lavoro.

Salvare la pelle di Nono.

Fleury-Mérogis, edificio delle donne.

Un rumore la strappò al suo sonno agitato. C'erano fruscii, voci e suoni di passi nel corridoio. Uno sguardo all'orologio: le dieci del mattino. Anaïs si alzò e incollò l'orecchio alla porta. Il baccano si andava intensificando. Le detenute parevano eccitate. Il giovedì doveva essere il giorno delle visite.

Stava per tornare a letto quando un ticchettio la fece sussultare. Una guardiana era sulla soglia. In pochi secondi immaginò di tutto. La trasferivano. La sbattevano in cella d'isolamento. La portavano d'urgenza dal giudice.

«Chatelet. Parlatorio.»

«Ho visite?»

«Sì, un familiare.»

Qualcosa le si spezzò nel petto. Lei aveva un solo parente.

«Vieni o no?»

S'infilò la giacca con il cappuccio e seguì la guardiana. Nel corridoio si mescolò alle altre detenute. Fantasmi in tuta da jogging, chador o caftani. Risate. Scarpe da ginnastica strascicate. Il tragitto fino al parlatorio le parve interminabile. Avanzava per pura inerzia, sospinta dai battiti cardiaci. Una nausea violenta la prendeva allo stomaco.

A un certo punto si accorse di trovarsi nel corridoio in cui era stata il giorno prima. Uffici vetrati. Sbarre alle finestre. Porte di vetro laminato. L'atmosfera però era completamente cambiata. Risate di bambini provenivano dalle cabine. Un pallone colpiva un muro. Il pianto di un neonato. Pareva un asilo nido piuttosto che il parlatorio di un carcere.

La guardiana si fermò e aprì una porta.

L'uomo che l'aspettava, seduto dietro il tavolo, girò il capo.

Non era suo padre.

Era Mathias Freire.

Con chissà quale espediente era riuscito ad arrivare fin lì, superando i controlli...

«Non uscirà mai di qui», disse Anaïs prendendo posto all'altro lato del tavolo.

«Si fidi di me», replicò lui in tono pacato.

Lei incassò la testa nelle spalle, strinse i pugni fra le ginocchia e inspirò a fondo. Era il suo modo di radunare dentro di sé l'energia necessaria per superare la sorpresa. Pensò al proprio aspetto. Faccia tirata. Capelli spettinati. Lercia. Vestita come una convalescente in un ospedale.

Sollevò il viso dicendosi che non era importante. Lui era lì, solo questo contava. Dimagrito. Ferito. Febbrile. Indossava abiti costosi, ma la sua faccia era pesta. Anaïs aveva aspettato tanto quel momento... Senza crederci veramente.

«Abbiamo un bel po' di cose da dirci», riprese lui con voce calma.

Come in un flashback, lo rivide fuggire nella hall della corte d'appello a Marsiglia. Sgattaiolare fra i tram a Nizza. Alzare la pistola contro i killer in rue de Montalembert.

«Il problema è che disponiamo solo di mezz'ora», aggiunse indicando l'orologio fissato alla parete alle sue spalle.

«Chi è oggi?»

«Suo fratello.»

L'idea la fece ridere. Sempre con il cappuccio in testa, si sfregava i palmi l'uno contro l'altro, come se avesse freddo o soffrisse di una crisi d'astinenza. «Come ha fatto con i documenti?»

«È una lunga storia.»

«Raccontamela», replicò Anaïs dandogli del tu.

Mathias Freire – o comunque l'uomo che lei chiamava così – parlò dei tre delitti. Il Minotauro. Icaro. L'uomo evirato. Spiegò di essere affetto dalla sindrome del viaggiatore senza bagaglio. Evocò le sue tre personalità: Freire, lo psichiatra, a partire dal gennaio 2010; Janusz, il barbone, nei mesi di novembre e dicembre 2009; Narcisse, il pittore pazzo, da settembre a ottobre...

Nessuna sorpresa da quel lato. Anaïs aveva indovinato tutto, o quasi. Ma c'erano altri fatti di cui veniva a conoscenza solo ora. Freire era stato il primo a trovare il cadavere di Icaro: Fer-Blanc l'aveva visto sulla spiaggia. D'altronde la parola «matrioska» svolgeva un ruolo chiave nella vicenda, anche se lui ignorava quale fosse.

«A che punto sei oggi? A quale personaggio sei risalito?» gli chiese.

«A quello che ha preceduto Narcisse. Uno di nome Nono.»

Lei fece una risata nervosa.

«Arnaud Chaplain», precisò lui sorridendo. «Sono stato questo tizio per almeno cinque mesi.»

«E cosa faceva Chaplain nella vita?»

«Lasciamo perdere.»

Elencò tutte le volte che avevano provato ad ammazzarlo da quando era fuggito da Bordeaux. Cinque tentativi falliti. Sembrava invincibile, o comunque aveva una fortuna eccezionale. Dovunque andasse, qualunque fosse la sua identità, gli uomini in nero lo ritrovavano. Quei tipi erano investigatori più provetti degli stessi poliziotti. In ogni caso, più rapidi.

Freire le comunicò poi un'informazione sensazionale. Le radiografie al volto che gli erano state fatte all'Hôtel-Dieu, dopo il suo arresto, avevano rivelato la presenza di un impianto sotto il setto nasale. Rompendosi il naso, lui era riuscito a estrarlo.

Così dicendo aprì la mano: una minuscola capsula cromata brillava nel palmo.

«Cos'è?»

«A giudizio del medico dell'Hôtel-Dieu, potrebbe essere un diffusore di qualche sostanza o una micropompa come quelle utilizzate per curare l'epilessia o il diabete. Un dispositivo impiantato nella carne che permette di valutare in tempo reale certi parametri fisiologici e rilasciare il principio attivo al momento opportuno. Il problema consiste nel capire quale sia questo principio attivo e che effetti produca.»

Era assurdo, ma Anaïs si ricordò di un particolare: gli assassini di Patrick Bonfils avevano profanato il cadavere all'obitorio di Rangueil solo per aprirgli il naso! Non bisognava essere un'aquila per trarre la conclusione che erano andati a recuperare l'impianto del pescatore. Freire e Bonfils erano stati sottoposti allo stesso trattamento.

Freire parlava sempre più in fretta. In tutto quell'imbroglio era ossessionato dall'idea di provare la propria innocenza. Dimostrare, malgrado ogni prova fosse contro di lui, che non era l'assassino dell'Olimpo. «Troverò personalmente il colpevole. Non sono io l'omicida. Lo sto cercando.»

«Credi di averlo individuato?»

«Non lo so. Si direbbe che ogni volta che mi avvicino troppo a lui io perda la memoria. Come se... ciò che scopro mandasse in tilt i miei circuiti nervosi, condannandomi a ricominciare da zero la mia indagine.»

Anaïs lo immaginò mentre esponeva a un giudice le sue spiegazioni «farneticanti»: era la galera garantita. O l'ospedale psichiatrico. Lo guardava e non riusciva a credere di averlo lì sotto i suoi occhi invece che dentro la testa. L'aveva sognato tanto, era stato così presente in lei...

In due settimane era invecchiato parecchio. Gli occhi cerchiati erano febbricitanti. Il naso, pesto, lacerato, era coperto di cerotti. Le venne l'idea che a ogni passaggio di identità gli restassero dei segni. Assomigliava ancora allo psichiatra che aveva conosciuto, ma c'era in lui un pizzico del barbone che era stato. Una scintilla di follia palpitava nelle sue pupille: era molto più Vincent van Gogh che Sigmund Freud.

Era troppo presto per sapere cosa gli avrebbe lasciato in eredità Arnaud Chaplain. Forse l'eleganza: i suoi abiti tradivano una cura, un'attenzione che non avevano niente a che vedere con gli altri tre personaggi.

D'impulso, gli prese la mano.

Il contatto fu così dolce che la ritrasse subito, come se si fosse bruciata.

Sorpreso, Freire si zittì. Lei alzò gli occhi verso l'orologio. Restavano pochi minuti. Iniziò a parlare in fretta. Gli raccontò di Mêtis: del suo passato militare, dell'attività chimica e poi farmaceutica. Il gruppo era diventato uno dei più importanti produttori di psicotropi in Europa.

Gli spiegò che il gruppo aveva legami sotterranei con l'esercito francese. Alla fine gli espresse una convinzione che aveva preso forma in quel momento: un laboratorio del gruppo Mêtis testava su di lui, come aveva fatto con Patrick Bonfils e probabilmente con altri, una nuova molecola. Un prodotto che sgretolava la personalità e provocava una sorta di reazione a catena. Fughe psicogene in serie.

Freire incassava ogni informazione come se ricevesse un pugno in faccia. Anaïs gli assestò il colpo finale descrivendogli la potenza di Mêtis, che non poteva essere toccata né dalle leggi né dall'autorità dello stato, che anzi la tutelavano.

La conclusione era che, per una ragione che lei ignorava, il gruppo aveva deciso di fare pulizia eliminando le cavie. Mêtis aveva affidato a killer professionisti il compito di ucciderle. Lui, Patrick Bonfils e probabilmente molti altri, tutti inclusi in una lista nera.

Freire continuava a subire i colpi a denti stretti. Anaïs tacque: aveva la sensazione che non avrebbe retto ancora a lungo. Avevano a disposizione soltanto due minuti. D'un tratto lei si rese conto di quanto fossero stati imprudenti. Non avevano tenuto conto delle telecamere di sicurezza, dei microfoni che registravano la loro conversazione e delle guardie che potevano riconoscerlo o essere allertate da qualcuno all'esterno.

«Mi dispiace», si scusò Freire.

Anaïs non capì cosa volesse dire: gli aveva appena annunciato la sua condanna a morte. Con un po' di ritardo si rese conto che parlava del carcere, delle conseguenze che tutta la vicenda avrebbe avuto sulla sua carriera, del casino nel quale lei si era messa volontariamente. «Ho fatto la mia scelta», mormorò.

«Allora dimostralo.» Freire le prese la mano e le infilò un foglietto piegato fra le dita.

«Cos'è?»

«L'ora e la data di una telefonata che Chaplain ha ricevuto sulla linea fissa alla fine del mese di agosto. Una richiesta di aiuto. Devo identificare la donna che mi ha contattato.»

Anaïs s'irrigidì.

«Il numero è riservato», continuò Freire. «È l'ultima telefonata che ho ricevuto come Chaplain. Il giorno dopo sono diventato un altro. Devo ritrovare quella donna!»

Anaïs abbassò gli occhi sul proprio pugno stretto. Il cuore perdeva colpi. La delusione la soffocava.

«Ti ho scritto anche un altro numero», aggiunse lui a bassa voce. «Il mio nuovo cellulare. Posso contare su di te?»

Lei s'infilò il foglietto nella tasca dei pantaloni ed eluse la domanda. «Anche Chaplain cercava l'assassino?» chiese.

«Sì, ma in un altro modo. Attraverso dei siti d'incontri in Rete. In particolare un club di *speed dating*, sasha.com. Ti dice qualcosa?»

«No.»

«Il numero, Anaïs. Bisogna identificare la donna. Devo parlarle, se non è troppo tardi.»

Anaïs fissò gli occhi arrossati di Freire. Per un breve istante desiderò la morte della sua rivale. Subito dopo, però, scacciò il pensiero. «È per questo che sei venuto?» riuscì a chiedere.

Suonò il campanello. Fine delle visite. Freire le rivolse un sorriso esausto e si alzò. Malgrado la magrezza, l'aspetto provato, gli occhi febbricitanti e il naso maciullato, possedeva sempre un fascino irresistibile.

«Non dire stupidaggini.»

Appena uscita dal parlatorio, Anaïs chiese il permesso di fare una telefonata. Ciò avrebbe comportato una deviazione attraverso l'ala nord, dove si trovavano gli apparecchi fissati alla parete. La sorvegliante non sollevò obiezioni: lei non era ancora una vera AS.

L'ora d'aria era incominciata, di conseguenza non c'era coda ai telefoni. Anaïs compose un numero che conosceva a memoria. Non doveva farsi prendere dallo sconforto. Avrebbe avuto tutto il tempo di piangere una volta tornata in cella. Aveva rivisto Mathias Freire e cos'era successo? Uno scambio professionale. Nient'altro.

«Pronto?»

«Le Coz, sono Chatelet.»

«Anaïs? Ma cosa sta succedendo?»

La notizia della sparatoria e del suo arresto era arrivata fino al Sud-ovest.

«È troppo lungo da spiegare.»

«Come possiamo aiutarti?»

Lei lanciò uno sguardo verso la guardiana che andava avanti e indietro di fronte a un'inferriata. Poi estrasse il foglietto dalla tasca e lo aprì. «Ti dico l'ora e la data di una telefonata fatta da un numero riservato. Devi scoprire a chi corrisponde. Subito.»

«Non sei cambiata», ribatté Le Coz ridendo. «Spara.»

Lei dettò il numero, il giorno e l'ora. Lo udì connettersi a un'altra linea e trasmettere a sua volta le informazioni. Poi tornò da lei.

«Ho ricevuto una chiamata da Abdellatif Dimoun.»

Anaïs impiegò qualche secondo a dare un volto a quel nome. Il supervisore della Scientifica di Tolosa. Il guerriero del deserto. «Cosa voleva?»

«Sembra che tu gli abbia fatto spedire un mucchio di rifiuti provenienti da una spiaggia di Marsiglia.»

Se ne era completamente dimenticata. I frammenti ritrovati attorno al corpo di Icaro. «Li ha analizzati?»

«Sì. Semplice spazzatura portata a riva dalla risacca. C'è sola una cosa che non è in tono con il resto. Un frammento di specchio. Secondo Dimoun potrebbe essere caduto dalla tasca dell'assassino.»

«Perché?»

«Perché non reca alcuna traccia di sale. Non viene dal mare.»

Un pezzo di specchio: un bel progresso.

«Non è tutto», continuò Le Coz. «L'hanno analizzato e hanno trovato tracce di ioduro d'argento.»

«Cosa significa?»

«Qualcuno ha trattato quello specchio: l'ha immerso nello ioduro d'argento per renderlo sensibile alla luce. È un procedimento molto antico messo a punto centocinquant'anni fa, usato nella dagherrotipia.»

«Nella cosa?»

«L'antenata della fotografia. Mi sono documentato. Una lastra di rame coperta da uno strato d'argento ben lucidato viene esposta a vapori di iodio. Una volta a contatto con la luce, attraverso un obiettivo, sulla superficie argentata si forma un'immagine. La tecnica è stata poi soppiantata da procedimenti più moderni. Il dagherrotipo s'impressiona direttamente in positivo, senza passare per un negativo, quindi l'immagine non è riproducibile.»

«Dimoun pensa che questo specchio abbia a che fare con un dagherrotipo?»

«Sì. E questo è per noi un indizio con i fiocchi. Oggi, a parte qualche appassionato, nessuno usa più questo metodo.»

«Ti sei informato?»

«Lo faccio di corsa.»

«Ci sarà senz'altro un'associazione che riunisce tutti i patiti di questa roba. Trovala e fatti dare un elenco di nomi.» Mentre parlava, Anaïs ebbe d'un tratto una visione molto precisa di come agiva l'assassino. Uccideva. Metteva in scena un mito greco e poi ne fissava l'immagine, un'unica volta, su uno specchio d'argento. Rabbrividì. Doveva esistere, da qualche parte, una stanza che custodiva quei quadri terrificanti. Li vedeva, sulle pareti della propria mente, che luccicavano nella penombra. Il Minotauro asfissiato. Icaro bruciato. Urano evirato. *Quanti altri?*

«Ho il numero riservato che mi hai chiesto. Hai di che scrivere?»

«Sì. Nella testa.»

Il poliziotto le riferì il nome e i recapiti della misteriosa interlocutrice di Arnaud Chaplain. Le informazioni non le dicevano niente. Ma in quell'inchiesta lei non era che una minuscola rotellina dell'ingranaggio. Ringraziò Le Coz, commossa dal calore che le aveva trasmesso da più di cinquecento chilometri di distanza.

«Come posso contattarti?»

«Non puoi. Me la sbroglierò in qualche modo.»

Calò il silenzio. Le Coz era a corto d'ispirazione. Anaïs riagganciò per non sciogliersi in lacrime. Raggiunse la guardiana e le chiese se potesse approfittare degli ultimi minuti dell'ora d'aria. La donna sospirò, la squadrò dalla testa ai piedi e poi, forse ricordando che lei era un poliziotto, si diresse verso il cortile.

Anaïs scalpitava. Il nuovo indizio dei dagherrotipi le aveva ridato energia. Era furiosa di essere bloccata lì dentro quando nella sua inchiesta spuntava fuori un nuovo elemento. Forse non era niente, o forse era qualcosa... Però aveva una certezza: si sarebbe tenuta quella pista per sé. Neanche una parola a Solinas.

Il rumore proveniente dall'esterno la riscosse. La guardiana aveva aperto l'ultima porta: le detenute camminavano e chiacchieravano in cortile, fra rettangoli di terra senza vegetazione, i canestri del basket e un tavolo da ping-pong di cemento. Ma la sensazione di libertà era illusoria. I muri, il filo spinato e i cavi antielicottero limitavano il campo visivo. Le donne avevano pur sempre l'aria di prigioniere: i corpi flosci, sformati, i volti logorati simili ai manici di un cucchiaio che, a forza di essere sfregato, levigato e affilato, diventa un'arma micidiale. Persino il vento gelido sembrava impregnato dell'aria viziata delle celle, dell'odore del rancio, del sudore non lavato.

Anaïs affondò le mani in tasca e si calò nei panni del poliziotto. Osservò i gruppi, le coppie, le donne isolate, e cercò il bersaglio migliore. Le detenute si suddividevano in due gruppi e l'appartenenza all'uno o all'altro era chiaramente leggibile sui loro visi, negli atteggiamenti e nel modo di muoversi. Le bestie selvagge e quelle addomesticate. Lei si diresse verso un quartetto di magrebine che non avevano certo le facce delle vittime di un errore giudiziario. Donne dure a cui il sistema carcerario non aveva ancora succhiato la linfa. Avevano al loro attivo diversi anni di galera e probabilmente ancora un bel po' di pena da scontare. Ma niente poteva spegnere la loro rabbia.

«Salve.»

Un pesante silenzio in risposta. Neanche un piccolo cenno del capo. Solo il bagliore nero degli occhi, duro come l'asfalto sotto i piedi.

«Cerco un cellulare.»

Le donne si scambiarono uno sguardo, poi scoppiarono a ridere.

«Vuoi anche chiederci i documenti?»

Le notizie viaggiavano in fretta. In quanto poliziotta, lei era già marchiata, detestata, evitata.

«Devo mandare un SMS. Sono disposta a pagare.»

«Quanto, bastarda?»

Una delle ragazze aveva assunto il comando. Portava un giaccone aperto su una maglietta che lasciava intravedere tatuaggi di draghi sul petto e segni maori sul collo.

Anaïs non tentò nemmeno di bluffare. «Per ora niente. Non ho neanche uno spicciolo.»

«Allora sparisci.»

«Posso aiutarvi una volta fuori. Non starò qui ad ammuffire.»

«Dicono tutte così.»

«Può darsi, ma io sono l'unica poliziotta in questo cortile. Uno sbirro non resta mai a lungo in prigione.»

Silenzio di tomba. Brevi sguardi furtivi fra le ragazze. Un'idea maturava nelle teste.

«E allora?» finì per chiedere la donna drago.

«Trovatemi un cellulare. Una volta fuori, farò qualcosa per voi.»

«Va' a farti fottere», ribatté l'altra.

«Come vuoi, bella, ma è un'occasione unica. Per te, i tuoi fratelli, il tuo uomo o qualcun altro. Ti prometto che quando sarò fuori andrò dai giudici, dal procuratore e dagli sbirri incaricati.»

Silenzio, più greve di prima. Anaïs poteva quasi udire gli ingranaggi dei cervelli in movimento. Non c'era motivo di crederle. Ma in prigione, che lo si voglia o no, la vita si nutre di speranza. Mani in tasca, le quattro donne erano imbacuccate in stracci e tute deformi. Sotto quegli strati s'indovinavano i corpi irrigiditi dal freddo.

Anaïs giocò un'altra carta. «Un SMS. Ci vorranno pochi secondi. Vi prometto che mi darò da fare per voi.»

Le ragazze si guardarono di nuovo. Ci furono gesti e occhiate. Tre di loro si strinsero attorno a lei. Anaïs pensò che intendessero darle una ripassata. In realtà le guerriere volevano ostruirle la visuale.

D'un tratto, la donna drago riapparve al centro del gruppo. Un rettile incandescente si abbarbicava alla sua pelle abbronzata. Anaïs abbassò gli occhi: nel palmo della mano la detenuta aveva un cellulare tenuto insieme dallo scotch.

Anaïs afferrò l'apparecchio. Digitò il messaggio in piedi davanti al clan. Dopo il numero di telefono scrisse: «Medina Malaoui 64 rue de Naples 75009 Parigi». Esitò, poi aggiunse: «Buona fortuna».

Compose il numero di Freire e premette il tasto INVIO.

Era veramente la più stupida delle stupide.

Chaplain ricevette l'SMS alla porta d'Orléans. Anaïs non aveva perso tempo. Quell'informazione era la conferma che lei stava dalla sua parte. A meno che una legione di sbirri non lo stesse aspettando al 64 di rue de Naples... Diede subito l'indirizzo di Medina Malaoui all'autista, poi compose il numero che aveva appena ricevuto. Trovò una segreteria telefonica. La stessa voce severa del 29 agosto. Non lasciò messaggi. Preferiva coglierla di sorpresa nel suo appartamento. O, meglio ancora, frugare il posto mentre lei non c'era.

L'auto filava in boulevard Raspail. Ancora una volta Chaplain passò in rassegna le rivelazioni della mattinata. Era stata Anaïs, una trentenne chiusa in carcere a Fleury-Mérogis, a rivelargli il suo destino: lui era la cavia di un esperimento. Da un canto l'idea era terribile, dall'altro gli dava speranza. Non era un malato cronico. Lo avevano avvelenato. E, se c'era un veleno, doveva esserci anche un antidoto. Se qualcuno aveva provocato la sua sindrome, quel qualcuno poteva aiutarlo a liberarsene. Forse, dopo essersi sbarazzato della misteriosa capsula, era addirittura già in via di guarigione. La guardò di nuovo nel palmo della mano. Gli sarebbe piaciuto aprirla, farla analizzare, passarla allo scanner...

Il taxi raggiunse rue Saint-Lazare, attraversò place d'Estienne-d'Orves, all'ombra della chiesa della Trinità, e imboccò rue de Londres. Chaplain provò la sensazione confusa di conoscere quei luoghi. La cosa certa era che detestava il IX arrondissement. Un angolo di Parigi in cui le strade portano nomi di città europee, ma i palazzi sono sinistri freddi e inaccessibili. Atlanti e cariatidi sovrastano i grandi portoni e ti fissano come sentinelle sull'attenti. Niente passanti in quelle vie dove regnano incontrastati le compagnie di assicurazione e gli studi di notai e avvocati.

Lui ripensò ad Anaïs. Gli aveva fatto piacere rivederla. Il suo incarnato latteo. Gli occhi neri e ardenti. La strana intensità della sua presenza: una donna che sembrava non subire il mondo ma al contrario trasmettergli la propria forza, la propria impronta indelebile. L'amava? Non c'era posto per quel tipo di domande, né nella sua testa né nel suo cuore. Era un essere vuoto. O, piuttosto, saturo d'ignoto. Ma quell'alleata gli trasmetteva un po' di calore.

Erano arrivati al 64 di rue de Naples. Chaplain pagò e scese. Si trovava davanti a un palazzo tipico del quartiere, una fortezza di pietra striata di scanalature, con bovindi all'altezza del terzo e del quarto piano. Non aveva il codice per entrare. La strada era deserta. Rimase in attesa davanti alla soglia.

Nel giro di dieci minuti due uomini vestiti con eleganza sbucarono dal portone. Chaplain, ormai congelato, sgusciò all'interno. Un androne a volta si apriva su due scale, una a destra e l'altra a sinistra. In fondo, un cortile con una macchia d'alberi e una fontana. Il nucleo dell'edificio. Trovò le cassette delle lettere.

Medina Malaoui viveva al terzo piano, scala a sinistra. Niente citofono. Salì le scale. Sul pianerottolo, due porte erano separate da una finestra con i vetri colorati. L'appartamento di Medina Malaoui era quello di destra, come apprese da una targhetta fissata allo stipite. Suonò. Una, due volte. Senza ottenere risposta. La donna non era in casa. A meno che non le fosse successo qualcosa... Quell'idea, che fino allora aveva respinto, si ripresentò con prepotenza ora che si trovava lì.

Si voltò e osservò la porta di fronte. Immaginò un vicino curioso che lo osservava attraverso lo spioncino. Si avvicinò, stette in ascolto. Dall'interno non proveniva alcun rumore.

Nessuno a destra, nessuno a sinistra.

La soluzione era al centro.

Aprì la finestra. Un cornicione correva lungo tutto il piano. Era un esperto in quel genere di acrobazie, dopo la fuga dall'Hôtel-Dieu. Indietreggiò e attese diversi minuti, nascosto, osservando le due facciate che chiudevano il cortile. Nessun movimento alle finestre. Nessun rumore. Alle undici e trenta il numero 64 di rue de Naples era silenzioso come un santuario.

Scavalcò il telaio e si ritrovò sul cornicione. Evitando di guardare il giardino tre piani più sotto, voltò le spalle al vuoto aggrappandosi alle sporgenze delle scanalature del muro. In pochi secondi raggiunse la prima finestra dell'appartamento di Medina. Sempre tenendosi in equilibrio, con il gomito assestò un colpo secco al vetro, che si crepò al centro ma rimase in sede. Chaplain temeva sempre che qualcuno in cortile si mettesse a strillare: «Al ladro! Al ladro!».

Infilò il braccio nella fenditura e girò la maniglia all'interno. Scivolò fra i tendaggi, richiuse la finestra e osservò le facciate. Non si era mosso niente. Tirò le doppie tende. Fine dello spettacolo.

Sentì subito odore di polvere. Non era un buon segno. Fece qualche passo e notò che si trovava nell'appartamento di una persona ricca: un grande salone, cucina superattrezzata. Il corridoio sulla destra doveva condurre a un paio di camere. L'ampio spazio era ben distribuito, luminoso e gradevole.

Girò intorno al divano a L posto di fronte a uno schermo piatto fissato alla parete. Non si soffermò sugli arredi. Roba chic. Roba costosa. Roba raffinata. Tutto era ricoperto da uno strato di polvere troppo spesso per non destare sospetti. «Comincia a essere rischioso. Ho paura.» Il 29 agosto era stato fatale a Medina?

Un ritratto di donna era posato su un mobile. Ovviamente quel volto non gli diceva niente. Sulla trentina. Capelli biondi sottili. Viso ovale con gli zigomi alti, alla russa. Due occhi immensi, neri e languidi. Labbra rosse e carnose. Chaplain pensò alla mela avvelenata di Biancaneve. L'insieme grondava letteralmente sensualità, come se Medina emergesse in quel momento da una sorgente di desiderio.

Se la aspettava diversa. La voce suggeriva un'eleganza fredda, una bellezza autoritaria. Quanto al nome, lasciava immaginare una donna dalla pelle e dai capelli scuri, di origine magrebina. Invece lui aveva sotto gli occhi un fiore di campo. Forse Medina era di origine cabila... La fotografia era stata scattata a bordo di un'imbarcazione. Chaplain si chiese se non fosse stato lui stesso a farla, su una barca a vela presa a nolo...

Estrasse l'immagine dalla cornice, se la infilò in tasca e cominciò la perlustrazione dell'appartamento. Non lo sorprese notare che era la casa di una parigina alla moda, agiata e intellettuale. Non c'era però traccia della professione della donna. A giudicare dall'ambiente, si sarebbe potuto pensare che fosse una studentessa. Il salone, il corridoio e la camera da letto erano tappezzati di libri classificati in ordine alfabetico. Filosofia. Critica letteraria. Etnologia. Filologia... Tutta roba seria.

Passando al setaccio i cassetti, scovò infine una tessera studentesca. Medina Malaoui, ventotto anni, iscritta alla Sorbona, dottorato di filosofia. Cercò ancora e trovò una cartella contenente il curriculum completo. Era originaria del Nord della Francia. Si era diplomata a Saint-Omer e laureata in filosofia a Lille. Ora era a Parigi per un dottorato sulle opere di Maurice Merleau-Ponty. Il titolo della tesi occupava tre righe. Incomprensibile.

Chaplain rifletté. Dove prendeva i soldi Medina? Era una figlia di papà o aveva un lavoro? Chaplain non era in grado di dirlo, ma dopo che ebbe dato un'occhiata al guardaroba la domanda assunse maggiore rilevanza. Prada, Chanel, Gucci, Barbara Bui... Sul ripiano in alto, una grande quantità di borse. Su quello in basso, un tripudio di scarpe. Come faceva Medina a permettersi tutto questo? Da quando la filosofia era così remunerativa? Lei era forse complice nei suoi traffici di documenti falsi? «Comincia a essere rischioso. Ho paura.»

Continuò a cercare e non trovò niente di personale. Non un cellulare, un'agenda o un computer portatile. Niente bollette né documenti amministrativi. Davanti alla porta d'ingresso si era accumulato un bel pacchetto di posta. Lui guardò le date: le lettere più vecchie risalivano alla fine del mese di agosto. Come nel suo caso, si trattava in prevalenza di dépliant pubblicitari, ma lì non c'era traccia di fatture né di estratti conto. Probabilmente Medina gestiva tutto online. Dov'era andata? Era morta? Altre domande, senza un filo logico. Dove l'aveva conosciuta? Su un sito d'incontri? Su sasha.com? Immaginò la ragazza del ritratto a una serata scandita dalla campana tibetana. Avrebbe fatto scalpore.

Fece un ultimo giro per verificare se ci fossero tracce di una partenza precipitosa o di un epilogo più tragico... Alimenti marci in frigorifero. La stanza da bagno in disordine. L'armadio pieno dimostrava che Medina non aveva perso tempo a fare le valigie.

Chaplain uscì da dov'era venuto. Il suo bottino stava tutto nella tasca interna della giacca: la fotografia di una bella ragazza slava con un nome arabo. Il resto era nella sua testa. O, piuttosto, gli stringeva la gola: il funesto presagio che Medina non fosse più in questo mondo.

Stava percorrendo l'androne al pianoterra quando una sessantenne in divisa gli si materializzò davanti: grembiule blu, spazzolone e secchio di candeggina.

«Chi cerca?» gli domandò.

Chaplain stava per inventare una scusa, ma ci ripensò. La custode poteva dargli delle informazioni. «Medina Malaoui.»

«Non c'è.»

«Crede che starà fuori a lungo?»

«È da un po' che è via.»

«Da quanto tempo?»

La donna gli lanciò uno sguardo sospettoso. Nell'androne la luce era spenta. Si trovavano in un angolo avvolto nella penombra, carico degli odori del giardino.

«È un amico?» chiese infine la donna.

«Sono un suo professore», improvvisò lui. «Quando è partita?»

«Diversi mesi fa. Ma l'affitto viene pagato. È tutto a posto.»

«Non le ha lasciato detto niente?»

«Non parla quella cara ragazza.» Il tono era carico di disprezzo. «È molto discreta. Molto... indipendente. Sbriga i lavori di casa da sola. Va a fare la spesa da sola. Sempre da sola!»

«La sua scomparsa non è normale...» disse Chaplain mostrandosi preoccupato. «Non ha avvisato nessuno in facoltà.»

«Non deve inquietarsi. A quel genere di ragazze non può mai succedere nulla.»

«Cosa intende dire?»

La custode si appoggiò sulla scopa. Posizione riposo. «Visto che lei è un professore, le darò un consiglio.»

Chaplain si sforzò di sorridere.

«Bisogna sempre guardare le borse delle studentesse. Se la ragazza porta una sacca a tracolla, uno zainetto o una borsa di jeans, non c'è problema. Ma se si presenta ai corsi con roba Chanel, Gucci o Balenciaga, in quel caso, mi creda, ha qualche altra occupazione... Un'occupazione notturna, se capisce cosa voglio dire.»

La donna sembrava bene informata sulle marche di lusso e sulle nuove abitudini del mondo studentesco. Ma aveva ragione. Tutto nell'appartamento della ragazza tradiva il denaro facile, l'eleganza vistosa delle notti parigine. Medina era forse una escort? Lui era stato uno dei suoi clienti?

«Medina è molto seria...» protestò Chaplain fingendosi indignato.

«Non è incompatibile con lo studio. È una questione di orari, tutto qua.»

«Ha delle prove di quanto sostiene?»

«Usciva tutte le sere per tornare all'alba. Crede che avesse un posto come guardiana notturna?»

Chaplain pensò alla fotografia che aveva nella tasca della giacca. Senza fare commenti girò intorno alla portinaia.

Lei gli sbarrò la strada con la scopa. «Se la vedo, le dico che lei è passato?»

Chaplain annuì, distratto.

«Il suo nome?»

«Lasci perdere.» Un attimo dopo premeva il pulsante che apriva il portone. Sgusciò fuori ed ebbe appena il tempo di svoltare a sinistra prima che un'auto inchiodasse per fermarsi in doppia fila davanti al palazzo. Ne uscirono due uomini. Poliziotti, non c'era dubbio.

Mentre accelerava il passo, sentì il portone aprirsi alle sue spalle. I piedipiatti dovevano avere usato un passe-partout. Il suo cervello si trasformò in uno shaker: pensieri agitati, febbrili, sconnessi. Anaïs l'aveva tradito? Impossibile. La polizia si preoccupava all'improvviso della sorte di Medina Malaoui? Neanche questo aveva senso. C'era una sola spiegazione: in carcere Anaïs era sorvegliata. Quando si era informata sul numero riservato, la sua comunicazione era stata registrata e qualcuno aveva voluto sapere perché la poliziotta s'interessava a quel numero.

Si affrettò lungo boulevard Malesherbes in cerca di una stazione della metropolitana o di un taxi. Ripensò al bel viso dagli zigomi alti. Medina ormai era morta, ne era certo. Cos'era successo il 29 agosto? Era arrivato troppo tardi? L'aveva uccisa lui?

C'era un solo modo per saperlo.

Cercare le colleghe di Medina.

Tuffarsi nel mondo delle ragazze VIP.

E Chaplain sapeva già chi sarebbe stata la sua guida.

I passaporti nuovi fiammanti schioccarono sul cruscotto.

«Eccone venti. Avrai gli altri dieci domattina.»

Aveva lavorato tutta la notte su quei documenti, ritrovando gli automatismi del vero falsario. Era ridiventato Nono l'esperto, Nono dalle dita d'oro. Yussef, al volante della sua Mercedes Classe S, prese i documenti con cautela. Li sfogliò, li studiò e li esaminò minuziosamente. Chaplain era seduto al suo fianco, Amar sul sedile posteriore, rilassato ma sempre sul chi vive.

Yussef scosse la testa e allungò i passaporti al suo compare, che li controllò con una macchina. I secondi parevano gocce d'acciaio in fusione.

Chaplain cercò di concentrarsi sul design maestoso dell'abitacolo: intarsi in acero marezzato, sedili in pelle nera, cruscotto sormontato da uno schermo GPS enorme... Fuori, attraverso il parabrezza fumé, vedeva il centro d'accoglienza Saint-Maurice in boulevard de la Chapelle, situato all'ombra della metropolitana sopraelevata. Notò il contrasto stridente fra quella cabina di yacht e gli stranieri irregolari che si spintonavano davanti alla porta, impauriti, miserabili e dimenticati da tutti.

Aveva chiamato Yussef all'una e il bosniaco gli aveva dato appuntamento davanti a quell'edificio dove si riunivano uomini, donne e intere famiglie senza un tetto sulla testa e senza documenti. La clientela del bosniaco.

Amar tese il braccio fra i due sedili e restituì i passaporti a Yussef.

«Perfetti», ammise.

Gli angoli della bocca di Yussef, tracciati con il taglierino, si stirarono in un sorriso. «Non hai perso la mano.»

«Domattina, il resto.»

«Non parliamo più di soldi per questo giro? Sei d'accordo?»

«Sono già contento di non averci rimesso qualche dito.»

Yussef contava i passaporti come se maneggiasse delle carte da gioco. «Nono, sempre più furbo degli altri.»

Chaplain era affascinato da quel giovane così esile che emanava l'autorità di un generale. Nuotava in un maglione dell'esercito britannico, verde oliva, con rinforzi sui gomiti e sulle spalle. La Mercedes era il suo mezzo corazzato. «Però ho un favore da chiederti.»

«Certo», fece l'altro fissando i fantasmi all'esterno.

«Mi serve una pistola.»

«Ti costerà cara.»

«Permessi di soggiorno per un intero cargo di clandestini, se vuoi.»

«Perché hai bisogno di una pistola?»

«Ragioni personali.»

Yussef non batté ciglio. Continuava a guardare i clandestini che si ammassavano intimoriti lungo la facciata malconcia, poi fece un cenno ad Amar, che uscì dalla macchina. L'impressione di Chaplain trovò conferma: il bosniaco lo aveva in simpatia.

Il portabagagli si aprì. La scena aveva un che di surreale. Quel bunker di carbonio e legno verniciato, gli irregolari in strada, la Mercedes che faceva contemporaneamente la funzione di ufficio amministrativo, arsenale, banca e cassaforte.

«Ti ho detto che ho avuto problemi di memoria?»

«Sì, sei proprio andato.»

«Non ricordo come ci siamo incontrati.»

Yussef scosse la testa a piccoli scatti. La confusione di Nono lo divertiva. «Ti ho incrociato a Stalingrad il marzo scorso. Disegnavi per terra con il gesso. Vivevi con i tre copechi che ti davano i passanti. Avevi la testa vuota. Impossibile sapere il tuo nome, la tua origine.»

«Perché mi hai aiutato?»

«A causa dei tuoi disegni. Mi hanno ricordato gli stecci, antiche tombe che esistono al mio paese.»

Amar era di ritorno. Sul palmo gli si materializzò una pistola, che gli porse sopra la leva del cambio afferrandola per la canna.

«Una CZ 75», disse Yussef. «Quegli stronzi di cechi ci sanno fare.»

Era molto diversa dalla Glock, ma Arnaud non perse tempo e se la ficcò in tasca. Senza entusiasmo, Amar gli diede tre caricatori.

Lui stava per ringraziare quando Yussef, con gli occhi sempre fissi sui clandestini, proseguì il suo racconto. «Ti abbiamo raccolto, amico. Ti abbiamo lavato, nutrito e dato un tetto. Avevi sempre la testa vuota ma sapevi disegnare. Ti ho messo nelle mani dei miei falsari.»

«Ne hai altri?»

«Cosa credi? Che abbia aspettato te per rimpolpare l'anagrafe francese?»

«Ho accettato?»

«Ti sei messo al lavoro, *glupo.* In due settimane battevi tutti. Il talento, l'istinto. Inchiostri, tecniche di stampa, timbri...» elencò contando sulle dita. «Avevi capito tutto. Un mese dopo hai incassato i primi pagamenti. Ti sei creato un laboratorio tutto tuo. Fosse stato un altro al posto tuo, ti avrei strappato i coglioni. Ma a te ho dato fiducia. Consegnavi sempre puntuale.»

Nono dunque era durato più degli altri. Da marzo a settembre 2009. Aveva avuto il tempo di inserirsi e sistemarsi: aveva affittato il laboratorio, aperto un conto in banca e pagato i conti. Tutto si basava su documenti falsi. «E non ti ho mai detto il mio nome?»

«Passato un po' di tempo, hai cominciato a dire di chiamarti Nono. Venivi da Le Havre, eri stato stampatore. Tutte balle. L'importante erano le tue consegne. Per quelle, mai un problema. Fino al giorno in cui sei scomparso.» Yussef fece una risatina e gli afferrò la nuca. «Mascalzone!»

Adesso Chaplain capiva meglio la natura del miracolo

Mathias Freire. Sicuramente si era fabbricato dei documenti... Ma se li era portati dietro fin dai tempi di Narcisse? Di Victor Janusz? No. Pensò che doveva aver ritrovato il proprio talento quando era piombato di nuovo nell'abisso del nulla. Allora aveva inventato Mathias Freire. Si era confezionato il necessario e aveva trovato il posto al Pierre-Janet.

Yussef schioccò le dita. Due bicchieri fecero la loro comparsa sul bracciolo che li separava. Sembravano piccoli come palle di fucile.

Amar si sporse fra i due sedili con una bottiglia in mano. Yussef brandì il suo shot. «*Živeli!*»

Chaplain bevve la vodka in un sorso. Era densa come vernice. Fu preso da un accesso di tosse. L'alcol gli bruciò la gola e gli infiammò il petto, poi gli intorpidì le membra.

Yussef fece una risata secca, subito inghiottita dalle sue labbra da Joker. «*Polako,* Nono. Questa roba si degusta...» Fece segno ad Amar di versargliene un altro bicchierino.

Chaplain aveva le lacrime agli occhi. Attraverso quella cortina nebbiosa vedeva la fauna all'esterno. Una nuvola di vapore si levava dalle spalle basse, dalle schiene curve. C'erano neri, magrebini, orientali, indiani, slavi... Si davano sostegno reciproco, aspettavano chissà cosa.

«Come fanno?» domandò.

«A sopravvivere?»

«A permettersi i tuoi passaporti.»

Yussef rise. «Hai visto le loro facce? Quelli casomai comprano dei permessi di soggiorno.»

«Non è una risposta alla mia domanda: come ci riescono?»

«Fanno collette. S'indebitano. Si arrangiano.»

Un senso di nausea lo prese alla gola. Aveva partecipato a quel traffico. Aveva contribuito a quella schiavitù. Come aveva potuto cadere così in basso? Le sue identità erano come scalini che continuavano a scendere. «Non ti ho mai detto altro?» insistette. «Sul mio passato? Sul mio modo di vivere?»

«Mai niente. Prendevi l'ordinazione e sparivi. Quando tornavi, le carte erano pronte. Sempre, *dakako.*»

«È tutto?»

«Ciò che posso dire è che sei cambiato.»

«In che senso?»

Yussef gli passò l'indice sotto il risvolto della giacca di velluto Paul Smith. «Sempre ben vestito. Pettinato. Profumato. A mio parere, un grande scopatore.»

L'occasione era troppo allettante. Chaplain vuotò il bicchierino e giocò la sua carta. «Cerco delle ragazze.»

«Delle ragazze?»

«Professioniste.»

Yussef scoppiò a ridere. «E il tuo giro su Internet, fratello?»

«Non mi ricordo neanche i loro numeri.»

«Io posso presentarti a ragazze del mio paese. Le migliori.»

«No. Voglio ragazze... del Sud. Del Maghreb.»

Yussef parve offeso. I suoi occhi di rettile furono attraversati da un lampo, un bagliore che ricordava la luce densa e pericolosa del liquore che stavano bevendo. Chaplain temette il peggio, ma poi la sua bocca si distese e le palpebre tornarono a sbattere. «Va' a trovare Sophie Barak.»

«Chi è?»

«Le magrebine da lei sono di casa.»

«Dove posso trovarla?»

«Hotel Theodor. Quest'anno ha là il suo quartiere generale. Un vicolo cieco di rue d'Artois. Dille che ti mando io. Le vendo documenti per le sue ragazze.»

«È una cordiale?»

Yussef gli pizzicò la guancia. «Con te, nessun problema. Ama le teste di cazzo del tuo genere. Ma devi parlarle a voce alta. È libanese ed è mezza sorda a causa delle bombe della sua infanzia.»

«E in alternativa? Se volessi andare a caccia da solo?»

Yussef guardò Amar. Per la prima volta il gigante abbozzò un sorriso. «Quando si cercano le gazzelle, bisogna andare alla sorgente. Da Johnny's, in rue Clément-Marot, potrai fare la tua scelta. Ci si vede domani. È tuo interesse venire con l'altra parte di passaporti. Per il resto si vedrà.»

«Il resto?»

«Il cargo, *glupo*. Sei stato tu a dirlo. *Odjebaus*.» Gli infilò due biglietti da cinquecento euro nel taschino della giacca. «Scopatene una alla mia salute!»

«Cosa sono queste stronzate?»

Di nuovo il parlatorio. Di nuovo Solinas, su tutte le furie mentre faceva scorrere delle immagini sul computer portatile. Il suo colloquio con Janusz, filmato da una telecamera di sicurezza.

«Io non c'entro niente», replicò Anaïs. «Io...»

«Chiudi il becco. Sei consapevole, vero, che per te si mette male?»

«Ti ripeto che...»

Solinas si rialzò gli occhiali sulla fronte. Si vedevano i muscoli contrarsi sotto le tempie. «Quando mi hanno mostrato questo», disse con voce avvilita, «ho creduto di avere le allucinazioni. Quel tipo è malato.»

«È spaventato.»

«Spaventato? Direi piuttosto che è il figlio di puttana con la più grande faccia tosta che abbia mai conosciuto. Cosa voleva?»

«Identificare un numero di telefono.»

«Tutto qua?»

«Quasi. Se ti dico che è innocente e che continua a indagare per conto suo, so già cosa mi risponderai.»

«Se non ha niente da rimproverarsi, che si costituisca, e noi faremo il nostro lavoro.»

Nell'edificio delle donne il pranzo era appena terminato. Tutto era impregnato degli odori della cucina. Da quando era in carcere, Anaïs non aveva quasi toccato cibo. Diede un'occhiata allo schermo del computer. Janusz le prendeva la mano: le stava facendo scivolare il foglietto fra le dita. La manovra non era stata ripresa. «Non si fida», mormorò.

«No?» Solinas richiuse il portatile con un colpo secco. «Neanch'io mi fido. In ogni caso, sappiamo da che parte stai.»

«Davvero?»

«Mi avevano detto che andavate a letto insieme. Non ci credevo. Mi sbagliavo.»

«Ma sei scemo? Quel tipo ha corso dei rischi assurdi per...»

«È proprio quello che sto dicendo. Per quanto ne so, quel genere di rischi si corre solo per due motivi. Per la grana o per la passera.»

Anaïs arrossì e sorrise. Nel linguaggio sboccato di Solinas, quello era un complimento.

«Cosa ti ha detto della ragazza?»

«Niente.»

«Non sapeva che era una puttana?»

«Medina Malaoui?»

«Schedata dal 2008. Si è volatilizzata nel settembre 2009.»

«Avete preso informazioni su di lei?»

«Ma cosa ti credi? Qui le comunicazioni sono sorvegliate. I miei uomini sono andati al suo appartamento. Qualcuno c'era passato prima di loro. Non più tardi di stamattina, secondo la portinaia che ci ha fornito la descrizione di un tizio che calza a pennello al tuo svitato. Siamo in cerca della stessa cosa, lui e noi.»

«Che cosa?»

«Forse questo.» Solinas mise sul tavolo una cartella che Anaïs riconobbe alla prima occhiata. Era il rapporto di un'inchiesta archiviata. Aprì la prima pagina e si trovò davanti delle fotografie atroci. Una donna annegata, nuda, con il volto tumefatto, le mascelle fracassate e le mani senza falangi. «Il cadavere potrebbe essere quello della nostra ragazza. Hai notato le mutilazioni? Non avrai bisogno di un disegno, spero.»

«Perché dovrebbe essere Medina?»

«Perché l'abbiamo ripescata nella Senna il 7 settembre.

La corporatura e il colore dei capelli e degli occhi corrispondono. È poco, ma a detta dei miei uomini il suo appartamento è quello di una morta. Secondo le nostre fonti, la ragazza è scomparsa alla fine del mese di agosto, ragion per cui abbiamo verificato nello schedario dei corpi non identificati a partire da quella data. Ecco cosa ne è uscito. Per me è lei.»

Anaïs si costrinse a focalizzare l'attenzione sulle foto. Alle mutilazioni si erano sommati i danni provocati dall'acqua: il volto era completamente sfigurato. L'enorme tumefazione che la donna aveva al posto del viso, imbevuto d'acqua come una spugna, mostrava tracce di morsi di pesci oltre ai buchi scavati dai vermi. Gli occhi, orribilmente gonfi, parevano due bubboni. La bocca non era altro che una piaga aperta.

Anche il ventre e gli arti erano gonfi a causa della prolungata permanenza nell'acqua. Macchie, piaghe ed ematomi creavano l'impressione di una pelle di leopardo, di un colore fra il giallo e il blu violaceo. Il cadavere sembrava sul punto di esplodere o, al contrario, di afflosciarsi.

«Qual è la causa del decesso?»

«Non l'acqua. L'hanno gettata nel fiume quando era già morta. A sentire il medico legale, c'è rimasta per circa una settimana. Il corpo è stato trascinato dalla corrente e ha preso parecchi colpi. Impossibile dire quali sono stati inferti prima e quali dopo la morte. Una cosa è certa: la rimozione delle mascelle e delle falangi aveva lo scopo di rallentarne l'identificazione.»

«Nessun legame con i nostri omicidi? Parlo del *modus operandi.*»

«A prima vista no. Non ci sono tracce di rituali. Niente eroina nel sangue. Ma l'abbiamo rinvenuta molto tardi.»

«Non aveva una ferita al naso?»

Solinas parve sorpreso. Non era al corrente della mutilazione post mortem di Patrick Bonfils. Meglio non insistere.

«Secondo il medico, il viso è stato distrutto a colpi di mazza.»

«Siete risaliti ai clienti della ragazza?»

«L'inchiesta ha appena preso il via. E, francamente, sei mesi dopo, ci sono poche chance di concludere qualcosa.»

«Trovato niente nel suo appartamento?»

«È stato passato al setaccio, te lo ripeto. Dal tuo imbecille e forse da altri. A mio parere, non c'era niente da trovare. La ragazza non era una sprovveduta.»

Anaïs chiuse la cartella. «Che idea ti sei fatto?»

«Un cliente fuori di testa che sapeva benissimo ciò che faceva. Oppure professionisti che hanno agito su ordine di qualcuno.»

«Su ordine di chi? Per quale ragione?»

Solinas fece un gesto vago. Era sempre intento ad armeggiare con la fede nuziale. «La puttana che sa troppo è un classico. Quelli del servizio di intelligence si sono spesso avvalsi delle *call girls* come fonti di informazioni.»

Una possibile pista. Ma Anaïs era sicura che gli autori del crimine appartenevano a Mêtis o ai suoi partner militari. Erano gli stessi che avevano eliminato Bonfils e la sua compagna. Che avevano prelevato l'impianto all'istituto medico legale di Rangueil. Che avevano torturato Jean-Pierre Corto. Medina Malaoui era al corrente degli esperimenti del gruppo? Se sì, perché? Che legame poteva esserci fra una escort e la sperimentazione clinica di una molecola?

«C'è un'altra ipotesi», continuò il poliziotto.

Lei lo interrogò con lo sguardo.

«È stato il tuo tesoruccio.»

«Impossibile.»

«È sospettato di avere fatto fuori dei barboni. Perché non una bella pupa?»

Lei picchiò il palmo della mano sul tavolo. «Sono solo menzogne!»

Solinas sorrise. Il sorriso sadico dell'aguzzino che affonda il dito nella piaga. Anaïs si sentì tremare il mento e strinse i pugni. Non doveva piangere. Soprattutto non davanti a quel fetente. L'adrenalina era l'ultimo carburante che le restava.

«Ti ha almeno detto cosa cerca?» chiese il poliziotto.

«No.»

«Dove si nasconde?»
«Tu che ne dici?»
Solinas si strinse nelle spalle dentro la giacca da quattro soldi. «Ti ha dato un numero? Un contatto?»
«Certo che no.»
«Come hai fatto a passargli le informazioni sulla Malaoui?»
Anaïs si morse il labbro inferiore. «Lascia perdere. Non dirò niente.»
La sua linea di difesa era debole. Si rese conto di non possedere più immaginazione dei delinquenti che sfilavano nel suo ufficio in rue François-de-Sourdis a Bordeaux. Solinas si massaggiava la nuca come se se ne infischiasse altamente della sua risposta.
«Comunque non mi riguarda più», confermò infatti. «Ora se ne occupa la squadra Catturandi.» Smise di massaggiarsi e afferrò l'orlo del tavolo con entrambe le mani. «Quello che interessa a me è arrestare l'assassino sciroccato, si tratti di Janusz o di un altro. Hai fatto qualche progresso su quello che ci eravamo detti?»
«Su cosa?»
L'uomo prelevò un'altra foto dalla borsa che aveva con sé: il cadavere di Hugues Fernet, il gigante del ponte di Iéna. «A che mito s'ispira questo delitto?»
Anaïs non era nella posizione di fare la furba. «Al mito di Urano», disse, «uno degli dei primigeni. Suo figlio Crono l'ha evirato per impossessarsi del potere.»
Solinas si protese sul tavolo. Sotto gli occhiali, la fronte s'increspò di rughe. Anaïs completò il quadro, pensando che collaborare con lui fosse la sua unica chance di uscire di galera.
«Un serial killer, Solinas. Nell'agosto 2009 ha ucciso Hugues Fernet a Parigi prendendo spunto dal mito di Urano. Nel dicembre 2009 ha ammazzato Tzevan Sokow a Marsiglia, trasformandolo in Icaro. Nel febbraio 2010 ha assassinato Philippe Duruy, tramutandolo nel Minotauro. È un assassino ossessionato dai miti. Un caso unico in tutta la storia della criminologia. Ma per beccarlo hai bisogno di me.»

Il poliziotto restò immobile a fissarla come se fosse l'oracolo di Delfi e gli avesse appena svelato il suo destino di eroe da leggenda.

«Come i miti di Icaro e del Minotauro», riprese Anaïs, «anche la storia di Urano mette in scena il conflitto fra un figlio e un padre. È una traccia molto esile, ma indica la direzione da seguire. L'assassino è un padre deluso oppure un figlio in collera. Fammi uscire da qui, Dio santo! Solo io posso aiutarti a incastrare quello psicopatico!»

Solinas aveva lo sguardo assorto, ma lei poteva leggere chiaramente nei suoi occhi ciò che quel caso rappresentava per lui: una vetrina di Natale, una promozione spettacolare, un ascensore che portava dritto alle alte sfere dell'amministrazione francese.

Lui si alzò e batté la mano contro la porta a vetri. «Ti lascio il fascicolo», disse. «Fa' i compiti in attesa di mie notizie.»

Un attimo dopo era uscito. Anaïs si passò le mani sul viso, come per distendere i lineamenti. Non aveva le idee molto chiare riguardo alla guerra che stava combattendo, ma sapeva di avere vinto una battaglia.

Chaplain si aspettava un palazzo di pietra e marmo. Il Theodor era invece un piccolo edificio in stile art déco che sorgeva in posizione un po' arretrata in una strada laterale senza uscita di rue d'Artois. Quando si avvicinò, si rese conto che nonostante le dimensioni ridotte, l'ubicazione e l'apparente modestia, quel posto era più lussuoso di hotel come il George V o il Plaza Athénée.

Attraversato un cortile coperto di ghiaino, giunse a un ingresso sovrastato da una pensilina. Niente portinaio né insegna né bandiera: il massimo della discrezione. All'interno, un vestibolo rivestito di legno bruno dava accesso al salone, dove comode poltrone aspettavano gli ospiti accanto al fuoco crepitante di un camino. Il banco della reception somigliava a una scultura di legno minimalista. Orchidee bianche spuntavano da lunghi ed esili vasi dalle forme languide.

«Posso aiutarla, signore?»

«Ho appuntamento con la signora Sophie Barak.»

L'uomo – che portava un completo di seta color indaco con il collo alla coreana – sollevò il ricevitore e vi mormorò dentro qualche parola. Chaplain si protese sul banco.

«Le dica che sono Nono. Nono, da parte di Yussef.»

Il concierge inarcò un sopracciglio, circospetto. Riferì il messaggio con scarso entusiasmo e ascoltò attentamente la risposta, continuando a osservare Chaplain con la coda dell'occhio.

Riagganciò e annunciò di malavoglia: «La signora Barak l'aspetta. Secondo piano. La suite 212».

Chaplain prese l'ascensore, sempre immerso nella stessa atmosfera zen: luci soffuse, pareti scure e orchidee bianche. Un ambiente che o ti calmava i nervi o ti faceva venire voglia di urlare. Lui si manteneva imperturbabile. Conservava le forze per la misteriosa libanese.

Uscì dall'ascensore e si avviò verso la suite. In fondo al corridoio, tre donne prosperose strillavano come cocorite. Si abbracciavano, si accarezzavano le spalle e ridevano forte. Sulla cinquantina, sfoggiavano tailleur dai colori vivaci, acconciature cotonate e gioielli scintillanti che crepitavano come fuochi d'artificio. Matrone libanesi o egiziane che facevano festa a Parigi, oppure vi si trovavano in esilio, aspettando che i mariti riprendessero il potere nel loro paese.

Chaplain si avvicinò garbatamente e le salutò con un inchino. La più piccola, sulla soglia dell'appartamento, gli rivolse un grande sorriso. Il bagliore dei denti bianchissimi nel viso scuro faceva pensare ai tasselli d'avorio intarsiati delle sculture di marmo nero dell'antica Babilonia.

«Entra, caro. Arrivo subito.»

Lui sorrise a sua volta per nascondere lo stupore. La familiarità del tono e il fatto che gli avesse dato del tu sottintendevano che si conoscessero. Un altro particolare dimenticato? S'infilò nella stanza salutando con un cenno del capo le due visitatrici.

S'inoltrò nella prima stanza e si ritrovò in un ambiente più consono alla classica immagine di un hotel di prestigio. Pareti bianche, divani beige e abat-jour mordorè. Sparpagliate qua e là, in apparente disordine, borse e valigie Vuitton. Un baule verticale, grande quanto un armadio, era pieno zeppo di abiti da sera. I bagagli di un'esploratrice disposta a mettere piede solo in territori principeschi.

Chaplain udì delle risate alle sue spalle, seguite dal rumore della porta che veniva chiusa. Quando si girò, Sophie Barak lo incenerì con gli occhi.

«Cosa sei venuto a fare qui? Ti ha mandato Yussef?»

Lui colse il cambiamento di tono. Prima di tutto voleva chiarire una cosa. «Mi scusi, ma... ci conosciamo?»

«Ti avverto: non tratto mai di persona. Se vuoi sostituire Yussef...»

«Cerco informazioni.»

«Informazioni?» Sophie fece una risata gelida. «Di bene in meglio.»

«Sono preoccupato per un'amica.»

Lei esitò. Qualcosa in Chaplain sembrò turbarla. La sua sincerità, forse. In ogni caso, non aveva l'aria di uno sbirro. Attraversò la grande stanza, aprì un armadio e prese una bracciata di vestiti che ficcò alla rinfusa in una grande sacca. Gli attaccapanni di legno cozzarono gli uni contro gli altri. La libanese era sul piede di partenza.

Chaplain la osservava. Aveva la pelle scura, una chioma nera e brillante che le scendeva gonfia fino alla base del collo per poi girarsi all'insù; una pettinatura anni Sessanta. Era piccola, rotondetta e incredibilmente sexy. Sotto la giacca del tailleur, portava una camicia bianca con una generosa scollatura. Il solco scuro che questa rivelava era ancora più accattivante della sua risata. Un polo magnetico.

Ora stava davanti a lui, con i pugni sui fianchi. Gli aveva concesso qualche secondo per rifarsi gli occhi. La cortesia delle regine. «Come si chiama la tua amica?»

«Medina Malaoui.»

Senza rispondere, Sophie aprì una porta e scomparve nella stanza accanto. Probabilmente la camera da letto. Chaplain non osava muoversi.

«Allora, vieni?»

Varcata la soglia, lui si trovò di fronte a un letto immenso, disseminato di cuscini ricamati secondo il gusto orientale. Sophie Barak non si vedeva. Chaplain si guardò attorno e la scorse alla sua destra, seduta davanti a una toeletta. Stava per ripetere la sua domanda quando lei si strappò la chioma con un gesto secco, lasciandolo esterrefatto: era completamente calva.

«Non fare l'imbecille», gli disse guardandolo nello specchio. «Tumore al seno. Chemio. Radio. Niente di eccezionale.» Si tolse la giacca e si sbottonò la camicia, senza il minimo imbarazzo. «Da quando mi sono ammalata, non me ne frega più di nulla. Le serate, i soldi, i clienti. Me ne frego. Alzo i tacchi. Le mie ragazze faranno ciò che gli pare. E quelle che non hanno documenti, be', torneranno al loro paese a fare figli e a pascolare le capre! *Inshallah!*»

Chaplain sorrise. Lei gettò la camicia su una sedia e si spalmò le spalle di crema. Il suo petto straripava dal reggiseno nero. Sulla pelle scura si vedevano le linee della fucsina, il colorante usato per contrassegnare le aree sottoposte a radioterapia.

«Che cosa vuoi da Medina?» chiese Sophie.

«È scomparsa il 29 agosto. Non siamo veramente intimi ma... Ormai sono passati sei mesi. Non ho più avuto nessuna notizia.»

Lei lo fissò con i suoi occhi neri messi in risalto dal khol, occhi usciti direttamente dalle *Mille e una notte*. Lui intanto contemplava i motivi sulla sua pelle e gli venne in mente una strana analogia fra quei segni e i tatuaggi all'henné. L'Oriente. Il deserto. La morte.

Sophie si alzò e, indossato un accappatoio bianco, se lo strinse in vita con una cintura di spugna. «Ne so quanto te», disse.

«Non l'hai sentita?»

«No.»

Lei andò nella stanza da bagno e fece scorrere l'acqua nella vasca. In quel momento Chaplain si accorse che c'era qualcun altro nella stanza. Una piccola donna scialba, vestita senza la minima eleganza. Stava seduta a una scrivania e picchiava sui tasti di un computer. Possedeva l'umiltà e la discrezione tipiche delle schiave. Capì che era la contabile della ditta Barak. Si facevano le valigie, si chiudevano i conti.

Sophie tornò nella stanza e scelse un abito di seta nera che stese con delicatezza sul letto. Impartì un ordine in arabo alla donna per poi inginocchiarsi davanti a un altro baule verticale contenente file di scarpe. «Qualsiasi cosa le sia successo», disse scegliendone un paio tigrate, «se l'è andata a cercare. Se la conosci, lo sai quanto me. Medina è un'imbecille patentata.»

«Sasha.com le dice qualcosa?»

«Com'è che conosci questo nome?»
«Medina me ne aveva parlato.»
Sophie si strinse nelle spalle e, avvicinatasi a un altro baule, prese una cintura con un monogramma d'argento. «Una moda assurda», mormorò.
«Una moda?»
«La primavera scorsa alcune ragazze si sono iscritte a quello stupido club. Per me è incomprensibile. Tutto per incontrare dei perdenti senza un soldo. Roba da pazzi.»
«Forse cercavano un marito? Un compagno?»
Sophie sorrise con indulgenza. «Sarebbe la prima volta che sento qualcosa del genere.»
«Ha un'altra teoria?»
Lei dispose sul letto le scarpe e la cintura accanto all'abito e parve soddisfatta. L'acqua del bagno continuava a scorrere. «Non una teoria», ribatté girandosi verso di lui. «Una certezza. Cosa credi? Che permetta alle mie ragazze di perdere tempo così, gratis? Ho svolto delle indagini.»
«Cos'ha scoperto?»
«Si fanno pagare.»
«Da chi?»
«Tutto quello che so», rispose Sophie facendo un gesto vago, «è che alcune di loro non si sono mai più fatte vive. Tre giretti da Sasha e si sparisce. Ecco come vanno le cose.»
Chaplain pensò alle voci sulle donne scomparse di cui gli aveva parlato Lulu 78. Un serial killer in un sito di incontri? Uno che se la prendeva esclusivamente con escort che non c'entravano niente? Un traffico di esseri umani? Perché passare per un club come sasha.com? «Non la vedo nei panni di una che si rassegna così facilmente», insistette.
Lei gli si avvicinò. «Mi stai simpatico, caro», disse sistemandogli i risvolti della giacca con fare affettuoso. «Quindi ascolta il mio consiglio: vai per la tua strada. Esiste un modo molto semplice per evitare le grane: non cercarle.» Lo riaccompagnò alla porta. Il colloquio era terminato. La Pizia aveva parlato.
Sulla soglia, Chaplain arrischiò un'ultima domanda. «E Mêtis le dice qualcosa?»

Altro sorriso. Dall'indulgenza Sophie Barak era passata alla tenerezza. Lui intuì come si tenesse stretto il suo piccolo mondo, con una sorta di calore materno che rinsaldava i legami più di qualsiasi minaccia. Violenza, freddezza e brutalità provenivano dall'esterno. Lei aveva il compito di tenere al sicuro le sue ragazze. «Se ho potuto fare il mio mestiere per così tanto tempo è perché qualcuno mi ha protetta.»

«Chi?»

«Quelli che sono in grado di farlo.»

«Non capisco.»

«Tanto meglio. Ma la collaborazione funziona nei due sensi. Loro proteggono me e io proteggo loro. Capisci?»

Chaplain pensò a una Madame Claude in versione libanese. «Intende dire che Mêtis ha qualcosa a che vedere con questa protezione?»

Lei si baciò l'indice e lo posò sulle labbra di lui. Stava per chiudere la porta, ma Chaplain la trattenne ancora per un istante.

«Medina non era la sola a frequentare sasha.com. Ha un altro nome da darmi?»

Dopo una breve riflessione Sophie mormorò: «Leïla. Una marocchina. Credo che sprechi ancora tempo con quelle cretinate. Che Dio ti benedica. *Barak allahu fik!*».

Anaïs aveva dovuto aspettare le cinque del pomeriggio per andare in biblioteca. Doveva adeguarsi come gli altri agli orari e alle priorità del carcere. E gli orari cambiavano tutti i giorni, per ostacolare eventuali piani di evasione.

Una volta sul posto aveva trovato dei libri sulla storia della fotografia. Da quando Le Coz le aveva parlato dei dagherrotipi, riponeva tutte le sue speranze su quella nuova pista. Se era vero che l'assassino dell'Olimpo usava quel metodo per immortalare i suoi delitti, lei doveva conoscere tutto sull'argomento.

La sua idea era semplice. Finora il killer era stato più che prudente. Non si era potuto risalire all'origine dell'eroina, della cera, delle piume o delle ali del deltaplano. Anche la pista dei prodotti anestetizzanti usati per addormentare il toro sacrificato non aveva portato a nulla. Non si era stati in grado di stabilire un legame tra l'assassino e gli strumenti di cui si era servito per i suoi crimini. Forse era stato meno attento con i dagherrotipi? Magari i materiali necessari per quella tecnica specifica avrebbero potuto tradirlo.

Secondo i libri che lei aveva trovato in biblioteca, l'invenzione del pittore parigino Louis-Jacques-Mandé Daguerre risaliva alla metà dell'Ottocento. Tecnicamente, il procedimento si basava sull'utilizzo di una lastra di rame ben lucidata e rivestita di uno strato d'argento. Il supporto veniva poi esposto a vapori di iodio per sensibilizzarlo alla luce. In un secondo tempo, attraverso un obiettivo, sulla lastra veniva proiettata un'immagine, che era poi sviluppata mediante esposizione a vapori di mercurio e fissata con iposolfito di sodio. Infine veniva protetta dall'ossigeno dell'aria con uno strato di cloruro d'oro.

I libri erano corredati di illustrazioni: la qualità della stampa non era eccellente, eppure le immagini sembravano brillare come mercurio. Anaïs pensò che quelle immagini presentavano la contraddizione tipica dei sogni, insieme scuri e luminosi, sfocati e precisi. Visivamente, si aveva la sensazione di una nuvola nera che si squarcia e lascia emergere motivi argentati i cui riflessi cangianti hanno qualcosa di irreale.

S'immerse nella lettura di un libro molto tecnico. Non ci capì granché, ma abbastanza da dedurre che il procedimento, lungo e complesso, richiedeva particolare attenzione al momento dello scatto. Era forse possibile che, sulla scena del crimine, l'assassino si fosse preso la briga di immortalare la sua opera seguendo un tale metodo? Difficile da credere. Eppure c'era quel frammento di specchio trovato vicino a Icaro. Il killer doveva avere rotto sul posto una lastra sensibile prima di ripetere l'operazione con un'altra... Aveva raccolto tutti i pezzi, ma uno doveva essergli sfuggito. Non c'era altro modo per spiegare la presenza di quel frammento.

Anaïs si chiese se Solinas avesse letto una trascrizione dettagliata della sua conversazione telefonica con Le Coz. Non lo credeva. Il poliziotto non sapeva dei dagherrotipi, quindi lei era l'unica a lavorare su quella pista.

Smise di leggere e chiuse gli occhi, cercando di immaginare come potevano presentarsi i dagherrotipi scattati sulle scene del crimine. Il Minotauro, Icaro, Urano...

Sollevò le palpebre di colpo. Nella sua mente le lastre non erano argentate ma dorate, o meglio rossicce. Inconsciamente aveva fatto un'associazione fra il processo chimico di quel vecchio procedimento e un enigma irrisolto a proposito del corpo di Philippe Duruy. Il sangue che gli era stato prelevato. La sua convinzione, per quanto assurda, era che l'assassino si servisse dell'emoglobina della vittima durante la fase dello sviluppo dell'immagine. In un modo o nell'altro usava quel liquido vitale per *rivelare* l'immagine.

Anaïs aveva sempre nutrito una grande passione per l'arte. Le tornarono in mente le voci secondo le quali lo stesso Tiziano aveva usato del sangue sulle sue tele. Anche Rubens avrebbe utilizzato quel liquido organico per conferire maggior calore alle sue luci, per rendere più vibranti i toni della carne. Secondo un'altra leggenda nel diciassettesimo secolo si ricorreva al sangue umano per confezionare la *mummie*, una miscela che, mescolata all'olio e ai colori, costituiva un ottimo fondo per le tele.

Poco importava se quelle storie erano vere o false: il fatto era che adesso alimentavano tutte le sue congetture. Anaïs non era abbastanza ferrata in chimica per capire che funzione avessero l'emoglobina e l'ossido di ferro nel procedimento, ma era sicura che l'Olimpo dell'assassino assomigliasse a una galleria d'arte in cui erano esposte lastre di sangue secco e cloruro d'oro.

«Chatelet, tempo scaduto.»

Anaïs chiese alla guardiana che le stava davanti se poteva fotocopiare qualche pagina. La risposta fu negativa e lei non insistette. Percorse i corridoi e varcò le diverse porte sbarrate in preda all'eccitazione. I dagherrotipi. L'alchimia. Il sangue. Era sicura di essere approdata a qualcosa, ma come poteva verificarlo?

La porta della cella si chiuse dietro di lei. Si sdraiò sul letto e sentì, dall'altra parte del muro, la radio di una prigioniera. Lily Allen, di passaggio a Parigi, era intervistata da un presentatore. La cantante inglese diceva di conoscere la first lady di Francia, Carla Bruni.

«Sarebbe disposta a fare un duetto con lei?» chiedeva lo speaker.

«Non so... Carla è alta e io sono molto piccola. Farebbe una strana impressione. Per me sarebbe meglio cantare con Sarkozy!»

Anaïs trovò la forza di sorridere. Adorava Lily Allen, soprattutto la canzone *22* che ripercorre, in poche parole, il destino tragico di una trentenne che non si accorge che la sua giovinezza è finita. Ogni volta che vedeva il videoclip – ragazze nelle toilette di un night club che, ritoccandosi il trucco davanti allo specchio, sperano di rifarsi una vita – vedeva sé stessa:

It's sad but it's true how society says
Her life is already over
There's nothing to do and there's nothing to say...

Chiuse gli occhi e tornò alle immagini della mitologia.
Dagherrotipi lucidi di sangue.
Doveva uscire da lì.
Ritrovare le tracce di quel bastardo.
Fermare il predatore che agiva come un vampiro.

Il nuovo *speed dating* aveva luogo in un locale alla moda del X arrondissement. Il design di tendenza del Vega, con le superfici cromate e le lampade a led, non aveva niente a che vedere con l'atmosfera tropicale del Pitcairn. A sinistra, il bar retroilluminato diffondeva una luce azzurrognola tipo acquario. A destra, erano disseminati divani a forma di fagiolo. Cubi argentati fungevano da tavolini.

Sul bancone del bar si allineavano bicchieri di Blue Lagoon, un cocktail a base di curaçao, che nella penombra sembravano fosforescenti. Musica elettronica soft vibrava in sordina.

Le pareti dell'ingresso erano decorate dalle illustrazioni, chiuse in cornici d'acciaio inox, di un personaggio di un cartone animato giapponese della fine degli anni Settanta: *Goldrake.* Il posto si chiamava Vega in suo onore e il design era ispirato agli anni peggiori del ventesimo secolo: gli *Eighties.*

L'appuntamento era fissato alle nove di sera. Chaplain arrivò alle otto e mezzo. Voleva cogliere Sasha di sorpresa. Nella sala deserta la donna, con indosso ancora il cappotto, stava disponendo cartellini numerati sui tavoli. Non l'aveva sentito arrivare e lui ne approfittò per osservarla. Probabilmente originaria delle Antille Olandesi, aveva i capelli corti e doveva essere alta almeno un metro e ottanta, con il fisico atletico e le braccia smisurate. Nonostante la bellezza, la sua figura era pesante e massiccia. Sotto certi aspetti la si sarebbe potuta scambiare per un travestito.

«Salve, Sasha», la salutò lui dalla penombra che lo avvolgeva.

La donna sussultò e rabbrividì – faceva molto freddo nella sala –, ma si riprese subito sfoggiando un sorriso artefatto e calandosi nel suo ruolo preferito: quello del demiurgo benevolo che regge lo scettro di un regno di cuori smarriti.

Quando però Chaplain si mostrò, la donna non nascose la propria ostilità. Lui le si avvicinò per salutarla, incerto se stringerle la mano o baciarla. Sasha fece un passo indietro. Sotto il cappotto scuro indossava un severo vestito nero; calzava scarpe di marca dai tacchi alti, anch'esse nere. Niente nel suo abbigliamento faceva trapelare le origini antillane, ma tutto il resto in lei ricordava le isole. Sotto i led, la pelle caramellata appariva bruno-dorata. Lo smeraldo dei suoi occhi era virato al verde acqua.

Lo squadrò a sua volta e parve esprimere riprovazione per gli abiti di Chaplain. Camicia viola, cappotto di flanella a tre tasche, pantaloni dritti di serge di lana e vistose scarpe a punta di vernice. Aveva attinto al guardaroba sgargiante di Nono.

«Dovrei bandire dal mio club i playboy che vivono alla giornata.»

«Per quale ragione?»

«Credevo di essere stata chiara.»

Probabilmente in passato Sasha gli aveva proibito di frequentare le sue serate.

«Ne è passata di acqua sotto i ponti», azzardò Chaplain.

«Le voci che circolano non sono state portate via dalla corrente.» La donna aveva un leggero accento creolo, un'intonazione che riusciva a eliminare quando si rivolgeva alle sue pecorelle, ma che in quel confronto intimo riaffiorò.

«Conta soltanto il tuo club, vero?» la provocò lui esprimendosi come un amante di vecchia data.

«Cos'altro se no? Gli uomini? Non farmi ridere.»

«Il tuo business è basato sull'amore.»

«Non sull'amore, sulla speranza.»

«Siamo d'accordo.»

«Cosa vuoi, Nono?» domandò Sasha facendo un passo verso di lui. «Te ne torni qui, con quella tua faccia ingenua, dopo tutto ciò che è successo?»

«Cos'è successo esattamente?»

L'antillana scosse la testa con aria scoraggiata. «Fai paura alle donne. Metti in ombra gli uomini. E, a me, dai sui nervi.»

Chaplain indicò il bar dai riflessi di mercurio. «Permetti che mi serva da bere qualcosa di diverso dal tuo blu di metilene?»

«Fa' come se fossi a casa tua», si arrese lei tornando ai suoi cartellini.

Chaplain passò dietro il banco del bar. La borsa di Sasha era posata sul piano. L'aveva notata non appena era entrato. Una Birkin color talpa, firmata Hermès. Il classico trofeo della parigina che è salita nella scala sociale.

Lui finse di scegliere una bottiglia. I primi postulanti fecero la loro comparsa scostando la pesante tenda della porta di ingresso. Sasha prese due cocktail e si diresse verso i nuovi arrivati.

Chaplain afferrò la borsa e l'aprì. Trovò il portafoglio e la carta d'identità. Il vero nome di Sasha era Véronique Artois. Abitava al numero 15 di rue de Pontoise, nel V arrondissement. Memorizzò l'indirizzo e rimise il tutto nella borsa. Ora doveva trovare le chiavi.

«Che cosa stai combinando?» Sasha stava dall'altro lato del bancone. I suoi occhi verde chiaro erano passati al verde giada.

Lui posò la bottiglia sul piano. «Preparo un cocktail di mia invenzione. Ne vuoi uno?»

Senza rispondere, lei lanciò uno sguardo ai membri del club che si erano seduti a due divani di distanza, con il bicchiere in mano, a disagio. Il dovere la chiamava, ma non aveva finito con lui. «Intendo dire che cosa stai combinando qui, Nono. Cosa stai cercando?»

«Niente di più di quello che cercavo prima.»

«Appunto: non è mai stato molto chiaro.»

Chaplain stappò la bottiglia e versò due drink. Aveva fatto in tempo a mettersi le chiavi in tasca, ma la Birkin non era più sul bancone: l'aveva lasciata cadere per terra. Sasha non se n'era accorta. I suoi occhi lo sondavano nella luce tenue. Lui avrebbe voluto scorgervi una nostalgia, una tristezza velata – qualcosa che evocasse i bei vecchi tempi –, ma non vi lesse altro che un'inquietudine mista a collera. «Sei sicura di non volerne uno?»

Sasha fece segno di no con la testa e guardò verso l'ingresso: stavano entrando altri clienti.

«Mi chiedevo... Leïla verrà stasera?» arrischiò Chaplain.

Sasha lo fulminò con lo sguardo. Il suo viso sereno e caldo di antillana si era trasformato in pietra vulcanica dagli spigoli freddi e duri. «Sparisci.»

Lui alzò le mani nel gesto di calmarla. Sasha andò incontro ai nuovi clienti offrendo loro i drink. Lui rimise la borsa sul bancone e si avviò verso l'ingresso incrociandola mentre accoglieva i suoi invitati.

Quando scostò la tenda, si trovò di fronte ad altri single. Avrebbe voluto augurare loro buona fortuna, ma preferì mormorare: «Coraggio».

Chaplain dovette aspettare quasi dieci minuti davanti al 15 di rue de Pontoise prima che il portone si aprisse. Un inquilino che usciva. Tutto intirizzito, lui s'infilò dentro e s'imbatté in un cancello dotato di un altro codice. Non c'era verso di raggiungere gli edifici.

«Merda», mormorò, a corto d'idee.

Doveva aspettare ancora. Attraverso il cancello osservò il cortile lastricato, abbellito da aiuole di piante che resistevano ai rigori dell'inverno. Le facciate degli edifici erano sobrie. Cornici rettilinee, senza ornamenti, balconi in ferro battuto. Si disse che quelle costruzioni dovevano risalire al diciassettesimo o al diciottesimo secolo. Benché irritato, notò l'intensa bellezza del luogo. Il selciato, le facciate, il fogliame: tutto era di un grigio brillante, lunare, che evocava un quadro ravvivato da tocchi di mercurio.

Il portone sulla strada si aprì. Un visitatore. L'uomo, con il colletto alzato, gli lanciò uno sguardo sospettoso, poi suonò al citofono. La serratura del cancello scattò. Chaplain si precipitò dietro di lui ignorandone l'espressione ostile. Guardò le cassette delle lettere: Véronique Artois abitava nell'edificio B, al terzo piano.

Il vano delle scale era stretto, il pavimento in mattonelle. Chaplain si trovò davanti a una porta di sghimbescio. Per prudenza suonò il campanello, stette un attimo in attesa e girò la chiave nella serratura senza far rumore.

Una volta dentro, consultò l'orologio. Era uscito dal Vega da quaranta minuti. Le serate di Sasha seguivano sempre lo stesso rituale: sette volte sette minuti, ossia quarantanove minuti, più il preambolo e, a fine sessione, la raccolta dei fogli su cui ognuno aveva scritto i numeri dei candidati di proprio interesse. Bisognava poi aggiungere il tempo necessario per tornare a casa. Complessivamente, due ore abbondanti.

Gli rimaneva pressappoco un'ora per frugare l'appartamento.

A prima vista, si trattava di un piccolo trilocale ristrutturato alla bell'e meglio. Pavimento in mattonelle, pareti ruvide dipinte di bianco, travi al soffitto. Il luogo assomigliava alla Sasha che lui immaginava: una single di circa quarant'anni che più o meno dal 2000 cavalcava la moda dello *speed dating* e grazie al suo club si guadagnava da vivere, senza arricchirsi.

Era sicuro che non avesse un ufficio: organizzava le sue serate da casa, via Internet, limitando così le spese. Attraversato lo stretto vestibolo, si ritrovò in una sala arredata alla marocchina, con lampade di rame e pareti rosa e color mandarino. Vicino a una finestra, un canapè coperto di cuscini lo rese malinconico. Il rifugio di una donna sola, che si rintana lì per leggere, con il cuore gonfio e l'anima pesante. In quella bomboniera non si sarebbe stupito di imbattersi in un gatto o in un barboncino, ma nessuna bestiola apparve all'orizzonte.

Si spostò nella camera da letto. Una *mashrabiya* di legno e madreperla fungeva da paravento. Il letto color granata al centro sembrava in attesa di una pioggia di petali di rose. Ma il luogo riservava una sorpresa: sulla parete di fondo Sasha aveva appeso, l'una accanto all'altra, le foto dei membri del suo club, realizzando una sorta di poster gigante dei «ricercati».

Guardando meglio, Chaplain si rese conto che fra tutte quelle teste la donna aveva tracciato con il pennarello una serie di linee, frecce, tratti punteggiati. Sasha supervisionava le relazioni nate dai suoi appuntamenti come un ammiraglio dirige le sue flottiglie su un plastico. Fissando i visi dal sorriso poco spontaneo, gli parve che le bocche mute urlassero una sola parola: «Solitudine». Ed era come se tutte le facce riflettessero quella della stessa Sasha, con la grande bocca che urlava ancora più forte.

La immaginò che viveva per procura attraverso gli incontri che organizzava: sorvegliava, spiava e manipolava ogni socio. La vide che si masturbava nel letto di fronte alla parete costellata di facce, di legami sessuali impliciti, prigioniera dei propri fantasmi, della propria esistenza vuota, di quella galassia che metteva in moto ma di cui non assaporava mai il calore.

Sasha doveva registrare da qualche parte, con precisione, gli incontri dei membri del suo club. Un Mac portatile troneggiava sulla piccola scrivania addossata alla parete. Lui vi si sedette davanti e lo accese. Non c'era password. Lì Sasha era a casa sua, nel proprio regno, quindi si sentiva sicura.

Cliccò sulla cartella sasha.com. Sfilarono le icone. Aprì il documento dedicato ai membri: c'erano due elenchi alfabetici, uno per gli pseudonimi e uno per i nomi veri. Chaplain scelse quello degli pseudonimi e fece passare le foto delle donne, a ciascuna delle quali era associata una scheda con i dati personali: origini, situazione familiare, professione, reddito, gusti musicali, speranze ecc. Sasha organizzava le serate in base alle affinità.

Fra quei volti, alcuni spiccavano più di altri. Lineamenti regolari, sguardo intenso: erano donne bellissime. Si chiese se esistessero veramente. Sui siti di incontri è frequente aggiungere qualche attrattiva in più per accalappiare la clientela...

Oppure si trattava delle escort di cui aveva parlato Sophie Barak. Professioniste che non c'entravano niente con quel club e che non venivano certo pagate da Sasha. Chi dava loro i soldi allora? E per che cosa? Le ragazze avevano un look naturale, senza trucco né segni di ostentazione, eppure la loro bellezza era straordinaria, palpitante.

Annotò i loro pseudonimi. Chloë, Judith, Aqua-84... Poi trovò Medina. Si era raccolta i capelli e aveva messo da parte il broncio sensuale. Giocava sul basso profilo, ma il suo potere di seduzione rimaneva dirompente. Non c'erano possibilità che nelle serate di Sasha passasse inosservata.

Trovò anche Leïla, una giovane marocchina dai capelli ondulati, con le labbra scure e gli occhi neri. Pure lei sfoggiava un'aria modesta. Niente trucco, nessun gioiello, un'anonima camicetta beige... Ma i contorni scuri dei suoi occhi erano veri e propri lampi di inchiostro e conferivano alle pupille una luminescenza di quarzo. Era chiaro che quelle ragazze sovrannaturali volevano confondersi nella massa. Cosa cercavano?

All'improvviso Chaplain notò qualcosa. Tornò indietro e fece scorrere le immagini più lentamente. Aveva riconosciuto un altro viso: ovale, molto pallido, incorniciato dai capelli scuri, lisci al punto di sembrare due lembi di seta nera. Gli occhi chiari scintillavano come ceri evocando una cerimonia religiosa, profumo di incenso. Un viso angelico: dolce come una preghiera, violento come una rivelazione.

Chaplain lesse lo pseudonimo dell'angelo e tutto prese a tremolare davanti ai suoi occhi.

Feliz.

Era la parola che aveva sentito nel sogno dell'ombra e del muro bianco. Non aveva più pensato a quel termine. Feliz. Conosceva quel viso, udiva ancora la voce del sogno, sussurrante, calda e piena di speranza. Adesso sapeva che quella voce era la *sua*.

Cliccando sulla foto si accedeva direttamente alla scheda dei dati personali della candidata. Quando vide il vero nome apparire sullo schermo, Chaplain iniziò a scuotere la testa – era troppo folle, troppo incredibile –, poi trattenne un gemito. La macchina della verità si era messa in funzione e non c'era speranza di fare marcia indietro.

Feliz era Anne-Marie Straub.

Adesso la riconosceva. Nei suoi ricordi, il viso era contorto, alterato dalla cintura stretta intorno al collo che le aveva fratturato le vertebre. Ma era proprio lei. La morta. L'impiccata. Il fantasma dei suoi sogni, Anne-Marie Straub. L'unica donna che pensava di avere amato non era la paziente di un ospedale psichiatrico, ma una escort che probabilmente aveva incontrato durante le serate di Sasha. Una ragazza che era stata pagata per partecipare a quegli incontri.

Le notti d'amore nella cella di Anne-Marie, la follia della sua amante, la sagoma appesa sopra la sua testa non erano che allucinazioni. Lui possedeva pochissimo, e tutto ciò che aveva era appena andato in frantumi.

Chiuse gli occhi e cercò di ritrovare un po' di autocontrollo. Quando si sentì più padrone di sé, li riaprì e lesse la scheda. Feliz si era iscritta al club nel marzo 2008. Abitava nel IX arrondissement di Parigi, in rue de Lancry. Aveva ventisette anni. Non si era data la pena di rispondere alle altre domande. Non aveva compilato le sezioni dedicate a professione, reddito, hobby e svaghi... Sasha aveva lasciato correre. Con una candidata simile, non era il caso di fare la difficile.

Chaplain notò che l'anno dopo Anne-Marie Straub non aveva rinnovato l'iscrizione. Cercò di ricostruire la cronologia, ma un dettaglio non quadrava. La ragazza aveva frequentato il club dal marzo 2008 fino al febbraio 2009. A quell'epoca, tuttavia, Nono non esisteva ancora. Secondo Yussef, era apparso nel marzo 2009. Perciò dove aveva incontrato Anne-Marie Straub? In quale vita?

Un'ipotesi era che l'avesse conosciuta nel 2008, quando lui era un'altra persona già iscritta al club con un nome diverso. Cliccò per accedere all'elenco degli incontri di Feliz: le serate alle quali aveva partecipato e i numeri di telefono degli uomini a cui si era interessata. Se il ragionamento di Chaplain era giusto, il suo nome doveva figurare in quell'elenco.

Fino al dicembre 2008 lei aveva partecipato a circa quaranta incontri e aveva chiesto i numeri di solo dodici uomini. Un altro *clic*: gli pseudonimi scorrevano, ma lui non ne riconobbe nessuno. Aprì una per una tutte le schede con le relative fotografie. La sua faccia non c'era.

In mancanza di meglio, guardò più da vicino gli uomini che erano piaciuti a Feliz. Il 21 marzo 2008 aveva chiesto il numero di Rodrigo. Nella vita vera, Philippe Desprès, quarantatré anni, divorziato senza figli. Il 15 aprile si era interessata a Sandokan, alias Sylvain Durieu, cinquantun anni, vedovo. Il 23 maggio 2008 aveva notato Gentil-Michel, alias

Christian Miossens, trentanove anni, scapolo. Il 5 giugno 2008, Alex-244, che in realtà si chiamava Patrick Serena, quarantun anni, scapolo...

L'elenco proseguiva, con nomi e profili anonimi. Cosa in quegli uomini aveva attratto Feliz? Lei era una professionista. Una donna di una bellezza eccezionale abituata a vendere il proprio fascino. Una donna cinica che usava il proprio aspetto come un'arma. Cosa cercava in quegli individui senza particolari attrattive?

Ore 22.45. Ormai Sasha non avrebbe tardato a rientrare. Chaplain annotò i dati delle prede sul blocchetto che aveva in tasca e tirò fuori la chiavetta USB che aveva comprato nel pomeriggio. Copiò l'intera cartella di documenti e rimise tutto a posto.

Mentre varcava la soglia, si disse che la sua ricerca nei file non era finita. Non aveva letto la scheda che lo riguardava: Arnaud Chaplain, alias Nono, anno 2009. Non aveva trovato collegamenti con Medina. L'aveva conosciuta da Sasha? Aveva avuto per due volte la stessa esperienza con escort diverse? La voce di Medina: «Comincia a essere rischioso. Ho paura». Era morta? E Feliz? Era davvero finita impiccata?

Il primo numero, quello di Philippe Desprès, alias Rodrigo, non era più attivo.

Chaplain compose il secondo della lista, di Sylvain Durieu, alias Sandokan, e ottenne una risposta dopo quattro squilli.

«Il signor Durieu?»

«Sì?»

«La chiamo a proposito di Anne-Marie Straub.»

«Chi?»

«Feliz.»

Un breve silenzio, poi: «Chi è lei?».

Colto di sorpresa, Chaplain improvvisò. «Sono un ufficiale di polizia giudiziaria.»

L'uomo prese fiato e replicò in tono deciso: «Non voglio noie. Non mi interessa sapere cosa ha fatto. Non voglio mai più sentirne parlare».

«Sa che è scomparsa?»

«Non la vedo da un anno e mezzo! Dopo tre appuntamenti, mi ha piantato in asso senza alcuna spiegazione. Poi non ho più avuto sue notizie.»

«Quando l'ha incontrata la prima volta?»

«Se vuole interrogarmi, mi convochi al commissariato», ribatté secco Durieu e riattaccò.

Chaplain bevve un sorso di caffè. Si era rifugiato in una brasserie in boulevard Saint-Germain. Divanetti in similpelle, lampadari giallastri, rumori lontani: il caffè era praticamente deserto.

Numero successivo.

Due squilli, poi una voce di donna. «Pronto?»

Chaplain non si era preparato a quell'eventualità. Guardò nel blocchetto di appunti e lesse il nome del candidato numero 3. «Vorrei parlare con Christian Miossens, per favore.»

«È uno scherzo?»

Doveva avere sbagliato. Ripeté ad alta voce il numero che aveva digitato.

«È proprio il numero di Christian», disse la donna con voce meno aggressiva.

Chaplain adottò a sua volta un tono meno brusco. «Mi sono espresso male. La chiamo a proposito del signor Miossens e...»

«Ma lei chi è, scusi?»

Si presentò ancora una volta come un ufficiale di polizia giudiziaria, evitando di dare il proprio nome.

«C'è qualche novità?»

L'inflessione era cambiata. Dopo l'irritazione, la speranza.

«Forse.»

«Cioè?»

Chaplain trasse un lungo respiro. Procedeva a braccio, ma cominciava ad abituarsi. «Mi scusi, prima mi può dire chi è lei?»

«Sono Nathalie Forestier, la sorella di Christian.»

Lui rifletté in fretta. Se la sorella di Miossens rispondeva sul suo cellulare, voleva dire che l'uomo era malato, scomparso o morto. La domanda «c'è qualche novità?» rivolta a uno sbirro escludeva la malattia. Si schiarì la gola e si calò nel suo ruolo di investigatore. «Vorrei tornare con lei su alcuni fatti.»

«Oddio...» fece la donna con voce estenuata. «Ho già raccontato tutto tante di quelle volte...»

«Signora», replicò lui cercando di mostrare autorevolezza, «mi hanno incaricato di questo caso per approfondire vari punti. Devo interrogare ogni testimone importante.»

La storia non stava in piedi: aveva appena fatto il numero di un morto o di uno scomparso.

La donna non ci fece caso. «Ci sono sì o no nuovi elementi?» chiese.

«Prima risponda alle mie domande.»

«Lei... mi convocherà un'altra volta?»

«Purtroppo sì. Ma per adesso vorrei soltanto ripercorrere con lei alcune circostanze, per telefono.»

«La ascolto», si arrese Nathalie.

Chaplain esitò. Doveva prenderla il più alla larga possibile. «Come ha saputo di suo fratello?»

«La prima o la seconda volta?»

Non si può morire due volte, quindi Christian Miossens era scomparso. *In due occasioni.*

«Parliamo della prima.»

«La polizia mi ha chiamato. Erano stati i datori di lavoro di Christian a contattarla. Non avevano sue notizie da un paio di settimane. Mio fratello non li aveva avvertiti della sua assenza e non aveva inviato il certificato medico. Non era nelle sue abitudini comportarsi così.»

«Quando ha ricevuto la chiamata della polizia?»

«Il 10 luglio 2008. Me ne ricordo benissimo.»

Chaplain scriveva, consultando al tempo stesso i propri appunti. Miossens aveva incontrato Anne-Marie Straub per la prima volta il 23 maggio 2008. Meno di due mesi dopo, era sparito. Una relazione di causa ed effetto? «Lei non era al corrente di nulla?»

«Allora non ha letto la mia deposizione.»

«No, preferisco essere libero da qualsiasi preconcetto quando interrogo i testimoni.»

«Strano metodo.»

«Ognuno ha il suo. Come mai non si era accorta della scomparsa di suo fratello?»

«Perché avevamo litigato e non ci parlavamo da dodici anni.»

«Per quale ragione?»

«Per una stupida storia di eredità. Un monolocale a Parigi. Davvero una scemenza...»

«La famiglia non si è resa conto della sua scomparsa?»

«Christian non aveva famiglia.» La voce le s'incrinò. «Era

completamente solo, lo capisce? Passava la vita su Internet, su siti di incontri. Lo si è saputo dopo. Vedeva delle donne, delle... professioniste...»

Chaplain doveva registrare ogni informazione e cercare di inserirla nel puzzle. Nathalie Forestier aveva accennato a due sparizioni.

«Quando è tornato?»

«In settembre. In realtà la polizia l'aveva ritrovato a fine agosto, ma me lo hanno fatto sapere solo a metà settembre.»

«Come mai l'hanno contattata così in ritardo?»

Nathalie non rispose subito. Evidentemente era sempre più stupita dalle lacune nelle informazioni di cui disponeva il suo interlocutore. «Perché non sapevano chi fosse. Christian affermava di chiamarsi David Longuet. Non si ricordava più chi era.»

Un colpo di scena che lui non aveva previsto. Christian Miossens, l'eletto di Feliz, aveva sperimentato una fuga psicogena. Era un viaggiatore senza bagaglio.

«Dove è stato trovato?»

«Lungo Paris-Plage, a fine agosto. Era insieme ad alcuni uomini senza fissa dimora. Colpito da amnesia. Dapprima l'hanno portato all'infermeria psichiatrica della questura di Parigi.»

«È la prassi.»

«Poi è stato trasferito al Sainte-Anne.»

«Si ricorda il nome dello psichiatra che l'ha avuto in cura?»

«Adesso esagera! Christian è rimasto in ospedale per quasi un mese. Andavo a trovarlo tutti i giorni. Il medico si chiama François Kubiela.»

Chaplain annotò il nome. Il primo da interrogare. «In che reparto lavora?»

«Alla clinica neurologica e delle malattie mentali. È un uomo gentile e comprensivo. Sembrava molto ferrato su quel tipo di disturbi.»

«Kubiela le ha spiegato di cosa soffriva Christian?»

«Mi ha parlato di fughe psicogene, di fuga dalla realtà attraverso l'amnesia, questo genere di fenomeni. Mi ha spiegato che stava studiando un altro caso analogo, un paziente di Lorient che aveva fatto trasferire a Parigi nel suo reparto.»

Chaplain sottolineò tre volte il nome di Kubiela. Un esperto. Doveva assolutamente parlargli. Certo, il medico avrebbe invocato il segreto professionale, ma...

«Kubiela sembrava... sconcertato», continuò Nathalie. «Secondo lui si tratta di una sindrome molto rara. Scherzando diceva: "È una specialità americana".»

«E come ha curato suo fratello?»

«Non lo so esattamente. Ma sono sicura che ha provato di tutto per fargli tornare la memoria.»

Chaplain cambiò rotta. «Come hanno identificato Christian? Come sono risaliti fino a lei?»

«Quindi non sa proprio nulla...»

Chaplain ringraziò mentalmente la donna di non avergli chiuso il telefono in faccia. La sua ignoranza era come un insulto.

«Christian è stato identificato grazie alle impronte digitali», raccontò. «Era stato fermato l'anno prima per guida in stato di ebbrezza. Quindi le sue impronte erano schedate. Non so per quale ragione ci abbiano messo più di quindici giorni a confrontarle.»

«Cos'è successo poi?»

«Mi hanno affidato Christian. Il professor Kubiela era piuttosto pessimista sulla possibilità che guarisse.»

«Dopodiché?»

«Christian si è stabilito a casa nostra. Vivo con mio marito e i miei figli in un villino a Sèvres. Non era molto comodo.»

«In quel periodo suo fratello pensava sempre di essere David Longuet?»

«Sì, sempre. Era... tremendo.»

«Non si ricordava di lei?»

Nathalie Forestier non rispose. Chaplain capì che stava piangendo.

«Quindi è vissuto con la sua famiglia?» domandò dopo qualche secondo.

«Nel giro di un mese è scappato. Dopodiché...»

Di nuovo silenzio e singhiozzi.

«Il suo corpo è stato ritrovato ai piedi di una fabbrica di materiale edile, sul lungosenna Marcel-Boyer, a Ivry-sur-Seine. Era stato atrocemente mutilato.»

Nonostante la mano gli tremasse, Chaplain scriveva. Finalmente entrava in un territorio che conosceva. «Mi scusi se le faccio questa domanda, ma di che natura erano le mutilazioni?»

«Può consultare il referto dell'autopsia, no?»

Lui insistette, con voce estremamente dolce.«Per piacere, risponda.»

«Non ricordo più con esattezza. Non volevo sapere. Aveva... credo, il viso tagliato in due, verticalmente.»

A Christian Miossens, alias Gentil-Michel, alias David Longuet, era dunque stato innestato l'impianto. Come a Patrick Bonfils. Come *a lui stesso.* Anaïs Chatelet aveva ragione. Il diffusore iniettava la molecola del «viaggiatore senza bagaglio». Uno specifico dispositivo che i killer dovevano assolutamente recuperare ogni volta.

«Senta», disse all'improvviso Nathalie, «sono stufa delle sue domande. Se vuole interrogarmi, mi convochi al commissariato. Ma, soprattutto, mi dica che cosa c'è di nuovo!»

Lui farfugliò qualcosa a proposito di alcuni elementi che avevano portato a riaprire l'indagine. Al tempo stesso, però, non voleva dare false speranze alla donna. Il risultato di quel compromesso fu un discorso incomprensibile. «Senta, abbiamo il suo indirizzo», concluse come se stesse redigendo un verbale. «Le invieremo già domani una convocazione. Le dirò di più nei nostri uffici.»

Pagò il caffè e uscì nell'oscurità in cerca di un taxi. Si diresse verso la Senna e risalì quai de la Tournelle. Il marciapiede era deserto. Sull'asfalto filavano soltanto macchine con al volante guidatori che avevano fretta di rientrare. Faceva freddo. Era buio. Il profilo di Notre-Dame incombeva su quella gelida notte senza fine. Anche a lui sarebbe piaciuto tornare a casa. Ma doveva sfruttare quella nuova notte di ricerche.

Christian Miossens, alias David Longuet.

Patrick Bonfils, alias Pascal Mischell.

Mathias Freire, alias...

Tre soggetti di esperimenti.

Tre viaggiatori senza bagaglio.

Tre uomini da uccidere.

Che ruolo avevano svolto Anne-Marie Straub e Medina in quella macchinazione? Procacciatrici di cavie? Cacciatrici di prede solitarie?

L'ipotesi poteva avere un senso per Christian Miossens ma non per Patrick Bonfils, pescatore squattrinato della costa basca. E per sé stesso? La persona che era prima di diventare Arnaud Chaplain frequentava il club di Sasha? Era stato irretito da Feliz? Non aveva trovato la sua foto fra quelle delle «vittime» dell'amazzone...

Un taxi si fermò e depositò un passeggero venti metri davanti a lui, all'angolo di rue des Grands-Augustins. Chaplain corse e saltò in macchina, congelato.

«Dove andiamo?»

Lui guardò l'orologio. Mezzanotte passata. L'ora ideale per andare a caccia di ragazze.

«Al Johnny's, in rue Clément-Marot.»

«Ci sono novità, bellezza.»

Insonnolita e incredula, Anaïs ascoltava Solinas al telefono. Era stata tirata giù dal letto e portata fin lì, al posto di sorveglianza. Le avevano dato un telefono, una cosa mai successa prima.

«Hai più santi in paradiso di quel che pensavo.»

«Io? Come sarebbe a dire?»

«Che esci domani, ordine del giudice.»

Lei non riuscì a replicare subito. All'idea di lasciare quelle quattro mura, le parve che qualcuno le allargasse la cassa toracica con una tenaglia. «Ti... ti hanno detto perché?»

«Nessun commento. Decisione dall'alto, tutto qui. E poi sostengono che la giustizia è uguale per tutti.»

«Se sai qualcosa, dimmelo», lo esortò Anaïs cambiando tono di voce. «Chi è intervenuto?»

Solinas fece una risata che sembrava un cigolio. «Fa' l'innocentina, ti dona. In ogni caso voglio che resti nei paraggi. Si continua l'indagine. Chiamiamola la nostra "cellula di crisi".»

«C'è qualche novità al riguardo?»

«Zero. Non è saltata fuori nemmeno l'ombra di un amichetto di Medina. Non si sa niente sulle sue attività, sui suoi contatti. Janusz è sempre irreperibile. Nessuna traccia, nessun indizio, nulla di nulla. La squadra Catturandi gira a vuoto.»

Anaïs aveva la sensazione che Solinas e i suoi cerberi non fossero in grado di condurre un'indagine criminale. Quanto agli specialisti in fatto di latitanti, non erano abituati a una preda del calibro di Janusz. «Mi mandi un'auto?»

«Non ce n'è bisogno. Verranno a prenderti.»

«Ma non conosco nessuno a Parigi!»

Solinas scoppiò in un'altra risata. Il cigolio si trasformò in scricchiolio. «Non ti preoccupare. Il tuo vecchio si è messo in moto!»

«La prima sera non ho fatto niente. Ho i miei principi.»

«Sta di fatto che ci sei andata a letto.»

«Sì. Be', insomma, capisci cosa voglio dire...»

Le tre ragazze scoppiarono a ridere. Chaplain si era seduto al tavolo accanto al loro, in fondo al locale. Johnny's era un bar all'americana, con rivestimenti di legno laccato e poltrone di pelle. Un'illuminazione fioca accarezzava i mobili e le gambe delle ragazze, diffondendo un alone bruno-dorato alla Vermeer. Anche se dava loro la schiena, non perdeva una sillaba della conversazione. Il trio corrispondeva al profilo che cercava. Non proprio professioniste, ma allegre prostitute occasionali che chiacchieravano con la stessa nonchalance di vestiti e clienti.

«Non porti più gli occhiali?»

«No, ho le lenti a contatto. Gli occhiali fanno troppo porno.»

Ogni risposta lo sorprendeva – non possedeva l'esperienza di Nono – ma, al tempo stesso, quel modo di mescolare sesso, quattrini e speranze di giovani commesse aveva qualcosa di toccante.

«Vado a incipriarmi il naso.»

Chaplain si lanciò uno sguardo sopra la spalla e scorse una figura snella, di schiena, stretta in un bustino di raso scuro che sfumava in una corolla di tulle nero. Poteva sentirla tirar su con il naso fin dalla sua postazione. La cipria di cui parlava non aveva niente a che fare con il maquillage.

«Non sei venuta alla serata del principe?»

«Che principe?»

Le due bambole avevano ripreso il loro conciliabolo.
«Non so come si chiama. Viene dagli Emirati.»
«Non mi hanno invitata», fece l'altra in tono risentito.
«C'era una russa, non ti dico, mai visto una professionista così. Ha voluto a tutti i costi essere la prima.»
«La prima?»
«Sì. Non capivamo perché ci tenesse tanto, ma aveva ragione lei. Ha fatto fuori il tizio in quattro e quattr'otto. Cinque minuti per tremila euro. Invece noi abbiamo dovuto faticare tutta la notte per farglielo tornare duro.»
Altre risate. Chaplain ordinò una seconda coppa di champagne. Avrebbe dovuto offrire un giro alle ragazze, ma non osava. L'epoca di Nono era davvero lontana.
Miss Coca ritornò saltellante. Vista dal davanti era molto più attraente. Sotto un caschetto nero alla Cleopatra aveva tratti emaciati che le conferivano una grazia animalesca. Guardando meglio, si vedeva che la droga la erodeva già, scavandole le guance e gli occhi, tuttavia per il momento prevaleva ancora la bellezza dei lineamenti, sottolineata da un trucco scuro ma sfavillante.
Arrivata alla sua altezza, si fermò e gli sorrise. «Ti interessa quello che raccontiamo?»
«Scusi?»
«Ma dai, è evidente, sei lì a farti venire il torcicollo per ascoltarci.»
Lui accennò un sorriso. «Vi offro... una coppa?»
«Perché? Sei uno sbirro?»
La domanda lo disorientò. A quanto pare, non la dava a intendere. Gettò la maschera. «Sto cercando Leïla.»
«Leïla come?»
«Solo Leïla.»
«La conosci?»
«No, ma me ne hanno parlato.»
Cleopatra abbozzò un sorriso di velluto satinato. «Eccola.»
Chaplain si voltò e vide apparire, nel vano della porta, il viso che aveva ammirato nelle schede di Sasha. La versione di quella sera però non aveva nulla a che spartire con la ragazza graziosa della foto. Aveva al braccio un'enorme borsa

Chanel e sotto un giaccone dal collo di pelliccia indossava un vestito primaverile di mussola bianca. Quella tunica innocente era in violento contrasto con le vibrazioni sensuali trasmesse dal suo fisico tonico.

«Leïla, sei una vera star», fece Cleopatra. «Questo tizio ti cerca.»

La nuova arrivata scoppiò a ridere. «È questa la vera classe, mia cara.» Sorrise e si chinò verso Chaplain in una riverenza provocante. Il décolleté gli fece l'effetto di un pugno in faccia. «Cosa vuoi, tesoro?» Abbozzò un movimento delle spalle e i seni ballonzolarano. «Chi mi cerca», gli mormorò leccandogli l'orecchio, «mi trova.»

Chaplain tentò di deglutire. Impossibile. Avvertì un calore bruciante fra le cosce. Faceva fatica a immaginare una simile creatura a uno *speed dating* di Sasha. Quelle sere, gli uomini dovevano aspettare impazienti il loro turno per farsi mangiare vivi.

«Voglio parlarti di Medina», disse lui con sicurezza.

Il sorriso scomparve. Leïla si raddrizzò. Chaplain si alzò e la fissò dritto negli occhi. Da vicino, i contorni d'ombra erano ancora più impressionanti. Due tratti viola sottolineavano le iridi febbrili.

«Dov'è Medina? Cosa le è successo?»

«Va' a farti fottere. Io non ho niente a che fare con Medina.»

«Andiamo in un posto tranquillo per parlare.»

«Neanche per sogno, stronzo.»

«Sono armato.»

Lei abbassò gli occhi sulla patta e sorrise. «Sì, lo vedo.»

«Non sto scherzando.»

La magrebina gli lanciò un'occhiata esitante. L'aria provocatrice era scomparsa. Le compagne si guardavano strabuzzando gli occhi.

«Come sei venuta qui?» chiese lui in tono da sbirro.

«Con la mia macchina.»

«Dove l'hai posteggiata?»

«Al parcheggio François Ier.» La voce era roca e secca.

Ogni traccia di seduzione era scomparsa, come se le avessero brutalmente tolto il trucco dall'anima.

Chaplain gettò un biglietto da cento euro sul tavolo delle ragazze senza perdere di vista Leïla. «Offro io.» Indicò la porta d'ingresso. «Su, andiamo.»

«Posso fumare?»

«È tua la macchina.»

«Da dove devo incominciare?» Dietro il volante, Leïla si accese una Marlboro e sbuffò un fiotto di fumo. I finestrini erano chiusi. Istantaneamente l'abitacolo della Austin fu immerso nella nebbia. «Siamo un gruppo di amiche.»

«Fate lo stesso lavoro?»

Leïla cercò di sorridere, ma sulla sua faccia si disegnò una smorfia. «Siamo attrici.»

«Attrici, d'accordo.»

«Siamo sempre a caccia di qualche nuova idea per guadagnare quattrini. O per fare carriera. Miriamo prima di tutto a parti di tipo artistico. Ma a Parigi stai fresco se vuoi sfondare.» Tirò un'altra boccata. Le labbra schioccarono sul filtro. Con l'altra mano non smetteva di lisciarsi i collant satinati.

Chaplain evitava di abbassare lo sguardo per non essere catturato dal potere magnetico di quelle cosce fasciate di nero. «C'è sempre Sophie Barak.»

«La troia. È così che la chiamiamo. Ci ha dato qualche dritta, ma era tutta roba troppo sporca.» Nella parlata di Leïla riaffiorava l'accento dei quartieri popolari, come se la sua lingua ritrovasse una vecchia conoscenza che non si era mai troppo allontanata.

«Allora qualcuno vi ha parlato di sasha.com.»

Leïla non disse niente. Si accontentò di esalare una nuvola di fumo. Dopo un attimo tornò a essere la spavalda del Johnny's. Il suo viso si indurì ostentando un'espressione selvaggia. Gli occhi contornati d'ombra erano come due crateri pronti a sputare fuoco. «Ma tu chi sei veramente?»

«Una vittima di questa storia. Come Medina. Come te.»

«Non siamo vittime.»

«Come vuoi, ma dammi le informazioni che mi occorrono.»

«Perché dovrei parlare?»

«Per Medina.»

«È scomparsa da mesi.»

«Se rispondi alle mie domande, ti dirò che cosa le è successo.»

Altra occhiata, combattuta fra la rabbia e la paura. La ragazza tremava nel giaccone dal collo di pelliccia. Schiacciò la sigaretta nel posacenere e ne accese un'altra. Usava un accendino di lacca cinese con pagliuzze d'oro. Doveva trattarsi di un trofeo, pensò Chaplain, come la borsa Birkin di Sasha. A Parigi le donne sono delle guerriere: ostentano il bottino così come i cheyenne portavano gli scalpi attaccati alla cintura.

D'un tratto girò la chiave dell'accensione e mise il riscaldamento al massimo. «Si gela in questo catorcio. A che punto eravamo arrivati?»

«A sasha.com. Chi ve ne ha parlato?»

«Un cliente di Medina. Un tizio elegante che alloggiava in un albergo dell'VIII arrondissement.»

«Il Theodor?»

«No, un altro. Non ricordo più.»

«Quand'è stato?»

«Circa un anno fa.»

«Cosa proponeva?»

«Di fregare dei minchioni.»

«Traduci, per piacere.»

«Dovevamo partecipare agli *speed dates* e individuare i tizi che corrispondevano al briefing.»

Quando si è eliminato l'improbabile, cosa resta? L'impossibile. *Un casting per reclutare cavie.* «In cosa consisteva il briefing?»

«Il tizio doveva essere un disperato, totalmente solo, senza alcun legame a Parigi. Doveva essere anche fragile, poco sicuro di sé. E, se possibile, un po' picchiato in testa.» La ragazza ridacchiò tra un tiro e l'altro. «Insomma, uno sfigato assoluto.»

Tutto coincideva. Come trovare uomini soli, senza rapporti, nevrotici e vulnerabili a Parigi? Cacciando fra i cuori solitari in cerca di un'anima gemella. Lo *speed dating* era perfetto. Consentiva allo stesso tempo di reperire le prede, conoscerle meglio e attirarle in una trappola tramite creature come Leïla, Medina o Feliz. Un sistema vecchio tanto quanto il mondo.

Nonostante il riscaldamento, Leïla continuava a tremare. La conquistatrice incallita del Johnny's era lontana. Le spalle, il seno e la corporatura sembravano essersi ridotti della metà. La giovane donna assomigliava adesso a ciò che era *veramente*. Una della periferia impregnata di reality show, dopata di riviste di gossip, i cui sogni non si spingevano oltre i salottini VIP dei night alla moda. Una magrebina che aveva capito di possedere un'unica arma per avvicinarsi all'obiettivo, ma che doveva fare in fretta.

«Hai incontrato gli uomini del progetto?»

«Sì, naturalmente.»

«Com'erano?»

Le sue narici si dilatarono sbuffando il fumo. «A volte avevano l'aria di guardie del corpo, ma sembravano soprattutto degli sbirri.»

«Vi hanno detto a cosa serve questo... casting?»

«Cercano tizi per sperimentare nuovi farmaci. Cose per la testa. Ci hanno spiegato che i test umani sono sempre esistiti. Che sono la tappa necessaria dopo gli esperimenti sugli animali.» Scoppiò in una risata lugubre. «Ci dicevano che noi eravamo a metà strada tra gli animali e gli esseri umani. Non so se lo intendessero come un complimento.»

«Hanno precisato che era pericoloso?» chiese Chaplain. Poi alzò il tono. «Vi hanno detto che i loro prodotti sfasciavano il cervello? Che le cavie non venivano informate dell'esperimento che subivano?»

Leïla lo guardò terrorizzata. Chaplain si raschiò la gola e

si sforzò di rimanere calmo. Aprì il finestrino con un gesto secco: l'aria era irrespirabile.

«Non avete avuto paura di immischiarvi in questa storia? Non avete pensato che fosse illegale o pericoloso?»

«Ti ho detto che i tizi avevano un'aria da sbirri.»

«Poteva essere ancora più pericoloso.»

Leïla non batté ciglio. Qualcosa strideva. Non era credibile che delle escort in erba non fossero spaventate da quella proposta che sapeva di cospirazione.

La magrebina abbandonò la nuca contro il poggiatesta ed esalò un altro sbuffo rettilineo. «La colpa è di Medina. Lei ci ha convinte. Ci ha detto che avremmo avuto un sacco di soldi e che non sarebbe stato nemmeno necessario scopare. Che bisognava prendere il denaro dove c'era. Essere più forti del sistema. Tutte fesserie.»

«In quante siete a fare questo lavoro?»

«Non so esattamente. Quattro o cinque... che io sappia.»

«Concretamente, come si svolge la cosa?»

«Si va agli *speed dates* di Sasha e si rastrella.»

«Perché in questo club in particolare?»

«Non ne ho la minima idea.»

«Secondo te, ci sono altre ragazze che lo fanno in altri club?»

«Non lo so.»

«Vai avanti.»

«Quando si trova un tizio che sembra avere i giusti requisiti, gli si chiede il numero di telefono. Lo si rivede una o due volte. E basta.»

«Siete voi che scegliete i... tizi?»

«No, sono loro.»

«Loro chi?»

«Quelli che ci pagano. Gli sbirri.»

«Come possono sceglierli in tempo reale?»

Leïla fece un sorriso ambiguo. Nonostante la paura, il ricordo di quegli appuntamenti la divertiva. Il fumo continuava a uscirle dalle labbra scure. Non si vedeva più niente dentro la macchina. «Abbiamo un microfono addosso. Un microfono e un auricolare, come alla TV. Poniamo le nostre domande, quelle che ci hanno indicato gli "sbirri", e sono loro che poi fanno la selezione, comunicandocelo tramite l'auricolare.»

Chaplain immaginò quegli uomini che lavoravano nell'ombra. Psicologi, neurologi, militari. Sette minuti per esprimere un giudizio su un profilo. Era poco, ma pur sempre un inizio, sufficiente per dare il via alle ragazze.

Un'idea improvvisa lo fece scattare. Afferrò Leïla, le sollevò i capelli e guardò nel suo décolleté. Osservò la sua pelle abbronzata: niente microfono, nessun sistema di ascolto digitale.

«Che ti prende?»

Chaplain la lasciò andare. Lei tirò fuori un'altra sigaretta e brontolò: «Adesso non ho niente, cazzo».

Vagamente sollevato, lui riprese l'interrogatorio. «Raccontami che cosa succede una volta che avete individuato il tizio.»

«Te l'ho già detto. Ci si rivede una o due volte, in posti decisi in anticipo. Siamo sorvegliate, fotografate e filmate. Insomma, delle star», concluse ridacchiando.

«Poi?»

«Tutto qui. Dopo questi appuntamenti, non si rivede più il gonzo. Si intasca il gruzzolo e si passa al successivo.»

«Quanto prendete?»

«Tremila euro per iscriversi da Sasha. Tremila euro per ogni uomo che abbocca.»

«Non vi siete mai chieste che cosa succedeva a quei poveracci?»

«Amico, da quando sono nata mi faccio gli affari miei. Non mi metto certo a fare l'assistente sociale con dei burini che ho visto tre volte in vita mia e che pensano solo a scoparmi.»

«A che punto siete oggi?»

«Al punto zero. Tutte queste stronzate paiono finite.»

«Da quanto tempo?»

«Un mese o forse due. In ogni caso, non voglio più entrarci.»

«Perché?»

«Troppo pericoloso.»
«Come pericoloso?»
«Delle ragazze sono sparite.»
«Come Medina?»
Leïla non rispose. Il fumo riempiva il silenzio. La tensione minacciava di mandare tutto a rotoli. Alla fine lei chiese senza guardarlo, con le labbra che le tremavano: «Cosa le è successo?».
Chaplain non fiatò.
Leïla ritrovò la sua rabbia. «Me lo avevi promesso, bastardo! Era il nostro patto!»
«È morta», bluffò.
La ragazza si rannicchiò sul sedile. Il cuoio scricchiolò. Non si mostrò sorpresa, ma le parole di Chaplain avevano dato concretezza a ciò che probabilmente lei si rifiutava di immaginare da settimane. Ancora una sigaretta. «Co-come?»
«Non conosco i particolari. È stata assassinata dai vostri committenti.»
Lei emise un sospiro azzurrognolo. Adesso tremava di paura. «Ma... perché?»
«Lo sai bene. Ha parlato troppo.»
«Come sto facendo io adesso?»
«Non devi temere: siamo sulla stessa barca.»
«È quello che hai detto a Medina, ed ecco il risultato.»
«Che storia è questa?»
«Credi che non ti abbia riconosciuto, Nono del cazzo? Medina mi aveva mostrato delle foto. Ti avverto: non mi imbroglierai come hai fatto con lei!»
«Raccontami.»
«Cosa? Tocca a te cantare.»
«Ho perso la memoria.»
Nuova occhiata, questa volta indecisa. Leïla cercava di cogliere la verità nello sguardo di Chaplain. Quando riprese la parola, tenne la voce bassa. Il suo tono tagliente si era smussato. «Medina ti ha incontrato da Sasha e ha subito perso la testa. Mi domando perché.»
«Forse non ti piaccio?» la stuzzicò Chaplain sorridendo.

«Credo che la tua preferita sia la posizione del missionario, a cui segue una preghiera e poi subito a fare la nanna.»

Il sorriso di Nono si allargò. Il suo abbigliamento da bellone non la dava da bere a nessuno. Da quanto tempo non faceva l'amore? Non aveva nessun ricordo nemmeno a quel riguardo.

«Non mi hanno scelto i tizi dell'auricolare?»

«Se l'avessero fatto, non saresti qui a fare l'agente segreto», mormorò lei con voce appena udibile.

Lui riordinò i suoi pensieri. Quindi Arnaud Chaplain non era stato selezionato. Ma in precedenza sì, quando era un altro personaggio, quando aveva avuto l'appuntamento con Feliz. Come si chiamava allora? «Continua.»

«L'hai imbrogliata. L'hai convinta a testimoniare contro non so chi, in nome di non so che cosa.»

«Testimoniare?»

«Conducevi un'indagine. Volevi denunciare l'intrigo. L'eroe che "ripara i torti". Ho detto a Medina: "Hai già un piede nella merda, non metterci anche l'altro". Ma era dura convincerla. Ci prendeva gusto a quelle storie di lotta, di guerra.»

«Quando è stato?»

«Lo scorso giugno.»

Nel mese di agosto Medina lanciava il suo messaggio di panico: «Comincia a essere rischioso. Ho paura». Nono era arrivato troppo tardi. Avevano giocato con il fuoco e la giovane donna aveva pagato a caro prezzo la loro temerarietà.

La sua convinzione si rafforzò: aveva vissuto esattamente la stessa avventura con Anne-Marie Straub, alias Feliz. Un'altra donna che aveva sedotto e convinto a testimoniare. Anne-Marie era stata uccisa, probabilmente impiccata. Medina com'era morta?

«Ti dice qualcosa il nome Feliz?» domandò Chaplain.

«No, chi è?»

«Una ragazza che non ha avuto fortuna.»

«Ha incrociato la tua strada?»

Lui non rispose. «Ti ricordi gli uomini che hai selezionato?»

«Non molto.»

Leïla mentiva ma lui non insistette. Pensò alle prede di Medina. Non aveva avuto il tempo di leggere la sua scheda, ma teneva in tasca la chiave USB. «Quanti sono stati?»

«Cinque o sei, penso.»

Oggi, per una ragione ignota, Mêtis aveva sospeso il suo programma. Era il momento delle grandi pulizie. Le cavie venivano eliminate. Anche le ragazze che avevano parlato troppo. Rimanevano gli omicidi mitologici. Come si inserivano in quella reazione a catena?

«Mi hai detto prima che il programma era arrivato alla fine. Come fai a saperlo?»

«Non stanno più chiamando. Non c'è più alcun contatto.»

«Sai come contattarli?»

Lei reagì male, con la voce arrochita dal tabacco. «No! E anche se lo sapessi non lo farei. Questa storia puzza e non voglio fare la stessa fine di Medina. E adesso cosa si fa?»

La domanda lo sorprese. Chaplain capì che Leïla, dall'alto dei suoi tacchi e della sua parlantina, aveva bisogno di aiuto, di consigli. Ma lui era l'ultimo a poterglieli dare.

Aveva portato iella a Feliz.

Aveva portato iella a Medina.

Non voleva portare iella anche a Leïla.

Afferrò la maniglia della portiera e ordinò: «Dimenticati di me. Dimenticati di Medina, di Sasha. Da dove vieni?».

«Da Nanterre.»

«Tornaci.»

«Perché mi facciano saltare la macchina?»

Chaplain sorrise. Si sentiva impotente. Il destino di Leïla era segnato. «Abbi cura di te.»

Lei tese la sigaretta verso di lui come una potenziale arma. «Abbi *tu* cura di te. Medina diceva che qualsiasi cosa ti fosse successa con quei tizi, non poteva essere peggiore di ciò che avevi già vissuto.»

«Cosa ho vissuto?»

Lei mormorò a voce bassissima: «Non so bene. Diceva che la morte era in te. Che eri uno zombi».

Non appena aprì la porta del loft, capì che stava accadendo di nuovo. *L'eterno ritorno.* Il tempo di un battito del cuore e mosse un passo di lato, evitando l'aggressore che gli balzava addosso. Aveva già impugnato la sua CZ. Si voltò verso l'uomo che ruotava su sé stesso, tolse la sicura, armò la pistola e tirò all'altezza del viso. Il lampo illuminò uno dei due *énarques*, dalla cui gola partirono schizzi rossastri. La detonazione echeggiò forte nel loft avvolto nel buio squarciando le tenebre per un istante.

Poi ci fu il contrattacco. Vari colpi sventrarono la vetrata e lacerarono le tende facendo volare frammenti ovunque. Chaplain strisciava sul pavimento ferendosi le mani sui frantumi. Fra le striature di fuoco vide passare un fascio di luce, probabilmente di una lampada tattica fissata alla canna della pistola. Nel suo terrore pulsava una domanda: come avevano fatto a ritrovarlo?

Sparò due volte alla cieca, verso il fondo del loft, poi si alzò e con un salto si mise al riparo dietro il blocco della cucina. Il suo movimento fu salutato da altre detonazioni. I rumori secchi contro la struttura d'acciaio non avevano nulla a che vedere con le deflagrazioni che si sentono nei film. Lì ogni colpo trafiggeva brevemente la notte rivelando il proprio messaggio di pura distruzione.

Il raggio della torcia spazzava l'ambiente, scivolava sulla vetrata rotta e sul bancone, cercandolo in ogni angolo. La scala si trovava a destra, equidistante da lui e dal nemico. Non gli restava altra scelta che salire sul soppalco. Infatti, se fosse corso verso la porta, si sarebbe beccato due o tre proiettili nella schiena ancor prima di avere raggiunto la soglia.

L'odore di polvere da sparo riempiva le tenebre. Nel cortile, dietro le tende strappate, si accendevano luci e risuonavano voci. Le detonazioni avevano prodotto il loro effetto. Aspettare semplicemente nel suo rifugio l'arrivo dei soccorsi? Il suo avversario non avrebbe lasciato passare i secondi così e non sarebbe nemmeno fuggito. A Marsiglia erano stati prudenti, ma questa volta Chaplain ne aveva ammazzato uno. La lotta aveva cambiato natura.

Proprio in quell'attimo vide il primo becchino, quello che aveva steso, rialzarsi su un gomito. Era immerso in un lago di sangue. Il fascio di luce lo colpì in piena faccia. La pozzanghera da rossa divenne bianca.

«Michel?» chiamò l'altro.

L'uso del nome conferì una certa umanità ai due killer, cioè una debolezza. Questi tizi avevano dei nomi, forse persino moglie e figli. Abbagliato dalla torcia, il ferito sollevò un braccio per indicare dove si trovava Chaplain. Arretrando il più possibile al riparo del blocco d'acciaio, lui sparò tre volte in direzione del moribondo. Sotto il fuoco dei due ultimi proiettili, vide il cranio esplodere, il cervello schizzare fuori e fumare sopra la fronte.

Senza lasciare all'altro il tempo di reagire, corse verso la scala di ferro. Il raggio elettrico lo intercettò. Altri colpi. Chaplain premeva il grilletto come se il semplice fatto di sparare potesse proteggerlo. Quando afferrò il corrimano d'acciaio, lungo il cavo scaturì una scintilla. Sentì una bruciatura. Tolse rapidamente la mano e si arrampicò. Inciampò, sparando tra gli scalini, tra i fili d'acciaio, e provocò una serie di fiammelle attorno a lui. Le pallottole rimbalzavano contro gli spigoli. Avrebbe finito con il beccarsene una in corpo.

Si stese sul soppalco. Sotto, la lampada volteggiava in direzione della scala. Sparò ancora, senza mirare, chiedendosi quanti proiettili gli rimanevano. Aveva altri due caricatori in tasca: la scoperta lo rassicurò adesso che sentiva un sapore di sangue sulle labbra. *Un sapore di sangue nella testa.*

Cercò un rifugio. Il nemico saliva la scala. Chaplain percepì nelle vene la vibrazione degli scalini sospesi e lo scatto di un nuovo caricatore che veniva inserito. Anche lui avrebbe dovuto provvedere, ma la cosa più urgente era nascondersi. Per un istante fu tentato di trovare riparo dietro il divisorio di vetro del bagno, ma il killer avrebbe fatto esattamente lo stesso. Questa riflessione ne richiamò un'altra. Si mosse verso il lato opposto, a sinistra, e si rannicchiò tra la testiera del letto e la parete.

Trattenendo il respiro, puntò tutto su questa ipotesi: il nemico sarebbe arrivato sul soppalco, avrebbe illuminato l'ambiente con la torcia e si sarebbe precipitato verso la stanza da bagno. Allora Chaplain gli avrebbe sparato attraverso il vetro, colpendolo alla schiena. Non molto geniale, ma era un inizio. La pallottola sarebbe stata fermata dal giubbotto antiproiettile, però l'impatto avrebbe scagliato l'avversario contro la parete di fondo. Allora lui gli sarebbe saltato addosso svuotandogli in faccia l'intero caricatore. Pregava soltanto di avere abbastanza pallottole. Adesso non era il caso di ricaricare e di farsi beccare.

Si impietrì. Il becchino era lì, a pochi metri: soffiava, grugniva e ruggiva come un predatore impazzito. Chaplain sentì il sangue pulsare con violenza nel collo. Percepiva ogni cosa. I passi esitanti del killer, il suo affanno, la sua paura... Godeva nel sentire quell'animale a sangue freddo sull'orlo del panico.

Dopo avere passato lentamente il fascio di luce sul soppalco, l'uomo si diresse verso il bagno. Chaplain uscì dal nascondiglio e sparò tutti i colpi che gli restavano. La parete di vetro laminato crollò. La vetrata a destra, sopra lo scrittoio, cadde a pezzi. Lembi di tende fluttuavano nella penombra. Ma il farabutto era sempre in piedi, si trovava anzi ancora più a destra: si era tuffato sulla scala per proteggersi.

D'impulso, Chaplain gettò l'arma ed entrò nella stanza da bagno. Si guardò intorno in cerca di un'apertura, un finestrino, qualcosa, ma l'assassino risaliva già gli scalini sparando.

D'un tratto ci fu silenzio. Chaplain notò che il fascio di luce aveva ripreso a esplorare l'ambiente, ma il killer non poteva vederlo: lui era dentro la vasca. Come ultima risorsa, si era armato di una lama di vetro. Il rumore di passi si avvicinava. Doveva rimanere assolutamente immobile: il suo rifugio era pieno di schegge che non chiedevano altro che di scricchiolare...

A che distanza si trovava il predatore?

Cinque metri?

Tre metri?

Un metro?

Il rumore successivo fu così vicino che Chaplain ebbe l'impressione che il vetro gli crocchiasse sotto i denti. Si afferrò al bordo della vasca e si tirò in piedi squarciando le tenebre con la lama. Colpì il vuoto, scivolò e ricadde pesantemente fracassandosi la nuca contro il miscelatore.

Quando riaprì gli occhi, il mercenario teneva l'arma puntata a qualche centimetro dalla sua fronte e premeva il grilletto con rabbia. Chaplain si protesse stupidamente il viso con le mani e sentì soltanto un *clic*. L'arma si era inceppata. Abbagliato dalla torcia, tese il braccio armato e toccò la faccia del killer. Il bastardo tentava di espellere la pallottola inceppata. Chaplain riuscì a mettersi su un ginocchio, afferrò l'avversario per la nuca e affondò di nuovo la lama di vetro. Adesso ci vedeva. Il frammento si era conficcato nella guancia destra del killer e gli fuoriusciva dall'occhio sinistro. L'uomo non aveva mollato la pistola. Sobbalzava in preda alle convulsioni. La torcia fissata alla canna girava e illuminava il fondo della vasca, che a sua volta rifletteva la luce su tutta la scena.

Chaplain distinse nello specchio il viso trafitto dell'uomo e la propria faccia allucinata. Il tempo di riprendersi ed ecco che il mercenario tentava ancora di puntare l'arma, ma le sue dita non avevano più forza; finì per crollare. Chaplain scavalcò il bordo della vasca. L'uomo agonizzante ebbe un ultimo sussulto e si aggrappò alla sua gamba. Lui gli schiacciò la testa con il piede, conficcando il vetro con il tallone fino a romperlo. Schizzò un ultimo zampillo di sangue.

«Cosa succede? Va tutto bene là dentro?»

Chaplain lanciò uno sguardo disperato dall'alto del soppalco. I vicini erano là, nel cortile, e cercavano di sbirciare attraverso le tende a brandelli. Lui raccolse la sua CZ e, per prudenza, anche l'arma del mercenario. La torcia brillava in fondo alla sua tasca.

Andò all'armadio e prese un cappotto, che si infilò al posto di quello che indossava, ormai zuppo di sangue.

«C'è qualcuno?»

Rovesciò il modellino della *Pen Duick I* e sfasciò lo scafo con il tallone, facendo volare biglietti da cinquecento euro dappertutto. Li raccolse a piene mani e se li ficcò nelle tasche. Prese anche i documenti: passaporto, carta d'identità, tessera sanitaria... Poi salì sullo scrittoio e tese il collo fuori dalla vetrata. Tetti di zinco, gronde, cornicioni...

Scavalcò l'infisso e saltò sul primo tetto.

L'ingresso degli artisti.

Era così che l'autista aveva chiamato la porta laterale del centro ospedaliero universitario Sainte-Anne situata in rue Cabanis al 7. Un varco poco vistoso nella grande muraglia cieca della fortezza dei folli. Quello che gli ci voleva. Chaplain non ci teneva a dare nell'occhio entrando dal portone principale dell'ospedale. Pagò il taxi e uscì nell'aria gelida.

Ore 8.30.

Dopo la fuga aveva errato per le strade, stretto nel cappotto per nascondere le tracce di sangue e la polvere sugli abiti, sentendo il liquido organico incollarsi alla pelle attraverso la camicia fradicia e già fredda. Aveva girato alla cieca, stralunato, rintronato, prima di arrendersi all'evidenza. Per lui non c'era più un futuro. L'unica possibilità era recarsi al pronto soccorso dell'ospedale Sainte-Anne. Lasciarsi andare definitivamente. Capitolare.

Un solo nome gli riecheggiava nella testa.

François Kubiela, lo specialista di cui gli aveva parlato Nathalie Forestier.

Solo lui avrebbe saputo curarlo, capirlo, proteggerlo...

Ecco perché aveva aspettato il mattino.

Voleva vedere il professore personalmente...

Ora stava camminando nel giardino interno del complesso ospedaliero. C'era quella luce di quando non è più notte ma non è ancora giorno. Guardando il cielo, Chaplain pensava a una lotta: striato di sangue, con segni di morsi, di lacerazioni... Gli pareva quasi di udire, al di sopra dei tetti, i ruggiti delle bestie...

I giardini erano deserti. Le siepi di carpino si snodavano perfettamente allineate, con i rami spogli tagliati di netto. Gli edifici mostravano facciate lisce e nerastre, spigoli nudi e nessun ornamento. Lì tutto era fatto per raddrizzare le menti contorte.

Chaplain seguì i viali a caso. Aveva la bocca secca e il ventre vuoto. Una sorta di vertigine gli invadeva le membra e gli organi. Sentiva nelle tasche il peso delle armi, una CZ e una Sig Sauer: aveva letto la marca sull'estremità della canna. Sapeva che, vedendoselo davanti, Kubiela non avrebbe chiamato la polizia. Gli avrebbe dato il tempo di spiegarsi. Dopotutto lo psichiatra conosceva un versante della vicenda...

Le strade portavano nomi di malati celebri: Guy de Maupassant, Paul Verlaine, Vincent van Gogh... Lui scrutava i cartelli e le facciate degli edifici, ma non trovava ciò che cercava. Nathalie Forestier gli aveva parlato della clinica neurologica e delle malattie mentali. Bastava trovare un infermiere e chiedergli indicazioni.

Ancora qualche passo e vide un uomo con una tuta blu intento a spazzare. Era giovane, sfoggiava una barba biondo chiaro, una capigliatura riccia e sopracciglia folte. Non l'aveva visto arrivare. Chaplain pensò che si trattasse di un paziente a cui era stato affidato quel compito. Ancora pochi passi e l'avrebbe raggiunto. Stava per chiedere dove si trovava il reparto quando il giovane alzò gli occhi.

Di colpo, il suo viso si illuminò.

«Buongiorno, professor Kubiela.»

V

FRANÇOIS KUBIELA

Un grave lutto ha colpito contemporaneamente il mondo della psichiatria e quello della pittura. François Kubiela è morto giovedì 29 gennaio 2009 sull'autostrada A31, non lontano dalla frontiera del Lussemburgo, verso le 23.00. Si ignora per quali ragioni abbia perso il controllo della sua auto. Lo psichiatra, che procedeva a una velocità stimata di centoquaranta chilometri orari, è entrato in collisione con il guardrail poco prima dell'uscita di Thionville-Metz nord. Il veicolo ha subito preso fuoco. Quando sono arrivati i primi soccorsi, il corpo di François Kubiela era gravemente ustionato...

Pelle d'oca. Ancora sotto shock per la scoperta della sua nuova identità – probabilmente quella originale, l'unica autentica –, adesso Kubiela doveva incassare la notizia della propria morte.

Sconvolto, aveva vagato per le strade del XIII arrondissement fino a quando non si era imbattuto in un Internet café aperto vicino alla stazione della metropolitana Glacière. Seduto davanti al computer, aveva subito digitato sulla tastiera il suo nuovo nome.

La prima occorrenza di Google era un necrologio apparso su «Le Monde» il 31 gennaio. Si trattava proprio di lui, non c'erano dubbi. A pagina 25 del quotidiano era riprodotta una fotografia in bianco e nero del defunto psichiatra: lui stesso, in camice bianco, con qualche ruga in meno e un sorriso irresistibile in più.

Prima di tentare di svelare quella magia – era vivo e morto allo stesso tempo – si tuffò nella lettura della biografia del compianto François Kubiela, psichiatra e pittore di fama, cominciando dalla scheda sintetica che riassumeva cronologicamente i fatti salienti della sua vita.

18 novembre 1971. Nasce a Pantin, nel dipartimento di Senna-Saint-Denis (93).
1988. Inizia gli studi di medicina.
1992. Prime mostre personali.
1997. Pubblica la tesi di specializzazione in psichiatria sul tema dell'evoluzione dell'identità nei gemelli.
1999. Esercita presso il centro ospedaliero specializzato in psichiatria Paul-Guiraud di Villejuif.
2003. Retrospettiva delle sue opere alla galleria MEMO di New York.
2004. Diventa primario (il più giovane di tutta la Francia) al centro ospedaliero Sainte-Anne.
2007. Pubblica *Il gioco degli io* sul disturbo delle personalità multiple.
29 gennaio 2009. Muore in un incidente sull'autostrada A31.

Le sue supposizioni trovarono conferma. Anno più anno meno, aveva l'età riportata nei suoi documenti falsi. Aveva avuto due carriere parallele, psichiatria e pittura. Sul versante personale, non aveva né moglie né figli e nemmeno una compagna ufficiale. Tuttavia, anche solo contemplando il sorriso della foto, aveva la certezza di non avere sofferto spesso di solitudine.

Gli tornavano alla mente quei pochi sprazzi di ricordi che gli erano baluginati davanti mentre si trovava nei giardini di Corto. Vacanze invernali sui campi da sci. Serate intime in un appartamento borghese a Parigi. Tramonti nel Sud della Francia. Kubiela aveva condotto un'esistenza agiata e brillante, senza mai stringere un legame duraturo. Cercatore solitario o predatore egocentrico? La risposta doveva situarsi da qualche parte fra quei due estremi. Un uomo sicuro delle proprie capacità scientifiche e artistiche. Che dava qualcosa a tutti ma a nessuno in particolare.

1997.

La sua tesi di specializzazione gli aveva dato una certa notorietà. Discepolo dello psicologo dell'infanzia René Zazzo, autore di lavori sui gemelli, Kubiela aveva studiato per anni coppie di fratelli monozigoti e ne aveva monitorato le rispettive identità seguendone l'evoluzione. Aveva analizzato i legami invisibili che li univano, rendendoli permeabili l'uno all'altro. Le somiglianze di carattere, le similarità nelle reazioni e anche le connessioni telepatiche tra fratelli e sorelle nati da una stessa cellula uovo... Tutti questi aspetti che affascinano da secoli l'umanità rientravano nella sfera di ricerca dello psichiatra.

Attraverso tali studi si accostava già alla problematica dell'identità, un aspetto per cui nutriva un profondo interesse. Cosa forgia l'io? Come prende forma una personalità? Quali sono i rapporti fra l'eredità genetica e l'esperienza del vissuto?

Le conclusioni di Kubiela avevano sorpreso la comunità scientifica. Lui rifiutava sia il principio fondatore della psicoanalisi («siamo ciò che abbiamo vissuto durante l'infanzia») sia il credo delle nuove scienze neurobiologiche («la nostra psiche si riduce a una serie di fenomeni fisici»). Senza negare la legittimità di quelle tendenze, per descrivere e spiegare la personalità di ogni essere umano Kubiela chiamava in campo qualcosa d'innato, di misterioso, proveniente da una potenza superiore... forse un'entità divina. Una teoria che si scostava volutamente dai tracciati razionali e scientifici.

Le critiche a quello «spiritualismo da bazar» erano state numerose, ma nessuno dubitava della qualità dei suoi studi. Del resto, oltre a mettere per iscritto le sue convinzioni e i risultati delle ricerche, svolgeva la propria professione nelle strutture ospedaliere in modo ineccepibile, prima a Villejuif e successivamente al centro universitario di Sainte-Anne a Parigi.

Dieci anni dopo la pubblicazione della tesi, Kubiela aveva scritto un nuovo libro, sintesi dei suoi lavori sulle personalità multiple. Ancora una volta aveva fatto scalpore. Innanzitutto perché il disturbo non aveva ottenuto un riconoscimento in Europa, in secondo luogo perché Kubiela trattava le diverse personalità dei pazienti come microcosmi autonomi, esistenti di per sé, e non come le manifestazioni frammentate di una psicosi. Tornava l'idea che quelle identità fossero state depositate in una sola creatura da una sorta di mano celeste...

Quanto a lui, una cosa era chiara: che il ricercatore fosse stato affascinato dal caso di Christian Miossens e dalla sua fuga psicogena non lo stupiva. Vi aveva trovato un nuovo campo d'indagine. Dopo i gemelli e gli schizofrenici, lo psichiatra aveva messo gli occhi sui «viaggiatori senza bagaglio».

Indovinava il seguito. Kubiela aveva cercato casi analoghi in Francia. Era incappato nell'uomo proveniente da Lorient di cui gli aveva parlato Nathalie Forestier e aveva stabilito un legame fra quei due pazienti. Aveva svolto ricerche, indagato, percorso la pista di sasha.com. Si era iscritto al club e aveva conosciuto Feliz. Più tardi, in circostanze di cui non aveva la più pallida idea, era stato selezionato come cavia per gli esperimenti di Mêtis.

Ovviamente l'autore dell'articolo non faceva parola di quelle ultime ricerche, salvo chiedersi cosa facesse lo psichiatra in piena notte sull'autostrada A31. E, in effetti, cosa ci faceva? Non era in grado di rispondere, perché non era lui quello che era morto...

Kubiela rifletté sulla faccenda. Di chi era il corpo trovato carbonizzato nell'auto? Un'altra cavia di Mêtis? Un uomo che era stato eliminato magari con un'iniezione mortale? Certo le ustioni erano bastate a cancellare la vera causa del decesso. In ogni caso l'inchiesta condotta dalla polizia doveva essere stata sommaria. Perché dubitare dell'identità del guidatore quando tutto – la targa del veicolo, gli abiti, l'orologio, i resti dei documenti ritrovati – corrispondeva a François Kubiela? Perché Mêtis si era data tanto da fare? Forse i responsabili dell'esperimento temevano che la scomparsa di uno psichiatra in vista ponesse più problemi di quella degli abituali «poveracci» del protocollo?

Passò a leggere le notizie sulla propria attività artistica. Autodidatta – ecco perché non aveva trovato niente quando aveva svolto una ricerca incrociata –, Kubiela aveva iniziato a dipingere mentre studiava medicina, esponendo le sue prime tele nell'ambito di mostre collettive. I dipinti erano stati notati subito. Era la fine degli anni Novanta.

Con pochi *clic*, Kubiela trovò delle immagini. Si trattava di autoritratti, come nel caso di Narcisse, ma il contesto era totalmente diverso. Lui era sempre presente sulla tela, inserito però in grandi ambienti, più surrealisti. Piazze vuote alla de Chirico, siti antichi, curiose architetture fuori dal tempo e dallo spazio. Girato di tre quarti, Kubiela errava in queste scenografie con uno specchio in mano, sul quale si osservava furtivamente. Il suo viso era quindi ritratto due volte. Cosa aveva voluto esprimere con questa *mise en abyme*?

I prezzi delle sue tele erano costantemente aumentati, toccando livelli inarrivabili dopo la sua morte. Dov'erano finiti quei soldi? Chi li aveva ereditati? Questo particolare gli ricordò Narcisse. Curioso che nessuno avesse messo in relazione le opere del pittore folle con quelle di Kubiela, che proponevano lo stesso personaggio centrale: lui stesso. I due artisti evidentemente si muovevano in ambienti molto diversi...

Tornò indietro nel tempo e lesse la parte riguardante le sue origini. François Kubiela proveniva da una famiglia di immigrati polacchi stabilitasi a Pantin. Padre operaio, madre casalinga, che probabilmente faceva anche la domestica a ore per arrotondare il salario del marito. La coppia si era dissanguata per far studiare il loro unico figlio. Il padre, Andrzej, era morto nel 1999. La madre Francyzska. L'articolo non diceva niente al riguardo, quindi doveva essere ancora viva. François non aveva conservato alcun legame con le sue radici polacche ma, secondo l'articolo, provava nostalgia per la sua infanzia in periferia e i valori semplici in cui credevano i genitori. Del resto non aveva mai nascosto le sue simpatie di sinistra, pur condannando tutto ciò che poteva, anche solo da lontano, essere imparentato con il comunismo: non aveva dimenticato le proprie origini.

Smise di leggere. D'un tratto ebbe coscienza dello stato in cui si trovava, della sua condizione. Non rasato, scarmigliato, avvolto nel cappotto per nascondere la camicia viola strappata e macchiata di sangue secco. Veramente colpevole, questa volta, di due omicidi. Andò a prendersi un caffè. Era rintronato. Stordito e febbrile al tempo stesso. La violenza della notte. La notizia della sua morte. La scoperta della sua vera identità. C'era di che andare fuori di testa.

Bevve un sorso di caffè sentendone solo il bruciore. Per associazione, ripensò agli orribili beveraggi della macchinetta dell'Henri-Ey. Quanto tempo era passato da quando era fuggito da Bordeaux? Due settimane? Tre? Quante vite c'erano state, quante morti? Tornò a sedersi davanti allo schermo. La fotografia di François Kubiela, con il camice bianco e i capelli neri, lo aspettava. Alzò il bicchierino di plastica alla sua salute.

Adesso doveva andare avanti, non aveva più scelta. Aveva voluto mettere il suo destino nelle mani di Kubiela e non aveva trovato altri che sé stesso. Doveva quindi continuare con la caccia... Per cominciare, aveva bisogno di un rifugio. Nonostante avesse del denaro, non poteva alloggiare in un albergo. Era in possesso di documenti falsi, ma a che gli servivano? Dopo il ritrovamento dei due morti del loft la sua faccia sarebbe stata di nuovo su tutti i giornali.

Gli venne un'idea. La più semplice.

Tornare da sua madre.

Chi sarebbe andato a cercarlo da Francyzska Kubiela, madre di uno psichiatra defunto? Cancellata la cronologia delle ricerche, si connetté alle pagine bianche dell'Île-de-France.

Esisteva una Francyzska Kubiela a Pantin.

Abitava al numero 37 dell'impasse Jean-Jaurès.

La via e il numero non gli dicevano niente. La sua memoria personale continuava a essere sprangata. Viveva con un cervello di gesso, ma c'era abituato. E sua madre, invece, come avrebbe reagito? Quando avesse aperto la porta al figlio morto da un anno, probabilmente avrebbe avuto un attacco cardiaco.

Si trattava di una donna anziana ancora lucida?

O al contrario di una mummia rinserrata nella sua casa unifamiliare?

C'era solo un modo per saperlo.

Rimise tutto in ordine e si diresse verso l'uscita.

Anaïs Chatelet uscì dall'istituto di custodia cautelare femminile di Fleury-Mérogis alle dieci del mattino. Le procedure amministrative erano durate più di quaranta minuti. Lei aveva risposto alle domande e firmato le carte. Le erano stati restituiti gli stivali, il giubbotto, i documenti e il cellulare. Insomma, era libera. Con una convocazione davanti al giudice fissata per il lunedì successivo e l'obbligo di restare a Parigi, da quel giorno era in libertà vigilata. Una volta alla settimana doveva presentarsi al commissariato dov'era stata arrestata la prima volta, in place des Invalides.

Sulla soglia del carcere, chiuse gli occhi e inalò l'aria fresca a pieni polmoni. Le sembrò che quella boccata le purificasse in un colpo solo l'intero sistema respiratorio.

Un'auto stazionava a cento metri, stagliandosi netta su uno sfondo di pensiline e contro un cielo di zinco. Riconobbe la vettura. O, per lo meno, il suo stile. Una Mercedes nera somigliante a un carro funebre. Suo padre. Il grande imprenditore, ma anche il generale di una dittatura.

Si diresse verso la macchina. Dopotutto lo doveva a lui se era libera. Era arrivata a cinque metri dall'auto quando ne uscì Nicolas. «Signorina Anaïs...»

L'uomo piccolo e massiccio era di nuovo sull'orlo delle lacrime. Lei si domandò come un aguzzino del calibro di suo padre avesse potuto trovarsi un aiutante di campo così sensibile. Gli diede un bacetto sulla guancia e salì dietro.

Jean-Claude Chatelet la aspettava comodamente seduto, sempre abbronzato, sempre magnifico. Illuminato dalla luce che pioveva dal tettuccio, ricordava un'arma pericolosa e scintillante, al riparo nel suo scrigno di cuoio scuro.

«Suppongo di doverti ringraziare.»

«Non ti chiedo tanto.»

La portiera sbatté. Nicolas si sedette al volante. Dopo pochi secondi erano in viaggio verso la N104, direzione Parigi. Anaïs osservava il padre con la coda dell'occhio. Camicia di lino turchese e pullover con collo a V blu marina. Sembrava essere stato teletrasportato dal ponte del suo yacht ai meandri grigi degli svincoli dell'Essonne.

Anaïs in un certo senso era contenta di essere lì con lui. Rivederlo significava riprendere contatto con il suo odio, ritrovare quella che era la sua colonna vertebrale. «Sei venuto a portarmi un altro messaggio?»

«Questa volta si tratta di un ordine.»

«Buona questa.»

Lui aprì il bracciolo in legno di noce che li separava, rivelando una cavità dalle pareti isolanti contenente alcune bibite ma anche dei thermos brillanti come siluri.

«Vuoi bere qualcosa? Caffè? Coca-Cola?»

«Vada per il caffè.»

Chatelet le versò il liquido in un bicchiere rivestito di paglia intrecciata. Anaïs ne bevve un sorso. Suo malgrado, chiuse gli occhi deliziata. Il miglior caffè del mondo. Si riprese subito. Non aveva la minima intenzione di lasciarsi fregare da quel veleno familiare: il calore, la dolcezza e la raffinatezza regalati da quelle mani assassine.

«Resterai per qualche giorno a Parigi», disse il boia con il suo accento modulato. «Ti ho prenotato una stanza in albergo. Andrai dall'agente di sorveglianza e dal giudice. Nel frattempo faremo trasferire il tuo caso a Bordeaux, dopodiché ti riporterò in Gironda.»

«Nel tuo feudo?»

«Il mio feudo è ovunque. La tua presenza in questa vettura lo dimostra.»

«Sono impressionata», fece lei, ironica.

Chatelet si girò verso la figlia e la fissò dritto negli occhi con quel suo sguardo chiaro, magnetico, corruttore. Il caso aveva voluto che lei ereditasse gli occhi di sua madre. Occhi da cilena color grigio antracite, un minerale che si trova a migliaia di metri sottoterra, ai piedi della cordigliera delle Ande. «Non sto parlando a vanvera, Anaïs. La festa è finita.»

Dopo l'avvertimento della domenica precedente, si passava alla ratifica. Ritorno all'ovile, chiusa la faccenda. Lei aveva lasciato Fleury per quest'altro tipo di libertà vigilata. Il pugno di ferro della prigione per il guanto di velluto di suo padre.

«Te l'ho già detto», riprese. «Quei tizi non scherzano. Hanno un incarico ben preciso. Sono pedine di un sistema.»

«Parlami di questo sistema.»

Chatelet sospirò e si abbandonò sul sedile. Sembrò aver capito che neanche lui aveva scelta. Se voleva convincere sua figlia, doveva dirle tutto.

La pioggia martellò il parabrezza con un'improvvisa violenza, sferzando i vetri con lunghe scie crepitanti. Con un gesto brusco, l'enologo aprì una lattina di Coca-Cola Light.

«Non c'è sotto un complotto», disse a bassa voce. «Una macchinazione o un piano segreto come credi tu.»

«Io non credo niente. Continua.»

«Mêtis è stata fondata da mercenari francesi e belgi negli anni Sessanta. Da allora ne è passata di acqua sotto i ponti. È da un pezzo che la società non ha più niente a che vedere con quel genere di attività. Mêtis è una delle principali compagnie produttrici di psicotropi. I suoi scienziati conducono ricerche sul controllo del cervello. È un gruppo chimico e farmaceutico, allo stesso titolo di Hoechst o Sanofi-Aventis. Ciò non fa di loro dei cospiratori che tramano per manipolare le menti delle persone.»

«E le sue ditte di sorveglianza?»

«Servono a proteggere le unità di produzione. Semplice uso interno.»

Anaïs aveva scorso la lista dei clienti dell'ACSP. Suo padre mentiva, oppure s'ingannava. La ditta forniva i suoi servizi ad altre società in Gironda, appartenenti a settori diversificati. Ma forse i suoi principali clienti erano inclusi nella galassia Mêtis. "Sorvoliamo." «Conosco due uomini che hanno una strana concezione dei compiti di un sorvegliante.»

«Mêtis non c'entra. I responsabili di quel macello sono quelli che si sono serviti dell'ACSP per coprire i loro... collaboratori.»

Chatelet era dunque al corrente dei dettagli dell'operazione. Rimbombò un tuono, potente come l'onda d'urto di un sisma. Il cielo sembrava di granito o comunque di un materiale che si sgretolava dall'interno.

«E chi sarebbero?» chiese Anaïs con voce nervosa.

«Mêtis sta sviluppando nuovi prodotti. Ansiolitici, antidepressivi, sonniferi, neurolettici... A monte dei siti di produzione, i laboratori isolano molecole, sintetizzano, mettono a punto farmacopee. È il normale funzionamento di un gruppo farmaceutico.»

«Qual è il rapporto con i mercenari dell'ACSP?»

Lo Zoppo sorseggiava la sua Coca-Cola. Attraverso la pioggia osservava al di là del vetro le linee grigie, a volte picchiettate di colori. Fabbriche, capannoni, centri commerciali. «L'esercito tiene d'occhio queste ricerche. Il cervello umano è e resterà sempre l'obiettivo fondamentale, ma anche, se lo preferisci, l'arma primordiale. Abbiamo passato la seconda metà del secolo scorso a sviluppare armi nucleari, e questo soprattutto per non usarle. Controllare la mente è un'altra maniera di evitare la guerra. Come dice Laozi: "Il più grande conquistatore è colui che sa vincere senza combattere".»

Anaïs detestava chi infarciva i propri discorsi di citazioni. Un modo subdolo per elevarsi al livello dei loro autori. Non aveva intenzione di farsi abbindolare una volta di più. «Mêtis ha scoperto una molecola.»

«Non Mêtis, uno dei suoi laboratori satellite. Un'unità di ricerca di cui il gruppo è azionista.»

«Qual è il nome di questo laboratorio?»

«Non lo so.»

«Mi hai preso per un'idiota?»

«Non insulterei mai la mia famiglia. Partecipo a riunioni in cui questo tipo di dettagli non viene menzionato. È un laboratorio della Vandea. Un centro di sperimentazioni cliniche che conduce ricerche simulate, in genere inutilizzabili.»

«Una molecola che provoca fissioni mentali? Inutilizzabile?»

«È quello che ci hanno detto. In realtà la molecola non è stabile. I suoi effetti sono ingestibili.»

«Non negherai che esistono cavie che hanno vissuto una o più fughe psicogene scatenate da un farmaco finora sconosciuto.»

Chatelet scosse lentamente il capo, un gesto che poteva significare qualsiasi cosa. La pioggia circondava la Mercedes come le spazzole vibranti di un autolavaggio. «La cosa che ci interessa è il controllo del cervello, non provocare fuochi d'artificio.»

«A chi ti riferisci con questo "ci"?»

«Alle forze che difendono il paese.»

«Sei diventato un militare francese?»

«Sono solo un consulente. Un tramite fra Mêtis e il governo. Sono azionista minoritario del gruppo. E conosco anche i dinosauri che hanno ancora diritto di cittadinanza nell'esercito francese. A questo titolo, ho partecipato all'elaborazione del protocollo. È tutto.»

«Come si chiama questo protocollo?»

«Matrioska, come la bambola russa, a causa della fissione in serie provocata dalla molecola. Ma il programma è stato definitivamente sospeso. Stai indagando su qualcosa che non esiste più. Lo scandalo è già scoppiato da noi ed è stato un fuoco di paglia.»

«E le uccisioni? I sequestri? Le manipolazioni mentali? Vi reputate al di sopra delle leggi?»

Chatelet bevve un altro sorso di Coca-Cola. Anaïs si sentiva in fiamme. Per contrasto, poteva quasi avvertire le bollicine ghiacciate sulle labbra di suo padre.

«In fondo, chi è morto?» chiese l'uomo con il suo accento del Sud-ovest. «Qualche disperato? Una o due sgualdrine che non hanno saputo tenere a freno la lingua? Andiamo, figliola, sei già troppo avanti con gli anni per fare l'idealista In Cile si dice: "Non sbucciare il frutto se è marcio".»

«Bisogna mangiarlo così com'è?»

«Esattamente. Siamo in guerra, tesoro. E qualche sperimentazione umana non è niente in confronto ai risultati di cui beneficeremo. Ogni anno gli attentati terroristici provocano migliaia di morti, destabilizzano le nazioni e minacciano l'economia mondiale.»

«Perché il nemico è il terrorismo?»

«Per ora.»

Anaïs scosse la testa. Non poteva ammettere che simili manovre si svolgessero impunemente sul suolo francese. «Come potete rapire dei civili? Iniettargli prodotti i cui effetti collaterali sono ancora sconosciuti? E poi ammazzarli come se niente fosse?»

«Quella delle cavie umane è una storia vecchia quanto la guerra. I nazisti studiavano i limiti della resistenza umana sugli ebrei. I giapponesi iniettavano malattie ai cinesi. I coreani e i russi inoculavano i loro veleni ai prigionieri americani.»

«Stai parlando di dittature, di regimi totalitari che hanno negato l'integrità dell'essere umano. La Francia è una democrazia retta da leggi e valori morali.»

«Negli anni Novanta un generale ceco, Jan Šejna, ha raccontato pubblicamente negli Stati Uniti ciò a cui aveva assistito dall'altra parte del Muro. Gli esperimenti umani su soldati americani, le manipolazioni mentali, l'uso di droghe o veleni sui detenuti... Non una voce si è alzata per denunciare quell'orrore. Per una semplice ragione: la CIA aveva fatto esattamente la stessa cosa.»

Anaïs tentò di deglutire. Si sentiva bruciare la gola. «Il tuo cinismo è spaventoso.»

«Sono un uomo d'azione. Non posso essere scioccato. Lasciamo questa reazione ai politici dell'opposizione o ai giornalisti che hanno l'invettiva facile. Non esistono periodi di pace. Siamo sempre in guerra. E quando è questione di sostanze psicoattive è impossibile lavorare sugli animali.»

Jean-Claude Chatelet aveva pronunciato il suo discorsetto in tono calmo e quasi compiaciuto. Anaïs aveva voglia di schiacciargli quel suo sorriso contro il vetro, ma si disse per l'ennesima volta che era grazie a quell'odio se non sprofondava nella depressione più totale. "Grazie, papà." «Chi sono i capi del programma? I suoi promotori?» domandò.

«Se cerchi dei nomi, resterai delusa. Tutto ciò si perde nei meandri del potere. Nei romanzi e nei libri di storia i complotti e le operazioni segrete sono razionali, organizzati, coerenti, ma nella realtà sono tutt'altro. Si svolgono alla bell'e meglio. Dimentica la lista dei colpevoli. Quanto alla situazione attuale, quello che tu chiameresti un "massacro" non è altro che un modo per contenere i danni, tagliando l'arto in cancrena.»

Silenzio. Il crepitio furioso della pioggia. Adesso correvano sulla Périphérique. Vista attraverso la pioggia, la città non pareva più accogliente né più umana delle strutture di cemento e acciaio che li avevano accompagnati fin lì. La malattia della periferia aveva contaminato la capitale.

Le restava un ultimo punto da chiarire. «Sulla scia di questi esperimenti sono stati commessi altri delitti. Omicidi a connotazione mitologica.»

«È un problema cruciale del programma.»

«Ne sei al corrente?»

«Matrioska ha generato un mostro.»

Anaïs non si aspettava una risposta simile.

«In una delle cavie», continuò il padre, «la molecola ha provocato una pulsione omicida di grande complessità. Il disgraziato ha inscenato un rituale folle, basato sulla mitologia. Ma il resto lo sai.»

«Avete individuato la... cavia?»

«Non fare la stupida. La conosciamo tutti. Dobbiamo fermarlo e farlo sparire prima che la situazione ci scoppi in faccia.»

Dunque era così. Freire era il capro espiatorio. Non era un nome fra i tanti sulla lista nera. Era l'uomo da uccidere per primo. Anaïs aprì il finestrino e si prese una raffica di pioggia in pieno viso. Ora costeggiavano la Senna. Un cartello indicava: PARIGI CENTRO. «Fammi scendere qui.»

«Non siamo ancora arrivati nel quartiere del tuo albergo.»

«Nicolas», urlò, «ferma la macchina o mi butto giù mentre è in corsa!»

L'aiutante di campo lanciò uno sguardo nel retrovisore per vedere la reazione del padrone, che annuì con un cenno della testa. Nicolas accostò a destra e si fermò. Anaïs scese e atterrò su un minuscolo marciapiede, mentre le vetture filavano sulla corsia a scorrimento rapido con un lungo ronzio continuo.

Lei si chinò verso l'abitacolo e urlò con quanto fiato aveva in gola: «Non è lui l'assassino».

«Ho l'impressione che questa sia diventata una faccenda personale.»

«Senti chi parla», replicò lei scoppiando a ridere.

Il quartiere lo faceva pensare a un polo magnetico, un punto dotato del potere di attirare le tempeste, la miseria e la disperazione. Il taxi lo lasciò all'entrata dell'impasse Jean-Jaurès, all'altezza del numero 54. La pioggia picchiava con forza sull'asfalto schioccando sotto i suoi piedi. Kubiela distingueva a malapena ciò che gli stava intorno. Un lampo seguito dal rombo di un tuono illuminò fugacemente un quartiere di case unifamiliari di pietra che si arrampicavano su una collina in lieve declivio.

Kubiela affrontò la salita. A ogni passo l'atmosfera si deteriorava un po' di più. Muri gocciolanti o steccati fatiscenti proteggevano casette seminterrate. I numeri civici erano pitturati a mano su cartelli fissati alla meno peggio. Qua e là, dietro le recinzioni, i cani si gettavano con foga contro le reti metalliche e abbaiavano fino a sgolarsi. I piloni elettrici piantati nelle pozzanghere sembravano pali del patibolo.

Quando aveva letto il proprio necrologio, si era reso conto che le sue origini erano modeste, ma quello che scopriva in quel momento era un altro paio di maniche. Lui proveniva da una miseria sordida che credeva sparita da un pezzo: quella delle bidonville, dei terreni abbandonati, dei ghetti sprovvisti di elettricità e acqua corrente. Era nato da un oscuro esodo slavo.

A metà salita la strada divenne sterrata. Ferri vecchi, cucine economiche e pezzi di automobili erano immersi nel fango. Kubiela si sentì invadere dall'apprensione tipica di un borghese timoroso. Si aspettava quasi di trovare, al posto della casa della sua famiglia, una roulotte con dentro alcuni rom sudici e sdentati.

In realtà, il numero 37 era una casetta di mattoni in stato d'abbandono da decenni. Si stagliava in cima alla collina, circondata da erbacce e gabbie per i conigli. La pioggia batteva implacabile sul legno, sulla terra e sui muri, al punto che sembrava plasmare il tutto in un unico blocco di argilla grigia. Solo il tetto rosso brillava come una ferita ancora fresca.

Le imposte chiuse e il deterioramento generale attestavano che la casa era disabitata da tempo. Sua madre se n'era andata. Tenuto conto dello scenario che aveva davanti, Kubiela non poteva immaginare per lei una pensione confortevole sulla Costa Azzurra. A meno che non avesse intascato i proventi dei suoi quadri.

Fece saltare il filo di ferro che chiudeva il cancello e passando toccò la campanella appesa, il cui tintinnio si perse nel fracasso della pioggia battente. Il giardino di pochi metri quadrati, dove non crescevano più che pneumatici e blocchi di cemento, contribuiva ad accentuare l'atmosfera di desolazione. Kubiela sguazzò fino al portico sormontato da una pensilina semisfondata. La pioggia, con le sue migliaia di capocchie di spilli, lo inseguì anche sotto quel misero riparo.

Premette meccanicamente il pulsante del campanello. Non venne nessuno. Picchiò sulla decorazione di ferro battuto che proteggeva la porta a vetri. Nessun movimento all'interno. Raccolse una sbarra di ferro e forzò le imposte della finestra più vicina, quella alla sua sinistra, poi colpì il vetro che si frantumò con uno schiocco secco. Cominciava a farci l'abitudine.

Mentre si afferrava al telaio, gettò un ultimo sguardo al paesaggio. Neanche un'anima all'orizzonte. Si tuffò all'interno. La casa era stata completamente svuotata. Lo sfiorò l'idea che sua madre fosse morta dopo la sua scomparsa. In fin dei conti la sua unica fonte di informazioni era l'articolo apparso su «Le Monde» un anno prima.

Anticamera. Cucina. Sala. Non c'era l'ombra di un mobile, di una lampada o di una tenda. Pareti beige o marrone, niente di allegro. Parquet sconnesso. A ogni passo schiacciava qualcosa sotto i piedi. Scarafaggi grossi come datteri. Era sicuro che quello che stava esplorando era il teatro della sua infanzia. Immaginò la sua ansia di districarsi da quel pantano a colpi di diplomi.

Una vittoria sociale e materiale, ma non solo. Decidendo di studiare psichiatria, aveva voluto cambiare la sua mente, le sue ambizioni, l'esistenza quotidiana. Un'altra certezza era che non aveva mai disprezzato i suoi genitori e i loro mestieri umili. Al contrario, doveva aver provato gratitudine nei loro confronti ed essersi prefisso di toglierli da quella situazione, di riscattarli dal loro destino di una vita vissuta ai margini. Aveva offerto loro un'altra casa? Non aveva nessun ricordo al riguardo.

Una scala. Il legno era completamente marcio. Ogni volta che posava un piede su un gradino, fuoriusciva un liquido verdastro, accompagnato da un fuggi fuggi di bestiole. Si aggrappò alla ringhiera aspettandosi che gli si sfaldasse sotto la mano. Invece no. Gli venne l'idea assurda che la casa lo avesse accettato: voleva che completasse la sua visita.

Corridoio. Una prima stanza da letto: buia, vuota. Passò alla successiva. Idem. Un'altra. Idem. Poi s'imbatté in una porta chiusa a chiave. Era addirittura dotata di un chiavistello nuovo di zecca. Sentì accendersi una vaga speranza. Cercò di abbatterla con una spallata, pensando che si sarebbe sbriciolata, ma l'impresa si dimostrò più difficile. Fu persino costretto a scendere per recuperare la sbarra di ferro. Finalmente, dopo dieci minuti di lavoro sui cardini e sul legno, riuscì a penetrare nello spazio protetto.

Un'altra stanza vuota, tranne che, in un angolo, c'erano due scatoloni coperti di sacchi dell'immondizia. Avanzò nella penombra. Sollevò con cautela la plastica nera aspettandosi di trovarsi a tu per tu con qualche topo o una frotta di vermi. Vide invece dei quaderni Clairefontaine dall'aria piuttosto recente, rivestiti da copertine azzurre plastificate. Ne sfogliò uno e sentì il cuore balzargli in gola. Erano gli appunti personali di François Kubiela sui casi di fughe psicogene.

Non avrebbe potuto incappare in un tesoro più prezioso.

Strappò via il sacco dell'immondizia dal secondo scatolone. Buste, fotografie, carte... Tutta la vita dei Kubiela in numeri, attestati, immagini e moduli... Chi aveva sistemato lì tutti quei documenti aveva voluto proteggerli dall'umidità rivestendo l'interno degli scatoloni con altri pezzi di plastica.

Ma chi era stato a piazzare lì quell'archivio? Lui stesso. Nel corso della sua ricerca aveva presentito il pericolo e installato il suo quartier generale nella casa dei genitori, mettendo al riparo in quella stanza gli elementi di prova della sua indagine e del suo passato.

Aprì la finestra e sganciò le imposte. Raffiche di pioggia si riversarono su di lui prima che avesse il tempo di riaccostare i vetri. Guardò la stanza. Un camino chiuso da una placca di acciaio occupava la parete di destra. Sulla carta da parati erano impresse le tracce dei mobili di un tempo. Un letto. Un armadio. Un cassettone. C'erano anche alcuni rettangoli che dovevano corrispondere a dei poster. Kubiela indovinò che si trattava della sua camera. Quella che aveva occupato da bambino e da adolescente. Si voltò verso gli scatoloni. Lo studio di tutti quei documenti lo avrebbe tenuto occupato per ore.

Si sfregò le mani, come davanti a un bel fuoco, e si mise in ginocchio di fronte al bottino, con il sorriso sulle labbra.

C'era una logica amara nel suo destino.

La sua indagine era iniziata con degli scatoloni vuoti: quelli di Bordeaux.

E sarebbe terminata con degli scatoloni pieni: quelli di Pantin.

La faccia di Solinas era uno spettacolo da non perdere. Il comandante sapeva che Anaïs lasciava Fleury quel mattino, ma non si aspettava che sbarcasse dritto nel suo ufficio. Probabilmente supponeva che avrebbe approfittato della sua liberazione per riprendere l'inchiesta da sola.

«Dai, Solinas. Sono solo io.»

«Sono piuttosto sorpreso», disse il comandante sollevandosi gli occhiali sulla fronte.

«Abbiamo un accordo, no?»

Lui spazzò l'aria con un gesto vago. «Eh, gli accordi, oggigiorno...»

Anaïs afferrò una seggiola e gli si sedette davanti. L'atmosfera era sempre impeccabile e freddina. Lei piantò i gomiti sul piano della scrivania e iniziò: «Sono in libertà vigilata. Lunedì devo vedere il giudice, che forse mi sbatterà di nuovo in galera. Se non lo farà, verrò rispedita a Bordeaux, grazie alla benevolenza di mio padre. Perciò dispongo di questa giornata e del weekend per mandare avanti l'inchiesta».

Solinas sorrise. Cominciava a capire.

«E devo fare in fretta se non voglio che me lo ficchino in culo.»

Il sorriso si allargò.

«A che punto sei?» chiese Anaïs.

Lui abbozzò un'espressione indecisa. Aveva ripreso i suoi maneggi con la fede nuziale. «A un punto morto, tranne che il cadavere è proprio quello di Medina Malaoui. Abbiamo prelevato del DNA nel suo appartamento.»

«Pensate di riesumarla?»

«Per trovare cosa? Meglio dimenticare questo cadavere. Quanto a cosa la ragazza combinava da viva, non c'è modo di ricostruirlo.»

«Siete risaliti ai suoi ultimi contatti?»

«Non siamo nemmeno sicuri della data della scomparsa. In casa sua non abbiamo trovato né un'agenda né un computer. Forse se li è portati via Janusz, o qualcun altro prima di lui.»

«L'elenco delle sue telefonate?»

«Ce ne stiamo occupando. Ma una vocina mi dice che si serviva di un altro cellulare per i contatti con i clienti.»

«I conti in banca?»

«Niente di che. Quando una batte, funziona tutto in nero.»

«L'indagine di prossimità?»

«Nel suo quartiere non ha dato nessun frutto. Non la vedeva nessuno. Viveva di notte.»

«Era anche una studentessa.»

«Credo che i suoi clienti abbiano visto più spesso il suo culo di quanto i professori i suoi riccioli biondi.»

La volgarità di Solinas la urtava, ma in polizia era come nella vita: non si può scegliere la propria famiglia. «Niente protettori, un'organizzazione?»

«Stiamo cercando.»

«Avete contattato la BRP e l'OCRTEH?»

La squadra contro lo sfruttamento della prostituzione e l'ufficio centrale per la repressione della tratta degli esseri umani, i successori della leggendaria Buoncostume, costituivano gli organi supremi per scuotere le lenzuola sporche della Repubblica.

«No», rispose Solinas, categorico. «Non voglio nessun aiuto su questo caso.»

«Qualcuno sa che il cadavere è stato identificato?»

«No.»

Anaïs sorrise. Malgrado la sua posizione, o piuttosto a causa della sua posizione, lo sbirro era più solo di un orso reinserito in un parco nazionale. Volendo risolvere in solitaria il caso, non poteva chiedere niente a nessuno. Quindi aveva più che mai bisogno di lei.

«Ascolta, Sol'.» Era la prima volta che lo chiamava così e gli stava a pennello. «Voglio un ufficio, un computer connesso in Rete, un'auto senza contrassegni e due uomini efficienti. Voglio che tu chiami il commissariato degli Invalides e dica che sarai il mio agente di sorveglianza.»

«E poi cos'altro?»

«Con me ai comandi», proseguì lei come se non avesse sentito, «otterrai dei risultati entro ventiquattr'ore.»

Solinas restò in silenzio. Non smetteva di far scorrere la fede lungo l'anulare; pareva una sorta di masturbazione.

«Sono la tua sola opportunità di ottenere ciò che vuoi», insistette lei. «I tuoi uomini non hanno avuto la formazione necessaria per un lavoro d'indagine criminale. Non puoi chiedere aiuto a nessuno, e lunedì la procura nominerà un giudice che affiderà l'incarico all'Anticrimine.»

Ancora nessuna reazione.

«Lo sapevi fin dall'inizio. È per questo che sei venuto a cercarmi in gattabuia, a Fleury.»

Il poliziotto aveva i lineamenti tirati. La fronte corrugata tradiva la riflessione. I suoi pensieri si potevano leggere come in un libro aperto.

«Sì o no?»

Il volto di Solinas si distese. L'uomo scoppiò a ridere.

«Cosa c'è di tanto divertente?» chiese Anaïs irrigidendosi.

«Penso al tuo vecchio.»

«Cosa c'entra mio padre?»

«Non dovevi essere una figlia tanto facile.»

«Lui era un padre impossibile. Mi dai ciò che mi serve o no?»

«Va' a prenderti un caffè. Devo organizzarmi.»

Anaïs uscì senza dire una parola. L'atmosfera del luogo, con i corridoi coperti di moquette, l'aria condizionata e le plafoniere smorte, le ricordava quella del carcere, ovviamente in versione high-tech. Anche lì si era in gabbia. Non c'era un tocco di colore, nessun contatto con l'esterno, nessuna libertà.

Giunta davanti alla macchina del caffè, cercò le monete.

Le mani le tremavano, ma il suo stato febbrile era produttivo: aveva già preso una decisione. Doveva scindere l'indagine in due filoni. Gli uomini del commissariato si sarebbero occupati del versante Medina. Lei avrebbe seguito una pista che nessuno conosceva: i dagherrotipi, senza farne cenno a Solinas. Voleva avere una lunghezza di vantaggio su quella banda di macho.

Il caffè colò nel bicchierino. Con il primo sorso si bruciò. Il secondo scivolò giù meglio, ma non sapeva di niente. Brontolii nello stomaco. Non mangiava da... da quanto tempo?

Quando tornò in ufficio, Solinas non era più solo. Aveva accanto due giannizzeri con un'aria da canaglie.

«Ti presento Fiton, il dark, e Cernois, il classico. Due dei miei uomini migliori. Ti aiuteranno fino a lunedì.»

Anaïs li squadrò. Uno, alto e asciutto, non rasato, portava un paio di jeans lerci, scarpe da ginnastica scure e una giacca nera, sotto la quale s'intravedeva una maglietta su cui era stampato il muso da iena di Iggy Pop. Pettinato con la coda di cavallo, aveva gli occhi truccati di nero e sembrava completamente fatto. L'altro, anche lui alto ma con il doppio di chili, sfoggiava un completo di marca tutto stazzonato, una cravatta macchiata e una barba di tre giorni che contrastava con il taglio a spazzola dei capelli. Entrambi portavano la pistola alla cintura, bene in vista.

Le piacquero subito. Le ricordavano la sua squadra di Bordeaux. Capì però immediatamente che quei due erano portati per un'inchiesta criminale come lei per il lavoro a maglia. Perfetti per le irruzioni, ma non per l'attività da formica che caratterizza qualsiasi indagine per omicidio.

«Il mio ufficio?»

«Qui a fianco. Ti tengo d'occhio. Non farai una mossa senza che io ne sia al corrente.»

Anaïs pensò ai dagherrotipi e cercò una via di uscita da quell'impasse. Non ne trovò nessuna.

«È prendere o lasciare», concluse Solinas. «Credo, anzi, che sia prendere tout court.»

Due ore di lettura avevano confermato, a grandi linee, le sue ipotesi più recenti. Il diario di bordo di François Kubiela stava tutto in cinque quaderni di piccolo formato, a quadretti grandi, riempiti dallo psichiatra con una grafia fitta, inclinata e regolare, con la biro. Aveva scelto di fare le cose all'antica: niente computer né chiave USB né Web. Nient'altro che quei quaderni di scuola, nascosti in una piccola casa decrepita.

Le prime annotazioni risalivano al 4 settembre 2008, dopo aver accolto nel suo reparto del centro ospedaliero Sainte-Anne un quarantenne affetto da amnesia e aveva deciso di registrare ogni fase della sua evoluzione. Il paziente, che rifiutava di sottoporsi a qualsiasi accertamento radiologico, aveva presto ritrovato la memoria. Si chiamava David Gilbert, era un ingegnere e viveva nella periferia parigina, a sud della capitale.

Kubiela aveva verificato: era tutto falso.

Al tempo stesso, l'inchiesta condotta dalla polizia sulla scomparsa di Christian Miossens era approdata al Sainte-Anne: David Gilbert era Miossens. Lentamente e controvoglia, il paziente aveva fatto qualche piccolo progresso e, dopo un mese di cure, era andato a vivere dalla sorella, Nathalie Forestier. Kubiela aveva confermato la sua diagnosi: fuga psicogena, una sindrome praticamente sconosciuta in Francia.

Lo psichiatra aveva studiato a fondo la documentazione anglosassone sull'argomento e consultato i colleghi. Aveva sentito parlare di un altro caso, quello di Patrick Serena, in cura presso l'ospedale specializzato degli Châtaigniers, nella regione di Lorient. L'uomo era stato ritrovato nel settembre 2008 mentre vagava lungo una strada nazionale nei pressi di Saint-Nazaire. Affermava di chiamarsi Alexandre. In realtà era il direttore commerciale di una società operante nel settore dell'editoria digitale, celibe, che viveva a Puteaux, nel dipartimento 92. Era scomparso nell'aprile 2008 in piena campagna di vendita. Com'era finito in Bretagna? Che cosa aveva provocato la sua fuga? Cosa aveva fatto fra l'aprile e il settembre 2008? L'uomo aveva firmato una domanda di ricovero volontario ed era rimasto internato agli Châtaigniers.

Kubiela aveva rilevato le analogie fra i due casi, specificamente le date ravvicinate delle fughe. Si era recato a Lorient. Aveva interrogato Serena, convincendolo a trasferirsi al Sainte-Anne, sempre in regime di ricovero volontario. Il paziente si era mostrato motivato a collaborare rispondendo alle domande dello psichiatra, ma si era sempre opposto, come Miossens, a sottoporsi a esami di diagnostica per immagini.

Il medico aveva sondato la memoria dei due uomini. Farmaci, ipnosi, conversazioni... A poco a poco aveva colto altre somiglianze nei loro ricordi. Come prima cosa, l'uso ripetuto di uno pseudonimo. A volte Christian Miossens si riferiva a sé stesso con il nome di Gentil-Michel, Serena con quello di Alex-244. Soprannomi inspiegabili per lo psichiatra. Anche certi luoghi confusamente evocati dai pazienti si assomigliavano. Un bar di pescatori con séparé racchiusi da tende. Un seminterrato sui toni argentati con divani a forma di fagiolo.

Kubiela aveva passato in rassegna i bar di Parigi, scoprendo il Pitcairn, nel IV arrondissement, e il Vega, il bar retrò futurista del IX arrondissement. Sasha.com, un sito di *speed dating*, vi organizzava i suoi incontri. Ripensando agli pseudonimi, Kubiela era giunto alla conclusione che Miossens e Serena, entrambi scapoli, si erano iscritti al sito con la speranza di trovare l'anima gemella.

Dicembre 2008. L'investigatore era arrivato al terzo quaderno di appunti quando un collega del Sainte-Anne gli aveva parlato di un altro caso di fuga psicogena, citato durante un seminario a Blois. Kubiela aveva rintracciato il paziente al centro della Ferté, nella periferia di Tours. Le similitudini con gli altri due soggetti erano impressionanti.

Di nuovo, una persona colpita da amnesia che credeva di avere ritrovato la memoria. Di nuovo, un uomo che aveva rifiutato di sottoporsi a radiografie. Si chiamava Marc Kazarakian. Di origini armene, aveva svolto numerosi mestieri prima di piombare in una depressione che l'aveva ridotto all'inattività. Era scomparso nel luglio 2008 da Sartrouville, dove abitava, per riapparire nell'Indre-et-Loire, senza il minimo ricordo.

Kubiela lo aveva accolto nel suo reparto. Anche questo paziente si serviva di uno pseudonimo, Andromak, e conosceva il Pitcairn e il Vega. Non c'era più spazio per i dubbi. I tre uomini, solitari, vulnerabili e alla ricerca di una relazione sentimentale stabile, si erano avvalsi dei servizi di sasha.com.

Invece di interrogare i responsabili del sito o di avvisare la polizia, Kubiela aveva deciso di iscriversi al club. Le prime settimane erano trascorse senza che emergesse niente. Lo psichiatra stava iniziando a mettere in dubbio i propri sospetti – rapimenti, manipolazioni mentali, sperimentazioni cliniche – quando aveva incontrato Feliz, alias Anne-Marie Straub.

La sua indagine aveva avuto una svolta repentina. Se da un lato Kubiela era tutt'altro che esperto come investigatore, dall'altro era un grande seduttore. Feliz, una bruna stupenda, fredda ed enigmatica, si era presa una cotta e si era lasciata andare a delle confidenze. Faceva la escort. Era pagata per individuare fra i candidati di sasha.com uomini solitari, senza famiglia né legami, psichicamente fragili. Non sapeva nient'altro, non conosceva l'identità di quelli che la pagavano per svolgere quel lavoro né le loro intenzioni.

Stupefatto, l'investigatore dilettante aveva ricostruito lo schema. Professioniste infiltrate in un social network. Procacciatrici con il compito di reperire prede vulnerabili.

Non appena veniva individuata una persona che rispondeva ai requisiti, si procedeva al rapimento e al trattamento Matrioska. Da parte di chi? In che modo? A che scopo?

François Kubiela si interrogava all'inizio del quinto e ultimo quaderno: come procedere? Non potendo gestire la situazione con le sue sole forze, si era risolto a informare la polizia, tanto più che era venuto a sapere da Nathalie Forestier, la sorella di Miossens, che quest'ultimo era stato ritrovato morto, sfigurato, dopo essere scomparso per la seconda volta. Era riuscito a convincere Feliz a testimoniare...

A quel punto gli appunti dello psichiatra finivano. Kubiela indovinò il seguito. Erano intervenuti gli uomini dell'ACSP. Alla fine del mese di gennaio 2009 avevano eliminato Feliz, impiccandola, e rapito lo psichiatra per sottoporlo al trattamento Matrioska. Kubiela non capiva quel punto della storia. Perché non avevano ucciso anche lui? Perché correre il rischio di inserire nel programma uno specialista non rispondente al profilo psicologico delle cavie? Ma forse si sbagliava... Lui viveva da solo, non si era mai creato una famiglia. Quanto al suo equilibrio psichico, cosa ne sapeva lui? Per concludere, forse corrispondeva perfettamente al modello.

François Kubiela, trentotto anni, era diventato una cavia di Mêtis. Aveva fatto la sua prima fuga psicogena nel marzo 2009 e si era ritrovato sul lungosenna di Stalingrad, convinto di chiamarsi Arnaud Chaplain. I successivi sviluppi, più o meno, li conosceva. Aveva inanellato le fughe, mentre i killer di Mêtis tentavano di eliminarlo e i delitti mitologici si susseguivano. In ogni diversa identità, Kubiela si era interrogato e aveva ripreso la propria indagine, seguendo le stesse piste, svelando poco per volta la macchinazione Matrioska e avvicinandosi all'assassino dell'Olimpo... Fin dove era arrivato? Aveva scoperto l'identità del killer? A quelle domande i quaderni non fornivano risposte.

Passò al secondo scatolone, quello riguardante la famiglia Kubiela. Dai documenti apprese solo due elementi significativi. Il primo era che sua madre, Francyzska, non l'aveva cresciuto. Era stata internata in un istituto per malattie mentali nel 1973, quando lui aveva due anni, e da allora era passata da un ospedale psichiatrico all'altro. Apparteneva al triste club dei cronici. Secondo i documenti, attualmente si sarebbe dovuta trovare al centro ospedaliero Philippe-Pinel di Amiens. A quell'idea Kubiela non provò alcuna emozione. Assieme alla memoria, gli avevano portato via anche la sensibilità.

Si mise a esaminare i dati clinici. Le cartelle mediche di Francyzska parlavano di volta in volta di «schizofrenia acuta», «disturbo bipolare ricorrente», «turbe d'ansia». Le diagnosi variavano ed erano anche contraddittorie. Scorse i referti, le prescrizioni, i trattamenti sanitari obbligatori. Ogni volta era stato suo padre, Andrzej, a firmare la domanda di ricovero. Questo fino al 1999. Poi era stato lui stesso, François Kubiela, a compilare le scartoffie.

Il fatto si spiegava grazie alla seconda informazione cruciale fornita dai documenti: suo padre era deceduto nel marzo 1999, a sessantadue anni, in seguito a un incidente. Sul certificato di morte si dichiarava che era caduto da un tetto mentre installava una grondaia in casa di amici. Leggendo fra le righe, probabilmente il polacco era morto su un cantiere dove lavorava in nero, ma i committenti avevano finto di essere suoi amici per problemi assicurativi e per evitare noie con gli sbirri. "*Requiescat in pace*, papà..."

Trovò una fotografia. I suoi genitori all'arrivo in Francia, nel 1967, sull'esplanade du Trocadéro. Due hippy dai capelli lunghi e dai pantaloni a zampa d'elefante con qualcosa di contadino, di rozzo, sbarcati lì dritto dalla loro Slesia natale. Francyzska era una giovane donna esile, bionda e diafana. Somigliava alle creature di David Hamilton. Andrzej rispondeva a un altro cliché: il boscaiolo polacco. Zazzera fino alle spalle, barba da Rasputin e sopracciglia folte. Il suo fisico muscoloso era fasciato da una giacca di velluto logoro. I due esuli si abbracciavano amorosamente, belli e pronti per il loro destino francese.

Dai documenti si evinceva che Andrzej Kubiela era stato il re dei profittatori. Giunto in Francia come rifugiato politico, era stato assunto da un'impresa di lavori pubblici. Nel

1969 aveva avuto un primo incidente sul lavoro che gli aveva permesso di riscuotere una pensione di invalidità. Qualche anno dopo aveva incominciato a incassare un sussidio per la moglie handicappata mentale. Aveva ottenuto anche diversi aiuti dallo stato e altre sovvenzioni: Andrzej viveva alle spalle dei servizi sociali, quando probabilmente non aveva mai smesso di lavorare sui cantieri.

Era arrivato il momento di guardare i documenti che lo concernevano. Scuole elementari e medie in istituti pubblici di Pantin. Facoltà di medicina e internato a Parigi. Niente lavoretti per finanziarsi gli studi: François era cresciuto come un figlio di papà. Andrzej il traffichino aveva scommesso tutto sul figlio e lui lo ripagava abbondantemente. Dalle elementari alla specializzazione, aveva sempre riportato i voti migliori.

Sotto tutte le carte trovò una grande scatola piatta che anni prima doveva avere contenuto una crostata o una *galette des Rois.* Adesso dentro c'erano fotografie e ritagli di giornali ordinati cronologicamente. Le prime buste riguardavano gli anni più recenti. Articoli scientifici e recensioni sui lavori di Kubiela, alcuni dei quali corredati da fotografie. Lui si osservò sulla carta stampata: aveva sempre quell'aria da studioso alla mano, con la zazzera nera e il sorriso intrigante...

Nelle buste successive trovò soltanto fotografie. 1999: Kubiela, visibilmente alticcio, circondato da altri giovani nello stesso stato. Una festa per celebrare la conclusione del suo internato. 1992: Kubiela sorridente, solitario, con la cartella sottobraccio, davanti all'università di medicina della Pitié-Salpêtrière. Portava una polo Lacoste, jeans Levis 501 e mocassini da barca. Un giovane studente perfettino che aveva rotto i ponti con le sue origini umili.

1988: Kubiela diciassettenne, stavolta con suo padre. L'uomo superava il figlio di tutta la testa e sfoggiava una capigliatura e una barba curate. I due sorridevano all'obiettivo, visibilmente complici e felici.

Kubiela si asciugò le lacrime e imprecò. Non era per la malinconia; piangeva di rabbia, di delusione. Neanche davanti a quelle foto intime riusciva a ricordare qualcosa. Da quando era fuggito da Bordeaux, due settimane prima, aveva affrontato dei killer, cambiato identità e braccato un assassino, chiedendosi sempre se fosse lui stesso. Aveva fatto tutto ciò aggrappandosi a una speranza: quando avesse scoperto chi era davvero, la memoria gli sarebbe tornata.

Si sbagliava. Si era sempre sbagliato. Sarebbe stato in eterno un passeggero senza bagaglio. Non c'era una destinazione finale. Ora conosceva la sua identità originaria, ma quello che aveva considerato un obiettivo non era invece che un'altra tappa. Presto avrebbe perso la memoria e si sarebbe confezionato una nuova personalità, per poi capire che non era colui che pretendeva di essere. Allora sarebbe ricominciata la ricerca, animata dalla speranza di ritrovare il suo vero io.

Ma quell'io non esisteva più.

L'aveva perso per sempre.

Passò alle foto dell'infanzia. François, a tredici anni, in kimono da judo, sorrideva all'obiettivo, senza riuscire a disfarsi di quell'aria malinconica e vagamente angosciata presente in tutte le fotografie. Particolare: i suoi capelli erano non bruni ma biondi. Il piccolo Kubiela si era scurito dopo la pubertà.

1979: François, a otto anni, al parco dei divertimenti. Camicia dalle spalle larghe, pantaloni stretti alle caviglie, calzini bianchi: l'uniforme degli anni Ottanta. Con le giostre e le attrazioni sullo sfondo, mani in tasca, il ragazzino sorrideva ancora. Sempre quel sorriso discreto, un po' triste, come per non disturbare.

1973: stavolta era fra le braccia della mamma, probabilmente prima che la donna fosse rinchiusa nell'ospedale psichiatrico. Il volto di Francyzska non si vedeva perché lei teneva la testa bassa, ma lo sguardo fisso del bambino di due anni illuminava l'immagine. Nei suoi occhi si percepiva già quella sua tristezza ardente.

Kubiela guardò verso la finestra. La pioggia era cessata. Al di là dei vetri ancora gocciolanti, il terreno abbandonato cominciava ad assorbire le pozzanghere d'acqua. Sugli pneumatici, sulle conigliere e sui rottami, i rivoli d'acqua si suddividevano in tanti piccoli fili e scoccavano scintille. Da qualche parte, invisibile, il sole lanciava i suoi dardi. Quella visione avrebbe dovuto tirargli su il morale e invece lo faceva sprofondare ancora di più nella malinconia. Perché nelle foto aveva quell'aria da cane bastonato? Qual era la causa del suo sconforto? L'ombra della malattia di sua madre?

Restava una grande busta con il timbro di un ospedale. Forse la spiegazione stava lì. Magari una patologia di cui aveva sofferto durante l'infanzia. Aprì la busta marrone ma faticò a estrarre i documenti, che si erano incollati a causa dell'umidità.

Lastre radiografiche.

Tirò ancora. Ecografie dell'addome di sua madre, eseguite nel maggio 1971, secondo la data riportata in un angolo della prima immagine. L'uso di quella tecnica era stato da poco introdotto in ostetricia.

Finalmente riuscì a estrarle.

Fu sconvolto da ciò che vide.

Nell'utero non c'era un feto, ce n'erano due, l'uno di fronte all'altro, con i pugni chiusi. Due gemelli in posizione a S, che si osservavano nel silenzio delle acque prenatali.

I gemelli nascituri di Francyzska e Andrzej Kubiela.

Un terrore incandescente gli colò dentro come da un rubinetto aperto. Afferrò le altre ecografie. Tre mesi. Quattro mesi, cinque... Via via che le immagini scorrevano, si evidenziava un'anomalia. I feti non si sviluppavano allo stesso modo. Uno dei due era più robusto dell'altro.

Kubiela s'identificò subito con il più piccolo, che gli sembrava ritrarsi timoroso di fronte al fratello più forte.

D'un tratto seppe con chiarezza che il dominante era il fratello che non aveva mai conosciuto. Un bambino che era stato escluso dalla famiglia Kubiela per una ragione che non poteva ancora immaginare. L'idea crebbe, si amplificò, si dilatò fino a occultare tutto il resto.

Teoria.

Lui era stato il gemello dominato nel ventre della madre.

Ma era stato scelto dai suoi genitori per svolgere il ruolo di figlio unico.

L'altro era stato rifiutato, dimenticato, rinnegato.

E oggi tornava dal limbo per vendicarsi.

Per accollargli la responsabilità dei delitti che commetteva.

Il museo della fotografia contemporanea di Marne-la-Vallée aveva sede in un solido edificio di mattoni ottocentesco, probabilmente un'ex manifattura. Uno di quei luoghi in cui un tempo gli operai sudavano sangue, oggi riqualificati e trasformati in laboratori trendy dove si «fa arte». Esposizioni di arte contemporanea, sale concerti, spazi per l'espressione corporea...

Anaïs disprezzava quel genere di posti, ma la struttura che si trovava davanti aveva carattere. Sulla facciata, frontoni, ornamenti e infissi più chiari davano all'insieme una nobiltà artigianale. Decorazioni in maiolica conferivano al palazzo persino un'aria da stazione marittima, come quella che si vede sul Bosforo a Istanbul.

Non aveva avuto problemi a liquidare gli sbirri di Solinas. Alle tre del pomeriggio, dopo aver dato loro istruzioni per le indagini su Medina Malaoui, aveva finto di andarsi a prendere un altro caffè e si era infilata nell'ascensore. Semplice. Aveva un distintivo e le chiavi di un'auto. Le era bastato azionare il telecomando per individuare la vettura. L'adrenalina suppliva allo sfinimento.

Non si faceva illusioni sul lavoro svolto dai cerberi, ma non era importante. Nella sua testolina ostinata puntava tutto sulla pista dei dagherrotipi.

Entrò nel museo, oltre trecento metri quadrati di open space, con il pavimento di legno e i pilastri verniciati. Si respirava un buon odore di segatura, colla e pittura fresca. Stavano allestendo una mostra ed era proprio quella che le interessava: le opere di un fotografo, Marc Simonis, che era anche il presidente della Fondazione di dagherrotipia. L'inaugurazione era prevista per il giorno dopo. Sperava di imbattersi nell'artista intento a disporre le proprie opere.

Quando scorse un uomo grande e grosso che, ginocchioni sulla segatura o in piedi su uno sgabello, strapazzava alcuni operai indifferenti, capì che era il suo obiettivo. Si avviò verso di lui a passi lenti per lasciargli il tempo di finire il predicozzo. Vide di sfuggita che alle pareti erano già appesi dei lavori e si fermò per guardarli meglio. I dagherrotipi avevano una particolarità che le era stato impossibile cogliere nelle riproduzioni sui libri: erano degli specchi. Superfici lisce, argentate o dorate, riflettenti. Questa caratteristica doveva piacere all'assassino. Quando ammirava la sua opera – il suo crimine – poteva contemporaneamente contemplare sé stesso.

Le singolarità delle immagini le aveva già notate, ma lì la luce naturale dava loro maggior risalto, mescolando luci e ombre in un chiaroscuro velato. Le opere erano rettangolari, ma le parti illuminate avevano una forma piuttosto ovale, come erose da una bruma grigiastra. Vi si ritrovava l'incanto delle riprese vacillanti e tremolanti dei film muti. Il centro sfolgorante, delineato con acuta precisione, faceva quasi male agli occhi. Aveva la violenza di una frustata.

Si trattava di ritratti contemporanei: musicisti, acrobati, ma anche operatori di borsa, segretarie e agenti immobiliari, fasciati nei loro abiti moderni, catturati in un'atmosfera quasi ottocentesca. L'effetto era contraddittorio: si aveva di colpo l'impressione di essere proiettati in un futuro non definito in cui il presente era già un'epoca passata, vecchia di oltre un secolo.

«Che diavolo ci fa lei qui?»

Il grosso fotografo le si era piazzato davanti, furibondo. Ci fu un momento di incertezza, durante il quale esaminò il tizio. Doveva essere alto più di un metro e novanta e superare di un bel po' i cento chili. Un gigante che nella vita se l'era presa con calma e che, a cinquant'anni, evocava più una montagna di grasso che una stele di marmo. Portava un maglione dolcevita nero e jeans enormi, tipo sacco di patate. Lei indovinò il motivo per cui indossava il collo alto: voleva nascondere il suo gozzo da rospo.

«Non vuole rispondere?» fece Simonis mettendo i pugni sui fianchi.

In extremis, lei trovò la forza di sorridere. «Mi scusi», disse. «Il mio nome è Anaïs Chatelet e sono capitano di polizia.»

Annuncio a effetto garantito. L'uomo si irrigidì e deglutì. Anaïs vide il suo doppio mento gonfiarsi e poi appiattirsi come un mostruoso boa che ingoi una gazzella.

«Non si preoccupi», lo rassicurò. «Ho bisogno solo di qualche informazione sulla tecnica del dagherrotipo.»

Simonis si rilassò. Le spalle si abbassarono e il gozzo tornò in stato di riposo. Alzando la voce per sovrastare il chiasso delle levigatrici e dei martelli, si lanciò in un discorso tecnico che lei non stette ad ascoltare. Gli accordò mentalmente non più di cinque minuti di farneticazioni prima di entrare nel vivo dell'argomento.

Mentre l'uomo parlava, lei valutava i pro e i contro. Poteva essere lui l'assassino? Possedeva la forza ma non certo la rapidità necessaria. Se lo vedeva segare la testa di un toro o evirare un barbone, ma... I cinque minuti erano trascorsi.

«Mi scusi», lo interruppe. «A suo avviso, quanti sono i dagherrotipisti in Francia?»

«Siamo solo qualche decina.»

«Quanti esattamente?»

«Una quarantina.»

«E nell'Île-de-France?»

«Penso una ventina.»

«Potrei avere una lista?»

Il grassone si chinò su di lei. La superava di venti centimetri buoni. «Per farne che?»

«Ha visto abbastanza film per sapere che i poliziotti fanno le domande, ma non rispondono mai a quelle degli altri.»

Lui agitò la sua manona. «Mi scusi ma... ha un mandato?»

«Se intende una rogatoria firmata da un giudice, no, al momento non ce l'ho. Posso andare a farmela rilasciare e tornare qui, ma perderei del tempo prezioso e le giuro che le farei pagare ogni minuto sprecato.»

L'uomo deglutì di nuovo. Il boa ingoiava per la seconda volta. Fece un gesto vago verso il fondo della sala. «Dovrei tornare nel mio ufficio per stampare un elenco.»

«Andiamo.»

Simonis si guardò attorno: gli operai lavoravano senza prestargli la minima attenzione. Le levigatrici levigavano, i trapani trapanavano. Un odore di metallo arroventato riempiva l'aria. Abbandonando controvoglia il cantiere, si diresse verso l'ufficio vetrato, con Anaïs alle calcagna.

«La avverto: non tutti i dagherrotipisti sono iscritti alla mia fondazione.»

«Lo immagino, ma noi disponiamo di altri mezzi per rintracciarli. Contatteremo i fornitori dei prodotti che utilizzano.»

«Contatteremo?»

«Non le piace giocare agli investigatori?» replicò Anaïs strizzandogli l'occhio.

Il boa si agitò di nuovo. Lei lo interpretò come un assenso.

Un'ora dopo i due soci avevano stilato una lista esaustiva dei dagherrotipisti di Parigi, della regione parigina e di tutta la Francia. Incrociando i dati dei fornitori con gli artisti membri della fondazione, avevano individuato diciotto nomi nell'Île-de-France e più di una ventina nel resto del paese. Anaïs stimava che avrebbe potuto visitare quelli dell'Île-de-France entro la sera successiva. Agli altri avrebbe pensato dopo.

«Li conosce tutti?» domandò.

«Praticamente sì», mormorò il fotografo.

«Di questi, qualcuno le sembra sospetto?»

«Sospetto in che senso?»

«Un potenziale assassino.»

Le sopracciglia di Simonis si inarcarono, poi lui scosse le guance flaccide. «No. Neanche per sogno.»

«Fra questi tizi, ce n'è uno che fa foto violente?»

«No.»

«Foto malsane, foto di ispirazione mitologica?»

«No. Le sue domande sono assurde. Sta parlando di dagherrotipi?»

«Proprio così.»

«Con questa tecnica il soggetto deve restare perfettamente immobile per parecchi secondi. È impossibile riprendere una scena in movimento.»

«Pensavo a delle nature morte. Dei cadaveri.»

Simonis si stropicciò la fronte. Anaïs fece un passo avanti, costringendolo ad arretrare contro la parete di vetro.

«Uno dei membri della fondazione ha avuto noie con la giustizia?»

«Ma no! Be', almeno non che io sappia.»

«Discorsi strani?»

«No.»

«Disturbi psichici?»

Il colosso fissò Anaïs con i suoi occhi grevi, senza rispondere. Sembrava prigioniero del suo ufficio vetrato come un cetaceo in un acquario.

Anaïs decise di affrontare l'argomento cruciale. «Da quanto ho capito, la chimica svolge un ruolo importante nella vostra tecnica.»

«Certo. Prima c'è la fase dei vapori di iodio, poi quella dei vapori di mercurio. In seguito si...»

«In una di queste fasi potrebbe entrare in gioco del sangue? Sangue umano»?

«Non ho afferrato la domanda.»

«Il sangue contiene, fra le altre cose, dell'ossido di ferro. Questa componente potrebbe essere aggiunta durante una delle trasmutazioni chimiche? Per esempio nell'ultima fase, quando si passa il cloruro d'oro sull'immagine?»

Marc Simonis era esterrefatto. Capiva che Anaïs sapeva più cose di quante avesse voluto dirne.

«Forse... Non so.»

«Fra i nomi riportati qui», incalzò lei brandendo la lista, «qualcuno le ha mai accennato a questo genere di ricerche?»

«Certo che no.»

«Ci sono dei chimici più dotati di altri? Dei dagherrotipisti che potrebbero cimentarsi in esperimenti di tipo... organico?»

«Non ne ho mai sentito parlare.»

«Grazie, signor Simonis.» Stava per andarsene quando l'uomo la afferrò per un braccio.

«Sospetta che uno di noi abbia commesso un omicidio?»

Lei esitò, poi, abbandonando all'improvviso il tono autoritario, confessò: «Francamente non ne so niente. È una pista basata su supposizioni...». Si guardò intorno: barattoli di mercurio, scatole di iodio e di bromo sugli scaffali. «...Meno consistenti dei suoi vapori.»

Cinque minuti dopo Anaïs consultava una pianta della periferia parigina nel parcheggio del museo. Tentava di organizzare l'itinerario per visitare le persone dell'elenco.

Il cellulare trillò. Solinas. Soppesò l'apparecchio nel palmo e si chiese se fosse localizzabile. Avrebbe dovuto buttarlo all'uscita da Fleury.

Al quinto squillo rispose, chiudendo gli occhi come quando ci si aspetta una detonazione.

«Sei veramente la peggiore stronza che abbia mai conosciuto.»

«Ci sono stata costretta. Devo seguire un'altra pista.»

«Quale?»

«Non posso parlarne.»

«Peggio per te.»

«Le minacce non mi spaventano più.»

«E due cadaveri ancora caldi?»

«Di chi si tratta?»

«Non li abbiamo ancora identificati. Due bellimbusti in completo nero, roba di lusso. Uno ammazzato da due proiettili calibro 45. L'altro ha un pezzo di vetro piantato in faccia. Li hanno trovati in un loft, al 188 di rue de la Roquette. L'inquilino risponde al nome di Arnaud Chaplain. Ti dice qualcosa?»

«No», mentì lei. Aveva la sensazione che tutto il sangue le fosse defluito dal cervello.

«Abbiamo trovato la loro auto a due isolati di distanza, in

rue Bréguet. Un'Audi Q7 nera targata 360 643 AP 33. Continua a non dirti niente?»

Anaïs restò in silenzio cercando di riconnettere i neuroni. Freire l'aveva scampata un'altra volta. Le uniche notizie che ormai si poteva aspettare da parte sua avevano a che fare con dei cadaveri.

«In base alle prime constatazioni, l'inquilino del loft sembrerebbe essere Janusz.»

«Come lo sai?» chiese lei girando la chiave di accensione.

«Voci di corridoio. Anche i muri hanno orecchie.»

«Chi gestisce il caso?»

«L'Anticrimine. Ma chiamerò il procuratore. Questa faccenda è collegata alla sparatoria di rue de Montalembert. È di mia competenza.»

«Puoi dimostrarlo?»

«Lo farò se mi assegnano il caso.»

«Dove sono i corpi?»

«Che domanda. All'istituto medico legale.»

Anaïs non sapeva dove si trovasse, ma l'avrebbe scoperto. «Ci vediamo là?»

«Non so cosa tu mi abbia fatto», ghignò Solinas. «Me lo metti in culo e ti chiedo di rifarlo. Non è che siamo sulla buona strada per una relazione sadomaso?»

«Fra mezz'ora?»

«Sono già per strada. Ti aspetto là.»

I due feti fluttuano nel liquido amniotico come piccoli astronauti. Fra sangue e acqua, aria e spirito. Sono leggeri, intrecciati l'uno all'altro. Uno è più robusto, eppure è quello che sta sospeso in alto. L'altro è rannicchiato sulla parete inferiore dell'utero. Un vinto. Sopra di loro, una rete di venature disegna degli arabeschi, linee che fanno pensare a radici volanti, come quelle delle piante coltivate in assenza di gravità nelle stazioni spaziali.

«Abbiamo un problema.»

Nel suo studio, un medico fissa l'uomo e la donna incinta seduti dall'altra parte della scrivania. Una giovane bionda, dai capelli quasi bianchi, e un barbuto imponente. Nella stanza regnano i colori autunnali. Rosso, ocra, bruno dorato. Solo legno verniciato e tappezzeria porpora.

«Che problema?»

La donna, con le mani strette sul ventre rotondo, ha posto la domanda in un tono aggressivo che mal dissimula la paura. È il tipo slavo: zigomi alti, occhi da gatto e capelli così sottili da diventare iridescenti sotto i raggi del sole. Sul suo petto, fra i seni tesi a causa della gravidanza, scintilla una croce.

L'uomo è la versione maschile del tipo slavo. Camicia spessa a quadri, spalle larghe, barba folta. Mascella a vomere di aratro.

Il medico sembra a disagio. Nonostante sia giovane è già quasi calvo. La sua fronte lucida prolunga un viso ossuto, come se sviluppasse un'idea soggiogante, ossessiva. Le sue labbra sottili lasciano fuoriuscire parole secche, scarne e senza fioriture. «Stia tranquilla», dice con un sorriso, «è piuttosto frequente.»

«Che problema?» ripete lei.

«Come sa, la sua è una gravidanza monocoriale.»

L'uomo e la donna si guardano.

«Non parliamo molto bene il francese», mormora lei con un forte accento e una sorta di rancore freddo.

«Mi scusi. Questo francese in realtà non lo parla nessuno. Voglio dire che i suoi gemelli sono monozigoti, provengono cioè da una stessa cellula uovo fecondata. Questo le è stato sicuramente già spiegato più volte. Si sviluppano nella stessa cavità e condividono la stessa placenta. Ciò significa che si nutrono alla stessa fonte.»

«E quindi?»

«Normalmente ogni feto è collegato alla placenta da una rete di vasi sanguigni. Capita però che le vascolarizzazioni si mescolino e che i due feti debbano condividere anche questa. È un fenomeno chiamato "anastomosi". Il rischio è che si crei uno squilibrio. L'alimentazione di uno dei gemelli può andare a discapito dell'altro.»

«È questo che sta succedendo nella mia pancia?»

Lo specialista annuisce. «È un problema che si presenta tra il cinque e il quindici per cento dei casi. Le faccio vedere.» Si alza, afferra una serie di ecografie da un tavolo alle sue spalle e le dispone sulla scrivania in modo che la coppia possa vederle bene. «Questo feto è più sviluppato dell'altro. Si nutre a danno del fratello. Ma la situazione può evolversi...»

La madre ha gli occhi inchiodati sulle ecografie. «Lo fa apposta», sibila fra i denti, «vuole uccidere suo fratello.»

Il medico agita le mani e sorride di nuovo. «No, no, si rassicuri. Suo figlio non c'entra niente. È semplicemente favorito dalla disposizione dei vasi sanguigni. Qui si vede benissimo che la vascolarizzazione si...»

Il padre non lo lascia finire. «C'è qualche trattamento che si possa fare?» chiede.

«Purtroppo no. Abbiamo solo una soluzione: aspettare. La vascolarizzazione può evolversi in modo naturale e...»

«Lo fa apposta», ripete la madre a voce bassa tormentando il crocefisso. «Vuole uccidere suo fratello. È malvagio!»

In macchina, il padre stringe il volante come se volesse divellerlo. La donna fissa la strada con le pupille dilatate, un gatto nella notte.

Altro appuntamento nello studio del ginecologo.

«Mi spiace. La situazione si è fatta critica.» Il medico non ha più la forza di sorridere.

La donna tiene le mani contratte sul ventre. La pelle del suo viso è sottile come carta velina. Si scorgono le vene azzurre sotto le tempie.

Sulla scrivania, altre ecografie. I due feti, disposti a S. Uno occupa i due terzi dell'utero. Sembra sfidare l'altro, il dominato.

«Continua ad alimentarsi più del fratello. Per essere precisi, riceve quasi tutto il flusso sanguigno placentare. Di questo passo, l'altro non sopravvivrà che qualche settimana e...»

«Cosa si può fare?»

Il medico si alza, si sofferma a guardare il paesaggio dalla finestra. La stanza sembra più che mai rossa e dorata. «Potete decidere. Lasciare che la natura faccia il suo corso o...» Esita, poi torna verso la coppia. «Privilegiare l'altro bambino», dice rivolgendosi solo alla donna, «quello che non riesce a nutrirsi. Per salvarlo c'è un'unica soluzione. Voglio dire...»

«Va bene. Ho capito.»

Più tardi, durante la notte, il dolore sveglia la donna. Barcollante, raggiunge a fatica la stanza da bagno. Si accascia con un gemito. Si alza anche il marito e si precipita in bagno, accende la luce. Trova la moglie accoccolata a terra: il suo ventre prominente ha lacerato la camicia da notte. A tratti, la superficie della pelle si tende. Uno dei feti la colpisce. È furioso. Vuole uscire. Vuole essere solo...

«Bisogna ucciderlo!» urla la madre, con il volto inondato di lacrime. «È... è lo spirito del male! *To jest duch zl ego!*»

Kubiela si svegliò di soprassalto. Era raggomitolato sul pavimento ammuffito, in posizione fetale. Prima sensazione: il gusto salato delle lacrime. Seconda sensazione: l'umidità del pavimento di legno. Infine, l'oscurità.

Che ore potevano essere? Solo le quattro del pomeriggio, ma era già calata la notte. La pioggia sui vetri. Gli scarafaggi sul parquet. Come aveva fatto a addormentarsi così? Forse il rifiuto di affrontare la verità che incominciava a intuire scorrendo i referti medici.

Si avvicinò vacillando alla finestra. Non vide niente, a parte la cortina sfocata dell'acquazzone. Non c'era un lampione, non una luce accesa. La sua mente, in preda alla confusione totale, era incapace di concentrarsi su un qualsiasi pensiero. Ma, al tempo stesso, lui aveva l'impressione di essere più lucido che mai. Nel suo incubo aveva riscritto la storia dei gemelli Kubiela. Era un sogno, eppure sapeva che corrispondeva alla realtà. Ai suoi piedi, i referti, le ecografie... Sapeva visceralmente ciò che sua madre aveva deciso. Sapeva che lui era nato in seguito a un assassinio. Il feto dominato, salvato in extremis dalla volontà dei genitori...

Cosa poteva fare adesso? Era a corto di idee. Prigioniero della piccola casa delle sue origini. Prigioniero delle tenebre. Alzò gli occhi verso il soffitto da cui pendeva una lampadina nuda. Premette l'interruttore ma non successe nulla. Senza scoraggiarsi, scese al pianoterra e cercò il contatore. Schiacciò il bottone rosso e udì uno schiocco secco che gli parve di buon augurio.

Quando risalì nella stanza, la lampadina era accesa.

Si mise ginocchioni e raccolse tutti i fogli.

Un minuto dopo era di nuovo immerso nella lettura dei dettagli delle sue origini.

«Dov'è il comandante Solinas?»

Le sei del pomeriggio. Istituto medico legale di Parigi. Anaïs, armata di lampeggiatori e sirena, si era persa diverse volte prima di trovare quai de Bercy.

Stava di fronte alla segretaria seduta dietro la sua scrivania.

«Dov'è Solinas?» ripeté.

«Lui e gli altri sono dentro, ma lei non ha il diritto di...»

Anaïs attraversò la sala seguita dagli sguardi dei busti di marmo dell'ingresso. Aveva già individuato le porte bianche.

La segretaria le urlò dietro: «NON HA IL DIRITTO!».

Senza voltarsi, brandì il distintivo e lo agitò sotto le plafoniere. Un secondo dopo era in un corridoio illuminato a giorno, scandito da porte chiuse. Tutto era impeccabile. Non si vedeva una barella, figurarsi un cadavere. Solo l'odore dei disinfettanti e l'aria gelida lasciavano intuire che lì non c'era vita.

Una porta.

Due porte.

Tre porte.

Alla quarta, trovò quello che cercava mentre un uomo in camice bianco le arrivava alle spalle di corsa. Ma lei era già dentro, impietrita davanti a uno spettacolo stupefacente.

Nella stanza rischiarata dalle lampade scialitiche, tre uomini in nero, dei veri colossi, stavano in piedi fra i cadaveri coperti da lenzuola. Solinas era uno dei tre. Il contrasto fra i loro completi neri e la luminosità abbacinante della stanza bianca era quasi insostenibile.

Anaïs si concentrò sulle loro parole. L'infermiere che la

tallonava era rimasto anche lui di sasso, scioccato da quei corvi taglia XXL che se ne dicevano di tutti i colori davanti ai cadaveri.

«Non vedo che cazzo tu ci faccia qui», ringhiò uno.

«Questi due sono in diretto rapporto con la sparatoria di rue Montalembert.»

«Sul serio? E dove sta scritto?»

Solinas non era stato abbastanza rapido. Gli agenti dell'Anticrimine erano già sul posto, incaricati dal procuratore della Repubblica. Il calvo non aveva competenza in quel caso, tuttavia rivendicava deciso la sua parte della torta.

«Il procuratore è stato chiaro.»

«Me ne impippo del procuratore. Contatterò il giudice.»

«Non far casino su questo caso.»

«Quale caso? Non si sa di cosa si tratta. Un tipo freddato con la pistola è roba mia.»

Il tono s'infervorava a ogni replica. Ci mancava un pelo che i tre passassero all'azione. Anaïs li guardava. Adesso erano circondati da diversi tizi in camice bianco che non osavano intervenire.

Le piaceva la scena. Fra l'odore di disinfettante e sotto le luci fredde, assaporava lo spettacolo saturo di testosterone. Tre maschi pronti al combattimento. Solinas s'impettì, deciso a far roteare la mazza. Il suo primo interlocutore, molto scuro, mal rasato e con un anello all'orecchio, aveva l'aria da macho. Il suo collega accarezzava già l'arma.

D'un tratto Anaïs fu colpita sull'anca da una barella lanciata a tutta velocità. Scivolò e cadde a terra. Gli uomini erano passati alle maniere forti. Grida. Insulti. Spintoni. Solinas abbrancò il tipo dell'Anticrimine con cui stava litigando mentre il terzo, incapace di separare i due avversari, sfoderava la pistola. Gli infermieri accorsero, ma non erano all'altezza della situazione.

Anaïs già temeva una sparatoria quando altri due uomini piombarono nella sala. Due individui della stessa stazza, con i capelli a spazzola, fasciati in completi grigi che parevano uniformi, puntavano le loro semiautomatiche 9 mm sui poliziotti.

«La festa è finita, ragazzi.»

Solinas e il suo avversario smisero di lottare. L'agente dell'Anticrimine che aveva tentato di dividerli si passò la mano sul viso: sanguinava dal naso. Il collega si teneva l'orecchio: una lunga stria rossa gli attraversava la faccia. Nella lotta gli era stato strappato l'orecchino.

«Chi siete?» ringhiò Solinas.

«L'esercito, vecchio», fece uno dei due nuovi arrivati. «Sparite di qui in fretta e dimenticheremo che la carne fredda ve lo fa diventare duro.»

Solinas esitò. Gli agenti dell'Anticrimine indietreggiarono per inquadrare meglio i nuovi nemici. Gli infermieri si allontanarono. Anaïs era come paralizzata: guardava la scena con gli occhi di una ragazzina che contempla il mondo degli adulti senza capirlo. Il mondo di suo padre.

«Affare riservato», disse l'altro militare brandendo un documento ufficiale.

Nessuno guardò il foglio: avevano capito tutti.

«Andate a farvi medicare e smammate. Questa storia non vi riguarda più.»

«Chi siete esattamente?» chiese con voce rauca lo sbirro dell'Anticrimine tenendosi una mano sull'orecchio.

«Leggerete l'incartamento del procuratore. Probabilmente ci hanno designato con delle iniziali, ma ne sfornano tutte le mattine e non significano niente.»

«Non significano niente, l'hai detto, cazzo», fece Solinas avanzando di un passo. «E allora?»

Quello che aveva appena parlato si avvicinò a uno dei cadaveri, coperto dal lenzuolo. Gli afferrò l'avambraccio sinistro, gli rimboccò la manica e lo tese verso i poliziotti: piantato nella carne, c'era un ago da flebo. «Sai cosa significa, no?»

Silenzio generale. I combattenti d'élite a volte hanno un ago infilato in una vena in modo da poter essere sottoposti più rapidamente a trasfusioni in caso di ferite gravi. Ma a quei due non era servito granché.

«Sono dei nostri», concluse il soldato tirandosi su la manica e mostrando lo stesso dispositivo. «Spetta a noi trovare il fetente che li ha fatti fuori. Voi tornate a cuccia.»

«E la procedura?»

I due militari scoppiarono a ridere. Anaïs sorrise: in fondo era felice di vederli. I soldati. I mercenari. I killer. Quelli che da due settimane non le davano tregua. Si erano infiltrati nella sua inchiesta. Avevano dormito con lei, respirato con lei...

Avevano manovrato i fili e adesso, senza darsi pensiero, li tagliavano. L'affare Matrioska finiva lì, sulla soglia di quella camera mortuaria.

«Ci faremo sempre fregare. È nell'ordine delle cose. La vita ce lo mette nel didietro.»

Con un tampone nelle narici, fedele alla sua filosofia, Solinas aveva detto la sua ultima parola sulla faccenda. Uscendo dall'istituto medico legale, Anaïs aveva fatto salire il poliziotto sulla propria auto. Dopo poche centinaia di metri, attraversato un ponte, si era fermata davanti al cancello di un grande parco che immaginava fosse il giardino botanico.

Aveva spiattellato a Solinas le ultime informazioni. Il programma Matrioska. La molecola. Gli uomini cavia. Le operazioni di pulizia condotte dall'esercito sotto la copertura di Mêtis. Alla fine della tirata, aveva esposto la sua conclusione personale: «Fine del caso».

Solinas scosse lentamente la testa. Aveva sì l'aria abbattuta, ma non stupita. In compenso, c'era un dettaglio che lo intrigava. «Sono sorpreso che tu molli l'osso così facilmente.»

«Non mollo un bel niente. Gli intrallazzi di Mêtis e dell'esercito non ci condurranno da nessuna parte. Le lotte intestine non portano a niente e l'obiettivo della mia inchiesta è ben altro.»

«Che cosa cerchi esattamente? Ho perso il filo.»

«Voglio salvare Janusz.»

Solinas fece una risata amara. «Non è con questo che diventerò prefetto.»

«Dietro Janusz c'è l'assassino. E a quello possiamo dare la caccia.»

Il calvo alzò un sopracciglio. Un solco secco su una montagna brulla.

«Ciascuno segue la sua strada. Per quanto strano possa sembrare, sono sicura che Medina Malaoui avesse un legame con Matrioska.»

«Ma se mi hai appena detto che bisogna lasciar perdere la storia del complotto!»

«Il fatto è che l'assassino, il killer mitologico, in un modo o nell'altro è collegato a questo caso. Quelli di Mêtis sono convinti che la molecola abbia risvegliato un mostro in una delle loro cavie. E sarebbe Janusz. Sono sicura che si sbagliano, ma solo a metà. L'assassino è una delle cavie, su questo non ci piove.»

«E che cazzo c'entra Medina in tutto questo? Era una puttana.»

Anaïs sospirò. Quell'insulto insozzava tutte le donne. «Era collegata alle cavie. È per questo che Janusz era andato da lei.»

«Mentre tu eri scomparsa chissà dove, i miei uomini sono risaliti alle sue connessioni Internet e alle sue comunicazioni telefoniche.»

«E quindi?»

«Niente. Non contattava i clienti in quel modo. L'unica stranezza è che era iscritta a un sito di incontri. Un club di *speed dating.*»

«Di che genere?»

«Il più banale che ci sia: sasha.com. Un sito qualunque per gente qualunque.»

Non quagliava con il profilo dell'escort che frequentava l'VIII arrondissement e i suoi ricconi.

«Chi dirige il sito?»

«Il vero nome di Sasha è Véronique Artois. Diversi fallimenti commerciali prima di lanciarsi nell'organizzazione di rendez-vous. Mentre ti parlo, Fiton e Cernois la stanno interrogando.»

«Dimmi di Arnaud Chaplain», fece Anaïs cambiando argomento.

«Cominciavo a credere che non t'interessasse, visto che

non ne facevi parola.» Solinas infilò una mano sotto il cappotto.

Quel semplice gesto fece sobbalzare Anaïs. Per quanto ridicolo, con quel tampone nel naso, il poliziotto trasudava una violenza e una brutalità animalesche. Lui estrasse un fascicolo piegato in due, se lo posò sulle ginocchia e lo lisciò con l'avambraccio. Lei non rimase sorpresa vedendo la fotografia pinzata sulla copertina.

«Arnaud Chaplain», commentò Solinas. «Faccia nota, aria diversa. Sedicente disegnatore pubblicitario e pittore a tempo perso.»

«Perché sedicente?»

«Abbiamo battuto sul tempo quelli dell'Anticrimine. Ci siamo procurati i documenti forniti da Chaplain all'agenzia immobiliare che gli ha affittato il loft nel maggio 2009. È tutto falso.»

«Come si procurava il denaro?»

«Ho messo al lavoro i miei uomini sulla faccenda. Niente assegni né bonifici. C'è puzza di qualcosa di losco.»

Anaïs aprì il fascicolo e trovò altre foto formato tessera e immagini prese dai video di sorveglianza del quartiere di rue de la Roquette. Janusz non assomigliava più allo psichiatra trasandato né al barbone né al pittore folle. E neanche all'uomo che era andato a trovarla a Fleury.

Su una delle immagini la fibbia della cintura brillava come la stella di uno sceriffo.

«È innocente», insistette Anaïs. «Bisogna proteggerlo.»

«I cerberi di poco fa gli faranno la pelle.»

«Non se lo arrestiamo prima. La moneta di scambio di cui disponiamo è la nostra inchiesta. Una volta che Janusz sarà al sicuro, li minacceremo di rivelare tutto ai media.»

«Ma se mi hai detto che non si può fare niente contro quei tizi.»

«Nessuno ama questo genere di minacce. E se riusciamo a trovare il vero assassino, la bilancia penderà dal lato giusto.»

«Janusz ha comunque ammazzato due dei loro.»

«Per legittima difesa. Danno collaterale. È una logica ammissibile per i militari.»

Solinas tacque. Forse contemplava la remota possibilità di ottenere una promozione grazie all'arresto dell'assassino. «Ciò non spiega però perché tu ci abbia piantato in asso oggi pomeriggio.»

Non era più tempo di giocare a nascondino. Gli riassunse brevemente la pista dei dagherrotipi. Il frammento di specchio esposto ai vapori di iodio trovato ai piedi di Icaro. L'ipotesi di un assassino fotografo. La relativa tecnica, vecchia di centocinquant'anni, e i quaranta artigiani sparsi in tutta la Francia che ancora la praticavano. «Devo finire quello che ho cominciato. Andrò a interrogare i rimanenti dagherrotipisti dell'Île-de-France. Verificherò i loro alibi per le date dei delitti. Poi si vedrà.»

Solinas si raschiò la gola e si rassettò la giacca. Adesso era più calmo. L'energia della piccola collega lo rasserenava. «Mi dai un passaggio fino all'ufficio?»

«No, scusa. Non ho tempo. Fatti venire a prendere da un'auto di servizio, o chiama un taxi. Se ci do dentro tutta la notte avrò finito per domani a mezzogiorno.»

Il commissario sorrise mentre faceva girare lo sguardo sul paesaggio circostante: le recinzioni del giardino botanico, boulevard de l'Hôpital e il suo traffico convulso, la stazione di Austerlitz, tutta rimessa a nuovo, che sembrava un fondale di stucco. Aprì la portiera e le strizzò l'occhio. «Ti è entrato dentro il tuo disperato, eh?»

Adesso Kubiela aveva le idee chiare. Dopo aver chiuso le imposte, alla luce della lampadina analizzava la documentazione clinica contenuta nella busta marrone. I nomi. I numeri. Le date. Poteva ricostruire quanto era veramente accaduto durante la gravidanza di Francyzska, tanto più che conosceva a fondo l'universo dei gemelli.

Gemelli monozigoti. Due feti, una sola placenta. Nati dalla stessa cellula, il loro patrimonio genetico è rigorosamente identico. Nella pancia della madre sono separati solo da una sottile membrana. Sono in contatto permanente. Si toccano, si spingono, si guardano. Ciascuno diventa per l'altro un campo di esplorazione. A poco a poco s'instaura una speciale connessione cerebrale. Sono due e al tempo stesso sono uno. A partire dal quarto mese entrano in funzione i cinque sensi. Si sviluppano le sensazioni, le emozioni. I gemelli le condividono. Ogni feto diventa la fonte e l'eco dell'altro.

In genere il principio su cui si basa questo legame è l'amore.

Per i gemelli Kubiela era l'odio.

I feti avevano manifestato un comportamento diverso fin dal terzo mese. Uno era prostrato. L'altro si allungava, si agitava e conquistava spazio. Al quarto mese il primo si nascondeva la faccia con le mani, il secondo colpiva a calci e pugni la parete che lo separava dal suo doppio. Al quinto mese era insorto il problema alimentare.

Come nell'incubo di Kubiela, il ginecologo aveva avvisato i genitori. Bisognava prendere una decisione: lasciar fare alla natura o, al contrario, eliminare il dominante per salvare il dominato. Il ventre di Francyzska Kubiela era diventato teatro di una lotta mortale.

I genitori non avevano esitato. Un documento riguardava un'embrioriduzione programmata nel luglio 1971. Secondo una lettera manoscritta del ginecologo, Francyzska, polacca molto devota, considerava il bambino dominante come una creatura diabolica dotata di poteri paranormali. La sua iperattività aveva un unico scopo: uccidere il fratello. Era un essere ostile e malvagio che non voleva condividere il suo spazio.

Kubiela lesse fra le righe. La salute mentale di Francyzska si andava deteriorando ogni giorno di più. La prospettiva dell'intervento non era bastata a tranquillizzarla, anche se con esso l'incarnazione del male sarebbe stata eliminata. Come sempre, i termini medici gettavano un velo sulla realtà delle cose: l'embrioriduzione in realtà consisteva, né più né meno, nell'uccidere un feto per salvarne un altro; o altri, nel caso di una gravidanza trigemina.

Dopo la lettera non c'erano altri documenti: né referti né ecografie. Erano stati i genitori a distruggere ogni traccia dell'azione intrapresa? Kubiela aveva un'altra spiegazione. L'embrioriduzione non aveva mai avuto luogo. La situazione intrauterina si era normalizzata. L'alimentazione dei feti si era riequilibrata in modo naturale.

La doppia gravidanza era stata portata a termine.

Due bambini erano nati il 18 novembre 1971.

Ma, per Francyzska, il gemello dominante continuava a essere il «figlio del diavolo». Non aveva voluto crescerlo né tenerselo accanto. Andrzej si era assunto il compito di liberarsene, di sistemarlo altrove, di farlo sparire.

La famiglia Kubiela si fondava quindi su un segreto. Su un abbandono. Su una menzogna.

La pecora nera era sopravvissuta e, una volta cresciuta, aveva intuito la verità. Da una struttura di accoglienza a un'altra, da una famiglia affidataria all'altra, il gemello si era interrogato sulla sua vera origine. Diventato adulto, aveva svolto delle indagini, scoperto la propria storia e deciso di ricominciare dal punto in cui si era interrotto, nel 1971, nel ventre della madre.

Mai una vendetta aveva avuto origini più profonde.

Kubiela osservò nuovamente le ecografie. Gli parevano rosse, bagnate di sangue e di odio, brucianti come un cratere. Vedeva i due fratelli nemici, Abele e Caino, che fluttuavano in assenza di gravità, pronti al duello.

Lui era il debole, la creatura sgomenta che nelle immagini si nascondeva la faccia tra le mani. Dopo la nascita le cose si erano invertite. Lui era diventato l'eletto, il preferito, il vincitore. Era cresciuto avvolto dal calore di una famiglia, mentre il fratello marciva altrove, in un istituto anonimo o presso una famiglia assistita economicamente dallo stato.

Adesso lui pagava i suoi debiti. Non si sfugge al proprio destino. Tutto accadeva come nella mitologia greca. La gravidanza di Francyzska era come un oracolo: vi si leggeva il futuro, in trasparenza.

Kubiela non aveva prove a sostegno della sua ipotesi, ma sentiva, d'istinto, che le cose erano andate così. In fondo l'aveva sempre saputo. Ecco perché nelle diverse fughe psicogene aveva adottato nomi che, in un modo o nell'altro, esprimevano la dualità.

Avrebbe dovuto pensarci prima. Freire richiamava *frère*, «fratello», la pronuncia era la stessa. Janusz rinviava a Giano, il dio dai due volti. Narcisse a Narciso, che si era innamorato del proprio riflesso. Quanto a Nono, con le due sillabe identiche, riproduceva graficamente il faccia a faccia dei feti nell'utero...

Quei nomi costituivano dei segnali: invitavano l'altro a svelarsi, a materializzarsi. La pecora nera aveva udito il richiamo ed era tornata, manifestandosi nei crimini seriali. Il figlio del diavolo, rinnegato, rifiutato, allontanato, aveva commesso quei delitti ispirandosi ad antichi miti perché si reputava l'eroe di una storia universale. Il ritorno del figlio esiliato. La vendetta dell'eroe maltrattato. Edipo. Giasone. Ulisse.

Aveva organizzato ogni cosa per accollare la responsabilità degli omicidi al fratello. In modo che finisse in galera o venisse ammazzato dagli sbirri.

Amiens, ore 11.00.

Il centro ospedaliero Philippe-Pinel è una fortezza di mattoni interamente dedicata alla follia. Una cittadella costruita nel diciannovesimo secolo, un'epoca in cui i manicomi erano veri e propri villaggi, in cui i malati mentali coltivavano il proprio orticello, allevavano il bestiame e mettevano su famiglia. Un'epoca in cui la pazzia, non potendo essere curata, rappresentava soltanto un'anomalia da bandire, da nascondere.

Il Philippe-Pinel si estende su oltre trenta ettari di terreno.

Oltrepassato il primo portone, Kubiela risalì un lungo viale fiancheggiato da alberi, dirigendosi verso il secondo complesso, una sorta di città fortificata, rossa e bruna.

Si era addormentato a notte fonda fra le carte e le ecografie, senza trovare nemmeno la forza di spegnere la lampadina. Aveva di nuovo sognato di feti che lottavano in una foresta di vasi sanguigni. Quando si era svegliato, madido di sudore, era ancora buio. La luce artificiale lo avvolgeva come burro rancido e stomachevole. Nonostante il dolore che provava in tutto il corpo e i pensieri confusi, aveva avuto una rivelazione: la sua indagine non poteva fare progressi senza un ritorno alle fonti, a sua madre. Aveva preso il treno per Amiens alla Gare du Nord e proseguito in taxi fino al centro ospedaliero, situato a Dury, alla periferia della prefettura della Piccardia.

Secondo complesso. Lo psichiatra era abituato agli ospedali, ma rimase impressionato dai muri: erano così spessi che ci si sarebbero potuti scavare dei tunnel. Costruito su pianta rettangolare attorno a una cappella, il sito era composto da edifici di diverse dimensioni e ricordava una città vera: stazione, municipio, negozi... Kubiela ignorò la reception e tentò di orientarsi in base ai cartelli. Impossibile: i vari blocchi erano contrassegnati solo da numeri.

Camminò a caso. Neanche un cane nei viali né sotto i porticati. In oltre un secolo, gli edifici avevano subito ristrutturazioni, ma lo spirito era sempre lo stesso. Facciate senza fronzoli, frontoni con scritte in lettere romane, volte ad archi rampanti su passaggi avvolti nell'ombra. Come al Sainte-Anne: roba solida.

Il sole aveva fatto la sua comparsa attraverso le nuvole. Un sole invernale, smorto e tiepido. Quel tenue calore era una risposta alla sua febbre. Camminava e tremava. Non poteva credere che avrebbe rivisto sua madre. L'idea lo angosciava e, al tempo stesso, sapeva di non avere scelta. La sua memoria era sbarrata come i bastioni di mattoni che lo circondavano.

Finì con l'incrociare due infermiere. Spiegò che era venuto per far visita a sua madre, ricoverata lì da diversi anni. Le donne si guardarono: con quegli abiti sgualciti e la barba di due giorni, Kubiela assomigliava piuttosto a un paziente. Inoltre, come poteva un figlio ignorare dove si trovasse sua madre, internata da una vita? In ogni caso il nome non diceva loro niente: l'istituto ospitava più di cinquecento utenti. Gli spiegarono che il padiglione 7, quello dei cronici, era a ovest, tre edifici più in là.

Kubiela riprese a camminare sentendo i loro sguardi puntati sulla schiena. Gli sarebbe potuta andare peggio. Temeva soprattutto di essere riconosciuto. Probabilmente, prima delle fughe psicogene, andava regolarmente a trovare la madre, di conseguenza il personale del reparto doveva essere al corrente che era morto in un incidente. O forse un infermiere aveva visto la sua faccia in televisione?

Padiglione 7. Lo spazio chiuso da inferriate e le porte a doppia serratura erano tipici delle zone riservate ai pazienti pericolosi. Lui suonò e vide arrivare una donna con le spalle da culturista e un'aria per niente amabile. Non si accese nessuna luce nel suo sguardo: non lo aveva riconosciuto. Diede il nome di sua madre. Francyzska Kubiela era in effetti ospite di quel padiglione. L'infermiera lavorava lì da poco.

Attraverso l'inferriata, Kubiela giustificò la propria lunga assenza dicendo che aveva dovuto recarsi all'estero per motivi professionali e inventando altri pretesti, preoccupato che la donnona gli chiedesse un documento d'identità. Per essere più convincente, condì il racconto con un paio di termini psichiatrici che fecero centro. L'infermiera aprì il cancello.

«La accompagno», disse in un tono che non ammetteva repliche.

Camminarono lungo i viali bordati di aiuole e di alberi centenari. I rami nudi parevano cavi elettrici. Incrociarono diversi pazienti. Bocche bavose, labbra disseccate, sguardi apatici, braccia ciondoloni... La routine.

«È laggiù», disse l'infermiera rallentando.

Kubiela scorse una sagoma, imbacuccata in una giacca a vento di un azzurro sgargiante, seduta su una panchina. Non riuscì a distinguerne il viso, coperto da radi capelli grigi. Portava enormi scarpe bianche da rapper, le cui suole sembravano montate su molle.

Si diresse verso lo strano personaggio. L'infermiera gli andò dietro.

«Va bene così. Adesso posso cavarmela da solo.»

«No, devo accompagnarla. Ho ordini precisi.» La donna sorrise e aggiunse: «È pericolosa».

«Sono in grado di difendermi.»

«Pericolosa per sé stessa. Non si sa mai come può reagire.»

«Allora resti qui, così potrà intervenire se ci saranno problemi.»

L'infermiera incrociò le braccia e assunse la posizione della sentinella. Kubiela proseguì. Si aspettava uno spettro livido dai tratti emaciati, pelle e ossa. Ma il viso della madre era tumefatto: guance e palpebre parevano gonfie di un grasso malsano. Un effetto collaterale dei trattamenti farmacologici. Notò anche i segni della sindrome extrapiramidale, dovuti all'assunzione di neurolettici: rigidità nei movimenti, dita tremanti...

Francyzska fumava una sigaretta, tenendo la mano vicino alla bocca. Il viso era contratto da una sorta di rabbia amorfa. La pelle era cosparsa di macchie scure. I capelli radi cadevano in disordine sulla faccia porcina. Nella mano libera stringeva il pacchetto e l'accendino.

«Mamma?»

Nessuna reazione. Un altro passo. La chiamò di nuovo. Nel pronunciare quella parola aveva la sensazione di sputare una lama di rasoio. Finalmente Francyzska volse gli occhi nella sua direzione, senza muovere la testa. Come una posseduta.

Kubiela si sedette al suo fianco sulla panchina.

«Mamma, sono io, François.»

Lei lo osservò, contraendo maggiormente il viso, e scosse adagio la testa. Poi, a poco a poco, sulla faccia le si dipinse un'espressione di terrore. Con difficoltà, incrociò le braccia e se le premette sul ventre. Le sue labbra fremettero. Kubiela sentì dei pizzicori sulla pelle. Si aspettava delle confidenze. Gli sarebbero toccati degli elettroshock.

«*Co chcesz?*»

«Per favore, parla in francese.»

«Cosa vuoi?» La voce era ostile. Raschiava come un motore rimasto a lungo inattivo. Le labbra sottili erano incisioni nelle carni gonfie.

«Voglio parlarti di mio fratello.»

Lei si premette con più forza le braccia sul ventre. Era evidente: l'utero che li aveva contenuti, lui e il suo gemello maledetto. Un luogo di odio e minaccia. Un ventre che oggi era ridotto a un ricettacolo di farmaci. «Quale fratello?» chiese accendendosi una sigaretta con il mozzicone della precedente.

«Quello che è nato insieme a me.»

«Non hai fratelli. L'ho ucciso in tempo.»

Kubiela si chinò su di lei. Malgrado il vento e l'aria aperta, poteva sentire il tanfo che emanava dalla donna. Sudore stantio, puzza di piscio e di unguenti. «Ho letto la tua cartella clinica.»

«Voleva ucciderti. Ti ho salvato.»

«No, mamma», disse lui dolcemente. «L'intervento non è mai avvenuto. L'embrioriduzione non serviva più, ma non so perché. Non ho trovato alcun documento al riguardo.»

La donna non reagì.

«Sono andato a casa tua», insistette Kubiela. «Impasse Jean-Jaurès, a Pantin, ti ricordi? Ho trovato le ecografie, i referti, i rapporti. Ma niente sul parto. Non c'era nemmeno l'atto di nascita. Che cosa è successo esattamente?»

Né una parola né un gesto.

«Rispondimi!» gridò lui. «Perché mio fratello è sopravvissuto?»

Francyzska Kubiela era sempre immobile, impietrita nella sua giacca a vento gonfia come uno pneumatico. Di tanto in tanto si portava le dita alle labbra e tirava una boccata rapida, furtiva.

«Raccontami, mamma. Ti prego...»

La donna pareva di marmo: gli occhi fissi, lo sguardo dritto davanti a sé. A quel punto Kubiela si rese conto di essere venuto meno a tutti i suoi principi. Non le parlava da psichiatra, ma da figlio indignato. Tentava di entrare nel suo cervello come un ladro, senza nemmeno bussare o annunciarsi. Non aveva detto una parola per giustificare la sua lunga assenza né spiegato le ragioni che lo spingevano a rivangare il passato con quella brutalità.

«Raccontami, mamma», ripeté con maggiore calma. «Il 18 novembre 1971 sono nato in una clinica di Pantin. Non ero solo. Ma tu ti sei rifiutata di occuparti di mio fratello. È cresciuto lontano da noi, probabilmente soffrendo per questo abbandono, per questa solitudine... Dov'è oggi? Devo parlargli.»

Una folata di vento, e il fetore della donna lo schiaffeggiò in pieno viso. Il freddo e il sole si associavano per accrescere quell'odore schifoso. Francyzska arrostiva sotto i raggi caldi.

«Mio fratello è tornato», sussurrò a pochi centimetri dai

suoi capelli unti. «Si vendica di me. Si vendica di noi. Uccide dei barboni e tenta di farmi incolpare. Lui...»

Kubiela s'interruppe. Lei non lo ascoltava. Oppure non lo capiva. Sempre lo stesso sguardo fisso. Lì non avrebbe ottenuto delle risposte.

Si alzò, ma rimase fermo dov'era. Una mano gli tratteneva il braccio. Abbassò gli occhi. Francyzska aveva lasciato cadere l'accendino. Le sue dita ghiacciate erano avvinghiate alla sua manica. Kubiela afferrò la mano adunca. Riuscì a staccarla dal tessuto, come se fosse la mano pietrificata di una morta.

Adesso la donna era in preda a una risata incontrollabile, che usciva con un sibilo dalle guance cadenti.

«Cosa c'è di così divertente?»

Lei rise ancora, poi s'interruppe bruscamente per tirare brevi boccate dalla sigaretta, come se fosse una maschera dell'ossigeno.

«Santo cielo, spiegati!»

«Il fratello gemello è nato», disse infine la donna. «Insieme a te. Ma era morto! Lo avevamo ucciso tre mesi prima. Con un lungo, lungo, lungo ago... *Psia krew!*» Si afferrò di nuovo l'addome con gesto enfatico. «Ho tenuto il diavolo morto nella pancia... Marciva, mi avvelenava le acque... Avvelenava te...»

Kubiela crollò sulla panca. «Stai... stai farneticando.» Tremava. Aveva l'impressione che le vene gli scoppiassero nelle tempie.

«È la verità», mormorò Francyzska fra due boccate di sigaretta. Si asciugò con calma gli occhi. Le lacrime della risata. «L'abbiamo ucciso, *kotek*. Ma non siamo riusciti a tirarlo fuori prima del parto. Era troppo rischioso per te. Allora il suo spirito è rimasto qui.» Si premette il ventre. «Ti ha contaminato, *moj syn...*» Si accese un'altra sigaretta, poi si fece il segno della croce. «Ti ha contaminato», ripeté. «Ha contaminato anche me...»

Osservava l'estremità incandescente della sigaretta. Vi soffiò sopra come un artificiere che attizzi la miccia della dinamite.

«Oggi è ancora nel mio ventre... Devo purificarlo...»

Scostò la giacca a vento. Sotto portava una camicia da notte malconcia. Sollevò il tessuto. La pelle era costellata di bruciature e scarificazioni a forma di croce cristiana.

Kubiela ebbe appena il tempo di capire quello che sua madre stava facendo quando l'infermiera arrivò di corsa. Troppo tardi. La donna si era spenta la sigaretta sulla carne grigia mormorando una preghiera in polacco.

«Ogni dagherrotipo è un'opera d'arte unica. Non è riproducibile, capisce? Una volta che la lastra viene inserita nella camera, non c'è una seconda possibilità!»

Ore 11.00.

Fino allora Anaïs era riuscita a incontrare solo quattro dagherrotipisti. Artigiani simpatici, innocenti al cento per cento. Per colpa di un GPS che funzionava una volta su cinque, si era persa e aveva vagato per ore nella periferia parigina per approdare infine, alle due del mattino, esausta, in un hotel Ibis in porte de Champerret.

Ora si trovava a Le Plessis-Robinson, da Jean-Michel Broca, un artista alla moda che pretendeva di reinventare il linguaggio fotografico. «Quello vero!» sosteneva. «Quello dei contrasti vibranti, del bianco e nero scintillante, dei dettagli che ti tolgono il fiato!» Da lui non aveva ricavato niente di interessante, a parte la convinzione che non fosse l'assassino, visto che aveva appena fatto ritorno da un viaggio di quattro mesi in Nuova Caledonia. Per concludere la conversazione, Anaïs gli rivolse la domanda decisiva.

«A suo parere, si potrebbe introdurre del sangue umano nel corso del procedimento chimico del dagherrotipo?»

«Sangue umano?»

Lei spiegò di nuovo la sua idea. L'emoglobina. L'ossido di ferro. Le fasi di sviluppo dell'immagine. Broca era scioccato, ma Anaïs si rese conto che l'idea lo interessava. Le deiezioni organiche facevano tendenza nell'arte contemporanea. Cadaveri di animali tagliati a fette per Damien

Hirst. Crocifissi immersi nel piscio per Andres Serrano. Perché non immagini incrostate di sangue?

«Dovrei studiare la cosa...» farfugliò. «Fare delle prove...»

Anaïs si rimise in viaggio e, verso mezzogiorno, finì con il trovare Yves Peyrot in una piccola casa appartata di Neuilly-Plaisance, oltre la Marna. Era l'ottavo nome della lista. Se si escludevano due fotografi assenti dalla Francia da diversi mesi, ne rimanevano altri otto.

Dopo l'artista visionario, era la volta dell'artista coscienzioso. Peyrot le mostrò ogni oggetto necessario al procedimento, precisando di averli fabbricati lui stesso. Anaïs teneva d'occhio l'orologio. Peyrot non era l'assassino. Settant'anni e sessanta chili compresi i vestiti...

«Cerco di ritrovare la perfezione dei maestri del 1850», disse il fotografo tirando fuori la sua collezione di lastre. «Solo loro riuscivano a rendere una scala di toni così ampia, partendo dalle luci più vivide fino ai dettagli più densi nelle ombre...»

Anaïs si complimentò con lui e si avviò verso l'uscita.

Ore 13.00.

Riprese la direzione di Parigi. Il suo prossimo obiettivo era un dagherrotipista che non era riuscita a raggiungere la sera prima. Remy Barille, nell'XI arrondissement. Uno storico che la istupidì a colpi di date, nomi e aneddoti. Erano passate le tre del pomeriggio quando si apprestò a formulare la sua domanda sul sangue umano e in risposta ottenne solo un'alzata di sopracciglia scandalizzata. Era giunto il momento di togliersi di torno.

Cominciò ad allontanarsi camminando all'indietro. Lo storico agitava le braccia protestando: «Ma non abbiamo finito! Devo spiegarle le tecniche dell'antidagherrotipo, dell'eliocromo e del diorama!».

Anaïs si precipitò giù per le scale.

Kubiela era risalito al ginecologo che aveva seguito il parto di Francyzska.

Morto.

Aveva cercato la levatrice presente al momento dell'intervento.

Scomparsa chissà dove.

Era corso al municipio di Pantin per consultare l'archivio dell'anagrafe.

Chiuso: era sabato mattina.

Allora era tornato nella casa dei suoi e aveva studiato ogni documento girandolo e rigirandolo tante di quelle volte da consumare la carta. Aveva notato un particolare: sugli ultimi referti, in alto a destra, erano riportati i nomi delle persone che ne ricevevano una copia. Fra queste figurava uno psichiatra, Jean-Pierre Toinin, direttore del centro medico Esquirol. Kubiela aveva immaginato com'erano andate le cose. A partire dal quinto mese di gravidanza, Francyzska aveva cominciato ad avere seri problemi psicologici ed erano stati chiamati rinforzi: uno specialista.

Kubiela scoprì che Jean-Pierre Toinin abitava ancora a Pantin, in rue Benjamin-Delessert. Era a poche strade dal suo rifugio. Pensò che quella coincidenza fosse un buon segno. Forse lo psichiatra ricordava qualcosa.

Andò a piedi, camminando lungo i muri, con il colletto alzato e le mani sprofondate nelle tasche. La caricatura di un detective. Fra sé e sé si ripeteva la propria versione della storia. Sua madre delirava. Suo fratello gemello era sopravvissuto, eccome, nel 1971. I genitori non l'avevano riconosciuto. L'avevano rinnegato. Escluso. Dopo aver visto lo psichiatra, doveva in qualche modo trovare qualche traccia del fratello e ripercorrerne i movimenti. Lo avrebbe stanato, come l'altro aveva fatto con lui assediandolo a colpi di cadaveri.

Attraverso un dedalo di stradine e villette sinistre, arrivò davanti a una porta di ferro. Si alzò sulla punta dei piedi. Un uomo anziano, ginocchioni nel suo orto, si dedicava al giardinaggio. Sembrava assorto nel suo lavoro con le cesoie. Si sarebbe ricordato qualcosa? Probabilmente era l'unica persona sulla terra a sapere cos'era successo il giorno della sua nascita.

Kubiela suonò il campanello. Trascorse un minuto. Si rimise in punta di piedi e vide che il vecchio era ancora indaffarato con le cesoie. Suonò di nuovo, con insistenza. Finalmente il giardiniere alzò la testa, guardò verso la porta e si tolse gli auricolari: lavorava con un sottofondo musicale. Kubiela gli fece un cenno al di sopra della recinzione. L'uomo piantò le cesoie nel terreno e si raddrizzò. Alto e ben piantato, era leggermente curvo. Portava una tuta blu incrostata di terra sotto una giacca impermeabile informe, stivali di gomma, guanti imbottiti e un cappello di paglia che aveva visto tempi migliori. Venne infine ad aprire il cancello.

«Mi scusi», disse sorridendo, «non l'avevo sentita.»

Doveva avere più di settant'anni, ma il suo sguardo era estremamente vivido. Aveva un volto magnifico, alla Paul Newman, solcato da una selva di rughe, come se ogni anno avesse inciso una tacca sulla corteccia che era la sua faccia. Ciocche d'argento spuntavano da sotto il cappello, e la loro luminosità, unita a quella degli occhi, faceva scintillare il suo viso nel grigiore del pomeriggio. Odorava di terra appena smossa e di insetticida.

«Lei è Jean-Pierre Toinin, vero?»

«Sì.»

«Mi chiamo François Kubiela.»

L'uomo si sfilò un guanto e gli strinse la mano. «Mi scusi, ci conosciamo?»

«Lei ha seguito mia madre, Francyzska Kubiela, nel 1971. Era incinta di due gemelli, ma uno solo poteva sopravvivere.»

Toinin si passò due dita sotto il cappello per grattarsi la testa. «Kubiela, certo... È passato un po' di tempo, eh?»

«Ho trentanove anni. Potrei... Be', possiamo parlarne?»

«Sì, naturalmente», disse l'uomo indietreggiando. «Entri, la prego...»

Kubiela seguì il padrone di casa e si ritrovò in un giardino solo apparentemente disordinato. Alti alberi vegliavano su piante più piccole appena potate. Buche scavate nella terra costeggiavano robusti cespugli che sembravano in letargo. L'aspetto trascurato, casuale, nascondeva uno studio accurato. Una sorta di dandismo vegetale.

«Febbraio», disse tendendo il braccio verso quello scenario, «è il mese in cui si devono potare le piante. Ma attenzione: solo quelle che fioriscono d'estate. Non bisogna toccare quelle primaverili!»

Si diresse verso una buca più ampia vicino alla quale s'innalzava un monticello di terra. Si sedette sulla collinetta e afferrò una sacca di tela, da cui estrasse un thermos e due bicchieri di plastica. I profumi di terriccio e di erbe tagliate riempivano le narici.

«Caffè?»

Kubiela annuì e si trovò un posto dove sedersi. Due becchini che si prendono un momento di pausa davanti a una tomba.

«Ha avuto fortuna a trovarmi», disse Toinin riempiendo con cautela i bicchieri. «Vengo qui solo il weekend.»

«Non vive a Pantin?»

Tese il caffè a Kubiela. Aveva le unghie nere e le mani cotte dal sole. «No, ragazzo», rispose con un sorriso. «Malgrado le apparenze, esercito ancora.»

«In un ospedale?»

«No. Dirigo un piccolo reparto in una clinica psichiatrica vicino a La Rochelle.» Alzò una spalla. «Mi hanno dato di che passare il tempo nella vecchiaia! Degli incurabili, come me!»

Kubiela si avvicinò il bicchiere alle labbra mentre osservava il viso di Toinin. Aveva l'impressione di contemplare una mappa satellitare. Rilievi, fiumi, solchi di erosione: tutto era scritto a fior di pelle e raccontava la genesi di una vita, i suoi movimenti tettonici, le eruzioni vulcaniche, i raffreddamenti della terra.

«Cosa posso fare per te?»

Sulle prime quella confidenza lo sorprese, ma gli fece anche piacere. Dopotutto quell'uomo lo aveva visto nascere, o quasi. «Indago sulle mie origini. Sulle circostanze del parto.»

«È più che giusto. I tuoi genitori non ti hanno mai detto niente?»

Kubiela optò per una scorciatoia. «Mio padre è morto. Quanto a mia madre...»

Toinin scosse la testa scrutando l'interno del bicchiere, poi prese la parola. «Dopo la tua nascita ho seguito il suo caso. All'epoca dirigevo un centro medico qui a Pantin. Quello che oggi si chiamerebbe un centro d'accoglienza terapeutica. Tua madre soffriva di disturbi molto gravi. Lo sai tanto quanto me. D'accordo con tuo padre, dopo il parto abbiamo deciso per un trattamento sanitario obbligatorio. Sai di che si tratta, no?»

«Sono uno psichiatra.»

L'uomo sorrise e alzò il bicchiere, come per dire: «Alla nostra». Il suo viso esprimeva un certo cinismo, quasi una crudeltà disincantata, ma la pigmentazione delle iridi, molto chiara, gli conferiva anche un'aria di limpida serenità. Un laghetto fra le pieghe di una montagna austera. «Tua madre è ancora viva?»

«Sì. Ma la sua salute mentale non è migliorata. È convinta che all'epoca fosse stata effettuata un'embrioriduzione. Che mio fratello gemello fosse stato eliminato durante la gravidanza.»

«Credi che menta?» chiese l'uomo alzando un sopracciglio.

«Sì.»

«Perché?»

«Ho la prova che mio fratello gemello è vivo.»

«Quale sarebbe questa prova?»

«Non posso fornirle altri dettagli.»

Toinin spinse indietro il cappello con l'indice, come un cowboy, e fece un profondo sospiro. «Mi spiace, ragazzo, ma ti sbagli. Ero presente al momento dell'embrioriduzione.»

«Vuole dire...»

«Non ricordo più la data esatta. Tua madre era più o meno alla fine del sesto mese di gravidanza. Solo uno dei due feti poteva vivere. Era necessario scegliere. Tua madre l'ha fatto, in uno stato d'animo diciamo... piuttosto confuso. Ma tuo padre l'ha sostenuta.»

Kubiela chiuse gli occhi. Strinse le dita sul bicchiere e un po' di caffè gli gocciolò sulla mano. Non avvertì il bruciore. Era in bilico sul vuoto, sull'orlo della falesia. «Si sbaglia.»

«Ero presente», ripeté Toinin picchiando in terra un tallone. «Ho assistito all'intervento. Avevo il compito di accompagnare tua madre in quella prova, benché fossi convinto che avrebbe preferito la presenza di un prete.»

Kubiela lasciò cadere il bicchiere e si prese la testa fra le mani. Stava sprofondando nell'abisso tanto temuto. Tre delitti e un solo colpevole: lui. Alzò gli occhi e fece un ultimo tentativo. «Non ho ritrovato la minima traccia di un intervento fra le carte dei miei genitori. Non un referto, una prescrizione, niente. Non esiste alcun documento a riprova del fatto che l'embrioriduzione abbia avuto luogo.»

«Probabilmente li hanno distrutti. Non è il genere di cosa che si desideri ricordare.»

«Non c'è niente neanche riguardo al parto», continuò lui, ostinato, «al soggiorno in ospedale. Nessun atto di nascita!»

L'uomo anziano si alzò e si mise ginocchioni davanti a Kubiela. Come per consolare un bambino. «Devi renderti conto di una cosa...» sussurrò posandogli le mani sulle spalle. «Tua madre non ha partorito solo te, ma anche il tuo fratello gemello morto. Al momento dell'intervento era impossibile provocare un aborto senza mettere a repentaglio anche la tua vita. Quindi abbiamo aspettato. Tua madre ha dato alla luce i due figli insieme. Uno vivo, l'altro no...»

Kubiela trattenne un gemito. Non esisteva un fratello diabolico, un suo doppio mosso dallo spirito di vendetta. C'era solo lui. I due gemelli erano sopravvissuti entrambi dentro la sua mente. Lui era posseduto dall'altro. Era insieme il dominante e il dominato.

Si rialzò con difficoltà. Gli sembrava che la terra gli sprofondasse sotto i piedi. Salutò Toinin e raggiunse vacillando il cancello. Camminò a lungo, come avvolto nella nebbia. Quando si svegliò dal suo stato di trance, si trovava in una strada sconosciuta. Vedeva la sua ombra stagliarsi sui muriccioli, sulle facciate di mattoni, sul marciapiede. Si ricordò del sogno di Patrick Bonfils, lo stesso che aveva fatto anche lui. Quello del personaggio che perde la sua ombra... Adesso gli stava accadendo il contrario. Il destino dell'uomo che ritrova la sua ombra. Il suo versante maledetto. Il suo doppio cattivo. La madre aveva ragione: nel liquido amniotico, il gemello perverso si era infiltrato in lui, lo aveva impregnato, contaminato...

Per tutta la vita aveva tenuto a distanza quella minaccia, era riuscito a contenere il male che c'era in lui. Si spiegava così la sua espressione angosciata nelle fotografie. Forse il piccolo François aveva paura degli altri. Ma soprattutto aveva paura di sé stesso. Ecco perché aveva fatto certe scelte: la psichiatria, la tesi sui gemelli... I temi delle sue ricerche erano incentrati sulle personalità multiple, la schizofrenia...

A forza di studiare la malattia degli altri, era riuscito ad arginare la propria. L'ironia della storia era che quella passione l'aveva ricondotto alla fonte del male. Aveva seguito i casi di Christian Miossens, Patrick Serena, Marc Kazarakian. Aveva svolto le sue indagini. Si era infiltrato nell'organizzazione Matrioska. Poi era diventato una cavia fra le tante. Un viaggiatore senza bagaglio.

Ma non solo.

La molecola di Mêtis aveva risvegliato il gemello perverso. Il prodotto iniettatogli nel cervello aveva vanificato i suoi sforzi per contenere quella forza negativa. Il suo doppio malefico aveva riaffermato i propri diritti sull'anima di Kubiela.

Lui era l'assassino dell'Olimpo. Chissà come, il suo fratello fantasma conduceva una vita reale in seno alla sua stessa esistenza. Ma come faceva lui a diventare un altro e a non averne mai nessun ricordo? Era una sorta di Jekyll e Hyde?

Sollevò il capo e si rese conto che stava piangendo. Era sotto un portico, seduto per terra, con le ginocchia raccolte sul petto. Fra le lacrime s'insinuò una risata.

La sua situazione gli era chiara.

Se voleva eliminare l'assassino mitologico, doveva uccidersi.

«Sasha ha vuotato il sacco.»

Anaïs ebbe un attimo di esitazione. «Sasha?»

«La donna che gestisce il sito di incontri.»

«Ah, sì. E cosa è saltato fuori?»

«Non granché. È completamente allo sbando. Ci ha parlato di misteriose scomparse tra i frequentatori del suo club.»

«Donne?»

«Donne, uomini... Un po' di tutto. È confusa e si rifiuta di guardare in faccia i suoi problemi. La ditta è sull'orlo del fallimento. La nave cola a picco, ma lei resta al timone.»

Ore 18.00.

Anaïs era al dodicesimo nome dell'elenco. Se avesse mantenuto quel ritmo, forse avrebbe finito prima di mezzanotte. Quando Solinas l'aveva chiamata, stava percorrendo la Périphérique, diretta verso le porte a nord della capitale.

«Cosa dice a proposito di Medina?»

«Che ha frequentato il suo club all'inizio del 2009 ed è scomparsa nel mese di agosto. Non sa nient'altro.»

«Non aveva notato che Medina era di un'altra razza rispetto alle ragazze abituali?»

«Sì, ma non sputava su una donna che aveva tutte le carte in regola per attirare il cliente.»

«Sa cosa cercava Medina?»

«No. Mi ha parlato di un'altra iscritta dello stesso genere. Anne-Marie Straub, alias Feliz. Una escort anche lei, a suo dire.»

«E non ha la più pallida idea di cosa cavolo ci facessero queste ragazze nel suo club?»

«Assolutamente no. Una cosa è certa: il club di Sasha si rivolge a uomini di condizioni modeste, che non aspirano a professioniste di questo calibro.»

«Si può interrogare Feliz?»

«No. Si è suicidata nel gennaio del 2009.»

Due escort morte nell'arco di pochi mesi, iscritte allo stesso sito di incontri. La coincidenza diventava una connessione. «Si conoscono le motivazioni?»

«Non si sa niente di niente. Si è impiccata. Ma Sasha dice che non sembrava depressa.»

«C'è stata un'inchiesta?»

«Certo. È così che Sasha è venuta al corrente della notizia.»

«Le hai parlato di Janusz?»

«Le ho mostrato la fotografia.»

«L'ha riconosciuto?»

«Sicuro, ma sotto un altro nome. Altri due, in realtà. Si è iscritto una prima volta nel gennaio del 2009 come François Kubiela. Poi è scomparso. È tornato a maggio come Arnaud Chaplain. L'uomo del loft.»

«Sasha non l'ha trovato strano?»

«Ha pensato che agisse così per discrezione. Però non è stata molto chiara sui suoi rapporti con lui. Ho l'impressione che siano stati più intimi di quanto Sasha sia disposta a confessare.»

Anaïs provò un fremito di gelosia, ma lo scacciò immediatamente. Perché iscriversi due volte allo stesso club? L'indagine di Janusz lo spingeva ogni volta verso quel sito. Era evidente che esisteva un legame fra sasha.com e Matrioska. «Su François Kubiela vi siete informati?»

«Lo stiamo facendo. Per ora sappiamo che era uno psichiatra di fama.»

«Era?»

«Prima di morire in un incidente d'auto il 29 gennaio 2009, sull'autostrada A31.»

Gli ingranaggi del suo cervello giravano a cento all'ora. «Vuoi dire che Janusz ha assunto la sua identità?»

«No. Janusz è veramente morto quel giorno. Ho sotto gli

occhi la fotografia di Kubiela: è il nostro uomo. Non so per quale miracolo sia tornato in vita.»

L'incidente truccato non quagliava con i metodi di Janusz. Il cambiamento d'identità da Kubiela a Chaplain era stato cosciente e premeditato?

Anaïs ripose quella nota stonata in un angolo del suo cervello. «State scavando nel suo passato?»

«Tu cosa pensi?»

«Può darsi che Kubiela abbia lavorato per Mêtis. O per quelli che gestiscono Matrioska.»

«Ci stiamo informando, ti ho detto. La ciliegina sulla torta è che è riapparso al club qualche giorno fa.»

Anaïs aspettava da un po' quella notizia. Janusz portava avanti la sua indagine. O, piuttosto, la riprendeva ogni volta da zero. Matrioska. Medina. Sasha. Era tutto legato. «Che nome ha usato stavolta?»

«Nono. Vale a dire Arnaud Chaplain.»

«Cercava qualcuno in particolare? Medina?»

«No. Stavolta era sulle tracce di una certa Leïla. Una ragazza del genere delle altre due.»

«Una professionista?»

«Sasha non ne è sicura. Comunque Leïla è uno schianto. Ha origini magrebine. Tenuto conto del contesto, non si può scartare l'ipotesi che il tuo gonzo abbia freddato le prime due. Magari non è l'assassino mitologico ma un banale sterminatore di puttane. Oppure è entrambe le cose... Ma sì, esageriamo!»

Anaïs represse un conato di bile. Perché Janusz stava dietro a quelle ragazze? Scorse all'ultimo minuto l'uscita dalla Périphérique che doveva prendere. Curvò bruscamente, provocando una serie di furiosi colpi di clacson.

Le ci vollero alcuni secondi per riprendere il filo del discorso. «E Sasha?»

«La teniamo al fresco. Stiamo indagando sulle altre scomparse di cui ci ha parlato.»

«Gli uomini?»

«Già. Ci ha dato dei nomi. Stiamo verificando. C'è sotto qualcosa, ma a mio parere lei non ne è al corrente. Per quanto possa sembrare assurdo, la sua organizzazione è legata al programma Matrioska e Sasha non lo sa.»

Anaïs e Solinas erano sulla stessa lunghezza d'onda.

«E tu, con i tuoi fotografi?» domandò il poliziotto.

Lei abbassò gli occhi sulla lista di nomi e sulla piantina che teneva aperta sulle ginocchia. «Procedo. Ma andrebbe meglio se il GPS funzionasse.»

«È un omaggio della prefettura di Parigi. I tuoi tizi sembrano a posto?»

«Per il momento sì, ma me ne restano ancora sei. Finirò stanotte.»

«Auguri. Ci si rivede in ufficio.»

Lei riappese chiedendosi, per la millesima volta da quella mattina, se non stesse sprecando il suo tempo. Spazzò via i dubbi dicendosi che i serial killer venivano presi perché commettevano qualche errore. Malgrado tutto ciò che si raccontava, non c'erano altri metodi per beccarli. L'assassino dell'Olimpo aveva rotto una lastra argentata mentre fotografava Icaro. Aveva raccolto i pezzi, ma uno gli era sfuggito: sarebbe stato quel frammento di specchio a incastrarlo.

Si concentrò sulla strada. Faceva buio, ma la circolazione era scorrevole. Seguiva i cartelli attraverso la città. Dopo un paio di curve trovò la via che cercava, per una volta senza difficoltà. In confronto ai risultati conseguiti da Solinas, la sua pista le sembrava ormai priva d'interesse. Il colpo grosso erano quelle escort scomparse...

Trovò da parcheggiare davanti al portone della casa. La fortuna continuava a essere dalla sua parte. Scese dalla macchina ripromettendosi di sbrigarsi in fretta, suonò il campanello e aspettò battendo le mani l'una contro l'altra per riscaldarsi. Gli sbuffi di vapore che le uscivano dalle labbra fluttuavano nella luce dei lampioni. Il portone di ferro ruotò sui cardini. Non appena vide il vecchio con in testa un panama logoro, lei seppe di non avere nemmeno bisogno di fare domande: era impossibile che quel settantenne fosse l'assassino.

Aveva voglia di saltare subito in auto e andarsene, ma l'uomo le sorrise con calore.

«Cosa posso fare per lei, signorina?»

"Due domande", si disse Anaïs, "e me la filo." «Lei è Jean-Pierre Toinin?»

Un trapano avvitatore senza fili DS 14DL.

12 tavole di rovere grezzo da 160 mm della lunghezza di 2 metri.

200 viti autoperforanti TF Phillips 4.2×38.

Una videocamera digitale Handycam.

Un treppiedi foto/video 143 cm/3500 g.

6 schede di memoria SD da 32 giga.

Una lampada proiettore.

Un tappetino per palestra in gommapiuma.

Una trapunta 220×240 in piuma d'oca...

Una mascherina imbottita per gli occhi.

Kubiela posò il materiale sul pavimento della stanza. Aveva comprato il tutto nella zona commerciale di Bercy 2, vicino al suo rifugio. Le armi per il contrattacco. Ci aveva pensato sopra. Se l'altro esisteva dentro di lui, c'era solo un momento in cui poteva agire: durante le ore di sonno.

Quando il gemello bianco si addormentava, il gemello nero si svegliava.

Si mise al lavoro cominciando dalla porta, che sprangò con le tavole di rovere. Il trapano traforava la carne del legno sibilando, gemendo e scricchiolando. La polvere e i trucioli gli volavano in faccia.

Il suo piano era semplice: addormentarsi in una stanza senza vie di uscita, sotto lo sguardo di una videocamera in funzione. La bestia sarebbe stata prigioniera. Non sarebbe successo niente di pericoloso. Al suo risveglio, Kubiela avrebbe visto per la prima volta il volto dell'altro sullo schermo dell'apparecchio. Il volto del gemello malvagio che lo abitava da quando aveva lasciato il ventre della loro madre. L'ascesso che lo dilaniava come un cancro.

Passò alla prima finestra. Viti. Assi. Segatura. La stanza si trasformava in una cella d'isolamento. Un vaso di Pandora che non poteva essere aperto... Non aveva più dubbi sulla propria colpevolezza. I fatti parlavano chiaro. Le sue impronte digitali nella fossa del Minotauro. La sua presenza sulle scene del crimine di Icaro e Urano. Si era dato tanto da fare per rifiutare l'evidenza... Aveva travisato gli indizi, distorto le prove per negare la propria colpevolezza. Ora gettava la maschera. Era lui l'omicida. L'assassino dell'Olimpo.

Seconda finestra. Non si era mai sentito così forte. L'altro approfittava del suo sonno per agire e uccidere. L'avrebbe fatto cadere nella sua stessa trappola. Gli venne in mente una cosa. Nella mitologia greca, Thanatos, il dio della violenza, della distruzione e della morte, aveva un fratello gemello: Ipno, il dio del sonno. Un altro riferimento agli antichi miti che gli calzava alla perfezione.

Spense il trapano e contemplò il lavoro alla luce della lampadina. La stanza non aveva più vie di uscita. Lui era murato lì dentro. Totalmente prigioniero. Insieme all'altro. Sotto il fascio di luce, il biancore della stanza cosparsa di segatura e polvere d'intonaco era quasi abbagliante. Sapeva di avere il viso nello stesso stato, color cocaina. Ogni passo lasciava un'impronta sul pavimento innevato.

Mise da parte gli attrezzi e si occupò dell'impianto per le riprese. Connetté la videocamera alla corrente e installò il treppiedi. Nell'attesa che l'apparecchio facesse il pieno di energia, accese il proiettore e lo orientò verso il pavimento, fra le due finestre, come un occhio di bue in teatro. Stese il tappetino al centro dell'area illuminata ed estrasse il piumino dal sacco di plastica.

Una volta pronto il letto, prese la videocamera carica e la fissò al treppiedi. Secondo le istruzioni d'uso, la scheda di memoria permetteva di registrare circa dieci ore. Cominciò a filmare la stanza in campo lungo. Al centro dell'obiettivo c'era il letto.

Tolse la mascherina per gli occhi dall'astuccio, se la infilò, si raggomitolò sotto il piumino e si concentrò sul sonno. Aveva spento il telefono. Nessuno sapeva che si trovava lì. Nessuno avrebbe potuto disturbarlo o trattenerlo dal grande salto.

Presto avrebbe saputo...

«Noi ti esorcizziamo, spirito immondo, potenza satanica, manifestazione dello spirito infernale, legione, setta diabolica, nel nome del nostro Signore Gesù Cristo...»

Sul tavolo operatorio, con il ventre nudo, Francyzska Kubiela mormora la sua preghiera. Intorno a lei, due medici e diverse infermiere, tutti vestiti di verde, paiono a disagio. Un po' in disparte c'è un terzo medico, che come gli altri indossa una maschera chirurgica. Uno dei ginecologi, dopo aver passato il gel sul ventre della donna, afferra la sonda ecografica.

«Cosa sta blaterando?» chiede al collega dall'altro lato del tavolo.

L'interpellato, che ha in mano una siringa munita di un lungo ago, alza le spalle in segno di diniego.

«Un esorcismo», mormora l'uomo dietro di loro. «L'ha imparato a memoria. In francese.»

«Te lo comanda l'Altissimo, al quale, nella tua grande superbia, presumi di essere simile...»

«Bisognava farle l'anestesia generale...» brontola l'ostetrico sotto il velo di carta. «Per te è tutto a posto?»

Il medico con la siringa annuisce. Il primo passa la sonda. Nell'utero gli ultrasuoni rimbalzano contro i corpicini, come un sonar. Si percepisce il battito accelerato dei due cuori...

I gemelli appaiono sullo schermo. Francyzska è al settimo mese di gravidanza. Uno dei feti misura più di quaranta centimetri, l'altro è molto più piccolo. Sono sovrastati da una foresta di vasi sanguigni.

«Te lo comanda Cristo, Verbo eterno di Dio fatto carne...»

«Si calmi, Francyzska...» mormora il medico. «Non sentirà niente.»

La polacca, con la testa coperta da una cuffia di carta verdastra, sembra non udirlo. Il ginecologo distoglie gli occhi da lei e si concentra sul monitor. I feti fluttuano nel liquido amniotico. Il dominante si agita appena. Il dominato si acquatta in fondo alla cavità. Con le teste grosse e gli occhi trasparenti, sono come due sculture di vetro identiche, diverse solo per le dimensioni...

«Ha preso gli antispastici?»

«Sì, dottore», risponde un'infermiera.

Contrasto fra le voci ovattate e la violenza delle lampade scialitiche che non lasciano un solo angolo in ombra. Con gli occhi fissi sullo schermo, il medico affonda lentamente l'ago nel ventre.

«Te lo comanda il segno della croce e il potere di tutti i misteri della nostra fede cristiana!»

«Calma... Ancora qualche secondo e sarà tutto finito.»

«Te lo comanda la potente madre di Dio, la Vergine Maria, che ha schiacciato la tua testa orgogliosa!»

«Tenetela ferma! Non deve muoversi di un millimetro!»

Sullo schermo, l'ago avanza verso il feto di sinistra, quello più sviluppato. I battiti cardiaci dei gemelli accelerano: *tutum, tutum, tutum...*

«Tenetela ferma, santiddio!»

Le infermiere afferrano le braccia della paziente, le bloccano le spalle, aiutate dal terzo uomo. Con la fronte lucida di sudore, l'ostetrico prosegue l'intervento. Sta per raggiungere il torace del feto.

È questione di millimetri...

«Te lo comanda la fede dei santi apostoli Pietro e Paolo...»

La punta dell'ago tocca il corpo. In quel preciso istante il feto gira la testa e fissa i medici con i suoi occhi enormi. Agita i pugni picchiando contro la parete dell'utero..

«TE LO COMANDA IL SANGUE DEI MARTIRI! *ZMILUJ SIE ZA NAMI!*»

Di colpo Francyzska s'inarca e fa sussultare l'ostetrico.

L'ago lacera la parete intrauterina che separa i gemelli e raggiunge il secondo feto, rannicchiato, immobile, un bersaglio perfetto per il veleno.

«CAZZO!»

L'uomo ritira rapido la siringa, ma è troppo tardi. L'ago ha toccato il cuore del gemello. La donna continua a pregare, salivando, sputando e singhiozzando. Ha congiunto le mani sul ventre.

Sullo schermo, il gemello sopravvissuto sembra sorridere.

Il male ha vinto...

Kubiela si svegliò di soprassalto. Per qualche secondo provò la sensazione di essere completamente perduto. In caduta libera in un luogo imprecisato e indefinito. Poi l'adrenalina gli restituì la lucidità. Sentimenti contraddittori: chiaroveggenza e confusione mescolate.

«Non è andata così», mormorò.

Si strappò la mascherina dalla faccia. La luce accecante del proiettore lo abbagliò. Si premette i pugni sugli occhi: non riusciva a tenerli aperti, la luce era troppo abbagliante...

"Non è andata così." Lo sapeva. Era un medico. Prima di tutto, una paziente così nervosa sarebbe stata sottoposta a un'anestesia generale. In secondo luogo, gli antispastici assunti prima dell'operazione avrebbero predisposto l'utero a una letargia totale. Infine, prima di un'embrioriduzione si anestetizzava sempre il feto. Era impossibile che si agitasse come faceva nel sogno.

E soprattutto che girasse la testa verso lo schermo.

Pian piano abbassò le mani e affrontò la luce strizzando gli occhi. Distinse i contorni della stanza, l'alone aggressivo del proiettore e la videocamera sul treppiedi.

Allora gli tornò tutto in mente.

L'incubo non era nulla in confronto a ciò che poteva aver fatto mentre dormiva. Il sospetto di una doppia vita. La sua decisione di rinchiudersi in quella stanza. La videocamera messa in funzione prima di addormentarsi, allo scopo di sorprendere l'altro. *Delirava.*

In quel momento notò che la pioggia penetrava nella stanza. I referti medici, le ecografie e gli altri documenti erano sparpagliati sul pavimento e svolazzavano a ogni raffica di vento, pieni di polvere e segatura. Impossibile.

Aveva bloccato porte e finestre con assi di legno.

Aveva sigillato il vaso di Pandora.

Girò la testa. La finestra alla sua sinistra era aperta e i battenti erano scossi dal vento. Le assi erano per terra, rotte, divelte, sparpagliate. Sembrava opera di una bestia selvaggia, di un lupo mannaro.

Kubiela non credeva ai suoi occhi. Fece per alzarsi con l'intenzione di verificare la videocamera, ma si bloccò. Era coperto di sangue. Un sangue quasi secco, che gli incollava le pieghe della camicia. Sollevò i lembi di tessuto. Si palpò. Non aveva ferite. Nessuna traccia di piaghe.

Era il sangue di qualcun altro.

Kubiela tolse la videocamera dal supporto e con difficoltà posizionò la levetta su LETTURA, notando nel frattempo che le sue mani non erano sporche di sangue. Quel particolare lo rassicurò vagamente. Si lambiccava il cervello alla ricerca di un indizio, un ricordo, ma niente.

Lettura veloce. L'inizio era comico: lui si coricava sul pavimento, con gesti meccanici e legnosi, poi spariva sotto il piumino bianco e si addormentava. Successivamente l'immobilità della scena dava l'impressione di un fermo immagine. E invece no. Di tanto in tanto sobbalzava, si girava e cambiava posizione.

Ma non si svegliava.

Verificò il contatore digitale: in novantaquattro minuti non era successo niente. Al centoduesimo minuto, fogli e lastre radiografiche erano entrati nel campo visivo della telecamera. Il *vento.* C'era qualcuno nella stanza. Kubiela fermò la registrazione e tornò indietro di qualche secondo. Non si vedeva niente ma si udivano i colpi inferti alla finestra – i vetri infranti –, poi alle assi: un rumore di legno rotto, divelto e scagliato all'interno della stanza.

Tutto avveniva fuori campo. Automaticamente spostò la videocamera, come se così facendo potesse modificare l'angolo di visuale.

In quell'istante apparve una mano coperta da un guanto.

Poi più niente.

Schermo nero.

L'intruso aveva interrotto le riprese al centocinquesimo minuto. Kubiela premette nuovamente sull'avanzamento veloce, nell'eventualità che la mano misteriosa avesse fatto ripartire la registrazione. No. Alzò gli occhi e fu quasi sorpreso di non trovarsi davanti il proprio corpo, nel punto in cui aveva dormito.

Chi era entrato nella stanza?

Chi conosceva quel nascondiglio?

Spense il proiettore e accese la lampadina, meno forte. Chiuse la finestra. Le sue membra gli obbedivano malvolentieri. Era esausto. Tutto ciò era terrificante e al tempo stesso rassicurante. Se c'era un altro uomo, voleva dire che forse non era lui l'assassino. Magari esisteva un'altra spiegazione...

Kubiela era talmente immerso nelle sue riflessioni che ci mise un po' a sentire gli squilli che risuonavano nella stanza. Aveva spento il cellulare e non conosceva quella suoneria.

Lasciò perdere la videocamera e si mise a cercare il telefono, calpestando i referti, le foto e le immagini sparsi fra la segatura umida.

Trovò un cellulare sul pavimento, vicino al tappetino sul quale aveva dormito.

«Pronto?»

«Ascoltami attentamente.»

«Chi parla?»

«Ascoltami, ti ho detto. Guarda dalla finestra.»

Kubiela si sporse. Il vento della notte soffiava con forza. La pioggia gli sferzò il viso. Particolare anomalo: l'aria era tiepida. Niente a che vedere con il freddo di quei giorni.

«C'è un'A5 parcheggiata davanti alla tua porta.»

Kubiela distinse la carrozzeria nera. Una massa lucida sotto la pioggia. Rinunciò a interrogarsi sulla faccenda. Forse stava ancora sognando...

«Le chiavi sono nel quadro. Metti in moto e raggiungimi.»

«Dove?»

«A La Rochelle.»

Kubiela faceva fatica a parlare. Aveva i muscoli della gola contratti. I suoi neuroni formavano un caleidoscopio luminescente. Sagome, arabeschi di vetro colorato, ma niente di coerente. Non un solo pensiero intelligibile.

Finalmente riuscì a reagire. «Perché dovrei farlo?»
«Per lei.»
D'un tratto udì dei gemiti, delle grida soffocate. Una bocca imbavagliata. *Il sangue sulla camicia.* «Chi è *lei*?»
«Io la chiamo Euridice, ma tu la conosci con il nome di Anaïs. Anaïs Chatelet.»
Stridori di freni nella testa. Rumori di elicotteri, di fucili d'assalto, crepitii di morte.
«Stai bluffando», disse passando al tu. «Anaïs è in prigione.»
«Sei rimasto un po' indietro, ragazzo.»
Ragazzo. Conosceva quella voce lenta e grave, ma non riusciva a ricordare dove l'avesse sentita. «Cosa le hai fatto?»
«Niente, per ora.»
«Passamela. Voglio parlarle.»
Una risata sorda. Le fusa di un gatto. «Non può farlo. Le bruciano le labbra.»
«Bastardo! Cosa...»
«Prendi la strada di La Rochelle. Ti richiamerò.»
«Chi sei, per Dio?»
Di nuovo la risata melliflua. «Sono colui che ti ha creato.»

Dopo essersi immesso sull'A10 Kubiela non impiegò molto per capire che qualcosa non andava per il verso giusto. Raffiche di vento scuotevano violentemente l'A5. Lungo le corsie dell'autostrada, gli alberi si contorcevano come in preda a terribili crampi. Un caldo inspiegabile invadeva l'abitacolo. Cosa stava succedendo? Era completamente solo sulla strada.

Accese la radio.

Le prime parole che sentì furono: «A causa dell'arrivo della tempesta Xynthia, i dipartimenti della Charente Marittima, della Vandea, delle Deux-Sèvres e della Vienne sono posti in stato di allarme rosso. I rischi sono reali. Si prevedono inondazioni, interruzioni di elettricità e danni ingenti. Già stasera sono stati registrati venti di oltre centocinquanta chilometri orari e...».

Kubiela strinse le mani sul volante. Ci mancava solo quello. Ci si mettevano anche le forze della natura. Ma in fondo la cosa non lo stupiva. Fin dall'inizio quella storia era circondata da un alone divino. «Sono colui che ti ha creato.»

Allungò un braccio e cambiò la stazione.

«La si aspettava ed ecco che è arrivata. Dal 23 febbraio Météo France parla di una depressione situata nel cuore dell'Atlantico suscettibile di trasformarsi in tempesta. Il 25 il satellite Eumetsat ne ha fotografato l'evoluzione: dal largo dell'arcipelago portoghese di Madera si stava spostando...»

A mo' di commento, la sua auto prese a impennarsi, balzando letteralmente da una corsia all'altra, sollevata e abbassata da una mano invisibile. Kubiela filava a oltre duecento chilometri all'ora. Contemplò le luci del cruscotto. La sua vettura era un prodigio di tecnologia e ingegneria, ma non poteva reggere agli assalti della natura.

«La depressione è salita dalle regioni subsahariane fino a trasformarsi in un ciclone extratropicale che si è abbattuto il 26 febbraio sulle isole Canarie, provocando i primi danni. Adesso Xynthia è giunta sul continente. Il caldo ne è il segnale: venticinque gradi in pieno inverno sulla costa basca; non si tratta di un temporaneo aumento della temperatura, ma della fine del mondo!»

I commentatori si esprimevano nei toni di un evangelista che annunci l'apocalisse. A meno che non fosse lui a mettere loro in bocca parole e maledizioni che in realtà non pronunciavano. Era talmente sovreccitato che il suo cervello plasmava le frasi come se fossero metallo arroventato.

Con ancora duecento chilometri da percorrere davanti a sé, provava la sensazione di filare dritto nelle fauci del mostro. Doveva fermarsi? Rifugiarsi in una camera d'albergo in attesa che le acque si calmassero? Impossibile. Il tono della Voce era eloquente. Fu assalito di nuovo da mille domande. Chi era l'assassino? Perché aveva preso in ostaggio Anaïs? Quando era uscita di prigione? Aveva continuato la sua inchiesta e messo il naso dove non doveva? Che accordo gli avrebbe proposto l'assassino? E, soprattutto, dove aveva già sentito quella Voce?

Superò Tours e si diresse verso una stazione di servizio. La pensilina tremava sui pilastri di sostegno. I cartelli erano stati strappati. Lungo il parcheggio le conifere si piegavano quasi fino a terra, ribollendo come schiuma nera e tempestosa. Solo le pompe sembravano saldamente piantate nell'asfalto. Aveva abbastanza benzina per arrivare a La Rochelle, ma voleva riprendere contatto con il mondo.

Rimase deluso. Non c'era una sola macchina parcheggiata sullo spiazzo. Non si vedeva nessuno nel supermercato ancora illuminato. Inchiodando l'auto davanti ai vetri vibranti sotto le raffiche di vento, scorse alcune persone in uniforme rossa: grembiule per le donne, tuta per gli uomini. Facevano fagotto in tutta fretta.

«Ma è pazzo ad andare ancora in giro in macchina?» gli chiese una donna quando entrò.

«La tempesta mi ha sorpreso per strada.»

Lei stava chiudendo la cassa dietro il banco. «Non ha sentito gli avvisi alla radio? C'è l'allarme rosso.»

«Devo proseguire. Vado a La Rochelle.»

«La Rochelle? Vede come soffia qui? Immagini cosa sarà sulla costa... Ormai dev'essere tutto sommerso.»

Kubiela non sentì il resto della frase. Non c'era bisogno che una Cassandra gli ricordasse il pericolo che correva. Riprese la strada, come un eroe mitologico che non può sottrarsi al proprio destino.

Alle tre del mattino raggiunse la N11. Ci aveva messo sei ore per percorrere i quattrocentocinquanta chilometri che separano Parigi da La Rochelle. Non male. Non fece in tempo a rallegrarsi che sopravvenne la pioggia. Tutt'a un tratto l'acquazzone oscurò il paesaggio, come se volesse cancellarlo, annullarlo. Le lame d'acqua sferzavano i vetri e tempestavano il cofano, arrivando da tutte le parti, dall'alto e dal basso.

Lui non riusciva a leggere i cartelli. Pensò al navigatore GPS, ma non gli sembrò il caso di fermarsi lungo la strada, cercare le istruzioni e programmare l'aggeggio... Intorno a lui tutto pareva dissolto, dislocato, liquefatto... Pensò di essere rimasto solo al mondo quando incrociò altri fari. Ne fu rassicurato, ma quella sensazione non durò a lungo. Le vetture slittavano, finivano nella corsia di emergenza e facevano dei testa-coda. L'uomo aveva perduto il controllo sulla realtà.

All'improvviso un cartello – LA ROCHELLE 20 KM – volò via come un'ala di ferro e andò a sbattere contro il cofano dell'A5. Kubiela se la cavò con una incrinatura sul vetro del parabrezza. Rami e pietre piovevano sulla carrozzeria. Lui continuava ad andare avanti. La notte si era trasformata in un vortice di frammenti e rottami.

Finalmente, come per miracolo, apparve la città. Luci che fluttuavano a intervalli irregolari. Le case tremavano sulle fondamenta. I tetti sbattevano. Le persone che di tanto in tanto intravedeva avevano l'aria sconvolta. Chi cercava di fissare un'antenna satellitare, chi di proteggere i vetri di un'auto, chi di chiudere le imposte... Tentativi coraggiosi ma inutili: la natura si riprendeva tutto.

Sul sedile del passeggero squillò il cellulare. Kubiela lo udì a malapena nel frastuono generale.

«Pronto?»

«Dove sei?»

«A La Rochelle.

«Ti aspetto alla base sottomarina di La Pallice.»

La Voce risuonava come in una chiesa. Si percepiva sullo sfondo un fracasso sordo, con un ritmo lancinante. Il respiro del mare rabbioso.

«Cos'è?» chiese lui.

«Un bunker, vicino all'ingresso del porto mercantile. Non puoi sbagliare.»

«Non conosco La Rochelle!»

«Arrangiati. Costeggia la costruzione sul lato est. L'ultima porta a nord sarà aperta. Ti aspetto.»

Kubiela proseguì dritto e raggiunse il Porto vecchio. La prima cosa che vide distintamente fu un pannello elettronico che scintillava: TEMPESTA IN ARRIVO ALLE 22.00. RIMANETE IN CASA. Percorse un viale alberato e costeggiò un bacino d'acqua che doveva essere un porto turistico. Gli scafi delle imbarcazioni cozzavano l'uno contro l'altro. Gli alberi sembravano darsi battaglia come duellanti. Più lontano, onde alte diversi metri si schiantavano sulle banchine.

Lui non aveva mai visto una cosa simile. Il vento, il mare e la notte si contendevano la città a manrovesci e a morsi. I flutti inghiottivano le sponde, la carreggiata, i marciapiedi. Kubiela continuava ad avanzare. Come trovare la base sottomarina? Gli sembrava logico costeggiare i bacini. Chissà se c'era un cartello, un'indicazione. Mentre aguzzava gli occhi e i tergicristalli scandivano il tempo, scorse l'inconcepibile: tre sagome che camminavano contro il vento, con l'acqua fino alle ginocchia.

La visione sparì. Forse era stata un'allucinazione... In quel momento l'A5 slittò e si fermò contro un marciapiede. L'incidente lo spronò a prendere una decisione. Con una spallata aprì la portiera e venne subito aspirato da un turbine rovente. Aveva dimenticato il caldo, l'aspetto più terrificante. Il mondo era surriscaldato. Il nucleo centrale del pianeta stava per esplodere.

Non se l'era immaginato: tre individui si allontanavano, curvi contro le raffiche. Camminò verso di loro, piegato quasi in orizzontale. I lampioni oscillavano come gli alberi delle barche. I cavi elettrici vibravano come corde di chitarra. Sotto i suoi piedi, il terreno si fondeva, scivolava via, si dissolveva: era restituito al mare.

«Ehi! Per favore!»

Le sagome erano distanti solo una ventina di metri, ma sembravano irraggiungibili. Kubiela accelerò il suo passo da equilibrista. Due uomini con le mani in tasca e una donna contro il vento che le portava via la borsa. Tutti e tre avevano dei cappucci sulla testa.

«Scusate!»

Kubiela riuscì ad afferrare per la spalla uno degli uomini. Il tizio non parve sorpreso: si aspettava piuttosto di ricevere in testa un lampione o un boma.

«Cerco la base sottomarina di La Pallice.»

«Lei è pazzo. La base è al porto mercantile. Laggiù dev'essere tutto sommerso.»

«È lontano?»

«Si trova alle sue spalle, ad almeno tre chilometri.»

«Sono in macchina.»

«In macchina?»

«Mi spieghi come arrivarci.»

«Prenda avenue Jean-Guitton e vada sempre diritto. A un certo punto vedrà l'indicazione PORTO MERCANTILE. La segua e si ritroverà a La Pallice. Francamente, però, sarei sorpreso se arrivasse fin là.»

L'uomo continuava a parlare ma Kubiela aveva già alzato i tacchi per tornare faticosamente verso l'auto. Quando arrivò a destinazione, l'A5 non c'era più. Schermandosi gli occhi con la mano, la scorse a una cinquantina di metri, ammassata ad altri veicoli in un'installazione degna dello scultore César. La raggiunse avanzando nell'acqua che gli arrivava a metà gamba e riuscì a infilarsi nell'abitacolo dalla parte del passeggero, perché l'altra portiera era bloccata. Girò la chiave dell'accensione. Il motore si avviò. A forza di manovre, si districò dal groviglio di lamiere.

Guidò per parecchi minuti in una strada piena di alberi e di case unifamiliari. Finalmente apparve il cartello PORTO MERCANTILE. Kubiela svoltò a destra e a un tratto il paesaggio cambiò. Cisterne, complessi industriali, binari, e la tempesta che tornava a ruggire. L'auto sbandava dietro, slittava con le ruote anteriori, scivolava nelle pozze crepitanti. Quando ormai pensava di non riuscire più ad avanzare, due alti bastioni di terra apparvero ai lati della strada. Un gigantesco cantiere lo protesse per oltre un chilometro.

Alla fine arrivò al porto. Nell'edificio della reception non c'era neanche una luce accesa. Non si vedeva niente a parte una barriera rossa e bianca e un pannello che informava: VIETATO IL TRANSITO AI PEDONI E AI VEICOLI ESTRANEI AL TRAFFICO PORTUALE. In quel terribile caos l'avvertimento suonava ridicolo. Ma la Voce aveva ragione per quanto riguardava il bunker: non ci si poteva sbagliare. A sinistra, nelle tenebre, una fortezza innalzava i suoi bastioni di cemento armato.

La barriera di accesso era stata divelta. Kubiela fece retromarcia e imboccò il varco contromano. Gru. Serbatoi. Immense pale eoliche impiantate nel terreno. Aggirò gli ostacoli. Il vento era più che mai scatenato, ma il porto pareva in grado di difendersi. Da quelle costruzioni industriali emanava un senso di sicurezza.

Si ritrovò ai piedi del bunker, vicino a dei binari. Davanti a lui si apriva un vasto bacino. Navi mercantili lunghe cento metri, pesanti diverse migliaia di tonnellate, oscillavano come gusci di noce. La furia dell'oceano era contagiosa: in quelle acque separate dal mare si sollevavano onde di parecchi metri.

Kubiela alzò gli occhi e osservò la casamatta. I muri si elevavano a un'altezza di oltre venti metri e verso il bacino c'erano dieci aperture di uguali dimensioni.

La Voce aveva detto: «Costeggia la costruzione sul lato est. L'ultima porta a nord sarà aperta». Lui mise finalmente in funzione il GPS, che in segno di benvenuto gli mostrò i quattro punti cardinali. Si trovava sul lato sud del bunker, il bacino si situava a ovest. Quindi era proprio fuori strada. Fece retromarcia, aggirò l'edificio e, raggiunta la facciata est, prese la direzione nord.

Il muro cieco si prolungava per duecento metri. Alla fine del bastione c'era una porta di ferro dipinta di nero. «L'ultima porta sarà aperta.» Kubiela afferrò le due pistole, se le fece scivolare sulla schiena, uscì dall'auto e s'incamminò. La banchina era totalmente deserta. Lui avanzava a fatica fra le raffiche di vento e la pioggia scrosciante, ma si sentiva forte. L'ora dello scontro era arrivata.

Ripensò a una frase della Voce: «Io la chiamo Euridice, ma tu la conosci con il nome di Anaïs».

Euridice. E Orfeo chi era? Lui o l'assassino? Cosa aveva pianificato il folle? Osservò di nuovo la costruzione capace di contenere un esercito e le sue navi anfibie. Gli venne un'idea: se lui era Orfeo, allora in quella fortezza si celavano gli Inferi. In quel diluvio, quasi si aspettava di vedere Cerbero, il cane mostruoso a guardia dell'ingresso al regno delle tenebre.

Ipnotizzato e grondante, spinse con la spalla la porta di ferro nero.

Era aperta.

Non era poi così difficile penetrare nell'inferno.

La prima cosa che vide fu un lungo tunnel scuro, aperto in lontananza sulla tormenta. Giù in fondo era invaso dalle onde che vi si insinuavano violente per poi smorzarsi fino a ridursi a pozze schiumose. Sembrava di essere in un'immensa caverna rettilinea. Quello spazio gli faceva provare la sensazione di entrare in una cattedrale. L'acqua era ovunque: nella struttura del cemento, sopra di lui, nelle pozzanghere che luccicavano sul terreno. A un ritmo regolare, le onde rimbombavano in fondo al budello, rotolavano fino a lui e poi si ritiravano, controvoglia. Era come essere nelle fauci di un mostro la cui saliva era il mare.

Non una luce, non un segno. I suoi occhi ancora offuscati dalla pioggia non distinguevano niente. Si rese conto di aver lasciato il cellulare in macchina. Che imbecille! L'assassino probabilmente l'avrebbe chiamato per dargli istruzioni su come incontrarsi in quelle viscere...

Neanche a farlo apposta, ecco che un chiarore spuntò sulla sua destra, a una cinquantina di metri da lui, o forse un po' più lontano; era difficile misurare il nulla. Udì un sibilo. Strizzò gli occhi e scorse una lingua di fuoco di un arancione intenso con un alone azzurrognolo. La fiamma di una saldatrice ad arco che lanciava i suoi guizzi di luce su una cerata bagnata.

Un uomo avanzava verso di lui.

Un pescatore.

La sagoma divenne più nitida: di alta statura, con una cerata, una salopette, un giubbotto di salvataggio e stivali a mezza coscia. Il viso era coperto da un cappuccio con visiera. Kubiela non aveva mai cercato di immaginarsi l'assassino dell'Olimpo e, dopotutto, quel fantasma di plastica e fuoco poteva anche andar bene.

Il killer era ormai a pochi metri da lui. In una mano reggeva la saldatrice e con l'altra trainava una bombola di metallo su rotelle: conteneva l'ossigeno che alimentava il raggio incandescente.

Kubiela tentò di scorgerne la faccia. Qualcosa nel portamento dell'assassino, la sua postura curva, gli sembravano familiari.

«Lieto di rivederti», disse l'uomo abbassando il cappuccio.

Jean-Pierre Toinin. Lo psichiatra che aveva assistito alla sua tragica nascita e vegliato sulla follia di sua madre. L'uomo che aveva assistito al sacrificio di suo fratello. Il vecchio che conosceva tutta la sua storia e che probabilmente l'aveva scritta. «Sono colui che ti ha creato.»

«Scusami, ma devo chiudere quella dannata porta.»

Kubiela si scostò e lasciò passare quella specie di fantasma. Si sentì sfiorare dal soffio rovente del cannello. Valutò la corporatura dell'uomo, la sua forza. Malgrado l'età, poteva aver portato sulle spalle il Minotauro o Icaro. Poteva aver trasportato una testa di toro o affrontato un gigante come Urano.

Chiusa la porta, Toinin regolò la fiamma, che assunse un colore arancione carico. Il sibilo divenne uno stridore acuto. L'uomo diresse la lingua infuocata verso la giuntura di metallo, all'altezza della serratura. Kubiela non respirava più. Ogni possibilità di fuga si stava letteralmente squagliando sotto i suoi occhi. Da una parte una porta saldata. Dall'altra la rabbia dell'oceano.

«Cosa... cosa sta facendo?» Parlava all'assassino. Credeva di avere le traveggole.

«Blocco questa porta.»

«Per l'acqua?»

«Per noi. Non potremo più uscire da qui.»

Il fascio luminoso era diventato talmente bianco da far pensare a tante goccioline di gel, ma portate a una temperatura di centinaia di gradi. Kubiela vide il metallo liquefarsi e formare un nastro rosseggiante che subito anneriva.

A un tratto uscì dall'apatia in cui era piombato. Andò verso il vecchio, che si era accucciato per svolgere il suo lavoro, e lo sollevò da terra. «Dov'è lei?»

Toinin girò la fiamma verso di lui e, fingendosi preoccupato, esclamò: «Ti brucerai, disgraziato!».

Kubiela lo lasciò andare e ripeté più forte: «Dov'è Anaïs?».

«Laggiù.» Il suo interlocutore diresse la fiamma verso una porta laterale, sulla sinistra. Un accesso agli hangar.

Kubiela vide, o credette di vedere, una silhouette fradicia dalla testa ai piedi, raggomitolata per terra. Poteva essere Anaïs, ma aveva la faccia coperta da un cappuccio.

Lui fece per raggiungerla, ma Toinin gli sbarrò la strada con il fascio letale. La fiamma gli passò davanti all'altezza degli occhi. «Non avvicinarti», sussurrò. «Non ancora...»

«Intendi impedirmelo?» urlò Kubiela allungando una mano dietro la schiena.

«Se ti avvicini a lei, morirà. Puoi contarci.»

Lui si fece di sasso. Non aveva dubbi al riguardo. Toinin era sicuramente un maestro in materia di strategie contorte. Ritrasse la mano dal calcio della CZ. «Voglio la prova che si tratta di Anaïs.»

«Vieni con me.»

Trascinandosi dietro la bombola su rotelle, il vecchio si diresse verso l'ombra. Kubiela lo seguì diffidente. I riflessi della lingua infuocata si riverberavano sulle pozzanghere. Il rumore graffiante della fiamma ossidrica si mischiava al rombo delle onde.

L'assassino si fermò a qualche passo dalla prigioniera. Lasciò il carrello e tese il braccio verso di lei. Kubiela credeva che le avrebbe strappato il cappuccio. Invece le tirò su le maniche. I segni delle automutilazioni le marchiavano le braccia bagnate.

In un flash, Kubiela rivide la loro breve serata a Bordeaux. «È sicuro di non volere che apriamo la mia bottiglia?»

I polsi di Anaïs erano legati con un collare Colson. Lei sembrò svegliarsi e si agitò mollemente. Ogni suo gesto tradiva lo spossamento, la debolezza o forse qualche sostanza stupefacente.

«L'hai drogata?»

«Le ho dato solo un sedativo.»

«È ferita?»

«No.»

Kubiela si aprì la giacca e mise a nudo la camicia macchiata di rosso. «E questo?»

«Non è sangue suo.»

«Di chi allora?»

«Cosa importa? Non è il sangue che manca.»

«Ha il bavaglio sotto il cappuccio?»

«Ha le labbra incollate. Una colla chimica molto efficace.»

«Bastardo!»

«Non è niente. Potrà farsi curare quando uscirete da qui.»

«Usciremo da qui?»

«Tutto dipende da te.»

Kubiela si passò una mano sulla fronte: gli spruzzi delle onde e il sudore gli formavano una poltiglia salata sulla pelle. «Cosa vuoi?» capitolò.

«Per cominciare, che mi ascolti.»

«Ho conosciuto tua madre in un centro medico nel 1970. Dirigevo un servizio di accoglienza, a metà strada fra l'assistenza sociale e la psichiatria. Francyzska era fuggita dalla Slesia insieme al marito. Non avevano un soldo. Andrzej lavorava in qualche cantiere. Lei soffriva di disturbi mentali. Più tardi si sarebbe detto che era stata la gravidanza a farla impazzire, ma non è vero. Posso assicurarti che era già malata prima di quegli eventi...»

«Che problemi aveva?»

«Era bipolare, schizofrenica, depressa... Tutto ciò condito con la salsa cattolica.»

«L'hai curata?»

«Era il mio lavoro. Ma, soprattutto, mi è servita per i miei esperimenti.»

Il sangue gli si ghiacciò nelle vene. «Che esperimenti?»

«Io sono un prodotto degli anni Settanta. La generazione degli psicotropi, dell'antipsichiatria, dell'apertura dei manicomi... All'epoca si pensava che la chimica fosse l'unico futuro per la nostra disciplina. Avremmo guarito tutto con le droghe! In parallelo alla mie attività di psichiatra, ho diretto un laboratorio di ricerca. Una cosa modesta, perché non disponevo di grandi mezzi economici. Tuttavia ho scoperto una molecola, quasi per caso. L'antenata della DCR 97, che sono riuscito a sintetizzare.»

«Cosa?»

«La molecola del protocollo Matrioska.»

«Che cosa curava?»

«Niente. Favoriva soltanto l'alternanza degli umori, delle pulsioni... Una specie di bipolarismo rafforzato.»

«L'hai... l'hai iniettata a Francyzska?»

«No, non a lei. Ai suoi feti.»

La logica sotterranea di tutta la storia era che i gemelli, così diversi nel temperamento, erano già delle cavie, abbozzi degli esperimenti futuri.

«I risultati furono straordinari. Ancora oggi non riesco a spiegarmi quegli effetti. La molecola non aveva modificato il patrimonio genetico degli embrioni ma il loro comportamento, fin dalla vita intrauterina. Le pulsioni negative erano localizzate soprattutto in uno dei due bambini: un essere ostile, agitato, aggressivo, che cercava di uccidere il fratello.»

Kubiela era senza parole.

«Avrei voluto che venissero al mondo entrambi, ma era fisicamente impossibile. I ginecologi hanno lasciato la scelta ai genitori: salvare il dominante o il dominato. Naturalmente Francyzska ha scelto il più debole. Te. Pensava che tu fossi un angelo, un innocente. Balle. Tu non eri altro che un fattore del mio esperimento.»

Oscuro sollievo: quindi lui era proprio il gemello bianco.

«Da quel momento il tuo sviluppo non mi interessava più. Ho smesso con le iniezioni. Ho fatto internare Francyzska in un istituto in cui avevo un incarico di consulente. Sono trascorsi gli anni. Ho rivisto Andrzej, che mi ha raccontato che soffrivi di incubi, di pulsioni aggressive incomprensibili. In seguito a dei colloqui, ho scoperto che il gemello nero continuava a vivere dentro di te. Ciò che la mia molecola aveva separato era stato riunito dalla tua psiche. Eravate due in una sola mente!»

«Mi hai curato?»

«Perché? Non stavi male. Eri il prolungamento delle mie ricerche. Purtroppo la tua forza di carattere ti stava salvando. Riuscivi a mantenere il fantasma di tuo fratello in fondo all'inconscio.»

«Perché non mi hai iniettato di nuovo la molecola?»

chiese Kubiela facendo proprio il punto di vista delirante di Toinin.

«Semplice: perché non ho potuto. Andrzej diffidava di me. Nonostante l'avessi aiutato... avevo pagato io la casetta a Pantin... mi teneva a distanza. Ha anche voluto a tutti i costi rimborsarmi! Poi è riuscito a far trasferire Francyzska a Ville-Évrard, fuori dalla mia portata.»

«Aveva subodorato i tuoi maneggi?»

«No, ma intuiva che qualcosa non quadrava. L'istinto del contadino. Nel frattempo aveva anche ottenuto la nazionalità francese. Si sentiva più forte. Non ho potuto fare nulla. Senza contare che Andrzej era un colosso. La forza fisica... Gira e rigira, si torna sempre lì.»

«Cosa mi è successo dopo?»

«Non ne ho idea. Ho lasciato perdere il tuo caso e mi sono concentrato su altri lavori. Ispirandomi alla tua evoluzione, ho cercato un prodotto capace di provocare una fissione in un cervello adulto, in modo che ospitasse diverse personalità.»

«La molecola di Mêtis.»

«Corri troppo. Ho passato più di dieci anni a lavorare per conto mio, senza mezzi, senza un'équipe. Non approdavo a nulla. È stato necessario aspettare gli anni Novanta perché finalmente Mêtis s'interessasse a quello che facevo.»

«Come mai?»

«Una banale questione di moda. Mêtis era una holding leader nell'ambito degli ansiolitici e degli antidepressivi. Il gruppo s'interessava a qualsiasi molecola che avesse un effetto inedito sul cervello umano. Ho parlato ai suoi capi di quella che poi si sarebbe chiamata DCR 97. All'epoca non esisteva ancora nella sua versione... definitiva.»

«Ti hanno finanziato?»

«Niente di grandioso, ma i loro fondi mi hanno permesso di continuare le sperimentazioni finalizzate a sintetizzare un prodotto che provocasse una reazione a catena nella mente umana.»

«Come funziona esattamente?»

«Non ne ho la minima idea. Non so spiegarne il principio

attivo. In compenso, ne ho osservato bene gli effetti. Accade tutto come in una fissione nucleare. La memoria scoppia allo stesso modo di un nucleo atomico. Ma il cervello umano ha una sua logica e, grazie a una sorta di forza di gravità, i desideri, le pulsioni e i frammenti di memoria tendono a raggrupparsi fra loro per costituire un nuovo io.»

Kubiela capì che era la forza su cui lui stesso aveva indagato facendo ricerche sui gemelli e sulle personalità multiple. «Hai condotto sperimentazioni cliniche?»

«Quello è stato il problema principale. Per sperimentare la mia molecola avevo bisogno di cavie umane, era impossibile avvalersi di topi o di scimmie. Ora, Mêtis è sì una holding potente, ma non fino al punto di testare qualsiasi sostanza su chiunque.»

«E quindi?»

«Mi hanno permesso di aprire una clinica specializzata. Ho cominciato a lavorare sui malati psichiatrici. Fra le mie mura potevo agire in tutta libertà. I protocolli erano segreti, interamente finanziati da Mêtis.»

«Che interesse c'era a testare un prodotto del genere su pazienti simili?»

«Quando una patologia si aggrava, è più facile capire come guarirla. Ma non eravamo a quel punto. Seminavamo e poi raccoglievamo soltanto dati, constatazioni.»

Risorgevano vecchi fantasmi. Le sperimentazioni umane nei campi di concentramento. Le manipolazioni mentali nei manicomi sovietici. Tutti procedimenti proibiti i cui risultati verranno sempre venduti a peso d'oro sul mercato dei servizi segreti dell'esercito.

«I nostri risultati erano caotici. Certi pazienti sprofondavano nel delirio. Altri vegetavano. Altri ancora riacquisivano invece una personalità in apparenza solida, ma che si disintegrava in un breve arco di tempo.»

«Come nel caso di Patrick Bonfils?»

«Vedo che cominci a capire. Bonfils è stato uno dei miei primi soggetti.»

«Come sei riuscito a lavorare su persone sane di mente?»

«L'esercito ha voluto approfondire le mie ricerche. Mi è

stato proposto di organizzare un vero programma, Matrioska, che si occupasse di esseri sani di mente. Allo scopo, mi sono stati forniti i mezzi finanziari e tecnologici per mettere a punto un sistema che consentisse di somministrare la DCR 97 in tutta tranquillità: fu così possibile lasciare libertà di movimento a soggetti preventivamente trattati e stare a vedere come si comportavano. L'esperimento era rischioso. Non fu unanimemente accettato neppure dagli stessi militari, ma qualcuno ai vertici voleva vedere dove tutto ciò avrebbe portato.»

«Parli di Mêtis, dell'esercito, ma chi sono concretamente i responsabili del protocollo?»

«Non ne ho idea. Non lo sa nessuno, nemmeno loro. Tutto avviene tramite consigli, comitati, missioni. Chi decide non lascia traccia. Non potrai mai trovare il nome del colpevole.»

Kubiela si calò nel ruolo dell'avvocato del diavolo. «Perché non hai pensato di testare la molecola su prigionieri, magari su terroristi?»

«Perché sono quelli più protetti. Gli avvocati, i media, i complici: tutti si occupano degli assassini. È molto più facile rapire e far sparire dei poveracci. Mêtis e l'esercito hanno messo a punto un sistema di selezione, ma io non mi sono occupato di questo aspetto.»

Sasha.com. Feliz, Medina, Leïla: Kubiela ne sapeva molto di più dello stesso Toinin su questa componente del programma.

«Io ricevevo i "volontari". Facevo loro il trattamento. Li condizionavo. Qualsiasi cosa succedesse, dovevano sempre rifiutare di sottoporsi ad accertamenti radiologici: l'impianto sarebbe stato visibile. Poi li lasciavamo liberi e osservavamo cosa accadeva.»

Kubiela conosceva piuttosto bene il seguito. Attorno a loro le mura tremavano sulle fondamenta. A giudicare dai boati, le onde probabilmente arrivavano fino al tetto del bunker, a venti metri di altezza.

«E oggi a che punto è l'esperimento?»

«Si è concluso. Matrioska non esiste più.»

«Perché?»

Il vecchio scosse la testa con aria di riprovazione. «I miei risultati non erano convincenti. Le cavie erano soggette a crisi sporadiche. Cambiavano personalità, ma senza alcuna coerenza. Diversi di loro sono addirittura sfuggiti al nostro controllo. L'esercito e Mêtis hanno concluso che la molecola non avrebbe mai trovato applicazioni concrete, né militari né commerciali.»

«Suppongo che tu non sia d'accordo con loro.»

Toinin agitò le dita nella penombra rischiarata dalla saldatrice ad arco. «Me ne frego delle loro decisioni. Io sono un demiurgo. Gioco con il destino degli uomini.»

Kubiela si soffermò a guardare il suo interlocutore. Bei lineamenti, tantissime rughe, una postura altera. Un viso che gli anni avevano scavato fino a lasciare solo lo stretto necessario: ossa e muscoli privati della carne. Un vero psicopatico che si poneva al di sopra delle leggi, al di sopra degli uomini. «Avete eliminato tutti i soggetti?»

«Non tutti. Tu sei qui.»

«Perché?»

«Perché ti proteggo.»

«Come?»

«Uccidendo della gente.»

Kubiela non capiva. Fuori, il mare faceva ancora sentire il suo clamore. Il fracasso risuonava nell'ambiente in cui si trovavano e si ripercuoteva in ogni singolo hangar. «Spiegati.»

«Alla fine del 2008 mi hanno parlato di uno psichiatra che ficcava il naso dappertutto. Non ne ero stupito. Certi pazienti erano sfuggiti alla nostra sorveglianza. Che finissero in qualche ospedale rientrava nell'ordine delle cose.»

«Mi hai riconosciuto?»

«Mi hanno dato un fascicolo sul tuo conto. Volevano sapere se avevo sentito parlare di te come psichiatra. Figurarsi! Il gemello Kubiela! Ritrovarti dopo quasi trent'anni è stato uno shock. Ho capito che i nostri destini erano legati. Il fato greco.»

«Pensavano già di eliminarmi?»

«Non lo so. Ho proposto di fare di te una cavia per i nostri esperimenti. Hanno rifiutato: troppo rischioso. Ho addotto una serie di argomenti per convincerli. Possedevo la tua cartella clinica di un tempo. Ho descritto la genesi della tua nascita, la dualità delle tue origini, la complessità della tua psiche. Ho dimostrato che avevi il profilo ideale. Dentro di te, eravate già in due!»

Kubiela scosse lentamente il capo e subentrò a Toinin nel racconto. «Alla fine ho subito il trattamento e ho moltiplicato le identità. Janusz, Narcisse, Nono... Il problema era che ogni volta riprendevo le indagini svolte da Kubiela, cercando di scoprire le origini di quella sindrome e quale fosse la mia vera identità.»

«Sei diventato ancora più pericoloso! Inoltre, nel frattempo, il comitato aveva deciso di porre fine al programma. A partire dalla primavera del 2009 hanno incominciato a distruggere ogni traccia di Matrioska. Allora ho avuto un'idea per salvarti dal massacro.»

«Un assassinio?»

«Un atto criminale, sì, nel quale saresti stato implicato e che avrebbe causato il tuo arresto. Così saresti stato intoccabile. Con l'aiuto dei media, di un bravo avvocato e di uno psichiatra, ti avrei messo al riparo da loro.»

Kubiela iniziò ad afferrare la logica delirante di Toinin. «È per questo che hai ucciso Urano?» domandò.

«Bisognava che il delitto sembrasse l'opera di un pazzo. Mi sono ispirato alla mitologia greca. È sempre stata la mia passione. Gli esseri umani attraversano costantemente i miti: sono per loro grandi sale in cui si sentono protetti. Un po' come questi hangar per sommergibili: spazi che ci limitano anche se non vediamo i muri.»

Kubiela voleva delle precisazioni. «Ho visto l'assassinio. L'ho dipinto più volte sulle mie tele. Come ho potuto essere testimone di quella macelleria?»

«Ti ho dato appuntamento. Non ti avevo mai perso di vista. Ti ho iniettato un sonnifero, poi ho ammazzato il barbone e chiamato la polizia. Niente è andato come previsto. Ti sei addormentato troppo tardi, hai visto tutta la scena e quei coglioni non si sono nemmeno fatti vivi.»

«Sono riuscito a cavarmela, ma lo shock dell'omicidio ha provocato una nuova fuga psicogena. Mi sono ritrovato a Cannes, poi a Nizza, e l'unico ricordo che avevo era quel delitto.»

«Sei finito da Corto. Lo psichiatra degli artisti.» Scosse la testa con aria costernata. «Curare la malattia mentale con la pittura...» Poi cambiò espressione. «Perché no, in fin dei conti? Anche lui era un prodotto degli anni Settanta...»

Kubiela proseguì il racconto in tono neutro. «Non so se ho subito un nuovo trauma, ma ho perduto nuovamente la memoria. Mi sono ritrovato a fare il barbone a Marsiglia e sono diventato Victor Janusz, nel novembre 2009.»

«Eri il nostro soggetto migliore!» sbottò Toinin infiammandosi all'improvviso. «Una fuga ogni pochi mesi! Continuavo a ripeterlo. Su di te la molecola aveva un effetto sbalorditivo.» Puntò l'indice. «Eri il paziente perfetto per studiare il percorso della fissione.» La sua voce si spense. «Ma era troppo tardi. Le ricerche, il programma... era tutto finito.»

«Quando ero a Marsiglia, i killer che mi davano la caccia hanno assoldato dei teppisti per ammazzarmi.»

«Non conosco i particolari, ma dovevo intervenire di nuovo per salvarti.»

«Allora hai ucciso Icaro.»

«Per restare nella sfera mitologica. Ce l'ho messa tutta per farti arrestare.»

«Anche in quel caso mi hai dato appuntamento?»

«Ti ho ritrovato a Marsiglia. Ti ho fatto venire alla cala di Sormiou, attirandoti con la promessa di fornirti informazioni cruciali sulle tue origini. Poi ho chiamato gli sbirri. Neanche quella volta si sono visti. Perché paghiamo le tasse?»

«Ho perso di nuovo la memoria. Qualche tempo dopo ero Mathias Freire.»

«Sei diventato in un certo senso un esperto nella fuga psicogena. Il tuo nuovo personaggio era perfetto. Grazie ai documenti falsi, sei riuscito a farti assumere in quell'ospedale di Bordeaux. Gli uomini incaricati di eliminarti hanno impiegato più di un mese a rintracciarti. Sono stato informato della tua nuova identità. I capi volevano sapere se avevi ripreso le tue indagini, interrogato altri psichiatri, questo genere di cose. Ho fatto qualche telefonata. Era la fine di gennaio. Tu ti eri completamente calato nei panni del nuovo personaggio, che in fin dei conti era il più affine all'uomo che sei in realtà. Ho spiegato che non costituivi alcun pericolo, ma i conti dovevano essere saldati.»

«Hai deciso di uccidere di nuovo, a Bordeaux.»

«Ho voluto assestare un colpo decisivo. Il Minotauro! Quella volta ho lasciato le tue impronte nella fossa di manutenzione. Ero sicuro che la polizia sarebbe risalita fino a Victor Janusz. Eri stato fermato a Marsiglia per rissa. Laggiù si sarebbero ricordati dell'assassinio di Icaro e saresti stato arrestato per la serie dei delitti mitologici. Saresti stato sottoposto a un esame psichiatrico. Con i tuoi problemi di memoria, ti avrebbero dichiarato incapace di intendere e volere.»

«Non c'era un modo più semplice per proteggermi? Accusarmi di una colpa meno terribile? Farmi ricoverare in un istituto?»

«No. Dovevi essere rinchiuso in un reparto per malati critici. Fuori dalla portata dei killer. Avrei trovato il modo per avvicinarti e continuare a studiarti. Nessuno avrebbe mai creduto ai tuoi deliri. A poco a poco la storia avrebbe finito per essere dimenticata. E io avrei potuto continuare i miei esperimenti sulla tua mente.»

In fondo la follia di Toinin aveva una logica. Ma come si sarebbe conclusa? Forse in quello stesso istante. Fuori dal tempo e dallo spazio, nelle viscere di un bunker. Poco gli importava come sarebbe andata a finire: ora voleva una risposta per ogni enigma.

«Hai ucciso le tue vittime con un'overdose di eroina. Dove hai trovato la droga?»

«L'ho fabbricata. L'eroina è un derivato della morfina, che scorre a fiumi nella mia clinica. Sono trent'anni che sintetizzo molecole. Raffinare eroina è stato un gioco da ragazzi.»

«Parlami di Patrick Bonfils. Cosa ci faceva alla stazione di Bordeaux?»

«Un problema collaterale. Bonfils apparteneva alla prima generazione di pazienti. Si era calato nel personaggio del pescatore e più nessuno pensava a lui. Ma aveva iniziato a interrogarsi sulle sue origini. Voleva capire. Le ricerche l'avevano condotto alla mia clinica in Vandea, dove aveva già soggiornato più volte. Ho programmato un intervento per estrargli l'impianto dopo avergli iniettato una dose massiccia della molecola. In quel modo gli avrei salvato la vita.»

«Ma avrebbe perso tutto. I suoi ricordi, la sua compagna, il suo mestiere...»

«E allora? Qualche ora prima dell'intervento è andato nel panico. È scappato, ferendo diversi infermieri.»

«Con un elenco del telefono e una chiave inglese.»

«Il seguito è quasi comico. Bonfils si è nascosto in una camionetta, guarda caso quella che uso per i miei sacrifici. È stato così che, senza saperlo, l'ho portato fino a Bordeaux. Mi ha seguito sui binari. Ci siamo azzuffati nella fossa. Sono riuscito a fargli l'iniezione e poi l'ho abbandonato in una baracca lungo le rotaie.»

L'edificio si reggeva più o meno in piedi, ma mancava ancora il tassello principale. «Perché accanirti a salvarmi la vita? Solo perché sono la tua cavia migliore?»

«Se fai questa domanda, vuol dire che non hai compreso l'essenziale. Secondo te, perché ho scelto i miti di Urano, di Icaro e del Minotauro?»

«Non ne ho idea.»

«Ognuno di essi è la storia di un figlio: maldestro, distruttore, mostruoso.»

Kubiela ebbe l'impressione che il rombo dell'oceano si fosse intensificato, che le onde si facessero più alte, più forti. Il bunker avrebbe finito per essere strappato dalle fondamenta. Da quel gorgo scaturì subitanea una verità stupefacente. «Vuoi dire...»

«Sei mio figlio, François. All'epoca in cui prestavo servizio al centro medico ero un vero dongiovanni, credimi. Mi sono divertito con tutte le pazienti! A volte le facevo abortire, altre volte effettuavo esperimenti sui feti. Iniettavo le mie molecole e stavo a vedere cosa succedeva. Chi fa da sé fa per tre!»

Kubiela non sentiva più niente. L'ultima bambola russa gli si era rotta fra le dita. Fece un ultimo tentativo per sottrarsi all'incubo finale. «Perché non posso essere il figlio di Andrzej Kubiela?»

«Guardati in uno specchio e troverai la risposta. È per questo che Andrzej ha tagliato i ponti con me quando avevi otto anni. A causa di questa somiglianza. Penso che avesse capito, ma ti ha cresciuto come se fossi veramente suo figlio.»

A quel punto l'intera storia assumeva un senso diverso. Jean-Pierre Toinin si considerava un dio e vedeva in Kubiela un semidio, sul modello di Eracle o di Minosse. Un figlio che gli era costantemente sfuggito, che aveva cercato di demolire la sua opera. Maldestro e distruttore. Lui era il Minotauro di Toinin, il figliastro mostruoso da tenere nascosto. Era il suo Icaro, che pretendeva di volare troppo vicino al sole. Il suo Crono, che cercava di ucciderlo annientandone la potenza...

Il vecchio si avvicinò e afferrò Kubiela alla nuca. «Questi omicidi sono degli omaggi, figliolo. Del resto, possiedo immagini uniche di...»

S'interruppe: Kubiela aveva estratto la CZ e la premeva contro le pieghe della cerata.

Toinin sorrise con aria indulgente. «Se lo fai, lei morirà.»

«Moriremo comunque tutti.»

«No.»

«No?» Kubiela tolse il dito dal grilletto.

«Non ho intenzione di uccidervi. Potete sopravvivere.»

«Qual è la condizione?»

«Che rispettiate le regole del gioco.»

«C'è una sola possibilità di uscire da qui. Bisogna raggiungere l'altra estremità della base sottomarina, sulla facciata sud. Per arrivarci, si devono attraversare le dieci cavità costruite dai tedeschi in tempo di guerra.»

«Cosa sarebbero?»

«Hangar destinati ai loro sommergibili. I famosi U-Boot.» Toinin tirò verso di sé la porta ritagliata nell'alto portone di ferro. Subito una sferzata d'acqua lo colpì al viso. Indifferente agli spruzzi, l'aprì un po' di più. Kubiela vide un lungo bacino fiancheggiato da banchine e sormontato, a dieci metri di altezza, da una passerella di cemento dipinto di bianco. Strutture di metallo s'incrociavano a sostegno del tetto.

«Prenderete quella passerella e la seguirete procedendo sempre diritto. Passa sopra a tutti gli hangar. Con un po' di fortuna, raggiungerete l'altra estremità del bunker.»

«Raggiungerete?»

«Tu e Anaïs. L'unico problema è il mare. Stanotte le onde riempiono quasi del tutto le cavità, ma come vedi c'è un parapetto che vi proteggerà.»

«Ci lasci liberi?»

«A una condizione. Tu andrai avanti e Anaïs ti seguirà. Se ti volterai anche una sola volta per controllare, lei morirà.»

«Io la chiamo Euridice.» Kubiela doveva dunque recitare il ruolo di Orfeo. Rievocò rapidamente la storia del suonatore di lira e della sua sposa morta per il morso di una vipera. Orfeo, armato unicamente del potere del suo strumento, attraversa lo Stige, placa Cerbero con la musica e riesce a convincere Ade, sovrano delle tenebre, a liberare Euridice. Il dio pone però una condizione: durante il loro ritorno sulla terra, Orfeo camminerà davanti alla sua sposa e non dovrà mai voltarsi.

Il seguito è noto. Al momento di uscire dal regno dei morti, Orfeo cede alla tentazione e si lancia uno sguardo alle spalle. Euridice c'è, ma è troppo tardi. L'eroe ha infranto il giuramento. La sua adorata sposa scompare per sempre negli inferi.

«E tu?» chiese Kubiela.

«Se mantieni la tua parola, sparirò.»

«Quindi la cosa finisce qui?»

«Per me sì. Tu affronterai i tuoi problemi nel mondo dei mortali.» Toinin si chinò e raccolse da terra un fascio di carte avvolte ermeticamente nella plastica. «La tua assicurazione per il futuro. Stralci dal programma Matrioska. Le date. Le vittime. I prodotti. I responsabili.»

«La polizia metterà tutto a tacere.»

«Sicuramente. Ma non i media. Attenzione: non diffondere queste informazioni, fa' soltanto sapere a Mêtis che sono in tuo possesso, che le hai messe al sicuro da qualche parte.»

«E i tuoi delitti?»

«Lì dentro c'è anche la mia confessione.»

«Nessuno ci crederà.»

«Ho precisato certi dettagli noti solo alla polizia e all'assassino. Ho allegato anche dei documenti relativi all'acquisto dei materiali per ogni messinscena e indicato il luogo segreto in cui ho nascosto i dagherrotipi.»

«Cosa?»

«Anaïs ti spiegherà. Se sopravvivrà, ovvero se tu rispetterai le regole.»

Kubiela scosse la testa. «Da che è iniziata questa storia, due uomini mi hanno seguito per uccidermi. Alla fine ho avuto la meglio, ma ne verranno altri.»

«Le acque si calmeranno, credimi.»

«Non vuoi più proteggermi? Sbattermi in galera o farmi internare?»

«Te la sei cavata fino adesso. Sei destinato a sopravvivere, con o senza di me.»

Kubiela soppesò l'incartamento: in effetti forse lì dentro c'era tutto ciò che gli serviva per ricostruirsi una vita normale. Tranne un dettaglio fondamentale. «E la mia malattia?»

«Hai estratto l'impianto, perciò non subisci più gli effetti della molecola. Non c'è ragione che tu faccia una nuova fuga psicogena. Ma niente è sicuro al cento per cento. Tu sei un esperimento in corso. Salvati la pelle, François. E salva Euridice. È il tuo unico dovere al momento.» Toinin si diresse verso la donna.

Kubiela capì che non stava bluffando: li avrebbe lasciati andare. Un dio dell'Olimpo che accorda la grazia a due mortali. «Queste carte avrebbero potuto salvare la vita a degli innocenti, no?» gridò cercando di sovrastare il fragore delle onde.

«Non scordarti della passione che gli dei hanno per il gioco. E per il sangue.» Toinin tolse il cappuccio ad Anaïs. Pareva che sulle sue labbra fosse passato un ferro rovente. La colla aveva gonfiato la carne e irritato la pelle agli angoli della bocca. Lei assomigliava a un clown sfigurato. Il suo corpo era inerte: non era svenuta, solo intontita.

«Non riuscirà mai ad attraversare la base in questo stato.»

Toinin tirò fuori una siringa sigillata nella plastica. Strappò la confezione con i denti e infilò l'ago in un minuscolo flacone. Un secondo dopo faceva zampillare qualche goccia verso il soffitto. «Adesso la sveglio.»

«E i lacci?»

«Li tiene. Prendere o lasciare.»

«Chi mi dice che sarà dietro di me?»

Toinin afferrò il braccio di Anaïs e vi conficcò l'ago. «Ti chiedo solo di avere fiducia. È la chiave per uscire da qui.»

Kubiela si disse che il pazzo agiva con coerenza. Come aveva fatto con i delitti, avrebbe seguito il mito alla lettera. E Ade aveva liberato Euridice. Lui, però, doveva evitare di commettere l'errore di Orfeo.

Non doveva voltarsi.

Toinin premette adagio sul pistone, poi estrasse l'ago.

Andò verso Kubiela e indicò la porta socchiusa da cui continuavano a penetrare a raffica spruzzi di schiuma. «Sali le scale. Trattieni il respiro a ogni onda. Oltrepassati tutti gli hangar, sarai libero.»

Kubiela osservò un'ultima volta il vecchio pazzo. La sua faccia temprata, rugosa e affilata. Ebbe l'impressione di contemplare il proprio riflesso in uno specchio ancestrale macchiato dal tempo. Dietro di lui, Anaïs sembrava riprendersi.

«Comincia a camminare», mormorò Toinin. «Fra pochi secondi lei ti seguirà.»

«Davvero?»

L'uomo gli strizzò l'occhio, dicendo: «La risposta ti aspetta all'uscita dal bunker».

Da tempo le cavità non accoglievano più i sommergibili ed erano luoghi senza vita, grotte dimenticate, ma quella notte le onde furiose li rianimavano. Immobile sulla passerella, appiattito dietro un muro, Kubiela osservava la lotta che si scatenava giù in basso. Ogni maroso penetrava negli hangar, saturando di acque nere il cemento, millimetro per millimetro, poi si ritirava con rabbia, sbattendo contro le pareti e schiumando lungo le banchine... L'oceano accordava allora una tregua di qualche secondo prima di tornare alla carica con rinnovato furore.

Bisognava approfittare di quel respiro per attraversare i venti metri di passerella che sovrastavano ciascuna rimessa, senza perdere un istante. Le onde avrebbero potuto risucchiarlo e farlo precipitare oltre il parapetto.

Aspettò che l'acqua si ritraesse prima di lanciarsi di corsa verso il muro successivo. Aveva sbagliato i calcoli. Una massa di schiuma lo sorprese quando era appena a metà del percorso, gettandolo a terra. L'impatto lo stordì, ma riuscì a chiudere gli occhi, trattenere il respiro e raggomitolarsi su sé stesso per resistere all'impeto della corrente.

Aspettò che l'acqua che aveva intorno si dileguasse e si rialzò. Si precipitò caracollante verso la parete. Era fradicio dalla testa ai piedi. Si era infilato l'incartamento nei pantaloni e non sapeva se aveva ancora le pistole dietro la schiena. Non importava. Giunse al riparo e si accucciò dietro il blocco di cemento spesso due metri che lo separava dall'hangar successivo. Lo scrosciare dell'acqua nel bacino faceva vibrare i muri. Aveva l'impressione di essere inseguito dall'oceano. Anaïs era dietro di lui? Non riusciva a udire i suoi passi in quel tumulto. Non poteva voltarsi...

Un'onda si riversò davanti a lui. Quando si ritrasse, Kubiela corse verso l'altro muro, ma, non appena fu allo scoperto, i flutti lo sollevarono. Si aggrappò alla ringhiera, l'unica ancora di salvezza.

L'acqua refluì. Prese fiato. Era finito dall'altra parte del parapetto. Sospeso nel vuoto, non aveva mollato la presa. Con uno sforzo disperato, lanciò una gamba gocciolante verso il bordo superiore della struttura e vi incastrò il piede. Prima vittoria. Fece passare la gamba dall'altra parte, seguita dalle anche e dal busto. Cadde pesantemente sulla passerella, mezzo rintronato e scosso dai brividi. Le sue mani erano come paralizzate. Il sale gli annebbiava la vista. Aveva l'acqua fino alle ginocchia, nelle orecchie e dentro la bocca.

I suoi calcoli erano inutili. Procedendo come un robot, si mosse verso la cavità successiva. Gli abiti bagnati pesavano tonnellate. Anaïs? Fu tentato di guardarsi alle spalle, ma si trattenne. Non c'era dubbio che Toinin lo tenesse d'occhio, per controllare se rispettava l'accordo.

Quarto hangar. Passò. La nuca gli bruciava. Gli occhi lacrimavano. Il corpo tremava di freddo. Aveva sempre l'incartamento nei pantaloni? Non sapeva a cosa tenesse di più: a quei documenti o alla vita. In realtà, erano la stessa cosa.

Quinto hangar. Fu di nuovo preso dal dubbio. Anaïs era dietro di lui? Si sentì invadere dal panico. Toinin si era dato alla fuga prendendola in ostaggio... e lui faceva il suo gioco allontanandosi senza girarsi. Stava per verificare, ma si bloccò. No. Non avrebbe commesso l'errore di Orfeo...

Era giunto al sesto hangar quando uno scroscio rumoreggiò a pochi metri di distanza. L'acqua era già arrivata. Si raggomitolò con la schiena contro il muro. L'onda lo cercò, s'insinuò nel più piccolo anfratto, ma lui, abbarbicato al cemento, tenne duro. Non appena l'acqua refluì, si tuffò sulla sua scia e proseguì. Superati i venti metri, un nuovo flutto si abbatté alle sue spalle. Anaïs doveva essere dall'altra parte.

O sotto. Poteva reggere all'urto? Aggrapparsi al parapetto con i polsi legati? Uno sguardo... solo uno...

L'onda gli impedì di voltarsi. Schiumò, s'impennò e volteggiò intorno a lui sommergendolo di nuovo. Kubiela sentì la corrente impetuosa strappargli via il fascicolo. Tese un braccio, ma subito cambiò idea. Aveva bisogno di tutte e due le mani per tenersi aggrappato. Quando l'acqua si ritirò, capì che gli restava solo il suo respiro, ed era già molto.

Si lanciò verso l'hangar successivo. Aveva perduto il conto. Settimo? Nono? Era arrivato in fondo? Anaïs. Aveva una possibilità su tre di vincere la sfida. Lei gli stava dietro, lui non si voltava e si sarebbero salvati entrambi. Lei non era alle sue spalle e quindi lui aveva già perso. Lei era là e lui commetteva l'errore di lanciarle uno sguardo. Un breve sguardo...

D'un tratto si rese conto di avere davanti a sé un muro. Non c'era un altro hangar da attraversare... Era giunto a destinazione. Abbassò gli occhi verso le banchine e scorse la porta semiaperta, in fondo alle scale. Toinin non aveva mentito. L'uscita era a pochi metri dai suoi piedi. Non gli restava che scendere e fuggire.

Ma quella discesa sarebbe stata infernale. Come poteva non aiutare Anaïs? Non percorrere gli ultimi metri insieme a lei? Si girò e scorse la giovane donna all'altro capo della passerella. Vide i suoi occhi scuri, la sua pelle bianca. Si ricordò della prima volta che l'aveva incontrata. Il grido. Il latte. Alice nel paese degli incubi...

Kubiela capì di aver fallito. Proprio come nella leggenda. In quell'istante l'assassino apparve dietro di lei. Portava la maschera. Il viso che tirava tutto da una parte, la bocca come una sega circolare. Era avvolto in un cappotto di pelo lungo, simile a quelli che indossano i pastori dell'Anatolia. Brandiva un'arma barbara, di bronzo battuto o di selce intagliata.

Lui si precipitò, ma era troppo tardi. Toinin calò l'accetta. Prima che il fendente raggiungesse il cranio di Euridice, una massa cieca rotolò sulla passerella. L'oceano si portò via in un sol colpo il boia e la sua vittima.

Kubiela non ebbe che un millesimo di secondo per dirsi questo: l'onda aveva le dimensioni di una casa. Nessun uomo, nessun dio avrebbe potuto resistere a quelle migliaia di metri cubi di acqua rabbiosa... Fu spazzato via a sua volta. Cadde oltre il parapetto e piombò, a testa in giù, nel nulla.

In fondo a quel ribollire, Anaïs perse l'uso di braccia e gambe, senza il minimo dolore. Fluttuava, si agitava, si contorceva, ma senza alcun risultato. Si dissolveva nell'onda. Si fondeva in essa. Diventava fluida, lunga, liscia...

D'un tratto vide i dagherrotipi. Quelli che Toinin le aveva mostrato prima di addormentarla. Erano al tempo stesso chiari e scuri. Attraverso quel contrasto, le vittime la guardavano. Il Minotauro. Icaro. Urano... I loro volti impietriti scintillavano nell'acqua come alghe luminescenti. Gli eroi di un mondo di dei e leggende. Pensò, o credette di pensare: "Sono morta". Poi, un istante dopo: "Sto sognando".

L'onda spazzò via le immagini. Anaïs si sentì sollevare, rivoltare e fu gettata a terra. Poi venne trascinata contro bordi di cemento in uno scroscio di schiuma. Cercò di capire. Il mare l'aveva aspirata e sputata fuori dal bunker, poi l'aveva gettata qualche metro più in alto, su una superficie piatta e dura. Il tetto della base militare. Era uscita dalla trappola con le maniere forti.

Il suo primo pensiero fu per Freire. Dov'era? L'aveva seguito sulla passerella, in mezzo alla violenza delle onde. Si era aggrappata come aveva potuto. Lui non si era girato. Aveva mantenuto la parola data. Lei lo ringraziava mentalmente. Toinin le stava alle calcagna spiando il suo Orfeo. Era un genio malvagio assetato di sangue, pronto a mettere in scena l'epilogo previsto dal mito. Solo all'ultimo istante Freire aveva ceduto. L'aveva guardata. Anaïs aveva ancora davanti agli occhi il suo stupore, la sua disperazione quando si era reso conto di aver fallito...

L'onda finì la sua corsa contro una parete di cemento. Nella sua testa le bollicine si tramutarono in mille stelle. Senza sapere come, si mise in piedi. Aveva ritrovato il suo corpo, la sua forza, le sue membra. L'acqua, che solo qualche momento prima era densa come la pietra, si era trasformata in un tranquillo laghetto e rifluiva via via in un fruscio di schiuma.

Tentò di orientarsi. Come pensava, era in cima alla base sottomarina, su un terrazzo cinto da alti muri di cemento che lo suddividevano in tanti compartimenti. Quella strana struttura era probabilmente un sistema creato all'epoca degli attacchi alleati per attutire l'impatto delle bombe. La cosa bizzarra era che fra quei blocchi minerali crescevano degli alberi: il luogo pareva una prigione abbandonata nella giungla.

Anaïs prese a costeggiare un muro, scostando i rami e riempiendosi di frammenti di corteccia strappati dalla furia dell'acqua. Dov'era l'assassino? Da qualche parte in quel labirinto. Lei aveva sempre le mani bloccate dal laccio di nylon. Avanzava con passo malfermo, cercando l'equilibrio. La stretta dell'acqua attorno alle caviglie era tagliente come quella della fascia che le immobilizzava i polsi. Doveva agire in fretta. Trovare una via d'uscita, una scala. Scendere sulla banchina. In lontananza, il mare prendeva già lo slancio per abbattersi con più forza.

Svoltato un angolo, scoprì un passaggio. Davanti a lei c'era un'altra sezione di tetto, piatta come il sagrato di una chiesa e percorsa da crepe come il suolo dopo un terremoto. Guardò a sinistra e vide i bacini, le navi mercantili sballottate, i rimorchiatori con le luci lampeggianti. D'istinto, prese la direzione opposta. Voleva allontanarsi dall'acqua. Ritrovare i parcheggi e i capannoni.

Cadde in una pozza. Si rialzò. Era a una trentina di metri dal bordo del tetto quando un'onda si abbatté e la scaraventò in avanti. Temette di precipitare nel vuoto, ma, a pochi metri dall'orlo, la stessa forza la risucchiò indietro trascinandola di nuovo al punto di partenza.

Anaïs rimase tramortita. Raggomitolandosi su sé stessa,

riuscì a rallentare la sua corsa all'interno della massa d'acqua, al punto di riaffiorare con la testa. Aria. Con le labbra incollate non poteva respirare dalla bocca. Soffiò con tutte le sue forze dalle narici. L'acqua salata le bruciava i seni paranasali. Un fruscio nelle orecchie, come l'eco di una conchiglia. Doveva raggiungere il bordo e trovare una scala prima dell'onda successiva, che l'avrebbe scagliata chissà dove. Era un'arma a doppio taglio: l'estremità del tetto poteva offrirle la salvezza o una morte certa.

Tentò di accelerare il passo, senza riuscirci. Dietro di lei il fragore aumentava, si alzava come il sipario di un teatro. Venti metri. Ispezionò i dintorni alla ricerca di una scala. Dieci metri. Il rombo dell'oceano le stava alle calcagna. Stava arrivando un'onda terribile... Ecco che accelerava, di lì a poco l'avrebbe raggiunta... Non sarebbe riuscita a evitare la caduta.

Ma l'attacco venne da un'altra parte.

L'assassino comparve all'improvviso alla sua destra. Il suo viso era un ghigno orribile. Brandiva un'accetta di selce. Anaïs poteva scegliere fra due tipi di morte: da un lato l'onda e il vuoto, dall'altro l'assassino e la sua arma. Si gettò a testa bassa contro Toinin. Colpito al ventre, l'uomo si piegò in due. Rotolarono a terra. Anaïs, più veloce, si rimise in piedi e soppesò le due minacce. L'onda che arrivava, l'assassino dell'Olimpo che si rialzava...

Fu come un segno, un messaggio inconscio. Qualcosa la indusse a girare la testa a sinistra, e lei distinse i punti d'ancoraggio di una scala d'acciaio. Le due aste le tendevano le braccia. Corse. L'assassino le stava addosso, con l'accetta pronta a colpire.

Fu l'ultima cosa che vide. L'onda li inghiottì entrambi. Anaïs chiuse gli occhi. Migliaia di dita di schiuma la serrarono in una stretta. Le anche, il torso, la testa... Mondo ovattato dell'acqua. Scabrezza della pietra. Non essere morta sotto i colpi dell'assassino era già una vittoria. Ma lei non era abbastanza forte per riportare la seconda: sopravvivere.

Il suo ultimo pensiero andò al tracciato di un monitor che controllava i segni vitali di un malato. La linea era verde, fluorescente, disperatamente piatta. Il fischio d'allarme della macchina le risuonò in fondo ai timpani. Ma subito si smorzò, coperto dal rumore nero dell'oceano...

Un colpo nella schiena la risvegliò. In un lampo di lucidità si rese conto che la scala arrivava lì. Si contorse, agitò le braccia e afferrò alla cieca una delle sbarre. Un istante dopo si ritrovò sospesa nel vuoto a gesticolare, gocciolante. Il mare non voleva saperne di lei. Appoggiò i piedi. Era stordita, ma al tempo stesso si sentiva stranamente lavata, rigenerata.

Malgrado le dita intirizzite e le gambe tremanti, riuscì a scendere, facendo profondi respiri dal naso, bruciata dentro dal fuoco del mare. Sempre più in basso. Quella corsa non aveva mai fine.

Stava per lasciarsi cadere quando il suolo rimpiazzò i pioli. Vacillò incredula. Era sulla terraferma. Scorgeva i binari. Le cisterne. Gli edifici cupi. Tutto divenne buio. Perse l'equilibrio. Quando le ginocchia toccarono il cemento, lo vide: il mostro aveva avuto meno fortuna di lei. Il suo corpo disarticolato aderiva all'asfalto come una sanguisuga che sputava sangue. Il cranio sotto la maschera era scoppiato. La tela era ridotta a un immondo sacco di materia cerebrale.

«Tutto bene, signora?»

Uomini in cerata. Torce elettriche. Uno di loro scorse il collare Colson intorno ai suoi polsi. Lo indicò al collega. Lei voleva dire qualcosa, ma le sue labbra erano ineluttabilmente chiuse.

Pensò al suo eroe. Dov'era? Si era salvato? Aveva fatto il grande salto? Gli uomini la aiutarono a rialzarsi. Doveva avvisarli. Bisognava cercare Mathias Freire. Victor Janusz. Narcisse. Arnaud Chaplain. François Kubiela...

In realtà pensava a lui con un altro nome. Avrebbe voluto chiamarlo. Tornare sui suoi passi. Salvarlo.

Non smetteva di ripetere: "Orfeo... Orfeo... Orfeo...".

Ma dalla sua bocca sigillata non usciva alcun suono.

Le devastazioni della tempesta si riflettevano nelle pozzanghere, nei vetri rotti, nei bacini che avevano ritrovato un po' di calma. Il sole che era apparso fra le nubi peggiorava le cose. La luce svelava ogni dettaglio del massacro. L'acqua scintillava ovunque, ma con una luce triste, uggiosa, funebre. Quei raggi tiepidi erano come una febbre: trasudavano malattia, convalescenza, morte.

Si districò dai rami e decise di non chiedersi perché si trovasse in quel luogo. Probabilmente era un riparo di fortuna. Si issò sopra un tronco e osservò il paesaggio. Immense pale eoliche giacevano su un lato. Alcune gru erano ribaltate a terra. Le auto galleggiavano e cozzavano l'una contro l'altra nel parcheggio sommerso. Pezzi di legno fluttuavano come cadaveri. Uno spettacolo triste.

Afferrò un cavo che pendeva e si lasciò scivolare lungo il tronco. Atterrò sull'asfalto. Le gambe non lo sostenevano, il suo corpo era diventato spugnoso. Si tirò in piedi con difficoltà e distinse nuovi dettagli nello scenario circostante. Ciottoli, drizze e frammenti di alberi delle imbarcazioni erano disseminati ovunque. La strada era attraversata da spaccature. Dal lato del bacino, alcune navi mercantili avevano danneggiato i moli. Un'imbarcazione della dogana stava sprofondando di prua, un'altra era coricata su un fianco...

Barcollò lungo la banchina, facendo lo slalom fra le lastre divelte della pavimentazione, i lembi di vela e i rottami di legno e di ferro. Alcuni marinai erano seduti sulle bitte d'ormeggio con la testa fra le mani. Gendarmi e pompieri sconvolti valutavano i danni. Regnava un silenzio misto a terrore. La natura aveva parlato. Non rimaneva niente da dire.

Ebbe un capogiro, si fermò e si chinò in avanti, con le mani sulle ginocchia. Non era che un relitto fra gli altri.

«Tutto a posto, signore?»

Lui alzò la testa e cercò di localizzare la fonte della voce. Due pompieri, con le giacche nere impermeabili e le fasce fosforescenti, erano in piedi davanti a lui.

«Si sente bene?»

Non seppe cosa rispondere.

«Da dove viene? Dove abita?»

Aprì la bocca, poi si sentì afferrare per un braccio. Aveva perso i sensi per una frazione di secondo, ferito dal sole.

«Come si chiama?»

Li guardò in silenzio. Si sforzava di capire cosa non andasse in lui. Quale fosse il problema che faceva di lui un vero naufrago, indipendentemente dalla tempesta.

«Signore, qual è il suo nome?»

Finalmente comprese. Abbozzando un sorriso desolato, mormorò: «Non ne ho idea».

Finito di stampare nel mese di marzo 2012
presso Mondadori Printing S.p.A. Stabilimento NSM - Cles (TN)